P9-ASN-707

DES FLEURS POUR ALGERNON

Édition augmentée

DANIEL KEYES

DES FLEURS POUR ALGERNON
Édition augmentée

Traduit de l'anglais (États-Unis)
par Georges H. Gallet

Essai et nouvelle traduits de l'anglais (États-Unis)
par Henry-Luc Planchat

Collection dirigée par Thibaud Eliroff

Sommaire

Des fleurs pour Algernon

à ma mère
et à la mémoire de mon père

Mais si l'on avait quelque bon sens, on se rappellerait que la vue peut être troublée de deux manières et pour deux causes : quand on passe de la lumière à l'obscurité, ou bien le contraire, de l'obscurité à la lumière. Si l'on réfléchissait que cela se produit de même pour l'âme, toutes les fois que l'on verrait l'une d'elles dans le trouble, incapable de distinguer quelque objet, on ne se mettrait pas sottement à rire ; on se demanderait plutôt si, faute d'accoutumance, elle ne se trouve pas aveuglée en arrivant d'un séjour plus lumineux, ou au contraire, si sortant d'une ignorance opaque vers la lumière de la connaissance, elle ne se trouve pas éblouie par des rayons trop éclatants pour elle. Dans le premier cas, on lui ferait des compliments pour sa façon de vivre et de sentir ; dans le second, on la plaindrait, et si l'on s'avisait de rire, ce serait avec plus d'indulgence qu'à l'égard de l'âme qui descendrait du séjour de la lumière.

PLATON, *La République*

Conte randu N° 1

3 mars. Le Dr Strauss dit que je devrez écrire tout ce que je panse et que je me rapèle et tout ce qui marive à partir de mintenan. Je sait pas pourquoi mais il dit que ces un portan pour qu'ils voie si ils peuve mutilisé. J'espaire qu'ils mutiliserons pas que Miss Kinnian dit qu'ils peuve peut être me rendre un télijan. Je m'apèle Charlie Gordon et je travail à la boulangerie Donner. Mr Donner me donne 11 dolar par semène et du pain ou des gâteau si j'en veut. J'ai 32 ans et mon aniversère est le mois prochin. J'ai dit au Dr Strauss et au proféseur Nemur que je sait pas bien écrire mes il dit que sa fait rien il dit que je dois écrire come je parle et come j'écrit les composisions dans la clase de Miss Kinnian au cour d'adultes atardé du Colege Bikman où je vait 3 fois par semène a mes heure de liberté. Le Dr Strauss dit d'écrire bocou tou ce que je panse et tou ce qui m'arive mes je peux pas pansé plus pasque j'ait plus rien a écrire et je vais ma>été pour ojourdui.

Charlie Gordon.

Conte randu N° 2

4 mars. J'ait passé un teste ojourdui. Je panse que je lai ratés et je panse que mintenan ils mutiliserons pas. Ce qui est arivé cé que je suis alé au buro du proféseur Nemur, à l'heure de mon déjeuné et sa secrétère m'a en mené a un androit marqué Service psycho sur la porte, avec un lont couloir et un tat de petites pièces avec seulemant une table et des chèses. Et un genti monsieu été dans une des pièces et il avais des cartes blanches avec de lancre renversé desu. Il a dit assiez toi Charlie et mais toi à lèze et détant toi. Il avais une blouse blanche come un docteur mais je panse pas qu'il été un docteur pasqu'il ma pa dit d'ouvrire la bouche et de dire ah. Il avais que ces cartes blanche. Il s'apèle Burt. J'ai oublié son otre non pasque je me rapèle pas téleman bien.

Je savez pas ce qu'il allé faire et je me cranponez a la chaise comme quant je vai quelque fois ché le dantiste seulemant Burt nai pas un dantiste non plus et il continuez de me dire de me détandre et cela me faisé peur pasque cela veut toujour dire que cela va faire mal.

Bien a dit Burt Charlie quesse que tu voit sur cète carte ? Je voyez de lancre et j'avé très peur même avec ma pate de lapin dant ma poche pasque quant j'été petit je raté toujour les tests à l'école et je ranversé aussi de lancre.

Jé dit a Burt je voit de lancre ranversé sur une carte blanche. Burt a dit oui et il a souri et cela ma fait du bien. Il continuez toujour de tourné et retourné les cartes et je lui ai dit que quellequin avez ranversé de lancre noir et de lancre rouge sur toutes les cartes. Je pensez que c'été un test facile mais quand je me suit levé pour man allé Burt ma arrêté et a dit assié toi Charlie nous navon pas fini. Nous avon ancore otre chose a faire avec ces cartes. Je ni comprenez rien mais je me rapelé que le Dr Strauss avait dit de faire tout ce que les saminateurs me direz même si sa na pas de sans parce que ces sa les test.

Je ne me rapèle pas très bien ce que Burt a dit mais je me rapèle qu'il voulez que je dise ce que je voyait dans lancre. Je voyait rien dans lancre mais Burt dit qu'il y avez des images. Je voyait pas d'images. J'essayé vraiman dans voir. Jai regardez la carte de toù prêt puis de très loin. En suite j'ai dit que si j'avez des lunettes je pourrai probableman mieux voir. Je mais ordinaireman mes lunettes qu'au cinéma ou pour regardé la télé mais jai dit peut être qu'elles maiderons a voir les images dans lancre. Je les ait mise et jai dit rendez moi la carte je pari que maintenan je trouverai limage.

Jai essaié tan que jai pu mais jai ancore pas pu trouvé les images, je voyez que de lancre. Jai dit à Burt que javez peut être besoin de nouvelles lunettes. Il a écris quelque chose sur un papier et jai eu peur de raté le test. Alor je lui est dit que cété une belle image dancre avec de jolis pointes tout autour sur les bords mais il a secoué la tête c'été pas sa non plus. Je lui ai demandé si d'autres jen voyez des choses dans lancre et il a dit oui ils imagine des images dans la tache dancre. Il ma dit que lancre sur la carte sapèle une tache dancre.

Burt est très jenti et il parle lanteman come Miss Kinnian le fais dans sa clase pour adultes atardé ou je vais a prendre a lire. Il ma expliqué que c'été un test de *Ro choc*. Il dit que des jen voit des choses dans lancre. Je lui ai demandé de me montré ou. Il ma pas montré mais il a continuez a dire panse imagine quil y a quelque chose sur la carte. Je lui ai dit je panse a une tache dancre. Il a secouez la tète c'été pas encore bon. Il a dit dis moi a quoi cete tache te fait panser ? Imagine que tu voi quelque chose. Quesse que sa pourrez etre. Jai fermez les yeux un bon moman pour imaginé et jai dit jimagine une bouteille dancre ranversé sur une carte blanche. À ce moman la pointe de son crayon sest cassé et nous nous sommes levé et nous somme sorti.

Je panse pas que jai réusi le test de *Ro choc*.

Troisième conte randu

5 mars. Le Dr Strauss et le Pr Nemur dise que pour lancre sur les cartes sa na pas dunportance. Je leur ait dit que c'est pas moi qui ait ranversé lancre sur les cartes et que j'ait rien pu voir dans lancre. Ils ont dit quils mutiliseron peut etre quan meme. J'ai dit au Dr Strauss que Miss Kinnian me fait jamai passé de test comme sa seuleman lire et écrire. Il a dit que Miss Kinnian lui a dit que jété son mailleur élève au cour d'adulte atardés à l'Ecole Bikman et que jété celui qui faisez le plus defort pasque javait vraiman envi daprendre et que jen avez meme plus envie que des jen qui son plus un telijen que moi.

Le Dr Strauss ma demandé coman sa se fait-il que tu sois alé à l'Ecole Bikman tout seul Charlie. Coman la tu conue. Jai dit je me rapèle pas.

Le Pr Nemur a dit mais dabor pourquoi avez tu anvie daprendre à lire et à écrire. Je lui ai dit pasque toute ma vie jai eu anvi detre un télijen au lieu detre bète et que ma maman m'avez toujour dit d'essaié daprendre comme me le dit Miss Kinnian mais cé très dificile detre untélijen et mème quand japrend quelque chose au cours de Miss Kinnian à l'école jan oubli bocou.

Le Dr Strauss a écri quelque chose sur une feuille de papier et le Pr Nemur ma parlé très sérieuseman. Il a dit écoute Charlie nous savons pas bien coman cete expériense tournera sur une persone pasque jusqua mintenan nous lavons essaié que sur des animos. Jai dit cé ce que Miss Kinnian ma dit mais sa met égal mème si elle fait mal ou n'importe quoi pasque je suis fort et que je travaileré dur.

Je veu devenir un télijen si ils peuvent men donné la posibilité. Ils ont dit quil leur falait obtenir la permision de ma famille mais mon oncle Herman qui s'occupé de moi est mort et je me rapèle rien de ma famille. Il y a très lontan lontan que jai pas vu ma mère ni mon père ni ma petite sœur Norma. Peut être ils sont morts eux ossi. Le Dr Strauss ma demandé ou ils abitait. Je panse que cété à Brooklyn. Il a dit quils verait s'ils pouvez peut être les retrouvés.

J'espère que jaurait pas a écrire tro de ces conte randus pasque sa prend bocou de temps et que je me couche très tart et que je suis fatigué le matin pour travailé. Gimpy ma crié dessu pasque jai laissé tombé une plaque avec plain de petits pains que je portait au four. Ils ont été sali et jai du les esuyés avant quil puisse les mettre a cuire. Gimpy me crie tout le temps desu quant je fait mal quelque chose mais en réalité il maime bien pasquil est mon ami. Si je devien un télijen qué ce quil sera droleman surpri.

Conte randu N° 4

6 mars. Jai passé encor des tests bète ojourdui pour le cas ou ils mutiliserai. Au mème androi mais dans une otre petite pièce. La jentile dame qui me la fait passé m'en a dit le non et jai demandé coman est ce que ca s'écri pour que je puisse le mètre dans mon conte randu : TEST THEMATIQUE DE NON-PERCEPTION. Je ne connait pas les deux dernier mots mais je sai ce que veut dire test. On doit le réussir ou on a de mauvaises notes.

Ce test paraisez facil pasque je pouvait voir les images. Seuleman cète fois elle voulai pas que je lui dise ce que je voyais dans les images. Ca ma embrouillé. Je lui ai dit hier Bert disait qu'il falait dire ce que je voyait dans lancre. Elle a dit sa na ocune yn portance pasque ce test est tou otre chose. Mintenan il faut que tu raconte une histoire a propo des jens qui sont dans les images.

J'ai dit coman est ce que je pourrait raconté des histoires sur des jens que je ne conait pas. Elle m'a dit qu'il falait les invantés mais je lui ai dit ce sont des mansonges. Je ne raconte plus de mansonge pasque quant j'été petit et que je disait des mansonges je me fesait toujour frapé. J'ai dans mon porte feuile une foto de moi et de Norma avec l'oncle Herman qui ma fais avoir mon amploi a la boulangerie. Donner avant de mourir.

J'ai dit que je pouvait raconté des histoires sur eux pasque j'ai vécu lontan avec l'oncle Herman mais la dame na pas voulu les écouté. Elle a dit que ce test et l'otre le *Ro choc* sont des tests de personalité. Ca ma fait rire. Je lui ai dit coman pouvé-vous tiré ce que vous dites de cartes sur léqueles quelquun a ranversé de lancre et de fotos de jen que vous conaisé même pas. Elle a eut l'air faché et elle a ramasé les cartes. Ca m'est égal.

Je supose que j'ai raté ce test la ossi.

Puis j'ai désiné des choses pour elle mais je ne désine pas tèleman bien. Un peu après l'otre saminateur Burt en blouse blanche est revenu. Il sapèle Burt Selden et il ma anmené a un otre androit au même 4ᵉ étage de l'Université Bikman marqué LABORATOIRE DE PSYCHOLOGIE sur la porte. Burt dit que LABORATOIRE ca veut dire un androit ou ils font des spérimantations, et PSYCHOLOGIE ca veut dire qui a raport a l'esprit. Je panse que les spérimantations sont des jeux pasque c'est ce que nous avon fait.

Je pouvez pas tèleman bien joué avec les puzles pasqu'ils été tous en morceaus et que les morceaus entrait pas dans les trous. Un otre jeu était une feuile de papier avec des traits dans tous les sens et un tas de cases. D'un coté été marqué DÉPART et de l'otre ARRIVÉE. Il m'a dit que ce jeu été un birinte et qu'avec un crayon il falait que j'aille depuis le DÉPART jusqu'a l'ARRIVÉE sans passé sur ocun des traits.

Jai pas compris ce birinte et nous avons usé bocou de feuiles de papier. Alor Burt a dit écoute je vai te montré quelque chose. Alons au labo des spérimentations tu sésira peut être l'idé. Nous somes monté au 5e étage dans une otre salle avec des tas de cages et d'animos. Il y avez des singes et quelques souris. Tout ca avait une drole d'odeur un peu come une viele boite a ordures. Et il y avez d'otres jens en blouse blanche qui jouait avec les animos j'ai pansé que c'été un ganre de magasin d'animos d'apartement mais il n'y avez pas de client. Burt a sorti une souris blanche de la cage et me la montré. Burt a dit c'est une femelle. Elle sapèle Algernon. Elle peut traversé facileman ce birinte. Je lui ai dit montré moi coman elle fait.

Hé bien savé vous il a mis Algernon dans une boite grande come une table avec un tat de couloirs qui tournait et retournait antre des murs et un DÉPART et une ARRIVÉE come avait la feuile de papier. Seulement il y avait un grilage par dessus le birinte. Et Burt a sorti sa montre a soulevé une porte a coulise et a dit vas y Algernon et la souris a reniflé 2 ou 3 fois et s'est mis a courir. Dabor Algernon a suivi un lon couloir puis quand elle a vu qu'elle pouvez pas allé plus loin, elle est revenu d'ou elle été parti et elle est resté la une minute en remuan ses moustaches. Puis elle est parti dans l'otre direction et s'est remi a courir.

C'été sactement come si elle faisez la mème chose que Burt voulé que je fasse avec le crayon antre les traits sur le papier. Je riai pasque je pansait que ca allé ètre dificile a faire pour une souris. Mais Algernon a continué jusquau bou a traver ce birinte en prenan tous les bons couloirs jusqu'a ce qu'elle en sorte ou été marqué ARRIVÉE et elle a fait couic. Burt a dit que ca voulez dire qu'elle été contante pasqu'elle avez réusi a traversé le birinte.

Hé bien j'ai dit sa c'est une souris un télijente. Burt a dit esse que tu voudrait faire la course avec Algernon. J'ai dit bien sur et il a dit qu'il avez un otre janre de birinte fait en bois avec des rais creusé dedan et un petit baton électric qui resemble a un crayon. Et qu'il pouvais arrangé le birinte d'Algernon pour qu'il soit pareil a celui la de manière que nous fasions la même chose.

Il a déplacé toutes les planchetes des murs dans la boite d'Algernon pasqu'elles se démonte et il les a replacé d'une otre fasson. Et il a alor remi le grilage par dessu pour qu'Algernon puise pas soté des couloirs pour alé a l'ARRIVÉE. Puis il m'a donné le petit baton électric et m'a montré coman le posé dans les rais et je dois pas le soulevé mais simplement suivre les rais jusqu'a ce que le crayon puise plus avancé ou que je recoive un petit choc.

Il a sorti sa montre en essayan de la caché. J'ai essayé de pas le regardé mais ca me randai très nerveu.

Quant il a dit partez j'ai essayé de partir mais je savez pas ou allé. Je savez pas quel rai suivre. Et j'ai antendu Algernon couiné dans sa boite et ses pattes graté comme si elle courais déjà. Je suis parti mais j'ait suivi la movaise rai et j'ai pas avancé et j'ai reçu un petit choc dans les doits je suis revenu en arière au DÉPART mais chaque fois que je partait dans une otre rai j'été bloqué et je recevez un petit choc. Ca me fesait pas mal ni rien mais simpleman sauté un peu et Burt me dit que c'été pour me montré que j'avait pris le movais chemin. J'été a la moitié du birinte quant j'ai entendu Algernon faire couic come si elle été de nouvo contante d'avoir réussi et ca voulais dire qu'elle avez gagné la course.

Et les dix otres fois que nous avons recomancé Algernon a gagné a chaque cou pasque je trouvez pas les bones rais pour allé jusqu'a l'ARRIVÉE. Ca m'a pas vecsé pasque j'ai regardé Algernon et j'ai apri a allé jusqu'au bou du birinte même si ca me prant lontan.

Je savez pas que les souris été aussi un télijente.

Conte randu N° 5

6 mars. Ils ont retrouvé ma sœur Norma qui abite avec ma mère à Brooklyn et elle a doné son otorization pour l'opération. Ils vont donc mutilisé. Je suis si ecsité que je peut à peine l'écrire. Cependant le Pr Nemur et le Dr Strauss on eu dabor une discussion a ce sujet. J'été assis dans le buro du Pr Nemur quant le Dr Strauss et Burt Selden son entré. Le Pr Nemur avez des ésitasions pour mutilisé mais le Dr Strauss lui a dit que j'été le meileur de ceux qu'ils avez testé jusque la. Burt lui a dit que Miss Kinnian me recomandez come le meileur parmi tous ceux qui été ses élèves au cour d'adulte atardé ou je vai.

Le Dr Strauss a dit que j'avait quelque chose qui été très bon. Il a dit que j'avez une bone motivacion. Je n'avait jamais su que j'avait ca. Ca m'a fait plésir quant il a dit que c'été pas tout ceux qui ont un Q.I. de 68 qui ont ce qu'il avez dit autant que moi. Je sait pas ce que cé ni ou je l'ai eu mais il a dit qu'Algernon l'avait ossi. La motivacion d'Algernon cé le fromage qu'ils mètent dans la boite. Mais ca peut pas ètre seulement ca pasque j'ai pas eu de fromage cete semène.

Le Pr Nemur s'inquiétait que mon Q.I. monte tro haut odesus du mien qui étez tro bas et que ca me rande malade. Et le Dr Strauss a dit au Pr Nemur quelque chose que j'ai pas compri et pandan qu'ils parlait j'ai noté quelques un des mots dans mon carnet ou je tien mes conte randus.

Il a dit Harold, c'est le prénon du Pr Nemur, je sai que Charlie n'est pas ce que vous aviez dans l'esprit pour ètre le premier de votre nouvelle race de surhomme untélec… pas saisi le mot… mais la plupart des jens de sa faible ment… sont host… et pas du tout coop… ils sont generaleman lourd et apat… et dificile a untéressé. Charlie a une boné nature et il est untéressé et il ne demande qu'a faire plésir.

Alor le Pr Nemur dit n'oublié pas qu'il sera le premier ètre umain qui aura son untelijence acrue par la chirurgie. Le Dr Strauss dit c'est sactement ce que je voulez dire. Ou trouverions nous un otre adulte atardé avec cette formidable motivacion pour aprendre. Regardé come il a bien apris a lire et a écrire pour son faible age mental. C'est un esploit fénom...

Je n'ai pas saisi tous les mots, ils parlait tro vite mais on orait dit que le Dr Strauss et Burt été pour moi et que le Pr Nemur ne l'été pas.

Burt répétait Miss Kinnian panse qu'il a un désir irrésis... d'aprendre. Il a litéralement imploré qu'on l'utilise. Et ca c'est vrai pasque j'ai anvi d'ètre un télijen. Le Dr Strauss s'est levé et a marché de lon en large et il a dit je suis pour que nous utilisions Charlie. Et Burt a aprouvé de la tête. Le Pr Nemur s'est graté le crane et s'est froté le nez avec son pouce et a dit Vous avez peut ètre réson. Nous utiliserons Charlie. Mais il faut que nous lui fassions comprendre que bien des choses peuvent mal tourné dans l'espérience.

Quant il a dit ca j'été si contan et si ecsité que j'ai fait un bon et je lui ai séré la main pour le remercié d'ètre si janti avec moi. Je crois qu'il s'est efraié quant j'ai fais ca.

Il a dit Charlie nous avons travailé a ca depuis lontan mais seuleman sur des animos come Algernon. Nous somes certin qu'il n'y a pas de danger fisique pour toi mais il y a bocou d'otres choses dont je ne peux rien dire avant d'essayé. Je voudrait que tu comprène qu'il se peut qu'il arive quelque chose ou que rien n'arive du tou. Ou mème ca peut réussir tanporèreman et te laissé ansuite en plus mauvaise posture que tu n'es maintenan. Esse que tu comprend ce que cela signifie. Si ca arive il nous faudra te renvoyé a l'asile Warren.

J'ai dit sa m'est égal passe que je n'ai peur de rien. Je suis très fort et je fait toujours de mon mieu et en plus j'ai ma pate de lapin porte boneur et je n'ai jamais cassé un miroir de ma vie. J'ai laissé tombé des asiètes une fois mais ca ne conte pas pour porté movaise chance.

Alor le Dr Strauss a dit Charlie mème si ca ne réussi pas tu aura aporté une grande contribussion à la sience. Cete spérience a réussi sur bocou d'animos mais elle n'a jamais été essaié sur un ètre umain. Tu sera le premier.

Je lui ai dit merci docteur vous n'orez pas a regreté de m'avoir doné ma seconde chance come dit Miss Kinnian. Et je le pensait come je leur ait dit. Après l'opérassion je m'eforcerai d'être un télijen. De toutes mes forces.

Sixième conte randu

8 mars. J'ai peur. Des tas de jens qui travailent au collège et tous ceux de l'école de médecine son venu me souhaité bone chance. Burt m'a aporté des fleurs. Il a dit qu'elles venait des jens du service psycho. Il m'a souhaité bone chance. J'espère que j'ai de la chance. J'ai ma pate de lapin et ma pièce porte boneur et mon fer a cheval. Le Dr Strauss a dit ne soi pas si supersticieux Charlie. C'est de la sience. Je ne sais pas ce que c'est que la sience mais ils me répète tous ca. Peut être que c'est quelque chose qui vous aide a avoir de la chance. En tous cas je garde ma pate de lapin dans une main et ma pièce porte boneur dans l'otre avec un trou dedans. Dans la pièce je veux dire. Je voudrai emporté mon fer a cheval avec moi mais il est lour alor je le laisserai simpleman dans ma veste.

Joe Carp m'a aporté un gateau au chocolat de la part de Mr Donner et de tou le monde a la boulangerie et ils espère que je serai vite rétabli. À la boulangerie ils croit que je suis malade passe que c'est ce que le Pr Nemur a dit que je devais leur dire. Mais rien au sujet de l'opérassion pour devenir un télijen. C'est un secrè pour le moman au cas ou elle ne marcherait pas ou que quelque chose aile mal.

Puis Miss Kinnian est venu me voir et elle m'a aporté des magazines a lire et elle avait l'air plutot nerveuse et inquiète. Elle a arangé les fleurs sur ma table et a mis tout bien en ordre et pas en désordre comme je fais. Et elle m'a mi un oreiler sous la tète. Elle m'aime bocou pasque je m'eforce très fort de tout aprendre pas come d'otre au cour d'adultes que ca n'intérese pas vraiman.

Elle veut que je deviene un télijen je le sai. Ensuite le Pr Nemur a dit que je ne pouvais plus recevoir de visiteur pasqu'il faut que je me repose. J'ai demandé au Pr Nemur si je pourais batre Algernon a la course dans le birinte après l'opérassion et il a dit peut ètre bien. Si l'opérassion réussi bien je montrerai a cete souris d'Algernon que je peu ètre osi un télijen quelle et même plus. Et je pourrai mieux lire et ne pas faire de fotes en écrivan et aprendre des tas de choses et ètre comme les otre élèves des écoles. Alor mon vieu c'est ca qui surprendra tou le monde. Si l'opérassion réussi et que je devien plus un télijen peut ètre que je pourrai retrouvé maman et papa et ma petite sœur et leur faire voir. Ca quesse qui seron surpri de me voir un télijen come eux et come ma petite sœur.

Le Pr Nemur dit que si elle réussi bien et définitive-man ils pourron rendre d'otre jen come moi un télijen eux ossi. Peut ètre des jens dans le monde antier. Et il a dit que ça signifiai que je vai faire quelque chose de grand pour la sience et que je serai célèbre et que mon non restera dans les livres. Je ne tien pas telement a ètre célèbre. Je veux simpleman devenir un télijen come les otres de manière que je puisse avoir des tas d'amis qui m'aime bien.

Il m'on rien doné a mangé ojourdui. Je ne sai pas ce que mangé a a faire avec devenir un télijen et j'ai fain. Le Pr Nemur a anporté mon gateau au chocolat. Ce Pr Nemur est un vieu ronchon. Le Dr Strauss a dit qu'on me le rendrai après l'opérassion. On ne peu pas mangé avan une opérassion. Pas mème du fromage.

Compte rendu N° 7

11 mars. L'opération ne m'a pas fait mal. Le Dr Strauss l'a faite pendant que j'étais endormi. Je ne sais pas coment parce que je n'ai pas vu mais j'ai eu des pansements sur les yeux et sur la tête pendant 3 jours et je n'ai pas pu faire de compte rendu jusqu'à aujourd'hui. L'infirmière toute maigre qui me regardait écrire a dit que je fais des fautes elle m'a dit cornent s'écrit COMPTE et aussi RENDU. Il faut que je m'en souvienne. J'ai une très mauvaise mémoire pour l'ortografe. En tout cas ils ont enlevé les pansements de mes yeux aujourdui et je peux écrire un COMPTE RENDU. Mais j'ai encore des pansements autour de la tête.

J'ai été effraié quant ils sont entrés et qu'ils m'ont dit que le moment était venu pour l'opération. Ils m'ont fait passer du lit sur un autre lit avec des roulettes qu'ils ont poussé or de la chambre et le long du couloir jusqu'à la porte qui est marqué Chirurgie. Ça alors, ce que j'ai été surpris : c'est une grande salle avec des murs verts et un tas de docteurs assis en haut tout autour de la salle qui regardent l'opération. Je ne savais pas que ca allait être come un spectacle.

Un monsieur s'est aproché de la table tout en blanc avec un tissu blanc sur la figure come on voit à la télé et des gants de caoutchou et il a dit détends toi Charlie c'est moi le Dr Strauss. J'ai dit bonjour docteur j'ai peur. Il a dit mais non Charlie n'aie pas peur on va simplement t'endormir. J'ai dit c'est ça dont j'ai peur. Il m'a caressé la tête puis deux hommes qui portait aussi des masques blancs sont venus et m'ont attaché les bras et les jambes je ne pouvais plus les bougé et ça m'a fait très peur j'avais l'estomac séré come si j'alais vomir mais je n'ai que mouilé un petit peu le lit et j'alais me mètre a pleuré mais il m'ont mis un machin en caoutchou sur la figure pour que je respire dedans et ça avait une drôle d'odeur. Pendant ce temps j'entendait le

Dr Strauss qui parlait tout haut de l'opération et qui disait à tout le monde ce qu'il alait faire. Mais je n'y comprenais rien et je me disais que peut être après l'opération je serais intelligent et je comprendrais tout ce qu'il dit. J'ai respiré profondément et puis je supose que je devais être très fatigué parce que je me suis endormi.

Lorsque je me suis réveilé j'étais revenu dans mon lit et il faisait très noir. Je ne pouvais rien voir mais j'ai entendu parlé. C'était l'infirmière et Burt et j'ai demandé qu'est ce qu'il se passe pourquoi n'allumé vous pas la lumière et quand est-ce qu'ils vont m'opéré. Et ils ont ri et Burt a dit Charlie c'est fini, et il fait noir parce que tu as des pansements sur les yeux.

C'est drôle. Ils m'ont opéré pendant que je dormait.

Burt vient me voir tous les jours pour noter toutes sortes de choses sur moi comme ma température ma tension sangine et encore d'autres. Il dit que c'est à cause de la métode sientifique. Ils doive noter tout ce qui s'est passé de manière qu'ils puisse refaire l'opération quand ils voudront. Pas sur moi mais sur d'autres gens comme moi qui ne sont pas intelligents.

C'est pourquoi je dois faire ces comptes rendus. Burt dit que cela fait partie de l'espérimentation et qu'ils feront des fotocopies de ces comptes rendus pour les étudier pour savoir ce qui se passe dans mon esprit. Je ne sais pas comment ils sauront ce qui se passe dans mon esprit en regardant ces comptes rendus. Je les lis et les relis un tas de fois pour voir ce que j'ai écrit et je ne sais pas ce qui se passe dans mon esprit alors je me demande comment ils le sauront.

Mais en tout cas c'est ça la sience, et je vais m'éforcé d'être intelligent comme les autres élèves. Et puis quand je serai intelligent ils me parlerons et je pourai parler avec eux et les écouter comme font Joe Carp et Frank et Gimpy quand ils parlent et qu'ils discutent de choses importantes comme de Dieu ou de tout cet argent que le gouvernement dépense ou des républicains et des démocrates. Et ils s'ecsite tellement qu'il faut que

Mr Donner vienne leur dire de se remètre à la boulange ou il les fichera à la porte sindicat ou pas. Je veux parler de choses comme ça.

Si on est intelligent on peut avoir des tas d'amis pour parler et on ne se sans plus tout seul tout le temp.

Le Pr Nemur dit que c'est très bien de dire tout ce qui m'arive dans les comptes rendus mais il dit que je devrais en dire davantage sur ce que je resans et ce que je pense et que je me rapèle du passé. Je lui ai dit que je ne sais pas comment penser ni me rapeler et il a dit essaie.

Pendant tout le temp que les pansements étaient sur mes yeux j'ai essaié de penser et de me rapeler mais ça n'a rien donné. Je ne sais pas à quoi penser ni quoi me rapeler. Peut être que si je lui demande il me dira coment je peux penser maintenant que je suis censé devenir intelligent. Ce à quoi pense les gens intelligents ou ce qu'ils se rapèlent. Des choses étonantes je supose. Je voudrais bien déjà conaitre des choses étonantes.

12 mars. Je n'ai pas besoin d'écrire tous les jours COMPTE RENDU quand je commence une nouvelle page après que le Pr Nemur a emporté les autres. Je n'ai qu'à mètre la date. Cela économise du temp. C'est une bonne idée. Je peux m'assoir dans mon lit et regarder l'herbe et les arbres par la fenêtre. L'infirmière maigre s'apèle Hilda et elle est très gentile avec moi. Elle m'aporte des choses à manger et elle arange mon lit et elle a dit que j'étais un homme très courageux de les avoir laissés me faire des choses dans la tête. Elle dit qu'elle ne les aurait jamais laissés lui faire des choses au cerveau pour tout l'or du monde. Je lui ai dit que ce n'était pas pour tout l'or du monde, c'était pour me rendre intelligent. Et elle a dit que peut être ils n'avait pas le droit de me rendre intelligent parce que si Dieu avait voulu que je sois intelligent, il m'aurait fait naitre intelligent. Et il ne faut pas oublier Adam et Ève, et le péché avec l'arbre de la science, et la pomme mangée et la chute. Et peut être que le Pr Nemur et le Dr Strauss touche à des choses auxquelles ils n'ont pas le droit de toucher.

Elle est très maigre et quand elle parle son visage devient tout rouge. Elle a dit que je ferais peut être mieux de prier le bon Dieu pour lui demandé pardon de ce qu'ils m'ont fait. Je n'ai pas mangé de pomme et je n'ai pas fait de péché. Et maintenant j'ai peur. Peut être je n'aurais pas du les laissés m'opérer le cerveau comme elle dit si c'est contre la volonté de Dieu. Je ne veux pas mettre Dieu en colère.

13 mars. Ils ont changé mon infirmière aujourd'hui. Celle-ci est jolie. Elle s'apèle Lucile, elle m'a montré comment cela s'écrit pour mon compte rendu et elle a des cheveux blonds et des yeux bleus. Je lui ai demandé où était Hilda et elle m'a dit que Hilda ne travailait plus dans cette partie de l'hopital. Mais seulement à la maternité chez les bébés où cela n'a pas d'importance si elle parle trop.

Lorsque je lui ai demandé ce qu'était une maternité elle a dit que c'était là qu'on avait les bébés et quand je lui ai demandé comment on fait pour les avoir, son visage est devenu tout rouge comme celui de Hilda et elle a dit qu'elle devait aller prendre la température de quelqu'un. Personne ne m'a jamais expliqué pour les bébés. Peut être que si ça marche bien et que je devient intelligent je le saurai.

Miss Kinnian est venu me voir aujourd'hui et elle a dit Charlie tu as une mine superbe. Je lui ai dit je me sens très bien mais je ne me sens pas encore intelligent. Je pensais qu'une fois l'opération faite et qu'ils m'ont enlevé les pansements des yeux je serai intelligent et que je saurai un tas de choses et que je pourai lire et parler sur des choses importantes comme tout le monde.

Elle a dit ce n'est pas comme ça que ça vient Charlie. Ça vient lentement et il faut que tu travaille très dur pour devenir intelligent.

Je ne savais pas ça. Si je dois travailé très dur alors pourquoi falait-il que j'ai cette opération. Elle a dit qu'elle n'en était pas certaine mais que l'opération était destiné à faire que quand je travailerai dur pour devenir intelligent ça me resterait et non pas comme avant quand ça ne restait pas bien.

Bon, je lui ai dit, ça me fait un peu mal au cœur parce que je pensais que j'alais être intelligent tout de suite et que je pourrais aler à la boulangerie pour faire voir aux gars comme j'étais intelligent et parler avec eux de choses et peut être devenir aide boulanger. Ensuite j'aurais essayé de retrouver maman et papa. Ils seraient surpris de voir comme je suis devenu intelligent parce que maman aurait toujours voulu que je sois intelligent. Peut être qu'ils me garderait avec eux en voyant comme je suis intelligent. J'ai dit à Miss Kinnian que je m'eforcerais tant que je pourais de devenir intelligent de toutes mes forces. Elle m'a caressé la tête et elle a dit je sais, j'ai confiance en toi Charlie.

Compte rendu N° 8

15 mars. Je suis sorti de l'hopital mais je n'ai pas encore repris le travail. Il ne se passe rien. J'ai passé des tas de tests et j'ai fait plusieurs sortes de course avec Algernon. Je hais cette souris. Elle me bat toujours. Le Pr Nemur dit qu'il faut que je joue et rejoue à ces jeux et que je passe et repasse ces tests.

Ces labirintes sont idiots. Et ces images sont idiotes aussi. J'aime bien dessiner un homme et une femme mais je ne veux pas raconter des mensonges sur des gens.

Et je ne peux pas bien me débrouiller avec les puzzles.

J'ai mal à la tête de tellement essayer de penser et de me rapeler. Le Dr Strauss a promis qu'il allait m'aider mais il ne le fait pas. Il ne me dit même pas à quoi penser ni quand je serai intelligent. Il me fait simplement couché sur un canapé et parler.

Miss Kinnian vient aussi me voir au collège. Je lui ai dit que rien ne se passait. Quand deviendrai-je intelligent. Elle a dit il faut que tu sois patient Charlie il faut du temps. Cela viendra si lentement que tu ne saura même pas que cela vient. Elle dit que Burt lui a dit que je me débrouillais bien.

Je pense quand même que ces courses et ces tests sont idiots. Je pense qu'écrire ces comptes rendus est idiot aussi.

16 mars. J'ai déjeuné avec Burt au restaurant du collège. Ils ont toutes sortes de bonnes choses à manger et je n'ai même pas eu à payer. J'aime m'asseoir et regarder les garçons et les filles du collège. Ils chahute quelquefois ensemble mais la plupart du temps ils discute de toutes sortes de choses comme font les boulangers chez Donner. Burt dit qu'ils parlent d'art et de politique et de religion. Je ne sais à quoi se raporte ces choses sauf que la religion c'est Dieu. Maman me parlait beaucoup de lui et des choses qu'il a faite pour créer le monde. Elle disait que je devrais toujours aimer et prier le bon Dieu. Je ne me rapelle plus comment le prier mais je me rapelle que maman me le faisait souvent prier quand j'étais petit parce qu'il aurait du me faire aller mieux au lieu que je sois malade. Je ne me rapelle pas comment j'étais malade. Je pense que c'était parce que je n'étais pas intelligent.

De toute façon Burt dit que si l'espérience réussi je serai capable de comprendre toutes les choses dont discutent les étudiants et j'ai dit croyez-vous que je serai aussi intelligent qu'eux et il a ri et il a dit ces gosses ne sont pas tellement intelligents et tu les dépassera de si loin qu'ils auront l'air bête.

Il m'a présenté a beaucoup des étudiants et certains m'ont regardé drôlement comme si je n'étais pas à ma place dans le collège. J'ai failli leur dire que j'alais devenir bientôt très intelligent comme eux, mais Burt m'a intèrompu et leur a dit que j'étais chargé de l'entretien du labo du service psycho. Il m'a expliqué après qu'il ne falait pas de publicité. Cela veut dire que c'est un secret.

Je ne comprend vraiment pas pourquoi il faut que je garde cela secret, Burt dit que c'est pour le cas où ce serait un échec. Le Pr Nemur ne veut pas que tout le monde rit de lui spécialement les gens de la Fondation. J'ai dit cela m'est égal que les gens rient de moi. Des tas de gens rient de moi et ils sont mes amis et nous nous amusons, Burt m'a passé son bras autour des épaules et il a dit ce n'est pas pour toi que le Pr Nemur se fait du souci. C'est pour lui. Il ne veut pas que les gens rient de lui.

Je ne pensait pas que les gens riraient du Pr Nemur parce que c'est un savant dans une grande école mais Burt a dit aucun savant n'est un grand homme pour ses collègues ni pour ses élèves. Burt est un étudiant qui a reçu ses grades et qui se spécialise en psychologie comme c'est marqué sur la porte du laboratoire. Je ne savais pas qu'il y avait des grades dans l'université. Je croyais que c'était seulement dans l'armée.

En tous cas j'espère que je deviendrai bientôt intelligent parce que je veux aprendre tout ce qui existe dans le monde. Tout ce que savent ces étudiants du collège. Tout sur l'art et la politique et Dieu.

17 mars. Quant je me suis éveilé ce matin j'ai tout de suite pensé que j'alais me trouver intelligent mais je ne le suis pas. Tous les matins je pense que je vais être intelligent mais il ne se passe rien. Peut-être que l'espérience n'a pas marché. Peut-être que je ne deviendrai pas intelligent et qu'il faudra que je retourne à l'asile Warren. Je hais les tests et je hais les labirintes et je hais Algernon.

Je n'avais jamais senti avant que j'étais plus bête qu'une souris. Je n'ai plus envie d'écrire des comptes rendus. J'oublie les choses et même quand je les écris dans mon carnet de notes parfois je ne peux pas relire mon écriture et c'est très dur. Miss Kinnian dit de prendre patience mais j'en ai assé et je suis fatigué. Et j'ai tout le temps des maux de tête. Je voudrais retourner travailler à la boulangerie et ne plus jamais écrire de conte – non – *comptes* rendus.

20 mars. Je vais retourné travailler à la boulangerie. Le Dr Strauss a dit au Pr Nemur qu'il valait mieux que je retourne travailler. Mais je ne peux toujours pas dire à personne pourquoi on m'a opéré, et il faudra que je vienne au laboratoire deux heures tous les soirs après mon travail pour mes tests et pour écrire ces raports idiots. Ils vont me payer toutes les semaines comme si c'était un travail suplémentaire parce que cela fesait parti de l'arangement quand ils ont reçu de l'argent de la Fondation Welberg. Je ne sais toujours pas ce qu'est cette afaire Welberg. Miss Kinnian me l'a expliqué mais je ne comprend toujours pas. Si je ne deviens pas intelligent pourquoi vont-ils me payer pour écrire ces bêtises. S'ils me payent je le ferai. Mais c'est très difficile d'écrire.

Je suis content de retourner travailler parce que mon travail à la boulangerie me manque et aussi tous mes amis et toutes nos partis de rire.

Le Dr Strauss dit que je devrais garder un carnet de notes dans ma poche pour écrire les choses à me rapeler. Et je n'ai pas besoin de faire un compte rendu tous les jours mais seulement quand je pense à quelque chose ou qu'il m'arive quelque chose de spécial. Je lui ai dit que rien de spécial ne m'arive jamais et il ne semble pas non plus qu'après cette espérience spéciale il m'arive quelque chose. Il a dit ne te décourage pas Charlie parce que cela prend longtemp et que cela vient lentement et tu ne peux pas le remarquer tout de suite. Il m'a expliqué comme il a falu longtemps pour

Algernon avant qu'elle devienne 3 fois plus intelligente qu'elle l'était avant.

C'est pourquoi Algernon me bat toujours dans cette course du labirinte parce qu'elle a eu elle aussi cette opération. C'est une souris spéciale le premier animal qui reste intelligent si longtemps après l'opération. Je ne savais pas que c'était une souris spéciale. Cela fait une diférence. Je pourais probablement traverser ce labirinte plus vite qu'une souris ordinaire. Peut être qu'un jour je batrai Algernon. Hé bien ça sera quelque chose. Le Dr Strauss dit que jusqu'à maintenant on dirait qu'Algernon pourait rester définitivement intelligente et il dit que ce serait une bonne chose parce que nous avons eu tous les deux la même opération.

21 mars. Nous nous sommes bien amusé à la boulangerie aujourd'hui. Carp a dit hé regardé où Charlie a eu son opération. Qu'est ce qu'ils t'ont fait Charlie il t'ont mis un peu de cervelle. J'ai failli leur dire que j'alais devenir intelligent mais je me suis rapelé que le Pr Nemur avait dit non. Puis Frank Reilly a dit qu'est ce que tu as fait Charlie tu as ouvert une porte la tête la première. Cela m'a fait rire. Ils sont mes amis et ils m'aiment bien.

Il y a beaucoup de travail en retart. Ils n'ont pris personne pour nétoyer parce que c'était mon boulot mais il ont pris un nouveau garçon Ernie pour faire les livraisons que j'avais toujours fait. Mr Donner a dit qu'il avait décidé de ne pas le renvoyer tout de suite pour me donner une chance de me reposer et de ne pas travailler aussi dur. Je lui ai dit que j'alais très bien et que je pouvais faire les livraisons et nétoyer comme je l'avais toujours fait mais Mr Donner dit qu'on gardera le garçon.

J'ai dit alors qu'est ce que je vais faire. Et Mr Donner m'a tapé sur l'épaule et il m'a dit Charlie quel âge tu as. Je lui ai dit 32 ans bientôt 33 à mon prochain aniversaire. Et depuis combien de temps tu es ici il a dit.

Je lui ai dit je ne sais pas. Il a dit tu es arivé ici il y a 17 ans. Ton oncle Herman que Dieu ait son âme était mon meilleur ami. Il t'a amené et m'a demandé de te laissé travailler ici et de m'ocuper de toi le mieux que je pourais. Et quant il est mort 2 ans après et que ta mère t'a fait mettre à l'asile Warren j'ai obtenu qu'ils te confient à moi en placement de travail à l'estérieur. Cela fait 17 ans Charlie et je veux que tu sache que le métier de boulanger n'est peut être pas tellement merveilieux mais comme je dis toujours tu as ici un boulot jusqu'à la fin de tes jours. Alors ne sois pas inquiet que je prenne quelqu'un à ta place. Tu n'aura jamais a retourner à l'asile Warren.

Je ne suis pas inquiet mais pourquoi il a besoin d'Ernie pour faire les livraisons et travailler ici alors que j'ai toujours bien livré les paquets. Il dit ce garçon a besoin de gagné sa vie Charlie alors je vais le garder comme aprenti pour lui aprendre le métier de boulanger. Tu peux être son aide et lui donner un coup de main pour les livraisons quant il en a besoin.

Je n'ai jamais été l'aide de personne avant. Ernie est très intelligent mais les autres à la boulangerie ne l'aiment pas tellement. Ils sont tous mes amis et nous avons ensemble de bonnes partis de rire et de blagues.

Parfois quelqu'un dit hé écoute ça Frank ou Joe ou même Gimpy cette fois c'est bien du Charlie Gordon. Je ne sais pas pourquoi ils disent ça mais ils rient toujours et je ris moi aussi. Ce matin Gimpy c'est le chef boulanger et il a un mauvais pied et il boite il s'est servi de mon nom en atrapant Ernie parce qu'Ernie avait perdu un gâteau d'aniversaire. Il a dit Ernie bon Dieu essaie tu de ressembler à Charlie. Je ne sais pas pourquoi il a dit cela. Je n'ai jamais perdu de paquet.

J'ai demandé à Mr Donner si je pouvais aprendre à être aprenti boulanger comme Ernie. Je lui ai dit que je pourais aprendre s'il me donnait une chance.

Mr Donner m'a regardé drôlement un bon moment parce que je ne parle pas tellement la plupart du temps je suppose. Et Frank m'a entendu et il a ri et ri jusqu'à ce que Mr Donner lui dise de s'arèter et d'aller s'occuper de son four. Puis Mr Donner m'a dit tu as le temps pour cela Charlie. Le métier de boulanger est très important et très compliqué et tu ne devrais pas te soucier de ce genre de choses.

Je voudrais pouvoir lui dire et a tous les autres la vérité sur mon opération. Je voudrais qu'elle réussisse vraiment et vite pour que je devienne intelligent comme tout le monde.

24 mars. Le Pr Nemur et le Dr Strauss sont venus dans ma chambre voir pourquoi je ne viens pas au laboratoire comme je devais le faire. Je leur ai dit que je ne veux plus faire la course avec Algernon. Le Pr Nemur a dit que j'aurai pas à le faire pendant quelque temps mais que je devrais venir quant même. Il m'a aporté un cadeau mais il ne me le donnait pas il me le prêtait seulement. Il a dit c'est une machine à enseigner qui fonctionne comme la télé. Elle parle et elle montre des images et je n'ai qu'à la faire fonctionner juste avant de me coucher. Je lui ai dit vous plaisantez. Pourquoi je devrais faire fonctionner une télé juste avant de me coucher. Le Pr Nemur a dit que si je veux devenir intelligent il faut que je fasse ce qu'il dit. Alors je lui ai dit qu'en tout cas je ne pensais pas que je deviendrais intelligent.

Alors le Dr Strauss s'est aproché il a posé sa main sur mon épaule et il a dit Charlie tu ne le sais pas encore mais tu deviens tous les jours de plus en plus intelligent. Tu ne le remarqueras pas pendant un certain temps pas plus que tu ne vois bouger l'aiguille de l'heure sur la pendule. Mais c'est ainsi que cela se passe pour les changements qui se font en toi. Ils se produisent si lentement que tu ne t'en aperçois pas. Mais nous pouvons les suivre d'après tes tests et la manière dont tu agis et dont tu parles et tes comptes rendus. Il a dit Charlie il faut que tu ai confiance en nous et en toi même. Nous ne pouvons pas être certains que ce soit définitif mais nous sommes persuadés que bientôt tu seras un jeune homme très intelligent.

J'ai dit bon et le Pr Nemur m'a montré comment faire fonctionner cette télé qui en réalité n'est pas une télé. Je lui ai demandé ce qu'elle faisait. Il a d'abord eu l'air fâché parce que je lui demandais de m'expliquer puis il m'a dit de faire simplement ce qu'il me disait. Mais le Dr Strauss a dit qu'il devait m'expliquer parce que je commençais à contester l'autorité. Je ne sais pas ce que cela veut dire. Le Pr Nemur a eu l'air d'être prêt à se mordre les lèvres. Puis il m'a expliqué très lentement que la machine ferait un tas de choses dans mon esprit. Des choses qu'elle ferait juste avant que je m'endorme comme par ecsemple de m'aprendre des choses quand j'aurai grand sommeil et même un peu après quand je commencerai à m'endormir je continuerai à l'entendre parler même si je ne vois plus les images. D'autres choses aussi la nuit elle est censé me faire avoir des rêves et me rapeler des choses qui se sont passées il y a longtemps quand j'étais tout petit.

Cela m'efraye.

Ah oui j'oubliais. J'ai demandé au Pr Nemur quand je pourrai retourner au cour d'adultes de Miss Kinnian et il a dit que bientôt Miss Kinnian viendra au service des tests du collège pour me donner spécialement des cours. Je suis très content de cela. Je ne l'ai pas beaucoup vue depuis l'opération mais elle est gentille.

25 mars. Cette bête de télé m'a empéché de dormir toute la nuit. Comment peut-on dormir avec un truc qui vous hurle des choses bêtes dans les oreilles. Et ces images encore plus bêtes. Oh la la. Je ne comprend pas ce qu'elle raconte quand je suis éveillé alors je me demande comment je le comprendrais quand je dors. Je l'ai demandé à Burt et il dit que ça marche bien. Il dit que mon cerveau enregistre juste avant que je dorme et que cela m'aidera quand Miss Kinnian commencera à me donner des leçons au service des tests. Le service des tests n'est pas un hopital pour les animaux comme je le croyais avant. C'est un laboratoire pour la sience. Je ne sais pas ce que c'est que la sience sauf que je l'aide avec cette espérience.

En tous cas je ne comprends rien à cette télé. Je la trouve bête. Si on peut devenir intelligent en allant dormir alors pourquoi les gens vont-ils à l'école. Je ne crois pas que ce truc marchera. J'avais l'habitude de regarder la télé très tard avant d'aller dormir et cela ne m'a jamais rendu intelligent. Peut-être qu'il n'y a que certains films qui vous rendent intelligent. Peut-être par ecsemple les jeux à la téle.

26 mars. Comment est-ce que je ferai pour travailler le jour si ce truc continue de me réveiller la nuit. Au beau milieu de la nuit je me suis réveilié et je n'ai pas pu me rendormir parce qu'il répétait rapelle toi... rapelle toi... rapelle toi... Je me rapelle quelque chose. Je me rapelle pas exactement mais il s'agissait de Miss Kinnian et du cours où j'ai appris à lire. Et comment j'y suis allé.

Une fois il y a longtemps j'avais demandé à Joe Carp comment il avait apris à lire et si je pourais aprendre à lire moi aussi. Il a ri comme il fait toujours quand je dis quelque chose de drôle et a dit Charlie pourquoi perdre ton temps. Ils ne peuvent pas mettre de la cervelle où il n'y en a pas. Mais Fanny Birden m'avait entendu et elle a demandé à son cousin qui est étudiant au Collège Beekman et elle m'a parlé du cours pour adultes retardés au Collège Beekman.

Elle a écrit le nom sur un papier et Frank a ri et il a dit ne va pas devenir tellement savant que tu ne voudras plus parler à tes vieux amis. J'ai dit ne crains rien je garderai toujours mes vieux amis même si je peux lire et écrire. Il riait et Joe Carp riait mais Gimpy est arivé et leur a dit de retourner faire des petits pains. Ce sont tous de bons amis pour moi.

Après le travail je suis allé à pied à l'école et je n'étais pas rassuré. J'étais si content à l'idée que j'allais apprendre à lire que j'ai acheté un journal pour le ramener à la maison et le lire après que j'aurais appris.

Quand j'y suis arivé c'était un très grand hall avec des tas de gens. J'ai eu peur de dire quelque chose qu'il ne fallait pas à quelqu'un et j'ai voulu retourner à la maison. Mais je ne sais pas pourquoi j'ai fait demi tour et je suis de nouveau entré.

J'ai atendu jusqu'à ce que presque tout le monde soit parti sauf quelques personnes qui allaient à une grande pendule comme celle que nous avons à la boulangerie et j'ai demandé à la dame si je pouvais apprendre à lire et à écrire parce que je voulais lire tout ce qui était dans le journal et je lui ai montré. C'était Miss Kinnian mais je ne le savais pas alors. Elle a dit si vous revenez demain et que vous vous inscrivez je commencerai à vous apprendre à lire mais il faut que vous compreniez que cela prendra longtemps pour apprendre à lire. Je lui ai dit que je ne savais pas que cela prenait si longtemps mais que je voulais apprendre quand même parce que je faisais souvent semblant. Je veux dire faire croire aux gens que je savais lire mais ce n'était pas vrai et je voulais apprendre.

Elle m'a serré la main et a dit enchantée Mr Gordon je serai votre professeur. Je m'appelle Miss Kinnian. C'est donc là que je suis allé pour apprendre et c'est comme cela que j'ai rencontré Miss Kinnian.

C'est difficile de penser et de se rappeler et maintenant je ne dors plus très bien. Cette télé fait trop de bruit.

27 mars. Maintenant que je commence à avoir des rêves et à me rappeler le Pr Nemur a dit qu'il fallait que j'aille à des séances de psicotérapie avec le Dr Strauss. Il dit que ces séances de psicotérapie c'est comme quand on a de la peine et qu'on en parle pour se soulager. Je lui ai dit je n'ai pas de peine et je parle beaucoup toute la journée alors pourquoi faut-il que j'aille à ces séances de psicotérapie mais il s'est fâché et a dit que de toute manière il fallait que j'y aille.

Ce qu'est cette térapie, c'est que je dois me coucher sur un canapé et le Dr Strauss s'asseoit dans un fauteuil près de moi et je lui parle de tout ce qui me passe dans la tête. Pendant un long moment je n'ai rien dit parce que je ne pouvais pas penser à quelque chose à dire. Puis je lui ai parlé de la boulangerie et de ce qu'on y fait. Mais c'est idiot pour moi d'aller dans son cabinet et de me coucher sur le canapé pour parler puisque de toute façon j'écris dans les comptes rendus et qu'il peut les lire. Alors aujourd'hui j'ai apporté mon compte rendu et je lui ai dit que peut-être il pourrait le lire et que je pourrais faire un petit somme sur le canapé. J'étais très fatigué parce que cette télé m'avait empêché de dormir toute la nuit mais il a dit non ça ne marche pas comme ça. Il faut que je parle. Et j'ai parlé mais je me suis endormi quand même sur le canapé au beau milieu de la séance.

28 mars. J'ai mal à la tête. Ce n'est pas à cause de cette télé, cette fois. Le Dr Strauss m'a montré comment régler la télé très bas et maintenant je peux dormir. Je n'entend plus rien. Et je ne comprend toujours pas ce qu'elle dit. Quelquefois je la fais répéter le matin pour voir ce que j'ai appris avant de m'endormir et pendant que je dormais et je ne connais même pas les mots. Peut-être c'est une autre langue ou je ne sais quoi. Pourtant la plupart du temps on dirait de l'américain. Mais elle parle trop vite.

J'ai demandé au Dr Strauss quel intérêt cela a de devenir intelligent quand je dors alors que je veux être intelligent quand je suis éveilié. Il dit que c'est la même chose, que j'ai deux esprits. Il y a le SUBCONSCIENT *et le* CONSCIENT (c'est comme cela que cela s'écrit) et l'un ne dit pas à l'autre ce qu'il fait. Ils ne se parlent même pas l'un à l'autre. C'est pourquoi je rêve. Ah alors ce que j'ai eu de drôles de rêves. Oh la la. Toujours depuis cette télé de nuit.

J'ai oublié de demander au Dr Strauss si c'est seulement moi qui ai deux esprits comme ça.

(Je viens de regarder le mot dans le dictionaire que le Dr Strauss m'a donné. SUBCONSCIENT *adj. Se dit des processus psychologiques qui échappent à la conscience ; par exemple un conflit subconscient de désirs*.) Il y en a plus long mais je sais toujours pas ce que cela veut dire. Ce n'est pas un très bon dictionaire pour des gens bêtes comme moi.

En tous cas le mal de tête vient de la soirée au Halloran's Bar. Joe Carp et Frank Reilly m'ont invité à y aller avec eux après le travail pour prendre quelques verres. Je n'aime pas boire du whisky mais ils disaient que nous nous amuserions beaucoup. Je me suis bien amusé. On a joué à des jeux j'ai dansé sur le bar avec un abat jour sur la tête et tout le monde riait.

Puis Joe Carp a dit que je devrais montrer aux filles comment je nettoie les toilettes à la boulangerie et il m'a donné un balai. Je leur ai montré et tout le monde a ri quand je leur ai dit que Mr Donner disait que pour l'entretien et les courses j'étais le meilleur ouvrier qu'il ait jamais eu parce que j'aime mon travail et que je le fais bien et que je n'ai jamais eu de retard ni d'absence sauf pour mon opération.

J'ai dit que Miss Kinnian me dit toujours Charlie sois fier de ton travail parce que tu le fais bien. Tout le monde a ri et Frank a dit cette Miss Kinnian doit être un peu tapée si elle en pince pour Charlie et Joe a dit hé Charlie est ce que tu te l'envoies. J'ai dit que je ne savais pas ce que cela veut dire. Ils m'ont fait boire des tas de verres et Joe a dit Charlie est sensass quand il a un coup dans l'aile. Je pense que cela veut dire qu'ils m'aiment bien. On passe de bons moments ensemble mais je suis impatient d'être intelligent comme mes meilleurs amis Joe Carp et Frank Reilly.

Je ne me rappelle pas comment la soirée s'est terminée mais ils m'ont dit d'aller voir au coin de la rue s'il pleuvait et quand je suis revenu il n'y avait plus personne. Peut-être qu'ils étaient parti me chercher. Je les ai cherché partout tard dans la nuit. Mais je me suis perdu et j'étais fâché après moi de m'être perdu parce que je parie qu'Algernon pourrait aller et venir cent fois dans toutes ces rues sans jamais se perdre comme moi.

Et puis je ne me rappelle plus très bien mais Mrs Flynn dit qu'un gentil agent de police m'a ramené à la maison.

La même nuit j'ai rêvé de ma mère et de mon père seulement je ne pouvais pas voir le visage de ma mère il était tout blanc et flou. Je pleurais parce que nous étions dans un grand magasin et j'étais perdu et je ne pouvais pas les retrouver et je courais dans toutes les allées entre les grands comptoirs dans le magasin. Puis un monsieur est venu et m'a emmené dans une grande pièce où il y avait des bancs et il m'a donné une sucette et il m'a dit qu'un grand garçon comme moi ne devait pas pleurer et que ma mère et mon père viendraient me chercher.

En tout cas, c'est cela mon rêve et j'ai un fort mal de tête et une grosse bosse sur le crâne et des bleus partout. Joe Carp dit que j'ai dû rouler par terre ou que l'agent de police m'a tapé dessus. Je ne pense pas que les agents de police font des choses comme ça. Mais en tout cas je pense que je ne boirai plus de whisky.

29 mars. J'ai battu Algernon. Je ne savais même pas que je l'avais battue jusqu'à ce que Burt me le dise. Puis la seconde fois j'ai perdu parce que j'étais trop excité. Mais après ça je l'ai battue huit fois de suite. Je dois commencer à devenir intelligent pour battre une souris aussi intelligente qu'Algernon. Pourtant je ne me sens pas plus intelligent.

Je voulais encore continuer à faire la course mais Burt a dit que c'était assez pour cette fois. Il m'a laissé tenir Algernon une minute dans ma main. Algernon est une gentille souris. Douce comme du coton. Elle clignote des yeux et quand elle les ouvre, ils sont noir et rose sur les bords.

J'ai demandé est-ce que je peux lui donner à manger parce que cela me faisait de la peine de l'avoir battue et que je voulais être gentil avec elle et qu'on devienne amis. Burt a dit non Algernon est une souris très spéciale qui a eu une opération comme la mienne. Elle est le premier de tous les animaux a rester intelligente si longtemps. Burt dit qu'Algernon est si intelligente qu'elle a à résoudre un problème de sérure qui change chaque fois qu'elle va chercher à manger de façon qu'elle apprenne quelque chose de nouveau pour avoir sa nouriture. Cela m'a rendu triste parce que si elle ne pouvait pas apprendre elle ne pourait pas avoir a manger et elle aurait faim.

Je ne pense pas que ce soit juste de vous faire passer un test pour manger. Est-ce que Burt aimerait avoir à passer un test chaque fois qu'il voudrait manger. Je pense que je serai ami avec Algernon.

Cela me rappelle que le Dr Strauss a dit que je devais écrire tous mes rêves et tout ce que je pense de manière que je puisse lui en parler quand je vais à son cabinet. Je lui dit je ne sais pas encore comment penser mais il dit que des choses comme ce que j'ai écrit au sujé de ma maman et de mon papa et comment je suis allé au cours de Miss Kinnian ou tout ce qui m'est arivé avant l'opération c'est cela penser et je les ai écrit dans mon compte rendu.

Je ne savais pas que je pensais et que je me rappelais. Peut-être cela signifie que quelque chose m'arrive. Je ne me sens pas diférent mais je suis si excité que je ne peux pas dormir.

Le Dr Strauss m'a donné quelques pilules roses pour me faire bien dormir. Il dit qu'il me faut beaucoup de

sommeil parce que c'est alors que la plupart des changements se produisent dans mon cerveau. Cela doit être
vrai parce que mon oncle Herman quand il était sans
travail avait l'habitude de dormir chez nous sur le vieux
divan de la salle de séjour. Il était gros et il trouvait
difficilement du travail parce qu'il était peintre en bâtiment et qu'il était devenu très lent à monter et à
décendre des échelles.

Quand j'ai dit à maman que je voulais être peintre
comme l'oncle Herman ma sœur a dit ouais Charlie va
devenir l'artiste de la famille. Et papa lui a donné une
gifle et lui a dit de pas être aussi méchante bon Dieu
avec son frère. Je ne sais pas ce que c'est qu'un artiste
et si Norma a eu une gifle parce qu'elle l'avait dit je
suppose que ce n'est pas bien. Cela me faisait toujours
de la peine quand Norma se faisait gifler parce qu'elle
n'était pas gentille avec moi. Quand je serai intelligent
j'irai lui faire une visite.

30 mars. Ce soir après le travail Miss Kinnian est
venue dans la salle de cour près du laboratoire. Elle
avait l'air contente de me voir mais nerveuse. Elle m'a
paru plus jeune que je ne croyais. Je lui ai dit que
j'essayais tant que je pouvais de devenir intelligent. Elle
a dit j'ai confiance en toi Charlie après la manière dont
tu t'es eforcé tellement de lire et d'écrire mieux que
tous les autres. Je sais que tu peux y arriver. Au pire
tu auras tout cela pendant un moment et tu fais quelque
chose pour les autres élèves retardés.

Nous avons commencé à lire un livre très dificile. Je
n'ai jamais lu un livre si dificile. Il s'appelle *Robinson
Crusoé* et parle d'un homme abandoné sur une île
déserte. Il est intelligent et invente toutes sortes de
moyens pour avoir une maison et à manger et c'est un
bon nageur. Seulement je le plains parce qu'il est tout
seul et qu'il n'a pas d'amis. Mais je crois qu'il y a
quelqu'un d'autre sur l'île parce qu'il y a une image
qui le montre avec son drôle de parapluie qui regarde

des trasses de pas. J'espère qu'il aura un ami et qu'il ne sera plus si seul.

31 mars. Miss Kinnian m'apprend à faire moins de fautes. Elle dit regarde un mot et ferme les yeux et répète le jusqu'à ce que tu t'en souviennes. Cela me donne beaucoup de mal parce qu'il y a des mots qui ne s'écrivent pas comme ils se prononcent. Et je les écrivais comme ils se prononcent avant de devenir intelligent. Cela m'embrouille mais Miss Kinnian dit ne t'inquiète pas l'orthographe n'est pas une preuve d'intelligence.

Compte rendu N° 9

1er avril. Tout le monde à la boulangerie est venu me voir aujourd'hui quand j'ai commencé mon nouveau travail au pétrin mécanique. Voila comment c'est arrivé. Oliver qui travaillait au pétrin mécanique est parti hier. J'avais l'habitude de l'aider en lui apportant les sacs de farine pour les verser dans le pétrin. Pourtant je ne croyais pas que je savais faire marcher le pétrin. C'est très difficile et Oliver est allé à l'école de boulangerie un an avant de pouvoir apprendre à être aide boulanger.

Mais Joe Carp qui est mon ami a dit Charlie pourquoi ne prends tu pas la place d'Oliver. Tout le monde dans le fournil s'est approché et ils se sont mis à rire et Frank Reilly a dit oui Charlie tu es ici depuis assez longtemps. Vas y. Gimpy n'est pas là et il ne saura pas que tu as essayé. Je n'étais pas rassuré parce que Gimpy est le chef boulanger et m'a dit de ne jamais approcher du pétrin parce que je risquerai un accident. Tout le monde a dit vas y sauf Fannie Birdie qui a dit arrêtez pourquoi ne laissé vous pas ce pauvre garçon tranquile.

Frank Reilly a dit ferme ça Fanny c'est le premier avril et si Charlie fait marcher le pétrin il larangera peut être si bien que nous aurons tous une journée de congé. J'ai dit que je ne pouvais pas aranger la machine mais que je pouvais la faire marcher parce que j'avais toujours regardé faire Oliver depuis que j'étais revenu.

J'ai fait marcher le pétrin mécanique et tout le monde a été surpris spécialement Frank Reilly. Fanny Birden était surexcitée parce que qu'elle a dit il a fallu à Oliver deux ans pour apprendre à bien pétrir la pâte et il était allé à l'école de boulangerie. Bernie Bate qui s'ocupe de la machine a dit que je faisais plus vite qu'Oliver et mieux. Personne n'a ri. Quand Gimpy est revenu et que Fanny lui a raconté, il s'est mis en colère contre moi pour avoir travaillé au pétrin.

Mais elle lui a dit regardez et voyez comme il fait le travail. Les autres voulaient lui faire une blague pour le premier avril et c'est lui qui les a ridiculisé. Gimpy a regardé et je savais qu'il était fâché contre moi parce qu'il n'aime pas que les gens ne fassent pas ce qu'il leur dit exactement comme le Pr Nemur. Mais il a vu comme je faisais marcher le pétrin et il s'est graté la tête et il a dit je le vois mais je n'arrive pas à le croire. Puis il a appelé Mr Donner et il m'a dit de refaire marcher le pétrin pour que Mr Donner voie.

Je n'étais pas rassuré il allait se mettre en colère et me crier dessus aussi. Après avoir fini j'ai dit est ce que je peux retourner maintenant à mon travail. Il faut que je balaie le magasin derrière le comptoir. Mr Donner m'a regardé d'un drôle d'air un long moment. Puis il a dit ça doit être une farce de premier avril que vous me faites vous tous. C'est une atrape.

Gimpy a dit c'est ce que j'ai pensé que c'était une farce. Il a tourné autour de la machine en boitillant et il a dit à Mr Donner je ne comprends pas moi non plus mais Charlie sait la faire marcher et je dois reconnaitre qu'il fait un meilleur travail qu'Oliver.

Tout le monde était entassé autour de nous et discutait et je me suis éfrayé parce qu'ils me regardaient tous drôlement et qu'ils étaient excités. Frank a dit je vous ai dit que Charlie avait quelque chose de bizarre ces derniers temps. Et Joe Carp a dit ouais je comprends ce que tu veux dire. Mr Donner a renvoyé tout le monde au travail et il m'a emmené avec lui dans le magasin.

Il a dit Charlie je ne sais pas comment tu as fait mais on dirait que tu as finalement appris quelque chose. Je te demande de faire très attention et de faire de ton mieux. Tu as obtenu un nouvel emploi et une augmentation de 5 dollars.

J'ai dit je ne veux pas un nouvel emploi parce que j'aime nettoyer et balayer et faire les livraisons et faire de petites choses pour mes amis mais Mr Donner a dit ne te préocupe pas de tes amis j'ai besoin de toi pour faire ce travail. Je pense qu'un garçon doit vouloir de l'avancement.

J'ai dit qu'est ce que ça veut dire « avancement ». Il s'est gratté la tête et m'a regardé par dessus ses lunettes. Ne te préocupe pas de ça Charlie. À partir de maintenant tu travailles au pétrin. C'est cela un avancement.

Donc maintenant au lieu de livrer des paquets et de nettoyer les toilettes et de m'occuper des ordures je suis le nouvel ouvrier boulanger chargé du pétrin mécanique. C'est un avancement. Demain je le dirai à Miss Kinnian. Je crois qu'elle sera contente mais je ne sais pas pourquoi Frank et Joe sont fâchés contre moi. J'ai demandé à Fanny et elle a dit t'occupe pas de ces idiots. C'est le premier avril aujourd'hui et leur blague a fait long feu et c'est eux qui ont eu l'air bête pas toi.

J'ai demandé à Joe quelle blague avait fait long feu et il m'a dit d'aller me faire pendre. Je suppose qu'ils sont fâchés contre moi parce que j'ai fait marcher le pétrin et qu'ils n'ont pas eu le jour de congé comme ils croyaient. Est ce que cela signifie que je deviens plus intelligent.

3 avril. Terminé *Robinson Crusoé*. Je voulais savoir ce qui lui était arrivé après mais Miss Kinnian a dit c'est tout cela s'arrête là. Pourquoi ?

4 avril. Miss Kinnian dit que j'apprends vite. Elle a lu quelques-uns de mes comptes rendus et elle m'a regardé d'un air drôle. Elle dit que je suis un excellent garçon et que je leur montrerai que je vaux mieux qu'eux. Je lui ai demandé pourquoi. Elle a dit que cela n'avait pas d'importance mais qu'il ne faudrait pas que j'aie de la peine si je découvrais que tout le monde n'était pas aussi gentil que je le crois. Elle dit pour un garçon à qui Dieu a si peu donné tu as fait plus qu'un tas de gens qui ont un cerveau dont ils ne se servent même pas. J'ai dit que tous mes amis sont des gens intelligents et bons. Ils m'aiment bien et ne m'ont jamais rien fait qui ne soit pas gentil. À ce moment elle a attrapé quelque chose dans l'œil et il a fallu qu'elle coure aux toilettes des dames.

Pendant que je l'attendais assis dans la salle de cours je me demandait comment Miss Kinnian pouvait être si gentille comme l'était ma mère. Je pense à ma mère qui me disait de rester un bon garçon et d'être toujours aimable avec les gens. Elle a ajouté mais fais toujours attention que certains ne comprennent pas et peuvent croire que tu cherches à faire des ennuis.

Cela me rappelle quand maman a du s'en aller et qu'ils m'ont mis chez Mrs Leroy qui habitait la porte à côté. Maman allait à l'hôpital. Papa a dit qu'elle n'était pas malade ni rien du tout mais qu'elle allait à l'hôpital pour me ramener une petite sœur ou un petit frère (je ne sais pas encore comment cela se fait). Je leur ai dit je veux un petit frère pour jouer avec moi et je ne sais pas pourquoi ils m'ont apporté une petite sœur à la place mais elle était jolie comme une poupée. Seulement elle pleurait tout le temps.

Je ne lui ai jamais fait mal ni rien.

Ils l'ont mise dans un berceau dans leur chambre et une fois j'ai entendu papa dire ne t'inquiète pas Charlie ne lui fera pas de mal.

Elle était comme un petit paquet tout rose et quelquefois je ne pouvais pas dormir tant elle pleurait.

Et quand je m'endormais elle me réveillait au beau milieu de la nuit. Une fois qu'ils étaient dans la cuisine et que j'étais au lit elle a pleuré. Je me suis levé pour aller la prendre dans mes bras et la calmer comme fait maman. Mais maman est arrivée en criant et me l'a enlevée, et m'a giflé si fort que je suis tombé sur le lit.

Puis elle s'est mise à hurler ne la touche plus jamais. Tu lui ferais mal. C'est un bébé. Tu n'as pas à la toucher. Je ne le savais pas alors mais je crois que je sais maintenant qu'elle pensait que j'allais faire mal au bébé parce que j'étais trop bête pour savoir ce que je faisais. Maintenant cela m'attriste parce que je n'aurais jamais fait de mal à ma petite sœur.

Quand j'irai chez le Dr Strauss il faut que je lui parle de cela.

6 avril. Aujourd'hui, j'ai appris la virgule, qui est, virgule (,) un point avec, une queue, Miss Kinnian, dit qu'elle, est importante, parce qu'elle permet, de mieux écrire, et elle dit, quelqu'un pourrait perdre, beaucoup d'argent, si une virgule, n'est pas, à la, bonne, place. J'ai un peu d'argent, que j'ai, économisé, sur mon salaire, et sur ce que, la Fondation me paie, mais pas beaucoup et, je ne vois pas comment, une virgule, m'empêche, de le perdre.

Mais, dit-elle, tout le monde, se sert des virgules, alors, je m'en servirai, aussi.

7 avril. Je me suis mal servi de la virgule. C'est une *ponctuation*. Miss Kinnian m'a dit de chercher les mots compliqués dans le dictionnaire pour apprendre à bien les orthographier. J'ai dit quelle importance du moment qu'on peut quand même les lire. Elle a dit cela fait partie de ce que tu dois apprendre, alors à partir de maintenant je chercherai tous les mots que je ne suis pas certain de savoir orthographier. Cela prend beaucoup de temps d'écrire comme cela mais je crois que je me rappelle de mieux en mieux.

En tout cas c'est pour cela que j'écris bien le mot ponctuation. Il est écrit comme cela dans le dictionnaire. Miss Kinnian dit qu'un point est une ponctuation aussi et il y a un tas d'autres signes à apprendre. Je lui ai dit que je croyais qu'elle avait voulu dire que tous les points devaient avoir une queue et être appelés des virgules. Mais elle a dit que non.

Elle a dit ; Il, faut que ? tu saches tous ! les employer : Elle m'a montré comment les employer ; et maintenant ! Je peux employer toutes sortes de ponctuations – dans ce que, j'écris ! Il y a « des tas de règles ; à apprendre ? mais je me les mets dans la tête.

Une chose que, j'aime : dans ma chère Miss Kinnian : c'est comme cela ? qu'il faut écrire ; dans une lettre, d'affaire (si j'entre jamais ! dans les affaires ?) c'est qu'elle me donne « toujours une explication quand – je lui pose une question. Elle est un génie ! Je voudrais pouvoir être aussi intelligent qu'elle ;

La ponctuation, c'est ? amusant !

8 avril. Ce que je suis bête ! Je n'avais même pas compris ce dont elle parlait. J'ai lu mon livre de grammaire hier soir et il explique tout cela. J'ai alors vu que c'était exactement comme Miss Kinnian essayait de me le dire, mais je n'avais rien compris. Je me suis levé au milieu de la nuit et tout cela s'est éclairci dans ma tête.

Miss Kinnian dit que la télé, en marchant juste avant que je m'endorme et durant la nuit, y a aidé. Elle dit que j'ai atteint un *plateau*. Comme le sommet plat d'une colline. Après que j'ai eu compris comment fonctionne la ponctuation, j'ai relu tous mes comptes rendus depuis le début. Hé bien alors, c'est fou ce que j'ai fait de fautes d'orthographe et de ponctuation ! J'ai dit à Miss Kinnian que je devrais reprendre ces pages et corriger toutes les fautes, mais elle a dit : « Non, Charlie, le Pr Nemur veut qu'elles restent comme elles sont. C'est pourquoi il te les rend pour que tu les gardes après qu'elles ont été photocopiées – pour voir tes propres progrès. Tu progresses vite, Charlie. »

10 avril. Je me sens mal à l'aise. Pas malade à aller chez un médecin, mais je me sens mal en dedans, comme si j'avais reçu un coup et que j'ai en même temps le cœur serré.

Je ne voulais pas en parler mais je crois qu'il le faut parce que c'est important. C'est la première fois aujourd'hui que je ne suis pas allé au travail, volontairement.

Hier soir Joe Carp et Frank m'ont invité à une petite fête. Il y avait des tas de filles et Gimpy était là et Ernie aussi. Je me rappelais combien j'avais été malade la dernière fois que j'avais trop bu et j'ai dit à Joe que je ne voulais rien boire. Il m'a donné un simple coca cola. Il avait un drôle de goût mais j'ai pensé que c'était parce que j'avais mauvaise bouche.

Nous nous sommes beaucoup amusés pendant un certain temps.

— Danse avec Ellen, a dit Joe. Elle t'apprendra les pas.

Et il lui a fait un clin d'œil comme s'il avait eu quelque chose dans l'œil.

Elle a dit :

— Pourquoi ne le laisses-tu pas tranquille ?

Il m'a tapé dans le dos :

— Charlie Gordon est mon copain, mon pote. Ce n'est pas un gars ordinaire – il a eu de l'avancement, c'est lui qui est chargé du pétrin mécanique. Tout ce que je te demande, c'est de danser avec lui et qu'il s'amuse. Quel mal y a-t-il à cela ?

Il m'a poussé tout contre elle. Et elle a dansé avec moi. Je suis tombé trois fois et je ne pouvais pas comprendre pourquoi car personne d'autre ne dansait en dehors d'Ellen et moi. Et tout le temps je tombais parce qu'il y avait toujours le pied de quelqu'un qui dépassait.

Ils faisaient cercle autour de nous et riaient de la manière dont nous dansions. Ils riaient plus fort chaque fois que je tombais et je riais aussi parce que c'était tellement drôle. Mais la dernière fois que c'est arrivé je n'ai pas ri. J'ai voulu me relever et Joe m'a fait retomber.

J'ai vu alors l'expression qui était sur le visage de Joe et cela m'a donné une drôle de sensation au creux de l'estomac.

— Ce qu'il est marrant, a dit une des filles.

Tout le monde riait.

— Oh, tu avais raison, Frank, pouffait Ellen, c'est un spectacle à lui tout seul. (Puis elle a dit :) Tiens, Charlie, prends une pomme.

Elle me l'a donnée et quand j'ai mordu dedans, c'était une attrape.

Alors Frank s'est mis à rire et il a dit :

— Je vous l'avais dit qu'il la mangerait. Auriez-vous jamais imaginé quelqu'un d'assez bête pour manger une pomme en cire ?

Joe a dit :

— Je n'ai jamais autant ri depuis que nous l'avions envoyé voir au coin de la rue s'il pleuvait, le soir où nous l'avons soûlé chez Halloran.

Et une image m'est venue à l'esprit du temps où j'étais petit quand les gosses du voisinage me laissaient jouer avec eux à cache-cache et que c'était mon tour. Après avoir compté et recompté jusqu'à dix sur mes doigts je me mettais à chercher les autres. Et je continuais à les chercher jusqu'à ce qu'il fasse noir et froid, et qu'il me faille rentrer à la maison.

Et je ne les trouvais jamais et je ne savais jamais pourquoi.

Ce que Frank disait me l'a rappelé. C'était la même chose qui était arrivée chez Halloran. Et c'était ce que faisaient maintenant Joe et les autres. Se moquer de moi, comme les gosses qui jouaient à cache-cache me jouaient des tours et se moquaient aussi de moi.

Tous ceux qui étaient de la fête n'étaient plus qu'une grappe de visages brouillés qui me regardaient à terre et qui se moquaient de moi.

— Regardez-le. Il est tout rouge.

— Il rougit. Voilà Charlie qui rougit.

— Hé, Ellen, qu'est-ce que tu as fait à Charlie ? Je ne l'ai jamais vu comme cela.

— Hé bien mon vieux, Ellen l'a bougrement excité.

Je ne savais ni quoi faire ni où me tourner. De se frotter contre moi, elle m'avait donné une drôle de sensation. Tout le monde riait et brusquement j'ai eu l'impression d'être tout nu. J'aurais voulu me cacher pour qu'ils ne me voient pas. Je me suis précipité hors de l'appartement. C'était un grand immeuble avec des tas de couloirs et je ne trouvais pas l'escalier. J'avais oublié l'ascenseur. Finalement, j'ai trouvé l'escalier et je suis sorti en courant dans la rue. J'ai marché longtemps avant de regagner ma chambre. Je n'avais jamais compris avant que Joe et Frank et les autres aimaient m'avoir avec eux simplement pour s'amuser de moi.

Maintenant je comprends ce qu'ils veulent dire quand ils disent : « Ça, c'est bien du Charlie Gordon. »

J'ai honte.

Et autre chose. J'ai rêvé de cette fille, Ellen, qui dansait et se frottait contre moi et quand je me suis éveillé, les draps étaient tachés et mouillés.

13 avril. Je ne suis pas allé à la boulangerie encore aujourd'hui, j'ai dit à Mrs Flynn, ma propriétaire, de téléphoner à Mr Donner et de lui dire que je suis malade. Mrs Flynn me regarde depuis quelque temps comme si elle avait peur de moi.

Je pense que c'est une bonne chose que j'aie découvert comment tout le monde se moque de moi. J'y ai beaucoup pensé. C'est parce que je suis si bête et que je ne sais même pas quand je fais quelque chose de bête. Les gens pensent que c'est amusant quand une personne pas intelligente ne peut pas faire des choses comme eux ils peuvent.

En tout cas, je sais maintenant que je deviens un peu plus intelligent chaque jour. Je connais la ponctuation et aussi l'orthographe. J'aime chercher tous les mots difficiles dans le dictionnaire et je m'en souviens. Et j'essaie d'écrire ces comptes rendus très soigneusement mais c'est difficile. Je lis beaucoup maintenant et Miss Kinnian dit que je lis très vite. Et je comprends même beaucoup des choses que je lis et elles me restent dans l'esprit. Il y a des fois où je peux fermer les yeux et penser à une page et elle me revient tout entière comme une image.

Mais il y a d'autres choses qui me viennent dans la tête. Parfois je ferme les yeux et je vois une image très nette. Comme ce matin juste après m'être réveillé, j'étais couché dans mon lit les yeux ouverts. C'était comme si un grand trou s'était ouvert dans les murs de mon esprit et que je puisse tout simplement passer au travers. Je crois que c'est très loin, il y a longtemps, quand j'ai commencé à travailler à la boulangerie Donner. Je vois la rue où est la boulangerie. Elle est d'abord floue puis y apparaissent comme des taches, des choses si réelles qu'elles sont maintenant là devant moi, et d'autres choses restent floues, et je ne suis pas sûr...

Un petit vieux avec une voiture d'enfant transformée en poussette, avec un fourneau à charbon de bois, et l'odeur des marrons grillés et la neige sur le sol. Un jeune garçon maigre avec de grands yeux et un air craintif sur le visage qui regarde l'enseigne du magasin. Qu'y a-t-il dessus ? Des lettres brouillées d'une manière qui n'a aucun sens. Je sais *maintenant* que cette enseigne indique BOULANGERIE DONNER mais en la regardant dans ma mémoire je ne peux pas la lire avec ses yeux. Aucune des enseignes n'a de sens. Je crois que ce garçon au visage craintif, c'est moi.

Des lumières brillantes au néon. Des arbres de Noël et des petits marchands forains sur le trottoir. Des gens engoncés dans des manteaux avec le col relevé et des écharpes autour du cou. Mais le garçon n'a pas de gants. Il a froid aux mains et pose à terre un gros paquet de sacs de papier brun. Il s'arrête pour regarder les petits jouets mécaniques que le marchand remonte – l'ours qui culbute, le chien qui saute, l'otarie qui fait tourner un ballon sur son nez. Et qui culbutent et qui sautent et qui font tourner leur ballon. S'il avait tous ces jouets à lui, il serait le garçon le plus heureux du monde.

Il a envie de demander au petit marchand au visage rouge, aux doigts qui passent à travers ses gants de coton marron, s'il peut prendre une minute l'ours qui culbute mais il n'ose pas. Il ramasse le paquet de sacs en papier et le met sur son épaule. Il est maigre mais de longues années de dur travail l'ont rendu fort.

— Charlie ! Charlie !... Gros ballot de Charlie !

Des gosses tournent autour de lui en riant et en le taquinant comme des petits chiens qui essaieraient de lui mordre les talons. Charlie leur sourit. Il voudrait bien poser son paquet et jouer à des jeux avec eux, mais quand il y pense, il a des frissons dans le dos et il se souvient comment les plus grands lui lancent des choses.

En revenant à la boulangerie, il voit quelques-uns des garçons à la porte d'un couloir sombre.

— Hé, regarde, voilà Charlie !

— Hé, Charlie, qu'est-ce que tu portes là ? Tu veux faire une partie de dés ?

— Viens donc, on te fera pas mal.

Mais la porte, le couloir sombre et les rires ont quelque chose qui lui donne encore des frissons dans le dos. Il essaie de savoir pourquoi mais tout ce qu'il se rappelle c'est la saleté de ses vêtements souillés. Et l'oncle Herman qui a crié quand il est revenu à la maison tout couvert d'ordures et qui s'est précipité dehors un marteau a la main à la recherche des garçons qui lui avaient fait cela. Charlie recule devant les garçons qui rient dans le couloir, fait tomber son paquet. Il le ramasse et court tout le reste du chemin jusqu'à la boulangerie.

— Pourquoi as-tu mis si longtemps, Charlie ? crie Gimpy du fond du magasin.

Charlie passe les portes battantes de l'arrière-boutique et pose le paquet sur l'un des plateaux. Il s'adosse au mur en plongeant ses mains dans ses poches. Il voudrait bien avoir sa toupie.

Il aime bien être là dans le fournil où le sol est blanc de farine, plus blanc que les murs et le plafond noircis de suie. Les semelles épaisses de ses galoches sont encroûtées de blanc, et il y a du blanc dans les coutures et dans les œillets des lacets et sous ses ongles et dans la peau gercée de ses mains.

Il est bien là – accroupi contre le mur – adossé de telle manière que sa casquette retombe en avant sur ses yeux. Il aime l'odeur de farine, de pâte molle, mêlée à celle du pain et des gâteaux et des petits pains qui cuisent. La chaleur du four l'endort.

Bien… chaleur… dort.

Soudain il tombe, se retient et sa tête heurte le mur. Quelqu'un lui a fait un croche-pied.

C'est tout ce que je peux me rappeler. Je peux voir tout cela très nettement mais je ne sais pas pourquoi c'est arrivé. C'est comme quand j'allais au cinéma. La première fois je ne comprenais jamais parce que cela allait trop vite mais après avoir vu le film trois ou quatre fois je finissais par comprendre ce qui se disait. Il faut que je questionne le Dr Strauss là-dessus.

14 avril. Le Dr Strauss dit que la chose importante est de se rappeler des souvenirs comme celui qui m'est venu hier et de les écrire. Ensuite, quand je vais à son cabinet, nous pouvons en parler.

Le docteur est un psychiatre et neurologue. Je ne le savais pas. Je pensais qu'il n'était qu'un simple médecin mais lorsque je suis allé le voir ce matin, il m'a expliqué combien il était important pour moi d'apprendre à me connaître de façon à comprendre mes problèmes. J'ai dit que je n'avais pas de problèmes.

Il a ri, puis il s'est levé de sa chaise et est allé à la fenêtre :

— Plus tu deviendras intelligent, plus tu auras de problèmes, Charlie. Ta croissance mentale va dépasser ta croissance émotionnelle. Et je crois qu'à mesure que tu progresseras, tu découvriras beaucoup de choses dont tu voudras me parler. Je veux simplement que tu te souviennes que c'est ici que tu dois venir quand tu as besoin que l'on t'aide.

Je ne sais pas encore ce que tout cela signifie mais il a dit que même si je ne comprends pas mes rêves ou mes souvenirs, ou pourquoi ils me viennent, plus tard, à un certain moment, tout cela se mettra en ordre et que j'en saurai davantage sur moi-même. Il a dit que l'important c'est de trouver ce que disent les gens dans mes souvenirs. Il s'agit toujours de moi quand j'étais enfant, et il faut que je me rappelle ce qui est arrivé.

Je ne savais rien de tout cela avant. C'est comme si, en devenant suffisamment intelligent, j'allais comprendre tous les mots que j'ai dans la tête et que je saurais tout sur ces garçons dans le couloir et sur mon oncle Herman et mes parents. Mais ce qu'il veut dire c'est que cela va me peiner et que je pourrais en avoir le cerveau malade.

Il faut donc que je vienne le voir deux fois par semaine maintenant pour parler de ce qui me tourmente. Nous nous asseyons simplement et je parle et le Dr Strauss écoute. Cela s'appelle psychothérapie, et cela signifie parler de ces choses pour qu'après je me sente mieux. Je lui ai dit que l'une des choses qui me tourmentent, c'est au sujet des femmes. Ainsi d'avoir dansé avec cette Ellen qui m'avait tellement excité. Nous en avons donc parlé et j'ai eu une drôle de sensation pendant que j'en parlais, une sueur froide, et un bourdonnement dans ma tête et j'ai cru que j'allais vomir. Peut-être parce que j'ai toujours pensé que c'était sale et mauvais d'en parler. Mais le Dr Strauss dit que ce qui m'est arrivé après, dans le lit, est une chose naturelle qui arrive aux garçons.

Même si je deviens intelligent et que j'apprends un tas de choses nouvelles, il croit donc que je suis encore un petit garçon au sujet des femmes. C'est déconcertant, mais je vais me mettre à tout découvrir de ma vie.

15 avril. Je lis beaucoup en ce moment et presque tout me reste dans la tête. En plus de l'histoire et de la géographie et de l'arithmétique, Miss Kinnian dit que je devrais commencer à apprendre des langues étrangères. Le Pr Nemur m'a donné d'autres bandes magnétiques à faire passer quand je dors. Je ne sais toujours pas comment fonctionne l'esprit conscient et inconscient, mais le Dr Strauss dit de ne pas m'en préoccuper encore. Il m'a fait promettre, quand j'arriverai à des études du niveau du collège dans quelques semaines, de ne pas lire de livres de psychologie – jusqu'à ce qu'il m'en donne la permission. Il dit que cela m'embrouillera et me fera penser en fonction de théories psychologiques au lieu de suivre mes propres idées et mes propres sentiments. Mais je peux très bien lire des romans. Cette semaine j'ai lu *Gatsby le Magnifique*, de Scott Fitzgerald, et *Une tragédie américaine*, de Theodore Dreiser. Je n'avais jamais eu l'idée que des hommes et des femmes agissent ainsi.

16 avril. Je me sens beaucoup mieux aujourd'hui mais je suis encore en colère à la pensée que les gens ont toujours ri de moi et se sont toujours moqués de moi. Lorsque je serai devenu aussi intelligent que le dit le Pr Nemur, avec un Q.I. qui sera plus du double du Q.I. 70 qui est le mien, peut-être qu'alors les gens m'aimeront et seront mes amis.

Je ne sais pas exactement ce qu'est un Q.I. Le Pr Nemur dit que c'est quelque chose qui mesure l'intelligence que l'on a – comme une balance au magasin mesure combien pèse une chose en kilos. Mais le Dr Strauss a eu une grosse discussion avec lui et a dit qu'un Q.I. ne *pèse* pas du tout l'intelligence. Il dit qu'un Q.I. indique jusqu'où peut aller votre intelligence comme les chiffres sur un verre à mesurer. Encore faut-il emplir le verre avec quelque chose.

Quand j'ai interrogé Burt Seldon qui me fait passer mes tests d'intelligence et qui travaille avec Algernon, il a dit qu'il y a des gens qui diraient que Nemur et Strauss sont dans l'erreur, et que, d'après ce qu'il a lu sur le sujet, le Q.I. mesure un tas de choses différentes y compris certaines des choses que vous avez déjà apprises et que ce n'est vraiment pas du tout une bonne mesure de l'intelligence.

Je ne sais donc toujours pas ce qu'est un Q.I. et tout le monde en donne une définition différente. Le mien est d'environ 100 actuellement et il va bientôt dépasser 150 mais il faut encore qu'ils m'emplissent avec quelque chose, comme le verre à mesurer. Je n'ai rien voulu dire mais je ne vois pas, s'ils ne savent pas *ce que* c'est ni *où* c'est, comment ils peuvent savoir *combien* on en a.

Le Pr Nemur dit que je dois passer un *test de Rorschach* après-demain. Je me demande ce que c'est.

17 avril. J'ai eu un cauchemar la nuit dernière et, ce matin après m'être éveillé, je me suis livré à des associations d'idées comme le Dr Strauss me l'a demandé quand je me souviens de mes rêves. Je pense à mon rêve et je laisse simplement mon esprit errer librement jusqu'à ce que d'autres pensées me viennent. Je continue à faire cela jusqu'à ce que j'aie la tête vide. Le Dr Strauss dit que cela signifie que j'ai atteint un point où mon subconscient tente de bloquer mon conscient pour l'empêcher de se rappeler. C'est un mur entre le présent et le passé. Parfois le mur résiste et parfois il s'effondre et je peux me souvenir de ce qui est derrière lui.

Comme ce matin.

J'avais rêvé de Miss Kinnian lisant mes comptes rendus. Dans mon rêve, je m'assieds pour écrire mais je ne peux plus écrire ni lire. J'ai tout oublié. J'ai peur et je demande à Gimpy à la boulangerie d'écrire pour moi. Mais lorsque Miss Kinnian lit le compte rendu, elle se fâche et déchire les pages parce que des obscénités y sont écrites.

Quand je reviens à la maison, le Pr Nemur et le Dr Strauss sont là qui m'attendent et ils me donnent une correction pour avoir écrit des obscénités dans mon compte rendu. Lorsqu'ils s'en vont, je ramasse les pages déchirées mais elles se transforment en papier dentelle comme des cartes de la Saint-Valentin[1], avec plein de sang dessus.

C'était un rêve horrible mais je me suis levé et je l'ai écrit tout entier puis j'ai pratiqué l'association libre d'idées.

Boulangerie… le pain qui cuit… la fontaine à thé… quelqu'un qui me donne un coup de pied… je tombe… du sang partout… j'écris… un gros crayon sur une carte de la Saint-Valentin, rouge… un petit cœur doré… un médaillon… une chaîne… tout est couvert de sang… et il se moque de moi…

La chaîne est celle d'un médaillon… il tournoie… lance des éclats de soleil dans mes yeux. Et je le regarde tournoyer… je regarde la chaîne… toute mélangée et tordue qui tournoie… et une petite fille qui me regarde.

---

1. Dans les pays de langue anglaise, on envoie des cartes (ou des petites lettres) le jour de la Saint-Valentin (14 février) soit comme gage d'amour, soit par plaisanterie. *(N.d.T.)*

Elle s'appelle Miss Kin... je veux dire Harriet.

Harriet... Harriet... Nous aimons tous Harriet.

Et puis plus rien. De nouveau un blanc.

Miss Kinnian qui lit mes comptes rendus par-dessus mon épaule.

Ensuite, nous sommes au cours d'adultes retardés et elle lit par-dessus mon épaule tandis que j'écris mes *compositions*.

Le cours devient l'école primaire 13, j'ai onze ans et Miss Kinnian a onze ans aussi, mais maintenant elle n'est plus Miss Kinnian. Elle est une petite fille avec des fossettes et de longs cheveux bouclés et elle s'appelle Harriet. Nous aimons tous Harriet. Et c'est la Saint-Valentin.

Je me rappelle...

Je me rappelle ce qui est arrivé à l'école primaire 13 et pourquoi ils ont dû me changer d'école et m'envoyer à l'école primaire 222. À cause de Harriet.

Je vois Charlie – il a onze ans. Il a un petit médaillon doré qu'un jour il a trouvé dans la rue. Le médaillon n'a pas de chaîne, mais il est attaché à un fil, il aime le faire tournoyer pour qu'il torde le fil, et il le regarde se détordre en lui envoyant des éclats de soleil dans les yeux.

Quelquefois, quand les gosses jouent à la balle, ils le laissent jouer au milieu et il essaie de saisir la balle avant que l'un d'eux l'attrape. Il aime être au centre – même s'il n'attrape jamais la balle – une fois, Hymie Roth avait lâché la balle et il l'a ramassée, mais les autres n'ont pas voulu le laisser la lancer et il a dû retourner au milieu.

Quand Harriet passe, les garçons s'arrêtent de jouer et la regardent. Tous les garçons sont amoureux de Harriet. Lorsqu'elle secoue la tête, ses boucles dansent et elle a des fossettes. Charlie ne sait pas pourquoi ils font tant d'histoires pour une fille et pourquoi ils veulent toujours aller lui parler (lui, il préfère jouer à la balle ou au football avec une boîte de conserve ou à un autre jeu plutôt que de parler à une fille), mais tous les garçons sont amoureux de Harriet, alors lui aussi il est amoureux de Harriet.

Elle ne le taquine jamais comme les autres gosses, et il fait des tours pour elle. Il marche sur les tables quand la maîtresse n'est pas là. Il jette les chiffons à effacer par la fenêtre, gribouille partout sur le tableau noir et sur les murs. Et Harriet pouffe et s'exclame :

— Oh ! regardez Charlie ! Ce qu'il est rigolo ! Oh ! ce qu'il est bête !

C'est la Saint-Valentin, les garçons parlent des jolies cartes qu'ils vont donner à Harriet, et Charlie dit :

— Moi aussi je vais donner une jolie carte à Harriet.

Ils s'esclaffent et Barry dit :

— Où la prendras-tu, ta carte ?

— J'en trouverai une belle pour elle. Vous verrez.

Mais il n'a pas d'argent pour acheter une carte alors il décide de donner à Harriet son médaillon qui est en forme de cœur comme les cartes de la Saint-Valentin à la devanture des magasins. Ce soir-là, il prend du papier de soie dans le tiroir de sa mère, et il lui faut longtemps pour faire un joli paquet et l'attacher avec un ruban rouge. Puis il le montre à Hymie Roth, le lendemain à l'heure du déjeuner à l'école et demande à Hymie d'écrire pour lui sur le papier.

Il dit à Hymie d'écrire :

« Chère Harriet. Je pense que tu es la plus jolie fille du monde. Je t'aime beaucoup beaucoup, et je voudrais que tu sois ma Valentine.

Ton ami, Charlie Gordon. »

Hymie écrit soigneusement en grosses lettres d'imprimerie sur le papier en riant tout le temps et il dit à Charlie :

— Ben, mon vieux, ça va lui en faire sortir les yeux de la tête. Attends qu'elle voie ça.

Charlie n'est pas rassuré, mais il veut donner ce médaillon à Harriet, il la suit en quittant l'école et il attend qu'elle soit entrée dans sa maison. Puis il se glisse dans le hall et accroche le paquet à la poignée de la porte, à l'intérieur. Il sonne deux fois et court de l'autre côté de la rue se cacher derrière un arbre.

Quand Harriet vient ouvrir, elle regarde dehors pour voir qui a sonné. Puis elle voit le paquet. Elle le prend et rentre. Charlie retourne à la maison et reçoit une fessée parce qu'il a pris le papier de soie et le ruban dans le tiroir de sa mère, sans le dire. Mais cela lui est égal. Demain, Harriet portera le médaillon et dira à tous les garçons que c'est lui qui le lui a donné. Alors ils verront.

Le lendemain, il court jusqu'à l'école, mais c'est trop tôt. Harriet n'est pas encore là et il est tout énervé.

Mais quand Harriet arrive, elle ne le regarde même pas. Elle ne porte pas le médaillon. Et elle a l'air fâché.

Il fait toutes sortes de choses pendant que Mrs Janson ne surveille pas : il fait des grimaces comiques. Il rit fort. Il monte sur son banc et agite son derrière. Il lance même un morceau de craie à Harold. Mais Harriet ne le regarde pas une seule fois. Peut-être a-t-elle oublié le médaillon. Peut-être le portera-t-elle demain. Elle passe près de lui dans le couloir mais quand il s'approche pour l'interroger, elle le repousse sans dire un mot.

En bas, dans la cour de l'école, les deux grands frères de Harriet attendent Charlie.

Gus le pousse :

— Petit saligaud, c'est toi qui as écrit des saletés à ma petite sœur ?

Charlie répond qu'il n'a pas écrit des saletés :

— Je lui ai simplement souhaité la Saint-Valentin.

Oscar, qui faisait partie de l'équipe de football avant de quitter l'école secondaire, attrape Charlie par sa chemise en arrachant deux boutons :

— N'approche plus de ma petite sœur, espèce de dégénéré. On se demande même pourquoi tu es dans cette école.

Il pousse Charlie vers Gus qui le saisit à la gorge. Charlie prend peur et commence à pleurer.

Alors ils se mettent à le frapper. Oscar lui envoie un coup de poing dans la figure, Gus le jette à terre et lui donne un coup de pied dans les côtes, puis tous deux lui donnent des coups de pied et quelques-uns des gosses dans la cour – les amis de Charlie – arrivent en criant et en battant des mains :

— Venez voir ! Venez voir ! Ils flanquent une volée à Charlie !

Ses vêtements sont déchirés, il saigne du nez, il a une dent cassée et, après que Gus et Oscar sont partis, il s'assied sur le trottoir et pleure. Le sang a un goût amer. Les autres gosses rient et crient : « Charlie s'est fait flanquer une volée ! Charlie s'est fait flanquer une volée ! » Et Mr Wagner, l'un des employés de l'école, arrive et les chasse. Il emmène Charlie dans les lavabos et lui dit de laver le sang et la saleté qu'il a sur les mains et la figure, avant de rentrer à la maison…

Je crois que j'étais assez bête pour croire tout ce que les gens me disaient. Je n'aurais pas dû faire confiance à Hymie ni à personne.

Je ne me souvenais pas de tout cela jusqu'à aujourd'hui, mais cela m'est revenu après que j'ai pensé à mon rêve. Cela a sans doute un rapport avec ce que je ressens au sujet de Miss Kinnian en train de lire mes comptes rendus. En tout cas, je suis content de n'avoir plus à demander à quelqu'un d'écrire pour moi. Maintenant, je peux le faire moi-même.

Mais je viens de me rendre compte de quelque chose : Harriet ne m'a jamais rendu mon médaillon.

18 avril. J'ai découvert ce qu'est un test de Rorschach. C'est le test avec les taches d'encre. Celui que j'ai passé avant l'opération. Dès que j'ai vu ce que c'était, j'ai eu peur. Je savais que Burt allait me demander de trouver les images, et je savais que je ne le pourrais pas. Je pensais : si seulement il y avait un moyen de savoir quel genre d'images y sont cachées. Peut-être n'était-ce pas du tout des images. Peut-être n'était-ce qu'un truc pour voir si j'étais assez bête pour chercher quelque chose qui n'est pas là. Rien que d'y penser, cela me mettait en colère contre Burt.

— Voyons, Charlie, a-t-il dit, tu as déjà vu ces cartes, tu te rappelles ?

— Bien sûr, je me rappelle.

À la manière dont je l'ai dit, il a deviné que j'étais en colère et il m'a regardé, surpris.

— Il y a quelque chose qui ne va pas, Charlie ?

— Non, il n'y a rien. Ce sont ces taches qui m'impressionnent.

Il a souri en hochant la tête :

— Il n'y a pas de quoi. Ce n'est que l'un des tests classiques de personnalité. Maintenant, je voudrais que tu regardes cette carte. Qu'est-ce que tu y vois ? Les gens voient toutes sortes de choses dans ces taches d'encre. Dis-moi à quoi elles peuvent ressembler pour toi – ce à quoi elles te font penser.

Cela m'a donné un coup. J'ai regardé la carte, puis je l'ai regardé lui. Ce n'était pas du tout ce à quoi je m'attendais :

— Vous voulez dire qu'il n'y a pas d'images cachées dans ces taches d'encre ?

Burt a plissé le front et a enlevé ses lunettes.

— Quoi ?

— Des images ! Cachées dans les taches d'encre. L'autre fois, vous m'avez dit que tout le monde pouvait les voir et vous vouliez que je les découvre, moi aussi.

— Non, Charlie, je ne peux pas avoir dit cela.

— Qu'est-ce que cela signifie ? lui ai-je demandé en criant. (D'avoir tellement peur de ces taches d'encre m'avait mis en colère contre moi et contre Burt aussi.)

C'est ce que vous m'avez dit. Que vous soyez assez intelligent pour aller au collège ne vous donne pas le droit de vous moquer de moi. J'en ai assez, je suis fatigué de voir tout le monde se moquer de moi.

Je ne me souviens pas d'avoir jamais été aussi en colère. Je ne pense pas que c'était contre Burt lui-même, mais j'ai soudain explosé. J'ai jeté les cartes du Rorschach sur la table et je suis sorti. Le Pr Nemur était dans le couloir et quand il m'a vu passer près de lui en courant sans le saluer, il a senti que quelque chose n'allait pas. Il m'a attrapé avec Burt au moment où j'allais prendre l'ascenseur.

— Charlie, a dit Nemur en me saisissant le bras. Attends une minute. Qu'est-ce qui se passe ?

J'ai dégagé mon bras et j'ai montré Burt de la tête.

— J'en ai assez et je suis fatigué de voir que les gens se moquent sans arrêt de moi. C'est tout. Peut-être que je ne m'en rendais pas compte avant mais, maintenant, je le sais et cela ne me plaît pas.

— Personne ne se moque de toi ici, Charlie, a dit Nemur.

— Et ces taches d'encre ? L'autre fois, Burt m'a dit qu'il y avait des images dans l'encre – que tout le monde pouvait voir et que je...

— Voyons, Charlie, veux-tu écouter les paroles exactes que Burt t'a dites, et tes réponses aussi ? Nous avons une bande magnétique de cette séance de tests. Nous pouvons te la faire passer et tu entendras exactement ce qui a été dit.

Je suis revenu avec eux au bureau de psycho, avec des sentiments mêlés. J'étais certain qu'ils s'étaient amusés de moi et qu'ils m'avaient joué un tour alors que j'étais trop ignorant pour m'en rendre compte. Ma colère était une sensation enivrante et je ne voulais pas y renoncer. J'étais prêt à me battre.

Pendant que Nemur cherchait la bande magnétique dans les classeurs, Burt expliqua :

— L'autre fois, je me suis servi presque exactement des mêmes mots qu'aujourd'hui. C'est une condition indispensable de ces tests que la procédure soit la même chaque fois qu'on les fait passer.

— Je le croirai quand je l'entendrai.

Ils échangèrent un regard. Je sentis le sang me monter de nouveau au visage. Ils se moquaient de moi. Mais je me suis alors rendu compte de ce que je venais de dire et en m'écoutant, j'ai compris la raison de ce regard. Ils ne se moquaient pas. Ils sentaient ce qui se passait en moi. J'avais franchi un nouveau stade, et la colère et les soupçons étaient mes premières réactions au monde qui m'entourait.

La voix de Burt retentit dans le magnétophone :

« Je voudrais que tu regardes cette carte, Charlie. Qu'est-ce que tu y vois ? Les gens voient des tas de choses dans ces taches d'encre. Dis-moi à quoi elles te font penser… »

Les mêmes mots, presque le même ton de voix qu'il a employés il y a quelques minutes dans le labo. Et puis, j'ai entendu mes réponses – enfantines, incroyables. Et je me suis effondré dans le fauteuil près du bureau du Pr Nemur :

— Est-ce que c'était bien moi ?

Je suis retourné au labo avec Burt et nous avons repris le Rorschach. Nous avons examiné les cartes lentement. Cette fois, mes réponses étaient différentes. Je « voyais » des choses dans les taches d'encre. Une paire de chauves-souris qui s'agrippaient l'une à l'autre. Deux hommes qui faisaient de l'escrime à l'épée. J'imaginais toutes sortes de choses. Mais même ainsi, je sentis que je ne faisais plus totalement confiance à Burt. Je continuais de tourner et retourner les cartes et de regarder derrière pour voir s'il n'y avait rien là que je sois susceptible de découvrir.

Je jetai un coup d'œil pendant qu'il écrivait ses notes, mais elles étaient toutes en code – ce qui donnait à peu près ceci :

WF x ADdF – Ad orig. WF – A SF x obj.

Le test n'a toujours pas de sens. Il me semble que n'importe qui peut raconter des mensonges à propos d'images qu'il n'a pas vraiment vues. Comment pourraient-ils savoir que je ne me moque pas d'eux en disant des choses que je n'ai pas vraiment imaginées ?

Peut-être comprendrai-je quand le Dr Strauss me laissera lire des livres de psychologie. Cela me devient beaucoup plus difficile d'écrire toutes mes pensées et tous mes sentiments parce que je sais que des gens les lisent. Peut-être serait-ce mieux si je pouvais garder quelques-uns de ces comptes rendus pour moi pendant un moment. Je vais demander au Dr Strauss pourquoi cela commence subitement à me troubler.

Compte rendu N° 10

21 avril. J'ai trouvé une nouvelle façon de régler les pétrins mécaniques à la boulangerie pour accélérer la production. Mr Donner dit que cela lui fera économiser sur les frais salariaux et augmenter les bénéfices. Il m'a donné une prime de 50 dollars et 10 dollars d'augmentation par semaine.

Je voulais inviter Joe Carp et Frank Reilly à déjeuner pour fêter cela, mais Joe avait des choses à acheter pour sa femme et Frank devait déjeuner avec son cousin. Je pense qu'il leur faudra du temps pour s'accoutumer aux changements qui se produisent en moi

Tout le monde semble avoir un peu peur de moi. Quand je suis allé voir Gimpy et que je lui ai tapé sur l'épaule pour lui demander quelque chose, il a sursauté et a renversé toute sa tasse de café sur lui. Il me regarde avec de grands yeux quand il croit que je ne le vois pas. Personne à la boulangerie ne me parle plus ni ne plaisante autour de moi comme auparavant. Cela rend mon travail quelque peu solitaire.

En y réfléchissant, cela me fait penser au jour où je m'étais endormi debout, et où Frank m'a fait un croc-en-jambe. La douce odeur chaude, les murs blancs, le ronflement du four quand Frank ouvre la porte pour changer les pains de place.

Soudain, je tombe... je me retiens... le sol manque sous moi et ma tête frappe contre le mur.

C'est moi et c'est pourtant comme si quelqu'un d'autre était là à terre, un autre Charlie. Il n'y comprend rien... il se frotte la tête... il lève des yeux ronds sur Frank, grand et mince, puis sur Gimpy qui est tout près, massif, poilu, le visage gris avec de gros sourcils qui cachent presque ses yeux bleus.

— Laisse le gosse tranquille, dit Gimpy. Pourquoi, bon Dieu, faut-il que tu t'en prennes toujours à lui, Frank ?

— Bah ! fait Frank en riant. Cela ne lui fait pas de mal. Et il ne se rend compte de rien, n'est-ce pas, Charlie ?

Charlie se frotte la tête et se fait tout petit. Il ne sait pas ce qu'il a fait pour mériter cette punition, mais il y a toujours le risque qu'elle ne s'arrête pas là.

— Mais toi, tu te rends compte, dit Gimpy qui s'approche en claudiquant à cause de sa chaussure orthopédique, alors pourquoi diable t'en prends-tu toujours à lui ?

Ils s'asseyent tous deux à la longue table, le grand Frank et le lourd Gimpy, et ils roulent les petits pains qui doivent être cuits pour la fournée du soir.

Ils travaillent un moment en silence, puis Frank s'arrête, repousse sa toque blanche en arrière :

— Hé, Gimpy, tu crois que Charlie pourrait apprendre à faire des petits pains ?

Gimpy s'appuie d'un coude à la table de travail :

— Pourquoi est-ce que tu ne le laisses pas tran-quille ?

— Mais non, je dis ça sérieusement, Gimpy. Je parie qu'il pourrait apprendre quelque chose d'aussi simple que de faire des petits pains.

Cette idée semble plaire à Gimpy qui se retourne pour regarder Charlie :

— C'est peut-être une idée que tu as là. Hé, Charlie, viens ici une minute.

Comme il le fait généralement quand les gens parlent de lui, Charlie a baissé la tête et regarde ses lacets de souliers. Il sait comment les lacer et les nouer. Il pourrait faire des petits pains. Il pourrait apprendre à battre, rouler, tordre et modeler la pâte pour en faire des petits pains.

Frank le considère avec incertitude :

— Peut-être que nous ne devrions pas, Gimpy. Ce n'est peut-être pas bien. Si un innocent est incapable d'apprendre, peut-être ne devons-nous pas essayer.

— Laisse-moi faire, dit Gimpy qui s'est maintenant emparé de l'idée de Frank. Je pense qu'il peut, peut-être, apprendre. Écoute, Charlie. Veux-tu apprendre quelque chose ? Veux-tu que je t'apprenne à faire des petits pains comme nous le faisons, Frank et moi ?

Charlie le regarde avec de grands yeux, son sourire s'efface de son visage. Il comprend ce que veut Gimpy et il se sent coincé. Il veut faire plaisir à Gimpy, mais il y a quelque chose dans le mot apprendre, quelque chose qui lui rappelle de sévères punitions ; il ne se souvient pas quoi – seulement une main blanche et maigre, levée, qui le frappe pour lui faire apprendre quelque chose qu'il ne peut comprendre.

Charlie recule, mais Gimpy lui prend le bras :

— Hé, petit, n'aie pas peur. Nous n'allons pas te faire de mal. Regarde-le qui tremble comme s'il allait tomber en petits morceaux. Regarde, Charlie, voilà une jolie pièce porte-bonheur toute neuve pour que tu joues avec.

Il ouvre la main et lui montre une chaînette avec une médaille ronde en laiton brillant où on lit la marque d'un produit à faire les cuivres. Il tient la chaînette par le bout et la médaille luisante en métal doré tourne lentement, et reflète la lumière des tubes fluorescents. La médaille a un éclat qui rappelle à Charlie il ne sait trop quoi.

Il ne tend pas la main pour la prendre. Il sait qu'on est puni si l'on tend la main pour prendre les choses des autres. Si quelqu'un vous le met dans la main, c'est très bien. Mais autrement, c'est mal. Lorsqu'il voit que Gimpy lui offre la médaille, il hoche la tête et sourit de nouveau.

— Cela, il le comprend, dit Frank en riant. Quand on lui donne quelque chose qui brille. (Frank, qui a laissé Gimpy conduire l'expérience, se penche en avant, très excité.) Peut-être que s'il a terriblement envie de cette babiole et que tu lui dises qu'il l'aura s'il apprend à faire des petits pains avec la pâte... peut-être que cela marchera.

Pendant qu'ils apprennent à Charlie comment s'y prendre, d'autres ouvriers boulangers viennent se rassembler autour de la table. Frank les oblige à s'écarter un peu et Gimpy détache un morceau de pâte pour que Charlie s'exerce. Parmi les spectateurs, il est question de parier sur les chances de Charlie d'apprendre ou de ne pas apprendre à faire des petits pains.

— Regarde-nous, dit Gimpy en posant la médaille à côté de lui sur la table pour que Charlie la voie bien. Regarde et fais tout ce que nous faisons. Si tu apprends à faire des petits pains, tu auras cette jolie pièce portebonheur toute neuve.

Charlie se tasse sur son tabouret et regarde avec attention Gimpy prendre le couteau et couper une tranche de pâte. Il suit chaque mouvement quand Gimpy roule la pâte pour en faire un long rouleau, la brise et la tord en rond, en s'arrêtant de temps en temps pour la saupoudrer de farine.

— Regarde-moi, maintenant, dit Frank.

Et il refait ce qu'a fait Gimpy. Charlie s'embrouille. Il y a des différences, Gimpy écarte les coudes quand il roule la pâte, comme des ailes, alors que Frank tient ses coudes contre lui. Gimpy garde les pouces réunis aux autres doigts quand il travaille la pâte, mais Frank la travaille avec le plat des paumes, les pouces en l'air, séparés des autres doigts.

S'inquiéter de ces détails empêche littéralement Charlie de bouger quand Gimpy lui dit :

— Vas-y, essaie.

Charlie secoue la tête.

— Écoute, Charlie, je vais te le refaire lentement. Regarde bien tout ce que je fais et fais chaque chose en même temps que moi. Compris ? Mais essaie de te souvenir de façon à pouvoir refaire l'opération tout seul. Maintenant, vas-y… comme cela.

Charlie fronce les sourcils en regardant Gimpy détacher un morceau de pâte et le rouler en boule. Il hésite, puis il prend le couteau, coupe une tranche de pâte et la pose au milieu de la table. Lentement, en gardant les coudes écartés exactement comme le fait Gimpy, il la roule en boule.

Il regarde ses mains et celles de Gimpy, et il fait attention à garder ses doigts exactement dans la même position, les pouces contre les autres doigts – légèrement arrondis. Il faut qu'il le fasse bien, comme Gimpy lui demande de le faire. De vagues échos en lui lui disent : « Fais-le bien et ils t'aimeront bien. » Et il désire que Gimpy et Frank l'aiment bien.

Lorsque Gimpy a fini de faire une boule de sa pâte, il se redresse et Charlie en fait autant :

— Hé, c'est formidable. Regarde, Frank, il en a fait une boule.

Frank hoche la tête et sourit. Charlie pousse un soupir et tout son être tremble de tension croissante. Il n'est pas habitué à ces rares moments de succès.

— Bon, dit Gimpy, maintenant on fait un petit pain.

Gauchement, mais soigneusement, Charlie suit tous les gestes de Gimpy. De temps en temps, une crispation de sa main ou de son bras gâche ce qu'il fait, mais au bout d'un court moment, il devient capable de détacher un morceau de la pâte et d'en façonner un petit pain. En travaillant près de Gimpy, il fait six petits pains, et après les avoir saupoudrés de farine, il les place soigneusement près de ceux de Gimpy sur la grande plaque couverte de farine.

— Très bien, Charlie, dit Gimpy, le visage sérieux, maintenant fais-nous voir comment tu fais tout seul. Rappelle-toi tout ce que tu as fait depuis le commencement, allez, vas-y.

Charlie contemple fixement la grosse masse de pâte et le couteau que Gimpy lui a mis dans la main. Et de nouveau la panique s'empare de lui. Qu'a-t-il fait en premier ? Comment tenait-il sa main ? Ses doigts ? Dans quel sens a-t-il roulé la pâte ?... Mille idées confuses jaillissent en même temps dans son esprit et il reste là avec un vague sourire. Il veut le faire, pour que Frank et Gimpy soient contents et qu'ils l'aiment bien, et pour avoir la jolie pièce porte-bonheur que Gimpy lui a promise. Il tourne et retourne la lourde masse de pâte lisse sur la table mais il ne peut se décider à commencer. Il ne peut pas la couper parce qu'il sait qu'il échouera et il a peur.

— Il a déjà oublié, dit Frank. Cela ne lui est pas resté dans la tête.

Lui voudrait continuer. Il fronce les sourcils et s'efforce de se rappeler. On coupe d'abord un morceau de pâte. Puis on le roule en boule. Mais comment en fait-on un petit pain comme ceux qui sont sur la plaque ? Cela c'est autre chose. Qu'on lui laisse le temps et il se rappellera. Aussitôt que ce brouillard aura disparu, il se rappellera. Encore quelques secondes et cela y sera. Il veut s'accrocher à ce qu'il a appris... juste un court instant. Il le veut tellement.

— Ça va, Charlie, soupire Gimpy, en lui retirant le couteau de la main. C'est très bien. Ne te fais pas de soucis. De toute façon, ce n'est pas ton travail.

Dans une minute, il se rappellera. Si seulement ils ne le bousculaient pas tant. Pourquoi faut-il que tout le monde soit si pressé ?

— Va, Charlie. Va t'asseoir et regarde ton petit journal de bandes dessinées. Il faut qu'on se remette au travail.

Charlie hoche la tête et sourit ; il sort son petit journal de sa poche de derrière. Il le plie et le met sur sa tête comme un chapeau. Frank rit et Gimpy, finalement, sourit.

— Va, espèce de grand bébé, grogne Gimpy. Va t'asseoir là-bas jusqu'à ce que Mr Donner ait besoin de toi.

Charlie lui sourit et retourne vers les sacs de farine dans le coin près des pétrins mécaniques. Il aime s'y adosser lorsqu'il est assis en tailleur sur le sol et qu'il regarde les images dans son petit journal de bandes dessinées. Quand il se met à tourner les pages, il se sent une envie de pleurer mais il ne sait pas pourquoi. Qu'est-ce qu'il y a qui le rend triste ? Le brouillard passe et s'en va. Maintenant, il pense au plaisir de regarder les images aux vives couleurs du petit journal, qu'il a regardées trente, cinquante fois. Il connaît tous les personnages des bandes dessinées. Il a demandé et redemandé leurs noms, à peu près à tous ceux qu'il rencontre, et il comprend que les formes bizarres de lettres et de mots qui sont dans les ballons blancs au-dessus des personnages indiquent qu'ils disent quelque chose. Apprendra-t-il jamais à lire ce qui est dans les ballons ? Si on lui donnait assez de temps, si on ne le bousculait pas tant... il apprendrait. Mais personne n'a le temps.

Charlie relève les genoux et ouvre le petit journal à la page où Batman et Robin grimpent à une corde le long d'une grande maison. Un jour, décide-t-il, il saura lire. Et alors, alors, il pourra lire l'histoire. Il sent une main qui se pose sur son épaule, il lève les yeux. C'est Gimpy qui tient la médaille brillante par sa chaînette, et la laisse tournoyer pour qu'elle reflète la lumière.

— Tiens, dit-il de sa grosse voix, en la laissant tomber sur les genoux de Charlie.

Et il s'en va en clopinant...

Je n'y avais jamais réfléchi auparavant, mais c'était un geste très gentil de sa part. Pourquoi l'a-t-il fait ? En tout cas, c'est ce dont je me souviens de cette époque, plus nettement et plus complètement que de tout ce que j'ai jamais pu ressentir auparavant. Comme quand on regarde par la fenêtre de la cuisine très tôt le matin, alors que la lumière de l'aube est encore grise. J'ai fait beaucoup de chemin depuis lors et je le dois au Dr Strauss et au Pr Nemur et à tous les autres ici au Collège Beekman. Mais que doivent penser Frank et Gimpy en voyant combien j'ai changé ?

22 avril. Les gens ont changé à la boulangerie. Ils ne feignent pas simplement de m'ignorer. Je sens leur hostilité. Mr Donner fait le nécessaire pour que j'adhère au syndicat des boulangers et j'ai eu une autre augmentation. Ce qui est le pire, c'est que j'ai perdu tout plaisir parce que les autres ont du ressentiment contre moi. D'une certaine manière, je ne peux pas les en blâmer. Ils ne comprennent pas ce qui m'est arrivé et je ne peux pas le leur dire. Les gens ne sont pas fiers de moi comme je l'espérais. Pas du tout.

Pourtant, il faut que j'aie quelqu'un à qui parler. Je vais demander à Miss Kinnian de venir au cinéma demain soir pour fêter mon augmentation. Si je réussis à en avoir le courage.

24 avril. Le Pr Nemur est finalement d'accord avec le Dr Strauss et moi que cela me sera impossible de tout noter si je sais que c'est lu immédiatement par des gens du labo. J'ai essayé d'être entièrement franc sur tout, quel que fût le sujet abordé, mais il y a des choses que je ne peux écrire, sauf si j'ai le droit de les garder pour moi – au moins pendant un temps.

Maintenant, j'ai la permission de conserver pour moi certains des plus intimes de ces comptes rendus, mais avant son rapport final à la Fondation Welberg, le professeur lira absolument tout, afin de choisir ce qui sera publié.

Ce qui est arrivé aujourd'hui au labo m'a beaucoup troublé.

Je suis passé un peu plus tôt au bureau ce soir pour demander au Dr Strauss ou au Pr Nemur s'ils ne voyaient pas d'inconvénient à ce que j'invite Alice Kinnian à aller au cinéma, mais avant que j'aie frappé, je les ai entendus discuter entre eux. Je n'aurais pas dû rester mais c'est difficile pour moi de perdre l'habitude d'écouter alors que les gens ont toujours parlé et agi comme si je n'étais pas là, comme s'ils ne s'inquiétaient pas de ce que je pouvais entendre. Quelqu'un a tapé très fort sur le bureau, puis le Pr Nemur a crié :

— J'ai déjà prévenu le comité que nous présenterons notre rapport à Chicago !

Ensuite, j'ai entendu la voix du Dr Strauss :

— Vous avez tort, Harold. Dans six semaines d'ici, ce sera trop tôt. Il est encore en pleine évolution.

Puis Nemur :

— Nous en avons prédit le cours correctement jusqu'ici. Nous pouvons légitimement présenter un rapport préliminaire. Je vous assure, Jay, qu'il n'y a rien à craindre. Nous avons réussi. C'est absolument positif. Rien ne peut plus tourner mal maintenant.

Strauss :

— C'est trop important pour nous tous, pour le rendre prématurément public. Vous prenez sur vous cette responsabilité.

Nemur :

— Vous oubliez que j'ai la direction de ce projet.

Strauss :

— Et vous, vous oubliez que vous n'êtes pas le seul dont la réputation soit en jeu. Si nous nous avançons trop maintenant, toute notre hypothèse se trouvera exposée aux attaques.

Nemur :

— Je ne crains plus maintenant une régression. J'ai tout contrôlé et recontrôlé. Un rapport préliminaire ne risque pas de nous faire du tort. Je suis certain que rien ne peut plus tourner mal.

La discussion continua ainsi, Strauss disant que Nemur guignait la chaire de Psychologie à Hallston et Nemur répliquant que Strauss n'avait cure que de ses recherches psychologiques. Puis Strauss déclara que le projet devait autant à ses techniques de psychochirurgie et de séries d'injections d'hormones qu'aux théories de Nemur, et que, un jour, des milliers de psychochirurgiens dans le monde entier utiliseraient *ses* méthodes, mais là-dessus, Nemur lui a rappelé que ces nouvelles techniques n'auraient jamais vu le jour sans *sa* théorie originelle.

Ils s'appelèrent l'un l'autre de toutes sortes de noms – *opportuniste*, *cynique*, *pessimiste* – et je finis par m'en effrayer. Soudain, je pris conscience que je n'avais plus le droit de rester à la porte du bureau et d'écouter à leur insu. Cela aurait pu leur être égal quand j'étais trop faible d'esprit pour savoir ce qui se passait, mais maintenant que je pouvais comprendre, ils n'admettraient pas que j'écoute. Je m'en allai sans attendre la conclusion.

La nuit était venue, et je marchai longtemps en essayant de comprendre pourquoi j'avais si peur. Je les voyais clairement pour la première fois, ni des dieux ni même des héros, simplement deux hommes inquiets de ne pas tirer quelque chose de leur travail. Pourtant, si Nemur avait raison et que l'expérience était un succès, qu'est-ce que cela faisait ? Il y a tant à faire, tant de plans à établir.

J'attendrai jusqu'à demain pour leur demander si je peux emmener Miss Kinnian au cinéma pour fêter mon augmentation.

26 avril. Je sais que je ne devrais pas traîner dans le collège quand j'ai fini au labo, mais de voir ces garçons et ces filles qui vont et viennent avec leurs livres, et de les entendre parler de ce qu'ils apprennent durant leurs cours, cela m'excite. Je voudrais pouvoir m'asseoir et parler avec eux en prenant un café au snack du campus, quand ils se réunissent pour discuter de livres, de politique et d'idées. C'est passionnant de les entendre parler de poésie, de science et de philosophie – de Shakespeare et de Milton ; de Newton et d'Einstein et de Freud ; de Platon et de Hegel et de Kant et de tant d'autres dont les noms résonnent dans ma tête comme des cloches d'église.

Quelquefois, j'écoute les conversations autour des tables proches de moi et je fais semblant d'être un étudiant du collège, bien que je sois beaucoup plus âgé qu'eux. Je porte aussi des livres sous mon bras et je me suis mis à fumer la pipe. C'est bête, mais puisque j'appartiens au labo, j'ai l'impression de faire partie de l'université. J'ai horreur de rentrer chez moi dans ma chambre solitaire.

27 avril. Je me suis fait des amis parmi quelques-uns des garçons au snack. Ils discutaient de Shakespeare et s'il avait ou non écrit les pièces de Shakespeare. L'un des garçons – le gros avec la figure en sueur – disait que Marlowe avait écrit toutes les pièces de Shakespeare. Mais Lenny, le petit avec des lunettes foncées, ne croyait pas à cette histoire à propos de Marlowe ; il affirmait que tout le monde sait que c'est sir Francis Bacon qui a écrit ces pièces de théâtre parce que Shakespeare n'a jamais fait d'études et n'a jamais eu la culture que révèlent ces pièces. C'est alors que celui qui portait une calotte d'étudiant de première année a dit qu'il avait entendu dans les toilettes deux garçons qui disaient que les pièces de Shakespeare avaient en réalité été écrites par une femme.

Et ils ont parlé de politique et d'art et de Dieu. Je n'avais jamais auparavant entendu quelqu'un dire que Dieu pourrait ne pas exister. Cela m'a effrayé, parce que pour la première fois, je me suis mis à penser à ce que signifie Dieu.

Maintenant, je comprends que l'une des grandes raisons d'aller au collège et de s'instruire, c'est d'apprendre que les choses auxquelles on a cru toute sa vie ne sont pas vraies, et que rien n'est ce qu'il paraît être.

Tout le temps qu'ils ont parlé et discuté, j'ai senti une fièvre bouillonner en moi. C'est cela que je voulais faire : aller au collège et entendre les gens parler de choses importantes.

Je passe maintenant la plus grande partie de mon temps libre à la bibliothèque, à lire et à m'imprégner de tout ce que je peux découvrir dans les livres. Je n'ai pas encore d'intérêt particulier pour un sujet ou un autre, je me contente de lire beaucoup de romans pour le moment. Dostoïevski, Flaubert, Dickens, Hemingway – tout ce qui me tombe sous la main – pour calmer un appétit insatiable.

28 avril. Dans un rêve, la nuit dernière, j'ai entendu maman qui criait contre papa et contre la maîtresse de l'école élémentaire 13 (ma première école avant qu'ils m'envoient à l'école élémentaire 222)…

— Il est normal ! Il est normal ! Il deviendra un adulte comme tous les autres, meilleur que d'autres ! (Elle voulait griffer la maîtresse mais papa la retenait.) Il ira un jour au collège ! Il deviendra *quelqu'un* ! (Elle continuait de le crier et de se débattre pour que papa la lâche.) Il ira un jour au collège et il deviendra quelqu'un !

Nous étions dans le bureau du directeur et il y avait un tas de gens, l'air embarrassé, mais le sous-directeur souriait et détournait la tête pour qu'on ne le voie pas.

Dans mon rêve, le directeur avait une grande barbe, et tournait autour de la pièce en me désignant du doigt :

— Il faut qu'il aille dans une école spéciale. Mettez-le à Warren, à l'Asile-École d'État. Nous ne pouvons pas le garder ici.

Papa entraînait maman hors du bureau du directeur et elle criait et pleurait à la fois. Je ne voyais pas son visage, mais ses grosses larmes rouges tombaient sur moi…

Ce matin, j'ai pu me rappeler ce rêve, mais maintenant il y a autre chose – je peux m'en souvenir comme dans un brouillard, j'avais six ans quand cela s'est passé. Juste avant la naissance de Norma. Je vois maman, une femme mince à la chevelure foncée qui parle trop vite et qui agite trop ses mains. Comme toujours son visage est flou. Ses cheveux sont enroulés en chignon et sa main se lève pour le toucher, pour le lisser, comme s'il fallait qu'elle s'assure qu'il est toujours là. Je me souviens qu'elle voletait toujours, comme un grand oiseau blanc, autour de mon père, et lui était trop lourd, trop fatigué pour échapper à sa tyrannie.

Je vois Charlie, debout au milieu de la cuisine, qui joue avec son jouet préféré, des perles et des anneaux aux vives couleurs enfilés sur une ficelle. Il tient la ficelle d'une main et fait tourner les anneaux qui s'enroulent et se déroulent, dans un tourbillon de reflets étincelants. Il passe des heures à regarder son jouet. Je ne sais pas qui l'a fait pour lui ni ce qu'il est devenu, mais je vois Charlie, fasciné quand la ficelle se détord et fait tournoyer les anneaux.

Sa mère lui crie après – non, elle crie après son père :

— Je ne veux pas l'emmener. Il n'a rien d'anormal !

— Rose, cela ne servira à rien de continuer à prétendre qu'il n'a rien d'anormal. Regarde-le simplement, Rose. Il a six ans et...

— Ce n'est pas un idiot. Il est normal. Il sera comme tout le monde.

Il regarde tristement son fils avec son jouet et Charlie sourit et le lui montre pour lui faire voir comme c'est joli quand il tourbillonne.

— Range ce jouet ! crie maman. (Et brusquement elle l'arrache de la main de Charlie et le jette sur le sol de la cuisine :) Va jouer avec tes cubes alphabétiques.

Il reste là, effrayé par cette explosion soudaine. Il se fait tout petit, ne sachant ce que sa mère va faire. Son corps se met à trembler. Ses parents se disputent et leurs voix qui vont et viennent provoquent en lui une sensation de contraction douloureuse et de panique.

— Charlie, va aux cabinets. Tu ne vas tout de même pas faire dans ton pantalon.

Il veut lui obéir mais ses jambes sont trop molles pour bouger. Ses bras se lèvent automatiquement pour se protéger des coups.

— Pour l'amour de Dieu, Rose, laisse-le tranquille. Tu l'as terrifié. Tu fais toujours cela et le pauvre gosse...

— Alors, pourquoi ne m'aides-tu pas ? Il faut que je fasse tout moi-même. Tous les jours, j'essaie de le faire apprendre, de l'aider à rattraper les autres. Il a l'esprit lent, c'est tout. Mais il peut apprendre comme tout le monde.

— Tu te fais des illusions, Rose. Ce n'est pas honnête ni envers nous ni envers lui. De vouloir le croire normal. De vouloir le dresser comme s'il était un animal qui puisse apprendre à faire des tours. Pourquoi ne le laisses-tu pas tranquille ?

— Parce que je veux qu'il soit comme tout le monde.

Tandis qu'ils se disputent, la sensation qui contracte le ventre de Charlie devient plus forte. Il a l'impression que ses intestins vont éclater et il sait qu'il devrait aller aux cabinets comme elle le lui a répété si souvent. Mais il ne peut pas marcher. Il se sent l'envie de s'accroupir là dans la cuisine, mais c'est mal et elle le frappera.

Il voudrait son jouet avec les perles et les anneaux. S'il l'avait et qu'il le regarde tourner et tourner, il pourrait se contrôler et ne pas faire dans son pantalon. Mais son jouet est tout défait, il y a des anneaux sous la table, d'autres sous l'évier, et la ficelle est près de la cuisinière.

Il est très étrange que je puisse me rappeler nettement leurs voix, alors que les visages sont toujours brouillés et que je n'en vois que les contours vagues. Papa massif et faible. Maman mince et vive. En les entendant maintenant, par-delà les années, se disputer, j'ai envie de leur crier : « Mais regardez-le. Là, par terre. Regardez donc Charlie. Il faut qu'il aille aux cabinets ! »

Charlie reste là à agripper et à tirer sa chemise à carreaux rouges pendant qu'ils continuent de discuter. Les mots sont comme des étincelles de colère qui jaillissent entre eux – une colère et une culpabilité qu'il ne peut pas discerner.

— À la rentrée, il retournera à l'école élémentaire 13 et il redoublera sa classe.

— Pourquoi ne veux-tu pas voir la vérité ? La maîtresse dit qu'il n'est pas capable de suivre une classe normale.

— Cette garce de maîtresse ? Oh ! je pourrais même trouver des mots qui lui conviennent mieux ! Qu'elle recommence avec moi et je ferai plus que d'écrire simplement à l'Inspection. Je lui arracherai les yeux à cette sale putain. Charlie, pourquoi te tortilles-tu comme cela ? Va aux cabinets. Vas-y tout seul. Tu sais où c'est.

— Ne vois-tu pas qu'il veut que tu l'emmènes ? Il est terrifié.

— Ne t'occupe pas de cela. Il est parfaitement capable d'aller aux cabinets tout seul. Le livre dit que cela lui donne confiance en lui et un sentiment de réussite.

La terreur qui le guette dans cette petite pièce froide et carrelée l'envahit. Il a peur d'y aller tout seul. Il tend

la main pour prendre la sienne et sanglote : « Cab...
cab... » et d'une tape, elle repousse sa main.

— Non, dit-elle sévèrement. Tu es un grand garçon
maintenant. Tu peux y aller tout seul. Va tout droit aux
cabinets et baisse ton pantalon comme je t'ai montré.
Je te préviens que si tu fais dans ton pantalon, tu auras
une fessée.

Je peux presque sentir, en ce moment, ses intestins
qui se tordent et se nouent tandis que ses parents sont
penchés sur lui pour voir ce qu'il va faire. Il ne geint
plus, il pleure doucement, et quand soudain il ne peut
plus se contrôler, il sanglote et se cache la figure dans
les mains tandis qu'il se salit.

À cette sensation molle et tiède se mêlent le soulagement et la crainte. Elle va le nettoyer et, comme elle
le fait toujours, elle lui donnera une fessée. Elle
s'approche de lui en criant qu'il est un vilain petit garçon, et Charlie court vers son père pour qu'il le protège.

Brusquement, il se souvient qu'elle s'appelle Rose
et lui, Matt. C'est drôle d'avoir oublié le nom de ses
parents. Et Norma ? Bizarre, que je n'aie pas pensé
à eux pendant si longtemps. Je voudrais pouvoir
maintenant voir le visage de Matt pour savoir ce qu'il
pensait à ce moment. Tout ce que je me rappelle
c'est que, lorsqu'elle s'est mise à me donner la fessée, Matt Gordon s'est détourné et est sorti de l'appartement.

Je voudrais voir plus nettement leurs visages.

Compte rendu N° 11

1er mai. Pourquoi n'ai-je jamais remarqué qu'Alice
Kinnian était si jolie ? Elle a des yeux marron très doux
et des cheveux bruns qui retombent en boucles légères
sur ses épaules. Quand elle sourit, ses lèvres pulpeuses
semblent faire la moue.

Nous sommes allés au cinéma, puis dîner. Je n'ai pas vu grand-chose du premier film parce que j'étais trop ému de la sentir assise à côté de moi. Deux fois, son bras nu a touché le mien sur l'accoudoir et les deux fois, par crainte de la gêner, je me suis écarté. Je ne pouvais plus penser qu'à sa peau douce si près de moi. Puis j'ai vu, deux rangs devant nous, un jeune homme avec son bras autour de la jeune fille qui était près de lui, et j'ai eu envie de passer mon bras autour de Miss Kinnian. C'était terrifiant. Mais si je le faisais doucement... en le posant d'abord sur le dossier de son fauteuil... puis en le rapprochant peu à peu... pour qu'il soit près de ses épaules et de sa nuque... comme par hasard...

Je n'ai pas osé.

Le mieux que j'aie pu faire fut de mettre mon coude sur le dossier de son fauteuil, mais quand j'y suis parvenu, il a fallu que je l'enlève pour essuyer mon visage et mon cou tout en sueur.

Une fois, sa jambe a fortuitement frôlé la mienne.

Cela devint un tel supplice – si douloureux – que je me suis obligé à ne plus penser à elle. Le premier film était un film de guerre et tout ce que j'en ai saisi, ce fut la fin, quand le G.I. retourne en Europe pour épouser la femme qui lui a sauvé la vie. Le second film m'a intéressé. C'était un film psychologique au sujet d'un homme et d'une femme apparemment amoureux l'un de l'autre mais qui, en fait, se détruisent mutuellement. Tout laisse penser que l'homme va tuer sa femme mais, au dernier moment, des mots que celle-ci hurle dans un cauchemar lui rappellent ce qui lui est arrivé dans son enfance. Ce souvenir soudain lui montre que sa haine est en réalité dirigée contre une gouvernante dépravée qui l'avait terrifié en lui racontant des histoires épouvantables et avait ainsi laissé une faille dans sa personnalité. Bouleversé par cette découverte, il pousse un cri de joie, ce qui réveille sa femme. Il la prend dans ses bras et on peut en déduire que tous ses problèmes sont résolus. C'était trop simple, trop banal, et j'ai dû laisser voir mon irritation sur mon visage car Alice m'a demandé ce qui n'allait pas.

— C'est faux, lui ai-je dit en sortant du cinéma. Les choses ne se passent pas du tout comme cela.

— Bien sûr, a-t-elle répondu en riant. Le cinéma est un univers de contes de fées.

— Ah ! non, ce n'est pas une réponse, ai-je répliqué. Même dans les contes de fées, il faut qu'il y ait des règles. Les détails doivent être cohérents et s'articuler entre eux. Ce genre de film est mensonger. Les scènes ne s'enchaînent qu'arbitrairement parce que le scénariste, ou le réalisateur, ou je ne sais qui, a voulu y introduire quelque chose qui ne va pas avec le reste. Et cela n'a pas de sens.

Elle m'a regardé pensivement quand nous sommes arrivés dans les lumières éblouissantes de Times Square.

— Tu progresses vite.

— Mon esprit s'embrouille. Je ne me rends plus du tout compte de ce que je sais.

— Ne t'inquiète pas de cela, a-t-elle dit encore. Tu commences à voir et à comprendre les choses. (Elle a fait un geste de la main qui englobait toutes les enseignes au néon et tout le clinquant qui nous entouraient, alors que nous gagnions la Septième Avenue.) Tu commences à voir au-delà de la surface des choses. Ce que tu dis des détails qui doivent aller ensemble témoigne déjà de beaucoup de perspicacité.

— Allons donc ! Je n'ai pas le sentiment d'arriver à quoi que ce soit. Je ne me comprends pas moi-même ni mon passé. Je ne sais même pas où sont mes parents ni à quoi ils ressemblent. Savez-vous que lorsque je les vois dans un éclair de mémoire ou dans un rêve, leurs visages ne sont qu'une tache confuse ? Je voudrais voir leur expression. Je ne peux pas comprendre ce qui se passe si je ne vois pas leurs visages.

— Charlie, calme-toi.

Les gens se retournaient pour nous regarder. Elle a glissé son bras sous le mien et m'a attiré contre elle pour m'apaiser :

— Sois patient. N'oublie pas que tu accomplis en quelques semaines ce qui prend aux autres toute une vie. Tu es une énorme éponge qui absorbe les connaissances. Bientôt, tu commenceras à relier les choses entre elles et tu verras comment tous les différents univers de la connaissance s'assemblent. Tous ces stades, Charlie, sont comme les barreaux d'une gigantesque échelle. Et tu monteras de plus en plus haut pour découvrir toujours davantage le monde qui est autour de toi.

Tandis que nous entrions dans la cafétéria de la 45e Rue et que nous prenions nos plateaux, elle ajouta avec animation :

— Les gens ordinaires ne peuvent en voir qu'un petit peu. Ils ne peuvent guère changer, ni s'élever plus haut qu'ils ne sont, mais toi tu es un génie. Tu continueras à monter et monter et à en voir toujours davantage. Et chaque marche te révélera des mondes dont tu n'as jamais soupçonné l'existence.

Les gens qui faisaient la queue et qui l'entendaient se retournaient pour me regarder, et ce n'est que lorsque je la poussai du coude pour l'arrêter qu'elle baissa la voix.

— Je prie simplement le bon Dieu, chuchota-t-elle, que tu n'en souffres pas.

Pendant un moment, ensuite, je ne sus plus quoi dire. Nous avons pris nos plats au comptoir, les avons emportés à notre table et nous avons mangé sans parler. Le silence me rendait nerveux. Je savais d'où venait sa crainte et je le pris à la plaisanterie.

— Pourquoi en souffrirais-je ? Je ne pourrais pas être pire qu'auparavant. Même Algernon reste intelligente, n'est-ce pas ? Tant qu'elle le reste, tout va bien pour moi.

Elle jouait avec son couteau en dessinant des ronds dans le beurre et ce mouvement m'hypnotisait.

— Et de plus, lui dis-je, j'ai entendu le Pr Nemur et le Dr Strauss qui discutaient, et Nemur a dit qu'il était absolument certain que rien ne peut plus tourner mal.

— Je le souhaite, dit-elle. Tu n'as pas idée à quel point j'ai eu peur que quelque chose ne puisse mal tourner. Je me sens en partie responsable.

Elle me vit regarder le couteau et le posa avec soin à côté de son assiette.

— Je ne l'aurais jamais fait si cela n'avait été pour vous, dis-je.

Elle rit et cela me fit frissonner. Elle baissa vivement son regard sur la nappe et rougit.

— Merci, Charlie, dit-elle, et elle me prit la main.

C'était la première fois que pour moi quelqu'un faisait ce geste et cela m'enhardit. Je me penchai vers elle en serrant sa main, et les mots sortirent :

— Je vous aime beaucoup.

Après les avoir prononcés, j'avais peur qu'elle n'en rie, mais elle hocha la tête et sourit.

— Je t'aime bien moi aussi, Charlie.

— Mais moi, c'est plus que simplement aimer bien. Ce que je veux dire c'est... oh zut ! Je ne sais pas ce que je veux dire.

Je me sentais rougir et je ne savais pas où regarder ni que faire de mes mains. J'ai fait tomber une fourchette et, en me penchant pour la ramasser, j'ai renversé un verre d'eau qui a coulé sur sa robe. Brusquement, j'étais redevenu maladroit et gauche, et quand j'ai essayé de m'excuser, je ne pouvais plus remuer la langue.

— Il n'y a pas de mal, Charlie, dit-elle pour me rassurer. Ce n'est que de l'eau. Il ne faut pas que cela te bouleverse ainsi.

Dans le taxi, en rentrant à la maison, nous sommes restés un long moment silencieux, puis elle a posé son sac à main, redressé ma cravate et arrangé ma pochette.

— Tu étais mal à l'aise ce soir, Charlie.

— Je me sens ridicule.

— Je t'ai troublé parce que je t'ai parlé de toi. Cela t'a embarrassé.

— Ce n'est pas cela. Ce qui m'ennuie, c'est que je ne peux pas exprimer par des mots ce que je ressens.

— Ce que tu ressens est nouveau pour toi. Mais tout n'a pas besoin d'être... exprimé par des mots.

Je me rapprochai d'elle et j'essayai de reprendre sa main, mais elle s'écarta :

— Non, Charlie, je ne pense pas que ce soit bon pour toi. Je t'ai perturbé et cela pourrait avoir un effet négatif.

Quand elle me repoussa, je me sentis à la fois gauche et ridicule. Cela me fâcha contre moi-même. Je m'enfonçai dans mon coin et je regardai par la vitre. Je lui en voulais comme je n'en avais jamais voulu à personne auparavant – pour ses réponses tranquilles et ses soucis maternels. J'avais envie de la gifler, de l'obliger à ramper, et aussi de la prendre dans mes bras et de l'embrasser.

— Charlie, je suis désolée de t'avoir tellement bouleversé.

— N'en parlons plus.

— Mais il faut que tu comprennes ce qui se passe.

— Je comprends, dis-je, et je préfère ne pas en parler.

Lorsque le taxi arriva chez elle dans la 77e Rue, j'étais épouvantablement malheureux.

— Écoute, dit-elle, c'est ma faute. Je n'aurais pas dû sortir avec toi ce soir.

— Oui, je m'en aperçois maintenant.

— Ce que je veux dire, c'est que nous n'avons pas le droit de placer nos relations sur un plan personnel... émotionnel. Tu as beaucoup à faire. Je n'ai pas le droit d'entrer dans ta vie en ce moment.

— Ça, c'est à moi d'en juger, non ?

— Crois-tu ? Ce n'est plus ton affaire à toi tout seul, Charlie. Tu as des obligations maintenant… pas seulement envers le Pr Nemur et le Dr Strauss, mais envers les millions d'hommes qui suivront peut-être tes traces.

Plus elle parlait ainsi, plus je me sentais misérable. Elle soulignait ma gaucherie, mon ignorance des choses bonnes à dire et à faire. J'étais à ses yeux un adolescent maladroit et elle essayait de me le faire comprendre gentiment.

Devant la porte de son appartement, elle se retourna, me sourit et, un instant, je crus qu'elle allait m'inviter à entrer, mais elle dit simplement tout bas :

— Bonne nuit, Charlie. Merci pour cette merveilleuse soirée.

J'aurais voulu lui souhaiter bonne nuit en l'embrassant. J'en avais été tourmenté à l'avance. Une femme n'espère-t-elle pas que vous l'embrasserez ? Dans les romans que j'ai lus et dans les films que j'ai vus, c'est l'homme qui fait les avances. J'avais décidé hier soir que je l'embrasserais. Mais je ne cessais pas de penser : « Et si elle me repousse ? »

Je m'approchai d'elle et je voulus lui prendre les épaules. Mais elle fut plus rapide que moi, elle m'arrêta et prit ma main dans les siennes.

— Il vaut mieux que nous nous disions simplement bonsoir comme cela, Charlie. Nous ne pouvons pas nous laisser entraîner sur le plan personnel. Pas encore.

Et avant que j'aie pu protester, ou demander ce qu'elle voulait dire par *pas encore*, elle est entrée chez elle.

— Bonne nuit, Charlie, et merci encore pour cette délicieuse… délicieuse soirée.

Et elle ferma la porte.

J'étais furieux contre elle, contre moi, contre le monde entier mais, le temps d'arriver chez moi, je me rendis compte qu'elle avait raison. À présent, je ne sais si elle a de l'affection pour moi ou si elle me manifeste simplement de l'amitié. Que pourrait-elle trouver en moi ? Ce qui rend tout cela si embarrassant, c'est qu'il ne m'est jamais rien arrivé de semblable. Comment quelqu'un apprend-il à agir vis-à-vis d'une autre personne ? Comment un homme apprend-il à se comporter à l'égard d'une femme ?

Les livres ne renseignent pas beaucoup.

Mais la prochaine fois, je l'embrasserai en lui souhaitant bonne nuit.

3 mai. L'une des choses qui m'embrouillent, c'est de ne jamais savoir, quand une réminiscence émerge de mon passé, si cela est vraiment arrivé de cette manière ou si c'est la manière dont cela m'est apparu à l'époque, ou si je l'invente. Je suis comme un homme qui a été à demi endormi toute sa vie et qui essaie de découvrir comment il était, avant de se réveiller. Tout surgit étrangement brouillé et comme au ralenti.

J'ai eu un cauchemar la nuit dernière et quand je me suis éveillé, j'en gardais un souvenir.

D'abord le cauchemar : je cours dans un long corridor à demi aveuglé par des tourbillons de poussière. Parfois je cours en avant, et puis j'hésite, je tourne et je cours dans l'autre sens, mais j'ai peur parce que je cache quelque chose dans ma poche. Je ne sais pas ce que c'est ni où je l'ai trouvé, mais je sais qu'ils veulent me le prendre et cela m'effraie.

Le mur s'écroule et soudain, il y a une fille rousse qui me tend les bras – son visage n'est qu'un masque vide. Elle me prend dans ses bras, m'embrasse et me caresse ; j'ai envie de la serrer contre moi mais j'ai peur. Plus elle m'étreint, plus je suis effrayé parce que je sais que je ne dois pas toucher une fille. Puis, tandis que son corps se frotte contre le mien, je sens en moi un étrange bouillonnement qui m'échauffe. Mais quand je lève les yeux, je vois un couteau sanglant dans ses mains.

J'essaie de hurler tout en courant mais pas un son ne sort de ma gorge et mes poches sont vides. Je les fouille mais je ne sais pas ce que j'ai perdu ou pourquoi je le cachais. Je sais simplement que je ne l'ai plus et il y a aussi du sang sur mes mains.

Quand je me suis éveillé, j'ai pensé à Alice et j'avais la même sensation de panique que dans mon rêve. De quoi ai-je peur ? Cela doit avoir un rapport avec le couteau.

Je me suis préparé une tasse de café et j'ai fumé une cigarette. Je n'avais jamais eu un rêve de ce genre auparavant et je savais qu'il était lié à ma soirée avec Alice. Je me suis mis à penser à elle d'une autre manière.

L'association d'idées reste difficile pour moi parce qu'il est malaisé de ne pas contrôler la direction de ses pensées... de garder simplement l'esprit ouvert et de laisser n'importe quoi y entrer... des idées qui montent à la surface comme des bulles dans un bain de mousse... une femme qui se baigne... une jeune fille... Norma qui prend un bain... je regarde par le trou de la serrure... et quand elle sort de la baignoire pour s'essuyer, je vois que son corps est différent du mien. Il lui manque un petit détail.

Je cours dans le couloir... on me poursuit... pas une personne... simplement un grand couteau de cuisine étincelant... et j'ai peur et je crie mais ma voix ne sort pas parce que mon cou est coupé et que je saigne.

— Maman, Charlie me regarde par le trou de la serrure...

Pourquoi est-elle différente ? Que lui est-il arrivé ? Du sang... saigner... un placard obscur...

Trois souris aveugles... Trois, trois souris aveugles,
Voyez comme elles courent ! Voyez comme elles courent !
Elles courent après la femme du fermier,
Qui, de son grand couteau, leur a coupé la queue,
Avez-vous jamais vu cela de votre vie
Trois, trois souris... aveugles.

Charlie, seul dans la cuisine, très tôt le matin. Tous les autres dorment et il s'amuse avec sa ficelle et ses anneaux qui tournent. Un des boutons de sa chemise saute quand il se baisse et roule sur le dessin compliqué du linoléum de la cuisine. Il roule vers la salle de bains et Charlie le suit mais voilà qu'il le perd de vue, où est le bouton ? Il entre dans la salle de bains pour le chercher. Il y a un placard dans la salle de bains, c'est là que se trouve le panier à linge ; il aime en sortir les choses et les regarder. Celles de son père et celles de sa mère… et celles de Norma. Il aurait envie de les essayer et de faire semblant d'être Norma. Mais un jour où il avait fait cela, sa mère lui a donné une fessée pour le punir. Là, dans le panier à linge, il trouve la culotte de Norma tachée de sang. Qu'avait-elle fait de mal ? Il est terrifié. Quel que soit celui qui lui a fait cela, il pourrait revenir en faire autant à Charlie.

Pourquoi un souvenir d'enfance comme celui-ci reste-t-il si fortement en moi et pourquoi m'effraie-t-il maintenant ? Est-ce à cause de ce que je ressens pour Alice ?

En y pensant à présent, je peux comprendre pourquoi on m'a appris à me tenir à l'écart des femmes. C'était mal de ma part d'exprimer mes sentiments à Alice. Je n'ai pas le droit de penser de cette manière à une femme – pas encore.

Mais lorsque j'écris ces mots, une voix en moi crie que cela ne s'arrête pas là. Je suis un être humain. J'en étais un avant de passer sous le couteau du chirurgien. Et j'ai besoin d'aimer quelqu'un.

8 mai. Même maintenant que j'ai découvert ce qui se passait derrière le dos de Mr Donner, je trouve cela difficile à croire. J'ai d'abord remarqué un incident louche, pendant l'heure d'affluence, voici deux jours. Gimpy était derrière le comptoir, il enveloppait un gâteau pour un de nos clients réguliers, un gâteau qui se vend 3,95 dollars. Mais quand Gimpy a tapé la vente, la caisse enregistreuse n'a affiché que 2,95 dollars. J'allais lui dire qu'il avait fait une erreur mais dans la glace derrière le comptoir, j'ai vu un clin d'œil et un sourire passer du client à Gimpy et, en réponse, un sourire sur le visage de Gimpy. Et quand l'homme a ramassé sa monnaie, j'ai vu briller une grosse pièce d'argent laissée dans la main de Gimpy, avant que ses doigts ne se referment sur elle, et le mouvement vif avec lequel il a glissé le demi-dollar dans sa poche.

— Charlie, a dit une dame derrière moi, est-ce qu'il y a encore de ces éclairs à la crème ?

— Je vais aller voir.

J'étais heureux de cette intervention parce qu'elle me donnait le temps de réfléchir à ce que j'avais vu. Gimpy n'avait certainement pas fait une erreur. Il avait délibérément fait payer le client moins cher et ils étaient de connivence.

Je m'adossai sans force contre le mur, ne sachant quoi faire. Gimpy travaillait pour Mr Donner depuis plus de quinze ans. Donner, qui traitait toujours ses employés comme des amis, comme des parents, avait invité plus d'une fois la famille de Gimpy à dîner chez lui. Il laissait souvent Gimpy garder le magasin quand il avait à sortir, et j'avais entendu dire que plusieurs fois Donner avait donné de l'argent à Gimpy pour payer les frais d'hôpital de sa femme.

Il était incroyable que qui que ce soit pût voler un tel homme. Il fallait qu'il y ait une autre explication. Gimpy s'était vraiment trompé en tapant la vente et le demi-dollar n'était qu'un pourboire. Ou peut-être Mr Donner avait-il fait un arrangement spécial pour ce client qui achetait régulièrement des gâteaux à la crème. N'importe quoi plutôt que de croire que Gimpy volait. Gimpy avait toujours été si gentil avec moi.

Je ne voulais plus savoir. J'évitai de regarder la caisse enregistreuse quand j'apportai le plateau d'éclairs et que je triai les galettes, les pains au lait et les gâteaux.

Mais lorsque la petite femme rousse entra – celle qui me pinçait toujours la joue et plaisantait en disant qu'il fallait qu'elle me trouve une petite amie – je me souvins qu'elle venait le plus souvent quand Donner était parti déjeuner et que Gimpy était au comptoir. Gimpy m'avait souvent envoyé livrer des commandes chez elle.

Involontairement, je fis mentalement le total de ses achats : 4,53 dollars. Mais je me détournai afin de ne pas voir ce que Gimpy tapait sur la caisse enregistreuse. Je voulais savoir la vérité et pourtant j'avais peur de ce que je pourrais découvrir.

— Deux dollars quarante-cinq, Mrs Wheeler, annonça-t-il.

La sonnerie de la caisse. La monnaie que l'on compte. Le claquement du tiroir. « Merci, Mrs Wheeler. » Je me retournai juste à temps pour le voir mettre sa main dans sa poche et j'entendis un tintement léger de pièces.

Combien de fois s'était-il *servi* de moi comme d'un intermédiaire pour lui livrer des paquets, en les débitant au-dessous du prix afin de pouvoir partager la différence avec elle ? S'était-il servi de moi pendant toutes ces années pour l'aider à voler ?

Je ne pus quitter Gimpy des yeux tandis qu'il clopinait derrière le comptoir, la sueur coulant de dessous son bonnet de papier. Il semblait gai et de bonne humeur mais, en levant les yeux, il accrocha mon regard, fronça les sourcils et se détourna.

J'avais envie de le frapper. J'avais envie de passer derrière le comptoir et de lui casser la figure. Je ne me rappelle pas avoir jamais haï quelqu'un avant. Mais ce matin-là, je haïssais Gimpy de toutes mes forces.

Déverser tout cela sur le papier dans le calme de ma chambre n'a rien arrangé. Chaque fois que je pense à Gimpy en train de voler Mr Donner, j'ai envie de casser quelque chose. Je ne me crois pas capable de violence. Je ne crois pas que j'aie jamais frappé quelqu'un dans ma vie.

Mais il me reste encore à décider quoi faire. Dire à Donner que son fidèle employé le vole depuis tant d'années ? Gimpy le niera et je ne pourrai jamais prouver que c'est vrai. Et qu'est-ce que cela arrangerait pour Mr Donner ? Je ne sais pas quoi faire.

9 mai. Je ne peux pas dormir. Cela m'a obsédé. Je dois trop à Mr Donner pour rester là à le voir se laisser voler de cette manière. Par mon silence, je serais aussi coupable que Gimpy. Et pourtant est-ce à moi de le dénoncer ? La chose qui m'ennuie le plus, c'est que quand il m'envoyait faire des livraisons, il se servait de *moi* pour l'aider à voler Mr Donner. Ne le sachant pas, j'étais en dehors de l'affaire – pas à blâmer. Mais maintenant que je sais, par mon silence, je suis aussi coupable que lui.

Pourtant, Gimpy est un compagnon de travail. Trois enfants. Que fera-t-il si Donner le renvoie ? Il pourrait bien ne plus pouvoir trouver un emploi – surtout avec son pied bot.

Est-ce cela qui me tourmente ?

Que faire pour bien agir ? Il est ironique que toute mon intelligence ne m'aide pas à résoudre un problème comme celui-là.

10 mai. J'en ai parlé au Pr Nemur et il soutient que je suis un spectateur innocent et qu'il n'y a aucune raison pour moi de me trouver mêlé à ce qui pourrait devenir une situation déplaisante. Le fait que j'aie été utilisé comme un intermédiaire ne semble pas le troubler du tout.

— Si tu ne comprenais pas ce qui se passait à ce moment, dit-il, cela n'a aucune importance. Tu n'es pas plus à blâmer que le couteau dans un assassinat ou la voiture dans une collision.

— Mais je ne suis pas un objet inanimé, ai-je objecté, je suis une *personne*.

Il a eu l'air embarrassé un moment puis il a ri.

— Bien sûr, Charlie. Mais je ne parlais pas de maintenant. Je parlais d'avant l'opération.

Content de lui, outrecuidant – j'avais envie de le frapper lui aussi.

— J'étais une personne avant l'opération, au cas où vous l'auriez oublié...

— Oui, bien sûr, Charlie. Comprends-moi bien. Mais c'était différent...

Et là-dessus, il s'est rappelé qu'il avait des fiches à vérifier au labo.

Le Dr Strauss ne parle pas beaucoup pendant nos séances de psychothérapie mais aujourd'hui, quand j'ai soulevé la question, il a dit que j'étais moralement obligé de le dire à Mr Donner. Mais plus j'y pensais, moins cela me paraissait simple. Il fallait que je trouve quelqu'un d'autre pour sortir du dilemme, et la seule personne à laquelle je pouvais penser, c'était Alice. Finalement, à 10 heures et demie du soir, je n'ai plus pu résister. J'ai commencé trois fois à faire son numéro et je m'interrompais toujours au milieu mais, la quatrième fois, j'ai tenu jusqu'à ce que j'entende sa voix.

D'abord elle ne sut pas si elle devait me voir mais je l'ai suppliée de me rencontrer à la cafétéria où nous avions dîné ensemble.

— J'ai un profond respect pour vous ; vous m'avez toujours donné de bons conseils.

Et comme elle hésitait encore, j'ai insisté :

— Il *faut* que vous m'aidiez. Vous êtes en partie responsable. Vous l'avez dit vous-même. Si ce n'avait été pour vous, je ne me serais jamais lancé dans tout cela, d'abord. Vous ne pouvez pas vous débarrasser de moi en haussant simplement les épaules.

Elle dut sentir à quel point mon besoin d'aide était pressant, car elle accepta de me rencontrer. Je raccrochai et je contemplai le téléphone. Pourquoi était-ce si important pour moi de savoir ce qu'*elle* en pensait ? de connaître son sentiment à *elle* ? Pendant plus d'un an, au cours d'adultes, la seule chose qui comptait, c'était de lui faire plaisir. Était-ce d'abord pour cela que j'avais accepté l'opération ?

J'ai marché de long en large devant la cafétéria jusqu'à ce que l'agent de police commence à me regarder d'un œil soupçonneux. Puis je suis entré et j'ai pris un café. Heureusement, la table que nous avions occupée l'autre fois était libre. Elle penserait certainement à me chercher dans ce coin-là.

Elle me vit et me fit signe, mais s'arrêta au comptoir pour prendre un café avant de venir à la table. Elle sourit et je sentis que c'était parce que j'avais choisi la même table. Un geste romantique, un peu sot.

— Je sais qu'il est tard, dis-je pour m'excuser, mais je vous jure que je commençais à devenir fou. Il fallait que je vous parle.

Elle but doucement son café et m'écouta calmement lui expliquer comment j'avais découvert le vol de Gimpy, ma propre réaction et les avis contradictoires que j'avais reçus au labo. Quand j'eus fini, elle s'appuya contre le dossier de son siège et secoua la tête.

— Charlie, tu me stupéfies. À certains points de vue, tu as fait d'immenses progrès et pourtant quand il s'agit de prendre une décision, tu restes encore un enfant. Je ne peux pas décider à ta place, Charlie. La solution ne peut pas se trouver dans les livres – ou en la demandant à d'autres personnes. À moins que tu ne veuilles rester un enfant toute ta vie. C'est à toi de trouver cette solution en toi – de *sentir* comment bien agir. Charlie, il faut que tu apprennes à avoir confiance en toi.

J'ai d'abord été ennuyé de son sermon, puis soudain j'ai commencé à comprendre.

— Vous voulez dire qu'il faut que je décide moi-même ?

Elle hocha la tête.

— En fait, dis-je, maintenant que j'y pense, je crois que j'ai déjà un peu décidé. Je pense que Nemur et Strauss sont tous deux dans l'erreur.

Elle m'observait de près, très émue.

— Tu deviens différent, Charlie. Si seulement tu pouvais voir ton visage.

— Vous avez diablement raison, je deviens différent ! J'avais un nuage de fumée devant les yeux et d'un souffle, vous l'avez chassé. Une idée toute simple. Avoir confiance en moi-même. Et elle ne m'était jamais venue auparavant.

— Charlie, tu es extraordinaire.

Je saisis sa main et je la serrai.

— Non, c'est vous. Vous avez touché mes yeux et vous m'avez fait voir.

Elle rougit et retira sa main.

— L'autre fois, quand nous étions ici, dis-je, je vous ai dit que je vous aimais beaucoup. J'aurais dû avoir confiance en moi et dire simplement : je vous aime.

— Non, Charlie, pas encore.

— *Pas encore !* m'écriai-je. C'est ce que vous m'avez dit l'autre fois. Pourquoi, pas encore ?

— Chut… Attends un peu, Charlie. Finis tes études. Vois où elles te mènent. Tu changes trop vite.

— Qu'est-ce que cela a à y faire ? Mon sentiment pour vous ne changera pas parce que je deviens intelligent. Je ne vous en aimerai que davantage.

— Mais tu changes aussi sur le plan affectif. D'une façon un peu particulière, je suis la première femme dont tu aies réellement pris conscience de… de cette manière. Jusqu'à présent, j'étais ton institutrice, quelqu'un vers qui te tourner pour avoir des conseils ou une aide. Tu étais presque obligé de te croire amoureux de moi. Vois d'autres femmes. Donne-toi davantage de temps.

— Vous voulez dire que tous les petits garçons tombent toujours amoureux de leurs institutrices et que sur le plan affectif, je suis toujours un petit garçon.

— Tu déformes ma pensée. Non, je ne pense pas à toi comme à un petit garçon.

— Retardé sur le plan affectif, alors.

— Non.

— Alors quoi ?

— Charlie, ne me brusque pas. Je ne sais pas. Tu es déjà au-delà de moi intellectuellement. Dans quelques mois ou dans quelques semaines, tu seras une autre personne. Lorsque tu seras mûr intellectuellement, peut-être ne pourrons-nous plus communiquer. Il faut que je pense à moi aussi, Charlie. Attendons de voir. Sois patient.

Elle avait raison mais je ne voulais pas l'écouter.

— L'autre soir, dis-je d'une voix étranglée, vous ne savez pas combien j'attendais ce rendez-vous. J'en perdais la tête à me demander comment me tenir, quoi dire, je voulais vous faire la meilleure impression et j'étais terrifié à l'idée de dire quelque chose qui vous fâcherait.

— Tu ne m'as pas fâchée. J'ai été flattée.

— Alors, quand puis-je vous revoir ?

— Je n'ai pas le droit de t'entraîner.

— Mais je *suis* entraîné ! m'écriai-je. (Et voyant que les gens se retournaient, je baissai la voix jusqu'à ce qu'elle tremble de colère.) Je suis un être humain… un homme… et je ne peux pas vivre avec seulement des livres et des bandes magnétiques et des labyrinthes électroniques. Vous me dites : « Vois d'autres femmes. » Comment le pourrais-je alors que je ne connais pas d'autres femmes ? Il y a une flamme qui brûle en moi et tout ce que je sais, c'est qu'elle me fait penser à vous. Je suis au milieu d'une page et j'y vois votre visage… pas brouillé comme ceux de mon passé, mais net et vivant. Je touche la page et votre visage s'efface et j'ai envie de déchirer le livre et d'en jeter les morceaux.

— Charlie, je t'en prie…

— Laissez-moi vous revoir.

— Demain, au laboratoire.

— Vous savez bien que ce n'est pas cela que je veux dire. Ailleurs qu'au laboratoire. Ailleurs qu'à l'université. Seule.

Je voyais qu'elle désirait dire oui. Elle était surprise de mon insistance, j'en étais surpris moi-même. Je ne pouvais pas m'empêcher de la harceler. Et pourtant une crainte me serrait la gorge tandis que je l'implorais. Mes paumes étaient moites. Avais-je peur qu'elle ne dise *non* ou qu'elle ne dise *oui* ? Si elle n'avait pas brisé la tension en me répondant, je crois que je me serais évanoui.

— D'accord, Charlie. Ailleurs qu'au labo, ailleurs qu'à l'université, mais pas seuls. Je ne crois pas que nous devions rester seuls ensemble.

— Où vous voudrez, dis-je, haletant. Simplement pour que je puisse être avec vous et ne pas penser aux tests, aux statistiques, aux questions, aux réponses…

Elle plissa le front un instant.

— Bon, il y a des concerts gratuits de printemps à Central Park. La semaine prochaine, tu pourras m'emmener à l'un de ces concerts.

Lorsque nous sommes arrivés devant sa porte, elle s'est retournée vivement et m'a embrassé sur la joue.

— Bonne nuit, Charlie. Je suis heureuse que tu m'aies appelée. À demain, au labo.

Elle a fermé la porte et je suis resté devant sa maison à regarder la lumière à la fenêtre de son appartement jusqu'à ce qu'elle s'éteigne.

Il n'y a plus de doute maintenant. Je suis amoureux.

11 mai. Après tant de réflexions et de tourments, je me suis rendu compte qu'Alice avait raison. Il fallait que je me fie à mon intuition. À la boulangerie, j'observai Gimpy de plus près. Trois fois aujourd'hui, je le vis compter moins cher aux clients et empocher sa part de la différence quand les clients lui rendaient quelque monnaie. Ce n'était qu'avec certains clients réguliers qu'il le faisait, et il me vint à l'esprit que ces gens étaient aussi coupables que lui. Cet arrangement n'aurait pas pu exister sans leur accord. Pourquoi Gimpy serait-il le bouc émissaire ?

Je me décidai alors pour un compromis. Ce n'était peut-être pas la décision idéale, mais c'était la mienne, et elle me sembla être la meilleure solution étant donné les circonstances. Je dirais à Gimpy ce que je savais et je lui conseillerais vivement de cesser.

Je le trouvai seul près des toilettes et quand il me vit venir à lui, il voulut s'éloigner.

— Je voudrais vous parler d'un problème sérieux sur lequel j'aimerais avoir votre avis. Un de mes amis a découvert que l'un de ses compagnons de travail vole son patron. L'idée de le dénoncer et de lui causer des ennuis ne lui plaît pas, mais il ne veut pas rester là à voir voler son patron – qui a été bon pour eux deux.

Gimpy me regarda d'un œil scrutateur.

— Et qu'est-ce que ton ami envisage de faire ?

— C'est là, la difficulté. Il n'a pas envie de faire quoi que ce soit. Il se dit que si les vols cessent, il n'y a rien à gagner à faire quelque chose. Il oubliera tout cela.

— Ton ami ferait mieux de s'occuper de ses propres affaires, dit Gimpy en changeant son pied bot de position. Il ferait mieux de garder les yeux fermés sur ce genre de choses et de savoir où sont ses *vrais* amis. Un patron est un patron et les gens qui travaillent doivent se soutenir.

— Mon ami ne partage pas ce sentiment.

— Tout cela ne le regarde pas.

— Il pense que puisqu'il sait, il est partiellement responsable. Il a donc décidé que si cela s'arrête, il n'aura rien de plus à dire. Sinon, il dira tout. Je voulais vous demander votre opinion. Pensez-vous que, dans ces conditions, les vols cesseront ?

Il avait du mal à cacher sa colère. Je voyais qu'il avait envie de me frapper, mais il se contenta de serrer les poings.

— Dis à ton ami que le gars ne semble pas avoir d'autre choix.

— C'est très bien, dis-je. Cela lui fera très grand plaisir.

Gimpy s'en alla mais il s'arrêta et me regarda :

— Ton ami… est-ce que par hasard, il n'aurait pas envie d'avoir sa part ? Est-ce cela sa raison ?

— Non, il veut simplement que toute cette affaire cesse.

Il me lança un regard furieux.

— Je te le dis, tu regretteras d'avoir fourré ton nez là-dedans. Je t'ai toujours soutenu. J'aurais dû me faire examiner la tête.

Et il s'éloigna en claudiquant.

Peut-être aurais-je dû tout dire à Donner et faire renvoyer Gimpy… je ne sais pas. Agir de cette manière peut se défendre. C'était réglé et terminé. Mais combien y a-t-il de gens comme Gimpy qui se servent ainsi des autres ?

15 mai. Mes études marchent bien. La bibliothèque de l'université est maintenant mon second chez-moi. Ils ont dû me trouver un bureau à part parce qu'il ne me faut qu'une seconde pour absorber une page entière, et des étudiants curieux viennent immanquablement se rassembler autour de moi tandis que je tourne rapidement les pages de mes livres.

Les sujets qui m'absorbent le plus, en ce moment, sont l'étymologie des langues anciennes, les ouvrages les plus récents sur le calcul des variations et l'histoire hindoue. C'est étonnant, la manière dont des choses sans lien apparent s'enchaînent. J'ai atteint un autre « plateau » et maintenant les courants des diverses disciplines semblent s'être rapprochés comme s'ils jaillissaient d'une source unique.

C'est étrange, mais lorsque je suis dans la cafétéria du collège et que j'entends les étudiants discuter d'histoire, de politique ou de religion, tout cela me semble terriblement puéril.

Je n'ai plus aucun plaisir à débattre sur un plan aussi élémentaire. Les gens se froissent quand on leur montre qu'ils n'abordent pas les complexités du problème, ils ne savent pas ce qui existe au-delà des apparences superficielles. Il en est de même au niveau supérieur et j'ai renoncé à toute tentative de discuter de ces choses avec les professeurs de Beekman.

À la cafétéria de la faculté, Burt m'a présenté à un professeur de sciences économiques, très connu pour ses travaux sur les facteurs économiques qui affectent les taux d'intérêt. Je désirais depuis longtemps parler à un économiste de quelques idées que j'avais rencontrées dans mes lectures. L'aspect moral du blocus militaire utilisé comme arme en temps de paix m'avait troublé. Je lui demandai ce qu'il pensait de la suggestion de quelques sénateurs préconisant l'utilisation de moyens tactiques tels que la mise sur une « liste noire » ou le renforcement du contrôle des certificats de navigation, ainsi que nous l'avions fait pendant la Seconde Guerre mondiale contre certaines des petites nations qui s'opposent maintenant à nous.

Il écouta en silence, le regard dans le vague, et je supposai qu'il rassemblait ses idées pour répondre ; mais quelques minutes plus tard, il s'éclaircit la gorge et secoua la tête. Cette question, expliqua-t-il, échappait à sa compétence. Il était spécialisé dans les taux d'intérêt et ne s'était guère intéressé aux problèmes économico-militaires. Il me suggéra de voir le Dr Wessey, qui avait publié un article sur les Accords de Commerce durant la Seconde Guerre mondiale. Il pourrait probablement me renseigner.

Avant que je puisse ajouter un mot, il me prit la main et la secoua. Il avait été heureux de me rencontrer mais il avait des notes à rassembler pour une conférence. Et là-dessus, il s'en fut.

La même chose se produisit lorsque j'essayai de discuter de Chaucer avec un spécialiste de la littérature américaine, que je questionnai un orientaliste sur les habitants des îles Trobriand ou que je tentai de faire le point sur les problèmes du chômage provoqué par l'automation avec un sociologue spécialisé dans les sondages d'opinion sur le comportement des adolescents. Ils trouvèrent toujours des excuses pour s'esquiver, par crainte de révéler l'étroitesse de leurs connaissances.

Comme ils me paraissent différents maintenant. Et que j'avais été sot de penser que les professeurs étaient des géants intellectuels. Ce sont des gens comme les autres – et qui ont peur que le reste du monde ne s'en aperçoive. Et Alice, elle aussi, est une femme, pas une déesse... et je l'emmène au concert demain soir.

17 mai. Il fait presque jour et je n'arrive pas à m'endormir. Il faut que je comprenne ce qui m'est arrivé hier soir au concert.

La soirée avait bien commencé. Le Mall à Central Park s'était empli de bonne heure, et Alice et moi avions dû nous frayer un chemin parmi les couples étendus sur l'herbe. Finalement, en dehors de l'allée, nous avions trouvé un arbre isolé, sans personne ; hors des zones éclairées, la présence d'autres couples ne se signalait que par des rires féminins de protestation et la lueur de cigarettes allumées.

— Nous serons très bien, dit-elle. Pas de raison d'être en plein sur l'orchestre.

— Que jouent-ils en ce moment ? demandai-je.

— *La Mer* de Debussy. Tu aimes ?

Je m'installai près d'elle.

— Je ne connais pas grand-chose à ce genre de musique. Il faut que j'y pense.

— N'y pense pas, chuchota-t-elle. Sens-la. Laisse-la t'emporter comme la mer, sans essayer de comprendre.

Elle s'allongea sur l'herbe et tourna son visage vers la musique.

Je n'avais aucun moyen de savoir ce qu'elle attendait de moi. J'étais loin des méthodes claires de solution d'un problème et de l'acquisition systématique des connaissances. Je me répétais que mes mains moites, mon estomac serré, le désir de la prendre dans mes bras n'étaient que de simples réactions biochimiques. Je retraçai même le processus de stimulus-réaction qui provoquait ma nervosité et mon excitation. Pourtant tout était brouillé et incertain. Devais-je la prendre dans mes bras ou non ? Attendait-elle que je le fasse ? Serait-elle fâchée ? Je me rendis compte que je me comportais encore comme un adolescent et cela me mit en colère.

— Voyons, dis-je d'une voix étranglée, pourquoi ne vous mettez-vous pas plus à l'aise ? Appuyez votre tête sur mon épaule. Vous serez beaucoup mieux.

Elle me laissa passer mon bras autour d'elle mais ne me regarda pas. Elle semblait trop absorbée par la musique pour s'apercevoir de ce que je faisais. Désirait-elle que je la tienne ainsi ou le tolérait-elle simplement ? Lorsque je fis glisser mon bras jusqu'à sa taille, je la sentis tressaillir mais elle continua de regarder dans la direction de l'orchestre. Elle faisait semblant de ne penser qu'à la musique afin de ne pas avoir à répondre à mon geste. Elle ne voulait pas savoir ce qui se passait. Tant qu'elle regardait au loin et qu'elle écoutait, elle pouvait feindre de ne pas sentir ce contact étroit, mon bras autour d'elle, ni d'y avoir consenti. Elle désirait que je caresse son corps, tout en maintenant son esprit vers des pensées plus élevées. D'un geste brusque, je lui pris le menton :

— Pourquoi ne me regardez-vous pas ? Faites-vous semblant que je n'existe pas ?

— Non, Charlie, murmura-t-elle, je fais semblant que *je* n'existe pas.

Quand je la pris par les épaules, elle se raidit et frémit mais je l'attirai à moi... C'est alors que cela se produisit. Cela commença par un bourdonnement sourd dans mes oreilles... un bruit de scie électrique... très loin. Puis une sensation de froid : des picotements dans mes bras et mes jambes, mes doigts engourdis. Soudain, j'eus la sensation d'être observé.

Un brusque transfert de perception. Caché dans l'obscurité, derrière un arbre, je nous voyais tous les deux allongés dans les bras l'un de l'autre.

Je levai les yeux et je vis un garçon de quinze ou seize ans, aux aguets, à peu de distance.

— Hé la ! m'écriai-je.

Quand il se leva, je vis que sa braguette était ouverte.

— Qu'est-ce qu'il y a ? demanda Alice, inquiète.

Je bondis mais il disparut dans l'obscurité.

— L'avez-vous vu ?

— Non, dit-elle en défroissant nerveusement sa jupe. Je n'ai vu personne.

— Il était là. À nous regarder. Presque assez près pour vous toucher.

— Charlie, où vas-tu ?

— Il ne peut pas être bien loin.

— Laisse-le, Charlie. Cela n'a pas d'importance.

Cela avait de l'importance pour moi. Je partis en courant dans le noir, trébuchant sur des couples effrayés, mais impossible de savoir où il était passé.

Plus je pensais à lui, plus grandissait cette sensation nauséeuse qu'on a avant de s'évanouir. Perdu et seul dans un désert sauvage. Je me ressaisis et je retournai vers l'endroit où Alice était assise.

— L'as-tu trouvé ?

— Non, mais il était là. Je l'ai vu.

Elle me regarda bizarrement.

— Te sens-tu bien ?

— Ça ira bien… dans un instant… simplement, ce sacré bourdonnement dans mes oreilles.

— Peut-être ferions-nous mieux de nous en aller.

Pendant tout le chemin jusque chez elle, je ne cessai de penser à ce garçon qui avait été aux aguets dans le noir, et aussi que, pendant une seconde, j'avais entrevu ce qu'il voyait – nous deux allongés dans les bras l'un de l'autre.

— Veux-tu entrer ? Je pourrais te faire un peu de café.

J'en avais envie, mais quelque chose me retint de le faire.

— Il vaut mieux pas. J'ai encore beaucoup de travail ce soir…

— Charlie, aurais-je dit ou fait quoi que ce soit qui…

— Mais non, voyons. Simplement, ce garçon qui nous regardait m'a bouleversé.

Elle était tout près de moi, attendant que je l'embrasse. Je la pris dans mes bras mais cela se produisit encore. Si je ne m'éloignais pas rapidement, j'allais m'évanouir.

— Charlie, tu as l'air malade.

— L'avez-vous vu, Alice ? Dites-moi la vérité…

Elle secoua la tête :

— Non. Il faisait trop noir. Mais je suis sûre que…

— Il faut que je m'en aille. Je vous appellerai.

Et avant qu'elle puisse me retenir, je m'arrachai de ses bras. Il fallait que je sorte de cette maison avant que tout ne s'effondre.

En y réfléchissant maintenant, je suis certain que ce fut une hallucination. Le Dr Strauss estime que, émotionnellement, je suis encore à ce stade de l'adolescence où le fait d'être près d'une femme, de penser à l'amour sexuel, provoque l'anxiété, la panique et même des hallucinations. Il pense que mon rapide développement intellectuel m'a fait croire que je pouvais avoir une vie émotionnelle normale. Je dois me résigner à accepter ce fait : les craintes et les blocages déclenchés dans des situations érotiques révèlent que, émotionnellement, je suis encore un adolescent – sexuellement retardé. Je suppose que cela signifie que je ne suis pas prêt à des relations sexuelles avec une femme comme Alice Kinnian. Pas encore.

20 mai. J'ai été renvoyé de mon travail à la boulangerie. Je sais que c'est bête de s'accrocher au passé, mais j'étais très attaché à ce lieu, avec ses murs de brique blanche brunie par la chaleur du four… J'étais là chez moi.

Qu'ai-je pu faire pour qu'ils me haïssent tant ?

Je ne blâme pas Donner. Il lui faut penser à son affaire et aux autres employés. Et pourtant, il a été plus proche de moi qu'un père.

Il m'appela dans son bureau, débarrassa d'un tas de relevés et de factures l'unique chaise près du pupitre à cylindre et dit, sans lever les yeux sur moi :

— Je voulais te parler. Le moment en vaut un autre.

Cela semble stupide maintenant, mais tandis que j'étais assis là, à le regarder avec des yeux ronds – courtaud, grassouillet, une moustache mal taillée qui pendait comiquement sur sa lèvre supérieure –, on aurait dit que nous étions deux, l'ancien Charlie et le nouveau assis sur cette chaise, inquiets de ce que le vieux Mr Donner allait dire.

— Charlie, ton oncle Herman était un excellent ami pour moi. J'ai tenu la promesse que je lui avais faite de te garder ici à travailler, que les affaires aillent ou n'aillent pas, afin que tu aies toujours un dollar dans ta poche, un endroit pour dormir, et que tu n'aies pas à retourner à cet asile.

— Je me sens chez moi à la boulangerie...

— Et je t'ai traité comme mon fils qui a donné sa vie pour son pays. Et quand Herman est mort – quel âge avais-tu ? dix-sept ans ? mais tu avais plutôt l'air d'un gosse de six ans – je me suis juré... je me suis dit : « Arthur Donner, tant que tu auras une boulangerie et une affaire à toi, tu t'occuperas de Charlie. Il aura une place pour travailler, un lit pour dormir et du pain à manger. » Quand ils t'ont envoyé à cet Asile Warren, je leur ai dit que tu travaillerais ici et que je veillerais sur toi. Tu n'es même pas resté une nuit là-dedans. Je t'ai trouvé une chambre et je me suis occupé de toi. Ai-je bien tenu cette promesse solennelle ?

Je hochai la tête mais je voyais bien à la manière dont il pliait et dépliait ses papiers qu'il était gêné. Et même si je ne voulais pas savoir... je savais.

— J'ai fait de mon mieux dans mon travail, j'ai travaillé dur...

— Je sais, Charlie. Il n'y a rien à te reprocher là-dessus. Mais je ne sais ce qui t'est arrivé et je ne comprends pas ce que cela signifie. Pas seulement moi. Tout le monde m'en a parlé. Ils sont venus ici une douzaine de fois, ces dernières semaines. Ils sont tous bouleversés. Charlie, je dois te demander de partir.

J'essayai de l'arrêter mais il secoua la tête.

— Une délégation est venue me voir ici, hier soir. Charlie, je suis obligé de penser à la bonne marche de mon affaire.

Il regardait ses mains tourner et retourner un papier comme s'il espérait y découvrir quelque chose qui lui aurait d'abord échappé.

— Je suis désolé, Charlie.

— Mais où irai-je ?

Il leva les yeux sur moi pour la première fois depuis que nous étions dans son petit bureau.

— Tu sais aussi bien que moi que tu n'as plus *besoin* de travailler ici.

— Je n'ai jamais travaillé ailleurs, Mr Donner.

— Parlons franchement. Tu n'es plus le Charlie qui est arrivé ici il y a dix-sept ans – pas même le Charlie d'il y a quatre mois. Tu ne nous as rien dit. C'est ton affaire. Peut-être une sorte de miracle, qui sait ? Mais tu t'es transformé en un jeune homme très intelligent. Et faire marcher un pétrin mécanique et livrer des paquets n'est pas un travail pour un jeune homme intelligent.

Il avait raison, bien entendu, mais tout en moi me poussait à vouloir le faire revenir sur sa décision.

— Laissez-moi rester, Mr Donner. Donnez-moi une autre chance. Vous avez dit vous-même que vous avez promis à mon oncle Herman que j'aurais du travail aussi longtemps que j'en aurais besoin. Et j'en ai encore besoin, Mr Donner.

— Non, Charlie. Si tu en avais besoin, je leur dirais que je me moque de leurs délégations et de leurs pétitions, et je prendrais ton parti contre eux tous. Mais telles que les choses sont maintenant, ils ont tous une peur bleue de toi. Et il faut aussi que je pense à ma famille.

— Mais s'ils changeaient d'attitude ? Laissez-moi essayer de les convaincre.

Je lui rendais tout plus difficile qu'il ne l'avait escompté. Je savais que j'aurais dû m'arrêter mais je ne pouvais pas me contrôler.

— Je leur expliquerai, insistai-je.

— Bien, soupira-t-il finalement. Vas-y, essaie. Mais tu vas simplement te faire du mal à toi-même.

Quand je sortis de son bureau, Frank Reilly et Joe Carp passèrent près de moi et je sus que ce qu'il avait dit était vrai. Simplement de me voir là c'était déjà trop pour eux. Je les mettais tous mal à l'aise.

Frank venait de prendre une plaque de petits pains et Joe et lui se retournèrent ensemble quand je les appelai.

— Écoute, Charlie, j'ai du travail. Plus tard peut-être…

— Non, dis-je. Maintenant, tout de suite. Depuis quelque temps, vous m'évitez tous les deux. Pourquoi ?

Frank, le beau parleur, l'homme à femmes, le combinard, m'étudia un instant, puis il reposa la plaque sur la table :

— Pourquoi ? Je vais te dire pourquoi. Parce que tout d'un coup, tu es devenu un monsieur important, un type calé, un savant ! Maintenant, tu es un vrai je-sais-tout, une grosse tête. Toujours avec un bouquin… toujours avec des réponses à tout. Bon, je vais te le dire : tu te crois supérieur à nous tous, ici, n'est-ce pas ? O.K., va ailleurs.

— Mais qu'est-ce que je vous ai fait ?

— Ce qu'il a fait ? T'entends ça, Joe ? Je vais vous dire ce que vous avez fait, *Monsieur* Gordon. Tu es venu tout bousculer ici avec tes idées et tes suggestions et, à cause de toi, nous avons tous l'air d'une bande d'imbéciles. Mais je vais te dire autre chose. Pour moi, tu n'es toujours qu'un idiot. Je ne comprends peut-être pas tous tes grands mots, ni les titres de tes bouquins mais je vaux autant que toi – et même plus.

— Ouais, dit Joe, en se retournant pour appuyer l'argument vis-à-vis de Gimpy qui venait d'arriver derrière lui.

— Je ne vous demande pas d'être mes amis, dis-je, ni de vous occuper de moi. Simplement de me permettre de garder mon travail. Mr Donner dit que c'est à vous de décider.

Gimpy me jeta un regard mauvais, puis secoua la tête avec dégoût.

— Tu ne manques pas de toupet, s'écria-t-il. Va-t'en au diable !

Puis il tourna le dos et s'en fut en clopinant lourdement.

Et il en fut de même avec les autres. La plupart partageaient les sentiments de Joe, Frank et Gimpy. Tout avait été très bien tant qu'ils pouvaient rire de moi et paraître malins à mes dépens, mais maintenant, ils se sentaient inférieurs à l'idiot. Je commençai à voir que, par mon étonnant développement intellectuel, je les avais comme rabaissés, j'avais souligné leurs inaptitudes, je les avais trahis, et c'est pour cela qu'ils me haïssaient.

Fanny Birden était la seule qui ne pensait pas qu'il faille m'obliger à partir et, en dépit de leur insistance et de leurs menaces, elle avait été la seule à ne pas signer la pétition.

— Ce qui ne veut pas dire, remarqua-t-elle, que je ne pense pas que tu es devenu très étrange, Charlie. Qu'est-ce que tu as changé ! Je ne sais pas, moi... Tu étais un bon garçon, à qui on pouvait se fier – ordinaire, pas trop malin peut-être, mais honnête – et qui sait ce que tu t'es fait pour devenir brusquement si intelligent. Comme tout le monde le dit... ce n'est pas normal.

— Mais qu'y a-t-il de mal pour quelqu'un à vouloir devenir plus intelligent, acquérir des connaissances, se comprendre soi-même et comprendre le monde ?

— Si tu avais lu ta Bible, Charlie, tu saurais que l'homme n'a pas à chercher à en connaître davantage que ce que Dieu, en le créant, lui a permis de connaître. Le fruit de l'arbre de la science lui était défendu. Charlie, si tu as fait quelque chose que tu n'aurais pas dû… tu sais, avec le diable ou n'importe quoi… peut-être n'est-il pas trop tard pour t'en sortir. Peut-être pourrais-tu redevenir le bon garçon simple que tu étais avant.

— Il n'est pas question de revenir en arrière, Fanny. Je n'ai rien fait de mal. Je suis comme un homme qui serait né aveugle et à qui l'on a donné une chance de voir la lumière. Cela ne peut pas être un péché. Bientôt, il y en aura des millions comme moi dans le monde entier. La science peut le faire, Fanny.

Elle baissa le regard sur le marié et la mariée posés au sommet du gâteau de mariage qu'elle décorait et je vis à peine ses lèvres bouger tandis qu'elle disait d'une voix très basse :

— Ce fut un péché lorsque Adam et Ève mangèrent le fruit de l'*arbre de la science*. Ce fut un péché quand ils virent qu'ils étaient nus et qu'ils connurent la luxure et la honte. Et ils furent chassés du Paradis terrestre et les portes en furent fermées pour eux. Si ce n'avait été cela, nul d'entre nous n'aurait eu à vieillir ni à être malade, ni à mourir.

Il n'y avait plus rien à dire, ni à elle ni aux autres. Aucun d'eux ne voulait me regarder dans les yeux. Je sens encore leur hostilité. Avant, ils riaient de moi, me méprisaient pour mon ignorance et ma lenteur d'esprit ; maintenant, ils me haïssaient pour mon savoir et ma facilité de compréhension. Pourquoi cela, mon Dieu ? Qu'auraient-ils voulu que je fasse ?

Mon intelligence a creusé comme un fossé entre moi et tous ceux que je connaissais et que j'aimais, et j'ai été chassé de la boulangerie. Je suis maintenant plus seul que jamais auparavant. Je me demande ce qui se passerait si l'on remettait Algernon dans la grande cage avec quelques-unes des autres souris. Est-ce qu'*elles* la traiteraient en ennemie ?

25 mai. C'est donc ainsi que quelqu'un peut en venir à se mépriser soi-même – sachant qu'il fait ce qu'il ne faut pas et pourtant est incapable de s'en abstenir. Contre ma volonté, je me suis trouvé attiré vers l'appartement d'Alice. Elle fut surprise mais me fit entrer.

— Tu es trempé. L'eau dégouline sur ton visage.

— Il pleut. C'est bon pour les fleurs.

— Entre. Je vais te chercher une serviette. Tu vas attraper une pneumonie.

— Vous êtes la seule à qui je puisse parler, dis-je. Permettez-moi de rester.

— J'ai un peu de café qui chauffe. Commence par te sécher et nous parlerons après.

Je regardai autour de moi tandis qu'elle allait chercher le café. C'était la première fois que je pénétrais chez elle. J'en ressentais du plaisir mais l'aspect de la pièce me perturbait.

Tout était bien rangé. Les statuettes de porcelaine étaient alignées sur le rebord de la fenêtre, toutes tournées dans le même sens. Et les coussins sur le canapé n'avaient pas été jetés au hasard mais posés en ordre régulier sur les housses de plastique transparent qui protégeaient la tapisserie. Sur deux petites tables, à chaque extrémité, des magazines étaient soigneusement disposés de manière que leurs titres soient bien visibles. Sur l'une : *The Reporter*, *The Saturday Review*, *The New Yorker* ; sur l'autre : *Mademoiselle*, *House Beautiful* et le *Reader's Digest*.

Au mur, en face du canapé, était accrochée une reproduction luxueusement encadrée du tableau de Picasso, *Mère et Enfant*, et à l'opposé, au-dessus du canapé, le portrait d'un fringant courtisan de l'époque de la Renaissance, masqué, l'épée à la main, protégeant une jeune fille apeurée, aux joues roses. Les deux n'allaient pas ensemble. Comme si Alice ne pouvait décider qui elle était ni dans quel monde elle voulait vivre.

— Tu n'es pas venu au labo depuis quelques jours, dit-elle de la cuisine. Le Pr Nemur s'inquiète de toi.

— Je n'avais pas le courage de les affronter, répondis-je. Je sais que je n'ai aucune raison d'avoir honte, mais cela me donne une sensation de vide, de ne pas aller tous les jours travailler – de ne pas voir la boutique, les fours, les gens. Je n'arrive pas à m'y faire. La nuit dernière et la nuit d'avant, j'ai eu des cauchemars, je rêvais que je me noyais.

Elle posa le plateau au milieu du guéridon, les petites serviettes pliées en triangle, les gâteaux arrangés en rond sur l'assiette.

— Tu ne devrais pas prendre cela tant à cœur, Charlie. Ce n'est pas ta faute à toi.

— Cela ne sert à rien que je me le dise. Ces gens, depuis tant d'années, étaient ma famille. Ç'a été comme si on m'avait jeté hors de ma maison.

— C'est bien cela, dit-elle. Tout cela est comme la répétition symbolique de ce qui t'est arrivé quand tu étais enfant. Être rejeté par tes parents... renvoyé de chez toi...

— Oh, bon Dieu ! Inutile de coller là-dessus une belle étiquette bien propre. Ce qui importe, c'est qu'avant d'être entraîné dans cette expérience, j'avais des amis, des gens qui s'intéressaient à moi. Maintenant, j'ai peur que...

— Tu as toujours des amis.

— Ce n'est pas la même chose.

— Ta peur est une réaction normale.

— C'est plus que cela. J'ai déjà eu peur. Peur d'être fouetté pour n'avoir pas cédé à Norma, peur de passer par Howells Street où la bande avait l'habitude de se moquer de moi et de me bousculer. J'avais peur de la maîtresse, Mrs Libby, qui m'attachait les mains pour que je ne remue pas continuellement tout ce qui était sur mon pupitre. Mais c'étaient là des réalités... et j'avais de bonnes raisons d'avoir peur. La peur que j'ai ressentie en étant chassé de la boulangerie est une peur vague, que je ne comprends pas.

— Voyons, ressaisis-toi.

— *Vous* ne pouvez ressentir ma panique.

— Mais, Charlie, il fallait s'y attendre. Tu es un nageur novice qu'on a poussé du radeau-plongeoir et qui est terrifié de ne plus sentir le bois solide sous ses pieds. Mr Donner *a été* bon pour toi et tu *as été* protégé pendant toutes ces années. Être chassé de la boulangerie de cette manière a été un encore plus grand choc que tu ne le pressentais.

— Cela n'arrange rien d'en avoir conscience intellectuellement. Je ne peux plus rester assis seul dans ma chambre. J'erre dans les rues à toutes les heures du jour et de la nuit, sans savoir ce que je cherche… je marche jusqu'à ce que je me perde… et je me retrouve devant la boulangerie. La nuit dernière, j'ai marché depuis Washington Square jusqu'à Central Park et j'ai dormi là. Mais bon Dieu, qu'est-ce que je cherche ?

Plus je parlais, plus elle était émue.

— Que pourrais-je faire pour toi, Charlie ?

— Je ne sais pas. Je suis comme un animal qui a été lâché et qui ne peut plus rentrer dans sa bonne petite cage bien tranquille.

Elle s'assit près de moi sur le canapé :

— Ils te poussent trop vite. Tu ne sais plus où tu en es. Tu veux être un adulte mais il reste encore un petit garçon en toi. Seul et qui a peur.

Elle mit ma tête sur son épaule, tentant de me réconforter, mais tandis qu'elle me caressait les cheveux, je sentis qu'elle avait besoin de moi de la même manière que j'avais besoin d'elle.

— Charlie, murmura-t-elle au bout d'un moment… Fais tout ce que tu veux… n'aie pas peur de moi…

J'aurais voulu lui dire que la panique me guettait.

Un jour, en faisant une livraison, Charlie avait presque failli se trouver mal quand une femme entre deux âges, qui sortait du bain, s'était amusée à ouvrir son peignoir et à se montrer toute nue. Avait-il déjà vu une femme déshabillée ? Savait-il faire l'amour ? Sa terreur – son gémissement – dut l'effrayer, car elle referma précipitamment son peignoir et lui donna une pièce de 25 *cents* pour qu'il oublie ce qui était arrivé. Elle n'avait fait que l'éprouver, lui dit-elle, pour voir s'il était un bon petit jeune homme. Il essayait, répondit-il, et évitait de regarder les femmes, parce que sa mère le battait chaque fois qu'elle trouvait des traces sur son caleçon…

Maintenant, il avait une image claire de la mère de Charlie, criant sur lui, une ceinture de cuir à la main, et de son père qui s'efforçait de la retenir.

— Assez, Rose ! Tu vas le tuer ! Laisse-le !

Et sa mère qui cherche encore à le battre, même maintenant qu'il est hors de portée et que la ceinture passe en sifflant près de ses épaules tandis qu'il s'écarte en se traînant sur le plancher.

— Regardez-le ! hurle Rose. Il ne peut pas apprendre à lire et à écrire mais il en sait assez pour regarder une fille en pensant à ça. Je lui ferai passer ces horreurs de la tête !

— Il n'y peut rien si cela lui fait de l'effet, c'est plus fort que lui. C'est normal. Ce n'est pas sa faute.

— Il n'a pas à penser à ça en regardant les filles. Qu'une amie de sa sœur vienne à la maison et il se met à penser à ça ! Je lui apprendrai, et il ne l'oubliera pas. Tu entends ? Si jamais tu touches à une fille, je te mettrai dans une cage comme un animal pour tout le reste de ta vie. Tu m'entends ?

Je l'entends encore. Mais peut-être en avais-je été délivré. Peut-être la peur et la nausée n'étaient-elles plus une mer où me noyer, mais une simple flaque d'eau

117

qui reflétait encore le passé, près du présent. Étais-je libre ?

Si je pouvais prendre Alice dans mes bras à temps – avant d'y penser, avant que cela me bouleverse – peut-être la panique ne s'emparerait-elle pas de moi. Si seulement je pouvais faire le vide dans ma tête. Je réussis à balbutier : « Vous… vous, faites-le ! Prenez-moi dans vos bras ! » Et avant que je sache ce qu'elle faisait, elle m'embrassa, me serra contre elle, plus fort que personne ne m'avait jamais serré dans ses bras. Mais au moment où j'aurais dû vraiment venir tout contre elle, cela commença : le bourdonnement, le frisson glacé et la nausée. Je m'éloignai.

Elle tenta de me calmer, de me dire que cela n'avait pas d'importance, que je n'avais aucune raison de me faire des reproches. Mais éperdu de honte, incapable de contenir mon chagrin, je me mis à pleurer. Et là, dans ses bras, je pleurai jusqu'à m'endormir, et je rêvai du courtisan et de la jeune fille aux joues roses. Mais dans mon rêve, c'était la jeune fille qui tenait l'épée.

Compte rendu N° 12

5 juin. Le Pr Nemur est mécontent parce que je n'ai pas remis de comptes rendus depuis près de quinze jours (et il a raison parce que la Fondation Welberg a commencé à me payer un salaire afin que je n'aie pas à chercher un emploi). Le Congrès International de Psychologie à Chicago a lieu dans une semaine à peine. Le professeur veut que son rapport préliminaire soit aussi complet que possible car Algernon et moi sommes les pièces essentielles de son dossier.

Nos rapports deviennent de plus en plus tendus. Sa manière constante de parler de moi comme d'un animal de laboratoire me déplaît. Il me donne la sensation que, avant l'expérience, je n'étais pas vraiment un être humain.

J'ai dit à Strauss que j'étais trop absorbé à penser, à lire et à fouiller en moi-même, afin d'essayer de comprendre ce que je suis, et qu'écrire était un processus tellement lent que cela m'impatientait d'exprimer mes idées de cette manière. J'ai suivi son conseil d'apprendre à taper à la machine et maintenant que je peux taper près de soixante-quinze mots à la minute, il m'est plus facile de tout mettre sur le papier.

Strauss a de nouveau attiré mon attention sur la nécessité de parler et d'écrire simplement et clairement de façon que tout le monde me comprenne. Il m'a rappelé que le langage est parfois un obstacle au lieu d'un moyen de communication. Il y a quelque ironie à me retrouver ainsi de l'autre côté de la barrière intellectuelle.

Je vois Alice occasionnellement, mais nous ne parlons pas de ce qui s'est passé. Nos relations restent platoniques. Mais pendant trois nuits, après mon départ de la boulangerie, des cauchemars me sont venus. Il est difficile de croire qu'il y a deux semaines de cela.

Je me vois poursuivi la nuit à travers les rues désertes par des formes fantomatiques. Et, bien que je coure toujours vers la boulangerie, la porte est fermée, et les gens qui sont à l'intérieur ne me regardent jamais. Par la vitrine, le marié et la mariée du gâteau de mariage me montrent du doigt et rient – et l'air s'emplit de rires au point que je ne peux plus le supporter – et les deux petits amours agitent leurs flèches flamboyantes. Je hurle. Je frappe contre la porte mais cela ne fait aucun bruit. Je vois Charlie qui me regarde, les yeux écarquillés, de l'intérieur de la boulangerie. N'est-ce pas mon reflet ? Des choses s'accrochent à mes jambes et m'entraînent dans l'ombre d'une impasse et lorsqu'elles commencent à se répandre comme de la boue sur moi, je me réveille.

D'autres fois, la vitrine de la boulangerie s'ouvre sur le passé et en regardant à travers, je vois d'autres choses et d'autres gens.

C'est extraordinaire comme ma faculté de mémoire se développe. Je ne peux pas encore la contrôler complètement mais parfois, alors que je suis occupé à lire ou à travailler sur un problème, j'ai une sensation de clarté intense.

Je sais que c'est une sorte de signal d'alerte, subconscient, et maintenant, au lieu d'attendre que le souvenir me revienne, je ferme les yeux et je pars à sa recherche. Je finirai bien par arriver à avoir complètement le contrôle de ma mémoire, afin d'explorer non seulement l'ensemble de mes expériences passées mais aussi tous les pouvoirs inutilisés de l'esprit.

Même maintenant, quand j'y pense, j'entends le silence épais. Je vois la vitrine de la boulangerie… je tends la main pour la toucher… elle est froide, vibrante et le verre devient chaud… brûlant… me brûle les doigts. La vitrine qui reflète mon image s'éclaircit, et quand elle devient un miroir, je vois le petit Charlie Gordon – il a quatorze ou quinze ans – qui me regarde par la fenêtre de sa maison et c'est doublement étrange de réaliser à quel point il était différent…

Il a attendu sa sœur pour sortir de l'école et quand il la voit venir au coin de Marks Street, il lui fait signe, il l'appelle et il se précipite à sa rencontre.

Norma agite un papier.

— J'ai eu un A pour ma composition d'histoire. Je savais toutes les réponses. Mrs Baffin a dit que c'était la meilleure composition de toute la classe.

Elle est jolie avec ses cheveux châtains soigneusement tressés et enroulés autour de sa tête comme une couronne, et quand elle regarde son grand frère, son sourire s'efface et elle s'éloigne en sautillant, le laissant en arrière tandis que, d'un trait, elle grimpe les marches et entre dans la maison.

Il la suit en souriant.

Sa mère et son père sont dans la cuisine, et Charlie, encore tout excité de la bonne nouvelle de Norma, la proclame avant qu'elle ait eu la possibilité de le faire.

— Elle a un A ! Elle a un A !

— Non ! s'écrie Norma. Pas toi. Tu n'as pas à le dire. C'est moi qui ai eu une bonne note, et je vais le dire moi-même.

— Attends une minute, ma petite fille.

Matt pose son journal et lui parle sévèrement.

— Ce n'est pas une manière de parler à ton frère.

— Il n'a aucun droit de le dire !

— Cela n'a pas d'importance.

Matt lui fait de gros yeux en l'avertissant de son doigt :

— Il n'a pas voulu faire de mal, et tu ne dois pas crier après lui comme cela.

Elle se tourne vers sa mère pour qu'elle la soutienne.

— J'ai eu un A – la meilleure note de la classe. Est-ce que je pourrai avoir un chien ? Tu l'as promis. Tu as dit oui, si j'avais une bonne note pour ma composition. Et j'ai eu un A. Je voudrais un chien marron avec des taches blanches. Et je l'appellerai Napoléon parce que c'est la question à laquelle j'ai le mieux répondu dans ma composition. Napoléon a perdu la bataille de Waterloo.

Rose se lève :

— Va jouer sous la véranda avec Charlie. Il t'a attendue plus d'une heure pour revenir avec toi de l'école.

— Je n'ai pas envie de jouer avec lui.

— Va sous la véranda, dit Matt.

Norma regarde son père, puis Charlie.

— Je ne suis pas obligée. Maman a dit que je ne suis pas obligée de jouer avec lui si je n'en ai pas envie.

— Attention, Norma.

Matt se lève de sa chaise et s'approche d'elle :

— Fais des excuses à ton frère.

— Je n'ai pas à lui en faire ! hurle-t-elle en se précipitant derrière la chaise de sa mère. Il est comme un bébé. Il ne sait pas jouer aux dames, ni au Monopoly, ni à rien. Il comprend tout de travers. Je ne veux plus jouer avec lui.

— Alors va dans ta chambre.

— Est-ce que je peux avoir un chien, maman ?

Matt frappe du poing sur la table.

— Il n'y aura pas de chien dans cette maison tant que tu auras cette attitude, ma petite fille.

— Je lui ai promis un chien, si elle avait de bonnes notes à l'école…

— Un chien marron avec des taches blanches, précise Norma.

Matt montre Charlie près du mur.

— Aurais-tu oublié que tu as dit à ton fils qu'il ne pouvait pas avoir un chien parce que nous n'avions pas de place et personne pour s'en occuper. Tu t'en souviens ? Quand il a demandé un chien ? Reviens-tu sur ce que tu as dit ?

— Mais je m'occuperai moi-même de mon chien, insiste Norma. Je lui donnerai à manger et je le laverai, et je le sortirai…

Charlie, qui se tenait près de la table en jouant avec son gros bouton rouge au bout d'une ficelle, s'exclame soudain :

— Je l'aiderai à s'occuper du chien ! Je l'aiderai à lui donner à manger, et à le brosser, et je le défendrai pour que les autres chiens ne le mordent pas.

Mais avant que Matt ou Rose puissent répondre, Norma explose :

— Non ! Ce sera mon chien ! Mon chien à moi toute seule !

Matt hoche la tête :

— Tu vois ?

Rose s'assied près de sa fille et caresse ses tresses pour la calmer.

— Voyons, il faut partager, ma chérie. Charlie peut t'aider à t'en occuper…

— Non ! À moi toute seule !… C'est moi qui ai eu un A en histoire… pas lui ! Il n'a jamais eu de bonnes notes comme moi. Pourquoi est-ce qu'il m'aiderait à m'occuper du chien ? Ensuite le chien l'aimerait plus que moi et il deviendrait son chien au lieu du mien.

Non ! Si je ne peux pas l'avoir pour moi toute seule, je n'en veux pas.

— Comme ça, c'est réglé, dit Matt qui reprend son journal et se rassoit. Pas de chien.

Brusquement, Norma saute du divan, prend la composition d'histoire qu'elle a ramenée si fièrement à la maison, il n'y a que quelques instants. Elle la déchire et en jette les morceaux à la figure de Charlie.

— Je te hais ! Je te hais !

— Norma, arrête immédiatement !

Rose la saisit mais elle s'arrache de ses mains.

— Et je hais l'école ! Je la hais ! Je n'étudierai plus et je serai aussi bête que lui. J'oublierai tout ce que j'ai appris et je serai tout à fait comme lui.

Elle se précipite hors de la pièce en hurlant :

— Ça commence déjà. J'oublie tout… J'oublie… Je ne me rappelle plus rien de ce que j'ai appris !

Rose, terrifiée, court derrière elle. Matt reste assis à regarder fixement le journal posé sur ses genoux. Charlie, effrayé par cette crise de colère et de hurlements, s'effondre sur une chaise et gémit doucement. Qu'a-t-il fait de mal ? Et en sentant l'humidité dans son pantalon, qui coule le long de sa jambe, il reste là, à attendre la gifle qu'il recevra, il le sait, quand sa mère reviendra.

La scène s'efface mais, à partir de ce moment, Norma a passé tous ses moments de liberté avec ses amies, ou à jouer seule dans sa chambre. Elle en gardait la porte fermée et il m'était défendu d'entrer sans sa permission.

Je me souviens d'avoir entendu une fois Norma qui jouait dans sa chambre avec une de ses amies, elle criait :

— Ce n'est pas mon vrai frère ! Ce n'est qu'un gosse que nous avons recueilli parce que nous avons eu pitié de lui. Ma maman me l'a dit et elle a dit que je pouvais maintenant dire à tout le monde qu'il n'est pas du tout mon frère.

Je voudrais que ce souvenir soit une photographie pour que je puisse la déchirer et lui en jeter les morceaux à la figure. Je voudrais pouvoir l'appeler à travers les années et lui dire que je n'ai jamais eu l'intention de l'empêcher d'avoir son chien. Elle aurait pu l'avoir à elle toute seule, et je ne lui aurais pas donné à manger, je ne l'aurais pas brossé, je n'aurais pas joué avec lui… Je n'aurais rien fait pour qu'il m'aime plus qu'elle. Je voulais simplement qu'elle continue à jouer avec moi comme avant. Je n'ai jamais voulu faire quoi que ce soit qui puisse lui faire la moindre peine.

6 juin. Ma première vraie dispute avec Alice aujourd'hui. Par ma faute. Je voulais la voir. Souvent, après un souvenir ou un rêve qui m'a troublé, je me sens mieux d'en parler avec elle – ou simplement d'être près d'elle. Mais j'ai eu tort d'aller la chercher à son cours.

Je n'étais pas retourné au Centre d'Adultes retardés depuis mon opération et j'avais grande envie de le revoir. Il est situé dans la 23e Rue, à l'est de la Cinquième Avenue, dans une vieille école qui est utilisée depuis cinq ans par la Clinique de l'Université Beekman comme centre expérimental d'éducation ; y sont donnés des cours spéciaux pour arriérés. À l'entrée, une plaque bien astiquée en bronze, encadrée dans la vieille grille à piques ; *C.A.R. Annexe de l'Université Beekman*.

Son cours se terminait à 8 heures du soir mais je voulais voir la salle où – il n'y a pas si longtemps – je peinais sur des lectures simples ou pour écrire ou pour apprendre à rendre la monnaie sur un dollar.

J'entrai, j'allai jusqu'à la porte et, en restant hors de vue, je regardai par les vitres. Alice était à son bureau ; sur une chaise, près d'elle, une femme au visage maigre que je ne reconnaissais pas. Elle avait le front plissé par une évidente incompréhension et je me demandais ce qu'Alice essayait d'expliquer.

Mike Dorni était dans son fauteuil roulant près du tableau noir et Lester Braun était assis au premier rang comme d'habitude. Il était, disait Alice, le plus intelligent de la classe. Lester avait appris facilement ce sur quoi j'avais tant peiné, mais il ne venait que quand il en avait envie, ou il préférait ne pas venir pour pouvoir gagner de l'argent à cirer les parquets. Je pense que si cela l'avait intéressé – si cela avait été aussi important pour lui que ce l'était pour moi – c'est lui qu'ils auraient utilisé pour l'expérience. Il y avait aussi de nouvelles têtes, des gens que je ne connaissais pas.

Finalement, j'eus l'audace d'entrer.

— C'est Charlie ! s'exclama Mike en faisant tournoyer son fauteuil roulant.

Je lui adressai un signe de la main.

Bernice, la jolie blonde aux yeux vides, leva le regard et sourit vaguement :

— Où étais-tu, Charlie ? Tu en as un joli complet !

Ceux qui se souvenaient de moi me firent de grands signes et je leur répondis. Soudain, à l'expression d'Alice, je compris qu'elle était contrariée.

— Il est presque 8 heures, annonça-t-elle, c'est le moment de tout ranger.

Chacun avait sa tâche assignée, ranger la craie, les chiffons, les papiers, les livres, les crayons, les cahiers, les tubes de peinture, le matériel scolaire. Chacun connaissait son travail et était fier de bien le faire. Ils se mirent tous à l'ouvrage sauf Bernice. Elle me fixait avec de grands yeux.

— Pourquoi Charlie ne vient plus à l'école ? demanda-t-elle. Qu'est-ce qui se passe, Charlie ? Vas-tu revenir ?

Les autres me regardèrent. Je regardai Alice, attendant qu'elle réponde pour moi et il y eut un long silence. Que pouvais-je leur dire qui ne les blesserait pas ?

— Je suis simplement venu vous faire une visite, dis-je.

L'une des filles eut un petit rire en sourdine – Francine, qui donnait toujours des inquiétudes à Alice. Elle avait déjà eu trois enfants avant d'avoir dix-huit ans et que ses parents se décident à une hystérectomie. Elle n'était pas jolie – beaucoup moins attirante que Bernice – mais elle avait été un jouet facile pour des tas d'hommes qui lui payaient quelque bagatelle ou une place de cinéma. Elle habitait dans une pension reconnue par l'Asile Warren, pour les élèves travaillant à l'extérieur, et elle avait la permission de sortir le soir pour venir au cours. Par deux fois elle n'était pas venue, elle s'était laissé accrocher par des hommes sur le chemin – et maintenant, elle ne pouvait sortir qu'accompagnée.

— Il parle maintenant comme un monsieur important, dit-elle en gloussant.

— Cela suffit, interrompit Alice. La classe est terminée. À demain soir, 6 heures.

Quand ils furent tous partis, je vis à la manière dont elle rangeait fébrilement ses affaires dans le placard qu'elle était très mécontente.

— Je suis désolé, dis-je. J'avais l'intention de vous attendre en bas mais j'ai eu envie de revoir ma vieille salle de classe. Mon école. Je voulais simplement regarder à travers la vitre. Mais, sans m'en rendre compte, je suis entré. Qu'est-ce qui vous ennuie ?

— Rien… il n'y a rien qui m'ennuie.

— Allons. Votre mécontentement est hors de proportion avec ce qui s'est passé.

Elle plaqua violemment le livre qu'elle tenait sur son bureau.

— Bon, tu veux le savoir ? Tu n'es plus le même. Tu as changé. Et je ne parle pas de ton quotient intellectuel. Je parle de ton attitude envers les gens… tu n'es plus le même genre d'être humain.

— Oh, voyons ! Ne…

— Ne m'interromps pas ! (La colère réelle de sa voix me fit reculer.) Je te dis ce que je pense. Avant, il y

126

avait en toi quelque chose... je ne sais pas... une chaleur, une franchise, une bonté, qui faisait que tous t'aimaient bien et aimaient que tu sois avec eux. Maintenant, avec toute ton intelligence et toute ta science, il y a des différences qui...

Je ne pus en entendre davantage.

— Mais à quoi vous attendiez-vous ? Avez-vous cru que je resterais un toutou docile, qui fait le beau et qui lèche le pied qui le frappe ? Bien sûr, tout cela a changé en moi et aussi la manière dont je me considère. Je ne suis plus obligé d'accepter le genre de sottises que les gens m'ont fait avaler toute ma vie.

— Les gens n'ont pas été méchants envers toi.

— Qu'en savez-vous ? Écoutez, les meilleurs d'entre eux n'étaient que condescendants, dédaigneux – ils se servaient de moi pour se croire supérieurs et sûrs d'eux-mêmes dans leurs propres limites. N'importe qui peut se sentir intelligent auprès d'un faible d'esprit.

Dès que j'eus dit cela, je sentis qu'elle allait le prendre mal.

— Tu me mets dans le même sac, moi aussi, je suppose.

— Ne soyez pas absurde. Vous savez très bien que je...

— Bien sûr, dans un certain sens, je pense que tu as raison. Auprès de toi, je me sens l'esprit plutôt obtus. Maintenant, chaque fois que nous nous voyons, quand je te quitte, je rentre chez moi avec la sensation pitoyable d'avoir la compréhension lente, épaisse, à propos de tout. Je repense à ce que j'ai dit et je découvre tout ce que j'aurais dû dire de brillant et de spirituel, et j'ai envie de me donner des gifles de ne pas l'avoir exprimé quand j'étais avec toi.

— Cela arrive à tout le monde.

— Je m'aperçois que je désire te faire bonne impression alors que je n'en ai jamais eu envie auparavant, mais d'être avec toi m'enlève toute confiance en moi-même. Je cherche maintenant des motifs à chacun de mes actes.

J'essayai de la détourner de ce sujet mais elle y revenait sans cesse.

— Écoutez, dis-je à la fin, je ne suis pas venu ici pour me disputer avec vous. Voulez-vous me permettre de vous accompagner jusque chez vous ? J'ai besoin de quelqu'un à qui parler.

— Moi aussi. Mais maintenant je ne peux plus te parler. Tout ce que je peux faire, c'est écouter, opiner de la tête et prétendre que je comprends tout sur les variations culturelles, les mathématiques néo-booléennes et la logique postsymbolique, et je me sens de plus en plus stupide. Quand tu t'en vas de chez moi, je me regarde dans la glace et je me hurle : « Non, tu ne deviens pas de jour en jour plus stupide ! Tu ne perds pas ton intelligence ! Tu ne deviens pas sénile ou idiote ! C'est Charlie, la rapidité avec laquelle il évolue qui te fait croire que tu régresses. » Voilà ce que je me dis, Charlie, mais chaque fois que nous nous rencontrons et que tu me parles en me regardant de cet air impatient, je sais que tu te moques. Et quand tu m'expliques des choses et que je ne peux pas les retenir, tu crois que c'est parce que cela ne m'intéresse pas et que je ne veux pas en prendre la peine. Mais tu ne sais pas comme je me torture quand tu es parti. Tu ne sais pas tous les livres sur lesquels j'ai peiné, les conférences auxquelles j'ai assisté à l'université, et cependant, chaque fois que je parle, je vois ton impatience, comme si tout cela n'était qu'enfantillages. J'ai voulu que tu sois intelligent. Je voulais t'aider et partager avec toi… et maintenant, tu m'as bannie de ta vie.

En écoutant ce qu'elle me disait, je commençais à découvrir l'énormité de la situation. J'avais été tellement absorbé par moi-même et par ce qui m'arrivait que je n'avais jamais pensé à ce qui lui arrivait à elle.

Elle pleurait en silence quand nous quittâmes l'école et je ne savais que dire. Tout au long du trajet en bus, je réfléchis au bouleversement de nos rapports. Elle était terrifiée devant moi. Le pont s'était effondré sous nos pieds et le fossé s'élargissait tandis que le flot de mon intelligence m'emportait rapidement vers le grand large.

Elle avait raison de refuser d'être avec moi et de se torturer. Nous n'avions plus rien de commun. La plus simple conversation était devenue pénible. Et tout ce qui restait entre nous maintenant était un silence embarrassé et un ardent désir insatisfait, dans une pièce aux rideaux tirés.

— Tu as l'air bien grave, dit-elle, sortant de son propre mutisme et me regardant.

— Je pense à nous.

— Cela ne devrait pas te rendre si grave. Je ne veux pas te tourmenter. Tu traverses une grande épreuve.

Elle s'efforçait de sourire.

— Mais je me tourmente. Et je ne sais pas quoi faire.

Sur le chemin entre l'arrêt du bus et son appartement, elle me dit :

— Je n'irai pas au congrès avec toi. J'ai téléphoné au Pr Nemur ce matin et je le lui ai dit. Tu auras beaucoup à faire là-bas. Rencontrer des gens intéressants, le plaisir d'être un moment en vedette... Je ne veux pas être une gêne.

— Alice...

— ...et quoi que tu puisses en dire maintenant, je sais que c'est ce que je *ressentirais* ; aussi, si tu le permets, je m'accrocherai à ce qui me reste de personnalité... Merci.

— Vous donnez plus d'importance aux choses qu'elles n'en ont. Je suis certain que si seulement vous...

— Tu *sais* ? Tu es *certain* ?

Elle se retourna sur le perron de sa maison et me jeta un regard furieux.

— Oh ! que tu es devenu insupportable ! Comment peux-tu savoir ce que je ressens ? Tu te permets des libertés à l'égard de l'esprit des autres. Tu es incapable de dire *ce* que je ressens, ni *comment* ni *pourquoi*.

Elle eut un sursaut intérieur, puis elle me regarda de nouveau, et la voix tremblante, dit :

— Je serai là quand tu reviendras. Je suis bouleversée, c'est tout, et je voudrais que nous ayons tous deux l'occasion de réfléchir pendant que nous serons loin l'un de l'autre.

Pour la première fois depuis bien des semaines, elle ne m'invita pas à entrer. Je regardai la porte fermée et je sentis la colère monter en moi. J'aurais voulu faire une scène, cogner contre la porte, l'enfoncer. J'aurais voulu que ma colère mette le feu à la maison.

Mais en m'éloignant, je sentis une sorte d'apaisement, puis un retour au calme et enfin un soulagement. Je marchais si vite que je volais le long des rues et la sensation qui frappait mes joues était celle d'une brise fraîche par un soir d'été. J'étais soudain libre.

Je me rendis compte que mon sentiment pour Alice avait reculé devant le torrent de mes acquisitions de connaissances, était passé de l'adoration à l'amour, à l'affection, à un sentiment de gratitude et de responsabilité. Ce que je ressentais confusément pour elle m'avait retenu en arrière et je m'étais cramponné à elle par peur de me trouver livré à moi-même, à la dérive.

Mais avec la liberté naissait un chagrin. Je désirais l'aimer. Je voulais dominer mes paniques émotionnelles et sexuelles, me marier, avoir des enfants, fonder un foyer.

Maintenant, c'est impossible. Je suis aussi loin d'Alice, avec mon Q. I. de 185, que je l'étais lorsque j'avais un Q. I. de 70. Et cette fois-ci, nous le savons tous les deux.

8 juin. Qu'est-ce qui me chasse de mon appartement pour aller errer à travers la ville ? Je vais seul à l'aventure par les rues... pas comme si je me promenais pour me détendre dans la nuit d'été, mais avec une hâte anxieuse d'aller... où ?

Je suis les petites rues, je regarde dans les entrées de maison, par les fenêtres aux volets à demi baissés, je voudrais trouver une personne à qui parler, et pourtant j'ai peur de rencontrer quelqu'un. Je remonte une rue, j'en descends une autre, à travers un labyrinthe sans fin, me jetant sans cesse contre la cage de néon de la ville. Je cherche… quoi ?

J'ai rencontré une femme dans Central Park. Elle était assise sur un banc, près du lac, son manteau serré autour d'elle en dépit de la chaleur. Elle sourit et me fit signe de m'asseoir près d'elle. Nous contemplâmes dans la nuit la silhouette étincelante de Central Park Sud, les rangées et les rangées de petites lumières et j'aurais voulu pouvoir m'en imprégner totalement.

Oui, lui dis-je, j'étais de New York. Non, je n'étais jamais allé à Newport News en Virginie. C'était de là qu'elle était, c'est là qu'elle avait épousé un marin qui était en ce moment en mer et elle ne l'avait pas vu depuis deux ans et demi.

Elle tordait et nouait un mouchoir dont elle se servait de temps en temps pour essuyer les gouttes de sueur sur son front. Même dans la lumière diffuse réfléchie par le lac, je pouvais voir qu'elle était très maquillée mais elle était attirante, avec ses cheveux lisses et sombres, déroulés sur ses épaules – si ce n'est que son visage était un peu gonflé, comme si elle venait seulement de se lever. Elle avait envie de parler d'elle et j'avais envie d'écouter.

Son père lui avait donné un nom honorable, un foyer agréable, une bonne éducation, tout ce qu'un patron de chantier naval pouvait donner à sa fille unique, mais il ne lui avait pas pardonné. Il ne lui pardonnerait jamais de s'être laissé enlever par ce marin.

Elle prit ma main en parlant et posa sa tête sur mon épaule.

— La nuit de mon mariage avec Gary, murmura-t-elle, je n'étais qu'une jeune fille vierge, terrorisée. Cela l'a littéralement rendu fou. Il m'a d'abord giflée et battue, puis il m'a prise sans la moindre caresse, la moindre tendresse. C'a été la seule et unique fois. Je ne l'ai plus jamais laissé me toucher.

Elle sentit probablement au tressaillement de ma main que j'étais effaré. C'était trop brutal, trop intime pour moi. Sentant ma main frémir, elle la serra plus fortement comme s'il lui fallait terminer son histoire avant de pouvoir me lâcher. C'était important pour elle, et je restai assis sans bouger, comme on reste assis devant un oiseau qui vient manger dans votre main.

— Ce n'est pas que je n'aime pas les hommes, me dit-elle avec une franchise désarmante. J'ai couché avec d'autres hommes. Pas avec lui mais avec beaucoup d'autres. La plupart des hommes sont gentils et tendres avec une femme. Ils font l'amour avec douceur, avec des baisers et des caresses, d'abord.

Elle me lança un regard éloquent et laissa errer sa main nue sur la mienne.

C'était ce dont j'avais entendu parler, que j'avais lu, dont j'avais rêvé. Je ne savais pas son nom et elle ne me demandait pas le mien. Elle voulait simplement que je l'emmène quelque part où nous serions seuls. Je me demandai ce qu'Alice en penserait.

Je la caressai maladroitement et je l'embrassai encore plus gauchement, elle me regarda :

— Qu'est-ce qui ne va pas ? chuchota-t-elle. À quoi pensez-vous ?

— À vous.

— Avez-vous un endroit où nous pouvons aller ?

Chaque pas en avant devait être prudent. À quel moment le sol s'effondrerait-il et me plongerait-il dans l'angoisse ? Pourtant l'instinct me poussait à avancer pour tâter le terrain.

— Si vous n'avez pas d'endroit, le Mansion Hotel dans la 53e Rue ne coûte pas trop cher. Et ils ne vous embêtent pas pour les bagages si vous payez d'avance.

— J'ai un chez-moi...

Elle me considéra avec un respect nouveau.

— Oh, alors, tout va bien.

Toujours rien. Et en soi, c'était curieux. Jusqu'où pouvais-je aller sans être envahi par les symptômes de la panique ? Quand nous serions seuls dans la chambre ? Quand je la verrais nue ? Quand nous serions couchés ensemble ?

Soudain, il était important pour moi de savoir si je pouvais être comme les autres hommes, si je pourrais jamais demander à une femme de partager sa vie. Avoir l'intelligence et le savoir n'était plus suffisant. Je voulais cela aussi. Mon sentiment de libération et d'affranchissement était maintenant puissamment empreint de la sensation que c'*était* possible. L'excitation qui m'envahit lorsque je l'embrassai de nouveau produisit son effet et je fus certain de pouvoir agir normalement avec elle. Elle était différente d'Alice. C'était une femme qui avait vécu.

Alors sa voix changea, incertaine :

— Avant que nous partions... Il y a une chose...

Elle se leva, avança d'un pas dans la lumière diffuse, ouvrit son manteau, et je pus voir que la forme de son corps n'était pas celle que j'avais imaginée pendant que nous étions assis l'un près de l'autre dans l'obscurité.

— Ce n'est que le cinquième mois, dit-elle. Cela n'empêche rien. Vous n'y voyez pas d'importance, n'est-ce pas ?

Là, debout, avec son manteau ouvert, elle apparaissait comme en une double exposition sur l'image d'une femme entre deux âges qui sortait du bain et ouvrait son peignoir pour se montrer à Charlie. Je restai figé, comme un blasphémateur attendant la foudre qui va le frapper. Je détournai les yeux. C'était la dernière chose à laquelle je m'attendais, mais le manteau serré autour d'elle par une nuit aussi chaude aurait dû pourtant me mettre sur mes gardes.

— Ce n'est pas de mon mari, dit-elle. Je ne vous mentais pas tout à l'heure. Je ne l'ai pas vu depuis des années. C'est d'un voyageur de commerce que j'ai rencontré il y a huit mois. Je vivais avec lui. Je ne le reverrai plus mais je garderai le bébé. Nous devrons simplement faire un peu attention, rien de brutal ou de ce genre, mais en dehors de cela, vous n'avez pas à vous inquiéter.

Sa voix s'éteignit quand elle vit ma colère.

— C'est dégoûtant ! m'écriai-je. Vous devriez avoir honte de vous-même !

Elle s'écarta, serrant rapidement son manteau autour d'elle pour protéger ce qu'il recouvrait.

Lorsqu'elle fit ce geste de protection, surgit une seconde image double : ma mère, enceinte de ma sœur, aux jours où elle me prenait moins dans ses bras, me câlinait moins de sa voix, de ses mains, me défendait moins contre quiconque, osait dire que je n'étais pas tout à fait normal.

Je crois que je la saisis par l'épaule – je n'en suis pas certain, car à ce moment elle hurla et je revins brusquement à la réalité avec un sentiment de danger. Je voulus lui dire que je n'avais pas eu l'intention de lui faire du mal, ni à elle ni à personne :

— Je vous en prie, ne criez pas !

Mais elle hurlait, et j'entendis des pas précipités résonner sur l'allée dans l'obscurité. Personne ne comprendrait. Je m'enfuis dans le noir, à la recherche d'une sortie du parc, zigzaguant à travers une allée, puis filant dans une autre. Je ne connaissais par le parc et soudain je me heurtai à un grillage qui me rejeta en arrière… un cul-de-sac. Puis je vis les balançoires et les toboggans et je me rendis compte que c'était un terrain de jeux pour enfants, qui était fermé la nuit. Je suivis le grillage en continuant de m'enfuir, à moitié courant, trébuchant sur des racines tordues. Arrivé au lac qui s'incurvait autour du terrain de jeux, je revins en arrière, trouvai une autre allée, passai sur un petit pont puis descendis et je me trouvai en dessous. Pas de sortie.

— Qu'est-ce que c'est ? Qu'est-il arrivé, madame ?

— Un détraqué ?

— Vous n'avez rien ?

— De quel côté est-il allé ?

J'étais revenu d'où j'étais parti. Je me glissai derrière une grosse avancée de rocher, derrière un buisson de ronces et je m'affalai sur le ventre.

— Appelez un agent. Il n'y a jamais d'agent quand on en a besoin.

— Qu'est-il arrivé ?

— Un détraqué a tenté de la violer.

— Hé, il y a un gars là-bas qui le poursuit. Là, regardez-le qui court !

— Venez ! Attrapons-le avant qu'il sorte du parc !

— Attention. Il a un couteau et un revolver…

Il était évident que les cris avaient fait fuir les voyous qui traînaient dans la nuit, car le cri « Le voilà ! » fut répété en écho derrière moi et, en jetant un coup d'œil à travers le buisson, je vis un fuyard solitaire, poursuivi dans l'allée éclairée, se perdre dans l'obscurité. Un instant plus tard, un autre passa devant le rocher et disparut dans le noir. Je me vis pris par cette foule hostile, roué de coups. Je le méritais. Je le désirais presque.

Je me redressai, je secouai les feuilles et la poussière de mes vêtements et je partis lentement en suivant l'allée par laquelle j'étais venu. Je m'attendais à chaque seconde à être saisi par-derrière et jeté à terre dans la poussière et dans l'obscurité, mais bientôt m'apparurent les lumières étincelantes de la 59e Rue et de la Cinquième Avenue.

À y penser maintenant dans la sécurité de ma chambre, je me sens ébranlé par la stupidité qui s'est emparée de moi. Le fait de m'être souvenu de ma mère avant la naissance de ma sœur est déjà effrayant, mais le sentiment d'avoir désiré que ces gens m'attrapent et me rouent de coups l'est encore plus. Pourquoi voulais-je être puni ? Des ombres surgies du passé s'accrochent à mes jambes et je sens que je m'enlise. J'ouvre la bouche pour crier mais je suis sans voix. Mes mains

tremblent, je suis glacé et il y a un bourdonnement lointain dans mes oreilles.

Compte rendu N° 13

10 juin. Nous sommes dans un Stratojet qui va s'envoler vers Chicago. Je dois ce compte rendu à Burt qui
a eu l'idée lumineuse de me le faire dicter sur un
magnétophone, une secrétaire le tapera à Chicago.
Nemur trouve l'idée excellente. En fait, il veut que j'utilise le magnétophone jusqu'à la dernière minute. Il
estime que cela ajoutera un élément à son rapport s'il
fait entendre la bande magnétique la plus récente à la
fin de la réunion.

Et me voilà donc, assis seul dans notre compartiment
privé d'un Jet en route pour Chicago, essayant de
m'habituer à penser tout haut, de m'accoutumer au son
de ma voix. Je suppose que la secrétaire dactylographe
peut éliminer tous les euh… hum… ahh… et donner
à tout cela un air naturel sur le papier. (Je ne peux pas
empêcher d'être comme paralysé quand je pense aux
centaines de personnes qui vont écouter les paroles que
je prononce maintenant.)

Mon esprit est vide. En ce moment, ce que je ressens
est plus important que tout le reste.

L'idée de ce vol aérien me terrifie.

Autant que je peux le dire, je n'avais jamais vraiment
compris, avant l'opération, ce que sont les avions. Je
n'avais jamais fait la liaison entre les images de cinéma
ou les gros plans d'avions à la télé et les engins que je
voyais passer dans le ciel. Maintenant que nous allons
décoller, je ne peux que penser à ce qui arriverait si
nous tombions. Cela me fait froid dans le dos et je me
dis que je ne veux pas mourir. Et me reviennent à
l'esprit toutes ces discussions au sujet de Dieu.

J'ai souvent médité sur la mort durant ces dernières
semaines, mais pas vraiment sur Dieu. Ma mère

m'emmenait de temps en temps à l'église – mais je ne
me souviens pas d'avoir jamais relié cela à l'idée de
Dieu. Elle parlait souvent de Lui et je devais Lui faire
ma prière du soir, mais je n'y ai jamais attaché beaucoup d'importance. Je me souviens de Lui comme d'un
oncle éloigné avec une longue barbe, assis sur un trône
– comme le Père Noël d'un grand magasin, assis dans
son beau fauteuil, qui vous prend sur ses genoux, vous
demande si vous avez été bien sage et ce que vous
voudriez qu'il vous apporte. Elle le craignait mais elle
lui demandait quand même des faveurs. Mon père ne
parlait jamais de Lui – c'était comme si Dieu avait été
un parent de Rose et qu'il préférait ne pas avoir à le
fréquenter.

— Nous allons décoller, monsieur. Voulez-vous que
je vous aide à attacher votre ceinture ?
— Est-ce obligatoire ? Je n'aime pas être attaché.
— Seulement le temps du décollage...
— Je préférerais ne pas l'être, sauf si c'est indispen-
sable. J'ai la phobie d'être attaché. Cela va probable-
ment me rendre malade.
— C'est le règlement, monsieur. Laissez-moi vous
aider.
— Non ! Je le ferai moi-même.
— Non... ce bout passe par là.
— Attendez... hum... Ça va.

Ridicule. Il n'y a pas de raison d'avoir peur. La ceinture n'est pas trop serrée – ne fait pas mal. Pourquoi
le fait d'attacher cette sacrée ceinture serait-il si terrifiant ? Pourquoi redouter aussi les vibrations de l'avion
au décollage ? L'anxiété est hors de proportion avec la
situation... Il faut trouver une autre explication...
laquelle ?... s'envoler dans des nuages sombres et les
traverser... attachez vos ceintures... être attaché... la
tension... l'odeur du cuir imprégné de sueur... les
vibrations et un rugissement dans mes oreilles.

Par le hublot, dans les nuages, je vois Charlie. Son âge est difficile à dire, environ cinq ans. Avant Norma...

— Êtes-vous prêts, tous les deux ?

Son père se montre à la porte ; il a un aspect lourdaud, dû surtout à l'empâtement mou de son visage et de son cou, l'air fatigué.

— J'ai dit, êtes-vous bientôt prêts ?

— Juste une minute, répond Rose. Je mets mon chapeau. Regarde si sa chemise est boutonnée et attache ses lacets.

— Allons, viens, qu'on en finisse.

— Viens où ? demande Charlie. Charlie va... où ?

Son père le regarde et fronce les sourcils. Matt Gordon ne sait jamais comment réagir aux questions de son fils.

Rose apparaît à la porte de sa chambre, arrangeant la voilette de son chapeau. Elle est comme un oiseau et ses bras levés, les coudes écartés, ressemblent à des ailes.

— Nous allons chez le docteur qui doit t'aider à devenir intelligent.

Derrière sa voilette, on dirait qu'elle le regarde à travers un grillage. Il est toujours effrayé quand ils s'habillent comme cela pour sortir, parce qu'il sait qu'il va rencontrer d'autres personnes et que sa mère n'aime pas cela et qu'elle se fâchera.

Il a envie de se sauver mais il n'y a aucun endroit où il puisse aller.

— Pourquoi lui avoir dit cela ? dit Matt.

— Parce que c'est la vérité. Le Dr Guarino peut certainement l'aider.

Matt va et vient comme un homme qui a abandonné toute espérance, mais qui tente encore une dernière fois de raisonner :

— Comment le sais-tu ? Que sais-tu de lui ? Si l'on pouvait y faire quoi que ce soit, les docteurs nous l'auraient dit depuis longtemps.

— Ne dis pas cela ! s'écrie-t-elle. Ne me dis pas qu'on ne peut rien y faire. (Elle saisit Charlie et lui presse la tête contre sa poitrine.) Il sera normal, nous ferons tout pour cela, quel qu'en soit le prix.

— Cela ne s'achète pas avec de l'argent.

— C'est de Charlie qu'il s'agit. Ton fils... ton fils unique. (Elle le berce d'un côté à l'autre, maintenant proche de la crise de nerfs.) Je ne veux pas t'entendre parler comme cela. Les médecins ne savent pas, alors ils disent qu'on ne peut rien y faire. Le Dr Guarino m'a tout expliqué. Ils ne veulent pas s'intéresser à son invention, dit-il, parce qu'elle prouvera qu'ils sont dans l'erreur. C'est arrivé pour d'autres savants, Pasteur, Jennings et le reste. Il m'a tout dit sur les beaux docteurs qui ont peur du progrès.

Répliquer ainsi à Matt la détend et lui rend son assurance. Quand elle lâche Charlie, il s'en va dans le coin et s'appuie contre le mur, tout tremblant.

— Regarde, dit-elle, tu l'as encore terrifié.

— Moi ?

— Tu te mets toujours à discuter de cela devant lui.

— Ah, bon sang ! Allons, viens, qu'on en finisse...

En chemin, ils évitent de se parler. Silence dans le bus et silence en marchant depuis l'arrêt du bus jusqu'au grand immeuble dans le centre de la ville, où se trouve le cabinet du Dr Guarino. Au bout d'un quart d'heure celui-ci entre dans la salle d'attente pour les recevoir. Il est gros et presque chauve. On dirait qu'il va éclater dans sa blouse blanche. Charlie est fasciné par ses gros sourcils et sa moustache blanche, qui de temps en temps remuent par saccades. Quelquefois, c'est la moustache qui s'agite la première, puis les deux sourcils qui se lèvent, mais parfois ce sont les sourcils qui se lèvent en premier et la moustache qui se tord ensuite.

La grande pièce laquée de blanc dans laquelle Guarino les fait entrer sent encore la peinture fraîche. Elle est presque nue, deux bureaux d'un côté et, de l'autre, une énorme machine, avec des rangées de cadrans et quatre longs bras comme ceux des appareils de dentiste. Tout à côté une table d'examen recouverte de cuir noir avec d'épaisses sangles de fixation.

— Bon, bon, bon, dit Guarino en levant ses sourcils, voilà donc Charlie. (Il lui prend l'épaule.) Nous allons être de bons amis.

— Pouvez-vous réellement faire quelque chose pour lui, docteur Guarino ? demande Matt. Avez-vous déjà traité ce genre de cas ? Nous n'avons pas beaucoup d'argent…

Les sourcils s'abaissent comme des volets quand Guarino plisse le front.

— Mr Gordon, ai-je parlé de ce que je peux faire ? Ne dois-je pas l'examiner d'abord ? Peut-être peut-on faire quelque chose, peut-être pas. Il faudra d'abord effectuer des tests physiques et mentaux pour déterminer les causes de l'encéphalopathie. On aura tout le temps ensuite de parler de pronostic. En fait, je suis très occupé en ce moment. Je n'ai accepté d'examiner son cas que parce que je me livre à une étude spéciale sur ce type de retard mental. Bien entendu, si vous avez des doutes, alors…

Sa voix se perd avec une pointe de tristesse et il fait le geste de partir, mais Rose donne un coup de coude à Matt.

— Mon mari ne voulait absolument pas dire cela, docteur. Il parle trop.

Elle lance un regard à Matt pour l'inviter à s'excuser. Matt pousse un soupir :

— S'il existe un moyen de venir en aide à Charlie, nous ferons tout ce que vous direz. Les affaires ne vont pas en ce moment. Je vends des articles de coiffeur mais tout ce que j'ai, je serai heureux de le…

— Il y a un point sur lequel je dois insister, dit Guarino en pinçant les lèvres comme s'il prenait une décision. Une fois que nous aurons commencé, le traitement doit être poursuivi jusqu'au bout. Dans ce genre de cas, les résultats se produisent souvent brusquement, après de longs mois sans aucun signe d'amélioration. Non pas que je vous promette de réussir, comprenez-moi bien. Rien n'est garanti. Mais vous devez laisser au traitement une chance d'agir, sinon il vaut mieux ne pas le commencer du tout.

Il les fixe d'un regard sévère pour que son avertissement leur entre bien dans la tête, et ses sourcils froncés forment des volets blancs sous lesquels luisent ses yeux bleus.

— Maintenant, si vous voulez bien me laisser pour que j'examine l'enfant.

Matt hésite à laisser Charlie seul avec lui, mais Guarino fait un signe de la tête.

— Par ici, dit-il en les faisant passer dans la salle d'attente. Les résultats sont toujours meilleurs lorsque le patient est seul avec moi pour les psychotests. Les distractions extérieures pourraient perturber la chaîne des scores, lors des tests.

Rose sourit triomphalement à son mari et Matt sort docilement derrière elle.

Seul avec Charlie, le Dr Guarino lui tapote la tête. Il a un sourire bienveillant.

— Allons, mon garçon, allonge-toi sur la table.

Et comme Charlie ne réagit pas, il le soulève et le couche doucement sur le cuir rembourré de la table, puis il l'attache solidement avec les sangles. La table sent le cuir imprégné de sueur.

— Maaaman !

— Elle est là tout près. N'aie pas peur, Charlie. Cela ne te fera pas mal du tout.

— Veux maman !

Charlie est inquiet d'être attaché de cette façon. Il n'a aucune idée de ce qu'on lui fait, mais d'autres docteurs n'ont pas été tellement gentils après que ses parents avaient quitté la pièce.

Guarino essaie de le calmer :

— Voyons, ne t'inquiète pas, mon garçon. Tu n'as aucune raison d'avoir peur. Tu vois cette grosse machine ? Sais-tu ce que je vais faire avec ?

Charlie se fait tout petit, puis il se rappelle les paroles de sa mère :

— Me rendre intelligent.

— C'est ça. Au moins, tu sais pourquoi tu es ici. Maintenant, ferme les yeux et détends-toi pendant que je tourne ces boutons. Cela va faire un grand bruit, comme un avion, mais cela ne te fera pas mal. Et nous verrons si on peut te rendre un petit peu plus intelligent que tu ne l'es maintenant.

Guarino tourne le commutateur ; la grande machine se met à bourdonner, des lumières rouges et bleues clignotent. Charlie est terrifié. Il tremble, se débat dans les sangles qui le fixent à la table.

Il va hurler, mais Guarino lui met rapidement un tampon de linge sur la bouche.

— Voyons, voyons, Charlie. Pas de ça. Sois un bon petit garçon. Je t'ai dit que cela ne te fera pas mal.

Charlie tente encore de hurler, mais tout ce qu'il peut émettre, c'est un cri sourd, étouffé, qui lui donne envie de vomir. Il sent une humidité collante le long de ses cuisses et l'odeur lui dit que sa mère va lui donner une fessée et le mettre au coin pour avoir fait dans sa culotte. Il n'a pu se retenir. Chaque fois qu'il se sent pris comme dans un piège et que la panique s'empare de lui, il ne peut plus se retenir et il se salit... Il étouffe... il est malade... il a la nausée... et tout devient noir...

Aucun moyen de savoir combien de temps passe, mais quand Charlie rouvre les yeux, le tampon n'est plus dans sa bouche, et les courroies ont été retirées. Le Dr Guarino fait semblant de ne pas sentir l'odeur.

— Eh bien, cela ne t'a pas fait mal, n'est-ce pas ?

— No... on.

— Bon, alors pourquoi trembles-tu comme ça ? Tout ce que j'ai fait, c'est d'utiliser cette machine pour te rendre plus intelligent. Quel effet cela te fait-il de te sentir plus intelligent maintenant que tu ne l'étais avant ?

Oubliant sa panique, Charlie regarde la machine avec de grands yeux.

— Suis devenu intelligent ?

— Mais oui, bien sûr. Hum, recule un peu. Comment te sens-tu ?

— Sale. Fait dans ma culotte.

— Oui, bon – hum – tu ne le feras pas la prochaine fois, n'est-ce pas ? Tu n'auras plus peur puisque tu sais que cela ne fait pas mal. Maintenant, je veux que tu dises à ta maman combien tu te sens intelligent. Elle t'amènera ici deux fois par semaine pour ce traitement de régénération encéphalique par ondes courtes et tu deviendras de plus en plus intelligent, et encore plus intelligent.

Charlie sourit :

— Je peux marcher à reculons…

— Ah ! oui, tu peux ? Voyons cela, dit Guarino en fermant son dossier comme si cela le passionnait. Fais-moi voir.

Lentement, avec beaucoup de peine, Charlie fait plusieurs pas à reculons, trébuchant au passage contre la table d'examen. Guarino sourit et hoche la tête.

— Alors, ça c'est un succès… Attends… tu deviendras le petit garçon le plus intelligent de ta rue avant que nous en ayons terminé avec toi.

Charlie rougit de plaisir à ces compliments. Ce n'est pas souvent que les gens lui font des sourires et lui disent qu'il a réussi à faire une chose ou une autre. Même sa peur de la machine et d'être attaché sur la table commence à s'effacer.

— De toute la rue ?

Cette pensée le gonfle au point de ne pouvoir plus aspirer davantage d'air dans ses poumons.

— Plus intelligent même que Hymie ?

Guarino sourit encore et affirme :

— Plus intelligent que Hymie.

Charlie considère la machine avec un émerveillement et un respect nouveaux. La machine le rendra plus intelligent que Hymie qui habite deux maisons plus loin et qui sait lire et écrire comme chez les boy-scouts.

— Elle est à vous cette machine ?

— Pas encore. Elle appartient à la banque. Mais elle sera bientôt à moi et alors je pourrai rendre intelligents des tas de petits garçons comme toi. (Il caresse la tête de Charlie et ajoute :) Tu es beaucoup plus gentil que pas mal d'enfants normaux que leurs mères m'amènent ici en espérant que je pourrai en faire des génies en élevant leur quotient intellectuel.

— Seront des... génies si vous élevez leur... quo... tuel ?

Il tourne les yeux vers la machine pour voir si elle avait pu élever son quotuel :

— Vous ferez moi... un génie ?

Avec un rire amical, Guarino le prend par l'épaule :

— Non, Charlie. Tu n'as pas à t'inquiéter de cela. Il n'y a que les sales mômes qui deviennent des génies. Tu resteras ce que tu es – un bon gosse. (Puis, réfléchissant, il ajoute :) Bien entendu, un peu plus intelligent que tu ne l'es maintenant.

Il ouvre la porte et conduit Charlie vers ses parents :

— Le voilà. Pas du tout affecté par cette expérience. C'est un bon petit garçon. Je pense que nous deviendrons de grands amis, n'est-ce pas, Charlie ?

Charlie hoche la tête. Il veut que le Dr Guarino l'aime bien, mais il est effrayé quand il voit l'expression sur le visage de sa mère.

— Charlie ! Qu'as-tu fait ?

— Ce n'est qu'un accident, Mrs Gordon. Il a eu peur la première fois, mais ne lui faites pas de reproches, ne le punissez pas. Je ne voudrais pas qu'il établisse une liaison entre la punition et le fait de venir ici.

Mais Rose Gordon est malade d'embarras.

— C'est dégoûtant. Je ne sais plus quoi faire, docteur. Même à la maison, il s'oublie... parfois quand nous avons du monde chez nous. Et je suis tellement honteuse quand il fait cela.

Devant le dégoût exprimé par le visage de sa mère, il se met à trembler. Pendant un petit moment, il avait oublié combien il est un vilain garçon, et à quel point il fait souffrir ses parents. Il ne sait pas comment, mais cela l'effraie quand elle dit qu'il la fait souffrir et qu'elle pleure et qu'elle crie sur lui : il se tourne vers le mur et se met à gémir doucement.

— Voyons, Mrs Gordon, ne le perturbez pas comme cela et ne vous inquiétez pas. Amenez-le-moi toutes les semaines, le mardi et le jeudi à la même heure.

— Mais est-ce que cela lui fera vraiment du bien ? Dix dollars, c'est beaucoup d'…

— Matt ! (Rose lui prend la manche.) Est-ce le moment de parler de cela ? Ton propre fils, quand peut-être le Dr Guarino peut le rendre comme les autres enfants, avec l'aide du bon Dieu, et tu parles d'argent !

Matt voudrait se défendre, mais il réfléchit et sort son portefeuille.

— Je vous en prie… murmure Guarino, comme s'il était embarrassé à la vue de l'argent. Mon assistante, qui est au bureau à l'entrée, s'occupera de tous les arrangements financiers. Je vous remercie.

Il s'incline à demi devant Rose, serre la main de Matt et tapote le dos de Charlie.

— Gentil petit garçon. Très gentil.

Puis, souriant de nouveau, il disparaît derrière la porte de son cabinet.

Matt et Rose discutent tout au long du chemin du retour. Lui se plaint que les articles de coiffeur se vendent mal et que leurs économies diminuent. Rose réplique en criant que rendre Charlie normal est plus important que tout le reste.

Effrayé de les entendre se quereller, Charlie pleure tout bas. Le ton de colère dans leurs voix lui fait mal. Aussitôt qu'ils entrent dans l'appartement, il se sauve dans un coin de la cuisine, derrière la porte, le front contre le mur carrelé, tremblant et gémissant.

— Je ne pique pas une crise de nerfs. J'en ai simplement assez de t'entendre te plaindre chaque fois que j'essaie de faire soigner ton fils. Tu t'en fiches. Oui, tu t'en fiches tout simplement.

— Ce n'est pas vrai. Mais je me rends compte qu'on ne peut rien y faire. Quand on a un enfant comme lui, c'est une croix qu'il faut supporter sans se plaindre. Eh bien, je peux le supporter, mais je ne peux pas supporter tes bêtises. Tu as dépensé presque toutes nos économies chez des charlatans et des escrocs... de l'argent que j'aurais pu employer pour me monter une bonne petite affaire à moi. Oui, ne me regarde pas de cette façon. Avec tout l'argent que tu as jeté par la fenêtre pour faire ce qui est impossible, j'aurais pu avoir un magasin de coiffure à moi au lieu de m'échiner à faire le représentant pendant dix heures par jour. Ma propre affaire avec des gens qui auraient travaillé pour *moi* !

— Arrête de crier. Regarde-le, il a peur.

— Que le diable t'emporte. Maintenant, je sais qui est l'idiot ici, moi ! Parce que je te laisse faire.

Furieux il sort en claquant la porte derrière lui.

— Désolée de vous interrompre, monsieur, mais nous allons atterrir dans quelques minutes. Il faudrait que vous attachiez de nouveau votre ceinture... Oh ! vous ne l'avez pas détachée. Vous l'avez gardée attachée depuis New York. Près de deux heures...

— Je l'avais oubliée. Je la laisserai comme cela jusqu'à ce que nous ayons atterri. Elle ne semble plus me gêner.

Maintenant, je comprends d'où j'ai tiré cette extraordinaire motivation pour devenir *intelligent*, qui étonnait tellement tout le monde au début. C'était un désir qui hantait Rose Gordon jour et nuit. Sa peur, sa culpabilité, sa honte que Charlie fût un idiot. Son rêve que cela puisse se guérir. La question la plus immédiate était toujours : la faute à qui, à elle ou à Matt ? Ce n'est qu'après que Norma lui eut prouvé qu'elle pouvait avoir des enfants normaux, et que j'étais anormal, qu'elle cessa de vouloir me changer. Mais je pense que je n'ai jamais cessé de désirer être le garçon intelligent de son rêve, pour qu'elle m'aime.

C'est drôle, à propos de Guarino, je devrais lui en vouloir pour ce qu'il m'a fait et pour avoir exploité Rose et Matt, mais je ne le peux pas et je ne sais pourquoi. Après la première visite, il a toujours été gentil avec moi. Toujours la petite tape sur l'épaule, le sourire, le mot encourageant que je ne recevais que si rarement. Il me traitait – même alors – comme un être humain. Cela peut sembler de l'ingratitude, mais c'est l'une des choses qui me déplaisent ici – cette manière de me traiter comme un cobaye. Les rappels constants de Nemur de *m'avoir fait ce que je suis* ou qu'un jour il y en aura d'autres comme moi *qui deviendront vraiment des êtres humains*.

Comment puis-je lui faire comprendre qu'il ne m'a pas créé ?

Il commet la même erreur que les autres quand ils regardent une personne faible d'esprit et en rient parce qu'ils ne comprennent pas qu'il y a tout de même des sentiments humains dont il faut tenir compte. Il ne comprend pas que j'étais une personne humaine avant de venir ici.

J'apprends à contenir mon ressentiment, à ne pas être si impatient, à attendre… Je suppose que je mûris. Chaque jour, j'en apprends de plus en plus sur moi-même, et mes souvenirs qui ont commencé à surgir comme des vaguelettes me submergent maintenant telles d'énormes lames de fond.

11 juin. Les ennuis ont commencé dès l'instant où nous sommes arrivés au Chalmers Hotel à Chicago et que nous avons découvert que nos chambres ne seraient libres que le lendemain soir et que, jusque-là, nous devrions nous installer à l'Independence Hotel, tout proche. Nemur était furieux. Il a pris cela comme un affront personnel et s'est querellé avec tout le monde à l'hôtel, depuis le bagagiste jusqu'au directeur. Nous avons dû attendre dans le hall tandis que chacun des employés de l'hôtel allait chercher son supérieur afin de voir ce qui pouvait être fait.

Au milieu de tout ce remue-ménage, bagages arrivant et s'empilant autour du hall, grooms allant et venant avec leurs poussettes à bagages, participants au congrès qui ne s'étaient pas revus depuis un an, se reconnaissant et se congratulant – nous nous sentions de plus en plus embarrassés tandis que Nemur tentait d'accrocher des dirigeants de l'International Psychological Association.

Finalement, lorsqu'il devint évident qu'on ne pouvait rien y changer, il admit le fait que nous devrions passer à l'Independence Hotel notre première nuit à Chicago.

Il se trouva que la plupart des plus jeunes psychologues étaient installés dans cet hôtel et que c'était là qu'auraient lieu les grandes réceptions de la soirée d'inauguration. Les gens avaient entendu parler de l'expérience et, pour la plupart, savaient qui j'étais. Partout où nous allions, quelqu'un venait vers moi et me demandait mon opinion sur n'importe quoi, depuis les conséquences des nouveaux impôts jusqu'aux dernières découvertes archéologiques en Finlande. C'était une sorte de défi et la masse de mes connaissances générales me permettait sans peine de discuter à peu près de tout. Mais au bout d'un moment, je pus voir que Nemur était agacé de toute l'attention qui se concentrait sur moi.

Quand une jeune et jolie clinicienne du Falmouth College me demanda si je pouvais expliquer les causes de ma propre arriération mentale, je lui dis que le Pr Nemur était le seul homme à pouvoir lui répondre.

C'était l'occasion qu'il attendait de montrer son autorité en la matière et, pour la première fois depuis que nous nous connaissions, il posa sa main sur mon épaule.

— Nous ne savons pas exactement ce qui cause le genre de phénylcétonurie dont Charlie souffrait depuis son enfance – probablement quelque réaction biochimique ou génétique exceptionnelle, provenant peut-être de radiations ionisantes ou de radiations naturelles, ou encore de l'attaque d'un virus au stade fœtal. Quelle qu'en soit l'origine, il en résulte un gène aberrant qui produit une enzyme, disons déficiente, laquelle provoque des réactions biochimiques viciées. Et bien entendu, les aminoacides ainsi créés entrent en compétition avec les enzymes normales, ce qui entraîne des lésions cérébrales.

La jeune fille dissimula une grimace. Elle ne s'était pas attendue à un cours magistral, mais Nemur avait pris la parole et poursuivait sur le même ton :

— J'appelle cela *inhibition compétitive des enzymes*. Laissez-moi vous donner un exemple de la manière dont elle fonctionne : comparez l'enzyme produite par le gène anormal à une *mauvaise clé qui entre* dans la serrure chimique du système nerveux central – *mais qui ne peut pas tourner*. Et parce que cette clé est là, la bonne clé – l'enzyme normale correcte – ne peut même pas entrer dans la serrure. Elle est bloquée. Le résultat ? Une destruction irréversible de protéines dans le tissu cérébral.

— Mais si elle est irréversible, répliqua l'un des psychologues qui s'étaient joints au petit groupe, comment est-il possible que Mr Gordon, ici présent, ne soit plus arriéré ?

— Aah ! fit Nemur avec importance. J'ai dit que la destruction opérée dans le tissu était irréversible, mais pas le processus lui-même. Beaucoup de chercheurs ont pu le renverser par l'injection de substances chimiques qui se combinent avec les enzymes déficientes et changent la forme moléculaire de la clé gênante, si l'on peut dire. Cela est également à la base de notre propre technique. Mais nous enlevons d'abord la partie endommagée du cerveau et permettons ainsi au tissu cérébral implanté qui a été chimiquement revitalisé de produire des protéines cérébrales à un taux dépassant de loin la normale...

— Un instant, professeur Nemur, dis-je, l'interrompant au plus beau de sa péroraison. Et les travaux de Rahajamati dans ce domaine ?

Il me regarda, déconcerté.

— De qui ?

— Rahajamati. Son étude attaque la théorie de la fusion des enzymes de Tanida – l'idée de changer la structure chimique de l'enzyme qui bloque la marche du processus métabolique.

Il fronça les sourcils.

— Où cette étude a-t-elle été traduite ?

— Elle ne l'a pas encore été. Je l'ai lue dans le *Journal of Psychopathology* hindou, il y a quelques jours.

Il regarda son auditoire et essaya d'éluder.

— Bon. Je ne pense pas que nous ayons à nous inquiéter de quoi que ce soit. Nos résultats parlent d'eux-mêmes.

— Mais Tanida lui-même avait d'abord proposé une théorie de blocage de l'enzyme déficiente par combinaison, et maintenant, il fait remarquer que...

— Oh ! voyons, Charlie. Ce n'est pas parce que quelqu'un est le premier à avancer une théorie que cela lui donne le dernier mot sur son développement expérimental. Je pense que tous ceux qui sont ici conviendront que les recherches effectuées aux États-Unis et en Grande-Bretagne éclipsent de loin les travaux faits en Inde et au Japon. Nous avons toujours les meilleurs laboratoires et le meilleur équipement qui existent dans le monde.

— Mais cela ne répond pas à l'argument de Rahajamati selon lequel...

— Ce n'est ni l'endroit ni le moment de discuter de cela. Je suis certain que tous ces détails seront traités de la façon la plus adéquate au cours de la session de demain.

Il me tourna le dos pour parler à quelqu'un d'un vieux camarade de collège, me coupant abruptement, et je restai là, stupéfié.

Je parvins à prendre Strauss à part et je me mis à le questionner :

— Alors quoi, maintenant ? Vous m'avez toujours dit que j'étais trop impressionné par lui. Qu'ai-je dit pour le fâcher de cette façon ?

— Tu lui as donné un sentiment d'infériorité et il ne peut pas admettre cela.

— Je parle sérieusement, bon Dieu. Dites-moi la vérité.

— Charlie, il faut que tu cesses de penser que tout le monde se moque de toi. Nemur ne pouvait pas discuter de ces études parce qu'il ne les a pas lues. Il ne peut pas lire l'hindou ni le japonais.

— Pas lire ces langues ? Allons donc !

— Charlie, tout le monde n'a pas ton don des langues.

— Mais alors comment peut-il réfuter l'attaque de Rahajamati contre sa méthode, et l'objection de Tanida sur la validité de ce genre de technique ? Il doit connaître ces...

— Non, dit Strauss, pensif. Ces études doivent être récentes. On n'a pas encore eu le temps d'en faire la traduction.

— Vous voulez dire que vous ne les avez pas lues non plus ?

Il eut un haussement d'épaules :

— Je suis encore plus mauvais linguiste que lui. Mais je suis sûr que, avant que les rapports définitifs soient établis, toutes les revues médicales seront épluchées à fond pour en tirer les renseignements les plus récents.

Je ne savais quoi dire. L'entendre admettre que tous deux ignoraient complètement des secteurs entiers de leur propre domaine était terrifiant.

— Quelles langues connaissez-vous ? lui demandai-je.

— Le français, l'allemand, l'espagnol, l'italien et assez de suédois pour me débrouiller.

— Pas le russe, le chinois, le portugais ?

Il me rappela que son travail de psychiatre et de chirurgien neurologue lui laissait très peu de temps pour les langues. Et que les seules langues anciennes qu'il pouvait lire étaient le latin et le grec, mais pas du tout les langues orientales.

Je vis qu'il aurait voulu en terminer là de la discussion, mais je ne pouvais pas renoncer. Il fallait que je découvre exactement l'étendue de ce qu'il savait.

Je le découvris.

Physique : rien au-delà de la théorie quantique des champs ; géologie : rien sur la géomorphologie ou la stratigraphie ou même sur la pétrologie. Rien sur la micro pas plus que sur la macroéconomie. Peu sur les mathématiques au-delà du niveau élémentaire du calcul des variations, et rien du tout sur l'algèbre de Banach ou les multiplicités vectorielles de Riemann. C'était le premier aperçu des révélations que me réservait ce week-end.

Je ne pus rester longtemps à la réception. Je sortis discrètement pour marcher, réfléchir à tout cela. Des imposteurs, tous les deux. Ils avaient prétendu être des génies. Ce n'étaient que des hommes ordinaires travaillant à l'aveuglette, tout en prétendant pouvoir faire la lumière dans les ténèbres. Pourquoi faut-il que tout le monde mente ? Aucun de ceux que je connais n'est ce qu'il paraît être. Alors que je tournais au coin de la rue, j'aperçus Burt qui arrivait derrière moi.

— Qu'est-ce qu'il y a ? dis-je quand il me rattrapa. Me suivriez-vous ?

Il haussa les épaules et eut un rire gêné :

— Tu es la vedette n° 1, le clou du congrès. Pas possible de te laisser écraser par ces cow-boys motorisés de Chicago, ni attaquer et dépouiller dans State Street.

— Je n'aime pas être tenu en laisse.

Il évita mon regard, tout en marchant près de moi, les mains profondément enfoncées dans les poches.

— Ne prends pas cela mal, Charlie. Le vieux est sur les dents. Ce congrès a une grosse importance pour lui. Sa réputation est en jeu.

— Je ne savais pas que vous étiez tellement amis, dis-je sarcastiquement, me souvenant de toutes les occasions où Burt s'était plaint de l'étroitesse d'esprit et de l'arrivisme du professeur.

— Je ne suis pas tellement ami avec lui. (Il me lança un regard de défi.) Mais il a mis toute sa vie dans cette affaire. Il n'est ni Freud, ni Jung, ni Pavlov, ni Watson, mais ce qu'il fait est important et je respecte la manière dont il s'y consacre – et peut-être plus encore parce qu'il n'est qu'un homme ordinaire qui essaie de faire une œuvre de grand homme, alors que les grands hommes sont tous occupés à faire des bombes.

— J'aimerais vous entendre, face à lui, le traiter d'homme ordinaire.

— Cela n'a pas d'importance, ce qu'il pense de lui-même. Bien sûr que c'est un prétentieux, et alors ? Cette prétention est sans doute nécessaire pour qu'un homme tente une chose comme celle-là. J'en ai vu assez d'autres comme lui pour savoir qu'à cette solennité et à cette outrecuidance se mêle une sacrée bonne dose d'incertitude et de crainte.

— Et d'imposture et de superficialité, ajoutai-je. Je les vois maintenant tels qu'ils sont : des imposteurs. Je le soupçonnais de Nemur. Il semblait toujours avoir peur d'on ne sait quoi. Mais de Strauss, cela m'a étonné.

Burt s'arrêta et lâcha une longue expiration. Nous entrâmes dans un bar pour prendre un café. Je ne voyais pas son visage, mais sa manière de respirer trahissait son exaspération.

— Vous pensez que je me trompe.

— Simplement que tu es arrivé bien loin, très vite, dit-il. Tu as un cerveau formidable maintenant, une intelligence qui ne peut réellement pas être calculée, tu as déjà absorbé plus de connaissances que la plupart des gens n'en peuvent amasser dans toute une longue vie. Mais tu es… boiteux. Tu sais des choses. Tu vois des choses. Mais tu n'as pas encore atteint à la compréhension ou – disons mieux – à la tolérance. Tu les traites d'imposteurs, mais quand donc l'un ou l'autre a-t-il jamais prétendu être parfait ou surhumain ? Ce sont des gens ordinaires. C'est toi le génie.

Il s'interrompit gauchement, soudain conscient qu'il me sermonnait.

— Continuez.

— As-tu déjà rencontré la femme de Nemur ?

— Non.

— Si tu veux comprendre pourquoi il est toujours sous pression, même quand les choses vont bien au labo et pour ses conférences, il fout que tu connaisses Bertha Nemur. Savais-tu que c'est elle qui lui a obtenu sa chaire de professeur ? Savais-tu qu'elle s'est servie de l'influence de son père pour lui faire avoir cette subvention de la Fondation Welberg ? Bon, et maintenant, c'est elle qui l'a poussé à cette présentation prématurée au congrès. Tant que tu n'as pas eu une femme comme elle, qui te domine, n'imagine pas pouvoir comprendre celui qui en a une.

Je ne répondis rien et je vis qu'il voulait rentrer à l'hôtel. Tout le long du chemin, nous restâmes silencieux.

Suis-je un génie ? Je ne le pense pas. Pas encore en tout cas. Comme dirait Burt, en parodiant les euphémismes du jargon des éducateurs, je suis *exceptionnel* – terme démocratique utilisé pour éviter les étiquettes infamantes de *doué* ou de *faible* (qui signifient *brillant* ou *attardé*), mais dès qu'*exceptionnel* commencera à avoir quelque signification pour quelqu'un, on le changera. Il semble que la règle soit de n'utiliser une expression que tant qu'elle ne signifie rien pour personne. *Exceptionnel* s'entend aussi bien pour un extrême que pour l'autre, si bien que j'ai été exceptionnel toute ma vie.

Ce qui est étrange dans l'acquisition du savoir, c'est que plus j'avance, plus je me rends compte que je ne savais même pas que ce que je ne savais pas existait. Voici peu de temps, je pensais sottement que je pouvais tout apprendre – acquérir tout le savoir du monde. Maintenant, j'espère seulement arriver à savoir que ce que je ne sais pas existe et en comprendre une miette.

En aurai-je le temps ?

Burt est mécontent de moi. Il me trouve impatient et les autres doivent partager ce sentiment. Mais ils me repoussent et essaient de me maintenir à ma place. Quelle est ma place ? Qui et que suis-je, maintenant ? Suis-je le produit de toute ma vie ou seulement des derniers mois ? Ah ! comme cela les impatiente lorsque j'essaie d'en discuter avec eux. Cela ne leur plaît pas d'admettre qu'ils ne savent pas. Il est paradoxal de voir un homme ordinaire comme Nemur se consacrer à transformer en génies d'autres hommes. Il voudrait qu'on le considère comme le découvreur de nouvelles lois de l'art d'apprendre – l'Einstein de la psychologie. Il a la crainte du maître d'être surpassé par son élève, la terreur du maître de voir son disciple discréditer son œuvre. (Non pas que je sois, au sens strict, l'élève ou le disciple de Nemur comme l'est Burt.)

Je considère que la peur de Nemur d'être révélé comme un homme qui marche sur des échasses parmi des géants est compréhensible. Un échec, au point où nous en sommes, le briserait. Il est trop âgé pour tout recommencer.

Si choquant que ce soit de découvrir la vérité sur des hommes que je respectais et en qui j'avais confiance, je crois que Burt a raison. Je ne dois pas être trop impatient à leur égard. Leurs idées et leurs brillants travaux ont rendu l'expérience possible. Je dois me garder d'une tendance naturelle à les considérer de haut, maintenant que je les ai surpassés.

Il faut que je comprenne que lorsqu'ils m'exhortent sans cesse à m'exprimer et à écrire simplement afin que les gens qui lisent ces comptes rendus puissent me comprendre, ils parlent pour eux aussi. Néanmoins, il reste effrayant que mon destin soit entre les mains d'hommes qui ne sont pas les géants que je croyais naguère, mais simplement des hommes qui ne connaissent pas la solution de tous les problèmes.

13 juin. Je dicte ceci en proie à une grande tension émotionnelle. Je suis parti en abandonnant toute l'affaire. Je suis dans un avion qui me ramène, seul, à New York, et je n'ai aucune idée de ce que je vais faire une fois arrivé.

D'abord, il me faut avouer que j'étais très impressionné à la pensée d'un congrès international de savants et de chercheurs, réunis pour un échange d'idées. C'était là, pensais-je, que tout se passait vraiment. Là, ce serait autre chose que les discussions stériles du collège parce que les participants appartenaient aux plus hauts sommets de la recherche et de l'enseignement en psychologie ; c'étaient des savants qui écrivaient des livres et qui faisaient des conférences, des autorités que les gens citaient. Si Nemur et Strauss étaient des hommes ordinaires qui œuvraient au-delà de leurs capacités, j'étais persuadé que ce serait différent pour les autres.

Lorsque vint l'heure de la séance, Nemur nous guida à travers le gigantesque hall, avec son lourd décor baroque et ses énormes escaliers de marbre. Nous avancions au milieu d'une foule croissante de gens qui serraient des mains, échangeaient des saluts de la tête, ou des sourires. Deux autres professeurs de Beekman, arrivés à Chicago le matin même, se joignirent à nous. Les

Prs White et Clinger étaient un peu à droite, et un ou deux pas derrière Nemur et Strauss, tandis que Burt et moi fermions la marche.

Les gens qui se pressaient dans la grande salle de bal s'écartèrent pour nous laisser le passage, et Nemur salua de la main les reporters et les photographes qui étaient venus pour entendre de leurs propres oreilles les résultats sensationnels obtenus avec un adulte attardé en un peu plus de trois mois seulement.

Nemur avait, de toute évidence, envoyé d'avance des communiqués à la presse.

Quelques-unes des communications faites au congrès furent remarquables. Un groupe de recherche, venu de l'Alaska, montra comment la stimulation de certaines zones du cerveau déterminait un développement significatif de la faculté d'apprendre, et un autre groupe, de Nouvelle-Zélande, avait établi la carte des régions du cerveau qui contrôlent la perception et la rétention des stimuli.

Mais il y eut aussi d'autres communications – l'étude de P.T. Zimmerman sur la différence de durée du temps pris par des rats pour se débrouiller dans un labyrinthe quand les coins étaient arrondis et non angulaires, ou l'exposé de Worfel à propos de l'effet du niveau d'intelligence sur le temps de réaction des singes rhésus. Les communications de ce genre me rendirent furieux. Tant d'argent, de temps et d'énergie dilapidés dans l'analyse détaillée de sujets sans aucun intérêt. Burt avait raison quand il louait Nemur et Strauss de se consacrer à des recherches importantes et incertaines, plutôt qu'à d'autres, insignifiantes mais sans risque.

Si seulement Nemur voulait bien me considérer comme un être humain.

Après que le président de séance eut annoncé la communication de l'Université Beekman, nous avons pris place derrière la longue table sur l'estrade. Algernon dans sa cage entre Burt et moi. Nous étions le clou de la soirée et, lorsque nous fûmes installés, le président entama sa présentation. Je m'attendais presque à l'entendre clamer : « Mesdames z'et Messieurs. Prenez vos places, prenez vos billets, entrrrez voir nos phéno-mènes ! Un spectacle comme on n'en a jamais vu dans le monde scientifique ! Une souris et un idiot transfor-més en génies sous vos propres yeux ! »

J'avoue que j'étais venu avec une certaine idée pré-conçue.

Il se contenta de dire : « La communication qui va vous être faite n'a vraiment pas besoin d'être présentée. Nous avons tous entendu parler des recherches extra-ordinaires faites à l'Université Beekman, grâce à l'appui de la Fondation Welberg, et conduites par le directeur du département de psychologie, le Pr Nemur, en colla-boration avec le Dr Strauss, du Centre neuropsychia-trique Beekman. Il est inutile d'ajouter que c'est une communication que nous attendons tous avec le plus vif intérêt. Je passe la parole au Pr Nemur et au Dr Strauss. »

Nemur inclina aimablement la tête aux éloges intro-ductifs du président et adressa à Strauss un clin d'œil de triomphe.

Le premier orateur de l'Université Beekman fut le Pr Clinger.

Je commençais à m'énerver, et je voyais qu'Algernon, incommodée par la fumée, le brouhaha et l'environne-ment inhabituel, tournait nerveusement dans sa cage. J'eus la plus étrange envie d'ouvrir sa cage et de la lais-ser sortir. C'était une idée absurde – plus une déman-geaison qu'une idée – et j'essayai de l'oublier. Mais en écoutant le compte rendu stéréotypé du Pr Clinger sur « les effets de cagettes d'arrivée vers la gauche dans un labyrinthe en T comparés à ceux de cagettes d'arrivée vers la droite dans un labyrinthe semblable », je me retrouvai en train de jouer avec le mécanisme de fer-meture de la cage d'Algernon.

Dans un instant (avant que Strauss et Nemur dévoi-lent leur suprême réussite), Burt lirait un papier décrivant les méthodes et les résultats dans la conduite des tests d'intelligence et d'éducation qu'il avait imaginés pour Algernon. Cette lecture serait suivie d'une démonstration où Algernon devrait faire ses preuves et résoudre un problème pour avoir droit à son repas – ce que je n'ai jamais cessé de détester !

Je n'avais rien à reprocher à Burt. Il avait toujours été honnête avec moi – plus que la plupart des autres – mais quand il décrivit la souris blanche à laquelle avait été donnée l'intelligence, il fut aussi pompeux et aussi artificiel que les autres. Comme s'il essayait d'endosser la robe de ses professeurs. Je me retins à ce moment, plus par amitié pour Burt que pour toute autre raison. Laisser sortir Algernon de sa cage mettrait le chaos dans la séance et, après tout, c'était le premier contact de Burt avec le panier de crabes de la promotion universitaire.

J'avais le doigt sur la clenche de la porte de la cage, et tandis qu'Algernon suivait de ses yeux roses le mouvement de ma main, je suis certain qu'elle savait ce à quoi je pensais. À ce moment, Burt prit la cage pour sa démonstration. Il expliqua la complexité du verrou à combinaison, et la difficulté du problème posé à chaque fois que la serrure devait être ouverte – de petits loquets de plastique s'enclenchaient selon des combinaisons variées et devaient être commandés par la souris qui actionnerait une série de leviers dans le même ordre. À mesure que l'intelligence d'Algernon s'était accrue, sa rapidité à résoudre le problème avait augmenté, c'était évident. Mais Burt révéla une chose que je n'avais *pas* sue.

À l'apogée de son intelligence, la manière d'agir d'Algernon était devenue variable. Certaines fois, selon le rapport de Burt, Algernon refusait absolument de travailler alors même qu'elle avait apparemment faim – d'autres fois, elle résolvait le problème, mais au lieu de profiter de sa récompense en nourriture, elle se jetait contre les parois de la cage.

Lorsque quelqu'un dans l'auditoire demanda à Burt s'il voulait ainsi laisser entendre que l'intelligence accrue était directement la cause de ce comportement désordonné, Burt éluda la question :

— En ce qui me concerne, dit-il, il n'y a pas suffisamment de preuves pour justifier cette conclusion. Il existe d'autres hypothèses. Il est possible qu'à ce stade, l'intelligence accrue et le comportement désordonné résultent de l'opération chirurgicale originelle, au lieu que l'une soit fonction de l'autre. Il est également possible que ce comportement désordonné soit particulier à Algernon. Nous ne l'avons retrouvé chez aucune des autres souris traitées, mais aucune de celles-ci n'a atteint un degré d'intelligence aussi élevé qu'Algernon, ni ne l'a conservé aussi longtemps qu'elle.

Je compris immédiatement que cette information m'avait été cachée. J'en suspectai la raison, et j'en fus irrité, mais ce ne fut rien auprès de la colère qui me saisit quand ils projetèrent les films.

Je n'avais jamais su que mes premiers tests au laboratoire avaient été filmés. Et j'étais là, près de Burt, à la table, embarrassé, la bouche ouverte, tandis que j'essayais de parcourir le labyrinthe avec le stylo électrique. Chaque fois que je recevais une décharge, mon visage traduisait un ahurissement stupide, les yeux ronds, puis me revenait un sourire bête. Chaque fois que cela arrivait, l'assistance éclatait de rire. Course après course, cela se répétait et chaque fois les gens trouvaient cela encore plus drôle.

Je me dis que ce n'étaient pas là des amateurs de rigolade, mais des savants réunis pour perfectionner leurs connaissances. Ils ne pouvaient pas s'empêcher de trouver ces images drôles. Cependant, quand Burt se mit à l'unisson et fit des commentaires comiques sur les films, je me sentis poussé à la malice. Ce serait encore plus drôle de voir Algernon s'échapper de sa cage et tous ces gens se debander et se mettre à quatre pattes pour tenter de rattraper une souris blanche, un petit génie en fuite.

Mais je me retins, et quand Strauss prit la parole, cette impulsion m'avait quitté.

Strauss traita longuement de la théorie et des techniques de la neurochirurgie, exposant en détail comment les premières études sur la localisation des centres de contrôle des hormones lui avaient permis d'isoler et d'exciter ces centres, enlevant en même temps la partie du cortex productrice d'inhibiteurs d'hormones. Il expliqua la théorie du blocage des hormones et poursuivit en décrivant mon état physique avant et après l'intervention chirurgicale. Des photographies (que je ne savais pas avoir été prises) furent distribuées et passèrent de main en main, tandis qu'elles étaient commentées. Je vis par les hochements de tête et les sourires que la plupart des gens étaient d'accord avec lui sur le fait que « l'expression passive et vide du visage » avait été transformée en une « apparence alerte et intelligente ». Il discuta également en détail les aspects pertinents de nos séances de psychothérapie – spécialement les modifications de mon comportement à l'égard de la libre association d'idées.

J'étais venu là comme un élément faisant partie d'une communication scientifique et je m'attendais à être donné en spectacle, mais tout le monde continuait à parler de moi comme si j'étais une sorte d'objet nouvellement créé qu'on présentait au monde scientifique. Personne dans cette salle ne me considérait comme un être humain. La constante juxtaposition « Algernon et Charlie », « Charlie et Algernon » montrait clairement qu'ils nous considéraient tous les deux comme une paire d'animaux d'expérience, sans aucune existence en dehors du laboratoire. Mais, mon sentiment de colère mis à part, je ne pouvais m'empêcher de penser que quelque chose clochait.

Enfin, ce fut au tour de Nemur de parler – il récapitula le tout en tant que directeur de l'expérience –

et de se mettre en vedette comme l'auteur d'un brillant exploit. C'était pour lui le jour tant attendu.

Il faisait grande impression, debout sur l'estrade, et tandis qu'il parlait, je me sentis hocher la tête avec lui, d'accord sur des faits que je savais être vrais. Les tests, l'expérience, l'intervention chirurgicale et le développement mental qui s'ensuivit, furent décrits longuement, et son discours fut égayé par des citations de mes comptes rendus. Plus d'une fois, je dus entendre des réflexions intimes ou sottes, lues devant toute l'assistance. Dieu merci, j'avais eu la précaution de garder la plus grande partie des détails concernant Alice et moi dans mon dossier personnel.

Puis, à un endroit de son résumé, il dit :

— Nous qui avons travaillé à cette expérience à l'Université Beekman, avons la satisfaction de savoir que nous avons pris une erreur de la nature et que, par nos techniques nouvelles, nous en avons fait un être humain supérieur. Quand Charlie est venu à nous, il était hors de la société, seul dans une grande ville, sans amis ni parents pour s'occuper de lui, sans l'équipement mental nécessaire à une vie normale. Sans passé, sans contacts avec le présent, sans espoir pour l'avenir. On pourrait dire que Charlie Gordon n'existait pas réellement avant cette expérience…

Je ne sais pas pourquoi cela m'irrita si intensément de les entendre parler de moi comme d'un article tout nouvellement fabriqué dans leur usine privée, mais c'étaient – j'en suis certain – les échos de cette idée qui avaient résonné dans les cavités de mon cerveau depuis le moment où nous étions arrivés à Chicago. Je voulais me lever, montrer à tous quel imbécile il était et lui crier : *Je suis un être humain, une personne, avec des parents et des souvenirs et une existence – et je l'étais avant que vous me poussiez sur un chariot dans la salle d'opération !*

En même temps, dans l'échauffement de ma colère, naissait la compréhension accablante de ce qui m'avait perturbé tandis que Strauss parlait et à nouveau quand Nemur avait généralisé les données. Ils avaient fait une erreur, naturellement ! L'évaluation statistique de la période d'attente nécessaire pour prouver la permanence de la transformation avait été fondée sur des expériences antérieures dans le domaine du développement mental et de la faculté d'apprendre, sur des périodes d'attente concernant des animaux normalement stupides ou normalement intelligents. Mais il était évident que la période d'attente devait être prolongée dans les cas où l'intelligence de l'animal avait été doublée ou triplée.

Les conclusions de Nemur étaient donc prématurées. Car aussi bien pour Algernon que pour moi, il faudrait davantage de temps pour savoir si la modification persisterait. Les professeurs avaient fait une erreur et personne ne s'en était aperçu. Je voulais me dresser et le leur dire, mais je ne pouvais pas bouger. Comme Algernon, je me trouvais enfermé derrière le grillage de la cage qu'ils avaient construite autour de moi.

Maintenant, on allait passer aux questions de l'auditoire et avant qu'on me permette de dîner, il me faudrait faire mes tours devant cette assemblée distinguée. Non. Il fallait que je m'en aille.

— … Dans un certain sens, il est le produit de l'expérimentation psychologique moderne. Au lieu d'une coquille vide dépourvue d'esprit, un fardeau pour la société qui ne peut que craindre son comportement irresponsable, nous avons un homme digne et sensible, prêt à prendre sa place de membre actif dans la communauté. J'aimerais que vous écoutiez tous quelques mots de Charlie Gordon.

Que le diable l'emporte ! Il ne savait pas de quoi il parlait. À ce moment, la tentation fut plus forte que moi. Fasciné, je vis ma main bouger, indépendamment de ma volonté, tirer le verrou de la cage d'Algernon. Quand je lui ouvris, elle me regarda et marqua un temps, puis elle se retourna, fila comme une flèche hors de sa cage et fonça au galop à travers la longue table.

D'abord, on la vit à peine sur le damas qui couvrait la table, une vague tache blanche, jusqu'à ce qu'une femme hurle, culbutant sa chaise en se dressant sur ses pieds. Autour d'elle, les carafes d'eau se renversèrent, puis Burt cria : « Algernon s'est échappée ! » Algernon sauta de la table sur l'estrade et de l'estrade sur le plancher.

« Attrapez-la ! Attrapez-la ! » glapissait Nemur, tandis que l'assistance, partagée dans ses intentions, devenait un inextricable enchevêtrement de bras et de jambes. Quelques femmes (anti-expérimentalistes ?) tentèrent de monter sur d'instables chaises pliantes, que d'autres, en essayant d'attraper Algernon, renversèrent.

— Fermez les portes du fond ! clamait Burt, qui se rendait compte qu'Algernon était assez intelligente pour se diriger dans cette direction.

— Cours, cours ! m'entendis-je crier. Par la porte latérale !

— Elle s'est enfuie par la porte latérale ! s'écria quelqu'un en écho.

— Attrapez-la ! Attrapez-la ! implorait Nemur.

La foule sortit de la salle de bal et se répandit dans les couloirs, tandis qu'Algernon, galopant sur la moquette marron du hall, les faisait drôlement courir. Sous les tables Louis XIV, autour des palmiers en pots, grimpant les escaliers, prenant les tournants, dégringolant les escaliers dans le grand hall, ameutant d'autres gens au passage. Les voir tous courir de droite et de gauche dans le hall, à la poursuite d'une souris blanche plus intelligente que beaucoup d'entre eux, était le spectacle le plus drôle qu'on ait vu depuis longtemps.

— Tu peux rire ! grogna Nemur, qui se cogna presque à moi. Si on ne la retrouve pas, toute l'expérience est fichue !

Je faisais semblant de chercher Algernon sous une corbeille à papiers :

— Est-ce que vous le savez ? dis-je. Vous avez fait une erreur. Et à partir d'aujourd'hui, cela n'aura peut-être plus d'importance du tout.

Quelques secondes après, une demi-douzaine de femmes sortirent en criant des toilettes, serrant frénétiquement leurs jupes autour de leurs jambes.

— Elle est là ! s'écria quelqu'un.

Mais un instant, la foule des poursuivants fut arrêtée par l'inscription sur le mur : *Dames*. Je fus le premier à franchir cette barrière invisible et à entrer dans le sacro-saint lieu.

Algernon était penchée sur l'un des lavabos, les yeux braqués sur son reflet dans le miroir.

— Allons, viens, dis-je. On va s'en aller tous les deux d'ici.

Elle se laissa prendre, et je la mis dans la poche de ma veste :

— Reste tranquille là-dedans jusqu'à ce que je te le dise.

Les autres entrèrent, bousculant les portes battantes, avec un air coupable comme s'ils s'attendaient à voir des femmes nues en train de hurler. Je sortis tandis qu'ils fouillaient les toilettes et j'entendis la voix de Burt :

— Il y a un trou dans cette gaine d'aération. Peut-être a-t-elle grimpé par là.

— Cherchez où cela conduit, dit Strauss.

— Montez au second, dit Nemur en faisant signe à Strauss, je descends au sous-sol.

À ce moment, ils s'élancèrent hors des toilettes des dames et les forces se partagèrent. Je suivis le contingent de Strauss au deuxième où ils essayèrent de trouver où menait la gaine d'aération. Lorsque Strauss, White et leur demi-douzaine de compagnons tournèrent à droite dans le couloir B, je tournai à gauche dans le couloir C et pris l'ascenseur pour monter dans ma chambre.

Je fermai la porte derrière moi et tapotai ma poche. Un museau rose et une touffe de poils blancs apparurent et jetèrent un coup d'œil sur les alentours.

— Je vais faire mes valises, dis-je, et nous filerons, rien que toi et moi, une paire de génies fabriqués par l'homme, en fuite.

Je fis mettre les valises et le magnétophone dans un taxi, payai ma note d'hôtel et sortis par la porte tournante avec l'objet de la poursuite niché dans ma poche. Je me servis de mon billet de retour pour rentrer à New York.

Au lieu de regagner mon appartement, j'ai l'intention de m'installer dans un hôtel en ville, pour une ou deux nuits. Nous l'utiliserons comme base d'opérations pendant que je chercherai un appartement meublé quelque part dans les environs de Times Square.

En parlant de tout cela, je me sens mieux – et même un peu nigaud. Je ne sais vraiment pas pourquoi je me suis tellement énervé, ni ce que je fais dans ce Jet qui vole vers New York avec Algernon dans une boîte à chaussures sous mon siège. Il ne faut pas que je m'affole. L'erreur ne signifie pas nécessairement que ce soit grave. Simplement que le résultat n'est pas aussi assuré que le croyait Nemur. Mais où vais-je maintenant ?

Il faut d'abord que je voie mes parents. Dès que je pourrai.

Je n'aurai peut-être pas tout le temps que je pensais avoir...

Compte rendu N° 14

15 juin. Notre fuite a été publiée hier dans la presse et les journaux à sensation en ont fait une affaire. En seconde page du *Daily Press*, figuraient une vieille photographie de moi et le dessin d'une souris blanche sous le titre : « L'idiot de génie et la souris deviennent enragés. »

Nemur et Strauss sont cités : selon eux, je m'étais trouvé dans un état de tension terrible et je reviendrais sans aucun doute, très bientôt. Ils offraient une récompense de cinq cents dollars pour Algernon, ne se doutant pas que nous étions ensemble.

Lorsque je passai à la suite de l'histoire en cinquième page, je fus abasourdi d'y trouver une photo de ma mère et de ma sœur. Le reporter avait bien fait son enquête.

SA SŒUR NE SAIT PAS OÙ PEUT ÊTRE L'IDIOT DE GÉNIE
(*une exclusivité* « Daily Press »)

Brooklyn, N.Y., 14 juin. – Miss Norma Gordon, qui habite avec sa mère, Mrs Rose Gordon, au 4136 Marks Street, Brooklyn, N.Y., a déclaré ne pas avoir la moindre connaissance de l'endroit où peut se trouver son frère. Miss Gordon a ajouté : « Nous ne l'avons pas vu et n'avons pas eu de ses nouvelles depuis plus de dix-sept ans. » Miss Gordon dit qu'elle avait cru son frère mort jusqu'au mois de mars dernier, lorsque le directeur du département de psychologie de l'Université Beekman a pris contact avec elle afin d'avoir l'autorisation d'utiliser Charlie pour une expérience.

« Ma mère m'avait dit qu'il avait été envoyé à l'Asile Warren » (Asile-École d'État Warren, Long Island), dit Miss Gordon, « et qu'il y était mort quelques années plus tard. Je n'avais pas la moindre idée qu'il fût encore vivant. »

Miss Gordon demande à toute personne qui pourrait avoir des renseignements sur l'endroit où se trouverait son frère, de se mettre en communication avec la famille à l'adresse indiquée.

Le père, Matthew Gordon, qui ne vit pas avec sa femme et sa fille, tient actuellement une boutique de coiffeur dans le Bronx.

Je restai un moment les yeux écarquillés devant ces nouvelles. Puis je regardai de nouveau la photo. Comment pourrais-je les décrire ?

Je ne peux pas dire que je me souvienne du visage de Rose. Bien que cette photographie récente soit très nette, je la vois encore au travers du brouillard de l'enfance. Je la connaissais et je ne la connaissais pas. Si je l'avais rencontrée dans la rue, je ne l'aurais pas reconnue, mais maintenant, sachant qu'elle est ma mère, je peux distinguer les plus petits détails, mais oui !

Maigre, les traits anguleux. Le nez et le menton pointus. Et je peux presque entendre son caquetage et ses cris d'oiseau. Ses cheveux relevés en un chignon sévère. Me transperçant de ses yeux noirs. Je voudrais qu'elle me prenne dans ses bras et qu'elle me dise que je suis un bon garçon, et en même temps, je voudrais m'en écarter pour éviter une gifle. Son portrait me fait frémir.

Et Norma – le visage mince, elle aussi. Les traits moins aigus, jolie, mais ressemblant beaucoup à sa mère. Ses cheveux retombant sur ses épaules adoucissent ses traits. Elles sont assises toutes deux sur le canapé du living-room.

C'est le visage de Rose qui a fait resurgir ces souvenirs épouvantables. Elle était pour moi deux personnes à la fois et je n'ai jamais trouvé le moyen de savoir laquelle des deux elle allait être. Peut-être le révélait-elle à d'autres par un geste de la main, un sourcil levé, un plissement du front – ma sœur connaissait ces signes d'orage et elle était toujours hors de portée quand la colère de ma mère éclatait – mais cela me prenait toujours au dépourvu. Je venais vers elle pour chercher un réconfort et sa colère tombait sur moi.

Et d'autres fois, ce serait de la tendresse et une étreinte chaude comme un bain, et des mains qui me caressaient les cheveux et le front et ces mots gravés au plus haut de la cathédrale de mon enfance.

Il est comme tous les autres enfants.

C'est un bon petit garçon.

Je nous revois, au-delà de la photo qui s'efface, mon père et moi penchés sur un berceau. Il me tient par la main et me dit : « La voilà. Tu ne dois pas la toucher parce qu'elle est toute petite, mais quand elle sera plus grande, tu auras une sœur pour jouer avec toi. »

Je vois ma mère dans le grand lit tout proche, le teint pâli et terreux, les bras mous sur le couvre-lit à fleurs, qui soulève anxieusement la tête. « Surveille-le, Matt... »

C'était avant qu'elle ait changé envers moi, et je me rends compte maintenant que cela venait de ce qu'elle n'avait aucun moyen de savoir si Norma serait ou non comme moi. Ce fut plus tard, lorsqu'elle fut certaine que ses prières avaient été exaucées et que Norma montrait tous les signes d'une intelligence normale, que la voix de ma mère commença à ne plus avoir le même son. Non seulement sa voix, mais ses gestes, son attitude, tout changea. Comme si ses pôles magnétiques s'étaient inversés et qu'ils repoussaient maintenant ce qu'ils avaient attiré. Je vois aujourd'hui qu'à mesure que Norma s'épanouissait dans le jardin familial, je devenais une mauvaise herbe qu'on ne laisse subsister que là où on ne la voit pas, dans les coins et dans les endroits sombres.

À voir son visage dans le journal, je me mis soudain à la haïr. Il aurait mieux valu qu'elle ne tienne pas compte des médecins et des institutrices et des autres qui étaient si pressés de la convaincre que j'étais un idiot, la détournant de moi de telle façon qu'elle me montrât moins d'amour alors qu'il m'en fallait davantage.

À quoi cela pourrait-il servir de la voir maintenant ? Que pourrait-elle m'apprendre sur moi ? Et pourtant j'en ai la curiosité. Comment réagirait-elle ?

La revoir et revenir en arrière pour apprendre qui j'étais ? Ou l'oublier ? Le passé vaut-il d'être connu ? Pourquoi est-il si important pour moi de lui dire : « Maman, regarde-moi. Je ne suis plus un attardé. Je suis normal. Mieux que normal. Je suis un génie ! »

Mais même alors que j'essaie de la chasser de mon esprit, les souvenirs continuent de suinter du passé et de contaminer le présent. Un autre souvenir – alors que j'étais beaucoup plus grand.

Une querelle.

Charlie est couché dans son lit, les couvertures serrées autour de lui. La chambre est obscure, sauf le rai de lumière qui vient de la porte entrouverte et qui perce l'obscurité comme pour joindre deux mondes. Et il entend des voix ; il ne les comprend pas, mais il les ressent parce que leur âpreté vient de ce qu'il est question de lui. De plus en plus, il en arrive, chaque jour, à associer ce ton avec une irritation qui se rapporte à lui.

Il était presque endormi quand, dans le trait de lumière, les voix assourdies se sont haussées au ton de la dispute – celle de sa mère avec l'accent aigre de quelqu'un qui a l'habitude d'obtenir ce qu'elle veut par des crises de nerfs :

— Il faut qu'on l'envoie quelque part. Je ne le veux plus dans cette maison avec elle. Appelle le Dr Portman et dis-lui que nous voulons envoyer Charlie à l'Asile Warren.

La voix de mon père est ferme, apaisante :

— Mais tu sais très bien que Charlie ne lui ferait pas de mal. Cela ne peut pas avoir d'importance à cet âge.

— Comment le savons-nous ? Cela a peut-être un effet néfaste pour une enfant d'être élevée avec... quelqu'un comme lui à la maison.

— Le Dr Portman a dit...

— Portman a dit ! Portman a dit ! Je me fiche de ce qu'il a dit. Pense à ce que cela sera pour elle d'avoir un pareil frère. J'ai eu tort de croire pendant trop longtemps qu'il deviendrait comme les autres enfants en grandissant. Je l'avoue maintenant. Et cela vaudra mieux pour lui d'être mis à l'asile.

— Maintenant que tu as ta fille, tu as décidé que tu ne veux plus de lui.

— Tu crois que cela ne me fait rien ? Pourquoi me rends-tu cela encore plus difficile ? Pendant des années, tout le monde m'a dit qu'on devrait le mettre à l'asile. Le placer. Peut-être que là, avec ceux qui sont comme lui, il se trouvera mieux. Je ne sais plus ce qui est bien ou mal. Tout ce que je sais c'est que, maintenant, je n'ai pas l'intention de sacrifier ma fille pour lui.

Et bien que Charlie n'ait pas compris ce qui se passait entre eux, il est effrayé et s'enfonce sous les couvertures, les yeux grands ouverts, essayant de percer les ténèbres qui l'entourent.

Tel que je le vois maintenant, il n'est pas vraiment effrayé, mais il se replie sur lui-même, comme un oiseau ou un écureuil qui recule devant le geste brusque de celui qui lui donne à manger…, involontairement, instinctivement. La lumière qui passe par cette porte entrouverte m'en renvoie une claire vision. En voyant Charlie blotti sous ses couvertures, je voudrais pouvoir le réconforter, lui expliquer qu'il n'a rien fait de mal, qu'il est hors de son pouvoir de faire revenir sa mère à l'attitude qu'elle avait avant que sa sœur ne naisse. Là, dans son lit, Charlie ne comprenait pas ce qu'ils disaient, mais à présent cela fait mal. Si je pouvais agir dans le passé de mes souvenirs, je lui ferais voir combien elle me faisait souffrir.

Ce n'est pas le moment d'aller la voir. Pas avant que j'aie eu le temps de réfléchir à quoi cela me mènera.

Heureusement, par précaution, j'ai retiré mes économies de la banque dès mon arrivée à New York. Huit cent quatre-vingt-six dollars ne dureront pas longtemps, mais j'aurai le temps de me retourner.

Je me suis installé au Camden Hotel dans la 41e Rue, à un bloc de Times Square. New York ! Tout ce que j'ai lu sur cette ville ! Gotham… le creuset des races… Bagdad-sur-Hudson. La cité des lumières et des couleurs. Il est incroyable que j'aie vécu et travaillé toute ma vie à quelques stations de métro de là et que je ne sois venu qu'une fois à Times Square... avec Alice.

Il m'est difficile de me retenir de l'appeler au téléphone. J'ai commencé à former son numéro et je me suis arrêté plusieurs fois. Il faut que je me tienne éloigné d'elle.

J'ai tant de pensées emmêlées à tirer au clair. Je me dis que tant que je continuerai d'enregistrer mes comptes rendus au magnétophone, rien ne sera perdu ; le dossier sera complet. Qu'ils restent dans l'ombre un moment. J'ai été dans l'ombre plus de trente ans. Mais je suis fatigué à présent. Je n'ai pas pu m'endormir dans l'avion hier et je ne peux plus garder les yeux ouverts. Je reprendrai à cet endroit demain.

16 juin. J'ai appelé Alice, mais j'ai raccroché avant qu'elle ne réponde. Aujourd'hui, j'ai trouvé un appartement meublé. Quatre-vingt-quinze dollars par mois, c'est plus que ce que je comptais dépenser, mais il est au coin de la 43e Rue et de la Dixième Avenue, et je peux aller à la bibliothèque en dix minutes afin de poursuivre mes lectures et mes études. L'appartement est au quatrième étage et comprend quatre pièces, dont l'une avec un piano de location. La propriétaire dit qu'un de ces jours la maison de location viendra l'enlever. Mais d'ici là je pourrai peut-être apprendre à en jouer.

Algernon est un agréable compagnon. Aux repas, elle prend sa place à la petite table à abattants. Elle aime les bretzels et aujourd'hui elle a bu un peu de bière, tandis que nous regardions un match de baseball à la télé. Je crois qu'elle était pour l'équipe des Yankees.

Je vais déménager la plus grande partie des meubles de la seconde chambre et l'utiliser pour Algernon. Je projette de lui construire un labyrinthe en trois dimensions avec des bouts de plastique que je peux acheter bon marché en ville. Il y a quelques variations complexes de labyrinthe que j'aimerais lui voir apprendre pour m'assurer qu'elle garde sa forme. Mais je vais voir si je peux lui trouver une autre motivation que la nourriture. Il doit y avoir d'autres récompenses qui l'inciteront à résoudre des problèmes.

La solitude me donne l'occasion de lire et de réfléchir et maintenant, les souvenirs me reviennent de nouveau – pour redécouvrir mon passé, pour découvrir qui je suis vraiment. Si les choses devaient tourner mal, j'aurai au moins cela.

19 juin. Rencontré Fay Lillman, ma voisine de palier. Je revenais de l'épicerie, chargé d'emplettes, et je m'aperçus que je m'étais « enfermé à l'extérieur ». Je me souvins que l'escalier de secours reliait la fenêtre de mon living-room avec l'appartement voisin.

La radio hurlait, je frappai donc à la porte d'en face, doucement d'abord, puis plus fort.

— Entrez ! La porte est ouverte !

Je poussai la porte et je m'immobilisai sur place. Debout devant un chevalet, une blonde élancée, en soutien-gorge et petite culotte rose, peignait.

— Excusez-moi ! fis-je, le souffle coupé. (Je refermai la porte, puis je criai de dehors :) Je suis votre voisin d'en face. Je me suis mis à la porte et j'aurais voulu utiliser l'escalier de secours pour rentrer chez moi par la fenêtre.

La porte s'ouvrit et elle me regarda, toujours aussi peu vêtue, un pinceau dans chaque main et les mains sur les hanches.

— Vous ne m'avez pas entendue vous dire d'entrer ?

Elle me fit pénétrer dans son appartement, repoussa une boîte en carton pleine de détritus :

— Faites pas attention à ces saletés.

Je crus qu'elle devait avoir oublié – ou ne pas s'être rendu compte – qu'elle était plus qu'à moitié nue, et je ne savais pas où regarder. Je m'efforçais de poser mes yeux ailleurs, sur les murs, au plafond, n'importe où mais pas de son côté.

La pièce était dans un désordre indescriptible. Avec des douzaines de petites tables pliantes, toutes couvertes de tubes de peinture tordus, dont la plupart ressemblaient à des serpents racornis, sous leur croûte de peinture sèche, mais certains restaient vivants et bavaient des rubans de couleur. Des tubes, des pinceaux, des chiffons, des morceaux de cadre et de toile étaient éparpillés partout. Une odeur épaisse de peinture, d'huile de lin et de térébenthine planait dans la pièce – mêlée au bout d'un moment à un léger parfum de bière éventée. Trois énormes fauteuils rembourrés et un canapé vert, minable, disparaissaient sous des piles de vêtements en fouillis et sur le plancher traînaient des souliers, des bas et des sous-vêtements, comme si elle avait l'habitude de se déshabiller en marchant et de jeter ses affaires au hasard. Le tout était recouvert d'une mince couche de poussière.

— Alors, vous êtes Mr Gordon ? dit-elle en me regardant. J'avais une envie folle de jeter un coup d'œil sur vous depuis que vous avez emménagé. Asseyez-vous donc.

Elle ramassa un tas de vêtements sur l'un des fauteuils et s'en déchargea sur le canapé encombré.

— Ainsi, vous avez finalement décidé de faire une visite à vos voisins. Je vais vous chercher à boire ?

— Vous êtes peintre ? balbutiai-je, ne sachant quoi dire.

J'étais complètement décontenancé à l'idée que, d'un moment à l'autre, elle s'apercevrait qu'elle était à demi nue, pousserait un cri et se précipiterait dans sa chambre. J'essayai de regarder n'importe quoi, mais pas elle.

— De la bière blonde ou brune ? Je n'ai rien d'autre ici, sauf du madère pour la cuisine. Vous n'en voulez pas, non ?

— Je ne peux pas rester, dis-je en reprenant possession de moi-même et en fixant mon regard sur un grain de beauté à gauche sur son menton. Je me suis mis à la porte de mon appartement. Je voulais y rentrer par l'escalier de secours. Il relie nos fenêtres.

— Faites donc, dit-elle. Ces satanées serrures perfectionnées sont absolument idiotes. Je me suis mise moi-même trois fois à la porte d'ici la première semaine – une fois, je suis restée dans le hall une demi-heure complètement à poil. J'étais sortie pour prendre mon lait, et cette sacrée porte s'est claquée derrière moi. J'ai fait sauter cette fichue serrure et je n'en ai pas remis depuis.

Je dois avoir fait une drôle de tête, car elle a éclaté de rire :

— Bon, vous voyez à quoi servent ces maudites serrures. Elles vous mettent à la porte et elles ne vous protègent pas beaucoup, n'est-ce pas ? Quinze cambriolages dans ce bon sang d'immeuble et tous dans des appartements fermés au verrou. Personne n'a jamais forcé ma porte pour entrer, bien qu'elle soit toujours ouverte. Ils auraient d'ailleurs bougrement du mal à trouver ici un objet de valeur.

Lorsqu'elle insista encore pour que je boive une bière avec elle, j'acceptai. Tandis qu'elle allait en chercher dans la cuisine, je regardai de nouveau autour de moi. Ce que je n'avais pas encore remarqué, c'est que le mur derrière moi avait été débarrassé – tous les meubles poussés d'un côté de la pièce ou au milieu, de manière que ce mur (dont le plâtre avait été arraché pour laisser voir les briques) serve de cimaise. Des peintures y étaient accrochées jusqu'au plafond et d'autres entassées les unes contre les autres sur le plancher. Plusieurs étaient des autoportraits dont deux nus. Le tableau auquel elle travaillait lorsque j'étais entré, celui qui était sur le chevalet, était également un nu en buste d'elle-même, avec des cheveux longs. Ils n'étaient pas coiffés comme maintenant en tresses blondes enroulées autour de la tête à la manière d'une couronne – mais retombaient sur ses épaules et une partie de ses longues boucles revenait en avant, entre ses seins. Elle les avait peints insolemment dressés et fermes avec des bouts d'un incroyable rouge bonbon. Quand je l'entendis revenir avec la bière, je m'écartai vivement du chevalet, non sans trébucher sur quelques livres, et je feignis de m'intéresser à un petit paysage d'automne accroché au mur. Je fus soulagé de voir qu'elle avait passé un léger peignoir plutôt usé, mais même s'il avait des trous là où il ne fallait pas, je pus la regarder en face pour la première fois. Elle n'était pas exactement jolie, mais ses yeux bleus et son petit nez retroussé lui donnaient un air félin qui contrastait avec ses mouvements énergiques, athlétiques. Elle avait environ trente-cinq ans ; elle était mince et bien proportionnée. Elle posa les boîtes de bière sur le parquet de bois, s'assit à côté, appuyée au canapé, et m'invita à en faire autant.

— Je trouve le plancher plus confortable que ces fauteuils, déclara-t-elle en buvant sa bière à même la boîte. Non ?

Je lui dis que je n'y avais jamais réfléchi, elle rit et ajouta que j'avais une bonne tête. Elle avait envie de parler d'elle-même. Elle préférait éviter Greenwich Village, dit-elle, parce que là, au lieu de peindre, elle passerait tout son temps dans les bars et les cafés.

— On est mieux ici, loin des barbouilleurs et des amateurs. Ici, je peux faire ce que je veux et personne ne vient ricaner. Vous n'êtes pas un ricaneur, n'est-ce pas ?

Je haussai les épaules en essayant de ne pas remarquer la poussière qui souillait mon pantalon et mes mains.

— Je pense qu'on ricane tous d'une chose ou d'une autre. Vous ricanez bien des barbouilleurs et des amateurs, non ?

Au bout d'un moment, je dis que je ferais mieux de passer chez moi. Elle repoussa une pile de bouquins de devant la fenêtre et j'enjambai un tas de journaux et de sacs de papier emplis de bouteilles de bière vides.

— Un de ces jours, soupira-t-elle, il faudra que je les rende pour me faire rembourser.

Je grimpai sur le rebord de la fenêtre et gagnai l'escalier de secours. Quand j'eus ouvert ma fenêtre, je revins chercher mes emplettes, mais avant que je puisse dire merci et au revoir, elle passa sur l'escalier de secours et me suivit :

— Allons voir votre appartement. Je n'y suis jamais entrée. Avant que vous emménagiez, les deux petites vieilles, les sœurs Wagner, ne m'auraient même pas dit bonjour.

Elle se glissa par la fenêtre après moi et s'assit sur le bord.

— Entrez donc, dis-je en posant mes provisions sur la table. Je n'ai pas de bière, mais je peux vous faire une tasse de café.

Mais elle regardait au-delà de moi, les yeux ronds d'incrédulité.

— Mon Dieu ! Je n'ai jamais vu un endroit aussi bien rangé que celui-ci. Qui pourrait imaginer qu'un homme qui vit seul puisse tenir sa maison si en ordre ?

— Je n'ai pas toujours été comme cela, m'excusai-je. Ce n'est que depuis que je me suis installé ici. Tout était en ordre quand j'ai emménagé et cela m'a poussé à le garder ainsi. Cela me gêne maintenant quand il y a du désordre.

Elle quitta le bord de la fenêtre pour explorer l'appartement.

— Hé, dit-elle soudain, aimez-vous danser ? Vous savez ?

Elle écarta les bras et exécuta un pas compliqué en fredonnant un air sud-américain :

— Dites-moi que vous dansez et je sauterai de joie.

— Le fox-trot seulement, dis-je, et encore pas très bien.

Elle haussa les épaules :

— Je suis folle de danse, mais personne que je connaisse — et qui me plaise — n'est bon danseur. Il faut que je me pomponne une fois de temps en temps et que j'aille danser au Stardust Ballroom. La plupart des types qui traînent là-dedans ont plutôt mauvais genre, mais ils savent danser.

Elle poussa un soupir en regardant autour d'elle :

— Je vous avouerai que je n'aime pas tellement un endroit aussi bien rangé que celui-ci. En tant qu'artiste... ce sont les lignes qui me frappent. Toutes ces lignes droites sur les murs, sur le plancher, dans les coins et qui forment des boîtes... comme des cercueils. Le seul moyen que j'aie de me débarrasser de ces boîtes, c'est de boire quelques verres. Alors, toutes les lignes se mettent à onduler et à se tortiller, et je trouve que tout va beaucoup mieux dans le monde. Quand tout est bien droit et aligné comme ça, j'en suis malade. Hou ! si je vivais ici, faudrait que je sois soûle tout le temps !

Soudain, elle se retourna vers moi :

— Dites, pouvez-vous me prêter cinq dollars jusqu'au 20 ? C'est la date à laquelle arrive le chèque de ma pension alimentaire. Je ne me laisse pas démunir habituellement, mais j'ai eu un ennui la semaine dernière.

Avant que je puisse répondre, elle poussa un cri et s'élança vers le piano installé dans le coin de la pièce.

— Je savais jouer du piano. Je vous ai entendu en jouer quelquefois, et je me suis dit : « Ce type est drôlement bon. » Je sais maintenant que c'est pour ça que je voulais vous rencontrer, même avant de vous avoir vu. Il y a si longtemps que je n'en ai pas joué.

Elle tapotait déjà sur le clavier, tandis que j'allais dans la cuisine pour faire du café.

— Vous pourrez venir en jouer quand vous voudrez, dis-je.

Je ne sais pas pourquoi je devenais subitement si accueillant, mais tout en elle appelait à la générosité.

— Je ne laisse pas encore ma porte ouverte, mais la fenêtre n'est pas fermée et si je ne suis pas là, tout ce que vous avez à faire, c'est de passer par l'escalier de secours. De la crème et du sucre dans votre café ?

Comme elle ne répondait pas, je regardai dans le salon. Elle n'y était plus, et tandis que j'allais vers la fenêtre, j'entendis sa voix dans la chambre d'Algernon :

— Hé, qu'est-ce que c'est que ça ?

Elle examinait le labyrinthe en trois dimensions que j'avais construit. Elle l'étudia, puis poussa un autre petit cri.

— De la sculpture moderne ! Rien que des boîtes et des lignes droites !

— C'est un labyrinthe spécial, expliquai-je. Un dispositif complexe d'enseignement pour Algernon.

Mais elle tournait autour, très excitée :

— Ils en seraient absolument emballés au musée d'Art moderne !

— Ce n'est pas de la sculpture, insistai-je.

J'ouvris la cage-habitation d'Algernon qui était reliée au labyrinthe, et je lui en ouvris la porte.

— Grand Dieu ! souffla-t-elle. Une sculpture avec un *élément vivant*. Charlie, c'est la trouvaille la plus formidable depuis les automobiles compressées et les boîtes de conserve !

J'essayai d'expliquer, mais elle maintenait que l'élément vivant marquerait dans l'histoire de la sculpture. Ce ne fut que lorsque je vis l'éclair de malice dans ses yeux rieurs que je me rendis compte qu'elle me taquinait.

— Cela pourrait être de l'art autoreproducteur, continua-t-elle, une expérience créative pour l'amateur d'art. On y met une autre souris et quand elles ont des petits, on en garde une pour la perpétuation de l'élément vivant. Votre œuvre atteint l'immortalité, et tous les gens à la mode en achètent des reproductions comme objet d'art. Comment est-ce que vous l'appellerez ?

— Bon, soupirai-je, j'abandonne...

— Non, lança-t-elle en tapant le dôme de plastique sous lequel Algernon avait déjà trouvé son chemin jusqu'à la cagette d'arrivée. *J'abandonne*, cela fait trop cliché. Qu'est-ce que vous diriez de *La vie n'est qu'un labyrinthe* ?

— Vous êtes folle ?

— Bien sûr !

Elle virevolta et fit une révérence :

— Je me demandais quand vous vous en apercevriez.

À peu près à ce moment, le café bouillit.

Elle avait bu sa tasse à moitié quand elle sursauta et déclara qu'il fallait qu'elle file parce qu'elle était déjà en retard d'une demi-heure à un rendez-vous avec quelqu'un qu'elle avait rencontré dans une exposition de tableaux.

— Vous aviez besoin d'un peu d'argent, dis-je.

Elle plongea la main dans mon portefeuille entrouvert et en tira un billet de cinq dollars.

— Jusqu'à la semaine prochaine, dit-elle, quand je recevrai mon chèque. Merci mille fois.

Elle froissa le billet, envoya un baiser à Algernon et, avant que je puisse dire un mot, elle était passée par la fenêtre sur l'escalier de secours et avait disparu. Je restai là, bouche bée.

Elle est tellement attirante. Si pleine de vie et d'entrain. Sa voix, ses yeux, tout en elle est une incitation. Et elle ne vit qu'à quelques pas, par la fenêtre et l'escalier de secours.

20 juin. Peut-être aurais-je dû attendre avant d'aller voir Matt, ou ne pas aller le voir du tout. Je ne sais pas. Rien ne se passe de la manière que j'escompte. Sachant que Matt avait ouvert une boutique de coiffeur dans le Bronx, ce ne fut pas difficile de le trouver. Je me souvenais qu'il avait été représentant pour une maison d'articles de coiffeur de New York. Cela me conduisit à la Metro Barber Shop Supplies, qui avait un compte au nom de Gordons Barber Shop, Wentworth Street, dans le Bronx.

Matt avait souvent parlé d'avoir une boutique de coiffeur à lui. Il avait horreur de faire de la représentation. Quelles batailles ils avaient eues entre eux ! Rose hurlant qu'être représentant était au moins une situation convenable, mais qu'elle ne voudrait jamais d'un coiffeur comme mari. Oh ! la la ! Ce que Margaret Phinney ricanerait d'une « femme de coiffeur ». Et Lois Meiner, dont le mari était expert d'assurances à l'Alarm Casualty Company ? Elle la toiserait avec mépris !

Tout au long des années pendant lesquelles il travailla comme représentant, en prenant son métier toujours plus en grippe (surtout après avoir vu le film tiré de *Mort d'un commis voyageur*), Matt avait rêvé d'être un jour son propre patron. Il devait avoir eu cela sans cesse à l'esprit, quand il parlait de faire des économies et qu'il me coupait les cheveux dans le sous-sol. Une excellente coupe de cheveux, se vantait-il, beaucoup mieux que ce que j'aurais eu chez un coiffeur bon marché du quartier. Quand il quitta Rose, il quitta aussi la représentation, et je l'admirais pour cela.

J'étais ému à l'idée de le voir. Mes souvenirs étaient chaleureux. Matt m'avait accepté tel que j'étais. Avant Norma, lorsque cessaient les discussions à propos de l'argent ou de l'impression que je pouvais faire sur les voisins, il savait affirmer qu'il fallait me laisser tranquille au lieu de me pousser à faire ce que faisaient les autres enfants. Et après Norma : que j'avais le droit d'avoir une vie à moi, même si je n'étais pas comme les autres. Il me défendait toujours. J'avais hâte de voir l'expression de son visage. Il était quelqu'un que je pourrais associer à ma vie.

Wentworth Street était dans un quartier délabré du Bronx. Beaucoup des boutiques de la rue avaient un écriteau « À louer » à la devanture, et les autres étaient fermées pour la journée. Mais à peu de distance de l'arrêt du bus, une enseigne de coiffeur se dressait comme un sucre d'orge rouge et blanc, lumineux.

Il n'y avait personne dans la boutique, sauf le coiffeur qui lisait un magazine dans le fauteuil le plus proche de la vitrine. Quand il leva les yeux vers moi, je reconnus Matt – trapu, rougeaud, vieilli, et presque chauve avec une frange de cheveux gris autour de la tête. En me voyant sur le seuil, il rejeta son magazine.

— Pas d'attente. C'est à vous.

J'hésitai et il se méprit.

— Habituellement, je ne suis pas ouvert à cette heure-ci, monsieur. J'avais un rendez-vous avec un client régulier, mais il n'est pas venu. C'est une chance pour vous que je me sois assis pour me reposer les pieds. Vous aurez la meilleure coupe de cheveux et vous serez mieux rasé que n'importe où ailleurs dans le Bronx.

Quand je me laissai attirer dans la boutique, il s'affaira autour de moi, sortit des ciseaux, des peignes et une serviette propre.

— Tout est hygiénique comme vous pouvez voir, et on ne pourrait pas en dire autant de la plupart des coiffeurs des environs. Les cheveux et la barbe ?

Je m'installai dans le fauteuil. Incroyable qu'il ne me reconnaisse pas alors que je le reconnaissais si bien. Il fallut que je me rappelle qu'il ne m'avait pas vu depuis plus de quinze ans, et que mon apparence avait encore plus changé dans les derniers mois. Il me considérait dans la glace maintenant qu'il m'avait recouvert de la grande serviette rayée, et une vague lueur de reconnaissance plissa son front.

— Le complet, lui dis-je en montrant le tarif syndical, cheveux, barbe, shampooing, bronzage.

Ses sourcils se soulevèrent.

— Je dois rencontrer quelqu'un que je n'ai pas vu depuis longtemps, expliquai-je, et je tiens à faire la meilleure impression possible.

C'était effrayant de le sentir me couper les cheveux de nouveau. Peu après, quand il repassa son rasoir sur le cuir, le crissement me crispa un peu. Je penchai la tête sous la pression légère de sa main et je sentis la lame gratter minutieusement ma nuque. Je fermai les yeux et attendis. C'était comme si je retournais sur la table d'opération.

Les muscles de mon cou se nouèrent et brusquement se contractèrent. La lame me fit une petite entaille juste au-dessus de la pomme d'Adam.

— Oh ! s'exclama-t-il. Ô mon Dieu ! Vous avez bougé. Oh ! je suis affreusement désolé.

Il se précipita pour humecter une serviette dans le lavabo.

Dans la glace, je suivais la goutte rouge brillante qui coulait lentement le long de mon cou. Tout énervé et s'excusant, il l'essuya avant qu'elle n'atteigne la grande serviette.

En le regardant aller et venir, avec une adresse inattendue chez un homme aussi massif, je me sentis coupable de mon manque de franchise. J'aurais voulu lui dire qui j'étais et qu'il passe son bras autour de mes épaules pour que nous parlions comme autrefois, mais j'attendis tandis qu'il tapotait ma coupure avec de la poudre styptique.

Il finit de me raser en silence, puis approcha la lampe solaire de mon fauteuil, me mit sur les yeux des tampons frais de coton imbibé d'hamamélis. Alors, dans cette obscurité intérieure teintée de rouge, je vis ce qui s'était passé le soir où il m'avait emmené de la maison pour la dernière fois.

Charlie est endormi dans sa chambre, mais il se réveille en entendant sa mère crier. Il a appris à dormir en dépit de leurs querelles ; il y en a chaque jour à la maison. Mais ce soir, il y a un accent terriblement faux dans cette colère. Il se blottit contre son oreiller et écoute.

— Je n'y peux rien ! Il faut qu'il s'en aille ! Nous devons penser à elle. Je ne veux pas qu'elle revienne tous les jours à la maison en pleurant parce que les autres se sont moqués d'elle. Nous ne pouvons pas lui enlever sa chance d'avoir une vie normale, à cause de lui.

— Que veux-tu faire ? Le mettre à la rue ?

— Le placer. L'envoyer à l'Asile Warren.

— Nous aurons le temps d'en reparler demain matin.

— Non. Tout ce que tu sais faire, c'est parler, parler, et tu n'agis pas. Je n'en veux plus ici, pas un jour de plus. C'est maintenant... ce soir...

— Voyons, sois raisonnable, Rose. Il est trop tard pour faire quoi que ce soit... ce soir. Tu cries si fort que tous les voisins vont t'entendre.

— Ça m'est égal. Il s'en va ce soir. Je ne peux plus le voir...

— Tu deviens invivable, Rose. Qu'est-ce que tu fais ?

— Je te préviens... Emmène-le d'ici.

— Pose ce couteau.

— Je ne supporterai pas que la vie de ma fille soit gâchée.

— Tu es folle. Range ce couteau.

— Mieux vaut qu'il soit mort. Il ne sera jamais capable de mener une vie normale. Mieux vaut...

— Tu perds complètement la tête. Pour l'amour de Dieu, calme-toi !

— Alors, emmène-le. Maintenant... ce soir.

— Bon. Je vais l'emmener chez Herman pour cette nuit, et demain, on verra comment le faire admettre à l'Asile Warren.

Un silence. Dans le noir, je sens un frisson passer sur la maison, puis s'élève la voix de Matt, moins affolée que celle de Rose :

— Je sais ce que tu as enduré avec lui, et je ne peux pas te blâmer d'avoir peur. Je vais l'emmener chez Herman. Est-ce que cela te satisfera ?

— C'est tout ce que je te demande. Ta fille a le droit de vivre, elle aussi.

Matt vient dans la chambre de Charlie et habille son fils, et bien que le petit garçon ne comprenne pas ce qui arrive, il a peur. Quand ils passent la porte, elle regarde ailleurs. Peut-être tente-t-elle de se convaincre qu'il est déjà sorti de sa vie – qu'il n'existe plus. En passant, Charlie voit, sur la table de la cuisine, le grand couteau avec lequel elle découpe les rôtis, et il sent vaguement qu'elle voulait lui faire du mal. Elle voulait lui enlever quelque chose pour le donner à Norma.

Lorsqu'il se retourne pour la regarder, elle a pris un chiffon pour nettoyer l'évier.

Quand la coupe de cheveux, le rasage, le bronzage et le reste furent terminés, je m'attardai dans le fauteuil, me sentant léger, net et propre. Matt m'enleva prestement la grande serviette et prit un miroir pour que je voie ma nuque. Tandis que je me voyais dans la glace devant moi en train de me regarder dans le miroir qu'il tenait derrière ma tête, celui-ci s'inclina un instant sous un angle qui donnait une illusion de profondeur ; des rangées indéfinies de moi, en train de me regarder… de me regarder… me regarder… regarder… garder…

Lequel étais-je ? Lequel ?

J'avais envie de ne rien lui dire. Quel bien cela lui ferait-il de savoir ? Je ferais mieux de m'en aller simplement sans révéler qui j'étais. Puis je me rappelai que je voulais qu'il sache. Il fallait qu'il sache que j'étais vivant, que j'étais quelqu'un. Je voulais qu'il se vante de moi auprès de ses clients demain quand il leur couperait les cheveux ou les raserait. Cela donnerait à tout cela une réalité. Quand il saurait que je suis son fils, alors je serais une personne.

— Maintenant que tu m'as enlevé tous ces poils de la figure, peut-être me reconnais-tu ? dis-je en me levant, attendant un signe de reconnaissance.

Il fronça les sourcils :

— Qu'est-ce que c'est que ça ? Une blague ?

Je l'assurai que ce n'était pas une blague et que s'il me regardait et réfléchissait bien, il me reconnaîtrait. Il haussa les épaules et se tourna pour ranger ses peignes et ses ciseaux.

— Je n'ai pas le temps de jouer aux devinettes. Il faut que je ferme. Ça fait trois dollars cinquante.

Et alors, s'il ne se souvenait pas de moi ? Si tout cela n'était qu'un rêve absurde ? Il tendit la main, mais je ne fis pas le geste de sortir mon portefeuille. Il fallait qu'il se souvienne de moi. Il fallait qu'il me reconnaisse.

Mais non – bien sûr que non – et quand je sentis ce goût amer dans ma bouche et cette moiteur sur mes paumes, je sus que, dans un instant, j'allais être malade. Mais je ne voulais pas de cela devant lui.

— Hé, ça ne va pas ?

— Si... attendez...

Je m'effondrai dans l'un des fauteuils chromés et je me penchai en avant pour reprendre ma respiration, pour que le sang me remonte à la tête. Tout me tournait dans l'estomac. Ô mon Dieu, faites que je ne m'évanouisse pas maintenant. Faites que je ne me rende pas ridicule devant lui.

— De l'eau... un peu d'eau, s'il vous plaît...

Pas tellement pour boire, mais pour qu'il s'en aille. Je ne voulais pas qu'il me voie comme cela après tant d'années. Quand il revint avec un verre, je me sentais un peu mieux.

— Voilà, buvez ça. Reposez-vous une minute. Ça va passer.

Il me considéra avec de grands yeux tandis que je buvais l'eau fraîche et je vis qu'il fouillait dans ses souvenirs à demi oubliés.

— Est-ce que je vous ai vraiment connu quelque part ?

— Non... Je me sens tout à fait bien. Je vais m'en aller.

Comment aurais-je pu lui dire ? Que devais-je lui dire ? Voyons, regarde-moi. Je suis Charlie, le fils que

186

tu as rayé de ta vie. Non pas que je te le reproche, mais je suis là, en meilleure forme que jamais. Mets-moi à l'épreuve. Pose-moi des questions. Je parle vingt langues vivantes et mortes ; je suis un génie mathématique, et je compose un concerto pour piano dont on se souviendra longtemps après que j'aurai disparu.

Comment pouvais-je lui dire ?

Que c'était absurde d'être assis dans sa boutique et d'attendre qu'il me caresse la tête en disant : « Tu es un bon garçon. » Je voulais son approbation, la vieille lueur de satisfaction qui passait sur son visage quand j'avais appris à nouer les lacets de mes chaussures ou à boutonner mon sweater. J'étais venu là pour cela, mais je savais que je ne l'obtiendrais pas.

— Vous voulez que j'appelle un médecin ?

Je n'étais pas son fils. Mais un autre Charlie. L'intelligence et le savoir m'avaient changé et il m'en voudrait – comme ceux de la boulangerie m'en voulaient – parce que mon avance l'humilierait. Je ne voulais pas de cela.

— Je me sens mieux, dis-je. Excusez-moi de vous avoir ennuyé.

Je me levai en m'assurant que mes jambes étaient solides.

— Ça doit être venu de ce que j'ai mangé. Maintenant, je vais vous laisser fermer.

Je me dirigeai vers la porte, mais sa voix m'arrêta sèchement :

— Hé, une minute !

Ses yeux me regardèrent avec soupçon :

— Qu'est-ce que vous imaginez ?

— Je ne comprends pas.

Il allongea la main, en frottant le pouce contre l'index.

— Vous me devez trois dollars cinquante.

Je m'excusai en le payant, mais je vis qu'il ne me croyait pas. Je lui donnai cinq dollars et je lui dis de garder la monnaie, puis je sortis en hâte de la boutique sans regarder derrière moi.

21 juin. J'ai ajouté des séquences de temps, d'une complexité croissante, à mon labyrinthe tridimensionnel et Algernon les apprend facilement. Il est inutile de la récompenser par de la nourriture ou de l'eau. Elle semble apprendre pour le plaisir de résoudre le problème – la réussite paraît être pour elle une récompense suffisante.

Mais, comme Burt l'a fait remarquer au congrès, son comportement est désordonné. Parfois, après un parcours ou même pendant, elle se met en rage, se jette contre les parois du labyrinthe, ou se roule en boule et refuse tout travail. Est-ce de la frustration ? Ou est-ce plus profond ?

17 h 30. Cette folle de Fay est arrivée par l'escalier de secours, cet après-midi, avec une autre souris blanche – à peu près deux fois plus menue qu'Algernon – pour lui tenir compagnie. Elle est vite venue à bout de mes objections et m'a convaincu que cela ferait du bien à Algernon d'avoir une compagnie. Après que je me fus assuré par moi-même que la petite « Minnie » avait une bonne santé et de bonnes manières, je cédai. J'étais curieux de voir ce qu'Algernon ferait en présence d'une compagne. Mais lorsque nous eûmes placé Minnie dans la cage d'Algernon, Fay me saisit le bras et m'entraîna hors de la pièce.

— Laissons-les maintenant ! s'exclama-t-elle.

Elle alluma la radio et s'approcha de moi l'air menaçant :

— Je vais vous apprendre les derniers pas à la mode.

Comment pourrait-on se fâcher avec une fille comme Fay ?

En tout cas, je suis content qu'Algernon ne soit plus seule.

23 juin. Tard hier soir, j'entendis rire dans le hall et cogner à ma porte. C'était Fay et un homme.

— Salut, Charlie, pouffa-t-elle en me voyant. Leroy, je vous présente Charlie, mon voisin d'en face. Un merveilleux artiste. Il fait de la sculpture avec un élément vivant.

Leroy la prit par le bras pour l'empêcher de se cogner contre le mur. Il me regarda, gêné, et marmotta quelques banalités.

— J'ai rencontré Leroy au Stardust Ballroom, expliqua-t-elle. C'est un danseur formidable.

Elle fit mine d'entrer chez elle, puis repoussa le garçon.

— Hé, s'écria-t-elle, pouffant encore de rire, pourquoi n'invitons-nous pas Charlie à venir boire, cela fera une petite fête.

Leroy ne trouvait pas l'idée bonne.

Je formulai une vague excuse et je les laissai. Derrière ma porte fermée, je les entendis rire en entrant chez elle et quand j'essayai de lire, des images ne cessèrent de m'assaillir l'esprit : un grand lit blanc… des draps frais… tous les deux dans les bras l'un de l'autre.

J'aurais voulu téléphoner à Alice, mais je ne le fis pas. Pourquoi me torturer ? Je ne réussissais même pas à me représenter le visage d'Alice. Je pouvais imaginer Fay, habillée ou déshabillée, à volonté, avec ses yeux bleus pétillants et ses cheveux blonds tressés, enroulés autour de sa tête comme une couronne. Fay était nette, mais Alice était enveloppée de brouillard.

Une heure plus tard environ, des cris retentirent dans l'appartement de Fay, puis elle hurla, et me parvint le bruit d'objets fracassés. Mais au moment où je me levais pour aller voir si elle avait besoin d'aide, la porte claqua et Leroy s'en alla en jurant. Quelques minutes après, j'entendis frapper doucement à la fenêtre de mon living-room. Elle était ouverte, Fay se glissa à l'intérieur et s'assit sur le rebord, son kimono de soie noire laissant voir des jambes ravissantes.

— Salut, chuchota-t-elle, vous auriez une cigarette ?

Je lui en tendis une et elle descendit de la fenêtre sur le canapé.

— Ouf ! souffla-t-elle. Je peux généralement me défendre seule. Mais il y a des types qui sont si excités que tout ce qu'on peut faire, c'est de les tenir à distance.

— Ah ! dis-je, vous l'avez amené ici pour le tenir à distance !

Elle remarqua le ton de ma voix et me lança un regard aigu :

— Vous n'approuvez pas ?

— Je n'ai aucun droit de désapprouver. Mais si vous ramassez un type dans un dancing, vous devez vous attendre qu'il vous fasse des propositions. Il a le droit de tenter sa chance avec vous.

Elle secoua la tête :

— Je vais au Stardust Ballroom parce que j'aime danser, et je ne vois pas pourquoi, si je laisse un garçon me raccompagner à la maison, je devrais coucher avec lui. Vous ne pensez tout de même pas que j'ai couché avec lui, non ?

L'image qui m'était venue d'eux dans les bras l'un de l'autre remonta à la surface comme une bulle de savon.

— Mais si cela avait été vous, le garçon, reprit-elle, cela aurait été différent.

— Que voulez-vous dire ?

— Simplement ce que je dis. Si vous me le demandiez, je coucherais volontiers avec vous.

J'essayai de garder mon sang-froid.

— Merci, dis-je. Je m'en souviendrai. Puis-je vous faire une tasse de café ?

— Charlie, je n'arrive pas à vous comprendre. La plupart des hommes me trouvent à leur goût, ou pas, et je le sais tout de suite. Mais on dirait que vous avez peur de moi. Vous n'êtes pas homosexuel, n'est-ce pas ?

— Grand Dieu, non !

— Je veux dire par là que vous n'avez pas besoin de me le cacher, parce que, alors, nous pourrions être simplement de bons amis. Mais il faudrait que je le sache.

— Je ne suis pas un homosexuel. Ce soir, quand vous êtes rentrée chez vous avec ce type, j'aurais voulu que ce soit moi.

Elle se pencha en avant et le décolleté de son kimono laissa voir ses seins. Elle me passa les bras autour du cou, attendant que je fasse quelque chose. Je savais ce qu'elle espérait de moi, et je me dis qu'il n'y avait aucune raison de ne pas le faire. J'avais la sensation qu'il n'y aurait pas de panique cette fois... pas avec elle. Après tout, ce n'était pas moi qui faisais des avances. Et elle était différente de toutes les femmes que j'avais rencontrées auparavant. Peut-être était-elle ce qu'il me fallait à ce niveau émotionnel.

Je la pris dans mes bras.

— Là, c'est mieux, roucoula-t-elle. Je commençais à croire que je ne vous plaisais pas.

— Vous me plaisez, murmurai-je en posant mes lèvres sur sa gorge.

Mais en le faisant, je nous vis tous les deux, comme si j'étais une tierce personne debout sur le seuil de la chambre. Je regardais un homme et une femme dans les bras l'un de l'autre. Me voir comme cela à distance me coupa mes moyens. Pas de panique, c'est vrai, mais aucun émoi, aucun désir.

— Chez vous ou chez moi ? demanda-t-elle.

— Attendez une minute.

— Qu'y a-t-il ?

— Peut-être vaudrait-il mieux pas. Je ne me sens pas bien ce soir.

Elle me considéra d'un air interrogateur :

— Il n'y a pas autre chose ? ... Quelque chose que vous voudriez que je fasse ? Vous savez, je suis toute disposée...

— Non, ce n'est pas cela, dis-je vivement. Je ne me sens pas bien ce soir, simplement.

J'étais curieux de connaître les moyens qu'elle avait d'exciter un homme, mais ce n'était pas le moment d'en faire l'expérience. La solution de mon problème était ailleurs.

Je ne savais pas quoi lui dire d'autre. J'aurais voulu qu'elle s'en aille, et je ne voulais pas qu'elle parte. Elle m'étudiait et finalement elle me dit :

— Voyons, cela ne vous ennuie pas que je passe la nuit ici ?

— Pourquoi ?

Elle haussa les épaules.

— Je vous aime bien. Je ne sais pas. Leroy pourrait revenir. Des tas de raisons. Si vous ne voulez pas que...

Elle m'avait encore pris au dépourvu. J'aurais pu trouver des tas d'excuses pour me débarrasser d'elle, mais je cédai.

— Auriez-vous du gin ? demanda-t-elle.

— Non, je ne bois pas beaucoup.

— J'en ai un peu chez moi. Je vais aller le chercher.

Avant que j'aie pu la retenir, elle avait passé la fenêtre et quelques minutes après, elle revint avec une bouteille aux trois quarts pleine, et un citron. Elle prit deux verres dans la cuisine et versa un peu de gin dans chacun d'eux.

— Là, voilà, dit-elle. Cela vous fera du bien. Cela va démolir toutes ces lignes droites. C'est cela qui vous tracasse. Tout est trop ordonné, trop rectiligne et vous êtes littéralement enfermé là-dedans. Comme Algernon dans sa sculpture, là-bas.

Je ne voulais pas, d'abord, mais je me sentis si ridicule que je me dis pourquoi pas. Cela ne pouvait pas rendre la situation pire, et cela pourrait peut-être atténuer cette sensation de me regarder avec des yeux qui ne comprenaient pas ce que je faisais.

Elle me soûla.

Je me souviens du premier verre et de m'être couché, et qu'elle se glissa dans le lit à côté de moi, la bouteille à la main. Et c'est tout jusqu'au milieu de cet après-midi quand je m'éveillai avec la bouche pâteuse et mal à la tête.

Elle dormait encore, tournée vers le mur, l'oreiller tassé sous sa nuque. Sur la table de nuit, à côté du cendrier débordant de mégots écrasés, se dressait la bouteille vide, mais la dernière image dont je me souvenais avant que le rideau fût tombé, c'était de m'être vu boire le second verre.

Elle s'étira et roula vers moi – nue. Je me reculai et tombai du lit. Je saisis une couverture pour l'enrouler autour de moi.

— Bonjour, dit-elle en bâillant. Tu sais ce que j'ai envie de faire un de ces jours ?

— Quoi donc ?

— De te peindre tout nu. Comme le *David* de Michel-Ange. Tu seras beau… Tu vas bien ?

Je hochai la tête :

— À part la migraine. Est-ce que… j'ai trop bu hier soir ?

Elle éclata de rire et s'appuya sur un coude.

— Tu en tenais une bonne. Et alors, ce que tu t'es drôlement conduit… je ne veux pas dire comme un homo ou n'importe quoi de ce genre, mais bizarre.

— Comment ? dis-je en m'efforçant d'arranger la couverture pour pouvoir marcher, qu'est-ce que tu veux dire ? Qu'ai-je fait ?

— J'ai vu des hommes devenir gais ou tristes ou endormis ou amoureux, mais je n'en ai jamais vu un agir comme toi. C'est une bonne chose que tu ne boives pas souvent. Ô mon Dieu, si seulement j'avais eu une caméra ! Quel beau sujet de court métrage tu aurais fait.

— Mais, bon sang, qu'ai-je donc fait ?

— Pas ce que j'attendais. Pas l'amour ni rien de semblable. Mais tu as été phénoménal. Quel numéro !

Le plus fantastique. Tu serais formidable sur la scène. Tu les emballerais au Palace. Tu es devenu tout confus et tout bébête. Tu sais, comme quand un adulte se met à faire le gosse. Tu disais que tu voulais aller à l'école et apprendre à lire et à écrire pour devenir aussi intelligent que tout le monde. Des folies de ce genre. Tu étais une autre personne – comme les acteurs qui emploient la « méthode » – et tu disais toujours que tu ne voulais pas jouer avec moi parce que ta mère te prendrait tes cacahouètes et te mettrait dans une cage.

— Des cacahouètes ?

— Ouais ! Je te le jure ! dit-elle en riant et en se grattant la tête. Et tu disais aussi que je n'aurais pas tes cacahouètes. Fantastique, je te dis, la manière dont tu parlais ! Comme ces pauvres idiots au coin des rues qui s'excitent rien qu'en *regardant* une fille. Tu étais complètement différent. D'abord, j'ai cru que tu jouais simplement la comédie, mais maintenant je pense que tu es un anxieux ou je ne sais quoi. Avec tout ce besoin d'ordre et cette inquiétude à propos de tout.

Cela ne m'affola pas, bien que j'eusse pu le craindre. D'une façon ou d'une autre, m'être enivré avait momentanément abattu les barrières conscientes qui enfermaient l'ancien Charlie au plus profond de mon esprit. Comme je l'avais toujours soupçonné, il ne s'était pas vraiment effacé. Rien, dans notre esprit, ne s'efface jamais vraiment. L'opération l'avait recouvert d'un vernis d'éducation et de culture, mais émotionnellement, il était là – à observer et à attendre. Qu'attendait-il ?

— Ça va bien maintenant ?

Je lui répondis que j'allais très bien.

Elle attrapa la couverture dans laquelle j'étais enroulé et me ramena dans le lit. Avant que je puisse l'en empêcher, elle m'avait pris dans ses bras et m'embrassait :

— J'ai eu peur, hier soir, Charlie. J'ai pensé que tu perdais la tête. J'ai entendu parler de types qui sont impuissants ; brusquement cela leur porte au cerveau et ils deviennent dingues.

— Pourquoi es-tu restée ?

Elle leva les épaules :

— Bah ! tu étais comme un gosse apeuré. J'étais sûre que tu ne me ferais pas de mal, mais je craignais que tu t'en fasses à toi. Alors, j'ai pensé qu'il valait mieux que je reste. Cela me faisait tellement de peine. À tout hasard, j'avais pris ça, au cas où…

Elle tira un gros livre qu'elle avait coincé entre le lit et le mur.

— J'espère que tu n'as pas eu à l'utiliser.

Elle secoua la tête :

— Bon sang, ce que tu as dû aimer les cacahouètes quand tu étais gosse !

Elle sortit du lit et se mit à s'habiller. Je restai un moment couché à la regarder. Elle allait et venait devant moi sans embarras ni inhibition. Ses seins étaient fermes et ronds comme elle les avait peints dans son autoportrait. J'avais une folle envie de l'attirer contre moi, mais je savais que c'était inutile. En dépit de l'opération, Charlie était encore en moi.

Et Charlie avait peur de perdre ses cacahouètes.

24 juin. Aujourd'hui, je me suis payé une étrange bordée anti-intellectuelle. Si j'avais osé, je me serais soûlé, mais après l'expérience avec Fay, je savais que ce serait dangereux. Au lieu de cela, je suis allé à Times Square, de cinéma en cinéma, me noyer dans les westerns et les films d'épouvante – comme je le faisais naguère. Chaque fois, en regardant le film, je me sentais bourrelé de culpabilité, je sortais au beau milieu et je me traînais jusqu'à un autre cinéma. Je me disais que je recherchais dans le monde imaginaire de l'écran ce qui me manquait dans ma nouvelle vie.

J'eus alors une intuition soudaine, juste devant le Keno Amusement Center ; je sus que ce n'était pas les films que je voulais, mais *l'assistance.* Je voulais des gens autour de moi dans l'obscurité.

Les barrières entre les gens sont minces ici, et si j'écoute bien, j'entends passer quelque chose. Il en est de même à Greenwich Village. Et pas seulement parce qu'on est proche des autres – car je ne le ressens pas dans un ascenseur bourré ou dans le métro à l'heure de pointe. Mais par une nuit chaude, quand tout le monde se promène dans les rues ou quand je suis assis dans un cinéma, il y a comme un bruissement ; je frôle quelqu'un un instant, et je sens la relation profonde entre les individus et la masse. Dans ces moments-là, mon être tout entier est sensible et tendu, et un besoin irrésistible de participer me pousse à fouiller dans les coins sombres et les impasses de la nuit.

Habituellement, quand je suis fatigué de marcher, je retourne à mon appartement et je m'effondre dans un sommeil lourd, mais ce soir, au lieu de rentrer chez moi, je suis allé dans un petit restaurant. Un nouveau garçon, d'environ seize ans, s'occupait de la vaisselle et je lui trouvai un air de connaissance, dans les gestes, l'expression des yeux. Là-dessus, en débarrassant une table derrière moi, il laissa tomber quelques assiettes.

Elles se fracassèrent sur le plancher en envoyant des morceaux de porcelaine blanche sous les autres tables. Il resta là, hébété, effrayé, son plateau vide à la main. Les exclamations des clients : « Et voilà où passent les bénéfices !... *Mazel tov* ! Eh bien, il n'aura pas travaillé longtemps ici ! » qui semblent suivre inévitablement un bris de vaisselle dans un restaurant, le désorientèrent.

Lorsque le propriétaire vint voir ce qui provoquait cette agitation, le garçon se fit tout petit, leva les bras comme pour se garer d'un coup.

— Allons ! Allons ! espèce d'imbécile, s'écria le patron. Ne reste pas là comme cela ! Prends un balai et balaie tout cela. Un balai... Je te dis un balai, idiot ! Dans la cuisine. Et déblaie tous les morceaux.

Quand le garçon vit qu'il n'allait pas être puni, son expression apeurée disparut, et il souriait, chantonnant, en revenant avec son balai. Quelques-uns des clients les plus bruyants poursuivirent leurs railleries, pour s'amuser à ses dépens.

— Ici, petit, par ici. Il en reste un joli morceau derrière toi...

— Allons, vas-y, recommence...

— Il n'est pas si bête. C'est moins fatigant de les casser que de les laver...

Tandis que les yeux vagues du garçon erraient sur tous ces gens amusés, il se mit peu à peu à leur sourire et finalement esquissa un petit rire incertain à une plaisanterie qu'il ne comprenait pas.

J'en étais malade intérieurement de regarder son sourire absurde, vide, ces grands yeux d'enfant, vagues mais avides de faire plaisir, et je me rendis compte de ce que j'avais reconnu en lui. Ils se moquaient de lui parce qu'il était arriéré.

Et au début, j'en avais été amusé comme les autres.

Soudain, je me sentis furieux contre moi-même et contre tous ceux qui ricanaient. J'avais envie de prendre des assiettes et de les leur lancer à la tête, de leur casser la figure. Je me dressai et criai :

— La ferme ! Laissez-le tranquille. Il ne peut pas comprendre. Ce n'est pas sa faute s'il est comme cela... mais, pour l'amour de Dieu, ayez un peu de dignité. *C'est un être humain !*

Le silence tomba sur le restaurant. Je me maudis d'avoir perdu mon sang-froid et fait un scandale, et je m'efforçai de ne pas regarder le garçon quand je payai ma note et que je sortis sans avoir rien mangé. Je me sentais honteux pour nous deux.

Comme c'est étrange que des gens qui ont des sentiments et une sensibilité normaux, qui ne songeraient pas à se moquer d'un malheureux né sans bras, sans jambes ou aveugle, n'aient aucun scrupule à tourner en ridicule un autre malheureux né avec une faible intelligence. J'enrageais de me rappeler que voici peu de temps, j'avais moi-même – comme ce garçon – fait le clown.

Et je l'avais presque oublié.

Depuis peu seulement j'avais appris que les gens se moquaient de moi. Et maintenant je m'aperçois que, sans le vouloir, je m'étais joint à eux pour rire de moi. Cela me fait plus mal que tout le reste.

J'ai souvent relu mes premiers comptes rendus et vu l'ignorance, la naïveté puérile, le cerveau peu intelligent qui, dans une pièce obscure, regardait, par le trou de la serrure, la lumière éblouissante du dehors. Dans mes rêves et mes souvenirs, j'ai vu Charlie sourire d'un air heureux et hésitant à ce que disaient les gens autour de lui. Même dans ma bêtise, je savais que j'étais inférieur. Les autres avaient quelque chose qui me manquait – qui m'avait été refusé. Dans ma cécité mentale, j'avais cru que cela était d'une manière ou d'une autre lié à l'aptitude de lire et écrire et j'étais persuadé que si je pouvais acquérir ces talents, j'acquerrais également l'intelligence.

Même un faible d'esprit désire être comme les autres hommes.

Un enfant peut ne pas savoir comment manger ou quoi manger, et pourtant, il connaît la faim.

Cette journée a été utile pour moi. Il faut que je me débarrasse de cette inquiétude enfantine centrée sur moi – sur *mon* passé et *mon* avenir. Il faut que j'utilise mes connaissances et mes aptitudes à étudier les moyens d'augmenter l'intelligence humaine. Qui le pourrait mieux ? Qui d'autre a eu cette expérience de vivre dans les deux mondes ?

Demain, je vais me mettre en rapport avec le comité de direction de la Fondation Welberg et demander l'autorisation de faire quelques recherches indépendantes sur le programme en cours. S'ils me l'accordent, je pourrai peut-être leur être utile. J'ai quelques idées.

Tant de choses pourraient être réalisées avec cette technique si on la perfectionne. Si l'on a pu faire de moi un génie, que ne pourrait-on faire pour les cinq millions et plus d'arriérés mentaux aux États-Unis ? Et les innombrables millions d'autres dans le monde, et tous ceux qui ne sont pas encore nés et qui naîtront faibles d'esprit ? Et quels niveaux fantastiques d'intelligence pourraient être atteints en utilisant cette technique sur des gens normaux ! Et sur des génies ?

Tant de portes restent à ouvrir que je suis impatient d'appliquer mes propres connaissances et mes propres aptitudes à ce problème. Il faut que je leur fasse voir à tous que c'est là une tâche très importante pour moi. Je suis certain que la Fondation m'accordera son autorisation.

Mais je ne peux plus rester seul. Il faut que j'en parle à Alice.

25 juin. J'ai appelé Alice aujourd'hui. J'étais nerveux et j'ai dû paraître incohérent, mais cela m'a été bon d'entendre sa voix, et elle m'a semblé heureuse de m'entendre. Elle a accepté de me voir, et j'ai pris un taxi, impatient de la lenteur avec laquelle nous avancions.

Avant même que j'aie frappé, elle a ouvert la porte et s'est jetée à mon cou.

— Charlie, nous étions si inquiets à ton sujet. J'ai eu d'horribles cauchemars où je te voyais mort au fond d'une impasse, ou errant, amnésique, dans le quartier des clochards. Pourquoi ne nous as-tu pas fait savoir que tu allais bien ? Tu aurais pu faire cela.

— Ne me grondez pas. Il fallait que je sois seul un moment pour éclaircir quelques problèmes.

— Viens dans la cuisine, je vais préparer un peu de café. Qu'est-ce que tu as fait ?

— Le jour, je réfléchissais, je lisais et j'écrivais ; la nuit, je marchais au hasard à la recherche de moi-même. Et j'ai découvert que Charlie m'observe.

— Ne parle pas comme cela, dit-elle en frissonnant. Cette idée d'être observé n'a rien de réel. Ton esprit l'a fabriquée de toutes pièces.

— Je ne peux pas m'empêcher de sentir que je ne suis pas moi. J'ai usurpé sa place et je l'ai mis à la porte, comme ils m'ont mis à la porte de la boulangerie. Je veux dire que Charlie Gordon existe dans le passé, et que ce passé est réel. On ne peut pas construire une maison neuve sur un emplacement avant de détruire l'ancienne qui s'y dressait, et Charlie Gordon ne peut pas être détruit. Il existe. Je suis d'abord allé à sa recherche : je suis allé voir son... mon... père. Tout ce que je voulais, c'était prouver que Charlie existait en tant que personne individuelle dans le passé, de manière que je puisse démontrer ma propre existence. Je m'étais senti insulté quand Nemur prétendait qu'il m'avait créé. Mais j'ai découvert que non seulement Charlie existe dans le passé, mais qu'il existe maintenant. En moi et autour de moi. Il s'est interposé entre nous, sans cesse. J'ai pensé que c'était mon intelligence qui créait cette barrière – mon orgueil prétentieux, imbécile, la sensation que nous n'avions plus rien de commun parce que je vous avais surpassée. Vous m'aviez mis cette idée dans la tête. Mais ce n'est pas cela. C'est Charlie, le petit garçon qui a peur des femmes à cause de tout ce que sa mère lui a fait. Vous ne voyez pas ? Pendant tous ces derniers mois, tandis que je me développais intellectuellement, j'ai toujours conservé la structure émotionnelle du Charlie infantile. Et chaque fois que j'approchais de vous, ou que je songeais à faire l'amour avec vous, il se produisait un effondrement.

J'étais à bout de nerfs et mes paroles la heurtaient jusqu'à la faire trembler. Elle rougit.

— Charlie, murmura-t-elle, ne puis-je rien faire pour toi ? Ne puis-je t'aider ?...

— Je crois que j'ai changé durant ces semaines loin du labo, dis-je. D'abord, je n'arrivais pas à voir comment faire, mais cette nuit, en errant à travers la ville, cela m'est venu à l'esprit. La bêtise, c'était d'essayer de résoudre le problème tout seul. Mais plus je m'emmêle dans la masse de mes rêves et de mes souvenirs, plus je m'aperçois que les problèmes émotionnels ne peuvent être résolus comme les problèmes intellectuels. C'est ce que j'ai découvert sur moi, la nuit dernière. Je me disais que j'errais comme une âme en peine, puis j'ai vu que *j'étais* en peine.

« Sans que je sache pourquoi, je m'étais détaché émotionnellement de tout, des êtres et des choses. Et ce que je cherchais réellement, la nuit, dans les rues sombres – le dernier endroit où j'aurais jamais pu le trouver –, c'était un moyen de me rapprocher de nouveau des gens, émotionnellement, de faire partie de la foule, tout en gardant mon indépendance intellectuelle. Il faut que je mûrisse. Pour moi, cela a une importance capitale…

Je parlais et je parlais, projetant hors de moi tous les doutes et les craintes qui montaient comme des bulles à la surface de mon esprit bouillonnant. Alice me servait de résonateur et elle restait là assise, hypnotisée. Je me sentis m'échauffer, m'enfiévrer jusqu'à ce que j'aie l'impression d'avoir le corps en feu. Je détruisais l'infection par le feu devant quelqu'un que j'aimais, et c'était cela qui était important.

Mais c'était trop pour elle. Ce qui avait commencé par un frémissement devint des pleurs. L'image au-dessus du divan attira mon œil – la jeune fille apeurée, aux joues rouges – et je me demandai ce qu'Alice pensait en ce moment. Je savais qu'elle était prête à se donner à moi, et je la désirais, mais que ferait Charlie ?

Charlie n'interviendrait peut-être pas si je voulais faire l'amour avec Fay. Il se contenterait probablement de regarder de la porte. Mais dès que je m'approchais d'Alice, il était pris de panique. Pourquoi avait-il peur de me laisser faire l'amour avec Alice ?

Elle était assise sur le divan, me regardant, attendant de voir ce que je ferais. Et que pouvais-je faire ? Je voulais la prendre dans mes bras et...

Dès que je me mis à y penser, l'alarme sonna...

— Est-ce que tu te sens bien, Charlie ? Tu es tout pâle.

Je m'assis sur le divan auprès d'elle.

— Ce n'est qu'un petit étourdissement. Ça passera.

Mais je savais que cela ne ferait qu'empirer tant que Charlie sentirait que je risquais de faire l'amour avec elle.

Alors, j'eus une idée. Elle me révolta d'abord, mais soudain, je m'aperçus que le seul moyen de surmonter cette paralysie était de le duper. Si pour une raison ou une autre, Charlie redoutait Alice mais pas Fay – je n'avais qu'à éteindre la lumière et à m'imaginer faire l'amour avec Fay. Il ne se rendrait pas compte de la différence.

C'était odieux, répugnant – mais si cela marchait, cela briserait l'étreinte étouffante de Charlie sur mes émotions. Je saurais ensuite que j'avais fait l'amour avec Alice et que c'était là la seule solution.

— Je me sens mieux maintenant. Restons assis un moment dans le noir, dis-je, éteignant les lumières, tandis que je reprenais mon sang-froid.

Cela n'allait pas être facile. Il fallait que je m'hypnotise en me représentant Fay, que je me persuade que la femme assise près de moi était Fay. Et même si Charlie se séparait de moi pour observer de loin, cela ne lui servirait à rien puisque la pièce était dans l'obscurité.

Je guettais un signe soupçonneux de sa part – les symptômes avertisseurs de la panique. Mais rien. Je me sentais alerte et calme. Je passai mon bras autour d'elle.

— Charlie, je...

— *Ne parlez pas !* m'écriai-je vivement, et elle eut un mouvement de recul. Je vous en prie, ne dites rien.

Laissez-moi vous tenir dans mes bras, en silence, dans le noir.

Je la serrai contre moi et là, à l'abri de mes paupières fermées, j'évoquai l'image de Fay – avec ses longs cheveux blonds et sa peau si blanche. Fay, telle que je l'avais vue, nue, près de moi. Je baisais les cheveux de Fay, la gorge de Fay et enfin ma bouche se posa sur les lèvres de Fay. Je sentis les mains de Fay qui caressaient les muscles de mon dos, de mes épaules, et la tension en moi grandit comme elle ne l'avait jamais fait auparavant pour une femme. Je la caressai lentement d'abord, puis avec une ardeur impatiente, croissante, qui allait bientôt être la plus forte.

Un fourmillement commença à courir sur ma peau. Quelqu'un était aux aguets dans la pièce, s'efforçant de voir dans l'obscurité. Fiévreusement, je me concentrai de toutes mes forces sur ce prénom : Fay ! Fay ! Fay ! Je me représentai son visage nettement, clairement, afin que rien ne puisse s'interposer entre nous. Mais lorsqu'elle m'attira plus fort contre elle, j'émis un cri inarticulé et je la repoussai.

— Charlie !

Je ne pouvais pas voir le visage d'Alice, mais son sursaut marquait sa stupéfaction.

— Non, Alice, je ne peux pas ! Vous ne pouvez pas comprendre.

Je sautai du divan et rallumai les lumières. Je m'attendais presque à le voir là. Mais, bien entendu, il n'y était pas. Alice était restée étendue sur le divan, son chemisier déboutonné, sa jupe froissée, les joues rouges, les yeux écarquillés d'incrédulité. Les mots jaillirent, étranglés, de ma bouche :

— Je vous aime, mais je ne peux pas… Je ne peux pas l'expliquer, mais si je ne m'étais pas arrêté, je m'en serais voulu toute ma vie. Ne me demandez pas de vous expliquer, ou vous me haïriez, vous aussi. C'est à cause de Charlie. Je ne sais pour quelle raison, mais il ne veut pas me laisser vous faire l'amour.

Elle détourna les yeux et remit de l'ordre dans ses vêtements.

— C'était pourtant différent ce soir, dit-elle. Tu n'as pas eu de nausée ni de panique, ni rien de ce genre. Tu me désirais.

— Oui, je vous désirais, mais je ne faisais pas vraiment l'amour avec *vous*. J'allais me servir de vous, dans un certain sens, mais je ne peux pas vous expliquer. Je ne le comprends pas moi-même. Disons simplement que je ne suis pas encore prêt. Et je ne peux pas truquer, ou tricher, ni feindre que tout va bien quand cela ne va pas. Ce n'est qu'une autre impasse.

Je me levai pour m'en aller.

— Charlie, ne te sauve pas de nouveau.

— J'en ai fini de me sauver. J'ai du travail à faire. Dites-leur que je reviendrai au labo dans quelques jours. Dès que j'aurai repris le contrôle de moi-même.

Je quittai l'appartement, fou de rage. En bas, devant l'immeuble, je restai là, ne sachant quelle direction prendre. Quel que soit le chemin que je choisirais, je recevrais un choc qui signifierait une nouvelle erreur. Tous les passages étaient bloqués. Bon sang… Quoi que je fasse, de quelque côté que je me tourne, les portes se fermaient pour moi.

Il n'y avait aucun lieu où je puisse pénétrer. Ni une rue, ni une pièce… ni une femme.

Finalement, je dégringolai dans le métro et le pris jusqu'à la 49e Rue. Peu de monde, mais une blonde avec de longs cheveux qui me rappela Fay. En me dirigeant vers l'arrêt d'une ligne transversale de bus, je passai devant un magasin de boissons. Sans y réfléchir, j'entrai et j'achetai une bouteille de gin. En attendant mon bus, je la débouchai dans le sac comme j'avais vu des clochards le faire, et j'en bus un bon coup. Cela me brûla en descendant tout au long de mon gosier, mais cela me fit du bien. J'en pris un autre – juste une goutte – et quand le bus arriva, je baignais dans une puissante sensation d'euphorie. Je n'en bus pas plus. Je ne voulais pas me soûler maintenant.

Quand j'arrivai à l'appartement, je cognai à la porte de Fay. Elle ne répondit pas. J'ouvris la porte et jetai un coup d'œil à l'intérieur. Elle n'était pas encore rentrée, mais toutes les lumières étaient allumées chez elle. Elle se fichait complètement de tout. Pourquoi ne pouvais-je pas être comme elle ?

J'allai chez moi pour l'attendre. Je me déshabillai, je pris une douche et j'enfilai une robe de chambre. Je fis des vœux pour que cette nuit ne soit pas l'une de celles où elle ramenait quelqu'un chez elle.

Vers 2 heures et demie du matin, je l'entendis monter l'escalier. Je pris ma bouteille, passai par l'escalier de secours et arrivai à sa fenêtre, juste au moment où elle ouvrait sa porte. Je n'avais pas eu l'intention de me tapir là pour regarder. J'allais cogner à la vitre. Mais alors que je levais la main pour signaler ma présence, je la vis lancer ses souliers en l'air et tourbillonner joyeusement. Elle alla vers la glace et, lentement, un à un se mit à enlever ses vêtements, comme dans un strip-tease pour elle-même. Je bus un autre coup. Mais je ne pouvais plus frapper sans qu'elle sache que je l'avais regardée faire.

Je retournai dans mon appartement sans allumer les lumières. Ma première idée était de l'inviter chez moi, mais tout était trop en ordre, trop bien rangé – il y avait trop de lignes droites à effacer – et je savais qu'ici cela ne marcherait pas. Je sortis donc dans le hall. Je cognai à sa porte doucement d'abord, puis plus fort.

— La porte est ouverte ! cria-t-elle.

Elle était en soutien-gorge et petite culotte, couchée sur le plancher, les bras en croix et les jambes en l'air appuyées sur le canapé. Elle pencha la tête en arrière et me regarda à l'envers.

— Charlie, mon chéri ! Pourquoi marches-tu sur la tête ?

— Vous occupez pas ! dis-je en sortant la bouteille de son sac en papier. Les lignes et les angles sont trop droits et j'ai pensé que vous vous joindriez à moi pour en effacer quelques-uns.

— C'est le meilleur truc du monde pour ça, dit-elle. Si vous vous concentrez sur la chaleur qui vous monte du creux de l'estomac, toutes les lignes se mettent à fondre.

— C'est ce qui se passe.

— Merveilleux !

Elle bondit sur ses pieds.

— Moi aussi. J'ai dansé avec trop de ballots ce soir. Faisons fondre tout ça.

Elle prit un verre et je le remplis. Tandis qu'elle buvait, je passai mon bras autour d'elle et caressai la peau de son dos nu.

— Hé là, mon garçon ! Doucement ! Qu'est-ce qui arrive ?

— Moi ? J'attendais que vous rentriez.

Elle s'écarta :

— Holà, minute, Charlie. Nous avons déjà essayé tout ça. Tu sais que ça n'a rien donné. Je veux dire, tu sais bien que tu me plais beaucoup et que je te traînerais dans le lit tout de suite si je pensais qu'il y ait une chance. Mais je ne veux pas me mettre dans tous mes états pour rien. Ce n'est pas de jeu, Charlie.

— Ce sera tout autre chose, ce soir. Je te le jure.

Avant qu'elle puisse protester, je l'avais prise dans mes bras ; je l'embrassai, je la caressai, je l'accablai sous la violence du désir qui était près de me faire exploser. Je tentai de dégrafer son soutien-gorge, mais je tirai trop fort et l'agrafe sauta.

— Attention, Charlie, mon soutien-gorge !

— T'inquiète pas de ton soutien-gorge, dis-je d'une voix haletante, en l'aidant à l'enlever. Je t'en achèterai un autre. Je vais rattraper le temps perdu les autres fois. Je vais te faire l'amour toute la nuit.

Elle s'écarta de moi :

— Charlie, je ne t'ai jamais entendu parler comme cela. Et arrête de me regarder comme si tu avais envie de m'avaler tout entière.

Elle ramassa une blouse d'atelier sur l'une des chaises et la tint devant elle :

— Maintenant, tu me donnes la sensation d'être toute nue.

— J'ai envie de te faire l'amour. Ce soir, je peux le faire. Je le sais… je le sens. Ne me repousse pas, Fay.

— Allons, murmura-t-elle, bois encore un verre.

J'en pris un, et j'en emplis un autre pour elle, et pendant qu'elle buvait, je couvris ses épaules et son cou de baisers. Sa respiration devint haletante à mesure que mon excitation la gagnait.

— Grand Dieu, Charlie, si tu me mets dans ces états et si tu me déçois encore, je ne sais pas ce que je ferai. Je suis un être humain, moi aussi, tu sais.

Je l'attirai près de moi sur le canapé, voulus la coucher sur le tas de vêtements et de lingerie.

— Pas sur le canapé, Charlie, dit-elle en se débattant pour se remettre debout. Allons dans mon lit.

— Ici ! insistai-je en arrachant la blouse de ses mains.

Elle me regarda, posa son verre sur le plancher, se débarrassa de sa petite culotte, et fut complètement nue devant moi.

— Je vais éteindre les lumières, souffla-t-elle.

— Non, dis-je en l'attirant de nouveau sur le divan. Je veux te regarder.

Elle m'embrassa longuement et me serra très fort dans ses bras.

— Ne me déçois pas, cette fois-ci, Charlie. Il ne faut pas.

Son corps glissa lentement, se rapprochant du mien et je sus que cette fois rien ne viendrait me paralyser. Je savais quoi faire et comment le faire. Elle eut un petit râle qui se termina en soupir et cria mon nom quand je la caressai au plus intime d'elle-même.

Un moment, j'eus la sensation glaciale qu'il m'observait. Par-dessus le bras du canapé, j'aperçus son visage qui me regardait dans le noir au-delà de la fenêtre – là où quelques minutes plus tôt, je m'étais tapi. Un changement de vision, et je me retrouvai sur l'escalier de secours, en train de regarder, à l'intérieur de la pièce, un homme et une femme qui faisaient l'amour sur le canapé.

Par un violent effort de volonté, je revins sur le canapé, avec elle, conscient de son corps nu et chaud contre le mien, de ma propre fièvre et de ma virilité exigeante. Je vis de nouveau le visage contre la vitre, observant avidement. Et je me dis en moi-même, vas-y, mon pauvre type, regarde. Cela m'est complètement égal maintenant.

Et les yeux de Charlie s'ouvrirent tout ronds quand je la pénétrai.

29 juin. Avant de retourner au labo, je vais terminer les recherches que j'ai entreprises depuis ma fuite du congrès. J'ai téléphoné à Landsdoff au New Institute for Advanced Study, au sujet de l'utilisation des paires d'ions produites par effet photonucléaire, pour des recherches exploratoires en biophysique. Il crut d'abord que j'étais un déséquilibré, mais après que je lui eus signalé les failles de son article dans le *New Institute Journal*, il me parla pendant près d'une heure au téléphone. Il veut que je vienne à son Institut pour discuter de mes idées avec son groupe de recherche. Je le ferai peut-être lorsque j'aurai fini mon travail au labo – si j'en ai le temps. C'est là la question, naturellement. Je ne sais pas de combien de temps je dispose. Un mois ? Un an ? Le reste de ma vie ? Cela dépend de ce que je découvrirai sur les effets psychophysiques secondaires de l'expérience.

30 juin. J'ai cessé d'errer dans les rues maintenant que j'ai Fay. Je lui ai donné la clé de chez moi. Elle se moque de ce besoin que j'ai de fermer ma porte à clé, et moi je me moque du désordre qui règne dans son appartement. Elle m'a averti de ne pas essayer de la changer. Son mari a divorcé, voici cinq ans, parce qu'elle n'acceptait pas qu'on l'embête en lui demandant de ramasser les choses qui traînaient et de tenir son ménage en ordre.

C'est ainsi qu'elle est vis-à-vis de tous les détails de la vie qui lui paraissent sans importance. Elle ne peut pas ou ne veut pas s'en soucier. L'autre jour, j'ai découvert un tas de contraventions pour stationnement interdit, dans un coin, derrière un fauteuil – il devait y en avoir quarante ou cinquante. Quand elle est rentrée avec de la bière, je lui ai demandé pourquoi elle les collectionnait.

— Oh, celles-là ! s'est-elle exclamée en riant. Dès que mon mari m'enverra mon sacré chèque, faudra que j'en paie quelques-unes. Tu n'as aucune idée de ce que ces contraventions me font mal. Je les cache derrière ce fauteuil, sinon j'aurais une crise de culpabilité chaque fois que je les verrais. Mais qu'est-ce que tu veux qu'une fille comme moi y fasse ? Où que j'aille, il y a toujours des panneaux. Interdit de stationner ! Interdit de stationner ! Je ne peux tout de même pas m'embêter à lire les panneaux chaque fois que j'ai envie de descendre de ma voiture.

Je lui ai donc promis de ne pas chercher à la changer. On ne s'ennuie pas avec elle. Elle a un merveilleux sens de l'humour. Mais surtout un esprit ouvert et indépendant. La seule chose qui puisse devenir lassante au bout d'un certain temps, c'est sa folle passion pour la danse. Nous sommes sortis tous les soirs, cette semaine, jusqu'à deux ou trois heures du matin. Je n'ai pas tant d'énergie de reste.

Ce n'est pas de l'amour – mais elle compte beaucoup pour moi. Je me prends à guetter le bruit de ses pas dans le hall, chaque fois qu'elle est sortie.

Charlie a cessé de nous observer.

5 juillet. J'ai dédié mon premier concerto pour piano à Fay. Elle avait d'abord été enthousiasmée à l'idée qu'une œuvre lui soit dédiée, mais je ne pense pas que cela lui ait vraiment plu. Ce qui montre simplement qu'on ne peut pas tout avoir en une seule femme. Un argument de plus pour la polygamie.

L'important, c'est que Fay ait l'esprit vif et du cœur. J'ai appris aujourd'hui pourquoi elle avait manqué d'argent si tôt ce mois-ci. Quelques jours avant que nous fassions connaissance, elle avait sympathisé avec une fille rencontrée au Stardust Ballroom. Lorsque celle-ci lui dit qu'elle n'avait pas de famille en ville, qu'elle était dans la dèche et n'avait même pas un endroit où aller coucher, Fay l'invita à s'installer chez elle. Deux jours après, la fille découvrit les deux cent trente-deux dollars que Fay avait mis de côté dans le tiroir de son chiffonnier, et disparut avec l'argent. Fay n'avait pas porté plainte – et finalement, elle ne savait même pas le nom de la fille.

— Qu'est-ce que cela aurait fait que j'aille le raconter à la police ? Je suppose que cette pauvre garce devait avoir drôlement besoin d'argent pour faire ça. Je ne vais pas lui démolir sa vie pour une poignée de dollars. Je ne suis pourtant pas riche ni rien, mais je ne peux pas lui faire ça… si tu vois ce que je veux dire.

Je voyais très bien ce qu'elle voulait dire.

Je n'ai jamais rencontré quelqu'un d'aussi ouvert et d'aussi confiant que Fay. Elle est ce dont j'ai le plus besoin actuellement. J'étais affamé d'un contact humain.

8 juillet. Pas beaucoup de temps pour travailler, à sauter toutes les nuits d'une boîte à l'autre et avec la gueule de bois tous les matins. Ce n'est qu'à l'aide d'aspirine et d'une mixture que Fay m'a préparée que j'ai pu terminer mon analyse linguistique des formes verbales en urdu et envoyer mon article à l'*International Linguistics Bulletin*. De quoi renvoyer les linguistes en Inde avec leurs magnétophones, car je sape toute la structure de leur méthodologie.

Je ne peux pas m'empêcher d'admirer les linguistes structuralistes qui se sont taillé une méthode linguistique fondée sur la détérioration du langage écrit. C'est encore un exemple de ces gens qui consacrent leur vie à étudier de plus en plus sur de moins en moins – à remplir des volumes et des bibliothèques avec l'analyse linguistique subtile du *grognement*. Il n'y a pas de mal à cela, mais il ne faudrait pas en prendre prétexte pour détruire la stabilité du langage.

Alice a appelé aujourd'hui pour savoir quand je reviendrai travailler au labo. Je lui ai dit que je voulais terminer les travaux que j'avais entrepris et que j'espérais obtenir l'autorisation de la Fondation Welberg pour mes recherches personnelles. Elle a pourtant raison – il faut que je tienne compte du temps.

Fay continue de vouloir aller danser tout le temps. La nuit dernière, nous avons commencé à boire et à danser au White Horse Club, de là au Benny's Hideaway, puis à la Pink Slipper... et après cela, je ne me souviens plus guère des endroits, mais nous avons dansé jusqu'à ne plus tenir debout ou presque. Ma capacité de boire doit s'être accrue, car j'étais à peu près soûl au moment où Charlie a fait son apparition. Je ne peux me souvenir de lui qu'en train d'exécuter un numéro saugrenu de claquettes sur la scène de l'Allakazam Club. Il fit très applaudi avant que le directeur nous mette à la porte et Fay dit que tout le monde a pensé que j'étais un merveilleux comédien et a aimé mon imitation d'idiot.

Que diable s'est-il passé alors ? Je sais que je me suis donné un tour de reins. Je pensais que c'était d'avoir tellement dansé, mais Fay dit que je suis tombé de ce sacré canapé.

Le comportement d'Algernon est redevenu désordonné. Minnie semble avoir peur de sa compagne.

9 juillet. Une chose terrible est arrivée aujourd'hui. Algernon a mordu Fay. Je l'avais prévenue de ne pas jouer avec elle, mais elle tenait tout de même à lui donner à manger. Habituellement, quand elle entrait dans sa pièce, elle dressait la tête et accourait vers Fay. Aujourd'hui, cela a été différent. Elle était à l'autre bout de sa cage, pelotonnée en houppette de poils blancs. Quand elle passa la main par la trappe du couvercle en grillage, Algernon eut un mouvement de crainte et se renfonça dans son coin. Elle tenta de l'attirer en ouvrant la barrière du labyrinthe, et avant que je puisse lui dire de la laisser tranquille, elle eut le tort d'essayer de la prendre. Elle lui mordit le pouce. Puis elle nous regarda, furieuse, et s'enfuit dans le labyrinthe.

Nous trouvâmes Minnie de l'autre côté, dans la cagette de récompense à l'arrivée. Elle saignait d'une blessure à la gorge, mais elle était vivante. Au moment où j'allais l'enlever de là, Algernon arriva dans la cagette et voulut me mordre. Ses dents s'agrippèrent au bord de ma manche et elle s'y cramponna jusqu'à ce que je lui fasse lâcher prise en la secouant.

Elle se calma peu après. Je l'observai ensuite pendant plus d'une heure. Elle semble apathique et hébétée, et bien qu'elle résolve encore de nouveaux problèmes sans récompense, sa manière d'agir est bizarre. Au lieu de mouvements prudents, déterminés, le long des couloirs du labyrinthe, ses actes sont précipités et désordonnés. Maintes fois, elle prend un tournant trop vite et se cogne dans une barrière. On a la sensation étrange qu'elle est pressée par le temps.

J'hésite à formuler un jugement hâtif. Cela pourrait tenir à bien des raisons. Mais à présent, il faut que je la ramène au laboratoire. Que je reçoive ou non l'autorisation de la Fondation Welberg pour mes recherches particulières, j'irai voir Nemur demain matin.

Compte rendu N° 15

12 juillet. Nemur, Strauss, Burt et quelques autres m'attendaient dans le bureau du service psycho. Ils ont essayé de me donner l'impression d'être le bienvenu, mais je vis combien Burt était anxieux de reprendre Algernon et je la lui remis. Personne ne dit rien, cependant je savais que Nemur ne me pardonnerait pas de sitôt d'être passé par-dessus lui et de m'être mis en rapport direct avec la Fondation. Pourtant, c'était nécessaire. Avant de revenir au Collège Beekman, il me fallait être assuré qu'ils me permettraient de me livrer à une étude indépendante de l'expérience. Trop de temps serait perdu si je devais rendre compte à Nemur de tout ce que je ferais.

Il avait été avisé de la décision de la Fondation et son accueil fut froid et guindé. Il me tendit la main, mais sans aucun sourire.

— Charlie, dit-il, nous sommes tous contents que tu sois revenu et que tu travailles avec nous. Jayson m'a appelé et m'a dit que la Fondation te chargeait de recherches dans le cadre de notre programme. Notre groupe et le laboratoire sont à ta disposition. Le centre de calcul par ordinateur nous a assuré que tes travaux auront la priorité – et si, bien entendu, je peux t'aider en quoi que ce soit...

Il faisait tout son possible pour se montrer cordial, mais je pouvais lire sur son visage qu'il était sceptique. Après tout, quelle expérience avais-je de la psychologie expérimentale ? Que savais-je des techniques qu'il avait mis tant d'années à mettre au point ? Bah ! comme je le disais, il semblait cordial et disposé à suspendre son jugement. Il ne pouvait guère faire autrement pour le moment. Si je n'arrive pas à fournir une explication du comportement d'Algernon, tous ses travaux s'en iront à vau-l'eau, mais si je résous le problème, toute l'équipe en aura le bénéfice avec moi.

J'allai au labo où Burt observait Algernon dans l'une des boîtes à labyrinthe compliqué. Il soupira et secoua la tête.

— Elle a beaucoup oublié. La plupart de ses réactions complexes semblent avoir été effacées. Elle résout les problèmes à un niveau beaucoup plus élémentaire que je ne m'y serais attendu.

— Que voulez-vous dire ?

— Eh bien, auparavant, elle pouvait résoudre des systèmes simples – dans ce labyrinthe à fausses portes, par exemple : une porte sur deux, une sur trois, les portes rouges seulement, ou les portes vertes seulement – mais maintenant elle a fait ce parcours trois fois et continue de procéder par tâtonnements positifs ou négatifs.

— Est-ce que cela ne tient pas à ce qu'elle a été absente du laboratoire pendant si longtemps ?

— Cela se pourrait. Nous allons la laisser se réhabituer aux choses et nous verrons demain comment elle s'en tire.

J'étais venu bien des fois auparavant dans le labo, mais maintenant j'y étais pour apprendre tout ce qu'il pouvait offrir. Il fallait que j'assimile en quelques jours des marches à suivre que les autres avaient mis des années à apprendre. Burt et moi passâmes quatre heures à inspecter le laboratoire section par section, et j'essayai de me familiariser avec l'ensemble de son fonctionnement. Quand nous eûmes terminé, je remarquai une porte que nous n'avions pas ouverte.

— Qu'est-ce qu'il y a là-dedans ?

— Le congélateur et l'incinérateur.

Il ouvrit la lourde porte et donna la lumière.

— Nous congelons les spécimens avant de les mettre dans l'incinérateur. En arrêtant la décomposition, cela nous permet de diminuer les odeurs.

Il se tourna pour s'en aller, mais je restai là un instant.

— Pas Algernon, dis-je. Écoutez... si... et quand... je veux dire que je ne veux pas qu'elle soit jetée là-dedans. Vous me la donnerez. Je m'occuperai d'elle moi-même.

Il ne rit pas. Il se contenta d'incliner la tête. Nemur lui avait dit qu'à partir de maintenant je pouvais avoir tout ce que je désirais.

Mon ennemi, c'était le temps. Si je devais trouver les réponses qui me concernaient, il fallait que je me mette immédiatement au travail. J'obtins de Burt des listes d'ouvrages et des notes de Strauss et de Nemur. Puis en sortant, il me vint une étrange idée.

— Dites-moi, demandai-je à Nemur, je viens de jeter un coup d'œil sur l'incinérateur dont vous vous servez pour vous débarrasser des animaux d'expérience. Qu'avez-vous prévu pour moi ?

Ma question lui donna un coup de masse :

— Que veux-tu dire ?

— Je suis certain que, depuis le début, vous avez envisagé toutes les possibilités. Alors, qu'est-ce qu'on fait de moi ?

Comme il restait muet, j'insistai :

— J'ai le droit de connaître tout ce qui se rapporte à l'expérience, et mon avenir s'y trouve inclus.

— Il n'y a pas de raison que tu ne le saches pas.

Il marqua un temps et ralluma une cigarette déjà allumée.

— Tu comprends que, bien entendu, nous avions dès le début les plus grands espoirs de permanence et nous les avons encore... nous les avons absolument.

— J'en suis sûr, dis-je.

— Te prendre pour cette expérience était, naturellement, une grave responsabilité. Je ne sais pas ce dont tu te souviens ni tout ce que tu as pu reconstituer des débuts de ce projet, mais nous nous sommes efforcés de te faire comprendre qu'il y avait un gros risque que ce ne soit que temporaire.

— J'ai noté cela dans mes comptes rendus, à l'époque, quoique je n'aie guère compris alors ce que vous vouliez dire par là. Mais cela est à côté de la question, étant donné que j'en suis conscient maintenant.

— Bon, nous avons décidé de prendre ce risque avec toi, poursuivit-il, parce que nous estimions qu'il n'y avait que très peu de risques de te causer un dommage sérieux, alors que nous étions sûrs d'avoir une grande chance de te faire un certain bien.

— Vous n'avez pas à vous justifier de cela.

— Mais tu comprends que nous devions obtenir l'autorisation d'une personne de ta proche famille. Tu n'étais pas en état de donner toi-même ton accord à ce sujet.

— Je sais tout cela. Vous voulez parler de ma sœur, Norma. Je l'ai lu dans les journaux. Autant que je me souviens d'elle, elle aurait donné son approbation pour mon exécution.

Il leva les sourcils, mais n'insista pas.

— Bien, mais comme nous le lui avons dit, au cas où l'expérience échouerait, nous ne pourrions pas te renvoyer à la boulangerie ou à la chambre d'où tu étais venu.

— Pourquoi pas ?

— D'une part, parce que tu pourrais ne plus être le même ! L'opération chirurgicale et les injections d'hormones pourraient avoir des effets qui ne soient pas immédiatement évidents. Les expériences personnelles que tu as eues depuis l'opération peuvent avoir laissé leur marque en toi. Je veux dire des perturbations émotionnelles qui viendraient compliquer l'arriération mentale ; tu pourrais ne plus être celui que tu étais.

— Ça, c'est le plus beau. Comme si ce n'était déjà pas suffisant d'une croix à porter.

— Et d'autre part, il n'y a aucun moyen de savoir si tu reviendras au même niveau mental. Il pourrait y avoir régression jusqu'à un niveau de fonctionnement encore plus primitif.

Il me lâchait le pire... il débarrassait sa conscience de ce poids.

— Autant tout savoir, dis-je, pendant que je suis encore capable de dire mon mot à ce sujet. Qu'avez-vous prévu pour moi ?

Il haussa les épaules :

— La Fondation a fait le nécessaire pour te renvoyer à l'Asile-École Warren.

— Quoi ?

— Cela a été une clause de l'accord avec ta sœur, à savoir que tous les frais d'hospitalisation seraient pris en charge par la Fondation et que tu recevrais une allocation mensuelle destinée à couvrir tes besoins personnels tout le reste de ta vie.

— Mais pourquoi là ? Je me suis toujours débrouillé tout seul hors de l'Asile, même quand ils m'y ont envoyé après la mort de mon oncle Herman. Donner a réussi à me faire sortir immédiatement, pour travailler et vivre au-dehors. Pourquoi devrais-je y retourner ?

— Si tu peux te débrouiller tout seul au-dehors, tu n'auras pas à rester à l'Asile. Les malades légers ont la permission de vivre à l'extérieur. Mais nous avons dû prendre ces dispositions pour toi... simplement au cas où...

Il avait raison. Je n'avais à me plaindre de rien. Ils avaient pensé à tout. L'Asile Warren était l'endroit le plus logique – le grand congélateur où je pouvais être mis de côté pour le restant de mes jours.

— Au moins, ce n'est pas l'incinérateur, dis-je.

— Comment ?

— Rien, une plaisanterie personnelle.

Puis une pensée me vint :

— Dites-moi, est-il possible de visiter l'Asile Warren, je veux dire, de parcourir l'établissement en regardant tout comme un visiteur ?

— Oui, je crois qu'ils reçoivent constamment des gens qui y vont en visite organisée – une manière de relations publiques en quelque sorte. Mais pourquoi ?

— Parce que je veux voir. Il faut que je sache ce qui va m'arriver pendant que j'ai encore suffisamment d'influence pour pouvoir faire quelque chose. Voyez donc si vous pouvez arranger cela, aussitôt que possible.

Je remarquai qu'il était perturbé par mon idée de visiter l'Asile Warren. Comme si j'avais commandé mon cercueil pour m'y installer avant de mourir. Cependant, je ne peux le blâmer de ne pas comprendre que, pour découvrir qui je suis réellement, le sens de toute mon existence, il me faut connaître les possibilités de mon avenir aussi bien que mon passé, à savoir où je vais aussi bien qu'où j'ai été. Quoique nous sachions tous qu'au bout du labyrinthe se trouve la mort (mais cela je ne l'ai pas toujours su : il n'y a pas si longtemps, l'adolescent qui était en moi pensait que la mort ne pouvait arriver qu'aux autres), je vois maintenant que le parcours que j'ai choisi dans ce labyrinthe m'a fait ce que je suis. Je ne suis pas seulement un être, mais aussi une manière d'être (une manière parmi bien d'autres), et de prendre conscience des couloirs que j'ai suivis et de ceux qui me restent à prendre m'aidera à comprendre ce que je deviens.

Ce soir-là et les jours suivants, je me plongeai dans des manuels de psychologie : clinique, personnalité, psychométrie, éducation, psychologie expérimentale, behaviouriste, gestaltiste, analytique fonctionnelle, dynamique, organiciste et tout le reste des écoles, des groupes, des systèmes de pensée anciens et modernes. Ce qui est déprimant, c'est de découvrir à quel point, en formulant les idées sur lesquelles ils fondent leurs concepts de l'intelligence humaine, de la mémoire et de la faculté d'apprendre, nos psychologues prennent leurs désirs pour des réalités.

Fay veut venir visiter le labo, mais je lui ai dit non. Je n'ai pas du tout envie maintenant qu'Alice et Fay se rencontrent. J'ai suffisamment de soucis sans cela.

Compte rendu N° 16

14 juillet. C'était un mauvais jour pour aller à Warren, gris et bruineux, et cela explique peut-être la dépression qui m'étreint quand j'y pense. Ou peut-être, sans que je veuille me l'avouer, est-ce l'idée d'y être envoyé qui me bouleverse. J'ai emprunté la voiture de Burt. Alice voulait venir avec moi, mais il fallait que je sois seul. J'ai caché à Fay cette visite.

C'est l'affaire d'une demi-heure d'auto pour aller jusqu'à ce village agricole de Warren dans Long Island, et je n'ai pas eu de difficulté à trouver l'endroit : un immense domaine grisâtre, qui se signale au monde extérieur par une entrée encadrée de deux piliers de béton, au bord d'une petite route de traverse, et une plaque de cuivre bien astiquée où l'on peut lire : *Warren State Home and Training School.* Un panneau limitait la vitesse à 30 km à l'heure, je passai donc lentement devant les grands bâtiments, à la recherche des bureaux de l'administration.

Un tracteur venait dans ma direction, à travers la prairie ; en plus de l'homme qui était au volant, deux autres étaient accrochés à l'arrière. Je passai la tête par la fenêtre de ma voiture et je criai :

— Pouvez-vous me dire où est le bureau de Mr Winslow ?

Le conducteur arrêta le tracteur et fit un signe en avant, vers la gauche :

— À l'hôpital principal. Tournez à gauche, puis à droite.

Je ne pus m'empêcher de remarquer le jeune garçon effaré qui se cramponnait à l'arrière du tracteur. Il n'était pas rasé et il avait un vague sourire vide. Il portait un chapeau de marin avec le bord rabattu enfantinement pour protéger ses yeux, bien qu'il n'y eût pas de soleil. Je croisai un instant son regard, ses yeux écarquillés, interrogateurs, et je dus détourner les miens.

Quand le tracteur repartit, je vis dans le rétroviseur qu'il continuait de me regarder, avec curiosité. Cela me bouleversa… il me rappelait Charlie.

Je fus surpris de découvrir que le psychologue en chef était très jeune, un grand garçon mince avec un visage marqué par la fatigue. Mais le calme assuré de ses yeux bleus révélait une force de caractère au-delà de leur expression juvénile.

Il me fit faire le tour de la propriété dans sa propre voiture et me montra le hall de récréation, l'hôpital, l'école, les bureaux administratifs et les pavillons de brique à deux étages qu'il appelait les « cottages » et où vivaient les pensionnaires.

— Je n'ai pas vu de clôture autour de l'Asile, dis-je.

— Non, il n'y a qu'une grille à l'entrée et des haies pour écarter les curieux.

— Mais comment empêchez-vous vos… pensionnaires de… s'en aller, de quitter le domaine ?

Il haussa les épaules et sourit :

— En fait, nous ne le pouvons pas. Quelques-uns s'en vont, mais la plupart reviennent.

— Ne cherchez-vous pas à les rattraper ?

Il me regarda comme s'il essayait de deviner ce qui pouvait se cacher derrière ma question :

— Non. S'ils créent des perturbations, nous l'apprenons vite par les gens de la ville – ou bien la police les ramène.

— Et si ce n'est pas le cas ?

— Si nous n'entendons pas reparler d'eux ou qu'ils ne donnent pas de nouvelles, nous présumons qu'ils ont pu s'adapter de quelque manière satisfaisante au monde extérieur. Il faut que vous compreniez, Mr Gordon, que cet Asile n'est pas une prison. L'État exige, en principe, que nous fassions tout ce qui est en notre pouvoir pour récupérer nos pensionnaires, mais nous ne sommes pas équipés pour surveiller étroitement et en permanence quatre mille personnes. Ceux qui se débrouillent pour s'échapper sont tous des arriérés supérieurs – bien que nous n'en accueillions plus beaucoup de ce genre. Actuellement, nous recevons davantage de cas de lésions cérébrales qui exigent une surveillance constante ; les arriérés supérieurs peuvent aller et venir plus facilement, et au bout d'une semaine environ, la plupart d'entre eux reviennent, quand ils découvrent qu'au-dehors rien n'est fait pour eux. Le monde ne veut pas d'eux et ils s'en rendent vite compte.

Nous sommes descendus de voiture et nous avons marché jusqu'à l'un des cottages. À l'intérieur, les murs étaient carrelés de blanc et une odeur de désinfectant planait dans le bâtiment. Le hall du rez-de-chaussée s'ouvrait sur une salle de récréation où environ soixante-quinze garçons étaient assis, en attendant qu'on sonne la cloche du déjeuner. Ce qui attira immédiatement mon œil, ce fut l'un des plus grands, sur une chaise, dans un coin, qui berçait dans ses bras un autre garçon de quatorze ou quinze ans. Ils se tournèrent tous pour nous regarder quand nous entrâmes et quelques-uns des plus hardis s'approchèrent et m'examinèrent.

— Ne vous inquiétez pas, dit-il en voyant mon expression. Ils ne vous feront pas de mal.

La personne qui était chargée de l'étage, une belle femme solidement charpentée, avec des manches retroussées et un tablier de coton sur sa jupe blanche empesée, s'avança vers nous. À sa ceinture, pendait un trousseau de clés qui s'entrechoquaient tandis qu'elle marchait, et ce n'est que lorsqu'elle se tourna que je vis que le côté gauche de son visage était couvert d'une grande tache lie-de-vin.

— Nous n'attendions personne aujourd'hui, Ray, dit-elle. Vous ne m'amenez habituellement des visiteurs que le jeudi.

— Je vous présente Mr Gordon, Thelma, de l'Université Beekman. Il ne veut que jeter un coup d'œil pour se faire une idée du travail que nous faisons ici. Je savais que cela n'avait pas d'importance avec vous,

Thelma. Tout est toujours bien chez vous, quel que soit le jour.

— Ouais, fit-elle en riant, mais le mercredi nous retournons les matelas. Cela sent bien meilleur ici le jeudi.

Je remarquai qu'elle se tenait à ma gauche de façon que la tache de son visage soit cachée. Elle me fit visiter le dortoir, la buanderie, les réserves et la salle à manger où le couvert était mis, n'attendant plus que les plats qu'allait livrer l'intendance centrale. Elle souriait en parlant et son expression, sa coiffure en chignon au sommet de la tête la faisaient ressembler à une danseuse de Toulouse-Lautrec, mais elle ne me regardait jamais en face. Je me demandais ce que ce serait pour moi de vivre ici sous sa surveillance.

— Ils sont assez convenables dans ce bâtiment, dit-elle, mais vous savez ce que c'est. Trois cents garçons – soixante-quinze par étage – et nous ne sommes que cinq pour veiller sur eux. Ce n'est pas facile de les tenir en main. Mais c'est bien mieux que dans les cottages *sales*. Le personnel, *là*, ne reste pas longtemps. Avec des bébés, on n'y fait pas tellement attention, mais quand ils arrivent à l'âge adulte et qu'ils ne peuvent toujours pas prendre soin d'eux-mêmes, cela devient d'une saleté sans nom.

— Vous me semblez être une très gentille personne, dis-je. Les garçons de ce pavillon ont de la chance de vous avoir comme surveillante.

Elle rit franchement, en regardant toujours devant elle, et en découvrant ses dents blanches.

— Ils ne sont ni mieux ni plus mal que les autres. J'aime beaucoup mes garçons. Ce n'est pas un travail facile, mais on est récompensé quand on sait combien ils ont besoin de vous.

Son sourire la quitta un instant :

— Les enfants normaux grandissent trop vite, ils cessent d'avoir besoin de vous... ils s'en vont de leur côté... oublient qui les a aimés et a pris soin d'eux.

222

Mais ceux-là ont besoin de tout ce que vous pouvez leur donner... toute leur vie.

Elle rit de nouveau, embarrassée de son sérieux.

— Le travail est dur ici, mais il en vaut la peine.

Quand nous revînmes en bas où Winslow nous attendait, la cloche du déjeuner sonna, et tous les garçons se rendirent en rang à la salle à manger. Je remarquai que l'adolescent qui tout à l'heure tenait un plus petit garçon dans ses bras le conduisait à table en le tenant par la main.

— Étonnant, dis-je en les montrant d'un signe de tête.

Winslow hocha la tête lui aussi :

— Le grand, c'est Jerry, et l'autre est Dusty. Nous voyons souvent cela ici. Quand personne n'a le temps de s'occuper d'eux, quelquefois, ils en savent assez pour rechercher un contact humain, une affection entre eux.

Alors que nous passions devant l'un des autres cottages en nous dirigeant vers l'école, j'entendis un cri suivi d'un gémissement, repris et répété par deux ou trois autres voix. Il y avait des barreaux aux fenêtres.

Winslow eut l'air gêné pour la première fois de cette matinée.

— Un cottage de haute sécurité, expliqua-t-il, des arriérés atteints de troubles émotionnels. S'ils en avaient l'occasion, ils se feraient du mal ou en feraient aux autres. Nous les mettons dans ce cottage K. Toujours enfermés.

— Des patients atteints de troubles émotionnels ici ? Ne devraient-ils pas être dans des hôpitaux psychiatriques ?

— Oh ! bien sûr, dit-il, mais leur cas est difficile. Certains, qui sont des cas limites, ne sombrent dans les troubles émotionnels qu'après avoir été ici un certain temps. D'autres nous ont été envoyés par les tribunaux, et nous ne pouvons faire autrement que de les admettre, même s'il n'y a réellement pas de place pour eux. Le vrai problème est qu'il n'y a de place pour personne nulle part. Savez-vous combien il y en a sur notre liste d'attente ? Quatorze cents. Et nous n'aurons *peut-être* de la place que pour vingt-cinq ou trente d'entre eux, d'ici la fin de l'année.

— Où sont ces quatorze cents, en ce moment ?

— Dans leurs familles. Quelque part au-dehors, attendant une place ici ou dans une autre institution. Voyez-vous, notre problème d'espace n'est pas le même que celui des hôpitaux encombrés. Nos patients viennent généralement ici pour y demeurer le reste de leur vie.

Comme nous arrivions au bâtiment neuf de l'école, une construction sans étage, en verre et en béton, avec de grandes baies, j'essayai de m'imaginer ce que ce serait de me trouver dans ces longs couloirs, en tant que pensionnaire. Je me vis au milieu d'une rangée d'hommes et d'adolescents attendant d'entrer dans une salle de classe. Peut-être serais-je l'un de ceux qui poussaient un autre garçon dans un fauteuil roulant, ou qui en guidaient un par la main, ou qui en tenaient un plus jeune dans leurs bras.

Dans l'une des classes de menuiserie, un groupe de grands fabriquaient des bancs sous la direction d'un professeur ; ils se rassemblèrent autour de nous en me regardant avec curiosité. Le professeur posa sa scie et vint vers nous.

— Je vous présente Mr Gordon, de l'Université Beekman, dit Winslow. Il veut jeter un coup d'œil sur quelques-uns de nos pensionnaires. Il songe à acheter l'établissement.

Le professeur rit et montra ses élèves :

— Hé bien, s'il l'ach... achète, il fau... faudra qu'il nous prenne av... avec. Fau... faudra aussi qu'il nous pro... procure dav... davantage de b... ois pour tra... vailler.

Il me fit faire le tour de l'atelier. Je remarquai à quel point ces garçons étaient étrangement calmes. Ils s'activaient à leur travail, à poncer ou à vernir les bancs terminés, mais ils ne parlaient pas.

— Ce sont mes é... élèves si... silencieux, vous savez, dit-il, comme s'il sentait ma question implicite. S... sourds-mu... muets.

— Nous en avons une bonne centaine ici, expliqua Winslow, au titre d'une étude spéciale, financée par le gouvernement fédéral.

C'était incroyable ! Qu'ils étaient démunis, désarmés par rapport aux autres êtres humains ! Arriérés mentalement, sourds, muets... et pourtant, ils ponçaient ardemment des bancs.

L'un des garçons qui était en train de serrer un bloc de bois dans la presse de son établi arrêta ce qu'il faisait, toucha le bras de Winslow, et désigna le coin où de nombreux objets achevés séchaient sur des étagères de présentation. Il montra un pied de lampe sur la seconde étagère, puis se montra lui-même. C'était un travail malhabile, instable, mal fini, au vernis épais et inégal. Winslow et le professeur lui en firent grand compliment. Le garçon eut un sourire d'orgueil et me regarda, attendant aussi mes éloges.

— Oui, vraiment, dis-je en exagérant l'articulation des mots, c'est très bien... très joli.

Je le dis parce qu'il en avait besoin, mais cela sonnait creux en moi. Le garçon me sourit et quand nous fûmes sur le point de nous en aller, il s'approcha et me toucha le bras pour me dire au revoir. Cela me serra le cœur et j'eus beaucoup de peine à maîtriser mon émotion jusqu'à ce que nous fussions de nouveau dans le corridor.

Le principal de l'école était une petite dame dodue, maternelle, qui me fit asseoir devant un grand graphique, aux indications calligraphiées, montrant les différents types de patients, le nombre d'enseignants affectés à chaque catégorie et les sujets en cours d'étude.

— Bien entendu, expliqua-t-elle, nous ne recevons plus beaucoup de patients à Q.I. relativement élevé. Les Q.I. de 60 à 70 sont de plus en plus pris en charge dans des classes spéciales des écoles communales, ou dans des établissements particuliers qui s'occupent d'eux. La plupart de ceux que nous recevons sont capables de vivre au-dehors, dans des maisons d'accueil, dans des pensions de famille, et travaillent à des tâches simples dans des fermes, des ateliers ou des blanchisseries...

— Ou des boulangeries, suggérai-je.

Elle plissa le front :

— Oui, je crois qu'ils pourraient. Nous classons donc aussi nos enfants (je les appelle tous des enfants ; quel que soit leur âge, ce sont tous des enfants ici), nous les répartissons entre *propres* et *sales*. Cela rend l'administration de leurs cottages beaucoup plus facile, si l'on peut les classer de cette manière. Certains des *sales* sont des cas graves de lésions cérébrales, qu'on garde dans des lits spéciaux, et qui seront soignés de cette manière jusqu'à la fin de leurs jours...

— Ou jusqu'à ce que la science trouve un moyen de leur porter secours.

— Oh ! m'expliqua-t-elle avec un sourire, je crains qu'ils ne soient au-delà de tout secours.

— Personne n'est au-delà de tout secours.

Elle me considéra avec incertitude :

— Non, non, bien sûr, vous avez raison. Il faut toujours espérer.

Je l'avais rendue nerveuse. Je souris intérieurement à la pensée de ce que ce serait si l'on me ramenait ici pour être l'un de ces enfants. Serais-je *propre* ou non ?

Une fois revenus dans le bureau de Winslow, nous prîmes le café en bavardant de son travail.

— On est bien ici, dit-il. Nous n'avons pas de psychiatre attaché à l'établissement, seulement un consultant qui vient une fois par quinzaine. C'est tout aussi bien. Tous les membres du personnel psychiatrique se dévouent à leur travail. J'aurais pu engager un psychiatre, mais avec le salaire qu'il aurait fallu lui payer, je peux engager deux psychologues – des gens qui ne craignent pas de faire don d'une partie d'eux-mêmes à ces pauvres gens.

— Que voulez-vous dire par « une partie d'eux-mêmes » ?

Il me considéra un instant, puis dans sa lassitude passa de la colère :

— Il y a un tas de gens qui veulent bien donner de l'argent ou des choses, mais très peu qui donneraient du temps ou de l'affection. C'est cela que je veux dire.

Sa voix devint âpre et il me désigna un biberon vide sur un rayon de la bibliothèque, de l'autre côté de la pièce.

— Vous voyez ce biberon ?

Je lui dis que je m'étais demandé ce qu'il faisait là, en entrant dans son bureau.

— Eh bien, combien de personnes connaissez-vous qui seraient disposées à prendre un homme adulte dans leurs bras et à lui donner le biberon ? Et à risquer que le pauvre urine ou fasse ses besoins sur elles ? Vous semblez surpris. Vous ne pouvez pas comprendre cela, n'est-ce pas, du haut de votre tour d'ivoire de chercheur ? Que savez-vous de ce que cela signifie d'être exclu de toute expérience humaine comme nos patients l'ont été ?

Je ne pus réprimer un sourire et il se méprit apparemment, car il se leva et mit brusquement fin à notre conversation. Si je reviens ici pour y demeurer, et qu'il découvre toute mon histoire, je suis certain qu'il comprendra. Il est homme à pouvoir le faire.

Dans l'auto, en quittant l'Asile Warren, je ne savais que penser. Une sensation de grisaille glacée m'enserrait – un sentiment de résignation. Il n'avait pas été question de rétablissement, de guérison, d'envoyer un jour ces malheureux reprendre une place dans le monde. Personne n'avait parlé d'espoir. C'était une sensation de mort vivante – ou même pire, de n'avoir jamais vraiment eu de vie, ni de conscience. Des êtres vides dès l'origine et condamnés à rester dans le vague du temps et de l'espace de chacun de leurs jours...

Je m'interrogeais sur la surveillante du cottage avec son visage taché de rouge, le professeur bègue de l'atelier, et la directrice maternelle, et le jeune psychologue à l'air las, et j'aurais voulu savoir ce qui les avait conduits à venir là, travailler et se dévouer à ces êtres rudimentaires. Comme ce garçon qui tenait un de ses cadets dans ses bras, chacun d'eux avait trouvé une satisfaction profonde en faisant don d'une partie de lui-même à ceux qui étaient si dépourvus.

Mais qu'en était-il de ce que l'on ne m'avait pas montré ?

Bientôt, je reviendrai peut-être à Warren, pour y passer le reste de mes jours avec les autres... à attendre.

15 juillet. Je remets de jour en jour une visite à ma mère. Je veux la voir et je ne le veux pas. Pas avant d'être certain de ce qui va m'arriver. Voyons d'abord comment va mon travail et ce que je découvre.

Algernon refuse maintenant de courir dans le labyrinthe, sa motivation générale a décru. Je suis allé la voir aujourd'hui et, cette fois, Strauss était là, lui aussi. Nemur et lui avaient l'air très perturbés en regardant Burt la faire manger de force. C'est étrange de voir cette petite boule de poils blancs attachée sur la table de travail et Burt lui ingurgitant la nourriture avec un compte-gouttes.

Si cela continue, il faudra qu'ils se mettent à l'alimenter par injection. En regardant Algernon se débattre cet après-midi, dans ses minuscules attaches, je les sentais autour de mes bras et de mes jambes, j'en étouffais et j'ai dû sortir du labo pour prendre l'air. Il faut que je cesse de m'identifier à elle.

Je suis allé au Murray's Bar et j'ai bu quelques verres. Puis j'ai appelé Fay et nous avons fait la tournée des boîtes. Fay n'est pas contente parce que je ne l'emmène plus danser, elle s'est mise en colère et m'a laissé en plan hier soir. Elle n'a aucune idée de mon travail, et ne s'y intéresse pas ; quand j'essaie de lui en parler, elle ne fait aucun effort pour cacher son ennui. Elle ne veut pas se faire de soucis et je ne peux le lui reprocher. Elle ne s'intéresse qu'à trois choses autant que je peux en juger : danser, peindre et faire l'amour. Et la seule que nous avons, en fait, de commun, c'est l'amour. Il est stupide de ma part de vouloir l'intéresser à mon travail. Elle va donc danser sans moi. Elle m'a dit avoir rêvé l'autre nuit qu'elle était entrée dans l'appartement, avait mis le feu à tous mes livres et tous mes papiers, et que nous nous étions mis à danser autour des flammes. Il faut que je fasse attention. Elle devient possessive. Je viens de m'apercevoir, ce soir, que chez moi cela commence à ressembler à son appartement – un fouillis désordonné. Il faut que je boive moins.

16 juillet. Alice a rencontré Fay hier soir. J'avais été inquiet de ce qui se produirait si elles se trouvaient face à face. Alice était venue me voir après avoir appris, par Burt, l'état d'Algernon. Elle sait ce que cela peut signifier et elle se sent toujours responsable de m'avoir encouragé au départ.

Nous avons pris le café et bavardé assez tard. Je savais que Fay était allée danser au Stardust Ballroom, je ne m'attendais donc pas qu'elle rentre si tôt chez elle. Mais vers 2 heures moins le quart du matin, l'apparition soudaine de Fay sur l'escalier de secours nous fit sursauter. Elle cogna, poussa la fenêtre entrouverte et sauta en valsant dans la pièce, une bouteille à la main.

— Je m'invite à votre petite soirée, dit-elle. J'ai apporté de quoi boire.

Je lui avais dit qu'Alice collaborait au programme en cours à l'université et, au début, j'avais parlé de Fay à Alice ; elles ne furent donc pas surprises de se rencontrer. Et après s'être considérées pendant quelques secondes, elles se mirent à discuter d'art et aussi de moi et tout cela en paraissant complètement oublier que j'étais là, près d'elles. Elles se plaisaient mutuellement.

— Je vais faire du café, dis-je, et je m'en fus dans la cuisine pour les laisser seules.

Quand je revins, Fay, qui avait quitté ses souliers, était assise sur le plancher et buvait le gin à la bouteille. Elle était en train d'expliquer à Alice que, à son avis, rien n'était meilleur que les bains de soleil pour le corps humain, et que les colonies nudistes étaient la solution aux problèmes moraux du monde.

Alice riait nerveusement à la proposition de Fay qui voulait que nous nous inscrivions tous dans une colonie de nudistes ; elle se pencha en avant et accepta le verre de gin que Fay lui avait versé.

Nous restâmes assis à discuter jusqu'à l'aube et j'insistai pour raccompagner Alice chez elle. Quand elle protesta que ce n'était pas nécessaire, Fay m'appuya en déclarant qu'elle serait folle de s'en aller seule dans les rues à cette heure. Je descendis donc avec elle et je hélai un taxi.

— Elle a je ne sais quoi, dit Alice en chemin, sa franchise, sa candeur confiante, sa générosité désintéressée...

Je le reconnus volontiers.

— Et elle t'aime, dit Alice.

— Non, elle aime tout le monde, déclarai-je. Je ne suis que le voisin d'en face.

— N'es-tu pas amoureux d'elle ?

Je secouai la tête :

— Vous êtes la seule femme que j'aie jamais aimée.

— Ne parlons pas de cela.

— Alors, vous me privez d'un grand sujet de conversation.

— Il n'y a qu'une chose qui m'ennuie, Charlie. Que tu boives tant. J'ai entendu parler de ce qui s'ensuit parfois.

— Dites à Burt qu'il limite ses observations et ses rapports aux données expérimentales. Je ne veux pas qu'il vous empoisonne sur mon compte. Je peux me débrouiller en ce qui concerne la boisson.

— J'ai déjà entendu cela.

— Mais jamais venant de moi.

— C'est la seule objection que j'ai contre elle, dit-elle. Elle t'a entraîné à boire et elle t'empêche de faire ton travail.

— Je peux me débrouiller avec cela aussi.

— Ce travail est maintenant très important, Charlie. Non seulement pour le monde et des millions d'inconnus, mais pour toi. Charlie, il faut que tu trouves la solution de ce problème pour toi aussi. Ne laisse personne te lier les mains.

— Ah ! voilà enfin la vérité qui apparaît. Vous voudriez que je la voie moins souvent.

— Ce n'est pas ce que j'ai dit.

— Mais c'est ce que vous avez voulu dire. Si elle m'empêche de faire mon travail, il faut que je la raye de ma vie.

— Non, je ne pense pas que tu doives la rayer de ta vie. Elle te fait du bien. Tu as besoin d'une femme qui connaît la vie comme elle la connaît.

— Vous aussi vous pourriez me faire du bien.

Elle détourna les yeux.

— Pas de la même manière qu'elle.

Elle me regarda de nouveau en face :

— Je suis venue ce soir chez toi, prête à la haïr. Je voulais ne la voir que comme une fille aussi méprisable que stupide, dont tu t'étais encombré. J'avais de grands projets pour m'interposer entre vous et te sauver d'elle malgré toi. Mais maintenant que je l'ai rencontrée, je me rends compte que je n'ai pas le droit de juger sa conduite. Je pense qu'elle te fait du bien. Et cela me désarme. J'ai de la sympathie pour elle même si je la désapprouve. Mais il n'empêche que si tu dois boire avec elle et passer tout ton temps à danser avec elle dans les boîtes de nuit et les cabarets, alors elle est un obstacle sur ton chemin. Et c'est un problème que toi seul peux résoudre.

— Encore un de plus ? dis-je en riant.

— En es-tu capable ? Tu tiens profondément à elle. Je le sens.

— Pas si profondément.

— Lui as-tu dit la vérité sur toi ?

— Non.

Je la vis se détendre imperceptiblement. En gardant mon secret pour moi, je ne m'étais pas livré entièrement à Fay. Si merveilleuse qu'elle fût, elle n'aurait jamais compris ; nous le savions tous les deux, Alice et moi.

— J'avais besoin d'elle, dis-je, et dans un certain sens, elle avait besoin de moi, et de vivre l'un en face de l'autre, bon, c'était disons commode, c'est tout. Mais je n'appellerais pas cela de l'amour – ce n'est pas la même chose que ce qui existe entre nous.

Elle baissa les yeux, regardant ses mains, le front plissé.

— Je ne suis pas certaine de savoir ce qui existe entre nous.

— Un sentiment si profond et si absolu que le Charlie qui demeure en moi est terrifié chaque fois qu'il semble y avoir la moindre chance que je fasse l'amour avec vous.

— Et pas avec elle ?

Je haussai les épaules :

— C'est pourquoi je sais que ce n'est pas grave avec elle. Cela n'est pas assez important pour que Charlie s'affole.

— Superbe ! s'esclaffa-t-elle, et d'une suprême ironie ! Quand tu parles de lui comme cela, je le hais de s'interposer entre nous. Penses-tu qu'il te laissera jamais... qu'il nous laissera jamais...

— Je ne sais pas. Je l'espère.

Je la quittai à sa porte. Nous nous serrâmes la main et pourtant, bizarrement, ce fut plus étroit et plus intime que ne l'aurait été un baiser.

27 juillet. Je travaille sans arrêt. En dépit des protestations de Fay, je me suis fait installer un lit dans le labo. Elle devient trop possessive et trop jalouse de mon travail. Je crois qu'elle pourrait tolérer une autre femme, mais non cette complète absorption dans une activité qu'elle ne peut pas suivre. Je craignais que cela n'en arrive là, mais à présent je n'ai plus aucune patience vis-à-vis d'elle. Je regrette chaque moment volé à mon travail… j'en veux à quiconque tente de me prendre mon temps.

Bien que la plus grande partie des instants que je passe à écrire soit consacrée à des notes que je garde dans un dossier séparé, de temps en temps, il faut que je mette mes pensées et mes états d'âme sur le papier, par pure habitude.

L'analyse de l'intelligence est une étude passionnante. En un certain sens, c'est le problème qui m'a intéressé toute ma vie. C'est à cela que je dois appliquer toutes les connaissances que j'ai acquises.

Le temps a maintenant pris une nouvelle dimension : le travail et la concentration pour la recherche d'une solution. Le monde autour de moi et mon passé semblent lointains et déformés, comme si le temps et l'espace étaient une pâte molle qu'on peut étirer, mettre en boule, tordre et retordre jusqu'à ne plus la reconnaître. Les seuls objets réels sont les cages et les souris et l'appareillage de ce labo, au quatrième étage du bâtiment principal.

Il n'y a plus ni nuit ni jour. Il faut que je fasse tenir toute une vie de recherches en quelques semaines. Je sais que je devrais me reposer, mais je ne le peux pas jusqu'à ce que je sache la vérité sur ce qui va arriver.

Alice m'est d'un grand secours à présent. Elle m'apporte des sandwiches et du café, mais elle ne me demande rien.

À propos de mes perceptions : tout est net et clair, chaque sensation exaltée et avivée au point que les rouges, les jaunes et les bleus resplendissent. Dormir ici produit un étrange effet. Les odeurs des animaux de laboratoire, chiens, singes, souris, m'entraînent dans un tourbillon de souvenirs, et il m'est difficile de savoir si j'éprouve une nouvelle sensation ou si me revient une sensation ancienne. Il est impossible de dire la proportion des souvenirs et de ce qui existe dans le présent – si bien qu'un étrange mélange se forme de souvenirs et de réalité ; du passé et du présent ; de réaction aux stimuli emmagasinés dans mes centres cérébraux, et de réaction aux stimuli venant de cette salle. C'est comme si tout ce que j'ai appris s'était fondu en un univers de cristal qui tournoie devant moi de telle façon que je peux voir toutes ses facettes briller en splendides éclats de lumière...

Un singe assis au milieu de sa cage me considère de ses yeux indolents, il se frotte les joues avec ses petites mains fripées de vieillard... *tchï... tchïï... tchïïï...* et il saute au grillage de sa cage, grimpe pour se balancer au-dessus de l'autre singe assis qui regarde dans le vide. Il urine, fait ses besoins, lâche un pet, me regarde et rit, *tchï... tchïï... tchïïï...*

Et il bondit, saute, rebondit en l'air, retombe, se balance, essaie d'attraper la queue de l'autre singe, mais celui-ci, penché sur la barre, la rejette, sans histoire, hors de sa portée. Gentil singe... joli singe... avec des yeux vifs et une queue agile. Puis-je lui donner une cacahouète ? Non ! hurle le gardien. L'écriteau dit de ne rien donner à manger aux animaux. C'est un chimpanzé. Puis-je le caresser ? Non. Je veux caresser le sim...pan...zé. Tant pis, allons voir les éléphants.

Dehors, une foule de gens au soleil se promènent en tenue de printemps.

Algernon est couchée dans sa saleté, immobile, et les odeurs sont plus fortes que jamais. Qu'en sera-t-il de moi ?

28 juillet. Fay a un nouvel ami. Je suis rentré chez moi, hier soir, désireux de la rejoindre. Je suis d'abord passé dans mon appartement pour prendre une bouteille, puis j'ai emprunté l'escalier de secours. Mais heureusement, j'ai regardé avant d'entrer. Ils étaient tous deux sur le canapé. Bizarre, cela ne me fait vraiment rien. C'est presque un soulagement.

Je suis retourné au labo, travailler avec Algernon. Elle sort par moments de sa léthargie. De temps en temps, elle parcourt le labyrinthe à transformations, mais si elle échoue et se trouve dans une impasse, elle réagit violemment. Quand j'arrivai au labo, j'allai regarder. Elle était éveillée et vint vers moi comme si elle me reconnaissait. Elle avait envie de travailler et quand je la fis passer par la porte à coulisse dans le labyrinthe grillagé, elle fila rapidement dans les couloirs jusqu'à sa cagette d'arrivée. Deux fois, elle parcourut le labyrinthe avec succès. La troisième fois, elle fit la moitié du parcours, s'arrêta à un croisement et, dans un mouvement incertain, prit le mauvais couloir. Je voyais ce qui allait arriver et j'aurais voulu me pencher et la soulever avant qu'elle n'aboutisse à une impasse, mais je me retins et j'observai.

Quand elle s'aperçut qu'elle suivait un parcours qu'elle ne reconnaissait pas, elle ralentit et ses actes devinrent désordonnés : partir, s'arrêter, revenir en arrière, se retourner, repartir en avant jusqu'à ce qu'elle se trouve finalement dans le cul-de-sac qui, d'un petit choc électrique, l'avertit qu'elle avait fait une erreur. À ce moment, au lieu de revenir en arrière pour trouver un autre chemin, elle se mit à tourner en rond, à couiner comme une aiguille de phonographe qui déraille. Elle se jetait contre les parois du labyrinthe, tombait et s'y jetait de nouveau. Deux fois, elle se prit les griffes dans le grillage du dessus, couinant très fort ; puis elle lâcha prise et essaya encore désespérément. Enfin, elle s'arrêta et s'enroula en une petite pelote serrée.

Lorsque je la pris, elle ne fit aucune difficulté pour se dérouler, mais demeura dans une sorte de stupeur cataleptique. Quand je déplaçais sa tête ou ses pattes, elles restaient telles que je les avais placées, comme en cire. Je la remis dans sa cage et l'observai jusqu'à ce que la stupeur passe, après quoi elle se mit à aller et venir normalement.

Ce qui m'échappe, c'est la raison de sa régression. Est-ce un cas spécial ? Une réaction isolée ? Ou y a-t-il un principe général d'échec inhérent à tout le processus ? Il faut que j'en trouve la loi.

Si je la découvre, si j'ajoute ne serait-ce qu'un iota d'information à ce qui peut déjà avoir été trouvé au sujet de l'arriération mentale, avec la possibilité de venir en aide à d'autres tels que moi, je serai satisfait. Quoi qu'il m'arrive, j'aurai vécu des milliers de vies par ce que j'aurai pu apporter à d'autres qui ne sont pas encore nés.

Je n'en demande pas plus.

31 juillet. Je suis au bord du précipice. Je le sens. Ils pensent tous que je me tue en travaillant à cette allure, mais ce qu'ils ne comprennent pas, c'est que je vis à un sommet de clarté et de beauté dont j'ignorais jusqu'à l'existence. Chaque partie de moi-même est en parfaite harmonie avec ce travail. Je m'en imprègne par tous les pores durant le jour, et la nuit – dans les instants qui précèdent ma chute dans le sommeil – les idées explosent dans ma tête comme un feu d'artifice. Il n'y a pas plus grande joie que l'éclatement d'une solution à un problème.

Il est incroyable que cette énergie bouillonnante, cet enthousiasme qui anime tout ce que je fais, puisse m'être enlevé. C'est comme si toutes les connaissances que j'ai absorbées au cours des derniers mois se combinaient pour me soulever vers un apogée de lumière et de compréhension. C'est la beauté, l'amour et la vérité réunis. C'est la joie. Et maintenant que j'ai trouvé cela, comment pourrais-je l'abandonner ? La vie et le travail sont ce qu'un homme peut avoir de plus merveilleux. Je suis épris de ce que je fais, parce que la solution du problème est là dans mon cerveau et que bientôt – très bientôt – elle éclatera dans mon esprit. Je prie Dieu de me laisser résoudre cet unique problème, c'est sa solution que je désire, je n'en veux pas d'autre, et si je ne l'obtiens pas, j'essaierai d'être reconnaissant de ce que j'ai eu.

Le nouvel ami de Fay est un professeur de danse du Stardust Ballroom. Je ne peux vraiment pas lui en vouloir puisque j'ai si peu de temps à passer avec elle.

11 août. Impasse complète depuis deux jours. Rien. J'ai pris un mauvais tournant quelque part, car je trouve des réponses à des tas de questions, mais pas à la plus importante de toutes : en quoi la régression d'Algernon affecte-t-elle l'hypothèse de base de toute l'expérience ?

Heureusement, j'en sais assez sur les processus de l'esprit pour que ce blocage ne m'inquiète pas outre mesure. Plutôt que de m'affoler et d'abandonner (ou, ce qui serait pire, de m'acharner à chercher des réponses qui ne viennent pas), il faut que je chasse ce problème de mon esprit pendant un moment et que je le laisse mijoter. Je suis allé aussi loin que je peux sur le plan conscient, et maintenant il s'agit d'affronter ces mystérieuses opérations qui se déroulent en deçà du niveau de la conscience. C'est une chose inexplicable de constater à quel point tout ce que j'ai appris me renvoie à ce problème. S'y acharner trop ne fait que le bloquer. Combien de grands problèmes sont restés non résolus parce que les chercheurs n'en savaient pas assez, ou n'avaient pas suffisamment confiance dans le processus de créativité ni en eux-mêmes, pour laisser *tout* leur cerveau y travailler ?

J'ai donc décidé, hier, de laisser le travail de côté pour un moment et d'aller au cocktail donné par Mrs Nemur en l'honneur des deux membres du conseil de la Fondation Welberg qui ont contribué à faire obtenir la subvention de son mari. J'avais l'intention d'y emmener Fay, mais elle prétexta qu'elle avait un rendez-vous et préférait aller danser.

Je partis pour cette soirée avec la ferme intention d'être aimable et de me faire des amis. Mais ces temps-ci, j'ai des difficultés à communiquer avec les gens. Je ne sais pas si cela tient à moi ou à eux, mais tout essai de conversation s'évanouit habituellement au bout d'une minute ou deux et des barrières s'élèvent. Est-ce parce qu'ils ont peur de moi ? Ou qu'au fond d'eux-mêmes cela ne les intéresse pas et que j'ai la même sensation vis-à-vis d'eux ?

Je bus un verre et errai dans le vaste salon. De petits groupes de gens assis étaient engagés dans des conversations du genre auquel je trouve impossible de me mêler. Finalement, Mrs Nemur me prit en main et me présenta à Hyram Harvey, l'un des membres du conseil de la Fondation. Mrs Nemur est une femme séduisante, aux abords de la quarantaine, cheveux blonds, très maquillée, avec de grands ongles rouges. Elle avait passé son bras sous celui de Harvey.

— Comment vont ces recherches ? s'informa-t-elle.

— Aussi bien qu'on puisse l'espérer. J'essaie en ce moment de résoudre un problème ardu.

Elle alluma une cigarette et me sourit.

— Je sais que tous ceux qui travaillent à ce programme vous sont reconnaissants d'avoir décidé de vous y mettre et de les aider à le mener à bien. Mais j'imagine que vous préféreriez travailler à des recherches personnelles. Ce doit être un peu ennuyeux de reprendre le travail de quelqu'un, plutôt qu'un autre que l'on a conçu et créé soi-même.

Elle était intelligente, il n'y avait pas de doute. Elle ne voulait pas que Harvey oublie que c'était à son mari que revenait le mérite. Je ne pus m'empêcher de lui renvoyer la balle :

— Personne n'entreprend rien de réellement neuf, Mrs Nemur. Tout le monde construit sur les échecs des autres. Il n'y a rien de véritablement original en science. Ce qui compte, c'est ce que chacun apporte à la somme des connaissances.

— Bien sûr, dit-elle en s'adressant davantage à son invité plus âgé qu'à moi. Il est désolant que Mr Gordon n'ait pas été là plus tôt pour aider à résoudre ces derniers petits problèmes. (Elle rit.) Oh ! mais… j'oubliais, vous n'étiez pas en état de faire de l'expérimentation psychologique.

Harvey rit à son tour et je pensai qu'il valait mieux que je me taise. Bertha Nemur ne me laisserait pas avoir le dernier mot et si l'on poussait plus loin, cela allait devenir très désagréable.

J'aperçus le Dr Strauss et Burt qui parlaient à l'autre membre de la Fondation Welberg, George Raynor.

— Le problème, disait Strauss, est d'obtenir des moyens financiers suffisants pour travailler à des programmes comme ceux-là, sans être freiné par des obstacles liés à l'emploi de l'argent. Quand des sommes sont affectées à des buts spécifiques, on ne peut pas vraiment travailler.

Raynor hocha la tête et agita son gros cigare vers le petit groupe qui l'entourait :

— Le véritable problème est de convaincre le conseil que ce genre de recherches a une valeur pratique.

Strauss secoua la tête à son tour :

— Le point sur lequel je voulais insister, c'est que cet argent est destiné à la recherche. Personne ne peut jamais savoir d'avance si un projet aboutira à un résultat utile. Les résultats sont souvent négatifs. Nous apprenons ce qui n'est pas vrai – et c'est aussi important qu'une découverte positive pour celui qui reprendra le sujet à partir de là. Au moins, il saura ce qu'il ne faut pas faire.

Comme je m'approchais de leur groupe, je vis l'épouse de Raynor, à laquelle j'avais déjà été présenté. C'était une belle brune d'une trentaine d'années. Elle me regardait avec de grands yeux, ou plutôt elle regardait le sommet de ma tête comme si elle s'attendait qu'il en sorte on ne sait quoi. Je la regardai à mon tour, et elle s'en trouva gênée. Elle se tourna vers le Dr Strauss :

— Et où en est le programme en cours ? Prévoyez-vous de pouvoir utiliser ces techniques sur d'autres arriérés mentaux ? Pourront-elles être utilisées dans le monde entier ?

Strauss haussa les épaules et me désigna de la tête :

— Il est encore trop tôt pour le dire. Votre mari nous a aidé à mettre Charlie à l'œuvre sur ce programme et beaucoup dépend de ce qu'il trouvera.

— Bien entendu, intervint Mr Raynor, nous comprenons tous la nécessité de la recherche *pure* dans un domaine tel que le vôtre. Mais ce serait une bénédiction pour l'image de la Fondation si nous pouvions présenter une méthode vraiment applicable pour obtenir des résultats permanents hors du laboratoire, et si nous pouvions montrer au monde qu'il en sort un bienfait tangible.

J'allais parler, mais Strauss, qui pressentait sans doute ce que j'allais dire, se leva et passa son bras autour de mes épaules.

— Nous savons tous, au Collège Beekman, que le travail que fait Charlie est de la plus extrême importance. Son rôle est maintenant de découvrir la vérité, quel que soit son aboutissement. Nous nous en remettons à la Fondation pour les relations avec le public et pour l'éducation de la société.

Il adressa un sourire aux Raynor et m'entraîna par le bras.

— Ce n'est pas du tout, dis-je, ce que j'allais dire.

— Je ne l'ai jamais pensé, murmura-t-il en me serrant le coude. Mais j'ai vu à une lueur dans ton œil que tu étais prêt à les mettre en charpie. Et je ne pouvais te laisser faire, n'est-ce pas ?

— Je ne crois pas, admis-je en prenant un autre Martini.

— Est-ce sage pour toi de boire tant que cela ?

— Non, mais j'essaie de me détendre et il me semble que j'ai mal choisi l'endroit.

— Bah ! prends les choses du bon côté et ne cherche pas d'histoires ce soir. Ces gens ne sont pas des imbéciles. Ils savent ce que tu peux penser d'eux et même si tu n'as pas besoin d'eux, nous, nous en avons besoin.

Je lui adressai un petit salut :

— J'essaierai, mais vous ferez bien de tenir Mrs Raynor un peu loin de moi. Sinon, je vais lui mettre la main aux fesses si elle revient me faire des effets de croupe.

— Chhhut ! siffla-t-il. Elle va t'entendre.

— Chhhut ! répétai-je en écho. Désolé. Je vais aller m'asseoir dans un coin et me tenir à l'écart de tout le monde.

Le brouillard m'envahissait, mais à travers lui je pouvais voir les gens qui me regardaient. Je suppose que je devais me parler à moi-même – un peu trop distinctement. Je ne me souviens pas de ce que je disais. Un peu plus tard, j'eus la sensation que des invités s'en allaient anormalement tôt, mais je n'y prêtai pas grande attention jusqu'à ce que Nemur s'approche et se dresse devant moi.

— Qu'est-ce que tu te crois pour te conduire de cette façon ? Je n'ai jamais vu de ma vie une aussi insupportable grossièreté.

Je réussis à me lever :

— Voyons, qu'est-ce qui vous fait dire cela ?

Strauss essaya de le retenir, mais Nemur faillit s'étrangler. Il en bredouillait :

— Je le dis parce que tu n'as aucune gratitude, ni aucune considération de la situation. Après tout, tu dois beaucoup à ces gens, sinon à nous – et à plus d'un point de vue.

— Depuis quand un cobaye est-il censé devoir être reconnaissant ? m'écriai-je. J'ai servi vos visées et maintenant, j'essaie de rectifier vos erreurs, alors, bon Dieu, en quoi ai-je une dette vis-à-vis de qui que ce soit ?

Strauss fit un mouvement pour m'empêcher de continuer, mais Nemur l'arrêta :

— Un instant. Je veux entendre cela. Je crois qu'il est temps que cela sorte.

— Il a beaucoup trop bu ! dit sa femme.

— Pas tant que cela, gronda Nemur. Il parle très clairement. J'ai accepté beaucoup de choses de lui. Il a mis en danger – sinon, en fait, détruit – notre œuvre et maintenant je veux entendre de sa bouche ce qui, pour lui, est sa justification.

— Oh ! laissez cela, dis-je. Vous n'avez, en fait, aucune envie d'entendre la vérité.

— Mais si, Charlie. Ou du moins, ta version de la vérité. Je veux savoir si tu ressens une gratitude quelconque pour tout ce qu'on t'a fait – les facultés que tu as acquises, les choses que tu as apprises, les expériences que tu as eues. Ou peut-être penses-tu que tu étais mieux comme tu étais auparavant ?

— À certains points de vue, oui.

Cela les frappa de stupeur.

— J'ai appris beaucoup dans ces derniers mois, dis-je. Non seulement sur Charlie Gordon, mais sur la vie et sur les gens, et j'ai découvert que personne ne s'intéresse vraiment à Charlie Gordon, qu'il soit un arriéré ou un génie. Alors, quelle différence cela fait-il ?

— Ah ! dit Nemur avec un rire, tu te répands en regrets sur toi-même. Mais qu'attendais-tu ? Cette expérience était calculée pour augmenter ton intelligence, pas pour que tout le monde t'aime. Nous n'avions aucun contrôle sur ce qui arriverait à ta personnalité, et d'un jeune homme arriéré, mais sympathique, tu es devenu un salopard arrogant, égocentrique, antisocial.

— Le problème, mon cher professeur, est que vous vouliez quelqu'un que vous pourriez rendre intelligent, mais qui pourrait encore être gardé dans une cage et exhibé quand ce serait nécessaire pour que vous récoltiez les honneurs que vous recherchez. L'ennui, c'est que je suis une personne.

Il était furieux et je voyais qu'il était partagé entre l'envie d'en terminer là et celle d'essayer encore une fois de me mettre à terre.

— Tu es injuste, comme d'habitude. Tu sais que nous t'avons toujours bien traité, que nous avons fait tout ce que nous pouvions pour toi.

— Tout, sauf de me traiter comme un être humain. Vous vous êtes vanté bien des fois que je n'étais rien avant l'expérience et je sais pourquoi. Parce que si je n'étais rien, vous étiez celui qui m'avait créé et cela faisait de vous mon seigneur et maître. Vous vous irritez du fait que je ne vous témoigne pas ma gratitude à toutes les heures du jour. Eh bien, croyez-le ou non, je vous suis reconnaissant. Mais ce que vous avez fait pour moi – si merveilleux que ce soit – ne vous donne pas le droit de me traiter comme un animal d'expérience. Je suis maintenant un individu, et Charlie l'était aussi avant qu'il ne soit jamais entré dans le labo. Vous avez l'air choqué ! Oui, brusquement, nous découvrons que j'ai toujours été une personne – même avant – et cela défie votre croyance selon laquelle quelqu'un qui a un Q.I. inférieur à 100 n'est pas digne de considération. Professeur Nemur, je crois que, lorsque vous me regardez, votre conscience vous tourmente.

— J'en ai assez entendu ! s'exclama-t-il. Tu es ivre !

— Oh ! non, répliquai-je. Parce que si je l'étais, vous verriez un Charlie Gordon différent de celui que vous avez appris à connaître. Oui, l'autre Charlie, celui qui s'est effacé dans l'ombre, est toujours ici avec nous. En moi.

— Il a perdu la tête, dit Mrs Nemur. Il parle comme s'il y avait deux Charlie Gordon. Il vaudrait mieux que vous l'examiniez, docteur.

Le Dr Strauss secoua la tête :

— Non. Je sais ce qu'il veut dire. Cela s'est manifesté récemment dans les séances de psychothérapie. Une singulière dissociation est apparue durant le mois dernier à peu près. Il a éprouvé plusieurs fois la sensation de se voir lui-même, tel qu'il était avant l'expérience – en tant qu'individu distinct et séparé qui a encore une existence réelle au niveau de son conscient – comme si le vieux Charlie luttait pour reprendre possession de son corps.

— Non ! Je n'ai jamais dit cela ! Il ne lutte pas pour reprendre possession de son corps. Charlie est là, soit, mais il ne lutte pas avec moi. Il attend simplement. Il n'a jamais tenté de commander ni de m'empêcher de faire ce que je voulais faire.

Puis, me souvenant d'Alice, je corrigeai :

— Enfin, presque jamais. Le Charlie humble, aimant à s'effacer, dont vous parliez tous voici un instant, attend patiemment. J'avouerai que je l'aime pour bien des raisons, mais ni pour son humilité ni pour son désir de s'effacer. J'ai appris combien cela rapetisse une personne en ce monde.

— Tu es devenu cynique, dit Nemur. C'est tout ce que cette chance a signifié pour toi. Ton génie a détruit ta foi dans le monde et dans ton prochain.

— Ce n'est pas entièrement vrai, dis-je doucement. Mais j'ai appris que l'intelligence seule ne signifie pas grrand-chose. Ici, dans cette Université, l'intelligence, l'instruction, le savoir sont tous devenus de grandes idoles. Mais je sais maintenant qu'il y a un détail que vous avez négligé : l'intelligence et l'instruction qui ne sont pas tempérées par une chaleur humaine ne valent pas cher.

Je pris un autre Martini sur le buffet voisin et poursuivis mon sermon.

— Comprenez-moi bien. L'intelligence est l'un des plus grands dons humains. Mais trop souvent, la recherche du savoir chasse la recherche de l'amour. C'est encore une chose que j'ai découverte pour moi-même récemment. Je vous l'offre sous forme d'hypothèse : l'intelligence sans la capacité de donner et de recevoir une affection mène à l'écroulement mental et moral, à la névrose, et peut-être même à la psychose. Et je dis que l'esprit qui n'a d'autre fin qu'un intérêt et une absorption égoïstes en lui-même, à l'exclusion de toute relation humaine, ne peut aboutir qu'à la violence et à la douleur.

« Quand j'étais arriéré, j'avais des tas d'amis. Maintenant, je n'en ai pas un. Oh ! je connais des tas de gens. Des tas et des tas de gens. Mais je n'ai pas de vrais amis. Pas comme j'en avais à la boulangerie. Pas un ami au monde qui signifie quoi que ce soit pour moi et personne pour qui je signifie quoi que ce soit.

Je m'aperçus que mon articulation devenait mauvaise et que ma tête tournait.

— Cela ne peut pas être juste, n'est-ce pas ? insistai-je. Je veux dire, qu'en pensez-vous ? Pensez-vous que ce… soit… juste ?

Strauss s'approcha et me prit le bras.

— Charlie, tu ferais peut-être mieux de t'allonger un instant. Tu as beaucoup trop bu.

— Pourquoi me regardez-vous tous comme cela ? Qu'ai-je dit de mal ? Ai-je dit quelque chose de faux ? Je n'ai jamais voulu dire quelque chose qui ne soit pas juste.

J'entendais les mots devenir pâteux dans ma bouche, comme si l'on m'avait fait une piqûre de novocaïne au visage. J'étais ivre – j'avais perdu tout contrôle de moi-même. À ce moment, presque comme en appuyant sur un bouton, je fus en train d'observer la scène, de la porte de la salle à manger, et je me vis : j'étais l'autre Charlie, là-bas près du buffet, un verre en main, avec de grands yeux effrayés.

— J'essaie toujours de faire de mon mieux. Ma mère m'a toujours appris à être gentil avec les gens parce que, disait-elle : « Comme cela tu ne t'attireras pas de désagréments et tu auras toujours beaucoup d'amis. »

Je pouvais voir à la manière dont il se dandinait et se tortillait qu'il avait une colique. Ô mon Dieu, pas devant eux.

— Excusez-moi, je vous en prie, dit-il, il faut que je m'en aille...

Je ne sais comment, dans cet état d'ébriété, je réussis à l'éloigner d'eux et à le conduire vers les toilettes.

Il y arriva à temps et, au bout de quelques secondes, je repris le contrôle. J'appuyai ma joue contre le mur carrelé, puis je me rafraîchis la figure à l'eau froide. J'étais encore un peu chancelant, mais je sentais que cela allait s'arranger.

C'est alors que je vis Charlie qui me regardait de la glace au-dessus du lavabo. Je ne sais pas comment je sus que c'était lui et non moi. Peut-être à l'expression absente et inquiète de son visage. Ses yeux ronds et apeurés comme si, à mon premier mot, il allait s'enfuir et s'enfoncer dans les profondeurs du monde du miroir. Mais il ne s'enfuyait pas. Il me regardait fixement, bouche bée, le menton tombant.

— Ah ! c'est toi, dis-je. Ainsi, tu es finalement venu me trouver face à face.

Il plissa le front, légèrement, comme s'il ne comprenait pas ce que je voulais dire, comme s'il voulait une explication, mais ne savait pas comment la demander. Puis, il renonça et eut un petit sourire forcé au coin des lèvres.

— Reste là en face de moi ! m'écriai-je. J'en ai plus qu'assez que tu m'espionnes des embrasures de porte et des coins noirs où je ne peux pas t'attraper.

Il continua de me regarder fixement.

— Qui es-tu, Charlie ?

Nulle autre réponse que son sourire.

Je secouai la tête, il en fit autant.

— Alors, qu'est-ce que tu veux ?

Il haussa les épaules.

— Allons, voyons. Tu dois vouloir quelque chose. Tu me suis sans cesse...

Il baissa les yeux et je regardai mes mains pour voir ce qu'il regardait.

— Tu veux que je te les rende, ces mains, n'est-ce pas ? Tu veux que je m'en aille pour pouvoir revenir et repartir du point où tu en étais resté ? Je ne te le reproche pas. Après tout, c'est ton corps et ton cerveau… et ta vie, même si tu n'étais pas capable d'en faire grand usage. Je n'ai pas le droit de t'enlever tout cela. Ni personne. Qui peut dire que mes lumières valent mieux que ta nuit ? Qui peut dire que la mort vaut mieux que ta nuit ? Qui suis-je pour me permettre de le dire ?… Mais je vais te dire autre chose, Charlie.

Je me redressai et m'éloignai du miroir.

— Je ne suis pas ton ami. Je suis ton ennemi. Je n'abandonnerai pas mon intelligence sans lutte. Je ne peux pas redescendre dans cette caverne. Il n'y a aucun endroit où, *moi*, je puisse aller maintenant, Charlie. Il faut donc que tu ne reviennes pas. Reste dans mon inconscient, c'est là ta place, et cesse de me suivre partout. Je n'abandonnerai pas – quoi qu'ils puissent tous en penser. Si solitaire que puisse être mon combat, je veux garder ce qu'ils m'ont donné et faire de grandes choses pour le monde et pour ceux qui sont comme toi.

En me tournant vers la porte, j'eus l'impression qu'il me tendait la main. Mais tout cela était ridicule. J'étais simplement ivre et ce n'était que mon reflet dans la glace.

Quand je sortis, Strauss voulut me mettre dans un taxi, mais je l'assurai que je pouvais très bien rentrer chez moi tout seul. Je n'avais besoin que d'un peu d'air et je ne voulais de personne pour m'accompagner. Je voulais rentrer à pied, seul.

Je me voyais tel que j'étais vraiment devenu : Nemur l'avait dit. J'étais un salopard arrogant et égocentrique. À l'inverse de Charlie, j'étais incapable de me faire des amis ou de penser aux autres et à leurs problèmes. Je ne m'intéressais qu'à moi, et à moi seul. Pendant un moment, dans la glace, je m'étais vu avec les yeux de Charlie – je m'étais regardé et j'avais vu ce que j'étais réellement devenu. Et j'en avais honte.

Deux heures plus tard, je me retrouvai devant l'immeuble où j'habitais. Je montai l'escalier et pris le couloir faiblement éclairé. En passant devant l'appartement de Fay, je vis qu'il y avait de la lumière et je me tournai vers la porte. Mais juste comme j'allais frapper, je l'entendis glousser et le rire d'un homme, en réponse.

J'arrivais trop tard pour cela.

J'entrai doucement chez moi et je restai là un moment dans l'obscurité, sans oser bouger, sans oser faire de la lumière. Je restai là simplement et je sentis un tourbillon dans mes yeux.

Que m'est-il arrivé ? Pourquoi suis-je si seul au monde ?

4 h 30 du matin. La solution m'est venue, alors que je somnolais. Lumineuse ! Tout se raccorde et je vois ce que j'aurais dû savoir depuis le début. Assez dormi. Il faut que je retourne au labo et que je vérifie cela avec les résultats de l'ordinateur. C'est là, finalement, la faille dans l'expérience. Je l'ai trouvée.

Maintenant, que vais-je devenir ?

26 août. Lettre au Pr Nemur (copie)

Cher professeur Nemur,

Sous enveloppe séparée, je vous adresse un exemplaire de mon rapport intitulé L'effet Algernon-Gordon. Étude de la structure et du fonctionnement d'une intelligence accrue, *que vous pourrez publier si vous le jugez bon.*

Comme vous le savez, mes recherches sont terminées. J'ai inclus dans mon rapport toutes mes formules, de même que les analyses mathématiques des données indiquées dans l'index. Bien entendu, celles-ci sont à vérifier.

Les résultats sont clairs. Les aspects les plus spectaculaires de ma rapide ascension ne peuvent dissimuler les faits. *Les techniques de chirurgie et de chimiothérapie développées par vous et le Dr Strauss doivent être considérées comme n'ayant – à l'heure actuelle – que peu ou pas d'application pratique pour l'accroissement de l'intelligence humaine.*

Prenons le cas d'Algernon : bien qu'elle soit encore physiquement jeune, elle a régressé mentalement. Activité motrice affaiblie, réduction générale des fonctions glandulaires, perte accélérée de coordination, et forte indication d'amnésie progressive.

Ainsi que je le montre dans mon rapport, ces syndromes de détérioration physique et mentale, et d'autres, peuvent être prédits, avec des résultats statistiquement significatifs, par l'application de ma nouvelle formule. Bien que le stimulus chirurgical auquel nous avons été tous deux soumis ait produit une intensification et une accélération de tous les processus mentaux, la faille, que je me suis permis d'appeler « L'effet Algernon-Gordon », est la conséquence logique de toute cette stimulation de l'intelligence. L'hypothèse ici démontrée peut être définie très simplement dans les termes suivants :

L'INTELLIGENCE ACCRUE ARTIFICIELLEMENT SE DÉTÉRIORE DANS LE TEMPS À UN RYTHME DIRECTEMENT PROPORTIONNEL À L'AMPLEUR DE L'ACCROISSEMENT.

Tant que je serai capable d'écrire, je continuerai de noter mes pensées et mes idées dans mes comptes rendus. C'est l'un de mes rares plaisirs solitaires, et cela est certainement nécessaire pour parachever cette recherche. Cependant, selon toutes les indications, ma propre détérioration mentale sera très rapide.

J'ai contrôlé et recontrôlé dix fois mes données dans l'espoir d'y retrouver une erreur, mais je suis navré de dire que les résultats doivent être maintenus. Pourtant, je suis satisfait de la petite contribution que j'apporte ici à la connaissance du fonctionnement de l'esprit humain et des lois qui gouvernent l'accroissement artificiel de l'intelligence humaine.

L'autre soir, le Dr Strauss disait que l'échec d'une expérience, la réfutation d'une théorie étaient aussi importants pour l'avancement de la connaissance que l'est un succès. Je sais maintenant que c'est vrai.

Je suis pourtant désolé que ma propre contribution dans ce domaine doive s'appuyer sur les ruines du travail de votre groupe, et spécialement de ceux qui ont tant fait pour moi.

Très sincèrement,
Charles Gordon.

Incl. : rapport.
Copies : Dr Strauss
        Fondation Welberg.

1er septembre. Il ne faut pas que je m'affole. Bientôt apparaîtront des signes d'instabilité émotionnelle et de perte de mémoire, les premiers symptômes de la fin. Pourrai-je les reconnaître chez moi ? Tout ce que je peux faire maintenant, c'est de continuer à noter mon état mental aussi objectivement que possible, en me souvenant que ce journal psychologique sera le premier du genre, et peut-être le dernier.

Ce matin, Nemur a envoyé Burt avec mon rapport et les données statistiques à l'Université Hallston, afin que les plus grandes autorités dans ce domaine vérifient mes résultats et l'application de mes formules. Toute la semaine dernière, Burt a été chargé d'examiner minutieusement mes expériences et mes graphiques méthodologiques. Je ne devrais vraiment pas être choqué de leurs précautions. Après tout, je ne suis qu'un néophyte dans leur domaine, et il est difficile à Nemur d'admettre que mes travaux le dépassent. Il en était venu à croire au mythe de sa propre autorité et, finalement, je ne suis qu'un intrus.

Je ne me soucie plus de ce qu'il pense, et pas davantage de ce que n'importe lequel d'entre eux pense. Je n'ai plus le temps. Le travail est fait, les données sont établies et il ne reste plus qu'à voir si j'en ai projeté avec précision la courbe sur les éléments chiffrés du cas Algernon, pour prédire ce qui va m'arriver à moi.

Alice a pleuré quand je lui ai fait part de ces nouvelles. Puis elle s'est enfuie en courant. Il faut que je la convainque qu'il n'y a aucune raison pour elle de se sentir coupable.

2 septembre. Rien encore de bien défini. Je marche dans un grand silence de lumière blanche. Tout autour de moi est en attente. Je rêve que je suis seul au sommet d'une montagne, que je contemple le panorama – des verts, des jaunes, et le soleil à la verticale, qui réduit mon ombre à une boule resserrée autour de mes pieds. Quand le soleil baisse dans le ciel de l'après-midi, l'ombre se déroule et s'étire vers l'horizon, longue et mince, loin derrière moi…

Je tiens à répéter ici ce que j'ai déjà dit au Dr Strauss. Personne n'est à blâmer en quoi que ce soit de ce qui est arrivé. L'expérience a été minutieusement préparée, largement essayée sur des animaux et validée statistiquement. Lorsqu'ils décidèrent de se servir de moi pour le premier essai humain, ils étaient raisonnablement certains que cela n'entraînerait aucun danger physique. Il n'existait aucun moyen de prévoir les risques psychologiques. Je ne veux pas que quiconque ait à pâtir de ce qui m'arrive.

Ne reste à présent qu'une seule question : Que puis-je espérer conserver ?

15 septembre. Nemur dit que mes résultats ont été confirmés. Cela signifie que la faille est fondamentale et remet toute l'hypothèse en question. Un jour, peut-être, aura-t-on le moyen de surmonter ce problème, mais ce moment n'est pas encore venu. J'ai déconseillé de faire d'autres essais sur des êtres humains avant que les choses soient clarifiées par des recherches supplémentaires sur des animaux.

Mon sentiment personnel est que la voie la plus fructueuse de recherches sera celle que suivent les savants qui étudient les déséquilibres hormonaux. Comme dans tant d'autres cas, le temps est le facteur clé – rapidité dans la découverte de la déficience, rapidité dans l'administration des succédanés hormonaux. J'aimerais pouvoir collaborer à ces travaux et à la recherche de radio-isotopes qui pourraient être utilisés pour le contrôle local au niveau du cortex, mais je sais maintenant que je n'en aurai pas le temps.

17 septembre. J'ai des absences de mémoire. Je range des objets sur mon bureau ou dans les tiroirs des tables du labo, et quand je ne peux pas les retrouver, je me mets en colère et je fais des scènes à tout le monde. Seraient-ce les premiers signes ?

Algernon est morte voici deux jours. Je l'ai retrouvée, à 4 heures et demie du matin, en revenant au labo après avoir erré sur les quais. Elle était couchée sur le côté, dans le coin de sa cage, les pattes tendues. Comme si elle courait dans son sommeil.

La dissection montre que mes prédictions étaient justes. Comparé à un cerveau normal, celui d'Algernon a diminué de poids et montre un effacement général des circonvolutions cérébrales ainsi qu'un creusement et un élargissement des scissures.

C'est épouvantable de penser que la même chose m'arrive peut-être à moi, en ce moment. L'avoir vue se produire chez Algernon rend cette menace réelle. Pour la première fois, je suis effrayé de l'avenir.

J'ai mis le corps d'Algernon dans une petite boîte de métal et je l'ai emporté à la maison avec moi. Je n'allais pas les laisser le jeter dans l'incinérateur. C'est bête et sentimental mais tard hier soir, je l'ai enterrée dans la cour de derrière. J'ai pleuré en mettant un bouquet de fleurs sauvages sur la tombe.

21 septembre. Je vais aller demain jusqu'à Marks Street faire une visite à ma mère. La nuit dernière, un rêve a déclenché une série de souvenirs, éclairé toute une tranche du passé et il est important que je le mette rapidement sur le papier avant que je ne l'oublie, car il semble que j'oublie plus vite maintenant. Cette tranche du passé concerne ma mère et, aujourd'hui plus que jamais, je désire la comprendre, savoir à quoi elle ressemblait et pourquoi elle a agi comme elle l'a fait. Je ne veux pas la haïr.

Il faut que j'arrive à une sorte d'accord avec elle, *avant* de la voir, de façon à ne pas agir durement ou sottement.

27 septembre. J'aurais dû écrire tout cela immédiatement, parce qu'il est important que ces notes soient complètes.

Je suis allé voir Rose, il y a trois jours. Je me suis enfin forcé à emprunter de nouveau la voiture de Burt. J'étais inquiet et pourtant je savais qu'il fallait que j'y aille.

Quand j'arrivai à Marks Street, je crus d'abord que j'avais fait une erreur. Ce n'était pas du tout le souvenir que j'en avais gardé. C'était une rue infecte, avec des terrains vagues où beaucoup de maisons avaient été démolies. Sur le trottoir, un réfrigérateur abandonné avait sa porte arrachée, et dans le ruisseau, un vieux sommier éventré perdait ses tripes de fil de fer. Certaines maisons avaient des fenêtres bouchées avec des planches, d'autres ressemblaient plus à des baraquements raccommodés qu'à des habitations. Je rangeai la voiture à un bloc de la maison et j'y allai à pied.

Il n'y avait pas d'enfants qui jouaient dans Marks Street – pas du tout comme dans l'image mentale que j'en avais apportée avec moi, avec des enfants partout et Charlie qui les regardait par la fenêtre. (C'est étonnant comme la plupart de mes souvenirs de la rue sont encadrés par une fenêtre, avec moi toujours à l'intérieur, regardant jouer les autres.) Maintenant, il ne restait plus que de vieilles gens à l'ombre de porches délabrés.

En approchant de la maison, je reçus un second choc. Ma mère était sur le perron, avec un vieux sweater marron, et elle lavait les fenêtres du rez-de-chaussée, bien qu'il fît froid et venteux. Elle s'affairait comme toujours, pour montrer aux voisins quelle bonne épouse et quelle bonne mère elle était.

Le plus important avait toujours été ce que les autres pensaient ; les apparences passaient avant elle et sa propre famille. Elle en faisait une vertu. Bien des fois Matt avait répété que ce que les autres pensaient de vous n'était pas la seule chose qui comptait dans la vie. Mais cela ne servait de rien. Norma devait être bien habillée, la maison devait être bien meublée. Charlie devait être gardé à l'intérieur afin que les autres ne sachent pas qu'il n'était pas tout à fait normal.

À la porte, je m'arrêtai un instant pour la regarder tandis qu'elle se redressait pour reprendre son souffle. Voir son visage me fit trembler mais ce n'était pas le visage dont j'avais tellement cherché à me souvenir. Ses cheveux étaient devenus blancs avec des mèches gris fer, et la peau de ses joues maigres s'était ridée. La sueur luisait sur son front. Elle m'aperçut et me regarda à son tour.

J'aurais voulu regarder ailleurs, retourner d'où je venais mais je ne le pouvais pas... pas après m'être avancé si loin. Je demanderais simplement mon chemin, prétendant être perdu dans un quartier que je ne connaissais pas. C'était assez de l'avoir vue. Mais tout ce que je fis, ce fut de rester là, attendant qu'elle se décide la première. Et tout ce qu'elle fit, ce fut de rester là et de me regarder.

— Avez-vous besoin de quelque chose ?

Sa voix rauque éveilla un net écho dans les couloirs de ma mémoire.

J'ouvris la bouche mais il n'en sortit rien. Mes lèvres remuaient, je le sentais ; et je luttai pour émettre un son, pour lui parler, parce que, à ce moment, je vis une lueur de reconnaissance dans ses yeux. Ce n'était pas du tout ainsi que je voulais qu'elle me voie. Pas là debout devant elle, bêtement, incapable de me faire comprendre. Mais ma langue continuait de s'emmêler, comme un énorme nœud, et j'avais la bouche sèche.

Finalement, un son sortit. Pas ce que j'aurais voulu (j'avais projeté de dire quelques paroles apaisantes et encourageantes afin d'être maître de la situation et d'effacer tout le passé douloureux) mais tout ce qui sortit de ma gorge desséchée, ce fut : « Maa… »

Avec tout ce que j'avais appris, toutes les langues que je savais, tout ce que je pus lui dire, tandis qu'elle était là debout sur le perron et me regardait, ce fut : « Maaa… » Comme un agneau assoiffé en train de téter.

Elle s'essuya le front avec le bras et fronça les sourcils, comme si elle ne pouvait pas bien me voir nettement. Je franchis la porte et avançai vers les marches du perron. Elle recula.

Je ne sus pas d'abord si elle m'avait reconnu ou non, mais à ce moment elle s'exclama : « *Charlie !* » Elle ne le cria pas, ne le murmura pas. Elle le lâcha simplement, suffoquée, comme quelqu'un qui sort d'un rêve.

— Maman… fis-je, montant les marches. C'est moi…

Mon mouvement la fit sursauter, elle se recula, en renversant le seau d'eau savonneuse, et la mousse sale dégoulina sur les marches.

— Que fais-tu ici ?

— Je voulais simplement te voir… te parler…

À cause de ma langue toujours emmêlée, ma voix sortait différente de ma gorge, avec un ton pleurard, épais, comme je parlais sans doute il y a longtemps.

— Ne t'en va pas, l'implorai-je. Ne me fuis pas.

Mais elle était entrée dans la maison et avait fermé la porte à clé. Un instant plus tard, je la vis qui me regardait d'un air terrifié, derrière le léger rideau blanc de la vitre de la porte. Sans que je les entende, ses lèvres articulaient :

— Va-t'en. Laisse-moi tranquille !

Pourquoi ? Qui se croyait-elle pour me renier ainsi ? De quel droit se détournait-elle de moi ?

— Laisse-moi entrer ! Je veux te parler ! Laisse-moi entrer !

Je frappai si fort sur la vitre de la porte qu'elle se fêla, que le verre fendu m'accrocha la peau. Elle dut croire que j'étais devenu fou et que j'étais venu pour lui faire du mal. Elle lâcha la porte et s'enfuit dans le hall qui conduisait à l'appartement.

Je poussai de nouveau. Le loquet céda et ne m'attendant pas à cette ouverture soudaine, je perdis l'équilibre et tombai dans le vestibule. Ma main saignait de la blessure causée par la vitre que j'avais brisée, et ne sachant quoi faire d'autre, je la mis dans ma poche pour empêcher que le sang ne salisse le linoléum tout frais nettoyé.

J'avançai davantage, au-delà de l'escalier que j'avais vu si souvent dans mes cauchemars. J'avais été bien des fois poursuivi dans ce long escalier étroit par des démons qui m'attrapaient par les jambes et m'entraînaient dans la cave, tandis que j'essayais de crier, sans pouvoir, m'emmêlant la langue et m'étranglant. Comme les garçons muets de l'Asile Warren.

Les gens qui habitaient au premier – nos propriétaires, les Meyer – avaient toujours été gentils pour moi. Ils me donnaient des bonbons et me laissaient venir m'asseoir dans leur cuisine et jouer avec leur chien. J'aurais voulu les voir, mais sans qu'on me l'ait dit, je savais qu'ils étaient partis et morts, et que des étrangers vivaient en haut. Cette voie m'était fermée à jamais.

Au bout du hall, la porte par laquelle Rose s'était enfuie était fermée, et un moment, je restai là, indécis.

— Ouvre la porte !

Un jappement aigu de petit chien me répondit, et me prit au dépourvu.

— Voyons, dis-je. Je n'ai pas l'intention de te faire du mal ni quoi que ce soit ; mais je suis venu de loin et je ne m'en irai pas sans te parler. Si tu n'ouvres pas la porte, je vais l'enfoncer.

Je l'entendis dire : « Chhhut, Napo... Ici, va dans la chambre. » Un instant après, la serrure cliqueta, la porte s'ouvrit, et elle fut là devant moi, me fixant des yeux.

— Maman, murmurai-je. Je ne te ferai rien, je veux simplement te parler. Il faut que tu comprennes que je ne suis plus le même, j'ai changé. Je suis normal maintenant. Ne comprends-tu pas ? Je ne suis plus arriéré. Je ne suis plus un idiot. Je suis comme tout le monde. Je suis normal comme toi et Matt et Norma.

J'essayai de continuer à parler, à débiter des mots de façon qu'elle ne ferme pas la porte. Je tentai de lui expliquer toute l'affaire, d'un seul coup :

— Ils m'ont transformé, ils m'ont fait une opération et m'ont rendu différent, comme tu avais toujours voulu que je sois. Ne l'as-tu pas lu dans les journaux ? Une nouvelle expérience scientifique qui transforme la faculté d'intelligence et je suis le premier sur lequel ils l'ont essayée. Ne peux-tu pas comprendre ? Pourquoi me regardes-tu comme cela ? Je suis intelligent maintenant, plus intelligent que Norma ou l'oncle Herman ou Matt. Je possède des connaissances que même des professeurs d'université n'ont pas. Parle-moi ! Tu peux être fière de moi maintenant et le dire aux voisins. Tu n'as plus à me cacher dans la cave quand arrivent des visites. Parle-moi simplement. Raconte-moi comment c'était quand j'étais un petit garçon, c'est tout ce que je te demande. Je ne te ferai pas de mal. Je ne te hais pas. Mais il faut que je sache tout sur moi, pour me comprendre moi-même avant qu'il ne soit trop tard. Vois-tu, je ne peux être une personne complète que si je peux me comprendre, et tu es la seule au monde qui puisse m'aider maintenant. Laisse-moi entrer et m'asseoir un petit moment.

C'était la manière dont je parlais plus que ce que je disais qui l'hypnotisait. Elle restait là sur le seuil à me regarder fixement. Sans y penser, je sortis de ma poche ma main couverte de sang et l'agitai dans ma supplication. Quand elle la vit, son expression s'adoucit.

— Tu t'es blessé...

Elle n'était pas nécessairement désolée pour moi. C'était à peu près ce qu'elle aurait fait pour un chien qui se serait blessé la patte, ou un chat égratigné dans une bagarre. Ce n'était pas parce que j'étais Charlie, mais plutôt bien que je le fusse.

— Entre et lave ça. J'ai des bandes de pansement et de la teinture d'iode.

Je la suivis jusqu'à l'évier ébréché avec l'égouttoir ondulé sur lequel elle m'avait si souvent lavé le visage et les mains quand je rentrais de la cour de derrière, ou quand j'allais me mettre à table ou au lit. Elle me regarda relever mes manches :

— Tu n'aurais pas dû briser la vitre. Le propriétaire va être furieux et je n'ai pas de quoi la payer.

Puis comme si elle s'impatientait de ma manière de faire, elle me prit le savon et me lava la main. En le faisant, elle se concentra si fortement que j'en restai silencieux, craignant de rompre le charme. Par instants, elle faisait claquer sa langue ou soupirait : « Charlie, Charlie, tu ne fais jamais attention. Quand est-ce que tu apprendras à être soigneux ? » Elle était revenue vingt-cinq ans en arrière quand j'étais son petit Charlie et qu'elle était prête à se battre pour que j'aie ma place dans le monde. Lorsque le sang fut lavé et qu'elle eut essuyé mes mains avec des serviettes en papier, elle leva les yeux sur mon visage et ses yeux s'arrondirent d'effroi. « Ô mon Dieu ! » souffla-t-elle en se reculant.

Je me remis à parler, doucement, d'un ton persuasif, pour la convaincre que tout allait bien et que je ne lui voulais pas de mal. Mais tandis que je lui parlais, je pouvais voir que son esprit était à la dérive. Elle regarda vaguement autour d'elle, porta la main à sa bouche, et gémit en levant de nouveau son regard sur moi.

— La maison est dans un tel désordre, dit-elle. Je n'attendais pas de visite. Regarde ces carreaux et cette boiserie là-bas.

— Mais cela va très bien, maman. Ne t'inquiète pas de cela.

— Il faut que je cire de nouveau ces parquets. Ils devraient briller.

Elle aperçut quelques empreintes de doigts et, prenant un chiffon, elle les fit disparaître. Quand elle releva les yeux et vit que je l'observais, elle fronça le front :

— Êtes-vous venu pour la note d'électricité ?

Avant que je puisse l'assurer que non, elle agita son doigt, comme pour me réprimander.

— J'enverrai un chèque le premier du mois mais mon mari est en voyage pour affaires. Je leur ai dit de ne pas s'inquiéter pour l'argent, ma fille touche sa paie cette semaine et nous pourrons régler toutes nos factures. Ce n'est donc pas la peine de m'ennuyer pour l'argent.

— Votre fille est-elle votre seul enfant ? N'en avez-vous pas d'autres ?

Elle sursauta, puis ses yeux regardèrent dans le lointain :

— J'avais un garçon. Si brillant que toutes les autres mères en étaient jalouses. Et elles ont jeté le mauvais œil sur lui. On appelle cela le *Q.I.* maintenant, mais c'était le *mauvais Q.I.* Il aurait été un grand homme si ce n'avait été cela. Il était réellement très brillant, *exceptionnel* disait-on. Il aurait pu être un génie…

Elle prit une brosse :

— Excusez-moi maintenant. Il faut que je fasse le ménage. Ma fille a invité un jeune homme à dîner et il faut que tout soit propre ici.

Elle se mit à genoux et commença à astiquer le plancher déjà luisant. Et elle ne me regarda plus.

Elle marmottait pour elle seule et je m'assis à la table de la cuisine. J'attendrais jusqu'à ce qu'elle se reprenne, qu'elle me reconnaisse et comprenne qui j'étais. Je ne pouvais pas m'en aller avant qu'elle sache que j'étais son Charlie. Il fallait que quelqu'un comprenne.

Elle s'était mise à chantonner tristement, mais elle s'arrêta, sa serpillière à mi-chemin entre le seau et le plancher comme si elle sentait soudain une présence derrière elle.

Elle se tourna, le visage las, les yeux luisants et dressa la tête :

— Comment cela se fait-il ? Je ne comprends pas. Ils m'avaient tous dit qu'on ne pourrait jamais te changer.

— Ils m'ont fait une opération et cela m'a changé. Je suis célèbre maintenant. On a entendu parler de moi dans le monde entier. Je suis intelligent à présent, maman. Je peux lire et écrire et je peux...

— Merci, mon Dieu, murmura-t-elle. Mes prières ont été exaucées. Et pendant toutes ces années, je pensais qu'Il ne m'entendait pas, mais Il m'écoutait tout le temps. Il n'attendait que Son heure pour manifester Sa volonté.

Elle s'essuya le visage avec son tablier et quand je mis mon bras autour d'elle, elle pleura abondamment sur mon épaule. Tous les chagrins étaient effacés, et j'étais heureux d'être venu.

— Il faut que je le dise à tout le monde, dit-elle avec un sourire, à toutes ces maîtresses à l'école. Oh, attends de voir leur figure quand je vais leur dire. Et les voisins. Et l'oncle Herman... il faut que je le dise à l'oncle Herman. Il sera si content. Et attends que ton père rentre à la maison, et Norma ! Oh, elle sera si heureuse de te voir. Tu n'en as pas idée.

Elle me serrait dans ses bras, s'animait en parlant, faisait des projets pour la nouvelle vie que nous allions avoir ensemble. Je n'avais pas le cœur de lui rappeler que presque toutes les maîtresses de mon enfance étaient parties de cette école, que les voisins avaient déménagé depuis longtemps, que l'oncle Herman était mort depuis bien des années, que mon père l'avait quittée. Le cauchemar de tout ce passé lui avait été suffisamment douloureux. Je voulais la voir sourire et savoir que j'avais été celui qui l'avait rendue heureuse. Pour la première fois de ma vie, j'avais amené un sourire sur ses lèvres.

Puis au bout d'un moment, elle marqua un temps pensivement, comme si elle se rappelait quelque chose. Je sentis que son esprit allait divaguer.

— Non ! m'écriai-je, la faisant revenir à la réalité en sursaut. Attends, maman ! Ce n'est pas tout ce que je veux te dire avant de m'en aller.

— T'en aller ? Tu ne peux pas t'en aller maintenant.

— Il faut que je m'en aille, maman. J'ai des choses à faire. Mais je t'écrirai et je t'enverrai de l'argent.

— Mais quand reviendras-tu ?

— Je ne sais pas… encore. Mais avant que je m'en aille, je veux te donner cela.

— Un magazine ?

— Pas exactement. C'est un rapport scientifique que j'ai écrit. Très technique. Regarde, il est intitulé : *L'Effet Algernon-Gordon*. Une découverte que j'ai faite et qui porte en partie mon nom. Je veux que tu gardes cet exemplaire de mon rapport de manière que tu puisses montrer aux gens que ton fils a finalement été autre chose qu'un simple d'esprit.

Elle secoua la tête et considéra la brochure avec un respect timide :

— C'est… c'est ton nom. Je savais que cela arriverait. J'avais toujours dit que cela arriverait un jour. J'ai tenté tout ce que j'ai pu. Tu étais trop jeune pour t'en souvenir, mais j'ai tout fait ; Je leur ai dit à tous que tu irais au collège et que tu deviendrais un homme qui compterait dans le monde. Ils riaient mais je leur disais.

Elle me sourit à travers ses larmes, puis un moment après, elle ne me regarda plus. Elle ramassa son chiffon et se mit à nettoyer la boiserie autour de la porte de la cuisine, en chantonnant – plus gaiement me sembla-t-il – comme dans un rêve.

Le chien aboya de nouveau. La porte d'entrée s'ouvrit et se referma.

— Ça va, Napo. Ça va, c'est moi, dit une voix au chien qui sautait joyeusement contre la porte de la chambre.

J'étais furieux d'être pris là au piège. Je n'avais pas envie de voir Norma. Nous n'avions rien à nous dire et je ne voulais pas que ma visite soit gâchée. Il n'y avait pas de porte de derrière. Le seul moyen serait de sauter par la fenêtre dans la cour et de passer par-dessus la clôture. Mais quelqu'un pourrait me prendre pour un cambrioleur.

Quand j'entendis la clé tourner dans la serrure, je chuchotai à l'oreille de ma mère, je ne sais pas pourquoi : « Norma est rentrée. » Je lui touchai le bras mais elle ne m'entendit pas. Elle était trop occupée à chantonner en nettoyant la boiserie.

La porte s'ouvrit. Norma me vit et fronça les sourcils. Elle ne me reconnut pas d'abord, il faisait sombre, l'électricité n'avait pas été allumée. Elle posa le sac de provisions qu'elle portait, appuya sur le commutateur.

— Qui êtes-vous ?...

Mais avant que je puisse répondre, elle porta la main à sa bouche et s'appuya contre la porte.

— Charlie !

Elle le dit comme ma mère l'avait prononcé, d'une voix étouffée. Elle ressemblait à ce qu'avait été ma mère, maigre, les traits aigus, jolie à la manière d'un oiseau.

— Charlie ! Mon Dieu, quel coup ! Tu aurais pu écrire ou téléphoner pour me prévenir. Je ne sais que dire...

Elle regarda ma mère assise sur le plancher près de l'évier.

— Elle va bien ? Tu ne lui as pas donné un choc ou...

— Elle est sortie un moment de cet état. Nous avons eu une petite conversation.

— Cela me fait plaisir. Elle ne se souvient plus de grand-chose ces temps-ci. C'est son âge, la sénilité. Le Dr Portman veut que je la mette dans un hospice, mais je ne peux pas m'y résoudre. Je ne supporte pas de l'imaginer dans une de ces maisons de vieillards.

Elle ouvrit la porte de la chambre pour laisser sortir le chien. Quand il se mit à sauter et à pousser de petits cris de joie, elle le prit et le serra dans ses bras.

— Je ne peux vraiment pas faire ça à ma mère. (Puis elle me sourit, hésitante) : Eh bien, en voilà une surprise. Je n'en aurais jamais rêvé. Laisse-moi te regarder. Je ne t'aurais pas reconnu si je t'avais croisé dans la rue. Tu es si différent. (Elle poussa un soupir :) Je suis contente de te voir, Charlie.

— L'es-tu ? Je n'aurais pas cru que tu aurais envie de me revoir.

— Oh, Charlie ! (Elle prit mes mains dans les siennes :) Ne dis pas cela. Je *suis* contente de te voir. Je t'attendais. Je ne savais pas quand, mais je savais que tu reviendrais. Depuis que j'avais lu qu'à Chicago tu t'étais enfui.

Elle se recula pour mieux me regarder.

— Tu ne sais pas combien j'ai pensé à toi et je me suis demandé où tu étais et ce que tu faisais. Jusqu'à ce que ce professeur vienne ici. Quand était-ce ? En mars dernier ? Il y a tout juste sept mois ?... Je n'avais pas idée que tu sois encore vivant. Elle m'avait dit que tu étais mort à l'Asile Warren. Quand ils m'ont dit que tu étais vivant et qu'ils avaient besoin de toi pour cette expérience, je ne savais plus quoi faire. Le Pr Nemur ? C'est bien son nom ? Il n'a pas voulu me laisser te voir. Il craignait de te bouleverser avant l'opération. Mais quand j'ai vu dans les journaux qu'elle avait réussi et que tu étais devenu un *génie* – oh la la ! tu ne peux pas savoir ce que cela fait de lire cela !

« J'ai tout raconté aux gens de mon bureau, et aux autres filles de mon club de bridge. Je leur ai montré ta photo dans le journal et je leur ai dit que tu allais bientôt venir nous voir. Et tu l'as fait. Tu l'as vraiment fait Tu ne nous as pas oubliées.

Elle me serra de nouveau dans ses bras.

— Oh, Charlie, Charlie... que c'est merveilleux de découvrir tout d'un coup que j'ai un grand frère ! Tu ne peux pas avoir idée. Assieds-toi, je vais te faire quelque chose à manger. Il faut que tu me racontes tout et que tu me dises quels sont tes projets. Je... je ne sais pas quelles questions te poser. Je dois paraître ridicule... comme une gamine qui vient de découvrir que son frère est un héros ou une vedette de cinéma ou je ne sais quoi ?

J'étais confondu. Je ne m'étais pas attendu à un accueil comme celui-là de la part de Norma. Il ne m'était jamais venu à l'esprit que toutes ces années passées seule avec ma mère pouvaient l'avoir changée. Et pourtant c'était inévitable. Elle n'était plus la gamine trop gâtée de mes souvenirs. Elle avait grandi, elle était devenue aimable, sensible, affectueuse.

Nous bavardâmes. Cela me faisait un drôle d'effet d'être assis là près de ma sœur, et de parler avec elle de ma mère – qui était dans la pièce –, comme si elle n'y était pas. Chaque fois que Norma voulait parler de leur vie ensemble, je me tournais pour voir si Rose écoutait, mais elle était absorbée dans son propre univers, comme si elle ne comprenait pas notre langage, comme si rien de tout cela ne la concernait plus. Elle errait dans la cuisine comme un fantôme, ramassait des objets, les rangeait, sans jamais nous gêner. C'était effrayant.

Je regardai Norma donner à manger à son chien.

— Tu l'as donc finalement eu. Napo, c'est un diminutif pour Napoléon, non ?

Elle se redressa, fronça le front :

— Comment peux-tu savoir ?

264

Je lui expliquai mes souvenirs : la fois où elle avait ramené sa composition à la maison en espérant avoir le chien et comment Matt s'y était opposé. Tandis que je le lui racontais, son front se plissa davantage.

— Je ne me rappelle rien de cela. Oh, Charlie, j'étais si méchante avec toi ?

— Il y a un souvenir dont je suis curieux. Je ne suis pas certain que ce soit un souvenir, ou un rêve, ou si je l'ai simplement imaginé. C'est la dernière fois que nous avons joué ensemble en amis. Nous étions dans le sous-sol et nous jouions à être des Chinois, chacun avec un abat-jour sur la tête, et nous gambadions sur un vieux matelas. Tu avais sept ou huit ans, je crois, et j'en avais environ treize. Et, du moins dans mon souvenir, tu as rebondi en dehors du matelas et tu t'es cogné la tête contre le mur. Pas très fort, simplement un coup, mais maman et papa sont arrivés en courant parce que tu hurlais et tu as dit que j'avais essayé de te tuer.

« Maman reprocha à Matt de ne pas me surveiller, de nous laisser seuls ensemble et elle me fouetta avec une courroie jusqu'à ce que je perde presque connaissance. T'en souviens-tu ? Est-ce bien arrivé comme cela ?

Norma m'écoutait, fascinée, comme si cela éveillait en elle des images oubliées.

— Tout cela est si vague. Tu sais, je croyais que c'était dans un rêve, je me souviens des abat-jour et des gambades sur le matelas.

Elle regarda au loin par la fenêtre.

— Je te détestais parce qu'ils s'occupaient tout le temps de *toi*. Ils ne te donnaient jamais la fessée pour n'avoir pas bien fait tes devoirs ou pour ne pas avoir rapporté de meilleures notes à la maison. Souvent tu n'allais même pas à l'école et tu jouais dans la rue ; moi, il fallait que je suive des classes difficiles. Oh, comme je te détestais ! À l'école, les autres faisaient des dessins au tableau noir, un garçon avec un bonnet d'âne et ils écrivaient dessous *Le frère de Norma*. Et ils dessinaient aussi sur le trottoir dans la cour : *la sœur de l'idiot, la famille de Gordon l'imbécile*. Quand, un jour, je n'ai pas été invitée à une petite fête pour l'anniversaire d'Emily Raskin, je savais que c'était à cause de toi. Et quand nous jouions dans le sous-sol avec les abat-jour sur la tête, il fallait que je me venge. (Elle se mit à pleurer.) J'ai donc menti et j'ai dit que tu m'avais fait du mal. Oh, Charlie, que j'étais bête... une sale gamine gâtée. J'en suis tellement honteuse...

— Ne te fais pas de reproches. Cela doit avoir été dur d'affronter les autres gosses. Pour moi, cette cuisine était mon univers – avec cette pièce à côté. Le reste ne comptait pas tant que j'étais ici en sécurité. Toi, il fallait que tu affrontes le monde extérieur.

— Mais pourquoi t'ont-ils envoyé à l'asile, Charlie ? Pourquoi ne pouvais-tu pas rester ici et vivre avec nous ? Je me le suis toujours demandé. Chaque fois que je l'ai questionnée, elle a toujours répondu que c'était pour ton propre bien.

— D'une certaine manière, elle avait raison.

Elle secoua la tête :

— Elle t'a envoyé à l'asile à cause de *moi*, n'est-ce pas ? Oh, Charlie, pourquoi cela est-il arrivé ? Pourquoi à nous ?

Je ne savais pas quoi lui répondre. J'aurais voulu pouvoir lui dire que, comme la famille grecque des Atrides, nous payions pour les péchés de nos ancêtres, ou accomplissions un ancien oracle. Mais je n'avais pas d'explication pour elle ni pour moi.

— C'est du passé, dis-je. Je suis heureux de t'avoir retrouvée. Maintenant, tout est plus facile.

Elle me saisit soudain le bras :

— Charlie, tu ne sais pas ce que j'ai enduré pendant toutes ces années avec elle. Cet appartement, cette rue, mon travail. Cela a été un cauchemar : revenir chaque soir à la maison, en me demandant si elle serait encore là, si elle ne se serait pas blessée, et me sentir coupable de telles pensées.

Je me levai et la laissai poser sa tête sur mon épaule, et elle pleura.

— Oh, Charlie, je suis si heureuse que tu sois revenu… Nous avions besoin de quelqu'un. Je suis si lasse…

J'avais rêvé d'un moment comme celui-là, mais maintenant que je le vivais, à quoi cela menait-il ? Je ne pouvais pas lui dire ce qui allait m'arriver. Et pourtant, pouvais-je accepter son affection sous de faux-semblants ? Pourquoi me leurrer ? Si j'avais encore été l'ancien Charlie faible d'esprit, une charge, elle ne m'aurait pas parlé de la même manière. En quoi y avais-je droit maintenant ? Le masque me serait bientôt arraché.

— Ne pleure pas, Norma. Tout ira bien. (Je m'entendis prononcer des platitudes rassurantes.) J'essaierai de m'occuper de vous deux, j'ai quelques économies et avec ce que me paie la Fondation, je pourrai vous envoyer un peu d'argent régulièrement – au moins pendant un certain temps.

— Mais tu ne t'en vas pas ! Tu vas rester avec nous, maintenant…

— J'ai quelques voyages à faire, des recherches, quelques conférences, mais j'essaierai de revenir vous voir. Prends bien soin d'elle. Elle a subi beaucoup d'épreuves. Je t'aiderai aussi longtemps que je le pourrai.

— Charlie ! Non, ne t'en va pas ! (Elle s'accrochait à moi.) J'ai peur !…

Le rôle que j'avais toujours désiré jouer : le grand frère.

À ce moment, je sentis que Rose, qui était assise tranquillement dans un coin, nous regardait fixement. Son visage avait changé. Elle ouvrait de grands yeux et elle était penchée en avant sur son siège. Elle me faisait penser à un faucon prêt à s'abattre sur sa proie.

Je m'écartai de Norma mais avant que je puisse dire un mot, Rose fut sur ses pieds. Elle avait pris le couteau de cuisine sur la table et le pointait vers moi.

— Qu'est-ce que tu lui fais ? Laisse-la ! Je t'ai dit ce que je te ferais si je te reprenais à toucher à ta sœur ! Petit dégoûtant ! Tu n'es pas digne de rester avec des gens normaux !

Nous reculâmes tous les deux ; pour je ne sais quelle raison insensée, je me sentais coupable, comme si j'avais été pris en train de faire un geste condamnable, et je savais que Norma avait le même sentiment. C'était comme si l'accusation de ma mère avait été vraie et que nous nous étions livrés à un acte indécent.

Norma hurla :

— Maman ! Pose ce couteau !

Voir ainsi Rose avec son couteau me ramena à l'esprit l'image de la nuit où elle avait forcé Matt à m'emmener. Elle la revivait maintenant. Je ne pouvais ni parler ni bouger. La nausée m'envahit, la sensation d'étouffement, le bourdonnement dans mes oreilles, l'estomac tordu par des spasmes comme s'il voulait s'arracher de mon corps.

Elle avait un couteau, Alice avait un couteau, mon père avait un couteau et le Dr Strauss avait un couteau…

Heureusement, Norma eut la présence d'esprit de le lui enlever des mains, mais elle ne put effacer les craintes que reflétaient les yeux de Rose tandis qu'elle me criait :

— Fais-le sortir d'ici ! Il n'a pas le droit de regarder sa sœur en pensant à des cochonneries !

Rose, après avoir hurlé, s'effondra dans sa chaise, en pleurs.

Je ne savais pas quoi dire, Norma non plus. Nous étions tous les deux embarrassés. Maintenant, elle savait pourquoi j'avais été envoyé à l'asile.

Je me demandais si j'avais jamais fait quoi que ce soit qui justifiât les craintes de ma mère. Je n'en avais aucun souvenir, mais comment pouvais-je être certain qu'il n'y eût pas d'horribles pensées réprimées derrière les barrières de ma conscience tourmentée ? Dans des couloirs murés, au-delà d'impasses que mon regard n'atteindrait jamais. Peut-être l'ignorerai-je toujours. Quelle que soit la vérité, je ne peux pas haïr Rose d'avoir protégé Norma, je dois comprendre la manière dont elle voyait cela. Car si je ne lui pardonne pas, je n'aurai plus rien.

Norma était tremblante.

— Ne t'inquiète pas, lui dis-je. Elle ne sait pas ce qu'elle fait. Ce n'était pas contre moi qu'elle était en rage. C'était contre l'ancien Charlie. Elle avait peur de ce qu'*il* aurait pu te faire. Je ne peux pas lui reprocher d'avoir voulu te protéger. Mais nous n'avons plus à penser à cela, car il a disparu pour toujours, n'est-ce pas ?

Elle ne m'écoutait pas. Son visage avait pris une expression songeuse.

— Je viens d'éprouver une de ces impressions bizarres qu'on a au moment où se produit un événement et où l'on a la sensation qu'on sait que cela va arriver, comme si c'était déjà arrivé, exactement de la même manière, et qu'on le voit se dérouler de nouveau…

— C'est une impression très fréquente.

Elle secoua la tête :

— Là, sur le moment, quand je l'ai vue avec ce couteau, cela a été comme un rêve que j'aurais eu il y a très longtemps.

À quoi servait de lui dire que, étant enfant, elle avait sans doute été réveillée, cette nuit-là, et qu'elle avait vu toute la scène, de sa chambre – puis l'avait repoussée et déformée dans sa mémoire jusqu'à ce qu'elle la considère comme une illusion extravagante ? Aucune raison de l'accabler de la vérité. Elle aurait suffisamment de peine avec ma mère dans l'avenir. J'aurais été heureux de la délivrer de ce fardeau et de cette douleur, mais cela n'avait pas de sens de commencer une entreprise que je ne pourrais achever. Il me faudrait vivre en subissant ma propre affliction. Il n'y avait aucun moyen d'arrêter le sable de ce que je savais de mon avenir, dans le sablier de mon esprit.

— Il faut que je m'en aille, maintenant. Prends bien soin de toi et d'elle, dis-je en lui serrant les mains.

Napoléon aboya après moi quand je sortis.

Je me contins aussi longtemps que je pus, mais quand j'atteignis la rue, ce ne fut plus possible. C'est difficile à écrire, mais les gens se retournaient sur moi tandis que je revenais à la voiture, pleurant comme un enfant. Je ne pouvais pas m'en empêcher et cela m'était égal.

Tout en marchant, se réverbéraient en écho dans ma tête, au rythme d'un bourdonnement, ces paroles ridicules :

Trois souris aveugles… Trois, trois souris aveugles,
Voyez comme elles courent ! Voyez comme elles courent !
Elles courent après la femme du fermier,
Qui, de son grand couteau, leur a coupé la queue,
Avez-vous jamais vu cela de votre vie
Trois, trois souris… aveugles.

J'essayai de ne pas entendre mais en vain, et quand je me retournai vers la maison, j'aperçus le visage d'un petit garçon qui me regardait, la joue pressée contre un carreau de la fenêtre.

Compte rendu N° 17

3 octobre. C'est le déclin. J'ai des envies de suicide pour en finir avec tout maintenant que j'ai encore le contrôle de moi-même et conscience du monde qui m'entoure. Mais alors, je pense à Charlie qui attend à la fenêtre. Je n'ai pas le droit de lui enlever sa vie, je ne l'ai qu'empruntée pour un moment et maintenant, je dois la lui rendre.

Je ne dois pas oublier que je suis la seule personne à qui cela soit jamais arrivé. Aussi longtemps que je le pourrai, il faut que je continue de noter mes pensées et mes sensations. Ces comptes rendus sont l'apport de Charlie à l'humanité.

Je suis devenu nerveux et irritable. J'ai des disputes avec les locataires de l'immeuble parce que je fais marcher mon électrophone haute fidélité tard la nuit. Je le fais beaucoup depuis que j'ai arrêté de jouer du piano. Ce n'est pas bien de le faire marcher quelle que soit l'heure, mais il faut que je le fasse pour me tenir éveillé. Je sais que je devrais dormir mais je ne veux pas perdre une seconde de mon temps de veille. Ce n'est pas simplement à cause des cauchemars ; c'est parce que j'ai peur de lâcher.

Je me dis que j'aurai bien le temps de dormir plus tard, quand ce sera la nuit.

Mr Vernor, de l'appartement du dessous, ne s'était jamais plaint de rien, mais maintenant, il tape sans cesse sur les conduites du chauffage ou au plafond, et j'entends les coups sous mes pieds. Je les ai d'abord négligés, mais la nuit dernière, il est monté en robe de chambre. Nous nous sommes disputés, et je lui ai claqué la porte au nez. Une heure plus tard, il est revenu avec un policeman qui m'a dit que je ne devais pas faire jouer des disques aussi fort à quatre heures du matin. Le sourire satisfait de Vernor m'a tellement mis en fureur que c'est tout juste si j'ai pu me retenir de le frapper. Quand ils sont partis, j'ai démoli l'électrophone et tous les disques. De toute façon, je me faisais des idées. Je n'aime vraiment plus du tout ce genre de musique.

4 octobre. La plus étrange séance de psychothérapie que j'aie jamais eue. Strauss en a été bouleversé. Il ne s'était pas attendu à cela, lui non plus.

Ce qui est arrivé – je n'ose pas appeler cela un souvenir – fut un phénomène psychique ou une hallucination. Je n'essaierai pas de l'expliquer ni de l'interpréter, mais je décrirai simplement ce qui s'est passé.

J'étais énervé quand je suis entré dans son cabinet, et il fit semblant de ne pas le remarquer. Je m'allongeai immédiatement sur le divan et lui, comme d'habitude, s'assit à côté, un peu en arrière de moi – juste hors de ma vue – et il attendit que commence l'épanchement rituel de tous les poisons accumulés dans mon esprit.

Je jetai un coup d'œil vers lui, la tête renversée. Il paraissait fatigué, mollasse et, je ne sais pourquoi, il me rappela Matt assis dans son fauteuil de coiffeur, attendant des clients. Je fis part à Strauss de cette association, il hocha la tête et resta muet.

— *Attendez-vous* des clients ? demandai-je. Vous devriez faire transformer ce divan en fauteuil de coiffeur. Et lorsque vous voudriez une association libre d'idées, vous installeriez votre client comme le fait le coiffeur pour lui passer du savon à barbe sur la figure ; quand les cinquante minutes seraient écoulées, vous pourriez rebasculer le fauteuil en avant et lui tendre un miroir pour qu'il puisse voir quel aspect extérieur il a après que vous lui avez rasé son moi intérieur.

Il ne dit rien et, tout en me sentant honteux de la manière dont je lui parlais, je ne pouvais pas arrêter :

— Alors votre patient pourrait venir à chaque séance et dire : « Enlevez un peu d'épaisseur à mon anxiété. Pas trop court pour mon surmoi, s'il vous plaît », ou il pourrait même venir pour un shampooing à la moelle – pardon, se faire shampooiner le moi. Aha ! vous avez remarqué, docteur, ce lapsus ? *Moelle... moi...* pas loin, non ? Est-ce que cela signifie que je désire être lavé de tous mes péchés ? Naître à nouveau ? Est-ce un symbole de baptême ? Ou rasons-nous de trop près ? Est-ce qu'un *idiot* a un « ça » ?

J'attendais une réaction mais il se déplaça simplement dans son fauteuil.

— Êtes-vous éveillé ? demandai-je.

— J'écoute, Charlie.

— Vous écoutez seulement ? Vous ne vous fâchez donc jamais ?

— Pourquoi veux-tu que je me fâche contre toi ?

Je soupirai :

— Strauss l'impassible, l'imperturbable. Il faut que je vous dise. J'en ai plus qu'assez de venir ici. À quoi sert maintenant cette psychothérapie ? Vous savez aussi bien que moi ce qui va arriver.

— Mais je crois que tu ne désires pas arrêter. Tu veux continuer jusqu'au bout, n'est-ce pas ?

— C'est stupide. Une perte de temps pour vous et pour moi.

Je restai allongé dans la lumière atténuée du cabinet, et je contemplai le dallage de carreaux d'insonorisation au plafond... des carreaux troués de milliers de petits trous qui absorbaient toutes les paroles. Emmurées vivantes dans les petits trous du plafond.

Je sentis ma tête devenir creuse. Mon esprit était vide et c'était inhabituel car durant les séances de psychothérapie, il me fournissait toujours beaucoup d'éléments à communiquer. Rêves... souvenirs... associations d'idées... problèmes... Mais à présent, je me sentais isolé et vide.

Seul l'impassible Strauss respirait derrière moi.

— Je me sens bizarre, dis-je.

— Tu veux m'en parler ?

Oh, comme il était adroit et subtil ! Que diable faisais-je là au fond, à faire absorber mes associations d'idées par de petits trous au plafond et de grands trous chez mon psychothérapeute ?

— Je ne sais pas si je désire en parler, dis-je. Je ressens plus d'hostilité envers vous, aujourd'hui, que d'habitude.

Puis, je lui dis à quoi j'avais pensé.

Sans le voir, je savais qu'il hochait la tête.

— C'est difficile à expliquer, repris-je. Une sensation que j'ai déjà éprouvée une fois ou deux, juste avant de perdre connaissance. Un creux dans la tête... tout s'intensifie... mais je sens mon corps glacé et engourdi...

— Continue. (Il y avait dans sa voix une pointe de surexcitation.) Quoi encore ?

— Je ne sens plus mon corps. Je suis comme paralysé. J'ai la sensation que Charlie est tout près. Mes yeux sont ouverts – j'en suis sûr… est-ce exact ?

— Oui, grands ouverts.

— Et pourtant je vois une lueur blanc-bleu sortir des murs et du plafond, se rassembler en une boule chatoyante. Maintenant, elle est suspendue dans l'air. Une lumière… qui pénètre de force dans mes yeux… et dans mon cerveau… Tout dans la pièce resplendit… J'ai la sensation de flotter… ou plutôt de me *dilater* dans tous les sens… et pourtant, sans avoir à regarder, je sais que mon corps est toujours étendu sur le divan. Est-ce là une hallucination ?

— Charlie, cela va bien ?

— Ou est-ce ce qu'ont décrit les mystiques ?

J'entends sa voix mais je ne veux pas lui répondre. Cela m'ennuie qu'il soit là. Il faut que je fasse comme s'il n'y était pas. Rester passif et laisser cela… quoi que ce soit… m'emplir de lumière et m'absorber en elle.

— Qu'est-ce que tu vois, Charlie ? Qu'est-ce qu'il y a ?

Une sensation de monter, comme une feuille dans un courant ascendant d'air chaud. Toujours plus vite, les atomes de mon corps s'éloignent les uns des autres, je deviens plus léger, moins dense, plus gros… plus gros… J'explose en me précipitant dans le soleil. Je suis un univers en expansion qui remonte vers la surface d'un océan silencieux. Petit d'abord, il englobe mon corps, la pièce, le bâtiment, la ville, le pays jusqu'à ce que je sache que si je regarde vers le bas, je verrai mon ombre masquer toute la terre.

Je suis léger et n'ai plus de sensations. Je suis à la dérive, en expansion à travers le temps et l'espace.

Puis alors que je sens que je vais crever la croûte de l'existence comme un poisson-volant qui jaillit de la mer, je suis attiré vers le bas.

Cela m'ennuie. Je voudrais me dégager. Au moment où je vais fusionner avec l'univers, j'entends des murmures aux limites du conscient. Et cette traction à peine sensible me retient au monde fini et mortel d'en bas.

Lentement, comme reculent les vagues, mon esprit en expansion se rétracte aux dimensions terrestres – sans que je le veuille car je préférerais me perdre dans l'infini, mais je suis attiré vers le bas, dans mon corps, et, un instant, je me retrouve sur le divan, réintégrant mon conscient dans l'enveloppe de ma chair. Et je sais que je peux remuer un doigt ou cligner un œil, si je le veux. Mais je ne veux pas bouger. Je ne bougerai pas !

J'attends, je reste passif, ouvert à tout ce que peut signifier cette expérience. Charlie ne veut pas que je crève le plafond de l'esprit. Charlie ne veut pas connaître ce qu'il y a au-delà.

A-t-il peur de trouver Dieu ?

Ou de ne rien trouver ?

Tandis que j'attends là, étendu, un moment passe durant lequel je *suis* moi-même *en* moi-même et, de nouveau, je perds toute conscience d'un corps ou d'une sensation. Charlie me tire de nouveau vers le bas, dans mon corps. Je regarde en moi, au centre de mon œil aveugle, cette tache rouge qui se transforme en une fleur aux multiples pétales – la fleur chatoyante, tournoyante, luminescente qui est au plus profond du cœur de mon inconscient.

Je me rétracte, non pas au sens que les atomes de mon corps se resserrent et deviennent plus denses, mais comme une fusion – comme si les atomes de mon *moi* se fondaient en un microscosme. Il va se produire une énorme chaleur, une lumière insoutenable – l'enfer de l'enfer – mais je ne regarde pas la lumière, seulement une fleur, qui se démultiplie, se *dé*divise pour revenir de la multiplicité à l'unité. Et pendant un instant, la fleur tourbillonnante se transforme en un disque doré tournillant au bout d'une ficelle, puis en une bulle d'arcs-en-ciel tournoyants ; finalement, je suis de retour dans la caverne où tout est silence et ténèbres, et je nage dans un labyrinthe humide à la recherche d'un je-ne-sais-quoi qui me reçoive... m'étreigne... m'absorbe... en *lui*.

Afin que je puisse commencer.

Tout au bout, je vois de nouveau la lumière, une ouverture dans la plus obscure des cavernes, pour le moment minuscule, et lointaine – comme si je la regardais par le mauvais bout d'une longue-vue – puis brillante, aveuglante, chatoyante et de nouveau, une fleur aux multiples pétales (un lotus tournoyant qui flotte près du seuil de l'inconscient). À l'entrée de la caverne, je trouverai la réponse si j'ose y retourner et plonger dans la grotte de lumière qui est au-delà.

Pas encore !

J'ai peur. Pas de la vie, ou de la mort, ou du néant mais de tout perdre comme si je n'avais jamais été. Et quand je m'engage dans l'ouverture, je sens la pression autour de moi qui me propulse par ondes violentes de spasmes vers la bouche de la caverne.

Elle est trop petite ! Je ne peux pas passer !

Et soudain, je suis projeté et reprojeté contre les parois, et poussé de force à travers l'ouverture où la lumière menace de faire éclater mes yeux. De nouveau, je sens que je vais crever la croûte vers cette lumière glorieuse. C'est plus que je ne puis supporter. Une douleur comme je n'en ai jamais connu, et le froid, et la nausée, et ce grand bourdonnement au-dessus de ma tête comme le battement de milliers d'ailes. J'ouvre les yeux, aveuglé par l'intense lumière. Et je bats l'air de mes bras et je tremble et je hurle.

J'en sortis grâce à l'insistance d'une main qui me secouait rudement. Le Dr Strauss.

— Dieu merci ! dit-il quand je le regardai dans les yeux. Tu m'as inquiété.

Je secouai la tête :

— Je vais très bien.

— Je crois que ce sera tout pour aujourd'hui.

Je me levai et chancelai en reprenant mon équilibre. La pièce semblait très petite.

— Pas seulement pour aujourd'hui, dis-je. Je ne crois pas qu'il me faille d'autres séances. Je ne veux pas en voir davantage.

Il était décontenancé et il ne tenta pas de me faire revenir sur cette décision. Je pris mon chapeau et mon pardessus, et je m'en allai.

Et maintenant – les paroles de Platon me narguent dans les ombres sur la corniche au-delà des flammes :

« ... les hommes de la caverne diraient de lui qu'il est monté et qu'il est redescendu sans ses yeux[1]*... »*

5 octobre. M'asseoir pour taper ces comptes rendus m'est difficile et je ne peux pas penser quand le magnétophone tourne. Je remets sans cesse ce travail, toute la journée, mais je sais combien il est important et il faut que je le fasse. Je me suis promis que je ne dînerais pas avant de m'être assis et d'avoir écrit quelque chose... n'importe quoi.

Le professeur m'a encore envoyé chercher ce matin. Il voulait que je vienne au labo pour quelques tests, du genre de ceux que je faisais d'habitude. Sur le moment, j'ai pensé que c'était très normal, puisqu'on me paie toujours, et il est important que le dossier soit complet. Cependant quand je suis arrivé au Collège Beekman et que je m'y suis mis avec Burt, j'ai su que ce serait trop pour moi.

D'abord, le labyrinthe sur le papier à suivre avec un crayon. Je me souvenais de ce que c'était auparavant, quand j'apprenais à le faire rapidement, et quand je faisais la course avec Algernon. Je me rendais compte qu'il me fallait maintenant beaucoup plus longtemps pour sortir du labyrinthe. Burt avait la main tendue pour

---

1. *La République*, livre VII, 518 d. *sq.* (*N.d.T.*)

prendre le papier mais je le déchirai et je jetai les morceaux dans la corbeille.

— Non, plus de ça. J'ai fini de courir dans le labyrinthe. Je suis dans une impasse à présent et cela s'arrête là.

Il avait peur que je ne m'enfuie et il me calma :

— Cela va bien, Charlie, ne t'inquiète pas...

— Que voulez-vous dire par « ne t'inquiète pas » ? Vous ne savez pas ce que c'est.

— Non, mais je peux l'imaginer. Nous en sommes tous malades.

— Gardez vos bonnes paroles. Laissez-moi simplement tranquille.

Il était gêné et je me rendis compte alors que ce n'était pas sa faute, et que je n'étais pas chic avec lui.

— Je suis désolé de m'être mis en colère, dis-je. Comment cela va ici ? Vous avez terminé votre thèse ?

Il hocha la tête :

— Je la fais retaper en ce moment. J'aurai mon doctorat en février.

— Bravo. (Je lui donnai une tape sur l'épaule pour montrer que je n'étais pas fâché contre lui.) Continuez. Il n'y a rien qui vaille mieux que d'avoir fait des études. Écoutez, oubliez ce que j'ai dit tout à l'heure. Je ferai tout ce que vous voudrez. Mais plus de labyrinthe. C'est tout.

— Bon. Nemur aurait voulu un test de Rorschach.

— Pour voir ce qui se passe dans mes profondeurs ? Qu'est-ce qu'il espère trouver ?

Je devais avoir l'air très ému car il recula :

— On n'est pas obligé. Tu es ici volontairement. Si tu ne veux pas...

— Non, ça va bien. Allons-y. Donnez les cartes. Mais ne me dites pas ce que vous découvrirez.

Il n'en avait pas besoin.

J'en connaissais assez sur le Rorschach pour savoir que ce n'est pas ce que vous voyez dans les cartes qui compte mais votre réaction en face d'elles. En les prenant dans l'ensemble, ou par morceaux, avec des figures en mouvement ou immobiles, en prêtant une attention spéciale aux taches de couleur ou en les négligeant, avec beaucoup d'idées ou seulement quelques réponses stéréotypées.

— Ce n'est pas valable, dis-je. Je sais ce que vous cherchez. Je connais le genre de réactions que je suis supposé avoir, afin de créer une certaine image de ce qu'est mon esprit. Tout ce que j'ai à faire, c'est de...

Il leva les yeux vers moi, attendant la suite.

— Tout ce que j'ai à faire, c'est de...

Alors cela me frappa comme un coup de poing en plein visage : je ne me souvenais plus de ce que j'avais à faire. Comme si j'avais tout bien regardé sur le tableau noir de mon esprit et que quand je me retournais pour le lire, une partie en avait été effacée et le reste n'avait plus de sens.

Je refusai d'abord d'y croire. Je passais les cartes en revue, affolé, si vite que mes mots s'étranglaient. J'aurais voulu mettre les taches d'encre en morceaux pour qu'elles révèlent leur secret. Quelque part dans ces taches se trouvaient des réponses que j'avais connues, il y a peu de temps. Pas réellement dans les taches, mais dans la partie de mon cerveau qui leur donnait une forme et une signification et projetait mon empreinte sur elles.

Et je ne pouvais plus le faire. Je ne pouvais pas me rappeler ce que j'avais à dire. Tout oublié.

— Ça, c'est une femme... dis-je... à genoux en train de nettoyer le plancher. Je veux dire... non... c'est un homme qui tient un couteau.

Et en le disant, je savais de quoi je parlais et je voulus m'en éloigner et changer de direction.

— Deux formes qui se disputent une poupée... peut-être... et l'une d'elles tire tellement qu'on dirait qu'elle va l'écarteler... non !... Je veux dire que ce sont deux visages qui se regardent l'un l'autre à travers une fenêtre, et...

Je balayai les cartes de la table et je me levai.

— Plus de tests. Je ne veux plus faire de tests.

— Très bien, Charlie. Nous allons en rester là pour aujourd'hui.

— Pas seulement pour aujourd'hui. Je ne reviendrai plus jamais ici. Quoi que ce soit qui reste en moi d'utile pour vous, vous pourrez le trouver dans mes comptes rendus. J'ai fini de courir dans le labyrinthe. Je ne suis plus un cobaye. J'en ai assez fait. Je veux qu'on me laisse tranquille maintenant.

— Très bien, Charlie. Je comprends.

— Non, vous ne comprenez pas parce que cela ne vous arrive pas à vous et personne ne peut comprendre sauf moi. Je ne vous le reproche pas. Vous avez votre travail à faire, votre doctorat à obtenir et – ah oui, ne me le dites pas, je sais que vous vous êtes voué à cela surtout par amour de l'humanité, mais encore avez-vous votre vie à vivre et il se trouve que nous ne sommes plus au même étage. J'ai dépassé votre étage en montant, maintenant je le dépasse en descendant, et je ne crois pas que je reprendrai cet ascenseur. Disons-nous simplement adieu, tout de suite.

— Mais ne crois-tu pas que tu devrais parler au docteur...

— Dites adieu à tout le monde pour moi, voulez-vous ? Je ne me sens plus le courage de les affronter à nouveau, ni les uns ni les autres.

Avant qu'il pût dire un mot ou tenter de m'arrêter, j'avais quitté le labo, pris l'ascenseur et je sortis du Collège Beekman pour la dernière fois.

7 octobre. Strauss est venu pour tenter de me revoir ce matin, mais je n'ai pas voulu ouvrir la porte. Je veux qu'on me laisse seul maintenant.

C'est une étrange sensation que de prendre un livre qu'on a lu et aimé il y a quelques mois à peine, et de découvrir qu'on ne s'en souvient plus. Je me rappelle combien j'avais trouvé Milton admirable. Quand je pris

Le Paradis perdu, je pus seulement me souvenir qu'il y était question d'Adam et Ève et de l'Arbre de la science, du Bien et du Mal, mais je n'arrivais plus maintenant à comprendre pourquoi.

Je me levai, fermai les yeux et je vis Charlie – moi – à six ou sept ans, assis à la table de la salle à manger, avec un livre de classe, apprenant à lire, répétant et répétant les mots avec sa mère auprès de lui, auprès de moi...

— Essaie encore une fois.

— *Regarde Jack. Regarde Jack cours. Regarde Jack regarde.*

— Non ! Pas *Regarde Jack regarde* ! C'est *Cours Jack, cours !*

Elle montrait de son doigt.

— *Regarde Jack, Regarde Jack cours. Cours Jack regarde.*

— Non ! Tu ne fais pas attention. Essaie encore une fois !

Essaie encore une fois... Essaie encore une fois... Essaie encore une fois.

— Laisse-le tranquille. Tu le terrorises.

— Il faut qu'il apprenne. Il est trop paresseux pour faire attention.

Cours Jack cours... Cours Jack cours... Cours Jack cours...

— Il est plus lent que les autres enfants. Laisse-lui le temps.

— Il est normal. Il n'a rien qui cloche. Il est simplement paresseux. Je lui enfoncerai cela dans la tête jusqu'à ce qu'il apprenne.

Cours Jack cours... Cours Jack cours... Cours Jack cours...

Et alors en levant les yeux de la table, il me sembla me voir par les yeux de Charlie, tenant *Le Paradis perdu*, et je m'aperçus que je cassais la reliure en tirant des deux mains, comme si je voulais déchirer le livre.

J'en ai arraché le dos, j'ai empoigné une liasse de pages et je les ai jetées avec le livre à travers la pièce dans le coin où étaient les disques brisés. Et il resta là, gisant avec ses pages déchirées qui semblaient se moquer de moi, comme des petites langues blanches, parce que je ne pouvais pas comprendre ce qu'elles disaient.

Il faut que je m'efforce de garder en moi un peu de ce que j'ai appris. Je vous en prie, mon Dieu, ne me retirez pas tout.

10 octobre. Habituellement je sors la nuit pour marcher au hasard à travers la ville. Je ne sais pas pourquoi. Pour voir des visages, je suppose. La nuit dernière, je n'arrivais plus à me rappeler où j'habitais. Un agent de police m'a ramené chez moi. J'ai l'étrange sensation que cela m'est déjà arrivé – il y a longtemps. Je voudrais ne pas l'écrire mais je me dis toujours que je suis le seul au monde à pouvoir décrire un pareil phénomène de désagrégation.

Je ne marchais pas, je flottais dans l'espace, mais au lieu d'être clair et net, tout était recouvert d'une couche de grisaille. Je sais ce qui m'arrive mais je n'y peux rien. Je marche ou je reste là sur le trottoir et je regarde les gens passer. Quelques-uns me regardent, d'autres non, mais personne ne me dit rien – sauf une nuit où un homme s'est approché et m'a demandé si je voulais une fille. Il m'a emmené quelque part. Il voulait dix dollars d'abord, et je les lui ai donnés, mais il n'est jamais revenu.

Et je me suis alors rendu compte que je n'étais qu'un imbécile.

11 octobre. Lorsque je suis rentré chez moi ce matin, j'ai trouvé Alice endormie sur le divan. Tout était nettoyé, et au premier abord, j'ai cru que je m'étais trompé d'appartement, puis j'ai vu qu'elle n'avait pas touché aux disques brisés, ni aux livres déchirés, ni aux partitions froissées dans le coin de la pièce. Le plancher craqua, elle s'éveilla et me regarda.

— Bonjour, dit-elle en riant. Tu fais un drôle d'oiseau de nuit.

— Pas un oiseau de nuit. Plutôt un oiseau fossile. Un fossile idiot. Comment êtes-vous entrée ici ?

— Par l'escalier de secours, par l'appartement de Fay. Je l'ai appelée pour avoir de tes nouvelles et elle m'a dit qu'elle était inquiète. Elle dit que tu te conduis... bizarrement... que tu fais du tapage. J'ai décidé qu'il était temps que je fasse une apparition. J'ai mis un peu d'ordre. J'ai pensé que cela ne te ferait rien.

— Si, cela me fait... beaucoup. Je ne veux pas que quelqu'un vienne ici se lamenter sur moi.

Elle se dirigea vers la glace pour se peigner.

— Je ne suis pas ici parce que je me lamente sur toi, mais parce que je me lamente sur moi.

— Qu'est-ce que cela veut dire ?

— Cela ne veut rien dire, dit-elle avec un haussement d'épaules. Ce n'est... qu'une sorte de poème. Je voulais te voir.

— Le zoo ne vous suffit pas ?

— Oh, cela suffit, Charlie. Ne te dérobe pas. J'ai attendu assez longtemps que tu viennes à moi. J'ai décidé de venir à toi.

— Pourquoi ?

— Parce qu'il reste encore du temps. Et je veux le passer avec toi.

— C'est une chanson ?

— Charlie, ne te moque pas de moi.

— Je ne me moque pas, mais je ne peux pas me payer le luxe de partager mon temps avec quelqu'un – il m'en reste juste assez pour moi.

— Je ne peux pas croire que tu veuilles rester complètement seul.

— Si.

— Nous avons passé un petit peu de temps ensemble avant de perdre contact. Nous avions des choses à nous dire, à faire ensemble. Cela n'a pas duré très longtemps mais cela a compté. Écoute, nous savions ce qui pourrait arriver. Ce n'était pas un secret. Je ne suis pas partie, Charlie, j'ai simplement attendu. Tu es maintenant revenu à peu près à mon niveau, n'est-ce pas ?

Complètement déchaîné, je me mis à arpenter l'appartement :

— Mais c'est de la pure folie. Il n'y a plus rien à attendre. Je n'ose pas penser à l'avenir, mais seulement au passé. Dans quelques mois, quelques semaines, quelques jours – qui diable le sait ? – je retournerai à l'Asile Warren. Vous ne pourrez pas m'y suivre.

— Non, admit-elle, et je n'irai sans doute même pas t'y voir. Une fois que tu seras à l'asile, je m'efforcerai de mon mieux de t'oublier. Je ne prétends pas le contraire. Mais jusqu'à ce que tu partes, il n'y a aucune raison pour que nous restions seuls, l'un et l'autre.

Avant que je puisse prononcer un mot, elle m'embrassa avec fougue. Je la pris dans mes bras, elle posa sa tête sur ma poitrine, et assis, serrés l'un contre l'autre, sur le divan, j'attendis, mais la panique ne vint pas. Alice était une femme, peut-être Charlie comprendrait-il maintenant qu'elle n'était ni sa mère ni sa sœur.

Soulagé de savoir que j'avais dépassé un point critique, je poussai un soupir, car il n'y avait plus rien qui me retînt. Ce n'était plus le moment de craindre ou de feindre, car cela ne pourrait jamais être ainsi avec une autre. Toutes les barrières étaient abattues. J'avais déroulé le fil qu'elle m'avait donné et trouvé le chemin qui menait hors du labyrinthe, là où elle m'attendait. Je la pris et la possédai plus profondément qu'avec mon corps seulement.

Je ne prétends pas comprendre le mystère de l'amour, mais cette fois, c'était bien plus qu'un acte sexuel, que la jouissance donnée par le corps d'une femme. C'était être soulevé de terre, au-delà de la peur et des tourments, faire partie d'une entité plus vaste que moi-même. J'étais arraché de la sombre caverne de mon esprit pour fusionner avec quelqu'un d'autre… exactement comme j'en avais eu la sensation l'autre jour sur le divan de psychothérapie. C'était le premier pas vers l'univers – au-delà de l'univers – dans lequel et avec lequel nous ne faisions plus qu'un pour recréer et perpétuer l'esprit humain. Expansion et explosion, rétraction et recommencement, c'était le rythme de la vie – de la respiration, du battement de cœur, du jour et de la nuit – et le rythme de nos corps mêlés éveillait un écho dans mon esprit. Il en avait été ainsi dans cette singulière vision. L'épais brouillard gris se levait dans mon esprit et la lumière pénétrait mon cerveau (comme il est surprenant que la lumière puisse aveugler !) et mon corps était réabsorbé dans un immense océan d'espace, lavé par un étrange baptême. Mon corps vibrait du bonheur de donner et le sien du bonheur d'accepter.

Nous nous aimâmes ainsi jusqu'à ce que la nuit cède devant une aube silencieuse. Et couché là, près d'elle, je voyais maintenant combien l'amour physique était important, combien il nous était nécessaire d'être dans les bras l'un de l'autre, à donner et à prendre. L'univers explosait, chacune de ses particules s'écartait des autres, nous lançant dans un espace obscur et désert, nous arrachant éternellement l'un à l'autre – l'enfant à la matrice, l'amant à sa maîtresse, l'ami à l'ami, les éloignant l'un de l'autre, chacun suivant son chemin vers la cage ultime de la mort solitaire.

Mais l'acte d'amour était la compensation, ce qui liait et retenait. De même que les marins, pour ne pas être emportés par-dessus bord dans la tempête, s'agrippent les mains afin de ne pas être arrachés les uns aux autres, de même nos corps unis formaient un anneau dans la chaîne humaine qui nous préservait d'être engouffrés dans le néant.

À l'instant de tomber dans le sommeil, je me remémorai comment cela avait été entre Fay et moi, et je souris. Pas étonnant que cela ait été facile. Cela n'avait été que physique. Avec Alice, c'était un mystère.

Je me penchai sur elle et baisai ses yeux.

Alice sait tout sur moi maintenant et accepte le fait que nous ne pourrons être ensemble que très peu de temps. Elle a admis de s'en aller quand je lui dirai de partir. Il m'est douloureux de penser à cela, mais je crois que ce que nous possédons est beaucoup plus que ce que la plupart des gens trouvent dans toute une vie.

14 octobre. Je me réveille le matin et je ne sais ni où je suis ni ce que je fais là, puis je la vois près de moi et je me souviens. Elle sent lorsqu'il se produit des changements en moi, et elle va et vient doucement dans l'appartement, fait le petit déjeuner, le ménage, ou bien elle sort et me laisse seul sans poser de questions.

Nous sommes allés au concert ce soir, mais je me suis vite ennuyé et nous sommes partis au beau milieu. Je semble ne plus pouvoir rester si longtemps attentif. J'y étais allé parce que je sais que j'ai aimé Stravinski, mais je n'ai plus la patience d'écouter.

Il n'y a qu'un point noir dans la présence d'Alice ici, c'est que maintenant, je sens que je devrais lutter contre ce qui arrive. Je voudrais arrêter le temps, m'immobiliser définitivement à ce niveau et ne jamais me séparer d'elle.

17 octobre. Pourquoi ne puis-je plus me rappeler ? Il faut que je résiste à cette paresse. Alice me dit que je reste au lit pendant des jours et que je parais ne plus me rappeler qui je suis ni où je suis. Puis cela me revient, je la reconnais et je me souviens de ce qui se passe. Crises d'amnésie. Symptômes d'un retour en enfance – comment appelle-t-on cela ? Sénilité ? Je vois venir cela.

Tout est si cruellement logique dans ce résultat de l'accélération des processus mentaux. J'ai appris tellement de choses, tellement vite, et maintenant, mon esprit se détériore au même rythme. Et si je ne veux pas qu'il en soit ainsi ? Si je lutte ? Je songe à ceux de l'Asile Warren, avec leur sourire béat, leur expression vide ; et tout le monde rit d'eux.

Le petit Charlie Gordon me regarde par la fenêtre... il attend. Non, je vous en prie, mon Dieu, faites que je ne redevienne pas comme cela.

18 octobre. J'oublie des choses que j'ai apprises récemment. Il semble que cela suive l'évolution classique, les dernières choses apprises sont les premières oubliées. Ou est-ce bien ainsi que cela se passe ? Mieux vaut vérifier de nouveau.

J'ai relu mon rapport sur *L'Effet Algernon-Gordon* et bien que je sache que je l'ai écrit, j'ai la sensation qu'il a été écrit par quelqu'un d'autre. Je n'en comprends même pas la plus grande partie.

Mais pourquoi suis-je si irritable ? Spécialement à l'égard d'Alice qui est si bonne avec moi ? Elle tient l'appartement propre et en ordre, toujours en train de ranger mes affaires, de laver la vaisselle et d'astiquer les parquets. Je n'aurais pas dû crier contre elle de cette manière ce matin, cela l'a fait pleurer et je ne le voulais pas. Mais elle n'aurait pas dû ramasser les disques brisés et les livres déchirés, et les mettre soigneusement dans une boîte. Cela m'a mis en colère. Je ne veux pas qu'on touche à ces débris. Je veux les voir s'empiler. Je veux qu'ils me rappellent ce que je laisse derrière moi. J'ai donné un coup de pied dans la boîte et j'ai tout éparpillé sur le plancher, et je lui ai dit de tout laisser tel quel.

Idiot. Aucune raison à cela. Je suppose que je me suis irrité parce que je savais qu'elle pensait que c'était bête de garder tout cela et ne me le disait pas. Elle faisait semblant de trouver cela normal. Elle veut me complaire. Et quand j'ai vu cette boîte, je me suis souvenu de ce garçon à l'Asile Warren, de l'affreuse lampe qu'il avait faite et de la manière dont nous avons tous voulu lui complaire, feignant de trouver qu'il avait fait une merveille, alors que ce n'était pas vrai.

C'est comme cela qu'elle se comporte avec moi et je ne peux pas le tolérer.

Quand elle est allée dans la chambre, et qu'elle a pleuré, cela m'a donné des remords et je lui ai dit que tout était ma faute. Je ne mérite pas quelqu'un d'aussi bon qu'elle. Pourquoi ne puis-je me contrôler, juste assez pour continuer de l'aimer ? Juste cela.

19 octobre. Activité motrice atteinte. Je ne fais que buter partout et lâcher les choses. J'ai d'abord pensé que cela ne venait pas de moi. J'ai cru qu'elle déplaçait les meubles et les objets. La corbeille à papier était dans mon chemin, les sièges aussi et j'ai pensé qu'elle les avait dérangés.

Maintenant je me rends compte que ma coordination est mauvaise. Il faut que je procède lentement pour faire bien ce que je fais. Cela me devient de plus en plus difficile de taper à la machine. Pourquoi fais-je sans cesse des reproches à Alice ? Pourquoi ne discute-t-elle pas ? Cela me met en colère parce que je lis la pitié sur son visage.

Mon seul plaisir à présent, c'est le poste de télévision. Je passe la majeure partie du jour à regarder les jeux, les vieux films, les feuilletons et même les émissions enfantines et les dessins animés. Et je ne peux plus me décider à l'éteindre. Tard dans la soirée, il y a des films d'horreur, des documentaires, minuit dernière, la ronde de nuit et même le petit sermon avant l'arrêt des émissions, avec *La Bannière étoilée* et le drapeau qui flotte dans le fond, et finalement, la mire de l'émetteur qui me fixe de son œil immobile à travers la petite fenêtre carrée.

Pourquoi est-ce que je regarde toujours la vie à travers une fenêtre ?

Et quand tout est fini, je suis écœuré de moi-même ; il me reste si peu de temps pour lire, écrire et réfléchir, et je devrais éviter de m'intoxiquer le cerveau avec ces niaiseries malsaines qui visent l'enfant en moi. Surtout quand l'enfant qui est en moi reconquiert mon cerveau.

Je sais tout cela, mais quand Alice me dit que je ne devrais pas perdre mon temps, je me fâche et je lui dis de me laisser tranquille.

J'ai un sentiment que je dois surveiller car il est important pour moi de ne pas penser, de ne pas songer à la boulangerie, à ma mère et mon père, et à Norma. Je ne veux plus me souvenir du passé.

J'ai eu un choc terrible aujourd'hui. J'ai pris un article dont je me suis servi dans mes recherches, *Über Psychische Ganzheit*, de Krueger, pour voir s'il pourrait m'aider à comprendre le rapport que j'ai écrit et ce que j'ai fait. J'ai d'abord cru que j'avais des troubles visuels. Puis je me suis rendu compte que je ne pouvais plus lire l'allemand. J'ai essayé avec d'autres langues. Toutes oubliées.

21 octobre. Alice est partie. Voyons si je peux me souvenir. Cela a commencé quand elle a dit que nous ne pouvions pas vivre comme cela avec les livres déchirés et les disques brisés, éparpillés sur le plancher, et l'appartement dans un tel désordre.

— Laisse tout tel que c'est, lui ai-je dit.

— Pourquoi veux-tu vivre comme cela ?

— Je veux que tout reste où je l'ai mis. Je veux tout voir étalé. Tu ne sais pas ce que c'est d'avoir quelque chose qui se passe en toi, que tu ne peux ni voir ni contrôler, et de sentir que tout te file entre les doigts.

— Tu as raison. Je n'ai jamais dit que je pouvais comprendre ce qui se passait en toi. Ni quand tu es devenu trop intelligent pour moi ni maintenant. Mais je vais te dire une chose : avant que tu aies été opéré, tu n'étais pas comme cela. Tu ne te plaisais pas dans ta saleté, tu ne t'apitoyais pas sur toi-même, tu ne t'abrutissais pas l'esprit à rester assis jour et nuit devant le poste de télé. Tu possédais une qualité qui, même tel que tu étais, nous portait à te respecter. Une qualité que je n'avais jamais rencontrée auparavant chez une personne arriérée.

— Je ne regrette pas l'expérience.

— Moi non plus, mais tu y as perdu cette qualité. Tu avais un sourire…

— Un sourire vide, stupide.

— Non, un sourire vrai, chaleureux parce que tu voulais que les gens t'aiment.

— Et ils me jouaient de sales tours et se moquaient de moi.

— Oui, mais même si tu ne comprenais pourquoi ils riaient, tu sentais que s'ils pouvaient rire de toi, ils t'aimeraient. Et tu voulais qu'ils t'aiment. Tu te conduisais comme un enfant et tu te joignais même à eux pour rire de toi-même.

— Je ne me sens aucune envie de rire de moi-même, en ce moment, si cela ne te fait rien.

Elle s'efforçait de ne pas pleurer. Je crois que je voulais qu'elle pleure.

— Peut-être est-ce pourquoi il était si important pour moi d'apprendre. Je pensais que, ainsi, les gens m'aimeraient. J'espérais que j'aurais des amis. Il y a de quoi rire, non ?

— Il ne suffit pas pour cela d'avoir simplement un Q. I. au-dessus de la moyenne.

Cela me mit en colère. Probablement parce que je ne comprenais pas bien où elle voulait en venir. De plus en plus, ces temps derniers, elle ne disait pas tout ce qu'elle pensait ou ce qu'elle voulait exprimer. Elle procédait par allusions. Elle évitait de parler directement, et elle espérait que je comprendrais ce qu'elle pensait. Et j'écoutais, faisant semblant de comprendre mais au fond de moi, j'avais peur qu'elle ne voie que je n'avais pas du tout saisi son propos.

— Je crois qu'il est temps pour toi de t'en aller.

Son visage s'enflamma :

— Pas encore, Charlie. Le moment n'est pas encore venu. Ne me chasse pas.

— Tu rends tout plus difficile pour moi. Tu feins sans cesse de croire que je peux faire et comprendre des choses qui sont très au-dessus de ma portée maintenant. Tu me pousses. Exactement comme ma mère...

— Ce n'est pas vrai !

— Tout ce que tu fais le prouve. La façon dont tu ranges et nettoies derrière moi, la manière dont tu laisses en évidence des livres qui, crois-tu, m'inciteront de nouveau à lire, la façon dont tu me parles des nouvelles pour me faire réfléchir. Tu dis que cela n'a pas d'importance mais tout ce que tu fais témoigne du contraire. Tu restes la maîtresse d'école. Je ne veux plus aller écouter des concerts, visiter des musées, voir des films étrangers ni faire quoi que ce soit qui puisse me faire lutter pour réfléchir sur la vie ou sur moi-même.

— Charlie...

— Laisse-moi simplement tout seul. Je ne suis pas moi-même. Je m'effondre par morceaux et je ne veux pas que tu sois là.

Cela la fit pleurer. Cet après-midi, elle a fait ses valises et elle est partie. L'appartement semble être silencieux et vide, maintenant.

25 octobre. La détérioration s'accentue. J'ai renoncé à la machine à écrire. Trop mauvaise coordination. À partir de maintenant, il me faudra écrire ces comptes rendus à la main.

J'ai beaucoup pensé à tout ce qu'Alice m'a dit, et il m'est venu brusquement à l'esprit que si je continuais à lire et à apprendre de *nouvelles* choses, même si pendant ce temps j'oublie les anciennes, je pourrais garder un peu de mon intelligence. Je suis sur un escalator qui descend. Si je ne bouge pas, j'irai jusqu'en bas, mais si je me mets à le remonter en courant, je pourrai peut-être au moins rester à la même place. L'important, c'est de continuer à le remonter quoi qu'il arrive.

Je suis donc allé à la bibliothèque et j'ai emporté un tas de livres. Et j'ai beaucoup lu. La plupart des livres sont trop durs pour moi mais cela m'est égal. Tant que je lirai, j'apprendrai de nouvelles choses et je continuerai de savoir lire. C'est le point le plus important. Si je ne cesse pas de lire, je pourrai peut-être me maintenir au point où j'en suis.

Le Dr Strauss est venu le lendemain du départ d'Alice, je suppose donc qu'elle lui a parlé de moi. Il a prétendu que tout ce qu'il voulait, c'étaient mes comptes rendus mais je lui ai dit que je les enverrais. Je ne veux pas qu'il vienne ici. Je lui ai dit de ne pas se faire de soucis, que quand je penserais ne plus être capable de m'occuper de moi, je prendrais le train et m'en irais à Warren.

Je lui ai dit que je préfère y aller tout seul quand le moment sera venu.

J'ai essayé de parler à Fay mais je vois qu'elle a peur de moi. Je suppose qu'elle pense que j'ai perdu la tête. La nuit dernière, elle est revenue chez elle avec quelqu'un – il avait l'air très jeune.

Ce matin, la propriétaire, Mrs Mooney, est montée avec un bol de bouillon chaud et un peu de poulet. Elle a dit qu'elle avait simplement pensé à venir voir si j'allais bien. Je lui ai répondu que j'avais des tas de provisions mais elle a tout de même laissé ce qu'elle avait apporté et c'était bon. Elle prétend qu'elle a fait cela de son propre chef mais je ne suis pas encore stupide à ce point. Alice ou Strauss doivent lui avoir dit de jeter un coup d'œil sur moi et de faire ce qu'il faut pour m'aider. Bon, d'accord. C'est une gentille vieille dame avec un accent irlandais et elle aime à tout raconter sur les locataires de l'immeuble. Quand elle a vu le désordre sur le plancher dans mon appartement, elle n'en a rien dit. Je pense qu'elle est très bien.

1er novembre. Une semaine écoulée depuis la dernière fois que j'ai osé écrire. Je ne sais pas où passe le temps. Aujourd'hui, c'est dimanche, je le sais parce que je vois par la fenêtre des gens qui vont à l'église de l'autre côté de la rue. Je crois que je suis resté au lit toute la semaine, mais je me souviens de Mrs Mooney m'apportant de temps en temps à manger et me demandant si j'étais malade.

Que vais-je faire de moi ? Je ne peux pas continuer à rester ici tout seul et à regarder par la fenêtre. Il faut que je me ressaisisse. Je me dis et redis sans cesse que j'ai quelque chose à faire mais j'oublie ou peut-être est-ce plus facile de ne pas faire ce que je me dis que je vais faire.

J'ai encore quelques livres de la bibliothèque mais beaucoup sont trop durs pour moi, je lis un tas de romans policiers maintenant et des livres sur des rois et des reines d'autrefois. J'ai lu un livre sur un homme qui se croyait un chevalier et qui est parti sur un vieux cheval avec son ami. Mais quoi qu'il fît, il finissait toujours par être battu et recevoir des mauvais coups. Comme quand il a cru que les moulins à vent étaient des dragons. J'ai d'abord pensé que c'était un livre bête parce que s'il n'était pas fou, il se serait aperçu que les moulins à vent n'étaient pas des dragons et que les sorciers et les châteaux enchantés, cela n'existe pas, mais là-dessus, je me suis rappelé que derrière tout cela, ce livre était supposé avoir une autre signification que l'histoire ne disait pas mais qu'elle suggérait. Comme si elle pouvait se comprendre de plusieurs façons. Mais je ne voyais pas lesquelles. Cela me mit en colère parce que je crois que je l'ai su. Mais je continue de lire et d'apprendre de nouvelles choses tous les jours et je sens que cela va m'aider.

Je sais que j'aurais dû écrire quelques comptes rendus avant celui-ci de façon qu'ils sachent ce qui se passe en moi. Mais écrire devient difficile. Il me faut chercher même des mots simples dans le dictionnaire et j'enrage contre moi.

2 novembre. Oublié de parler dans le compte rendu d'hier de la femme dans l'immeuble de l'autre côté de l'impasse, un étage au-dessous du mien. Je l'ai vue par la fenêtre de ma cuisine, la semaine dernière. Je ne sais pas son nom ni même à quoi son visage ressemble, mais tous les soirs elle entre dans sa salle de bains pour prendre un bain. Elle ne baisse jamais le volet roulant et, de ma fenêtre, en éteignant la lumière, je la vois depuis les épaules jusqu'en bas quand elle sort de sa baignoire pour se sécher.

Cela m'excite et, quand elle éteint, je me sens frustré et abandonné. Je voudrais voir un jour son visage, découvrir si elle est jolie ou quoi. Je sais que c'est pas bien de regarder une femme quand elle est nue comme cela mais je ne peux pas m'en empêcher. Et puis quelle différence cela fait-il pour elle, puisqu'elle ne sait pas que je la regarde ?

Il est presque 11 heures maintenant. L'heure de son bain. Faut que j'aille voir.

5 novembre. Mrs Mooney s'inquiète beaucoup pour moi. Elle dit que la manière dont je reste couché toute la journée, sans rien faire, lui rappelle son fils avant qu'elle le mette à la porte de chez elle. Elle dit qu'elle n'aime pas les fainéants. Si je suis malade, c'est une chose, mais si je suis un fainéant, c'en est une autre, et elle ne veut plus me voir. Je lui ai dit que je croyais être malade.

J'essaie de lire un peu tous les jours surtout des histoires mais il faut souvent que je lise la même histoire plusieurs fois parce que je ne comprends pas ce qu'elle raconte. Et c'est difficile d'écrire. Je sais que je devrais chercher tous les mots dans le dictionnaire mais je suis tout le temps si fatigué.

Il m'est donc venu l'idée de n'employer que les mots faciles au lieu de ceux qui sont longs et difficiles. Cela épargne du temps. Il commence à faire froid dehors mais je continue à mettre des fleurs sur la petite tombe d'Algernon. Mrs Mooney pense que je suis bête de mettre des fleurs sur la tombe d'une souris mais je lui ai dit qu'Algernon était une souris spéciale.

Je suis allé faire une visite à Fay de l'autre côté du couloir. Mais elle m'a dit de m'en aller et de ne plus revenir. Elle a mis une nouvelle serrure à sa porte.

9 novembre. De nouveau dimanche. Je n'ai plus rien maintenant pour m'occuper parce que la télé est en panne et que j'oublie toujours de la faire réparer. Je crois que j'ai perdu le chèque du collège de ce mois-ci. Je me rappelle plus.

J'ai de terribles maux de tête et l'aspirine n'y fait pas grand-chose. Mrs Mooney croit maintenant que je suis vraiment malade et elle s'inquiète pour moi. C'est une femme merveilleuse quand quelqu'un est malade. Il fait si froid dehors à présent que je dois mettre deux sweaters.

La dame d'en face baisse maintenant son volet. Je peux donc plus la regarder toute nue. Toujours ma malchance.

10 novembre. Mrs Mooney a fait venir un drôle de docteur pour me voir. Elle avait peur que je meure. J'ai dit au docteur que j'étais pas malade et que, quelquefois, simplement je me rappelle plus. Il m'a demandé si j'avais des amis ou des parents et j'ai dit non j'en ai pas. Je lui ai dit que j'avais eu une amie qui s'appelait Algernon mais que c'était une souris et que nous faisions la course l'un contre l'autre. Il m'a regardé d'un air drôle comme s'il pensait que j'étais fou.

Il a souri quand je lui ai dit que j'avais été un génie. Il me parlait comme à un bébé et faisait des clins d'œil à Mrs Mooney. Je me suis mis en colère parce qu'il se moquait de moi et je l'ai chassé et j'ai fermé la porte à clé.

Je crois que je sais pourquoi j'ai pas de chance. J'ai perdu ma patte de lapin et mon fer à cheval. Il faut que je me trouve une autre patte de lapin très vite.

11 novembre. Le Dr Strauss est venu à ma porte aujourd'hui et Alice aussi mais je les ai pas laissés entrer. Je leur ai dit que je voulais pas que personne me voie. Je veux qu'on me laisse tranquille. Plus tard, Mrs Mooney est montée me porter à manger et elle m'a dit qu'ils avaient payé le loyer et laissé de l'argent pour qu'elle m'achète à manger et tout ce dont j'ai besoin. Je lui ai dit que je veux plus de leur argent. Elle a dit l'argent c'est de l'argent et il faut que quelqu'un paie pour vous ou je devrais vous mettre à la porte. Et elle a demandé pourquoi est-ce que je cherche pas du travail au lieu de rester simplement à traîner comme cela.

Je connais pas de métier sauf le travail que je faisais à la boulangerie. Je veux pas y retourné parce qu'ils m'ont tous connu quand j'étais un telligent et peut-être qu'ils riraient de moi. Pourtant je sais pas quoi faire d'autre pour avoir de l'argent. Et je veux payé moi-même pour tout. Je suis solide et je peux travailler. Si je peux plus gagner de quoi vivre, j'irai à l'Asile Warren. Je veux pas recevoir la charité de personne.

15 novembre. J'ai regardé quelques-uns de mes anciens comptes rendus mais c'est très étonnant, je peux pas lire ce que j'ai écrit. J'arrive à lire quelques mots mais ils veulent rien dire. Je crois que je les ai écrit mais je me rappelle pas bien. Je me fatigue très vite quand j'essaie de lire les livres que j'ai acheté au drugstore. Sauf ceux avec des images de jolies filles toutes nues. J'aime les regarder mais cela me donne de drôles de rêves. C'est pas convenable. J'en achéterai plus. J'ai vu dans un de ces magazines qu'ils ont une poudre magique qui peut vous rendre fort et un telligent et faire des tas de choses. Je crois que je vais peut-être leur écrire et en acheté un peu pour moi.

16 novembre. Alice est encore venue à la porte mais je lui ai dit vas tant je veux pas te voir. Elle a pleuré et j'ai pleuré aussi mais je voulais pas la laisser entré parce que je voulais pas qu'elle rie de moi. Je lui ai dit que je l'aimais plus et que je voulais pas redevenir un telligent non plus. C'est pas vrai mais. Je l'aime encore et je voudrais toujours être un telligent mais il fallait que je lui dise cela pour quelle parte. Mrs Mooney m'a dit que Alice avait encore apporté de l'argent pour moi et pour le loyer. Je veux pas de cela. Il faut que je trouve du travail.

Je vous en prie… je vous en prie, mon Dieu, faites que je n'oublie pas comment lire et écrire.

18 novembre. Mr Donner a été très gentil quand je suis revenu et que je lui ai demandé de reprendre mon ancien travail à la boulangerie. Il a d'abord été très méfiant mais je lui ai raconté ce qui m'est arrivé il a eu l'air très triste m'a mis la main sur l'épaule et il a dit Charlie tu as du courage.

Tout le monde m'a regardé quand je suis descendu dans le fournil et que je me suis mis à nettoyer les cabinets comme je le faisais avant. Je me disais Charlie s'ils se moquent de toi tu te fâcheras pas parce que tu te rappelles qu'ils sont pas aussi un telligent que tu pensais autre fois qu'ils étaient. Et en plus ils ont été tes amis et s'ils riaient de toi, cela veut rien dire parce qu'ils t'aimaient bien aussi.

L'un des nouveaux qui sont venus travaillé après que je sois parti, s'appelle Meyer Klaus et il m'a fait une méchanceté. Il est venu près de moi pendant que je chargeais des sacs de farine et m'a dit hé Charlie on dit que t'es un type très un telligent un vrai je-sais-tout. Dis quelque chose d'un telligent. Je me sentais mal à l'aise parce que je voyais à la manière dont il le disait qu'il se moquait de moi. Et j'ai continué mon travail. Mais alors il s'est approché m'a saisi le bras très fort et m'a crié quand je te parle mon gars vaudrait mieux que tu m'écoutes, ou je vais te casser une patte. Il me tordait tellement le bras que cela me faisait mal et j'ai eu peur qu'il me le casse comme il disait. Et il riait et il me tordait le bras et je savais pas quoi faire. J'avais si peur que j'ai cru que j'allais pleurer puis j'ai eu une envie épouvantable d'aller aux cabinets. J'avais des tortillements dans le ventre comme s'il allait éclater si j'y allai pas tout de suite... parce que je pouvais plus me retenir.

Je lui ai dit si vous plait lâchez moi il faut que j'aille aux cabinets mais il continuait à rire de moi et je savais plus quoi faire. Je me suis mis à pleurer. Lâchez moi. Lâchez moi. Et j'ai fait. Dans mon pantalon et cela sentait mauvais et je pleurais. Il m'a alors lâché il a fait une drôle de figure comme s'il avait peur maintenant. Il a dit : Mon Dieu Charlie je voulais pas te faire de mal. Mais alors est entré Joe Carp et il a pris Klaus par la chemise et il a dit laisse le tranquille espèce de salaud ou je te casse la gueule. Charlie est un bon garçon et personne le touchera sans avoir affaire à moi. Je me sentais honteux et j'ai couru aux cabinets pour me nettoyé et changer de vêtements.

Quand je suis revenu Frank était là aussi et Joe lui racontait puis Gimpy est venu et ils lui ont raconté et il a dit qu'ils en avaient assez de Klaus. Et qu'ils demanderaient à Mr Donner de renvoyer Klaus. Je leur ai dit que je croyais pas qu'il fallait le renvoyer et qu'il ait à chercher une autre place parce qu'il avait une femme et un gosse. Et en plus il a dit qu'il était désolé de ce qu'il m'avait fait. Et je me rappelais comme j'étais triste quand j'avais du être renvoyé de la boulangerie et m'en aller. J'ai dit qu'il fallait laisser une autre chance à Klaus parce que maintenant il me ferait plus rien de mal.

Plus tard Gimpy est venu en boitant de son mauvais pied et il a dit Charlie si quelqu'un t'embête ou cherche a te tourner en ridicule appelle-moi ou Joe ou Frank et on se chargera de lui. Nous voulons tous que tu te rappelles que tu as des amis ici et ne l'oublie jamais. J'ai dit merci Gimpy. Cela me fait du bien.

C'est bon d'avoir des amis...

21 novembre. J'ai fait une bêtise aujourd'hui. J'avais oublié que je vais plus au cours d'adultes dans la classe de Miss Kinnian comme je le faisais. Je suis entré et je me suis assis à mon ancienne place au fond de la sale elle m'a regardé drôlement et elle a dit Charlie d'où viens-tu. J'ai dit bonjour Miss Kinnian j'ai appris ma leçon d'aujourd'hui mais j'ai perdu mon livre.

Elle s'est mise à pleurer et est sortie en courant de la classe. Tout le monde m'a regardé et j'ai vu que beaucoup n'étaient plus les mêmes que ceux qui étaient avec moi.

Puis tout d'un cou je me suis un peu rapelé de l'opérassion et d'être devenu un téligent. J'ai dit mon Dieu cette fois c'est vraiment du Charlie Gordon. Je suis parti avant qu'elle revienne dans la classe.

Voilà pourquoi je m'en vais d'ici pour de bon à l'Asile-école Warren. Je veux plus qu'il arive quelque chose comme cela. Je veux pas que Miss Kinnian aie du chagrin pour moi. Je sais que tout le monde a du chagrin pour moi à la boulangerie et je veux pas cela non plus. Je m'en vais donc quelque part ou il y a un tas de gens comme moi et ou personne s'inquiète que Charlie Gordon a pu être un génie et que maintenant il peut même pas bien lire ni écrire.

J'emporte un ou deux livres avec moi et même si je peux pas les lire je m'y exercerai beaucou et peut etre que je pourrai même devenir un petit peu plus un téligent que j'étais avant l'opération sans opération. J'ai une nouvelle patte de lapin et une pièce porte-bonheur. Il me reste même un petit peu de cette poudre magique. Peut-être que tout cela m'y aidera.

Si jamais vous lisez cela Miss Kinnian n'ayez pas de chagrin pour moi. Je suis content d'avoir eu une seconde chance dans la vie comme vous disiez d'avoir été un téligent parce que i'ai appris un tas de choses que je savais même pas existé au monde. Et je suis contant d'en avoir vu un peu. Et je suis heureux d'avoir tout retrouvé sur ma famille et moi. C'était comme si j'avais jamais eu de famille avant que je me rapèle d'eux et que je les revoie maintenant je sais que j'avais une famille et que j'étais une personne juste comme les autres.

Je sais pas pourquoi je suis bête de nouvau ni ce que j'ai pu mal faire. Peut-être que j'ai pas fait tout ce qu'il falait ou simplement que quelqu'un m'a jeté un mauvais sort. Mais si je mi mets et que je m'exerce beaucou j'arriverais peut être a être un peu plus un téligent et que je saurai ce que veulent dire tout les mots. Je me rapèle un peu du plaisir que j'ai eu de lire le livre bleu avec la couverture déchiré. Et quand je ferme les yeux je pense a celui qui a déchiré le livre et il me ressemble seulemant il a l'air diférent et il parle autre ment. Je pense pas que c'est moi parce qu'on dirait que je le vois par la fenêtre.

En tout cas, c'est pour cela que je suis parti pour essayé de devenir un téligent et de retrouver ce plaisir. C'est bon de savoir des choses et d'être un téligent et je voudrais conaitre tout ce qui existe au monde. Je voudrais pouvoir être de nouvau un téligent tout de suite. Si je le pouvais je m'assoirais et je lirais tout le temps.

En tout cas, je parie que je suis la première personne bête au monde qui a trouvé quelque chose d'un portant pour la sience. J'ai fait quelque chose mais je me rapèle plus quoi. Je supose que c'est comme si je l'avais fait pour tous les gens bêtes comme moi qui sont à l'asile de Warren et partout sur la terre.

Adieu Miss Kinnian et Dr Strauss et tout le monde…

P. S. : Dites si vous plait au prof. Nemur de pas etre si grognon quant des gens rient de lui et il aurait plus d'amis. C'est facile d'avoir des amis si vous laissé les gens rire de vous. Je vais avoir beaucou d'amis là où je vais.

P. S. : Si par hazar vous pouvez mettez quelques fleurs si vous plait sur la tombe d'Algernon dans la cour.

Algernon, Charlie et moi

Trajectoire d'un écrivain

À ma femme Aurea,
Qui a cultivé le jardin des rêves
Où les « Fleurs » ont pu s'épanouir.

Première partie

Le dédale du temps

Chapitre 1

Ma cave d'écriture

Je n'aurais jamais cru que cela pourrait m'arriver.

Quand j'étais très jeune, et très myope – avec une vision de 20/400, tout était trouble sans lunettes –, je pensais que je finirais par devenir aveugle. En conséquence, je m'y étais préparé. Je .rangeais tout avec soin : une place pour chaque chose et chaque chose à sa place. Je me bandais les yeux pour m'entraîner à retrouver des objets sans les voir, et j'étais fier de pouvoir atteindre rapidement n'importe quoi dans le noir.

Je ne suis pas devenu aveugle. En fait, avec des lunettes, ma vue est excellente.

Je suis encore capable de mettre la main sur la plupart des choses que je possède. Non pas parce que je me souviens de l'endroit ou je les ai posées, mais parce que je prends le temps de les ranger avec soin, d'une manière logique. Il me suffit de me souvenir de leur place. Je n'avais jamais réfléchi à ce qui m'arrive maintenant. Je commence à faire une chose, je vais quelque part, je pénètre dans une autre pièce pour y chercher un objet et à ce moment-là je dois m'arrêter. Qu'est-ce que je cherche ? Et rapidement, la réponse m'apparaît. C'est très bref, mais assez effrayant. Et je repense à ce que dit Charlie Gordon à la fin de « Des fleurs pour Algernon » : *« Je me rapèle que j'ai fait quelque chose mais je sais plus quoi. »*

Pourquoi donc penser à ce personnage de fiction que j'ai créé il y a plus de quarante ans ? J'essaie de le faire sortir de mon esprit, mais il ne me lâche pas.

Charlie me hante, et je dois découvrir pourquoi.

J'ai décidé que le seul moyen de l'envoyer se reposer était de remonter le dédale du temps, de rechercher les origines du personnage et de conjurer les fantômes des souvenirs lointains. En cours de route, peut-être apprendrai-je quand, comment et pourquoi je suis devenu écrivain.

Le plus dur est de commencer. Je me dis que j'ai de la matière à ma disposition. Il n'est pas nécessaire de l'inventer – il suffit de s'en souvenir et de la modeler. Et je n'ai pas besoin non plus de créer un narrateur fictif, comme dans la nouvelle et le roman. C'est moi qui écris sur l'écriture, et qui me remémore les secrets de ma propre existence, qui est devenue celle de Charlie Gordon.

Le début de la nouvelle me revient à l'esprit : « *Le docteur Strauss dit que je devré écrire ce que je panse et tousse qui m'arrive a partir de mintenan. Je sait pas pourquoi mais il dit que c'est inportan pour qu'ils voit si ils peuve mutilisé. Jespère qu'ils mutiliseron. Manoiselle Kinnian dit qu'ils peuve peutètre me rendre intélijan. [...] Mon non sait Charlie Gordon...* »
Bien que la nouvelle originale débute par ces phrases, ce n'est pas ainsi que tout a commencé. Et ses derniers mots, « *des fleurs* [...] *dans le jarredain* », ne constituent pas la fin de l'histoire. Je me souviens très bien de l'endroit où je me trouvais le jour où j'ai eu les idées qui ont débouché sur cette nouvelle.

Par un matin frisquet d'avril 1945, j'ai monté l'escalier menant au quai surélevé de la station de métro BMT[1]

---

1. Brooklyn-Manhattan Transit Corporation. Ancienne société de métro new-yorkais. (*Toutes les notes sont du traducteur.*)

de Sutter Avenue, dans Brownsville, Brooklyn. J'attendais depuis dix ou quinze minutes la rame qui devait m'amener à Manhattan, où je comptais prendre l'omnibus et rejoindre l'annexe de l'université de New York à Washington Square.

Je me souviens de m'être demandé alors où je pourrais trouver l'argent nécessaire pour payer le premier semestre de la rentrée prochaine. Au cours de la première année, j'avais dépensé presque toutes mes économies, accumulées grâce à divers petits boulots. Il ne me resterait pas suffisamment pour payer les trois prochaines années à l'université de New York.

En regardant les cinq cents que je venais de tirer de ma poche pour payer le transport, j'ai repensé à ce que m'avait confié un jour mon père Willie : lorsqu'il cherchait du travail pendant la Grande Dépression, il partait chaque jour de notre deux pièces et parcourait à pied une dizaine de miles en traversant Brooklyn et le Manhattan Bridge. Et chaque soir il rentrait à pied pour économiser dix cents.

Bien souvent, Papa partait avant que je me réveille, alors qu'il faisait encore nuit, mais il m'arrivait de me lever assez tôt pour l'apercevoir, assis à la table de la cuisine, en train de tremper un petit pain dans son café. C'était son petit déjeuner. Pour moi, il y avait toujours des céréales chaudes, et parfois un œuf.

En le voyant ainsi, les yeux dans le vague, je croyais qu'il ne pensait à rien. Maintenant, je me rends compte qu'il réfléchissait en fait à un moyen d'éponger nos dettes. Ensuite il se levait de table, me tapotait le crâne, me disait de bien me tenir en classe et d'étudier sérieusement. À cette époque, je pensais qu'il partait à son travail. C'est bien plus tard que j'ai appris qu'il avait honte d'être au chômage.

Cette pièce dans ma main était peut-être une de celles qu'il avait économisées.

Je l'ai glissée dans la fente du tourniquet et j'ai poussé la barre. Je me suis dit qu'un jour je suivrais peut-être ses pas, en allant à pied de Brownsville à Manhattan afin de savoir ce que cela représentait pour lui. J'y songeais, mais je ne l'ai jamais fait.

Je considère que ce genre d'expériences et d'images sont stockées dans la *cave* de mon esprit, ma *cave mentale*, où elles hibernent dans le noir jusqu'au moment où elles sont prêtes à contribuer à des récits.

La plupart des écrivains utilisent leurs propres métaphores pour décrire les notes et les souvenirs qu'ils gardent en réserve. William Faulkner appelait son lieu d'écriture un *atelier*, et nommait son entrepôt mental un *débarras*, dans lequel il se rendait quand il avait besoin de bricoles pour ses récits.

Mon débarras mental se trouvait dans une partie de la cave de notre propriétaire, tout près du bac à charbon, sous l'escalier – un espace que mes parents avaient le droit d'utiliser comme remise. Un jour, quand je suis devenu assez grand pour descendre l'escalier tout seul, j'ai constaté que mes parents y cachaient mes vieux jouets.

Je revois mon ours brun en peluche, ainsi que ma girafe, mon jeu de construction Tinkertoy, mon Meccano, mon tricycle, mes patins à roulettes et mes livres d'enfance – dont certains étaient des albums de coloriage, contenant des dessins au trait qu'il fallait remplir avec des crayons. Pour moi, cette découverte avait résolu le mystère des jouets qui disparaissaient quand je ne les utilisais plus et qui étaient remplacés par d'autres.

Maintenant encore, je peux sentir l'air frais et humide, l'odeur de charbon dans le bac près de la chaudière. Je revois le tuyau de métal du camion de charbon, inséré dans la fenêtre de la cave ; et j'entends presque aussitôt le fracas des briquettes qui dégringolent dans le bac. Notre propriétaire, M. Pincus, ouvre la porte en fonte de la chaudière et ranime le feu avec un tisonnier. Je sens le charbon humide, qui s'engouffre à pleines pelletées ; je sens la chaleur de la flambée.

Quelque part entre le bac à charbon et la chaudière – dans la cave de mon esprit – des idées, des images, des scènes et des rêves attendent dans l'obscurité que j'aie besoin d'eux.

Tandis que j'attendais le train, le fait de me rappeler l'endroit où étaient cachés mes jouets m'a fait penser à mes parents. J'ai songé alors à une coïncidence : tous les deux, sans se connaître, avaient quitté l'Europe pour le Canada avant de venir s'installer à New York. C'est là que Betty et Willie se sont rencontrés pour la première fois. Ils n'ont pas tardé à se marier et moi, leur premier enfant, je suis né en 1927 : l'année où Lindbergh a volé sans escale de New York à Paris, et où Al Jolson a joué le chanteur de jazz dans le premier film parlant.

Durant ces années d'espoir et d'abondance que l'on surnomma plus tard l'Âge du Jazz (ou les années Jazz), mes parents, comme beaucoup d'autres nouveaux Américains, se rendaient à des soirées et dansaient le charleston dans des bars clandestins où ils pouvaient boire du gin de contrebande.

Je me suis souvent demandé ce qui était arrivé à la photographie sépia représentant ma mère, avec ses cheveux courts et ses yeux noirs et tristes. J'aimais beaucoup l'écouter chanter les chansons populaires des partitions à deux cents. Il m'arrivait de chanter avec elle notre air favori, « Smoke Gets in Your Eyes ».

Au Québec, lorsqu'il était jeune, Willie avait travaillé pour des trappeurs. Il avait appris l'anglais, le français, le russe, et suffisamment de phrases dans la langue des Indiens canadiens pour pouvoir échanger des fourrures. Bien que ma mère et lui n'aient pas suivi une scolarité complète, j'ai compris dès mon plus jeune âge qu'ils respectaient l'éducation et qu'ils exigeaient de moi d'excellents résultats scolaires.

Pourtant, durant mon adolescence, j'ai découvert que plus je lisais, plus je m'instruisais, moins je parvenais à communiquer avec eux. Je les perdais – je glissais dans mon propre monde de livres et de récits.

Depuis ma prime enfance, ils avaient décidé que je deviendrais médecin. Quand je leur demandais pourquoi, mon père répondait : « Parce qu'un docteur est comme Dieu. Il soigne les gens et sauve des vies. »

Ma mère ajoutait : « Quand tu étais bébé, tu as eu une mastoïdite et une pneumonie double. Un merveilleux médecin t'a sauvé la vie. »

Mon père expliquait : « Nous voulons que tu soignes les gens et que tu sauves des vies. »

J'acceptais ces raisons et cette dette. Je travaillerais dur, je ferais des petits boulots pour gagner de l'argent, j'irais à l'université et à la faculté de médecine. Je deviendrais médecin. Comme j'aimais mes parents, j'ai décidé alors d'enterrer mon rêve d'être écrivain. J'ai choisi le cours préparatoire de médecine comme matière principale.

Je me demandais secrètement si je ne pourrais pas être à la fois docteur et écrivain. J'avais lu que Somerset Maugham avait fait des études de médecine et qu'il avait voyagé sur un navire en tant que médecin du bord. Tchekhov avait étudié la médecine. Il avait publié ses premiers textes et ses premiers dessins dans des revues et des journaux sous le pseudonyme du « Docteur sans patients ». Conan Doyle, incapable de gagner sa vie comme spécialiste des yeux, utilisait sa salle de consultation vide, durant les heures de visite, pour écrire les histoires de Sherlock Holmes.

Un Anglais, un Russe et un Écossais avaient débuté comme médecin avant de se consacrer à l'écriture. En suivant leurs traces, je pourrais peut-être exaucer à la fois le rêve de mes parents et le mien.

J'ai vu presque aussitôt la faille de ce raisonnement. Avant de devenir des auteurs à succès, ils avaient tous les trois échoué en tant que docteurs.

La rame bondée est entrée dans la station et j'y suis monté, sans même chercher une place assise. C'était l'heure de pointe et je devrais rester debout pendant une demi-heure, jusqu'à Union Square. Dans la voiture cahotante, je me suis frayé un chemin parmi les banlieusards allant au travail afin de saisir la barre verticale blanc émaillé. La plupart des gens regardaient en l'air pour éviter tout contact visuel. Comme je me sentais déprimé, j'ai fait la même chose.

Ma première année à la NYU, l'université de New York, approchait de son terme, et je me suis dit : *Mon éducation creuse un fossé entre moi et les gens que j'aime*. Ensuite, je me suis interrogé : *Qu'arriverait-il si l'on pouvait améliorer artificiellement l'intelligence humaine ?*

Ce matin-là, dans le cliquetis bruyant de la rame qui traversait le tunnel vers Manhattan, j'ai rangé ces deux idées dans ma mémoire. Une réflexion, *l'éducation peut creuser un fossé entre les gens*, et une idée de récit, « *Qu'arriverait-il si… ?* ».

Plus tard dans la journée, la souris blanche est arrivée.

Chapitre 2

La souris blanche

La rame est entrée dans la station de la Huitième Rue. Il n'y avait plus beaucoup à marcher entre Broadway et l'annexe de l'université de New York située sur Washington Square.

Je me suis arrêté dans un snack-bar, en face de l'entrée du bâtiment principal, et j'ai reconnu un ami assis au comptoir. Il m'a fait signe de m'asseoir en me montrant le tabouret vide à côté de lui. Nous avions été ensemble au collège Thomas Jefferson de Brooklyn, mais nous n'étions pas vraiment liés. Il mesurait plus d'un mètre quatre-vingts. Je fais un mètre soixante-cinq…

Nous ne sommes vraiment devenus amis qu'après avoir découvert que nous étions tous les deux en prépa, quand nous nous sommes retrouvés dans la même classe de biologie à la NYU. Nous avons étudié ensemble. Nous nous interrogions mutuellement pour préparer les examens. En raison de notre différence de taille, les gens nous appelaient « Mutt et Jeff », comme les personnages d'une bande dessinée très populaire à l'époque. Moi, je l'appelais « Stretch[1] ».

J'étais en train de tremper mon doughnut quand il m'a dit : « Eh, tu as vu l'article ? Si tu t'engages dans l'armée, tu es dispensé des examens de dernière année.

---
1. « Le Long, l'Étiré ».

« — Tu rigoles ?

— C'est dans le journal de vendredi, a-t-il répondu. Tout étudiant qui s'enrôle au moins trois mois avant ses dix-huit ans peut opter pour le corps d'armée de son choix. Après ça, c'est l'infanterie. Moi, je vais m'engager dans la marine.

— J'aurai dix-huit ans le 9 août. C'est dans trois mois. Mais avec ma mauvaise vue, je ne pense pas que l'armée me prendra.

— Tu veux essayer ? Des tas de gars ont été tués. Ils prennent tous ceux qui sont capables de respirer ! »

Nous avons payé nos additions et nous avons traversé la rue pour rejoindre l'entrée principale de la NYU.

Je savais que Stretch serait accepté par la marine, et je l'enviais. J'adorais la mer, ou plutôt l'idée que je me faisais de la vie de marin. À seize ans, pendant ma dernière année de lycée, je m'étais engagé chez les scouts marins. Notre bateau, le *S.S.S. Flying Dutchman III*, était un vieux liberty-ship converti en yacht de croisière. Pendant les congés de printemps, nous avions gratté, apprêté et repeint la coque. L'été suivant, nous faisions la navette sur l'East River.

Lors de la réunion où les nouveaux scouts prêtaient serment, le capitaine nous a raconté l'histoire du vaisseau légendaire qui avait inspiré le nom du nôtre. Le *Hollandais volant* transportait une cargaison d'or et il y avait eu un terrible meurtre à bord. Après cela, une épidémie s'était répandue parmi l'équipage et aucun port ne voulait plus accueillir le navire. D'après les histoires de marins, le vaisseau fantôme continue de dériver, ballotté par la houle. On raconte que, de nos jours encore, on peut apercevoir le navire par gros temps au large du cap de Bonne-Espérance, ce qui est toujours un mauvais présage.

Le capitaine embellissait l'histoire à chaque fois qu'il la racontait. Cela m'intriguait et j'ai décidé de mener mes propres recherches sur le sujet. Il ne nous avait pas relaté certaines des autres légendes, comme celle qui prétend que la malédiction peut être levée si le capitaine du *Hollandais volant* trouve une femme prête à tout sacrifier pour son salut.

J'ai raconté cette version à certains scouts marins, et nous avons pris l'habitude, lorsque nous naviguions, de rechercher des filles dans Brooklyn's Prospect Park. Nous cherchions celles que l'on surnommait à l'époque des « Victory Girls », des jeunes femmes prêtes à tout sacrifier pour des jeunes gens qui partaient à la guerre.

Nous prétendions être marins. Il n'y avait que peu de différence entre nos uniformes et ceux de la Navy : les ancres sur nos cols, à la place des étoiles, et les lettres B.S.A., pour Boy Scouts of America, cousues sur la poche gauche de nos chemises. Quand certaines filles s'interrogeaient sur notre petite taille, nous expliquions que nous étions sous-mariniers ; et quand elles nous demandaient ce que signifiait B.S.A., nous répondions « Battle Squadron A ».

Aucune d'elles n'a jamais rien demandé à propos des ancres.

Nous avons ramassé beaucoup de ces patriotiques Victory Girls dans Prospect Park, mais contrairement à certains scouts plus beaux et plus expérimentés que moi, je n'en ai jamais trouvé aucune qui soit prête à tout sacrifier pour mon salut.

« J'aimerais bien pouvoir m'engager aussi dans la marine, ai-je dit à Stretch ce matin-là, tandis que nous prenions l'ascenseur qui menait à nos casiers de rangement dans le bâtiment de la NYU, mais avec ma mauvaise vue, je crois que je vais devoir me contenter de l'infanterie.

— Tu peux toujours t'engager dans le Service maritime. Ils n'ont pas de critères physiques très exigeants, et la marine marchande pourrait t'éviter l'incorporation.

— De cette manière, je pense que je pourrais quand même servir mon pays.

— Bien sûr. Si tu tiens compte des mines et des torpilles, c'est aussi une tâche dangereuse. J'ai lu quelque part qu'il y avait eu plus de tués parmi les marins civils que parmi les marins de la Navy sur la route de Mourmansk. »

Nous avons pris nos blouses dans nos casiers et nous sommes allés en classe. « Mes parents ne voudront jamais signer les papiers.

— Ils le feront si tu leur expliques les choix qui te restent. »

Quand nous sommes entrés dans le labo de biologie et que nous avons rejoint nos sections respectives, j'ai été surpris par l'odeur du formaldéhyde. Sur la table d'expérimentation en marbre, devant chaque étudiant, se trouvait une boîte fermée. J'ai tendu la main pour ouvrir le couvercle, mais le prof a lancé : « Ne touchez pas à la boîte qui est devant vous ! »

L'assistant est passé d'un étudiant à l'autre, déposant devant chacun une trousse de dissection et une paire de gants en caoutchouc. Une fois la distribution terminée, le prof a déclaré : « Mettez les gants et ouvrez les boîtes. »

J'ai soulevé le couvercle, pour découvrir à l'intérieur le cadavre d'une souris blanche.

« Aujourd'hui, a-t-il annoncé, vous allez disséquer un vrai spécimen. »

Je savais qu'il fallait faire des dissections dans le labo de biologie, mais je pensais qu'on allait nous y préparer. Manifestement, le professeur trouvait amusant d'en faire la surprise à ses étudiants. Cela ne me dérangeait pas vraiment. J'avais choisi la biologie parmi les matières de prépa parce que je voulais devenir chirurgien.

Chez les scouts, j'avais reçu le badge du mérite pour les premiers soins avancés, et chez les scouts marins, au cours des croisières, j'étais considéré comme le « médecin de bord ». Je soignais les plaies, les brûlures et les écorchures. J'étais habitué à la vue et à l'odeur du sang. Je m'étais aguerri.

Un week-end, pendant un voyage du *Flying Dutchman III* sur l'East River, l'équipage avait failli se mutiner à cause d'un repas infect. Comme j'avais un petit boulot d'homme-sandwich pour une cafétéria, on m'avait également bombardé maître-coq. Durant ce voyage, la plaisanterie en vogue a été que, si mes talents de médecin ne les tuaient pas, je pourrais toujours les empoisonner.

Disséquer une souris ne poserait pas de problème.

« Ouvrez vos trousses de dissection. » Le prof a déroulé devant le tableau noir un schéma représentant les organes internes d'une souris. « Maintenant, avec le scalpel, faites une incision qui part du cou, qui traverse le ventre et qui va jusqu'à la queue de votre spécimen. Ensuite, écartez la peau avec les forceps. »

J'ai suivi les instructions. L'incision, propre et rapide, a révélé que mon spécimen était une femelle.

« Maintenant, retirez les organes, placez-les dans les boîtes de Petri, et n'oubliez pas de les étiqueter. »

L'utérus de mon spécimen était gonflé. Je l'ai coupé, j'ai regardé d'un air incrédule et je me suis écarté de la table. Il contenait une grappe de minuscules fœtus recroquevillés, qui avaient les yeux fermés.

« Tu es tout pâlot, m'a dit mon voisin. Qu'est-ce qui se passe ? »

Ce qui m'avait d'abord étonné me rendait maintenant triste. Plusieurs petites existences avaient été détruites pour que je puisse pratiquer une dissection sur un sujet réel.

À ma gauche, une jeune femme s'est penchée pour regarder. Avant que je puisse intervenir, elle s'est évanouie en heurtant brutalement son tabouret. L'assistant du labo s'est précipité pour la ranimer avec des sels et le prof nous a dit de continuer les dissections tout seuls pendant que son assistant et lui l'emmenaient à l'infirmerie.

Mais moi, futur grand chirurgien, j'étais pétrifié. L'idée de retirer ces fœtus m'écœurait. Je suis sorti du labo à toute allure pour courir me laver les mains et le visage. Et puis je me suis regardé dans la glace. Je devais revenir dans la salle pour finir ce que j'avais commencé.

Quelques minutes plus tard, je suis retourné au labo.

Honteux d'avoir fui, j'ai voulu atténuer ma réaction en bafouillant : « En tant que parrain d'une portée, je vais distribuer des cigarettes. Désolé, je n'ai pas de cigares. »

Des rires, quelques tapes dans le dos et des congratulations ironiques m'ont remis d'aplomb. Néanmoins, pendant que je finissais la dissection, un refrain m'est revenu à l'esprit :

Trois souris aveugles, voyez comme elles courent.
Elles poursuivent la femme du fermier,
Qui leur a coupé la queue avec un couteau.
On n'a jamais rien vu de plus étonnant
Que trois souris aveugles.

« C'est bien, m'a dit le prof quand il a examiné mon travail. Je vous donne un A. »

Quand nous sommes sortis, Stretch m'a lancé un coup de coude. « Bravo, c'est toi qui as eu la fève. »

Ce soir-là, après avoir ouvert mon anthologie de littérature anglaise pour préparer la prochaine interrogation sur les poètes britanniques, j'ai parcouru le sommaire et j'y ai trouvé le nom d'*Algernon Charles Swinburne*. Et je me suis dit : Quel drôle de prénom !

Chapitre 3

Entre-acte

J'avais toujours voulu devenir écrivain, mais je ne savais pas trop quel genre de textes je devais écrire. Après avoir lu une histoire d'horreur de Nathanael West située à Hollywood – *L'incendie de Los Angeles* –, j'ai décidé de ne pas me lancer dans les scénarios de films.

Cela me laissait les pièces de théâtre, les nouvelles ou les romans. J'avais lu des centaines de textes dans toutes ces catégories, mais mon unique expérience avec le théâtre se résumait à quelques interprétations quand j'étais à l'école. Une fois, en cours moyen, j'avais joué un oracle. D'une voix grave et sérieuse, je disais au roi des Aztèques : « Tes jours sont comptés, Montezuma. »

C'était là toute mon expérience d'acteur.

Adolescent, j'adulais Manhattan. C'était Bagdad-sur-Hudson, la cité des arts, de l'édition et des théâtres « Broadway[1] ». Je pouvais me rendre dans ce lieu saint pour cinq cents et voir gratuitement les deux tiers d'un spectacle. Il suffisait pour cela de se mêler à la foule qui sortait fumer au premier entracte. Quand la sonnerie annonçait le début du deuxième acte, je me glissais

---

1. Forme théâtrale spécifique des pièces jouées dans le quartier des théâtres de New York, autour de Broadway Avenue.

parmi les spectateurs et trouvais rapidement un siège avant que les lumières soient tamisées. J'appelais cela *entre-acter*.

Nous étions en 1942. J'avais quinze ans et la pièce s'intitulait *La peau de nos dents*[1]. Comme j'avais lu *Une petite ville sans histoire*[2] au lycée, et que j'avais vu le film, j'étais tout excité à l'idée d'entre-acter une pièce de Thornton Wilder.

J'étais assez malin pour ne jamais tenter ma chance le week-end. Un jour de semaine, dans la soirée, j'ai mis mon uniforme bleu de la Navy, avec une cravate classique, et j'ai pris le métro pour Time Square. La nuit venait de tomber et j'ai flâné dans le quartier des théâtres, en m'attardant un peu devant le restaurant Lindy's pour regarder à l'intérieur. J'imaginais que des tas de gens venaient là, des arnaqueurs à la Damon Runyon, des joueurs et des gangsters, des blanches colombes et des vilains messieurs[3]. Dans ses livres, Runyon l'appelait *Mindy's*. Quand j'en aurais les moyens, j'y entrerais, je m'assiérais près de la fenêtre pour regarder les passants sur Broadway, et je me régalerais de ce gâteau au fromage que Runyon avait immortalisé.

J'ai cessé de rêvasser et je me suis concentré sur la tâche qui m'attendait. Ce n'était pas bien grave de rater le premier acte de *The Skin of Our Teeth*. En général, j'arrivais assez bien à reconstituer les premières scènes, mais même si je n'y arrivais pas, ce n'était pas très important. Je pouvais inventer le début, écrire moi-même une situation de départ qui collait avec les personnages

---

1. *The Skin of Our Teeth*, pièce de Thornton Wilder, dont le titre original est inspiré de l'expression « *by the skin of our teeth* », qui signifie « de justesse ».

2. *Our Town*, autre pièce de Thornton Wilder, adaptée au cinéma en 1940 par Sam Wood.

3. Allusion à un roman de Damon Runyon dont est tiré le film *Blanches colombes et vilains messieurs*, réalisé par Joseph Leo Mankiewicz.

et le déroulement de l'histoire. À cette époque, je voyais beaucoup de deuxièmes et troisièmes actes, mais jamais les premiers.

Après le baisser de rideau, j'applaudissais toujours avec les autres en imaginant la gloire que pouvait apporter une vie de dramaturge. Les rappels des soirs de premières. Les cris. « L'auteur ! L'auteur ! » Les saluts au public, les bouquets de fleurs. Et puis les virées chez Sardi pour célébrer les succès au caviar et au champagne, en attendant la première critique dans le *Times*.

Cette nuit-là a commencé comme les autres. J'ai rejoint la foule des fumeurs éparpillés sur le trottoir, devant le théâtre. J'ai sorti une cigarette de ma fausse boîte en or et je l'ai allumée. Je me suis glissé parmi les spectateurs payants pour les écouter discuter du premier acte et glaner des informations sur le début de la pièce.

Quand la sonnerie a retenti, je me suis mêlé à eux pour pénétrer dans le foyer. Au-dessus de leurs têtes, j'ai pu apercevoir grandeur nature les visages de Fredric March et de Tallulah Bankhead sur une affiche. Je les avais déjà vus tous les deux dans des films, bien sûr. Ce soir, j'allais les voir sur scène en chair et en os dans une pièce de Thornton Wilder.

Une fois à l'intérieur, je suis resté en arrière pour scruter les rangées de fauteuils et trouver une place libre vers laquelle je pourrais me glisser une fois que les lumières auraient baissé. J'en ai repéré deux au milieu de la salle, près de l'aile, mais au moment où j'allais avancer j'ai été bousculé par les retardataires.

À ce moment seulement, j'ai remarqué qu'il y avait plus de monde que d'habitude. Je me suis mis à l'écart et j'ai regardé la salle en laissant ma vision s'accoutumer à la pénombre. Toutes les places étaient prises. Oserais-je m'aventurer au balcon ? J'étais déjà à l'intérieur, alors autant continuer. Je suis revenu en arrière et j'ai monté rapidement l'escalier. Ayant trouvé un programme, je l'ai glissé dans la poche de ma veste et j'ai foncé vers un siège vide au milieu d'une rangée.

Au moment où je m'asseyais, une femme m'a lancé un regard noir. « Qu'est-ce que vous faites ? C'est la place de mon mari !

— Désolé. Je me suis trompé de rangée. »

Je me suis relevé aussitôt et je revenais vers l'aile quand un homme corpulent s'est dirigé vers moi. J'avais attendu trop longtemps. Je devais me replier de l'autre côté. Des spectateurs râlaient parce que je leur marchais sur les pieds.

Une ouvreuse m'attendait avec sa lampe électrique. « Puis-je voir votre billet ? Le rideau va se lever. »

Le cœur battant, j'ai fait semblant de fouiller dans mes poches. « J'ai dû le perdre quelque part. Je l'avais encore à l'instant. »

Elle m'a regardé d'un air soupçonneux. « Il n'y a pas de places libres au balcon.

— Je vais redescendre au foyer pour essayer de le retrouver.

— Laissez-moi vous éclairer.

— C'est inutile », lui ai-je murmuré aussitôt. Malheureusement, j'ai raté la première marche et je suis tombé.

« Monsieur, vous vous êtes fait mal ? Je vais vous conduire dans le bureau du directeur.

— Non, non. Tout va bien. Je n'ai rien du tout. »

Je me suis dépêché de descendre au foyer. À ce moment-là, j'ai pu voir l'affiche complète, barrée d'un bandeau que la foule m'avait caché en revenant après l'entracte : *Ce soir, représentation à guichets fermés !*

Idiot ! Idiot ! Idiot !

Je suis sorti dans la rue. Une fois là, je me suis tourné vers le fronton et j'ai vu le titre de la pièce, qui me narguait en gros caractères. THE SKIN OF OUR TEETH. De justesse.

J'ai remonté Broadway vers le nord en direction de Central Park South, en me disant que je pourrais trouver quelque chose en chemin. Comme il était tard, je ne suis pas entré dans le parc mais je me suis contenté de m'asseoir sur un des bancs pour regarder les palaces. Le nom « Essex House » m'a marqué, et j'ai songé à la vie des gens riches qui vivaient là. Je me suis dit qu'un jour, du haut d'une de ces fenêtres, je regarderais l'endroit où je me tenais à présent.

En traversant le quartier des théâtres pour retourner vers le métro, j'ai vu que la rue était encombrée par la multitude qui sortait du spectacle. Des gens faisaient la queue en attendant les limousines ou hélaient les taxis. D'autres s'avançaient dans Broadway, brillamment éclairée.

Une fois encore, je me suis mêlé à la foule des spectateurs. Comme si, en me joignant à eux, je faisais partie de leur communauté. Beaucoup tenaient leur programme à la main. J'ai sorti le mien de ma poche et je l'ai porté comme un insigne, montrant bien que j'appartenais à leur monde.

Un groupe est entré chez Sardi. Je les ai suivis à l'intérieur et j'ai regardé autour de moi. Quand ils se sont assis, j'ai vu approcher le maître d'hôtel. J'ai agité mon programme dans sa direction et je lui ai demandé où se trouvaient les toilettes pour hommes.

Après avoir quitté Sardi's pour continuer mon chemin vers la bouche de métro, j'ai tenté d'imaginer ce que pouvait être la pièce que je n'avais pas pu voir. Impossible. Du coup, pendant le trajet vers Brooklyn, j'en ai inventé une, à propos d'un garçon qui vivait de grandes aventures et s'échappait – de justesse – après avoir essayé de se faufiler dans un théâtre de Broadway.

Vingt-cinq ans plus tard, en 1967, j'ai reçu une bourse de la MacDowell Colony for Creative Artists de Peterborough, New Hampshire, afin de travailler à mon second roman, *The Touch*.

On m'avait attribué un luxueux studio, situé au milieu d'un bois. Le premier jour, on m'a expliqué qu'on préserverait ma solitude afin que ma créativité puisse s'épanouir, et que la seule chose qui pourrait me perturber serait vers midi le crissement des pneus d'une voiture sur le gravier, quand quelqu'un remonterait le chemin pour déposer un panier-repas devant ma porte.

En explorant le studio, j'ai remarqué un morceau de bois ayant la forme d'une pagaie sur le manteau de la cheminée. La liste des visiteurs précédents y était inscrite. Au début, certains noms étaient presque effacés, en bas d'autres étaient bien lisibles. En remontant dans la liste, j'ai trouvé : Thornton Wilder. Vers 1936 ou 1937, il avait écrit *Une petite ville sans histoire* dans le même studio où j'allais travailler pendant un mois à la rédaction de *The Touch*.

En me remémorant ma tentative manquée dans le théâtre de Broadway, j'ai ajouté mon nom au bas de la pagaie.

Chapitre 4

Les assiettes brisées

Dans ma jeunesse, il me semblait évident que mes parents ne pourraient pas m'envoyer à l'université, et encore moins à la faculté de médecine. Si je voulais suivre un enseignement supérieur, il me fallait travailler et faire des économies.

Pendant les vacances d'été, à l'âge de huit ou neuf ans, ma promotion a été rapide : d'un simple stand de limonade au coin de la rue, je suis passé à la vente de soda et de sandwiches. Je me fournissais en pain de seigle et en salami dans une épicerie et je faisais moi-même les sandwiches. J'achetais les sodas chez un grossiste, puis je les plongeais dans la glace et les emportais dans ma petite charrette rouge. Je vendais leurs casse-croûte à des femmes qui travaillaient pour une usine de vêtements sur Van Sinderen Avenue, à la limite entre Brownsville et East New York.

Je me suis bien débrouillé, jusqu'au jour où j'ai été coincé par le propriétaire de l'épicerie. Ayant pu évaluer ma réussite en voyant mes commandes augmenter, il avait posté son neveu sur mon chemin, avec des prix inférieurs aux miens. C'est ainsi que j'ai perdu mon petit commerce.

Dans les années qui suivirent, j'ai loué des smokings pour les mariages, assemblé des tournevis dans une usine, et travaillé à Brownsville sur la première machine à faire de la *frozen custard*, une sorte de crème glacée aux œufs. Tout cela ne payait pas très bien, mais je devais économiser pour l'université.

J'ai caché deux autres boulots dans ce que j'ai appelé par la suite ma cave mentale : mitron dans une boulangerie, et plus tard serveur dans un snack-bar. Ils sont restés au fond de ma mémoire jusqu'au moment où j'ai eu besoin de les utiliser dans « Des fleurs pour Algernon ».

À l'âge de quatorze ans, j'ai travaillé comme assistant d'un livreur pour la Bagel Bakery d'East New York, située au coin de ma rue, sous la voie du métro aérien. Je devais me lever à trois heures du matin pour commencer à quatre. Je besognais jusqu'à sept heures, puis le chauffeur me déposait devant la Junior High School 149. Sorti de l'école à trois heures de l'après-midi, je faisais mes devoirs avant de dîner et j'allais me coucher alors qu'il faisait encore jour.

Au début, j'aidais simplement le livreur à charger dans sa camionnette des paniers de petits pains chauds, certains nature, d'autres saupoudrés de graines de sésame ou de pavot. Je restais assis à côté de lui, sur le siège du passager, pendant que nous faisions la tournée des épiceries et des restaurants avant l'heure de l'ouverture.

Avant l'aube, chaque fois que nous approchions d'un établissement, le chauffeur consultait sa liste et indiquait à haute voix le contenu du prochain dépôt. « Deux douzaines. Un nature, un au pavot. »

On avait retiré le dossier de mon siège pour que je puisse me retourner, prendre trois bagels encore tout chauds dans chaque main et lui lancer « Six ! Une douzaine ! Six ! Deux douzaines ! » À l'époque, on ne faisait pas encore les treize à la douzaine… La manipulation des bagels au sésame et au pavot était pénible parce qu'ils m'égratignaient les mains. Mais les pires étaient les bagels saupoudrés de gros sel, qui piquaient ma peau à vif. J'emballais tous les petits pains dans des sachets, et dès que le chauffeur s'arrêtait au bord du trottoir je courais les déposer dans des entrées encore sombres.

Je me souviens du jour où il a changé de chemin pour aller livrer un nouveau client. Quand nous sommes passés au coin des avenues Livonia et Saratoga, j'ai vu qu'une confiserie était éclairée. J'ai dit : « C'est bizarre. Ils ont peut-être été cambriolés. »

Il s'est mis à rire. « Midnight Rose est ouvert vingt-quatre heures sur vingt-quatre. Aucune personne sensée n'irait attaquer cette boutique. »

Quand je lui ai demandé pourquoi, il a secoué la tête en disant que ce n'était pas très malin de poser des questions sur les gars qui fréquentaient Midnight Rose.

Vers la même époque, j'ai connu un garçon plus âgé dont la famille s'était installée en face de chez moi sur Snediker Avenue. Il disait qu'il s'entraînait pour devenir boxeur, mais comme il était trop jeune pour pratiquer il m'a confié qu'il envisageait d'utiliser le surnom de son frère aîné : « Kid Twist ». Lui, il se ferait appeler « le Kid ».

Je lui ai dit que j'aimerais avoir assez d'argent pour me payer le manuel de musculation (*Dynamic Tension Method*) de Charles Atlas. En ayant des muscles comme M. Atlas dans les magazines et les bandes dessinées, je pourrais me défendre contre certains des petits durs qui me harcelaient.

Le Kid faisait des haltères au club Adonis de Livonia Avenue. Un jour, il m'a emmené avec lui pour me présenter. Quelques grands costauds se sont esclaffés en voyant le maigrichon que j'étais, mais ils sont restés très polis avec le Kid et m'ont donné des conseils sur les techniques de l'haltérophilie. Je les revois clairement dans mon esprit, debout devant les miroirs après avoir levé des poids, agitant leurs muscles huilés ; je me rappelle même l'odeur de sueur qui emplissait la salle.

Des clochards venaient de temps en temps, soit pour faire un brin de toilette, soit pour dormir au fond pendant une ou deux nuits. J'écoutais avec fascination leurs histoires quand ils racontaient comment ils parcouraient le pays dans les trains de marchandises et retrouvaient de vieux copains aux noms bizarres dans des camps de vagabonds. J'ai songé un moment à abandonner l'école. Je sauterais dans un train, au dépôt de marchandises tout proche, et je visiterais l'Amérique. Cela me donnerait vraiment de la matière pour écrire.

Plus tard, j'ai entendu parler du frère de « Kid » Reles. J'ai encore la coupure de journal du 13 novembre 1941.

ABE RELES TUÉ LORS D'UNE TENTATIVE D'ÉVASION
Abe « Kid Twist » Reles, un des principaux tueurs à gages du milieu, avait témoigné contre ses complices et la Mafia qui employait leurs services. De bonne heure [...] le mercredi 12 novembre 1941, malgré la surveillance étroite de cinq inspecteurs, Abe Reles avait sauté – ou avait été poussé – par une fenêtre du cinquième étage de l'hôtel Half Moon, sur la rive de Coney Island. Les journalistes l'ont surnommé « le canari qui pouvait chanter, mais pas voler ».

J'ai compris alors ce que le livreur de bagels avait voulu dire à propos des hommes de la confiserie Midnight Rose. C'était la bande des exécuteurs de la Mafia, que les journaux appelaient « Murder, Inc. ».

Les criminels opéraient dans mon propre quartier et recevaient leurs contrats des pontes de Manhattan, qui leur téléphonaient à la confiserie. Le frère de mon ami boxeur, Abe « Kid Twist » Reles, avait été un de leurs plus redoutables tueurs. Peu après la parution de l'article, mon ami et sa famille ont déménagé sans prévenir, et je ne l'ai jamais revu.

Je n'ai pas tardé à obtenir de l'avancement. De la camionnette à un poste d'assistant, à l'intérieur de la boutique. Plus tard, quand je m'exerçais à écrire certaines scènes tirées de mon expérience personnelle, j'ai

rédigé un petit texte sur mon souvenir de la boulangerie. Le voici, encore inédit.

La fabrique de bagels – l'odeur de la pâte, les murs et
les escaliers blanchis [...] malaxer la pâte, la pétrir en
mouvements circulaires. La rouler en longs cylindres
fins, et la couper en petites rondelles avec des gestes
secs du poignet [...] un autre [boulanger] qui les dépose
régulièrement sur un grand plateau de bois creux [...]
qui les empile [...] pour les emporter vers le four. Là,
un garçon les prend sur le plateau, trois par trois, et les
jette dans le récipient bouillonnant [...] il les ressort
avec une passoire, dégoulinants et gras [...] il les place
sur la table du boulanger. Celui-ci les étale proprement
sur une longue planche en bois, la glisse dans le four
et y laisse une longue rangée de bagels avant de préparer
la prochaine planche [...] Il retire une planche couverte
de petits pains brunis et fait glisser une ficelle le long
de la planche pour séparer les bagels du bois [...] finalement, on les fourre dans de grands paniers d'osier, qui
seront emportés vers la camionnette afin d'être distribués
avant l'aube. Le boulanger boiteux [...] celui qui a une
voix rauque [...]

Bien des années plus tard, j'ai utilisé ce cadre quand
j'ai adapté « Des fleurs pour Algernon » en roman.

Le poste de nuit à la boulangerie perturbait mon sommeil et mon travail. Mes notes s'en ressentaient et j'ai
pris un travail de plongeur chez Parkie, qui tenait un
salon spécialisé dans les crèmes glacées sur Sutter
Avenue. Il m'a rapidement promu préposé aux sodas,
puis préparateur de sandwiches, serveur et enfin mar-
miton. À seize ans, j'ai trouvé un meilleur boulot sur
Pitkin Avenue, dans un endroit plus prestigieux situé
près du Lowes' Pitkin Theater. Je suis passé serveur
chez Meyer's Goody Shoppe.

Il n'y avait plus de Meyer chez Meyer's Goody Shoppe. Le snack-bar et le salon de thé étaient tenus par MM. Goldstein et Sohn, qui rendaient les serveurs pratiquement fous.

Le doux et gentil M. Goldstein affirmait toujours qu'il avait envie d'aider des garçons pauvres à se payer l'université. Près de l'entrée, derrière la caisse, il avait accroché au mur des photographies de ses anciens serveurs qui avaient « réussi », comme il disait. Certains portaient des uniformes de l'armée de terre, de la Navy ou du corps des marines. D'autres arboraient le costume de la remise des diplômes. Goldstein parlait avec affection de « ses garçons ». Quand je m'étais présenté pour ce travail et lui avais dit que mes parents voulaient m'inscrire en médecine, il m'avait tapoté la tête en disant que c'était très bien d'écouter ses parents.

Les nuits où il était de service, s'il n'y avait pas beaucoup de clients, il restait calme et s'asseyait au comptoir pour discuter des nouvelles du jour avec les cuisiniers qui n'avaient pas trop de travail. Mais quand il y avait le coup de feu, il se métamorphosait. Le sage M. Goldstein devenait un épouvantable braillard et nous hurlait des ordres par-dessus la tête des clients.

M. Sohn était d'un caractère tout différent. Lorsque les affaires marchaient, il restait près de la caisse. Nous pouvions nous occuper tranquillement de nos tables en conservant toute notre dignité. Mais aux heures creuses, avant l'arrivée de la foule, ou entre le coup de feu du dîner et la ruée des sorties de spectacles, M. Sohn se glissait dans la salle. Et là, sous prétexte d'inspecter nos postes, il s'emparait de tous les sucriers, des bouteilles de ketchup et des salières pour aller les cacher sur les étagères situées sous la caisse.

Un des plus anciens serveurs nous a expliqué que Sohn se comportait ainsi depuis une journée très déplaisante où des vandales avaient vidé toutes les salières dans les sucriers. Également convaincu que quelqu'un volait des couteaux, des fourchettes et des cuillères,

Sohn était fermement décidé à démasquer le coupable. Il quittait fréquemment sa caisse pour se rendre à la plonge et en retirer tout ce qu'il pouvait. En conséquence, à chaque fois que Sohn était de service, nous manquions de toute sorte de couverts.

Au début, cela avait créé une vive rivalité entre les serveurs. Aucun de nous ne voulait dire à ses clients qu'il n'y avait plus de cuillère pour leur glace et leur café, ni de fourchettes pour leur gâteau au chocolat. Des clients irascibles sortaient sans payer et sans nous laisser de pourboire. Bien entendu, il était inutile d'expliquer à Sohn que c'était sa faute.

Grâce aux serveurs vétérans, j'ai appris à survivre. Nous préparions les nuits avec Sohn en glissant des couverts dans nos poches, sous notre ceinture et dans notre chemise. Parfois, nous travaillions de conserve pour détourner l'attention de Sohn et nous pénétrions dans sa forteresse pour libérer un peu de sucre, de ketchup ou de sel.

Sohn le taciturne et *Goldstein le braillard* nous obligeaient à rester vigilants… et même à nous surveiller les uns les autres.

Pendant les deux années où j'ai travaillé dans cet établissement, j'ai pu réunir suffisamment de pourboires pour ma première année à l'université. Et, un soir, ma vie a changé.

Les gens qui sortaient du cinéma sont arrivés vers dix heures. La salle s'est remplie rapidement et bientôt il y a eu foule à l'extérieur. Lorsque quatre couples ont dépassé la file d'attente, Goldstein a fait une chose que je n'avais encore jamais vue. Il les a accueillis en souriant, très obséquieux, puis les a fait passer devant les autres clients outrés avant de les conduire dans ma zone.

Alors que j'allais chercher de l'eau et les menus, Goldstein a brusquement apporté des verres d'eau sur un plateau en criant après moi. « Pourquoi n'y a-t-il pas de nappes sur les tables ? Où est l'argenterie ? Pourquoi n'ont-ils pas de menus ?

— Monsieur Goldstein, ils viennent à peine de s'asseoir. »

Comme les explications étaient inutiles, j'ai essayé d'ignorer son comportement et j'ai pris leurs commandes. Il n'arrêtait pas de s'affairer autour d'eux en leur souriant. Quelques minutes plus tard, en passant à côté de moi près de la cuisine, il m'a interrogé : « Qu'est-ce qui t'a pris si longtemps ?

— Je viens de passer mes commandes, monsieur Goldstein.

— Elles sont prêtes. Sur le comptoir. »

De toute évidence, les préparateurs d'ordinaire assez indolents s'étaient surpassés. Les sandwiches et les gaufres de mes clients avaient été prioritaires.

« Qu'est-ce qui se passe ? ai-je demandé à un des plus anciens serveurs.

— Sers-les bien, a-t-il murmuré. Ce sont des gars du Midnight Rose. »

Je portais dans la main gauche deux tasses de café, avec des pots de crème posés au bord des soucoupes ; mon bras droit supportait trois sandwiches et des gaufres.

Goldstein n'a pas tardé à réapparaître entre deux rangées de tables. « Qu'est-ce qui t'a pris si longtemps ?

— Je leur apporte leur commande.

— Ce sont des clients spéciaux.

— Je m'en étais déjà aperçu, monsieur Goldstein. Je vous en prie, donnez-moi une chance. »

Il m'a bloqué le chemin. « Fais attention à ces pots de crème ! »

Je me suis aperçu que mes mains tremblotantes faisaient gigoter les petits pots en verre au bord des soucoupes. Il a reculé en me regardant et s'est mis à brailler. Plus il criait, plus les pots s'agitaient. J'avais appris que, si on lâchait un pot de crème, il se brisait au troisième rebond.

Gling, gling. Un des pots est tombé et a rebondi deux fois. J'ai essayé de l'intercepter du pied avant le troisième rebond, mais cela n'a pas marché. Il a volé en éclats. J'ai voulu bloquer le second pot : un rebond... deux rebonds... *brisé* ! À ce moment-là, j'étais en déséquilibre et les assiettes de sandwiches étalées sur mon bras se sont mises à osciller. J'ai tenté de les rattraper mais il était trop tard. Tout ce que je portais s'est écrasé sur le sol.

« *Mazel tov !* » a crié quelqu'un au milieu des rires. Et quelques personnes ont repris cette exclamation en s'esclaffant et en applaudissant, comme si j'étais un jeune époux qui venait de briser son verre pendant le mariage. Quelqu'un a lancé : « Il est pas bête, ce petit gars ! Ça évite de faire la vaisselle ! »

Le visage empourpré de Goldstein a pris un air menaçant. « Qu'est-ce qui te prend ? » Il s'est tourné vers les clients hilares. « Il veut être étudiant, et il n'est même pas capable de servir une table. » Puis il m'a dit : « Nettoie tout ça, crétin ! »

Son expression de dégoût voulait tout dire. Il m'avait offert une chance de travailler parce que j'avais besoin d'argent pour mes études, et j'avais trahi sa confiance en brisant la vaisselle devant ses clients « spéciaux ». Il s'est éloigné et ne m'a plus adressé la parole pendant le reste de la soirée. Néanmoins, mes clients de Meurtre et Compagnie m'ont laissé de gros pourboires.

À l'heure de la fermeture, j'ai fini de nettoyer, j'ai rempli les sucriers et les bouteilles de ketchup, puis j'ai passé le balai entre les tables. Je suis venu lui dire « Bonsoir, monsieur Goldstein. Je vous enverrai une photo pour votre mur en signe de reconnaissance ».

Il a froncé les sourcils.

« Qu'est-ce que tu veux dire ?

— Vous m'avez aidé à prendre une décision. Je ne supporte plus toutes ces conneries. Je vais m'engager dans la marine marchande.

— Et l'université ?

— Elle devra attendre que la guerre soit finie. »

Il m'a dévisagé longuement. Finalement, il a ajouté avec froideur : « Bonne chance. »

Pendant que je me dirigeais vers la porte, il m'a appelé d'une voix forte, pour que tout le monde entende. « Eh, crétin ! »

Je n'ai pas bronché.

« Eh, toi, l'étudiant futé ! »

À ce moment-là, je me suis retourné vers lui.

« Essaie de ne pas tout casser sur le bateau ! »

C'est ainsi que, des années plus tard, j'ai pu imaginer ce qu'éprouve Charlie Gordon dans la scène du restaurant, quand il voit un aide-serveur mentalement handicapé qui laisse tomber un plateau et que le patron lui lance : *« Ça va ! Ça va ! Andouille, a crié le propriétaire, ne reste pas planté là ! Va chercher un balai pour nettoyer tout ce gâchis. Un balai... un balai, idiot ! Il est dans la cuisine. Ramasse tous les morceaux. »*

[...] Brusquement, je me suis senti furieux contre moi-même et contre tous ceux qui le regardaient d'un air narquois. Je me suis levé en criant : « Taisez-vous ! Fichez-lui la paix ! Ce n'est pas sa faute s'il ne peut pas comprendre ! S'il est comme ça, il n'y peut rien ! Mais, bon Dieu... c'est quand même un être humain ! »

J'ai pu voir tout cela à travers les yeux de Charlie, et ressentir ses émotions. J'ai pu l'écrire parce que ça m'était arrivé.

Chapitre 5

Où je deviens médecin de bord

Je savais que mon engagement dans le service maritime des États-Unis constituerait un tournant pour moi. Je serais loin de mes parents, je vivrais ma propre vie, poursuivrais mes propres rêves. Mais comme je n'aurais dix-huit ans que dans trois mois, il me fallait la signature d'un de mes parents.

Ma mère s'est opposée à ma décision, insistant sur le fait que j'étais trop jeune, trop maigre, trop petit et trop myope.

« Ils s'en moquent, ai-je répondu. Je peux réussir l'examen médical sans problème. »

Mon père m'a demandé : « Et l'université ? »

— Un tas d'autres gars se trouvent sur le même bateau, papa. Ils ont promulgué la nouvelle loi l'année dernière. C'est le G.I. Bill. Cela permet de payer les études universitaires des soldats. Quand je serai dégagé de mes obligations, je pourrai continuer mes études gratuitement. »

À cette époque, j'ignorais que le service dans la marine marchande ne permettait pas de bénéficier des bourses accordées aux soldats.

« Tu seras quand même docteur ? a demandé ma mère. Tu sais que les docteurs sauvent des gens.

— Bien sûr que je serai docteur. »

Mon père a fait la moue. « Mais tu voulais aussi écrire ? »

Je leur ai dit que Somerset Maugham, Tchekhov et Conan Doyle avaient été médecins avant de devenir des écrivains célèbres et que je n'étais pas assez stupide pour croire que je pourrais vivre de ma plume. Néanmoins, je n'ai pas précisé que mes trois héros avaient raté leur carrière médicale.

« La médecine sera ma profession, l'écriture mon passe-temps.

— Mais tu n'as que dix-sept ans, a rétorqué ma mère en sanglotant. Tu es toujours mon bébé. »

J'ai songé alors, sans le leur dire, qu'à l'âge de dix-sept ans Jack London s'était embarqué pour un voyage d'un an sur une goélette afin d'aller chasser les phoques. Plus tard, il s'était servi de ses aventures pour écrire *Le loup des mers*. Je croyais, comme London, pouvoir relater mes expériences de marin pour démarrer ma carrière d'écrivain. En fait, j'ai simplement répondu : « Je vous promets de devenir docteur. »

Mon père a signé les papiers de mon engagement et m'a laissé partir.

Après six semaines d'exercices de base à Sheepshead Bay, j'ai été transféré à l'école d'entraînement des officiers radio, sur Hoffman Island, dans New York Harbor. J'aimais l'idée d'envoyer des messages en morse et d'être appelé *Sparks*[1]. Ce serait peut-être mon pseudonyme d'écrivain.

Mon unique souvenir de Hoffman Island est ma rencontre avec Morton Klass, qui allait devenir un ami fidèle. Nos deux noms commençaient par un K et nous étions toujours côte à côte, que ce soit pour marcher, manger ou suivre les cours. Comme la couchette de Mort se trouvait en face de la mienne, nous parlions

---

1. Littéralement : « étincelles ». Surnom souvent attribué sur les navires au radio de bord.

politique, philosophie et littérature, souvent bien après l'extinction des feux, jusqu'à ce que quelques-uns des hommes nous lancent leurs bottes à travers la chambrée afin de nous faire taire.

Après la reddition de l'Allemagne, le 7 mai 1945, les chefs du service maritime se sont aperçus qu'ils avaient trop d'opérateurs radio et ils ont fermé l'école de Hoffman Island. Mort est parti comme simple assistant dans une salle des machines. J'ai pris la mer une semaine plus tard en direction du Havre, comme aide militaire sur un luxueux paquebot converti en transport de troupes. Mon navire faisait la navette avec la France pour acheminer de nouveaux contingents au dépôt (le *replacement depot*, que les soldats appelaient *repo depo*) et ramener les G.I. qui avaient achevé leur période de service en Europe. Ils dormaient sur cinq étages de couchettes superposées, dans une cale qui empestait la sueur, l'alcool et le vomi. Les parties de poker étaient continuelles.

Au Havre, la permission à terre a été de courte durée, et je ne me souviens que de la boue, des ruines et de la pauvreté – des images que j'ai mises en réserve.

Après mon second voyage sur le transporteur, j'ai appris que, même si la War Shipping Administration avait trop d'officiers radio, elle manquait de commissaires de bord. On demandait des marins connaissant le travail de bureau.

Justement, un de mes cours les plus utiles au lycée avait été la dactylographie. Bien avant de m'aider comme écrivain, elle m'avait permis d'obtenir des petits emplois de bureau pendant les vacances d'été. Grâce aux recommandations de mes anciens patrons et à une série de tests réussis, la War Shipping Administration m'a accordé un poste de commissaire de bord.

Maintenant, avec le grade d'enseigne dans le service maritime, je n'avais plus à porter de pantalon de marine. Mon rang d'officier était signalé sur chaque manche de mon uniforme par deux plumes croisées au-dessus d'une bande dorée. On ne m'appelait plus *Sparks*, mais *commissaire*, ou *Purser*[1].

Je voulais raconter mes expériences, mais j'ai changé le nom du navire et celui de la compagnie dans mes archives. De plus, j'ai évité d'utiliser les véritables noms des officiers et des membres d'équipage. À part ces petites modifications, tout ce qui suit est réellement arrivé.

En tant que commissaire de bord, ma première mission a eu lieu au bureau new-yorkais de l'International Tankers, Inc., où j'ai établi le manifeste du navire, dressé le rôle d'équipage du *S.S. Polestar* et surveillé la signature des marchandises en présence de l'officier d'embarquement.

La Navy nous avait dit que ce ne serait qu'un petit cabotage. Quand j'ai interrogé un des employés de la compagnie, il m'a montré sur le mur du bureau un panneau représentant un navire en flammes qui disparaissait dans l'océan. En dessous était écrit : *UNE INDISCRÉTION PEUT COULER UN NAVIRE*.

On nous avait seulement dit que le *Polestar* partirait dans les deux semaines du port de Bayonne, dans le New Jersey, et que je rencontrerais le capitaine juste avant le départ – pour l'instant il était en congé dans sa famille à Philadelphie. Pour des raisons de sécurité, nous ne devions pas connaître le nom du port d'escale ni la durée du voyage avant que les remorqueurs nous sortent de New York Harbor et que le pilote quitte le navire. Une fois que nous serions en mer, le capitaine ouvrirait ses instructions de navigation et nous informerait de notre destination.

Je suis finalement arrivé sur les quais de Bayonne par une glaciale matinée de janvier 1946. Le taxi m'a laissé

---

1. Surnom courant du commissaire de bord, qui tient les cordons de la bourse (*purse*). Dans la marine française, le surnom du commissaire de bord est « croc ».

au plus près de la jetée. Ensuite, en clopinant sur la terre couverte de givre, je me suis frayé un chemin dans un enchevêtrement de canalisations. Je devais souvent baisser la tête pour passer sous des tuyaux suspendus qui craquetaient et se balançaient au bout de leurs filins. J'ai fini par repérer le nom de mon tanker T-2 au bout du quai : *S.S. Polestar.*

À vide, le navire était haut sur l'eau. Il dominait l'embarcadère et la passerelle était inclinée à quarante-cinq degrés. Glissant un de mes sacs sous le bras, j'ai saisi la rampe et j'ai grimpé dans le *coffre*. Il était jonché de vieux journaux et de bidons de bière vides. L'odeur du pétrole envahissait tout et j'ai dû m'arrêter face au vent pour avaler quelques gorgées d'air avant d'escalader l'échelle menant au pont principal. J'entendais les craquements du navire qui se soulevait et redescendait au rythme des vagues. À part cela, il n'y avait aucun bruit. J'avais l'impression de me trouver sur un bateau fantôme.

J'ai réussi à trouver la cabine du commissaire, où j'ai déballé mes affaires et rangé mes livres sur l'étagère au-dessus du bureau : Homère, Platon, Shakespeare, ainsi que *Guerre et paix* et *Moby Dick*. Je me suis retourné en entendant un bruissement et j'ai vu qu'un officier au visage poupin m'observait, appuyé contre l'encadrement de la porte ouverte. Ses manches étaient ornées de quatre galons dorés.

« Bienvenue, commissaire. Je vois que vous aimez lire.

— Oui, capitaine.

— Nous avons une assez bonne bibliothèque sur ce navire. Vous vous chargerez des prêts. Bien sûr, la plupart des ouvrages sont des dons, mais si vous désirez certains livres en particulier, faites-le-moi savoir. Nous avons aussi une petite cagnotte.

— Je suis content de l'apprendre.

— Mais je pense que vous devriez vérifier la pharmacie et l'infirmerie, au cas où il faudrait commander des fournitures ou d'autres médicaments. Le dernier commissaire était plutôt je-m'en-foutiste, et il lui manquait toujours des trucs.

— L'infirmerie ? Je ne comprends pas. En quoi cela me concerne-t-il ? »

Il a jeté un coup d'œil à ma veste, accrochée au dossier de la chaise, et froncé les sourcils en montrant la manche portant les deux plumes d'or croisées. « Où est le caducée ? »

J'ai compris alors qu'il faisait référence au bâton ailé entouré d'un serpent. Ajouté aux deux plumes, il aurait indiqué la double fonction courante de commissaire/pharmacien.

« Je suis commissaire, capitaine, mais pas pharmacien. »

Son visage s'est empourpré. « J'avais précisé à l'officier d'embarquement que j'avais besoin d'un autre commissaire, mais aussi d'un toubib !

— On m'a dit qu'ils manquaient de commissaires, et surtout de commissaires/pharmaciens. C'est pour cela qu'on m'a engagé.

— Cela n'ira pas, Keyes. J'ai quarante hommes à bord, et ils auront besoin de soins médicaux. »

Sans même réfléchir aux conséquences, j'ai lancé aussitôt : « J'ai obtenu mes diplômes d'expert en premiers secours, à la fois chez les scouts réguliers et chez les scouts marins. J'ai fait office de médecin de bord pendant quelques traversées. J'ai aussi été en prépa de médecine et j'envisage de devenir chirurgien. »

Il m'a observé un long moment.

« D'accord, Keyes. Cela pourra aller. Dès que nous serons en mer – au-delà des eaux territoriales – j'userai de mon autorité pour vous nommer pharmacien. En plus des devoirs normaux d'un commissaire, vous vous occuperez de la pharmacie et de l'infirmerie, vous répondrez aux urgences et vous effectuerez un examen génital après chaque permission à terre.

— Mais, capitaine…

— Pas de *mais* ! Vous êtes le médecin de bord. »

Il était sur le point de sortir quand il s'est arrêté pour me demander : « Vous jouez aux échecs ?

— Oui, monsieur.

— Quel niveau ?

— Moyen.

— Bien. Nous ferons une partie ce soir, après dîner. »

Le capitaine parti, je me suis laissé tomber sur ma couchette. Moi et ma grande gueule ! Enrouler et épingler des bandages ou distribuer de l'aspirine à des scouts pendant une balade d'un week-end sur l'East River, ce n'était pas exactement la même chose que les soins de quarante marins en pleine mer.

Ce soir-là, j'ai battu le capitaine aux échecs, mais en voyant la contrariété qu'exprimaient ses yeux bleus, je me suis promis de ne pas recommencer trop souvent.

Le lendemain matin, j'ai été réveillé par les vibrations des moteurs et j'ai couru aussitôt sur le pont pour nous voir lever l'ancre et quitter le port. Mais il était trop tard. J'ai escaladé une des échelles jusqu'à une plateforme vide où se trouvait auparavant un canon antiaérien. De là, je n'ai vu que l'horizon de tous côtés. Cela ne ressemblait plus aux voyages que nous faisions sur l'East River avec le *Dutchman III*. Il n'y avait plus aucune trace de la terre.

Soudain, je venais de larguer tous mes projets terrestres, mes engagements et mes responsabilités. Dans une sorte de mue, j'abandonnais les soucis et les conflits comme une peau morte et j'éprouvais une profonde sensation de soulagement. Sans aucune terre à l'horizon, il n'y avait plus de réalité – aucune vie, aucune mort. Rien n'importait plus que le fait de me trouver sur l'océan.

Pour la première fois de ma vie, entouré par le ciel et l'eau, j'ai ressenti « le sentiment océanique », et j'ai compris pourquoi des hommes partaient en mer, tel ce vieux marin que j'avais rencontré au Sailors' Snug Harbor.

À seize ans, peu après avoir rejoint les scouts marins, j'avais accompli un pèlerinage à Staten Island, dans le foyer pour les matelots à la retraite. J'y avais fait la connaissance d'un vieux loup de mer hâlé par les intempéries. Pendant un moment, nous étions restés assis en silence dans le salon des visiteurs, à fumer la pipe, moi dans mon uniforme bien repassé de scout marin et mon caban tout propre, lui avec son bonnet noir, serrant son caban élimé pour se protéger des courants d'air.

Ensuite, en m'agrippant le poignet et en me fixant de ses yeux chassieux, il avait évoqué des souvenirs de ses voyages en mer. Des images de *La complainte du vieux marin* me revenaient à l'esprit : *Il le retient de sa main maigre... Il le retient de ses yeux brillants...*

Comme celui de la complainte, mon vieux marin m'avait captivé en décrivant comment son navire avait dérivé, empêtré dans les algues qui suivaient les courants du grand tourbillon de l'Atlantique Nord, où se rassemblent toutes les sargasses du monde. On appelait cet endroit la mer des Sargasses.

« L'île des navires égarés et des âmes perdues », avait-il dit.

Il avait parlé de navires pris au piège dans les algues, et de vaisseaux naufragés qui dérivaient dans ce cimetière maritime, avec des équipages de cadavres attendant qu'on les délivre des sargasses. Il avait raconté comment son propre équipage avait survécu là-bas en mangeant des vers, des petits crabes, des crevettes, et des poulpes qui changeaient de couleur et de forme pour se camoufler en prenant l'aspect des algues flottantes et renflées parmi lesquelles ils vivaient. Ou des moustiques aussi gros que des oiseaux.

« C'est là que retournent les anguilles, avait-il dit. Des millions de serpents de mer visqueux. Elles parcourent des milliers de milles, depuis des eaux lointaines. Elles reviennent pour se reproduire, pour pondre et mourir. »

C'était un bon narrateur, et j'étais resté assis longtemps, comme ensorcelé, à l'écouter parler tandis que
les volutes de fumée glissaient entre nous. Ensuite, il
s'était endormi et j'étais parti.

En regardant l'océan à partir du pont du *Polestar*, je
me suis d'abord senti seul et triste, puis une idée m'est
venue. Dans *La complainte du vieux marin*, Coleridge
avait dû évoquer les sargasses en écrivant :

Nous étions les premiers à pénétrer
Dans cette mer silencieuse...

Et :

En vérité, des choses visqueuses rampaient
Sur la mer visqueuse.

Le bourdonnement des moteurs sous mes pieds m'a
rappelé à la réalité. Abandonnant le garde-fou, je suis
redescendu de la plateforme avant de traverser la passerelle menant au salon des officiers.

C'est là, durant le petit déjeuner, qu'on m'a présenté
au second, qui ressemblait à un catcheur, ainsi qu'à
l'ingénieur en chef, un énorme Géorgien rougeaud qui
exhibait un six-coups à crosse de nacre, et enfin à
Sparks, l'opérateur radio, dont les yeux fixaient des
directions différentes.

Le capitaine nous a informés qu'il venait d'ouvrir les
instructions scellées de la Navy. « La destination du
Polestar est Aruba. Nous y chargerons notre propre carburant. Ensuite, direction Caracas, où nous prendrons
une pleine cargaison de mazout vénézuélien que nous
livrerons à Philadelphie. Estimation de la durée du
voyage : trois semaines. »

Après le petit déjeuner, il m'a fait signe de rester.

« Les hommes pourront passer la nuit à Aruba, et
deux jours à Caracas, a-t-il dit. Le précédent commis-

saire était censé emporter une bonne réserve de préservatifs et de pommades prophylactiques, mais il s'est planté. Normalement, vous devriez effectuer un examen génital et dépister les traces de blennorragie après chaque escale, quand les hommes remontent à bord, mais comme la plupart des membres de l'équipage se sont engagés à New York, il est préférable de procéder au premier examen dès demain. »

Je lui ai rappelé qu'il devait officiellement me nommer médecin de bord attitré.

« Considérez-vous comme attitré. »

J'ai réfléchi pendant quelques instants. « Je préférerais un document écrit, capitaine. »

Il m'a lancé un regard mécontent.

« Hein ? »

Ce que j'ai traduit mentalement par *petit frimeur*.

Puis il s'est radouci et il a gribouillé une note sur une serviette en papier avant de me la tendre. Je l'ai pliée soigneusement et je l'ai mise en sûreté dans mon portefeuille, avec mes documents officiels.

Plusieurs hommes présentaient un écoulement de pus verdâtre, symptôme de la blennorragie, et je les ai soumis à un régime de pénicilline, avec une piqûre toutes les quatre heures pendant deux jours. Pour les piqûres de nuit, je devais descendre dans le quartier de l'équipage avec une lampe torche, la leur braquer dans les yeux pour les réveiller, puis les retourner. Je donnais à chacun une tape sur les fesses avant de planter l'aiguille, et la plupart d'entre eux ne la sentaient même pas.

J'ai mis une attelle à un homme qui s'était cassé le bras gauche – une simple fracture qui pourrait être arrangée après notre retour aux États-Unis.

Une autre de mes responsabilités consistait, une fois par semaine, à ouvrir une réserve de la cambuse pour vendre des sucreries, des cigarettes et des articles divers. Nous n'avions pas beaucoup de provisions et je devais rationner l'équipage. Cela confirmait ce que le capitaine avait dit à propos du précédent commissaire de bord. Il ne s'était pas donné beaucoup de peine pour alimenter la réserve.

En plus de jouer les médecins et de tenir la boutique, j'étais intendant de bord. Je devais verser le salaire des hommes et leur avancer de l'argent dans la monnaie locale pour chaque permission à terre. Pour les empêcher de déserter au cours du voyage, l'avance était limitée à la moitié de ce qu'ils avaient déjà gagné. Il me suffisait de multiplier leur salaire quotidien par le nombre de jours en mer. Ils pouvaient retirer alors la moitié de cette somme. Je ne pouvais pas calculer le salaire réel tant que le capitaine ne me donnait pas la date d'arrivée.

Cela me laissait beaucoup de temps pour lire et pour écrire. J'utilisais la machine à écrire de mon bureau pour me faire la main en décrivant des scènes de mon passé et en rédigeant un journal, dont le contenu devait me servir pour le roman maritime que j'étais certain d'écrire un jour.

Je me suis rendu compte que je devais m'entraîner dans l'art de l'écriture. J'avais étudié tous les ouvrages que j'avais pu trouver sur le sujet. Dans ses *Mémoires*, Somerset Maugham relate la manière dont il a appris à écrire, en passant des journées entières à la bibliothèque pour recopier des passages d'auteurs qu'il admirait. Au début, cela m'avait choqué, mais ensuite j'avais compris. Et j'ai fait la même chose avec des livres de la bibliothèque.

J'étais persuadé que, comme Maugham, je finirais par dépasser l'imitation, et qu'à ce moment-là j'aurais appris à former des phrases et à les assembler en paragraphes. J'étais certain de pouvoir développer une perception de la langue, de trouver ma voix et mon style personnels, comme ceux de mes personnages. Je ne devais pas me montrer plus présomptueux que Maugham, qui n'avait pas hésité à apprendre à écrire, comme l'aurait fait un enfant, en ayant recours à l'imitation.

Grâce à Hemingway, j'ai appris à faire des phrases simples et déclaratives, sans figures de rhétorique, dans le style transparent et réaliste que lui avait enseigné Mark Twain. Selon Hemingway, *Huckleberry Finn* est le livre dont découle toute la littérature de fiction américaine ; et je crois que c'est le poète Archibald MacLeish qui disait que Hemingway avait créé « un style pour son époque », en jouant sur le titre du premier recueil de nouvelles de Hemingway, intitulé *De nos jours*.

Faulkner m'a montré comment briser ces chaînes et me libérer pour écrire de longues phrases complexes et des paragraphes entiers entre parenthèses, en utilisant souvent un langage imagé qui s'épanouit en métaphore.

Finalement, je me suis sevré de ces deux auteurs.

Au début de « Des fleurs pour Algernon », le style de Charlie est direct, enfantin, sans métaphores. Cependant, à mesure qu'il se transforme, ses simples phrases déclaratives deviennent de plus en plus élaborées, puis complexes et métaphoriques. Quand sa capacité de rédaction se détériore, son style redevient simple, avant de retourner à celui d'un illettré.

J'ai beaucoup appris des maîtres qui se trouvaient dans la bibliothèque du navire.

Après avoir pris du carburant à Aruba, le *Polestar* a fait route vers Caracas pour y chercher le mazout. Ensuite, pendant le retour vers les États-Unis, je n'ai pas eu grand-chose à faire jusqu'au moment où le capitaine m'a donné la date de notre arrivée à Philadelphie.

Sparks et moi étions en train de jouer aux échecs dans mon bureau quand soudain on a frappé furieusement à ma porte. Un marin affolé s'est engouffré dans ma cabine. « Commissaire ! Venez vite ! Il y a un problème avec un des matelots.

— Qu'est-ce qu'il a ?

— Je ne sais pas, mais il a dégobillé, et maintenant il y a un truc noir qui lui sort de la bouche et du nez. »

J'ai attrapé ma sacoche noire et crié à Sparks d'avertir le capitaine ou le second. J'ai suivi le marin dans la coursive menant au quartier des matelots sur le pont avant. L'attroupement qui s'était formé à l'extérieur du poste d'équipage s'est écarté pour me laisser passer. J'ai eu un haut-le-cœur en arrivant à la porte et en sentant un mélange de sirop de citron et de vomi, mais je me suis ressaisi et je suis entré.

Un grand gaillard était allongé sur le dos en travers d'une couchette inférieure, la tête presque posée sur le pont. Il suffoquait et son visage était maculé d'une sorte de mousse noire, mêlée de sang, qui entrait et sortait de ses narines et de sa bouche au rythme de sa respiration difficile.

J'avais déjà vu à l'occasion cet homme d'âge mûr ; parfois en train de nettoyer le mazout du pont central, parfois perché sur un échafaudage pour repeindre ou décaper la coque. À plusieurs reprises, il était venu chercher de l'aspirine à l'infirmerie pour apaiser sa gueule de bois. Une fois, il avait dit avoir de la famille à Philadelphie.

J'ignorais complètement ce qu'il avait, mais j'ai compris qu'il était en train de s'étouffer dans son propre vomi sanguinolent.

« Aidez-moi à le retourner ! »

Deux hommes se sont avancés aussitôt et nous l'avons tourné sur le ventre pour l'empêcher de suffoquer.

« Quelqu'un sait ce qu'il s'est passé ? C'est quoi, cette odeur sucrée ?

— Après l'escale de Caracas, il n'avait plus rien à boire, a répondu un des marins. Il a forcé la porte de la coquerie quand le cuistot n'était pas là et il a volé un litre de concentré de citron. Je crois qu'il a tout bu. »

J'ai secoué la tête. Qu'est-ce que j'allais faire ? Même sur le ventre, il continuait de suffoquer et de ravaler le fluide noirâtre par le nez.

Sparks est arrivé. « Quelle puanteur ! Besoin d'aide, commissaire ?

— Allez chercher le capitaine !

— On a ordre de ne pas le réveiller. Le second est de quart dans la timonerie.

— Ce type est en train d'avaler son vomi. Je vais lui faire de la respiration artificielle, pour voir si je peux lui dégager un peu les poumons. Essayez de contacter le plus proche vaisseau de la Navy qui dispose d'un médecin de bord. Dites-leur qu'un gars a bu un litre de concentré de citron. »

Sparks a hoché la tête et s'est précipité au-dehors.

J'ai retiré mes chaussures, puis j'ai enjambé le matelot et tourné sa tête vers la gauche. Ensuite, j'ai commencé à lui faire la respiration artificielle, comme je l'avais appris chez les scouts marins.

« Le mauvais air s'en va... » en lui appuyant sur le dos. « Le bon air s'en vient... » en relâchant la pression pour laisser les poumons se remplir. « Le mauvais air s'en va... le bon air s'en vient. »

Je suis resté à cheval sur lui pendant près d'une demi-heure, en faisant les mouvements que je connaissais et en me demandant si j'étais en train de l'aider ou de le tuer.

Un cambusier est arrivé avec un message que Sparks venait de recevoir d'un vaisseau de la Navy. Cela disait : « *Pratiquer la respiration artificielle.* »

Je me suis senti mieux en apprenant que je faisais ce qu'il fallait. J'ai montré à un des marins comment me relayer. Il a d'abord imité mes mouvements, puis il a pris ma place. « Le mauvais air s'en va... le bon air s'en vient. »

Quand je n'ai plus été capable de sentir son pouls, j'ai fait demander à Sparks de contacter le docteur de la Navy pour obtenir de nouvelles instructions.

Le capitaine est arrivé quelques minutes plus tard, un message à la main. « Comment va-t-il, commissaire ?

— Je crois qu'il est fichu.

— Le docteur de la Navy dit que vous devez faire à votre patient une piqûre d'adrénaline dans le cœur. »

J'ai reculé devant cette responsabilité. « Ce *n'est pas* mon patient.

— Oh, que si ! Vous êtes le médecin de bord.

— Seulement parce que vous l'avez ordonné.

— Alors, je vous donne l'ordre de faire à votre patient une piqûre d'adrénaline dans le cœur.

— Je ne sais pas faire ça. Je risque de le tuer.

— C'est un ordre direct, commissaire. Obéissez, sinon je vous jette au trou et je vous fais inculper dès que nous serons rentrés. »

J'ai regardé autour de moi les témoins de la scène. « Mettez cet ordre par écrit, capitaine. »

Quelqu'un lui a apporté un crayon et du papier, et il a rédigé son ordre.

« D'accord, ai-je dit, mais je suis sûr qu'il est déjà mort. »

J'ai sorti de la trousse de médecine une dose d'adrénaline, une seringue hypodermique et une aiguille neuve, puis j'ai préparé l'injection. J'ai regardé encore une fois le capitaine. « Vous y tenez vraiment ?

— S'il est déjà mort, cela ne changera rien.

— Mais je n'en suis pas sûr.

— Faites-le ! »

Suivant mes instructions, les hommes l'ont fait rouler sur le dos.

Sans aucun pouls pour me guider, j'ai cherché l'endroit où son cœur devait se trouver. J'ai planté l'aiguille et appuyé sur le piston.

Aucune réaction.

Le capitaine a envoyé un homme pour que Sparks prévienne le docteur de la Navy. Quelques minutes plus tard, le marin est revenu avec le message. Le capitaine l'a lu à haute voix : « Continuer la respiration artificielle jusqu'à minuit. Ensuite, constatez son décès.

— Mais il est déjà mort !

— Il y aura une enquête. Allez, commissaire, suivez les ordres du docteur.

— Pourquoi moi ?

— Parce que vous êtes le médecin attitré sur ce navire, parce qu'il est votre patient, et que vous avez vos ordres par écrit. »

Nous avons de nouveau tourné le marin mort sur le ventre. Pendant une heure et demie, je suis resté à cheval sur le cadavre qui raidissait, en continuant de murmurer : « Le mauvais air s'en va... le bon air s'en vient. »

À minuit, je l'ai déclaré mort. Après que nous l'avons enveloppé dans une toile, j'ai demandé au capitaine si nous devions le rendre à la mer.

« Impossible. Nous sommes à deux jours de la côte de Floride. Je dois le ramener pour l'enquête.

— Où allons-nous le garder en attendant ? »

Le capitaine a haussé les épaules. « Mettez-le dans le frigo. »

Aux paroles du capitaine, un murmure désapprobateur a parcouru les marins rassemblés à l'entrée du poste d'équipage, jusqu'à la coursive. Le maître d'équipage s'est alors avancé pour repousser la petite foule des spectateurs, puis il a fermé la porte.

« Capitaine, avec tout le respect...

— Qu'est-ce qu'il y a, Boats[1] ?

— Les hommes n'aiment pas l'idée qu'on mette un mort avec leur nourriture. Beaucoup sont vraiment superstitieux. Je crois que vous risquez une mutinerie. »

Le capitaine s'est tourné vers moi. « Une suggestion, *docteur* ? »

J'ai tressailli quand il m'a gratifié de ce titre. « Nous l'avons emmailloté dans de la toile imperméable. Pourquoi ne pas simplement l'entreposer dans une cale vide et le couvrir de glace ? »

---

1. Surnom et diminutif souvent attribué au maître d'équipage (en anglais : *boatswain*).

Le maître d'équipage a approuvé de la tête. « Ça, ils l'accepteront.

— D'accord, Boats, a dit le capitaine. Que les matelots s'en chargent. » Sur ces mots, il a tourné les talons et monté à l'échelle de la coursive pour regagner les quartiers des officiers.

Nous avons mouillé devant Fort Lauderdale. De la rambarde, j'ai regardé un canot amener les officiers de la Navy à bord du *Polestar*. Même si j'avais fait de mon mieux, en obéissant à un ordre direct du capitaine, cette enquête m'effrayait et j'étais très nerveux. J'avais mis ses ordres écrits dans mon portefeuille, et je me félicitais de ma prévoyance. Sans eux, que se serait-il passé ? Aurais-je pu être accusé de pratiquer la médecine sans diplôme ? Ou même d'homicide ? Enfin, à bord d'un navire, un capitaine est tout-puissant. Il avait dit que j'étais docteur, et cela m'en donnait le titre.

L'enquête a été superficielle. La conclusion a été « mort accidentelle » et j'ai été dégagé de toute responsabilité.

Après notre arrivée au port, mon boulot a consisté à assister le commissaire qui avait apporté les marchandises afin de vérifier les comptes. J'ai donné à chaque homme son certificat officiel de l'U.S. Coast Guard pour le libérer de ses obligations.

Mais quand est venu le moment de viser la liste des marchandises pour le prochain voyage, seuls les officiers ont contresigné. Comme l'avait dit le maître d'équipage, la plupart des marins étaient superstitieux. Quand un marin trouvait la mort à bord d'un navire, celui-ci était considéré comme maudit. Bien que l'enquête m'ait blanchi, ils avaient tous vu, ou entendu dire, que je m'étais tenu à cheval sur le cadavre. La rumeur se répandait que j'étais une sorte d'oiseau de malheur et que j'avais provoqué sa mort avec mes incantations sur le mauvais air et le bon air, en lui faisant perdre haleine comme si j'avais chevauché son âme jusqu'aux enfers.

En sortant sur le pont, je me suis heurté au maître d'équipage et à quelques hommes qui allaient descendre à terre. Éprouvant une certaine culpabilité devant les compagnons du défunt matelot, j'ai dit : « Désolé de ne pas avoir pu le sauver. »

Le maître d'équipage a posé la main sur mon épaule. « Vous avez fait tout ce que vous pouviez, commissaire. La plupart des docteurs perdent un patient de temps en temps. »

Pendant que je les regardais descendre la passerelle, ses paroles m'ont frappé. J'avais tenu la promesse faite à mes parents, et j'avais pratiqué la médecine, mais perdu un patient. Je savais qu'après mes dix-huit mois de service, quand je quitterais le *Polestar*, cela mettrait fin à ma carrière médicale.

Comme Somerset Maugham, Tchekhov et Conan Doyle, j'avais été docteur pendant quelque temps, et comme eux, j'avais échoué. Maintenant, je devais suivre leurs traces et tenter de devenir écrivain.

Deuxième partie

De la mer à la psy

Chapitre 6

Taches d'encre

Je suis reparti à bord du *Polestar* pour un voyage qui devait durer un an, d'abord de Newport News, Virginie, à Naples, avant de faire la navette à transporter du pétrole entre Bahreïn, en Arabie, et la base navale d'Okinawa.

Cependant, la Navy a changé nos instructions à trois reprises et nous avons fini par faire le tour du globe en quatre-vingt-onze jours. Quand j'ai achevé mon temps à bord du *Polestar*, j'ai dit « au revoir et bon débarras » à ma carrière de médecin de bord.

Pendant six autres traversées sur d'autres navires, je n'ai jamais révélé aux capitaines que j'étais un expert en premiers secours. Finalement, après dix-huit mois dans la marine, j'ai quitté mon dernier tanker le 6 décembre 1946 avec un Certificat de service permanent et une lettre de la Maison-Blanche portant le sceau présidentiel.

Vous qui avez répondu à l'appel de votre pays et servi dans la marine marchande afin de contribuer à la défaite complète de l'ennemi, recevez les remerciements sincères de la nation. Vous avez accompli une tâche extrêmement difficile, qui exigeait de la bravoure et de la force d'âme. Comme vous avez montré les ressources et le sang-froid nécessaires à cette tâche, nous attendons maintenant que

vous puissiez montrer l'exemple et participer à la conduite
de notre pays pour le servir encore dans la paix.
Signé : Harry Truman.

Je suis retourné à Brooklyn chez mes parents, où je comptais rester en poursuivant mes études supérieures.

Après la fin de mon service, pour mon premier jour à la maison, Maman a préparé un grand dîner et invité des proches et des connaissances pour célébrer à la fois mon retour et le neuvième anniversaire de ma sœur Gail. Mes parents pensaient que le fils prodigue de dix-neuf ans allait maintenant continuer ses études pour devenir docteur. Je n'avais pas encore eu le courage de leur dire que j'avais déjà tenu ma promesse en remplissant cet office à bord d'un navire et que je ne souhaitais pas continuer ma prépa ni aller à l'école de médecine.

Après le dîner, j'ai foncé vers la bibliothèque de la cave pour y chercher un ouvrage à lire au lit. Mais en ouvrant la porte – avant même de descendre l'escalier – j'ai senti qu'il manquait quelque chose. Où était donc passée cette odeur de charbon humide ?

J'ai allumé et vu que mes étagères, mes livres et toutes mes affaires avaient disparu. La panique m'a serré la gorge alors que je gagnais à pas rapides le cagibi installé sous les marches. Le bac à charbon n'était plus là et la vieille chaudière avait été remplacé par un modèle plus récent à mazout.

Aucun livre. Pas de charbon. Aucun jouet dans le petit débarras. Toutes les choses réelles avaient disparu. Je voulais remonter à toute allure et demander à mes parents : « Pourquoi ? »

Mais ce n'était pas nécessaire. Je comprenais. Ils avaient décidé que je n'étais plus un enfant. Lorsque j'étais parti, j'étais un garçon de dix-sept ans qui incarnait leurs rêves, et ils s'étaient défaits de mes affaires d'enfant. Ils n'auraient jamais pu songer que les idées, les souvenirs et les rêves de leur fils – ces choses qu'il utiliserait pour devenir écrivain – occuperaient toujours le réduit sous l'escalier de la cave.

Le lendemain matin, au cours du petit déjeuner, je leur ai dit que j'avais déjà goûté à la vie de docteur, et que j'avais échoué – comme Maugham, Tchekhov et Doyle. Je n'étais pas fait pour pratiquer la médecine. J'ai dit que j'allais devenir écrivain, et que pour cela je devais partir de Brooklyn.

Ma mère s'est mise à pleurer et mon père est sorti de la pièce.

J'ai quitté l'appartement de mes parents pour une chambre meublée et pas chère dans la partie ouest de Manhattan, au milieu d'un quartier appelé Hell's Kitchen[1]. L'argent qui me restait de ma solde devrait me suffire pendant l'écriture de mon premier roman. Il racontait les aventures en mer d'un commissaire de bord de dix-sept ans.

Le roman a été rejeté par une douzaine d'éditeurs. Le dernier avait laissé une note de lecture sous le manuscrit. Par erreur ou volontairement ? Il ne me reste que deux lignes en mémoire. La critique disait : « Ce n'est pas aussi mauvais que certains manuscrits non sollicités, mais ce n'est pas assez bon. » Et la dernière phrase était la suivante : « La trame de l'histoire est bonne, mais cela manque de profondeur et les motivations des personnages ne sont jamais très claires. »

Comme la plupart des auteurs, je me suis consolé en ne conservant que le début des phrases et en écartant de ma mémoire les deux *mais*.

En relisant le roman, j'ai vu à quel point c'était un travail d'amateur et compris que j'avais encore beaucoup à apprendre avant de me considérer comme un écrivain : comment pénétrer la profondeur des choses, comment comprendre les motivations d'un personnage, comment corriger un texte. J'ai mis le manuscrit de côté

---

1. Littéralement : « la cuisine de l'enfer ».

en sachant que je devais trouver un autre métier pour subvenir à mes besoins tout en apprenant à écrire.

Beaucoup d'auteurs débutent comme journalistes, tels Mark Twain, Hemingway et Stephen Crane. Alors, pourquoi ne pas essayer ?

Quelques jours après le refus de mon roman, je suis allé au *New York Times*, à Times Square, et j'ai demandé à parler au rédacteur en chef. Je me rends seulement compte maintenant à quel point il était présomptueux d'aborder ainsi M. Ochs sans avoir pris rendez-vous ni lui avoir été présenté, combien c'est étonnant d'avoir pu le rencontrer, et comme c'était généreux de sa part de m'accorder un peu de temps.

« J'aimerais commencer comme jeune reporter, lui ai-je dit, et devenir ensuite correspondant à l'étranger.

— C'est ce que vous avez toujours voulu faire ? »

Je me suis senti gêné en cherchant une réponse appropriée. « Eh bien, pas exactement. Mon véritable but, c'est d'être écrivain. »

Il a hoché la tête d'un air grave et a fait pivoter une photo posée sur son bureau pour me montrer un jeune homme. « Je vais vous répéter ce que j'ai dit à mon fils. En citant les paroles immortelles du célèbre journaliste et écrivain Horace Greeley : *Allez vers l'ouest, jeune homme. Allez vers l'ouest.* »

J'ai soupçonné M. Ochs d'employer les mots de Greeley pour conseiller à de prétendus jeunes auteurs et journalistes d'affiner leurs talents et de tenter leur chance loin de New York, dans des clubs de deuxième division.

Je l'ai remercié pour ses conseils, mais je ne les ai pas suivis. Au lieu de cela, je me suis inscrit à des cours d'été de la NYU sur le journalisme. J'ai passé deux semaines assis dans une salle de conférences bondée avant de comprendre que je devrais consacrer tout mon temps, toute mon énergie et des efforts tenaces pour devenir un reporter compétent. Je me suis rendu compte qu'en utilisant constamment des mots dans des articles de journaux, je serais trop fatigué pour rédiger mes textes de fiction durant la nuit. J'ai abandonné les cours, récupéré une partie de mon inscription et cherché un autre métier qui ne m'interdirait pas d'*écrire*.

Je me suis adressé au Brooklyn College, qui à l'époque était gratuit pour ceux qui avaient eu une moyenne de B au lycée, ou qui avaient au moins obtenu un B au concours d'admission. Malheureusement, j'avais eu une moyenne de C+. Au lycée, mes professeurs d'anglais m'avaient toujours donné A pour la créativité et D pour la grammaire et l'usage. Néanmoins, j'ai obtenu une bonne note au concours d'admission, ce qui m'a permis de m'inscrire gratuitement. Je profitais de mes soirées pour réviser ce que j'avais appris au lycée.

Je cherchais encore le métier qui me laisserait assez de temps et d'énergie pour écrire. Ayant opté pour un cours d'introduction à la psychologie, j'ai trouvé ce sujet fascinant, le professeur très stimulant. J'ai été surpris d'apprendre que c'était un psychanalyste sans doctorat – pas un psychiatre diplômé – et qu'il avait pu se forger une pratique clinique alors qu'il n'était titulaire que d'une simple maîtrise.

Je me suis dit : voilà la solution.

En tant que psychanalyste sans doctorat, je pourrais établir mes horaires de consultation et demander des honoraires raisonnables pour aider des personnes à gérer leurs problèmes mentaux. J'apprendrais à connaître les motivations des gens, à comprendre leurs conflits personnels. Et j'imaginais combien cela me serait profitable pour créer des personnages crédibles dans mes nouvelles et mes romans – des personnages vivants, sensibles, changeants...

Comme Faulkner l'a dit en 1950 en acceptant le prix Nobel de littérature : « ... le jeune homme ou la jeune femme qui écrit aujourd'hui a oublié les problèmes du cœur humain en conflit avec lui-même, ce qui est le seul critère d'un bon texte, parce que c'est le seul sujet qui vaut la peine qu'on écrive, le seul qui mérite les tourments et la sueur... ne gardant de place dans son atelier que pour les anciennes vérités et les sincérités du cœur, les vieilles vérités universelles sans lesquelles tout récit est éphémère et voué à l'échec... »

Au lieu d'explorer « le cœur humain en conflit avec lui-même », j'ai décidé d'écrire sur *l'esprit humain* en conflit avec lui-même, en me disant que la psychologie me permettrait d'y parvenir. Je l'ai donc choisie comme matière principale.

J'ai pris un travail de jour comme vendeur d'encyclopédies, en faisant du porte-à-porte. Je détestais le démarchage à domicile et les incitations à l'achat, mais je me débrouillais bien et mes commissions ont enrayé l'hémorragie de mon compte en banque.

Durant cette période, j'ai étudié la psychologie, la sociologie et l'anthropologie. Mais plus je prenais de cours, plus j'étais désenchanté. Pas par les matières, mais par les professeurs. À l'exception de ce premier enseignant qui m'avait inspiré, je trouvais la plupart d'entre eux ennuyeux, rébarbatifs et pontifiants, et leurs travaux me paraissaient sans intérêt.

J'avais confié certaines de mes craintes à ma conseillère, professeur de tests et d'évaluations psychologiques. Elle m'a fait passer le test de Rorschach et il m'est revenu un souvenir pendant que je réagissais aux taches d'encre.

... Je vois un enfant, qui doit être en cours préparatoire ou élémentaire. Assis à la table de la cuisine, il fait ses devoirs et trempe dans une petite bouteille d'encre noire une plume en acier, qui gratte en dessinant des lettres cursives sur un cahier avec une couverture à damier noir et blanc. Quand elle approche du bord de la page, la main du garçon tremble. Il appuie trop fort sur la pointe. Une gouttelette d'encre s'écoule de la plume et, avant qu'il puisse l'écarter de la page, une tache d'encre souille le papier.

Il sait ce qui va arriver. Pour la troisième fois ce soir – après deux erreurs, et maintenant une tache – une main sort de l'ombre, passe au-dessus de son épaule et déchire la page du cahier.

« Recommence, dit sa mère. Ce doit être parfait. »

Après le test de Rorschach, ma conseillère avait refusé de discuter des résultats et ne m'avait plus jamais parlé. J'avais pensé aller voir un autre spécialiste du rorschach pour découvrir ce que les taches d'encre avaient révélé, mais finalement j'ai trouvé préférable de ne rien savoir.

Des années plus tard, j'ai parodié certains de mes professeurs de psycho dans « Des fleurs pour Algernon ». En me remémorant cette ancienne tache d'encre sur mes devoirs et la main de ma mère arrachant les pages, j'ai transformé ma décevante conseillère en Burt le testeur, que Charlie déçoit quand il répond aux taches d'encre.

Les écrivains se vengent.

Chapitre 7

Le garçon sur la Montagne de Livres

Après avoir obtenu mon diplôme *summa cum ordinary* en 1950, j'ai suivi une année de troisième cycle au CCNY, le City College of New York. Sous le titre d'*Approche organismique de la psychopathologie*, ce cours était donné par Kurt Goldstein, psychiatre de renommée mondiale. Sa méthode d'enseignement consistait à nous lire pendant les deux semestres – mot à mot, et avec un incompréhensible accent allemand – son ouvrage intitulé *Approche organismique de la psychopathologie*.

Durant la même période, j'ai commencé ce qu'on appelle une analyse didactique. Quiconque espérait pratiquer la psychanalyse pure devait sonder les profondeurs de son inconscient, mettre au jour ses penchants, ses traumatismes, les défauts de sa personnalité, et devenir capable de les neutraliser quand il soignerait ses patients. J'y allais deux fois par semaine, les lundis et les vendredis, au tarif réduit de dix dollars pour chaque séance de cinquante-cinq minutes.

Mon analyste était un petit homme d'âge mûr, avec un fort accent autrichien qui le rendait difficile à comprendre. Il utilisait la méthode freudienne – j'étais étendu sur le divan, lui assis sur une chaise derrière moi, hors de vue.

Il a fixé les règles de base, que j'appelais les Quatre Commandements. Pendant la durée de mon analyse, il fallait éviter toute modification majeure dans mon mode de vie : je ne devais pas changer de travail, ni déménager, ni me marier ou divorcer, ni abandonner la thérapie – ce qui constituait un point particulièrement important. Il m'a expliqué que ces contraintes s'appuyaient sur la théorie selon laquelle une douloureuse prise de conscience de soi pendant la thérapie, associée à un transfert sur l'analyste, conduit souvent les gens à trouver des moyens ingénieux pour larguer leur thérapeute.

J'ai accepté les règles. En fait, je sentais que je pourrais récupérer ma mise. En plus de me former à la psychanalyse, cela me permettrait de regarder au fond de moi et – en même temps – d'apprendre à utiliser l'expérience des associations libres comme un outil de création littéraire.

Trois objectifs pour le prix d'un, c'était une bonne affaire, mais au début cela n'a pas marché.

Bien que la dynamique de la psychanalyse demande que l'analyste demeure assis passivement et se contente de faciliter les associations libres, je me sentais frustré. Chaque fois que je m'allongeais sur le divan, les cinq ou dix premières minutes de la séance étaient sans intérêt ou se limitaient à un bavardage futile sur ce qui se passait dans ma vie. Un après-midi, je me suis relevé pour le regarder.

Il a paru troublé.

« Il me semble, lui ai-je dit, que je gaspille à la fois votre temps et mon argent. »

Il s'est éclairci la voix pour se préparer à la procédure peu orthodoxe consistant à *parler au patient*. « Daniel, laissez-moi quelque chose vous expliquer. Ce que vous ressentez, cela est très normal. Vous voyez, à Vienne, les sujets en analyse ont six séances par semaine. Seulement le dimanche est le jour sans séance. L'expérience courante est qu'après une journée sans association libre, la blessure psychique il forme une couche protectrice, et le lundi est nécessaire beaucoup de travail pour briser elle et revenir à une association réelle et solide. Ce vide que vous expérimentez, ce gâchis est, nous appelons, la *croûte du lundi matin.*

— Je ne comprends pas.

— Comme vous seulement deux fois par semaine venez, avec des jours de congé entre, cela toujours prend du temps pour briser la *croûte du lundi matin.* »

Cela semblait du gâchis de passer dix minutes de silence pour chaque séance de cinquante-cinq minutes, ou de vomir des insignifiances émotionnelles fort onéreuses avant de pénétrer ma croûte mentale. Néanmoins, je me suis allongé de nouveau sur le divan. Au bout de dix minutes, j'ai commencé à faire de véritables associations libres. Et je me souviens…

… Betty's Beauty Parlor, le salon de beauté de Betty, près du dépôt de marchandises sur la voie d'évitement, au-dessous du métro aérien… ma mère Betty, une esthéticienne autodidacte, en train de laver, de boucler et d'arranger la chevelure des femmes…

Mes parents et moi, nous vivons dans une pièce unique au-dessus du salon de beauté, mon lit est à côté de la fenêtre, près du leur, et je me réveille chaque fois que le métro passe avec fracas…

… la saison des cirques… les caravanes des Ringling Brothers Barnum et Bayley se sont installées tout près, sur le terrain du dépôt de marchandises. Des artistes et des figurantes viennent se faire coiffer ou manucurer au Betty's Beauty Parlor. Certaines attendent devant le porche de pierre, assises sur les marches ; elles jouent avec moi, exécutent des tours ou me racontent des histoires. La femme à barbe et la femme tatouée sont des clientes de ma mère. Elles disent que je suis un joli petit garçon.

Une trapéziste vient se faire coiffer. Sa petite fille… cinq ou six ans, avec des boucles blondes à la Shirley

Temple... elle pleure quand sa mère l'entraîne à l'intérieur, elle crie en donnant des coups de pied.

Ma mère m'appelle pour que je laisse la fillette s'amuser avec mes jouets. Je sors une locomotive de mon coffre et je la lui tends, mais elle la jette et le jouet se casse.

« Danny, dit ma mère. Joue avec elle. »

Quoi que je fasse, cette sale môme n'arrête pas de chialer.

« Danny... », implore ma mère.

Je cours à l'étage et je reviens avec une brassée de livres. J'en ouvre un et je commence : « Il était une fois une magnifique princesse... »

Je continue de lire, même si la fille ne cesse pas de pleurer. Finalement, elle se tait pour écouter. Bien entendu, je ne sais pas vraiment lire à cet âge-là, mais ma mère m'a raconté ces histoires tellement souvent que je les connais par cœur.

« Il sait lire ! » dit une des clientes.

La mère de la fillette demande : « Quel âge a-t-il ?

— Trois ans et demi, répond fièrement ma mère.

— Ce doit être un petit génie. » Elle ouvre son porte-monnaie et en tire un penny. « C'était très malin, Danny. Tiens, tu pourras t'acheter une sucrerie. »

J'ai penché la tête en arrière et tenté de voir le visage de mon analyste. « Je crois que c'est la première fois que j'ai compris qu'on pouvait me payer pour raconter des histoires. »

Je n'ai pas pu distinguer son visage et il n'a fait aucun commentaire.

Je devais avoir trois ou quatre ans lorsque j'ai enregistré ces souvenirs, parce que Wall Street s'est effondré en 1929, quand j'avais deux ans, et le président Roosevelt a fermé les banques en 1933, quand j'en avais cinq. Entre ces deux dates, mes parents ont été obligés de fermer le salon de beauté et de déménager sur Snediker

Avenue, où ils ont loué un deux-pièces au rez-de-chaussée chez M. Pincus.

Aux heures les plus sombres, comme ma mère n'avait plus le temps de me lire des histoires pour m'endormir, j'ai appris l'alphabet tout seul. Prononcer les mots a été plutôt facile, et je suis devenu un lecteur bien avant d'entrer en cours préparatoire à l'âge de six ans. Les enseignants de l'école P.S. 63[1] ont convaincu ma mère qu'il était inutile d'envoyer en maternelle un enfant de cinq ans qui savait aussi bien lire.

D'après mes souvenirs, c'est vers l'âge de six ou sept ans que j'ai appris pour la première fois ce que voulait dire raconter des histoires.

Par un après-midi d'été chaud et humide, alors que mes parents et moi étions assis sous la véranda, je me suis aperçu qu'un groupe de gamins du quartier se rassemblait sous un réverbère, devant l'épicerie du coin.

Avec la permission de ma mère, j'ai couru voir ce qui se passait. La majorité des garçons étaient plus âgés que moi. Ils étaient assis devant la boutique, sur de grandes caisses en bois que l'épicier utilisait en hiver pour maintenir au froid les bouteilles de lait. Quelqu'un m'a fait signe de m'asseoir avec eux pour assister au spectacle.

Debout sur le trottoir, un garçon du nom de Sammy racontait une histoire. Je le revois nettement, avec sa tignasse qui lui tombait sur les oreilles, sa chemise rapiécée, ses chaussures noires éraflées aux lacets dénoués.

Dans son récit, Jeanne d'Arc se faisait attaquer par le monstre de Frankenstein et elle était sauvée juste à temps par le Bossu de Notre-Dame. Ensuite, King Kong capturait Mae West et l'entraînait dans la jungle, mais Charlie Chaplin avait une épée dissimulée dans sa

---

1. Public School 63 ; école primaire n° 63, située à Brooklyn.

canne et parvenait à tuer le grand singe. Finalement, il repartait en faisant des moulinets avec sa canne.

Tous les enfants assis sur les caisses écoutaient avec attention Sammy développer ses histoires. Ils ont hurlé de dépit quand il a terminé par ces mots exécrés : « À suivre… »

Tony, le conteur suivant, a essayé d'imiter Sammy mais il ne possédait pas son talent. Il parlait sans avoir aucune direction, et il a fini par perdre le fil de son histoire. Les autres ont manifesté leur déception en tapant des talons contre les caisses de lait vides.

Au cours de l'été suivant, j'allais souvent là-bas pour écouter les conteurs et apprendre quels genres d'histoires faisaient taper du pied ou demeurer attentif. J'aurais bien voulu participer, montrer que je pouvais aussi être un conteur, mais à six ou sept ans j'étais le plus jeune du groupe et j'avais trop peur de me présenter devant cette assemblée de redoutables critiques.

Je n'arrivais pas à me rappeler quoi que ce soit. Chez moi, avant de rejoindre toute la bande devant l'épicerie, j'élaborais des trames et imaginais la manière de raconter mes histoires. Mais quand mon tour venait, je m'embrouillais.

À l'école, c'était la même chose. Je n'ai pas été très bon dans les tests de mémoire. Ma mère m'a réveillé de bonne heure avant un examen de math pour que je puisse réviser mes tables de multiplication, mais quand je suis arrivé en classe j'avais déjà tout oublié.

Quelques années plus tôt, j'avais été capable de mémoriser par cœur les histoires de mes livres d'enfant sans même le vouloir, mais ensuite, à l'école, je ne pouvais plus me souvenir de rien. Je croyais que je n'étais pas très intelligent.

Et puis une nuit, dans mon lit, les yeux clos, j'ai tenté de réviser mon interrogation d'arithmétique du lendemain, en revoyant sans cesse la leçon. Rien. Tout en me forçant à rester éveillé, j'ai essayé de voir les nombres. Je ne parvenais pas à exécuter des additions ou des soustractions sans compter sur mes doigts. Cependant, le lendemain matin, en me lavant la figure à l'eau glacée, j'ai regardé dans le miroir au-dessus du lavabo, les yeux piqués par le savon. J'ai su alors que je me rappelais tout. J'ai débité à mon reflet les tables de huit et de neuf.

Dans la nuit, au-delà de mes efforts infructueux pour m'enfoncer cette leçon dans le crâne, *quelque chose l'avait apprise dans mon sommeil*.

J'ai appliqué ce système au groupe de conteurs de l'épicerie : je me ressassais une histoire avant de m'endormir, puis je la chassais de mon esprit. Au matin, je regardais mon autre moi dans le miroir et je me rendais compte que je me souvenais de tout.

Il m'a fallu bien longtemps pour oser me proposer, mais grâce à mon apprentissage somnambulique, je retenais les histoires. Mes scénarios étaient captivants, pleins de dangers et de conflits, et mes spectateurs n'ont jamais cogné des talons contre les caisses.

Des années plus tard, j'ai publié dans la *North American Review* une nouvelle qui concernait Sammy, intitulée « L'orateur ». Et j'ai transformé mon souvenir de ce mode d'apprentissage en une machine, avec laquelle Charlie Gordon se démène pendant l'expérience qui lui permet d'améliorer son intelligence et ses connaissances.

J'ai dit à mon analyste : « J'aimais raconter des histoires presque autant que j'aimais les livres.

— Et à quoi cela vous fait-il penser ? a-t-il demandé, dans un de ses moments les plus bavards.

— Ça me rappelle l'escalade de la Montagne de Livres...

— Oui... ? »

Je m'en suis souvenu.

À l'époque où j'étais en cours moyen, mon père s'était associé avec un chauve bedonnant dont le nom m'échappe. Ils avaient ouvert un bric-à-brac à

Brownsville et ils achetaient ou vendaient des métaux, de vieux vêtements et des journaux. Les chiffonniers et les ferrailleurs passaient à l'entrepôt avec leur charrette et déchargeaient leur ramassis de la journée sur une énorme balance.

De temps en temps, mon père m'emmenait avec lui et me laissait jouer dans la boutique. Ce qui m'intéressait le plus, c'était la montagne de livres...

... C'est une chaude journée d'août, durant l'été où je viens d'avoir huit ans... Mon père explique que son associé et lui offrent quelques cents pour des cartons de vieux livres qui doivent être compactés et pilonnés pour être recyclés. « Tu peux ramener quelques livres à la maison, si tu veux.

— Et je pourrai les garder ?

— Bien sûr.

— Combien ? »

Il me tend un petit sac de toile. « Autant que tu pourras en porter. »

Je revois encore les ouvrages entassés jusqu'au plafond. Je me souviens de trois grands costauds, torse nu et luisants de sueur, un foulard autour du front, qui chargent les livres dans la presse à comprimer.

Un des ouvriers prend une brassée à la base de l'énorme amas, arrache les couvertures et passe les intérieurs nus à un second ouvrier qui les jette dans le compacteur. Le troisième les tasse au fond et bloque le couvercle de la presse.

Le premier homme appuie ensuite sur le bouton qui permet de broyer les livres, et j'entends le grincement de l'engin. Le deuxième ouvrier insère des fils de fer qui maintiendront les balles de papier dans des plaques de carton arrachées à de vieilles boîtes. Le troisième ouvre la machine, puis il en sort la balle avec un diable pour aller la déposer dans la rue, près des autres, afin que le camion puisse reculer, les charger et les emporter pour en faire des rouleaux de papier.

Soudain, je sais ce que je dois faire. Je grimpe jusqu'au sommet de la Montagne de Livres et je m'y installe. Je prends un ouvrage, je lis quelques passages, puis, selon le cas, je le jette au bas du tas ou je le fourre dans mon sac de toile. Je me dépêche d'en parcourir autant que je peux, cherchant désespérément à lire suffisamment d'extraits d'un livre pour décider s'il mérite d'être sauvé des destructeurs couverts de sueur qui s'activent plus bas à nourrir le compacteur.

Après avoir récupéré six ou sept livres, je me laisse glisser de l'autre côté de la montagne pour charger le sac sur le porte-bagages de ma bicyclette.

La plupart du temps, à la maison, après avoir fait mes devoirs, au lieu d'écouter les feuilletons à la radio, je lis. Je lis, je lis sans cesse. Beaucoup de livres sont trop compliqués pour moi, mais je sais qu'un jour viendra où je les comprendrai. Un jour, je découvrirai ce qu'ils ont à m'apprendre.

Cette image du garçon que j'étais, en train de gravir et de redescendre la Montagne de Livres, est gravée dans ma mémoire comme l'icône de mon amour pour la lecture et de ma soif d'apprendre.

Je la revoyais clairement lorsque j'ai écrit « Des fleurs pour Algernon ». Quand l'intelligence de Charlie augmente, je l'imagine qui escalade une montagne. Plus il s'élève, plus il voit loin ; et quand il atteint le sommet, il se tourne et aperçoit tout autour de lui un monde de connaissance – de bien et de mal.

Mais ensuite, il doit redescendre de l'autre côté.

Chapitre 8

Le silence des psychanalystes

L'absence de toute forme de réponse de la part de mon psychanalyste a commencé à m'angoisser et m'a amené à me poser des questions à son propos. Comme ma conseillère, qui m'avait évité après le test des taches d'encre, ce psy ne me parlait jamais !

Sans le lui avouer, j'ai abandonné le porte-à-porte et la vente des encyclopédies pour un autre boulot chez Acme Advertising, où je vendais des publicités par publipostage – des courriers publicitaires contenant un bon de commande et une enveloppe pour la réponse. La société nous appelait *cadres responsables du budget*, mais c'était toujours du démarchage – juste un cran au-dessus : je n'avais plus à appuyer sur des sonnettes.

Quand j'ai dit à mon analyste que j'avais violé son premier commandement et modifié mon mode de vie, il n'a rien dit.

Au cours de ma première réunion comme *cadre* chez Acme Advertising, j'ai rencontré Bergie, un grand gaillard qui connaissait les bons restaurants du coin et qui aimait parler de livres. Quand il a fait référence à la société en l'appelant *Acné* au lieu d'*Acme*, j'ai su que j'avais trouvé un ami.

Un jour, il m'a demandé de le rejoindre pour casser la croûte à l'atelier photographique de Peter Fland, entre Broadway et la Sixième Avenue – à un bloc de la bibliothèque de la Quarante-Deuxième Rue. Avec deux Autrichiens de ses amis, qui travaillaient chez Fland comme retoucheurs de négatifs, ils avaient constitué un trio de musique de chambre et ils jouaient à l'atelier après la pause déjeuner.

Fland était un photographe jovial et expansif à l'accent autrichien ; chacun de ses commentaires comportait une part d'ironie bon enfant. Le concert du déjeuner était suivi d'une séance de photos, et il m'a invité à regarder. Trois grands mannequins sont entrés et ont attendu en traînassant. Les jeunes femmes semblaient s'ennuyer, affichant une mine presque lugubre. La rousse sirotait un café dans un gobelet en carton pendant que la brune fumait cigarette sur cigarette et que la blonde se faisait les ongles.

Quelques minutes plus tard, une petite jeune femme aux cheveux noirs est entrée dans le studio. Son patron étudiait une épreuve 8 x 10 encore humide en noir et blanc.

« Ah, Aurea ! a-t-il dit. Vous aviez raison à propos de l'exposition ! »

Aurea a modifié l'éclairage, puis elle a retiré ses chaussures pour monter sur le plateau et appeler les modèles. Elle a ensuite arrangé les robes, en commençant par évaser celle de la brune. Comme la toilette de la blonde ne restait pas en place, Aurea a tiré une bobine de sa poche, a attaché un morceau de fil de chaque côté de l'ourlet, puis elle a tiré sur chaque morceau et cousu l'autre extrémité au sol. La robe de la rousse était trop serrée. Aurea l'a décousue dans le dos, puis elle a ajusté le devant pour que les plis tombent naturellement. Après cela, elle s'est écartée.

« Parfait ! a commenté Fland. Lumières ! »

Elle a actionné les interrupteurs.

Dès l'instant où le plateau a été illuminé par les projecteurs, les filles ont été transfigurées. Des lèvres humides et brillantes, des yeux grands ouverts. Elles se sont animées, attirantes et excitantes sous les projecteurs pendant que Fland prenait des douzaines de photographies.

« Très bien ! a-t-il lancé. C'est splendide, mesdames. »

Dès qu'Aurea a éteint les projecteurs, les trois mannequins se sont affaissés comme des marionnettes dont on aurait lâché les fils. Elles étaient de nouveau sinistres, indolentes, presque quelconques.

J'ai hoché la tête. Les choses sont rarement ce qu'elles semblent être.

Je suis souvent passé au studio Fland avant les cours de psycho qui avaient lieu le soir au CCNY. J'essayais de trouver le cran d'inviter Aurea à dîner, ou au théâtre… pour assister à tous les actes, bien sûr.

Un vendredi après-midi, j'ai reçu un coup de fil d'une de mes connaissances, un écrivain du nom de Lester del Rey. Il voulait savoir si j'étais intéressé par un poste de rédacteur adjoint, chargé de la fiction, dans une grosse société d'édition de *pulps*. C'étaient les magazines de fiction les plus populaires du moment, imprimés sur un papier bon marché, non massicoté, qui vous laissait des tas de lamelles sur les vêtements sombres, comme des pellicules.

« Je ne comprends pas, lui ai-je dit.

— Eh bien, mon agent chez Scott Meredith a entendu parler d'un poste disponible chez Stadium Publications. Il est assez proche du rédacteur en chef et il aimerait que le boulot soit fait par quelqu'un qui pourrait acheter des récits aux clients de Meredith. Je lui ai dit que, même si vous n'aviez rien publié jusqu'à présent, vous aviez le sens du récit et que vous seriez capable de tenir ce poste. Cela rapporte cinquante dollars par semaine. Intéressé ? »

J'ai hésité en songeant que j'allais violer une seconde fois le Premier Commandement de mon analyste – ne pas changer de métier – mais j'ai accepté.

« Très bien, passez au bureau de Scott. Quand vous y serez, vous y trouverez une lettre de recommandation dactylographiée. Il les appellera et vous organisera un rendez-vous avec Bob Erisman.

— Comment Meredith peut-il me recommander ? Il ne m'a jamais vu. »

Lester a marqué une pause, puis : « Ne posez pas de questions. Si vous voulez ce travail, contentez-vous de venir rapidement. »

Quand je suis arrivé à l'agence littéraire Scott Meredith, Lester était déjà parti mais Meredith m'a mis au courant, de son débit rapide.

« Bob Erisman travaille chez lui dans le Connecticut et il ne vient à New York que le vendredi pour récupérer les nouvelles déjà corrigées. Son rédacteur de fiction adjoint est parti sans préavis et il cherche désespérément quelqu'un pour le remplacer. »

Il m'a tendu une note : « Du bureau de SCOTT MEREDITH – 1er septembre 1950. » Cela me présentait comme un excellent candidat pour ce poste. Le texte disait que j'avais travaillé pendant six mois à temps partiel dans son agence littéraire et que j'avais déjà fait de la lecture de pulps pour un autre périodique. Ils avaient vendu quelques-unes de mes nouvelles dans les domaines du base-ball, du football et de la science-fiction.

J'ai eu du mal à déglutir. Cela ne marcherait jamais.

Sa recommandation affirmait que j'étais un lecteur rapide, que je tapais vite et que je connaissais bien les rouages de l'édition de magazines. Il écrivait également que le salaire proposé était acceptable.

Comme je ne disais rien, Meredith m'a demandé ce que je pensais de sa lettre.

J'ai haussé les épaules. « La dernière ligne est vraie.

— Bien. Alors, vous feriez mieux de foncer là-bas avant que Bob ne reparte pour la semaine. »

Martin Goodman Publications et sa filiale Stadium Publications, spécialisée dans les pulp magazines, étaient situées au quinzième étage de l'Empire State

Building. Quand j'y suis arrivé vers trois heures de l'après-midi, Bob Erisman m'attendait.

Il s'est levé de son bureau pour m'accueillir, puis il a pris la lettre de recommandation et l'a lue en hochant la tête. « Bon. Scott Meredith sait bien juger les gens. Vous commencerez lundi pour une période d'essai de deux semaines. »

Il m'a fait passer dans la pièce voisine, où se trouvaient deux bureaux. Derrière le plus proche de la fenêtre se tenait un vieux monsieur corpulent avec des lunettes à monture d'écaille. Il tirait des bouffées de la pipe vissée entre ses dents.

« Voici le rédacteur chargé de nos secteurs faits divers et enquêtes, a déclaré Erisman en nous présentant. Daniel Keyes fait un essai pour le poste de rédacteur adjoint, chargé de la fiction. »

Le vieux monsieur m'a dévisagé par-dessus ses lunettes, m'a salué avec son crayon bleu, puis il a acquiescé d'un grognement avant de replonger dans ses corrections au milieu d'un nuage de fumée.

Erisman m'a conduit vers un bureau plus petit, posé contre l'autre mur et orienté vers des classeurs de différentes couleurs empilés sur des étagères. « Voici les propositions des agents. Dirk Wylie Agency, Lenninger Agency, Matson, etc. Comme vous le savez, les grises sont celles de Scott. »

J'ai hoché la tête. Je commençais à transpirer.

Il m'a montré sur le mur une couverture de magazine aux couleurs criardes, rouge et jaune. Le numéro de mai de *Best Western* présentait une demoiselle en détresse, retenue en otage par un cow-boy mal rasé au visage méchant. Le cheval blanc du héros se cabrait et un coup de feu explosait sur le fond jaune. Le texte de couverture disait : « LE DÉFI DES ARMES – Avec pour seul ami un .45 chargé, le jeune homme arpentait la vallée de la vengeance… Un fascinant roman complet. » Tout en haut, un bandeau indiquait 3 NOUVEAUX ROMANS INÉDITS ET DES NOUVELLES.

« Vous lirez les manuscrits des agents, et ensuite vous sélectionnerez et corrigerez les nouvelles qui accompagneront les romans. »

J'ai pris l'exemplaire du mince magazine. « Trois romans ? »

Il a haussé les épaules. « En fait ce sont de longues nouvelles, ou novellas, mais les lecteurs aiment à penser qu'ils en ont pour leurs vingt-cinq cents.

— Je ne choisis pas celles-là ?

— Les romans sont commandés à nos meilleurs auteurs dans chaque domaine, et c'est moi qui les vérifie. J'écris aussi les bandeaux, les titres et les descriptions des scènes pour les illustrateurs. Vous, vous achetez et corrigez les nouvelles. Nous avons neuf magazines mensuels. Quatre de westerns, quatre sportifs et un de science-fiction. Prenez-en donc quelques exemplaires de chaque pour bien saisir le genre d'histoires qu'apprécient nos lecteurs. »

Il a regardé sa montre : « Je dois attraper le train. Je vous revois vendredi prochain. Avant de partir, passez au bureau du personnel, pour qu'ils vous inscrivent sur leur registre. »

Après son départ, je me suis assis à mon nouveau bureau et j'ai essayé le fauteuil pivotant. Le rédacteur des faits divers était plongé trop profondément dans son travail pour me remarquer. J'ai pris des exemplaires de *Complete Sports*, *Complete Westerns*, *Western Novels and Stories* et *Marvel Science Fiction*.

« À bientôt, ai-je dit à mon collègue. Content de vous avoir rencontré. Bon week-end. »

Il a agité son crayon bleu sans lever les yeux.

En repartant, j'ai jeté un coup d'œil dans les autres bureaux. On allait me payer un salaire régulier de cinquante dollars par semaine pour lire, acheter et publier des nouvelles. J'étais arrivé sur la première marche d'une carrière qui me permettrait de gagner ma vie tout en écrivant de la fiction. J'ai passé la porte, pris l'ascenseur, puis je suis sorti dans la Cinquième Avenue pour attraper le bus qui me conduirait au cabinet de mon psychanalyste. J'étais un peu inquiet. En quelques mois, j'avais violé deux fois le premier de ses Quatre Commandements.

Je suis arrivé quelques minutes en avance et j'ai feuilleté *Complete Westerns* en attendant l'heure de ma séance. Presque aussitôt, j'ai relevé deux coquilles dans un texte. À cet instant, je me suis rendu compte que, contrairement à ce qu'affirmait la recommandation de Scott Meredith à propos de mon travail dans le domaine des publications périodiques, je ne connaissais absolument rien à l'*édition*.

Mes mains tremblaient en tenant la revue et je me suis mis à transpirer. Quelque chose me venait à l'esprit. Quelque chose de profond et d'angoissant. Le souvenir de la main de ma mère déchirant la page de mon devoir. Et l'écho de ses paroles... « Ce doit être parfait. »

Quand je me suis enfin allongé sur le divan, j'ai dit : « J'ai trouvé un nouvel emploi. Je quitte Acme Advertising. Je vais être rédacteur dans une maison qui édite des pulps. »

Je m'attendais à ce qu'il dise quelque chose comme : « Oh, vous avez abandonné un autre travail ? » Mais il est resté silencieux.

J'ai continué : « Je dois reconnaître que je me sens fautif d'avoir violé une de vos règles – et deux fois, en plus – mais je déteste le démarchage et je suis tout excité à l'idée de grimper sur le premier barreau de l'échelle littéraire. »

Au bout de quinze minutes, entrecoupées de longues périodes de silence, je me suis levé, je l'ai payé et je suis sorti. Même si j'étais irrité par son absence de réaction, je me rendais compte que sa méthode fonctionnait. Là, dans sa salle de consultation, je venais tout juste d'associer mon nouvel emploi d'éditeur avec le souvenir de cette ancienne tache et de ma mère me demandant d'écrire à la perfection.

Je me sentais capable de dénicher et corriger les erreurs grammaticales, d'adapter des phrases et des paragraphes ou de traquer des coquilles, mais je me suis soudain demandé comment j'allais me débrouiller avec le code typographique.

Alors j'ai marmonné le cliché qui m'avait servi toute ma vie : « Vouloir, c'est pouvoir. » Au lieu de regagner mon appartement, j'ai pris le bus de la Cinquième Avenue jusqu'à la bibliothèque de la Quarante-Deuxième Rue pour lire des ouvrages traitant de l'édition et des signes de correction typographiques.

Pour le moment, plus de films, ni de base-ball, ni de tentatives pour inviter Aurea. Erisman repasserait au bureau vendredi prochain pour récupérer les nouvelles. J'avais tout juste une semaine pour apprendre à devenir éditeur.

Chapitre 9

Premières nouvelles publiées

Ma première semaine chez Stadium Publications s'est bien passée. Dans chaque catégorie, j'ai lu les textes que les agences littéraires nous avaient envoyés. Par gratitude et loyauté, j'ai commencé par ceux que proposait Scott Meredith. Malheureusement, les récits de ses auteurs de westerns et de sports m'ont laissé froid. J'en ai sélectionné un d'une autre agence, avant de jeter un coup d'œil aux manuscrits non sollicités – ce qu'on appelait aussi « la décharge » ou « la pile des rebuts ». J'en ai choisi un que j'aimais.

J'ai trouvé le travail d'édition plus facile que ce à quoi je m'attendais. Je taillais dans des phrases verbeuses, atténuais des passages trop ampoulés, supprimais des redondances ou des clichés.

Erisman a ramassé les textes le vendredi en m'annonçant qu'il me ferait savoir dans le courant de la semaine suivante si j'avais le poste. Le week-end a été long et terriblement angoissant, mais le mardi il m'a téléphoné de sa maison du Connecticut pour me dire que j'étais engagé.

La semaine suivante, j'ai entendu parler d'un appartement qui allait se libérer dans Manhattan. C'était sur le même palier que celui de Lester del Rey, qui m'avait recommandé à Scott Meredith. Ce logement situé au coin de West End Avenue et de la Soixante-Sixième Rue – eau froide et loyer plafonné – avait été loué auparavant à Philip Klass, le frère de Morton, mon ami de la marine marchande. Phil, qui écrivait des récits de science-fiction humoristiques sous le pseudonyme de William Tenn, venait tout juste de trouver un logis plus spacieux. J'ai aussitôt pris l'appartement.

Quand j'ai dit à mon analyste que j'avais violé son Deuxième Commandement – « Tu ne déménageras point pendant la thérapie » –, il n'a fait aucun commentaire. Cependant, un soupir désapprobateur est resté suspendu au-dessus du divan.

Je me suis justifié en affirmant : « Je ne pouvais pas laisser passer cette occasion. »

Aucune réaction.

Pour me rassurer, je me suis dit qu'il s'en remettrait. Nous étions un vendredi, mais j'ai pourtant eu une grosse *croûte du lundi matin*.

L'appartement. Que puis-je en dire ? Après une augmentation de quinze pour cent, mon loyer se montait à 17,25 dollars par mois (ce n'est pas une erreur typographique). La porte principale donnait sur un très long couloir sombre menant à une cuisine chauffée par un poêle à pétrole. À gauche du réfrigérateur, la baignoire était cachée par un abattant. Il peut sembler curieux de trouver une baignoire dans une cuisine, néanmoins je me dis maintenant que ce n'était pas bête de se baigner dans la pièce la plus chaude de l'appartement.

Cela éclairait également une chose qui m'avait longtemps troublé.

Thomas Wolfe avait enseigné la création littéraire à la NYU dans les années 1930. Ses biographes avaient rapporté qu'il écrivait à la main, utilisait comme bureau le dessus de son réfrigérateur et jetait ses pages dans sa baignoire.

J'avais lu que Wolfe était une sorte de géant, mais j'avais du mal à me le représenter en train de lancer ses pages terminées dans la baignoire. Je n'arrivais pas à visualiser la scène. Est-ce qu'il faisait la navette entre la cuisine et la salle de bains après chaque feuillet ?

Maintenant, je comprenais mieux. Il avait dû habiter un appartement comparable à celui-ci, avec la baignoire à côté du réfrigérateur. Et je pouvais l'imaginer en train d'écrire nerveusement et de jeter ses pages dans la baignoire, avant de les ramasser, d'en faire une liasse et de les porter à Maxwell Perkins, des Éditions Scribners, qui se chargerait de les arranger, de les corriger et de préparer la mise en page de *L'ange exilé*.

Oh, si seulement il existait encore de tels éditeurs !

Oh, si seulement il existait encore de tels *appartements* ! Il m'arrive d'en rêver.

Contrairement à Thomas Wolfe, je suis bien trop petit pour pouvoir me servir du réfrigérateur comme bureau. De plus, à cette époque, j'avais une vieille machine à écrire Royal. Les jours de froidure, je travaillais assis dans la pièce voisine, avec un sweater épais et un bonnet de laine. Une caisse en bois retournée me servait de support pour la machine à écrire.

J'ai mis de côté mes notes pour la réécriture de mon roman d'aventures maritimes et j'ai fait mes premières tentatives sérieuses dans l'écriture de nouvelles de science-fiction.

Il se fait tard, mais malgré la fatigue je tiens quand même à continuer, à arriver au bout. Pourtant, Hemingway nous a appris ceci dans ses Mémoires posthumes, *Paris est une fête* : quand on a accompli une chose et qu'on sait ce qui va se produire ensuite, il est nécessaire de s'arrêter, de la *sortir* de son esprit – autrement dit, de la ranger *dans* son inconscient – et de la laisser tranquille. J'ai toujours pensé qu'il avait appris cela de Mark Twain, selon lequel il est nécessaire de laisser la pompe à écriture amorcée, afin qu'elle démarre plus facilement quand on s'y remettra le lendemain.

J'avais élaboré une autre image représentant la difficulté de se mettre à écrire quand on s'est arrêté ne serait-ce qu'une journée. C'était comme la *croûte du lundi matin* en psychanalyse. Tout comme cette croûte mentale sur la plaie psychique, qu'il fallait arracher pour libérer les associations libres, il se formait chez l'écrivain une croûte sur toute blessure de la création littéraire. Pour éviter de risquer un blocage, j'écris si possible tous les matins, sept jours sur sept.

Quand je suis incapable d'écrire, à cause d'un voyage ou d'une obligation quelconque, je me sens malheureux. Mais quand je peux m'y mettre et reprendre à l'endroit où je me suis arrêté la veille, l'écriture me semble merveilleuse.

Ma première nouvelle publiée est parue dans un de mes propres magazines de westerns, sous un pseudonyme que je ne révélerai pas, même sous la menace de la torture. Voilà comment c'est arrivé.

Quelques mois après mes débuts, j'ai reçu un coup de fil du service publicitaire. Certains clients avaient retiré des annonces du prochain numéro de *Western Stories*, et il me fallait remplir ces pages avec trois mille mots de fiction. J'ai cherché dans les dossiers des agents ; aucun western de trois mille mots.

Je me suis alors tourné vers les piles de manuscrits non sollicités. La plupart des histoires étaient trop longues. Les rares qui me paraissaient assez courtes ne portaient aucune indication relative à leur taille, et bien entendu je n'avais pas le temps de compter le nombre de mots. C'est à ce moment que j'ai appris combien c'est important de toujours préciser la taille d'un texte dans le coin supérieur droit de la première page, sous les mots « Droits de reproduction accordés pour une première publication uniquement ».

J'ai tourné dans mon fauteuil. Comme je ne parvenais pas à trouver de nouvelle ayant la bonne taille, il ne me restait plus qu'une chose à faire. La revue avait besoin d'un récit pour remplir les vides. C'était un cas d'urgence. Et puis, après tout, c'était moi qui sélectionnais les textes. Pourquoi ne pas écrire la nouvelle moi-même ? Pas pour l'argent, remarquez – à un penny le mot, moins une commission de dix pour cent pour l'agent littéraire, cela se monterait à vingt-quatre dollars – mais pour résoudre un problème de mise en page. Et en plus, je verrais pour la première fois un de mes textes imprimé.

Bien évidemment, il me faudrait utiliser un pseudonyme et proposer l'histoire en passant par l'un des agents réguliers. J'ai appelé un d'entre eux pour lui expliquer la situation. Il m'a répondu que c'était une situation très fréquente et il a accepté de me représenter.

Cette nuit-là, après le dîner, je me suis assis pour écrire. D'abord, un titre qui sonne western. En me rappelant qu'un de mes navires avait chargé du pétrole dans le golfe du Texas, à Aransas Pass, j'ai tapé : « EMBUSCADE À ARANSAS PASS ». Trois mille mots, ce serait fastoche.

Le vendredi, Erisman a rapporté les nouvelles de la semaine précédente et m'a de nouveau complimenté sur mes choix, puis il a pris la nouvelle fournée de textes. Cependant, la semaine suivante, il m'a annoncé : « Encore une belle série, Dan, sauf la nouvelle de trois mille mots, le truc sur Aransas Pass. Que c'est mauvais ! Et mal écrit ! Je ne comprends pas ce qui vous a poussé à l'acheter. »

Ma gorge s'est serrée. « En fait, il y avait urgence, et c'était le seul texte de trois mille mots que j'ai pu trouver. J'ai quand même vu un certain talent chez ce gars. J'ai pensé que ça l'encouragerait. »

Erisman m'a dévisagé en fronçant les sourcils.

« Oui, peut-être.

— Qu'est-ce qui ne vous a pas plu dans l'histoire ?

— Oh, allons, Dan ! Il n'a pas raté un seul cliché du western. Chaque personnage est stéréotypé. L'intrigue est éculée. J'admets qu'on peut y trouver une vague lueur de talent, mais il lui reste beaucoup à apprendre.

— J'espérais lui demander d'autres choses. »

Il a fait la moue en me fixant de ses yeux bleu clair, puis il a haussé les épaules. « Bon, peut-être. Mais il devra mieux réviser ses textes. Je sais que la plupart de nos auteurs secondaires touchent un cent par mot, mais c'est pour des copies soignées, pas pour du remplissage. Dites-lui que pour bien écrire, il faut secouer chaque feuillet pour faire tomber tous les mots et les phrases inutiles.

— Le style de Hemingway.

— Exactement. Hem a dit un jour que si vous ignorez quelque chose, cela laisse un trou dans votre travail. Mais si vous le savez et que vous vous en débarrassez, le résultat est plus solide.

— Et c'est comme cela qu'il a réussi, en époussetant le superflu. »

Acquiesçant de la tête, Erisman a posé sur mon bureau les manuscrits de *Western Stories* et a pris ceux que j'avais révisés pour *Best Sports Stories*.

« Dommage que Hemingway n'ait pas écrit d'histoires sportives, ai-je dit.

— Ah bon ? » Erisman a levé les sourcils. « Dites à votre auteur en herbe de lire *Mon vieux*, à propos des courses, et *L'heure triomphale de Francis Macomber*, sur la chasse au lion, ou *Cinquante mille dollars*, sur le milieu de la boxe. Et aussi un des meilleurs romans, *Le soleil se lève aussi*, avec la scène incroyable qui décrit la course de taureaux à Pampelune, et puis *Le vieil homme et la mer*, qui évoque la pêche en eau profonde.

— Eh bien, je n'ai jamais pensé à ces récits comme à…

— Des fictions commerciales ? Nous parlons de style, Dan. Et pour connaître le style le plus pur, qui lui a valu le prix Nobel de littérature, lisez… pardon, *dites à votre jeune auteur* de lire *Les tueurs* et *Un endroit propre et bien éclairé*.

— Je… Je le lui dirai.

— Je ne peux pas rester aujourd'hui, a-t-il ajouté. J'attends avec impatience de voir la sélection pour *Marvel Science Fiction* la semaine prochaine. Nous déjeunerons chez Childs. »

Après son départ, je me suis adossé dans mon fauteuil, j'ai pris quelques profondes inspirations, et j'ai tiré des étagères une pile de récits de science-fiction glissés dans des chemises grises. L'une d'elles était de Lester del Rey.

Comme il m'avait aidé à obtenir ce boulot, j'ai lu sa nouvelle avec empressement. L'intrigue était originale, les scènes captivantes, mais l'ensemble paraissait curieusement verbeux. Pour citer Erisman, les pages avaient besoin d'être « secouées ».

J'ai appelé Scott et je lui ai dit que j'appréciais beaucoup la nouvelle, mais qu'à mon avis elle demandait quelques modifications mineures.

Il y a eu un silence à l'autre bout du fil, puis il a répondu d'une voix lente, en appuyant fortement sur les mots : « *Lester... ne remanie... jamais... ses histoires*. Il touche *deux cents* par mot. S'il réécrivait ses nouvelles, il ne toucherait plus qu'*un seul cent* par mot.

— Je vois.

— Vous allez l'acheter ? »

J'ai inspiré profondément. C'était impertinent de ma part, mais je ne pouvais pas transiger avec mes convictions. « Pas dans son état actuel, Scott. Désolé.

— Pas de problème, Dan. Je voulais simplement vous donner la primeur d'une nouvelle histoire de del Rey. Je la vendrai sans difficulté à une autre revue. »

C'est ce qu'il a fait.

Vers la même période, j'ai pensé que je devrais avoir un agent littéraire régulier, et j'ai envoyé trois « premiers jets » à Scott Meredith. Sa réponse de deux pages et demie montre à quel point j'étais naïf. Meredith – ou plus probablement un de ses lecteurs – expliquait que mon écriture était prometteuse, mais que les nouvelles « n'étaient pas prêtes à être commercialisées ».

Suivait une analyse honnête des trois récits, dont aucun n'a jamais été publié, parce qu'ils sont effectivement assez médiocres. Du travail d'amateur. Meredith ne m'envoyait pas de contrat d'agence parce que, disait-il, il n'avait pas l'impression que nous devions nous engager pour le moment.

J'ai écrit une autre nouvelle intitulée « Something Borrowed » et je l'ai proposée à un autre agent spécialisé dans la science-fiction. Frederik Pohl, de la Dirk Wylie Literary Agency, m'a donné ses impressions.

« Le problème avec ce texte, écrivait-il, c'est qu'il s'agit d'un récit dans le style de Ray Bradbury, et que seul Ray Bradbury devrait écrire des nouvelles de ce genre. »

Il a atténué le coup en ajoutant qu'il espérait quand même vendre « Something Borrowed ». Selon lui, je pouvais faire beaucoup mieux et il se disait impatient de lire ma prochaine nouvelle.

Cette nuit-là, en explorant mes cartons à idées, j'ai trouvé une note griffonnée : « Qu'arriverait-il si l'on pouvait améliorer artificiellement l'intelligence humaine ? » Je me suis souvenu que je m'étais posé la question bien des années plus tôt, lorsque j'attendais la rame qui devait m'emmener à l'université.

Après avoir feuilleté quelques pages de plus, j'ai trouvé le titre « Le Cobaye », suivi de quelques lignes dactylographiées :

Récit comparable à « L'homme qui pouvait accomplir des miracles[1] *». Un gars normal devient un génie grâce à une opération chirurgicale du cerveau – il atteint des sommets.*

Le mot *chirurgical* m'a soudain reporté à la leçon de dissection, pendant mon cours de biologie. Je me suis dit : ce n'était pas un cobaye, mais une souris blanche ! Toutefois, ce gars serait *vraiment* utilisé comme un cobaye. J'ai compris alors que ce souvenir tiré des profondeurs de mon esprit devenait une idée de nouvelle. Mais il ne s'agissait que de cela… une idée.

À ce moment-là, je n'ai pas songé que mes réflexions sur ce sujet – transformer quelqu'un en génie grâce à la chirurgie – constituaient la première étape de mon voyage vers un personnage auquel le lecteur et moi pourrions nous attacher.

La souris n'est devenue Algernon que beaucoup plus tard.

---

1. Nouvelle de H.G. Wells.

Chapitre 10

Éditer des pulps,
écrire des scénarios de BD

Nous avons commencé à nous fréquenter, Aurea et moi. Bien que nous soyons tombés amoureux, nous avons décidé d'un commun accord de ne pas envisager le mariage tant que je ne serais pas plus avancé dans une carrière d'écrivain professionnel.

En 1950 et 1951, j'ai écrit d'autres westerns pour nos magazines, sous divers pseudonymes, et Erisman l'a finalement admis : le jeune auteur que j'avais pris sous mon aile se débrouillait bien. « Son style s'est amélioré. Abandon des clichés, une prose plus sobre, des intrigues épurées. Il raconte bien. Il commence même à savoir camper ses personnages. »

Cependant, je n'avais toujours rien publié sous mon propre nom.

Au printemps 1952, le rédacteur en chef de *Other Worlds Science Stories* m'a demandé de lui envoyer une nouvelle pour un numéro spécial « All Star Editor Issue! » dont le sommaire devait proposer une demi-douzaine de nouvelles écrites par des rédacteurs de revues de science-fiction. S'ils achetaient ma nouvelle, je toucherais deux cents par mot.

J'ai songé à l'idée du « cobaye » et à l'amélioration de l'intelligence humaine par la chirurgie, mais j'ai senti que ce serait une nouvelle compliquée. Je ne me sentais pas prêt à l'écrire, aussi l'ai-je mise de côté pour chercher autre chose.

J'ai trouvé une autre idée dans mon carton de notes. Et si un esclave-robot était affranchi ? Comment se comporterait-il face aux préjugés anti-robot ? Comment pourrait-il subvenir à ses besoins ?

J'ai trouvé une note dans le même carton. « *Algernon Charles Swinburne. Curieux prénom.* » Je pourrais baptiser Algernon le premier robot libre. Au lieu de cela, je l'ai appelé… Robert.

En prenant un café avec Lester del Rey, je lui ai parlé de l'idée du robot affranchi, et il a proposé de me l'acheter pour cinquante dollars. C'était tentant, mais je me suis dit que si Lester était prêt à acheter l'idée, cela valait le coup d'écrire la nouvelle.

Robot Unwanted, la première nouvelle publiée sous mon véritable nom, a été prise pour ouvrir le numéro. Elle faisait cinq mille mots et le chèque, après déduction des dix pour cent de mon agent, s'est élevé à 90 dollars.

Le seul exemplaire qui me reste est imprimé sur du papier *pulp* de mauvaise qualité, qui s'effrite, et quand je l'ouvre les pages se détachent. La couverture annonce : « *Robert était le seul sur la Terre – un R.L. Autrement dit un robot libre ; libre de faire tout ce qu'il voulait – mais il ne voulait pas mourir !* »

Pour un écrivain, il n'y a pas de sensation comparable à l'allégresse qui vous envahit lorsqu'on voit son nom imprimé sous le titre de son premier récit publié. En marchant dans les rues de Manhattan, on se demande pourquoi les gens ne se précipitent pas vers vous pour solliciter des autographes. On caresse l'idée de quitter son travail et d'écrire à plein temps pour obtenir la gloire et la fortune.

Quand les récits suivants sont refusés, on retombe sur Terre.

Néanmoins, dans le petit monde des écrivains et des éditeurs de science-fiction, certaines personnes avaient remarqué mon texte. Beaucoup d'éditeurs, d'agents et d'auteurs de SF se connaissaient depuis des années – depuis l'époque où ils étaient des fans. Un de ces groupes s'appelait le Hydra Club. J'avais rencontré un grand nombre de ses membres et souvent été convié à leurs soirées, mais j'étais trop jeune pour être accepté dans ce cercle.

Un vendredi après-midi, après la publication de *Robot Unwanted*, j'ai reçu un appel téléphonique m'invitant à une partie de poker chez H.L. Gold. Sa maison était également le siège de *Galaxy*, la revue qu'il éditait. J'avais entendu dire que, depuis son retour de la Seconde Guerre mondiale, Horace était atteint d'agoraphobie et quittait rarement son domicile.

Afin de pouvoir quand même fréquenter des éditeurs, des agents ou des écrivains, il organisait tous les vendredis soir une partie de poker à faibles mises dans son appartement de New York. Bien sûr, ce n'était pas les Deux-Magots de Paris, ni l'Algonquin Round Table de New York, mais pour un auteur débutant il était grisant de se retrouver parmi des gens qui se consacraient à la littérature.

Les joueurs pouvaient passer à n'importe quelle heure entre le dîner et le petit déjeuner. Nous jouions à des jeux comme le High-Low Seven-Card Stud, l'Anaconda ou l'Iron Cross. Jusqu'au moment où j'ai pu comprendre les subtilités des jeux et des personnes qui se trouvaient autour de la table – à quels moments bluffer ou abandonner – l'inscription à ce séminaire de poker a sensiblement réduit mon salaire hebdomadaire de cinquante dollars.

Vers 1953, les pulps ont subi une sévère baisse de leur lectorat à cause des livres de poches et de la télévision. Comme les Stadium Publications devaient réduire leurs dépenses, elles m'ont licencié. Erisman a dû s'occuper tout seul de l'ensemble des magazines, en utilisant le pseudonyme d'Arthur Lane pour donner

l'impression qu'il y avait encore une équipe rédaction-
nelle. Les pulps n'ont pas tardé à disparaître, à l'exception de certaines revues de science-fiction comme
Galaxy, *Astounding* et *The Magazine of Fantasy and
Science Fiction*.

Quelques jours avant la fin de mon préavis, Bob
Erisman et moi avons déjeuné chez Childs, dans l'Empire
State Building. Nous avons évoqué des moments de notre
collaboration. Après le café, je me suis penché en arrière
sur ma chaise et j'ai dit : « Bob, j'ai une confession à
vous faire. »

Il a levé les sourcils.

« Vous vous souvenez de cet écrivain dont vous avez
détesté la nouvelle, et dont j'avais dit que je décelais
chez lui un certain talent ?

— Vous voulez parler de "Embuscade à Aransas
Pass" ?

— Ouais. Eh bien, j'ai pris un pseudo et j'ai proposé
cette nouvelle, et toutes les autres sous le même nom,
par l'intermédiaire d'un agent. Je voulais que vous le
sachiez. »

Bob a souri. « Je crois que ça fait du bien de se
confesser. Vous vous souvenez de ces romans et novellas, ces westerns et ces histoires sportives que vous ne
pouviez pas acheter parce qu'ils étaient écrits par des
auteurs sous contrat ?

— Évidemment.

— Eh bien, que croyez-vous que je faisais chez moi,
à Mystic dans le Connecticut, après avoir vérifié votre
travail et rédigé les présentations et les bandeaux ?

— Vous ? »

Il a hoché la tête.

Nous avons pris un verre ensemble et porté un toast
à la fin d'une époque.

Contrairement aux pulps déclinants, la filiale *Timely
Comics* de Martin Goodman Publications était floris-
sante. Goodman m'a proposé un transfert, à un poste

où je travaillerais pour son beau-fils Stan Lee, chargé de la section bandes dessinées – et qui est passé depuis à la tête d'une société multimillionnaire nommée Marvel. Comme c'était bientôt le jour de payer mon loyer mensuel de 17,25 dollars, j'ai accepté ce que je considérais alors comme un détour dans ma trajectoire d'écrivain.

Stan Lee était un jeune homme timide et dégingandé, très discret sur sa vie, qui laissait à ses rédacteurs le soin de s'occuper des scénaristes, des dessinateurs et de l'équipe de lettrage. Les auteurs proposaient des synopsis. Stan les lisait et en acceptait automatiquement un ou deux de ses scénaristes réguliers – de ce qu'il appelait « son écurie ». En tant qu'adjoint, je devais transmettre ses commentaires et ses critiques. Les auteurs développaient ensuite les scénarios, avec des dialogues et des actions pour chaque planche, un peu comme des scripts de film.

Comme j'avais de l'expérience avec *Marvel Science Fiction*, et que j'avais déjà vendu quelques nouvelles de SF à ce moment-là, Stan m'a laissé me spécialiser dans les bandes dessinées consacrées à l'horreur, au fantastique, au suspense et à la science-fiction. Naturellement, je me suis mis à soumettre des idées de récits, ce qui m'a permis d'obtenir des contrats indépendants et d'améliorer mon salaire en écrivant des scénarios sur mon temps libre.

Je ne lui ai pas proposé une de mes idées, que j'avais baptisée « Brainstorm ». L'histoire commençait ainsi :

> *Le premier type qui subit une expérience pour améliorer son Q.I., d'une valeur normale de 90, jusqu'au niveau d'un génie... L'EXPÉRIENCE RÉUSSIT, JUSQU'au moment où il retombe à son ancien niveau... il n'est pas plus intelligent qu'avant, mais il ne sera plus jamais le même parce qu'il a pu approcher la lumière... L'histoire pathétique d'un homme qui sait ce que c'est qu'être brillant et qui est conscient de ne plus jamais retrouver ce qu'il a apprécié pour la première fois, y compris une belle femme intelli-*

gente dont il est tombé amoureux, et avec laquelle il ne
pourra plus avoir de contact.

Je n'ai pas soumis l'idée à Stan Lee parce que quelque chose me disait que c'était davantage qu'un scénario de bande dessinée. Je savais que je la développerais plus tard, quand j'aurais appris à écrire.

À l'automne 1952, en infraction avec le Troisième Commandement – « Tu ne te marieras point pendant la psychanalyse » –, j'ai demandé à Aurea de m'épouser, et elle a accepté.

Quand j'en ai parlé à Stan, il s'est frotté les mains en jubilant. « Excellent, Dan. Marie-toi. Achète une maison, contracte un gros emprunt. Achète une jolie voiture. Au temps pour ta belle indépendance. »

Quand Aurea et moi sommes sortis de la mairie, Phil et Morton Klass nous ont lancé du riz. Une grande fête au studio de Peter Fland. Des modèles, des amis et quelques connaissances. Avec un grand cheesecake venant de chez Lindy.

Nous n'avons pas acheté de maison. Nous nous sommes installés dans ma piaule d'étudiant sans eau chaude. Aurea travaillait toujours pour Peter Fland et j'essayais une fois de plus d'écrire mon roman maritime, tout en faisant des scénarios pour Stan.

Quelques mois plus tard, Aurea m'a téléphoné au bureau. Elle paraissait bouleversée. « Peter et son nouvel associé se disputent. Je crois qu'ils vont se séparer. Tu ferais mieux de venir pour être sûr qu'on me paiera mon salaire. »

J'ai quitté mon bureau pour foncer au studio. Avant la fin de la journée, Aurea avait quitté Fland. Son associé nous avait fait une proposition : il voulait nous engager, Aurea comme photographe et moi comme vendeur et rédacteur publicitaire. Nous avons investi nos économies dans la photographie de mode en faisant des rêves de succès.

Comme nous n'avons pas tardé à le découvrir, notre associé semblait être un menteur incorrigible – c'est du moins ce que j'ai pensé à l'époque. Si j'ai réussi à passer l'année, c'est simplement parce que, lorsqu'il disait qu'il faisait nuit, je me persuadais qu'il faisait jour. Le rêve du succès commercial s'est transformé en un cauchemar à répétition. L'associé se tient devant moi sur un quai de métro. Je sens monter la colère… Je lève les mains et je m'avance… Puis une autre rame, le métro aérien de mon enfance, passe avec fracas près de mon lit. Je recule, je me retourne et je me cache sous les couvertures. Peu importe. Je lui ai revendu l'affaire, en perdant ce que nous avions investi dans la société.

Désormais incapable de me payer deux séances de psychanalyse par semaine, j'ai violé le Quatrième Commandement en donnant à mon analyste un préavis de cinquante-cinq minutes.

J'ai entendu sa voix derrière moi… qui me parlait !

« C'est une grande erreur vous faites. Vous, les règles connaissez quand nous commençons. Vous devez payer pour tous les rendez-vous pour le mois que vous ne venez pas. »

Je me suis relevé, je l'ai regardé droit dans les yeux et je l'ai réglé. « Merci de me le rappeler. »

J'avais transformé mon ex-conseillère en Burt, l'assistant chargé de faire passer à Charlie le test des taches d'encre dans « Des fleurs pour Algernon ». Je vois maintenant que mon ancien psy a probablement servi de modèle au personnage du Dr Strauss.

Si l'on en vient à explorer la vie d'un écrivain, laissons de côté les arguments habituels pour ou contre la psychanalyse. Au fil des années, comme auteur, j'en suis venu à croire fermement à deux idées de Freud : le pouvoir de l'*inconscient* comme force motrice du comportement, et sa méthode de l'*association libre* pour sonder les relations subconscientes.

Comme la plupart des écrivains utilisent leurs propres expériences pour insuffler de la vie à leurs personnages et pour créer des situations et des actions crédibles, ces deux concepts m'ont fourni des moyens d'explorer les matériaux accumulés au cours de ma vie, ainsi que les outils permettant de les récupérer. Mon rêve de devenir écrivain a poussé sur mon amour des livres et mon désir de raconter des histoires, mais le seul matériau qui est vraiment le mien est enfoui profondément, dans la zone inconsciente de ma cave mentale. J'emploie l'association libre comme la bêche d'un jardinier, pour déterrer des souvenirs liés, pour les amener à la lumière et les replanter là où ils pourront s'épanouir.

Bien des années plus tard, en étoffant « Des fleurs pour Algernon » afin d'en faire un roman, j'ai senti que le livre exigeait une séance de psychanalyse entre le Dr Strauss et Charlie. Elle m'a donné beaucoup de mal. Dans ma frustration, je l'ai chassée de mon esprit. Après quelques semaines, un matin, je me suis réveillé de bonne heure en sentant que la réponse émergeait… qu'elle se rapprochait de la barrière. Je suis resté allongé là jusqu'à ce que l'image mentale apparaisse : c'était moi, allongé sur le divan de mon analyste, en train de lutter contre *la croûte du lundi matin*.

Je ne le savais pas à l'époque, mais mon psy a mérité ses honoraires.

Pour écrire la scène, il m'a suffi de donner ce souvenir à Charlie.

Troisième partie

La victoire de l'esprit
sur la matière

Chapitre 11

À la recherche de Charlie

Au cours des mois suivants, l'idée d'améliorer artificiellement l'intelligence humaine m'est revenue plusieurs fois à l'esprit. C'était une période de faux départs, d'expériences, de tentatives et d'erreurs. Quelques-unes de mes premières notes proposent un début différent et d'autres noms pour le personnage principal.

*

* *

Un officier recommande son cousin pour une expérience permettant de modifier le Q.I. du patient. Walton est un célibataire qui est amoureux depuis longtemps d'une fille travaillant aux archives...

*

* *

Steve Dekker a fait plus de séjours en prison qu'il ne peut se le rappeler. On dirait qu'il se fait cueillir presque chaque fois qu'il monte un coup. C'est le genre de type qui rate systématiquement ce qu'il entreprend. Il en conclut que c'est parce qu'il n'est pas assez intelligent – il y a aussi une fille dont il est dingue, et qui ne veut pas se laisser culbuter parce qu'il n'est pas assez malin. Quand il lit un article sur une technique permettant de rendre les animaux plus intelligents, il fonce s'engager comme cobaye pour subir une opération chirurgicale.

*
* *

L'histoire raconte l'amélioration du Q.I. de Flint Gargan. C'est un type grossier, qui aime gribouiller des dessins cochons sur les murs des toilettes et se bagarrer au moindre prétexte... il est pourtant sentimental, il fond devant les scènes larmoyantes, il adore les mariages, les bébés, les chiens – il a un chien. Flint détestait l'école quand il était gamin, il l'a quittée pour devenir apprenti plombier... il pense que l'école n'est pas trop mal pour certains, mais il ne croit pas qu'elle aurait beaucoup pu l'aider.

*
* *

Tout en écrivant, je m'efforce de ne pas corriger et de ne pas porter de jugements. Je laisse sortir la matière brute, et je la mets en forme plus tard si je sens que cela en vaut la peine. Mais je n'aimais pas Steve Dekker ni Flint Gargan, et je ne désirais plus m'occuper d'eux, ni des douzaines d'autres personnages qui apparaissaient sur mes pages. Je fouillais ma mémoire, mes sentiments, le monde qui m'entourait, pour dénicher l'indice qui me mènerait au personnage principal de cette nouvelle.

J'ai bientôt compris d'où provenait une partie de mon problème : j'avais d'abord eu l'idée du récit – « Qu'arriverait-il si... ? » – et j'essayais maintenant de donner le rôle à un acteur, sans même savoir à quoi il ressemblait.

J'ai décidé de travailler à partir des événements qui découleraient de l'idée, et de laisser le personnage évoluer au fil de l'histoire.

La trame se développait dans une suite d'épisodes, une chaîne de causes et d'effets, pour incarner ce que nous appelons une forme ou une structure. Mais j'étais très loin d'avoir un récit.

J'ai tenté de commencer plus loin dans la narration, en me remémorant la stratégie épique d'Homère, qui avait débuté l'*Iliade* et l'*Odyssée* « au cœur de l'action ».

*
* *

Trois jours plus tard, ils poussèrent son lit roulant dans la salle d'opération de l'institut. Il se redressa sur un coude et fit un signe à Linda, qui avait surveillé sa préparation.

« Souhaitez-moi bonne chance, beauté », dit-il.

Elle s'esclaffa. « Tout ira bien. »

Le regard du Dr Brock lui sourit derrière le masque chirurgical.

*
* *

Le fragment s'arrête là, mais si j'étais rédacteur, j'aurais souligné cela et rédigé une note à l'attention de l'auteur : « *Le regard qui sourit* ? Attention aux clichés. *Derrière le masque chirurgical* ? » Si son regard sourit derrière le masque, il va opérer à l'aveuglette !

Malgré tout, une partie de ce passage a quand même trouvé sa place dans la nouvelle définitive.

Il existe ainsi une vingtaine de tentatives de début, écrites sur plusieurs mois. J'avais une idée à laquelle je tenais. Et une trame, et quelques passages. Cependant, je n'avais toujours pas trouvé le bon personnage principal. Je cherchais un protagoniste mémorable, auquel le lecteur et moi pourrions nous identifier. Quelqu'un avec une forte motivation et un objectif qui susciterait une réaction de la part des autres personnages ; quelqu'un ayant une vie intérieure qui lui donnerait une dimension humaine.

Où pourrais-je trouver un tel personnage ? Comment l'inventer et le développer ? Je n'en avais pas la plus petite idée.

Et puis, quelques mois plus tard, il est entré dans ma vie et l'a bouleversée.

Chapitre 12

Charlie me trouve

Cela s'est passé à Brooklyn. Aurea et moi étions revenus là-bas, en face de chez mes parents, dans la rue où j'avais grandi. Nous étions fauchés. Aurea travaillait comme styliste de mode indépendante et j'avais recommencé à écrire des scénarios pour Stan Lee. Des centaines de scénarios.

Je suivais des cours du soir pour obtenir une maîtrise de littérature américaine, dans le but de décrocher un diplôme d'enseignement et d'acheter ma liberté – autrement dit, d'échapper à l'esclavage que représentait l'écriture des scénarios. J'ai passé l'examen de professeur remplaçant du Board of Education, puis j'ai enseigné au lycée où j'avais obtenu mon diplôme dix ans plus tôt.

J'écrivais pendant la nuit, pendant les congés de Noël et les vacances d'été. En 1956, j'ai terminé « The Trouble With Elmo », une nouvelle de science-fiction concernant un super-ordinateur joueur d'échecs, créé pour résoudre toutes les crises du monde. Mais l'ordinateur s'imagine qu'il sera détruit quand il n'y aura plus de crises à résoudre. Elmo résout donc tous les problèmes, mais il insère ce que nous appellerions maintenant un « ver » ou un « cheval de Troie », contenant un programme qui développe de nouvelles crises mondiales qu'il pourra résoudre. « The Trouble With Elmo » a paru dans la revue *Galaxy*.

J'ai passé en juin 1957 l'examen du New York Board of Education pour enseigner l'anglais. Grâce à mon salaire plus élevé de professeur, nous avons pu louer une petite maison avec une chambre dans Seagate, une zone résidentielle protégée située à la pointe de Coney Island. J'adorais flâner sur la plage, humer l'air marin, regarder l'océan en me remémorant l'époque de mes voyages en mer. J'ai installé mon bureau et ma machine à écrire dans un coin de la chambre, persuadé que je pourrais écrire dans ce nouveau logement.

Au cours du trimestre suivant, le président du département d'anglais, impressionné par mes quatre nouvelles publiées, m'a confié deux cours facultatifs de création littéraire. Chaque classe était limitée à vingt-cinq étudiants talentueux, qui aimaient tous la lecture et désiraient devenir écrivains. Mais la plupart d'entre eux se comportaient comme si le succès leur était dû, eu égard à leur intelligence. Quand ils renâclaient devant les devoirs et négligeaient de réviser leur travail, je leur disais : « Il y a des gens qui *veulent écrire*, et d'autres qui *veulent devenir écrivains*. Pour quelques génies, le succès arrive sans efforts. Pour le reste d'entre nous, ce qui compte, c'est l'amour de l'écriture. »

Comme pour compenser ces deux « classes spéciales », mes deux autres cours étaient de « l'anglais simplifié » destiné à des élèves ayant un Q.I. assez bas. Pour eux, je devais me concentrer sur la prononciation, la structure des phrases et le développement des paragraphes. En cours, nous abordions les événements du jour qui pouvaient les intéresser. On m'avait dit que, pour enseigner aux étudiants également « spéciaux » de ces classes « simplifiées », la clé consistait à les motiver avec des choses qui concernaient leur propre vie.

Je n'oublierai jamais le premier jour où j'ai donné un de ces cours d'anglais simplifié. Je vois encore le garçon au fond de la salle, près de la fenêtre. Quand la cloche retentit au bout des cinquante minutes de cours, tous les étudiants se lèvent d'un bond pour sortir... à l'exception de ce garçon, qui s'avance pesamment vers mon bureau. Il porte une parka noire ornée d'un J orange.

« Monsieur Keyes… Je peux vous demander quelque chose ?

— Bien sûr. Vous êtes dans l'équipe de football, non ?

— Ouais. Défenseur. Écoutez, monsieur Keyes, c'est une fausse classe, pas vrai ? »

Je suis interloqué. « Comment ?

— Une fausse classe… pour les idiots… »

Ne sachant comment réagir, je marmonne : « Non… pas vraiment… C'est simplement une classe *spéciale* et *simplifiée*. Nous allons un peu moins vite que certaines autres…

— Je sais que c'est une fausse classe, et je voulais vous demander : *si je fais vraiment des efforts et que je deviens intelligent à la fin du semestre, est-ce que vous me mettrez dans une classe normale ? Je veux devenir intelligent*.

— Bien sûr. » Je lui dis cela sans savoir si j'ai réellement le pouvoir de le faire. « Nous verrons comment ça se passe. »

En rentrant, ce soir-là, j'essaie de travailler sur une nouvelle commencée récemment, mais le garçon me revient sans cesse à l'esprit. Ses paroles, « *Je veux devenir intelligent* », me hantent depuis ce jour-là. Je n'avais encore jamais songé qu'une personne présentant un retard mental – à l'époque, on disait un *attardé* – puisse être consciente de ses limites et veuille devenir plus intelligente.

J'ai commencé à écrire sur lui.

*
* *

Histoire d'un garçon dans une classe simplifiée, qui commence à se rendre compte qu'il est un « idiot ». Point de vue du professeur. Donald… Titre : « Le précoce et l'attardé ».

Deux enfants qui grandissent l'un près de l'autre – un très doué et un médiocre. La déchéance d'un enfant retardé comme une critique de toute notre culture. Stuart sait qu'il est lent et se débat contre son retard – Donald abuse de son intelligence.

*

*   *

Un garçon dans une classe simplifiée – amoureux d'une fille brillante qui, pour l'instant, ne perçoit pas les différences de leur niveau d'intelligence. À mesure qu'ils comprennent... Il a été placé dans cette classe à cause des problèmes causés par son comportement. Il était dans une bande qui s'appelait les Cormorans.

*

*   *

Son professeur est un nouvel enseignant plein d'idéaux et de nobles aspirations – et qui croit que Corey peut être remis sur le bon chemin. Corey est un garçon névrotique – très brillant mais très perturbé. Le brillant s'oppose à un médiocre à propos d'une fille. Le médiocre tue le brillant dans une bagarre.

*

*   *

Et cetera... et cetera... et cetera... Je n'arrivais à rien. J'ai mis mes notes de côté et je les ai oubliées.

J'ai décidé d'écrire un roman fondé sur mes expériences dans la photographie de mode avec Aurea et avec l'associé qui, me disais-je, avait failli nous rendre fous tous les deux. Elle m'a proposé de prendre un congé exceptionnel pour écrire à plein temps pendant qu'elle continuerait son travail de styliste indépendante à Manhattan.

Les choses ont bien marché. J'étais un auteur nocturne à cette époque, et le bruit de ma Royal dans la chambre endormait Aurea comme une berceuse. En fait, si j'arrêtais trop longtemps de taper, elle se réveillait en murmurant : « Qu'est-ce qui ne va pas ? »

Nous prenions le petit déjeuner ensemble, puis je la conduisais à la station de métro sur mon scooter rouge, un Cushman. Je revenais à l'appartement pour dormir pendant la journée. J'allais la rechercher dans la soirée et nous dînions ensemble. Quand elle allait se coucher, je m'asseyais devant la machine à écrire dans le coin de la chambre.

Je ne me souviens plus combien de temps j'ai passé à rédiger le premier brouillon de ce roman sur la photographie de mode, mais après l'avoir laissé de côté pendant quelques jours, je l'ai relu et j'ai été écœuré. C'était très mauvais.

Je suis devenu dépressif, frustré, démoralisé – j'étais sur le point d'abandonner complètement l'écriture.

Et puis, pendant l'été 1958, H.L. Gold m'a téléphoné et m'a demandé d'écrire une deuxième histoire pour *Galaxy* ; une suite à la nouvelle « The Trouble With Elmo ».

« Je vais essayer, Horace. J'ai une idée.

— Alors, envoie-la-moi dès que tu pourras. »

La dépression, la frustration et la démoralisation peuvent s'évanouir incroyablement vite quand un rédacteur en chef demande une nouvelle à un auteur qui a du mal à joindre les deux bouts. J'ai fouillé dans mes fichiers et mes carnets.

Sur une vieille page jaunie, datant de ma première année à la NYU, j'ai trouvé cette ligne : « *Qu'arriverait-il si l'on pouvait améliorer artificiellement l'intelligence humaine ?* » Je me suis souvenu alors de ma vision sur le quai du métro – *Mon éducation creuse un passé entre moi et les gens que j'aime.*

Ces pensées m'étaient revenues bien souvent. J'ai relu mes notes et mes griffonnages concernant l'opération qui permettrait d'améliorer le Q.I., et l'idée de nouvelle, et la forme qu'elle pourrait prendre – la trame d'une tragédie classique.

J'ai repensé à la maxime d'Aristote dans sa *Poétique*, selon laquelle une tragédie ne peut atteindre que les personnes de haute lignée, parce qu'il ne peut y avoir de chute tragique qu'à partir d'une grande élévation. Je me suis dit : vérifions cela. Et si une personne que le monde considère comme quantité négligeable – un jeune homme handicapé mental – grimpait au sommet de la Montagne de Livres et atteignait la hauteur d'un génie ? Et ensuite il perd tout. Ma gorge s'est serrée quand j'y ai pensé.

D'accord, me suis-je dit, j'ai l'idée et la trame, mais je n'ai toujours pas le personnage et ses motivations.

J'ai ouvert un dossier plus récent, feuilleté quelques pages, et j'ai vu cette note :

Un garçon vient me voir en cours d'anglais simplifié et me dit : « Je veux devenir intelligent. »

Stupéfait, j'ai regardé les deux pages posées côte à côte. Une motivation venait de rencontrer un « *Que se passerait-il si… ? »*.

J'ai lancé un coup d'œil à Aurea, qui n'arrêtait pas de se retourner dans le lit. J'ai poussé mes cartons de fiches, prêt à recommencer. J'avais besoin de nouveaux noms. En ville, elle travaillait pour le studio Larry *Gordon*. Avant notre mariage, le dernier petit ami d'Aurea, mon rival… son prénom était *Charlie*.

J'ai tapé sur le clavier. Aurea a poussé un soupir en entendant le bruit de la machine et n'a pas tardé à s'endormir.

Charlie Gordon – qui que vous soyez, où que vous soyez – je vous entends. J'entends votre voix qui me lance : « Monsieur Keyes, je veux devenir intelligent. »

D'accord, Charlie Gordon, vous voulez devenir intelligent ? Je vais vous rendre intelligent. Que je sois prêt ou non, j'arrive.

Chapitre 13

J'y suis

J'ai écrit d'une seule traite les pages suivantes, en tapant sur les touches du clavier avec un enthousiasme d'auteur que je n'avais encore jamais connu. Voici le premier jet, sans aucune retouche :

« L'effet Génie »
par Daniel Keyes

« Ce qui fait de Gordon, ici présent, un sujet idéal pour l'expérience, déclara le Dr Strauss, c'est qu'il a un niveau d'intelligence très bas et qu'il est très désireux de devenir un cobaye. »
Charlie Gordon sourit et s'avança sur son fauteuil pour entendre ce que le Dr Nemur allait répondre.
« Vous avez peut-être raison, Strauss, mais il a l'air d'une petite chose tellement fragile. Est-ce qu'il pourra le supporter, physiquement ? Nous n'avons aucune idée du choc que peut éprouver le système nerveux humain quand le niveau d'intelligence est triplé en si peu de temps.
— Je suis en bonne santé, affirma Charlie Gordon, qui se leva en tapant vigoureusement sur sa poitrine maigrichonne. Je travaille depuis que je suis petit, et...
— Oui, nous savons tout cela, Charlie, répondit le Dr Strauss en lui faisant signe de se rasseoir. Ce n'est pas ce que le Dr Nemur a voulu dire. C'est trop compliqué

*pour que nous vous l'expliquions maintenant. Détendez-
vous, Charlie. »*

*Reportant son attention vers son collègue, le Dr Straus
continua : « Je sais qu'il ne correspond pas à ce que vous
attendiez comme premier spécimen de surhomme intellectuel, mais les volontaires ayant un Q.I. de 70 ne sont pas
faciles à trouver. La plupart des gens mentalement défi-
cients sont hostiles et peu coopératifs. Un Q.I. de 70
implique une lourdeur d'esprit difficile à remuer. Charlie a
bon caractère et il souhaite vraiment nous satisfaire. Il sait
bien qu'il n'est pas brillant, et il m'a supplié pour qu'on
lui donne une chance de servir de sujet d'expérience. Vous
ne pouvez pas écarter la valeur de sa motivation. Vous
êtes peut-être sûr de vous, Nemur, mais n'oubliez pas que
ce sera le premier être humain dont l'intelligence sera améliorée grâce à la chirurgie. »*

*Charlie n'avait pas compris la majeure partie de ce
qu'avait dit le Dr Strauss, mais celui-ci semblait être de
son côté. Il retint son souffle en attendant la réponse du
Dr Nemur. Très intimidé, il regarda le génie grisonnant
glisser sa lèvre du haut sur celle du bas, se gratter l'oreille
et se frotter le nez. Et finalement... le docteur acquiesça
de la tête.*

*« Très bien, dit Nemur, nous tenterons l'expérience avec
lui. Faites-lui passer les tests de personnalité. J'aurai
besoin d'un profil complet le plus tôt possible. »*

*Incapable de se contenir, Charlie Gordon se leva d'un
bond et tendit la main par-dessus le bureau pour secouer
énergiquement celle du Dr Nemur. « Merci, docteur, merci.
Vous regretterez pas de m'avoir donné ma chance. Je ferai
tout ce que je peux pour devenir intelligent. Je ferai vraiment tout. »*

*Le premier testeur à rencontrer Charlie Gordon était un
jeune spécialiste du rorschach, qui s'efforça de mieux cer-
ner sa personnalité.*

*« Maintenant, monsieur Gordon, déclara le jeune homme
en remontant ses lunettes sur l'arête de son nez, dites-
moi simplement ce que vous voyez sur cette feuille. »*

Abordant chaque nouveau test dans un état de grande nervosité, et avec le souvenir des nombreux échecs de son enfance, Charlie examina la feuille d'un air soupçonneux. « Une tache d'encre.

— Oui, bien sûr », dit le testeur en souriant.

Charlie se leva pour partir. « C'est un super hobby. Moi aussi, j'ai un hobby. Je peins des dessins, vous savez, avec des numéros pour mettre les différentes couleurs...

— Je vous en prie, monsieur Gordon. Asseyez-vous. Nous n'avons pas terminé. À quoi cela vous fait-il penser ? Qu'est-ce que vous voyez dans la tache ? »

Charlie se pencha vers la feuille pour l'observer attentivement. Il la prit des mains du testeur et l'approcha de son visage. Puis il l'écarta et la tint à bout de bras, tout en regardant le jeune homme du coin de l'œil pour essayer de repérer un indice. Soudain, il se leva et se dirigea vers la porte d'un pas décidé.

« Où allez-vous, monsieur Gordon ?

— Chercher mes lunettes. »

Quand Charlie revint de son casier, où il avait laissé ses lunettes dans la poche de son manteau, il expliqua : « D'habitude, je dois seulement utiliser mes lunettes quand je vais au ciné ou quand je regarde la télé, mais elles sont très bien. Je vais encore regarder la feuille. Je parie que je vais trouver maintenant. »

Après avoir repris la feuille, il la scruta d'un air désemparé. Il était pourtant certain de pouvoir distinguer quelque chose avec ses lunettes. Il l'examina attentivement, fronça les sourcils, se mordilla les ongles. Il voulait désespérément voir ce que le testeur voulait lui faire trouver dans cette grosse tache. « C'est une tache... », dit-il, mais en voyant la consternation du jeune homme, il ajouta aussitôt : « Mais c'est une belle tache. Très jolie, avec tous ces petits trucs sur les bords et... » Il se tut en voyant le jeune psychologue secouer la tête. De toute évidence, il n'avait pas donné la bonne réponse.

« Monsieur Gordon, nous savons bien que c'est une tache. Ce que j'aimerais vous faire dire, c'est à quoi elle vous

fait penser. Qu'est-ce que vous visualisez... je veux dire, que voyez-vous dans votre esprit quand vous la regardez ?

— Laissez-moi encore essayer, implora Charlie. Je trouverai dans quelques minutes. Des fois, je suis un peu lent. Je suis aussi un lecteur très lent, mais je fais beaucoup d'efforts, vous savez. » Il reprit de nouveau la feuille et suivit le contour de la tache pendant quelques minutes, le front plissé par la réflexion. « À quoi ça me fait penser ? À quoi ça me fait penser... ? » répétait-il d'un air songeur. Et soudain, les plis de son front s'évanouirent. Le jeune homme se pencha en avant, plein d'espoir, et Gordon déclara : « Mais oui... bien sûr... quel idiot je suis ! J'aurais dû y penser avant.

— Est-ce que cela vous fait penser à quelque chose ?

— Oui, répondit Charlie d'une voix triomphale, le visage illuminé d'un sourire entendu. Un stylo à plume... qui laisse couler de l'encre sur la nappe. »

Pendant le test d'aperception thématique, lorsqu'on lui demanda de créer une histoire avec les personnages et les choses qu'il voyait sur une série de photographies, il se heurta à de nouvelles difficultés.

« ... Je sais que vous n'avez jamais rencontré ces gens-là, dit la jeune femme qui avait passé son doctorat à Columbia. Moi non plus, je ne les connais pas. Faites seulement semblant de...

— Mais si je les ai jamais rencontrés, comment je peux raconter des histoires sur eux ? Par contre, j'ai des photos de ma mère et de mon père, et de mon petit neveu Miltie. Je pourrais vous raconter des histoires sur Miltie... »

À voir comme elle secouait tristement la tête, il comprit qu'elle ne voulait pas entendre des histoires sur Miltie. Il se demanda alors ce qui n'allait pas chez tous ces gens, qui lui demandaient des choses tellement étranges.

Charlie fut malheureux pendant les tests d'intelligence non verbale. Il se fit battre dix fois sur dix par un groupe de souris blanches, qui réussirent avant lui à trouver la sortie d'un labyrinthe. Cela le déprima de savoir que les souris blanches étaient aussi intelligentes.

Je me souviens du moment où j'ai tapé ce début. Je me revoyais en train de faire mes devoirs, quand l'encre avait coulé de mon stylo pour faire une tache sur le papier et que la main de ma mère était passée par-dessus mon épaule pour déchirer la page. J'ai ri très fort en imaginant que cela arrivait à Charlie, en voyant sa réaction, en entendant ses paroles. Il n'y avait rien de prévu. On aurait dit que les phrases coulaient de mes doigts vers les touches de la machine à écrire, sans passer par mon cerveau. Quelque chose en moi me disait que je tenais mon histoire. Je la tenais enfin.

Henry James a écrit que la « donnée » constituait le cœur de l'œuvre offerte à l'écrivain[1]. Eh bien, un garçon s'était avancé vers moi et m'avait donné ce dont j'avais besoin pour démarrer le récit. En retour, je lui donnerais certains de mes propres souvenirs pour que son personnage puisse prendre vie sur la page.

L'histoire de Charlie avait commencé à se raconter elle-même. Cela me semblait bien. Cela me semblait bon.

Pourtant, le lendemain soir, quand je me suis assis pour travailler, je n'ai pas pu continuer. Quelque chose me bloquait. Quoi ? Je savais que l'idée était originale ; je sentais qu'elle était importante ; elle m'avait accompagné durant des années et exigeait d'être écrite. Qu'est-ce qui n'allait pas ?

En relisant les feuillets, j'ai ri des réponses de Charlie au test de la tache d'encre. Et puis soudain, cela m'a frappé. Je riais *de* Charlie. De la manière dont je racontais l'histoire, le lecteur se moquerait de Charlie. C'est ce que font la plupart des gens quand ils voient des handicapés mentaux commettre une erreur. C'est pour eux une façon de se sentir supérieurs. Je me suis souvenu du jour où j'avais brisé les assiettes, quand les clients avaient ri et que M. Goldstein m'avait traité de *crétin*.

---

1. Dans *L'art de la fiction. Neuf études*, Klincksieck, 1978.

Je ne voulais pas que mes lecteurs se moquent de Charlie. Ils pourraient peut-être rire *avec* lui, mais pas *de* lui.

Bien sûr, j'avais l'idée, la trame et le personnage, mais je n'avais toujours pas trouvé la bonne manière, la seule manière, de raconter l'histoire. Le point de vue, ou ce que je préfère appeler l'*angle de vue*, était mauvais. Le récit devait être raconté par Charlie. Il devait être à la première personne, selon l'angle de vue du personnage principal – toujours d'après l'esprit et le regard de Charlie.

Mais comment ? Quelle stratégie narrative permettrait le déroulement du récit ?

Le lecteur pourrait-il croire qu'un attardé mental serait capable d'écrire cette histoire, du début à la fin, sous la forme d'une chronique ? Moi-même, je n'y croyais pas. J'aimais l'idée que chaque événement, chaque scène, soit décrit au moment où il se déroulait, ou juste après son accomplissement. Un journal intime ? Une fois encore, il n'était pas vraisemblable d'imaginer Charlie en train de rédiger de longs passages de son journal – du moins, au début et à la fin.

J'ai cherché cette stratégie narrative pendant plusieurs jours, en me sentant de plus en plus frustré car je sentais que j'étais tout près de déverrouiller le récit. Puis, un matin, je me suis réveillé avec la réponse. Ce serait une partie de l'expérience ; on demanderait à Charlie de *tenir un journal*, de rédiger quotidiennement un rapport pour établir un compte rendu d'évolution.

Je n'avais jamais lu de nouvelle ou de roman utilisant ce type de narration. Je me disais que j'avais imaginé un point de vue tout à fait original.

Maintenant que j'avais trouvé la voix de Charlie, je savais qu'il s'exprimerait par mes doigts quand ils se poseraient sur les touches du clavier. Mais comment gérer la structure des phrases et l'orthographe ? Des étudiants de mes classes simplifiées pouvaient me servir de modèles. Comment connaître sa façon de penser ? J'essaierais de me souvenir de ma propre enfance. Comment connaître ses sentiments ? Je lui en donnerais.

Lorsqu'on demanda à Flaubert comment il avait pu imaginer et décrire des situations à travers l'esprit d'une femme dans *Madame Bovary*, il répondit : « *Madame Bovary, c'est moi !* »

Dans ce sens, j'ai donné à Charlie Gordon une partie de moi-même, et je suis devenu une partie de ce personnage.

Cependant, cela m'ennuyait d'ouvrir la nouvelle par des mots mal orthographiés et des phrases courtes au style enfantin. Je m'inquiétais de la réaction du lecteur. Puis je me suis rappelé ce qu'avait fait Mark Twain dans *Les aventures de Huckleberry Finn*. Avant de plonger dans le jargon de Huck l'illettré, Twain prévient le lecteur par la voix bien éduquée de l'auteur.

Le roman débute par une NOTICE, que voici :

> « *Quiconque tentera de trouver une intention dans ce récit sera poursuivi ; quiconque tentera d'y trouver une morale sera banni ; quiconque tentera d'y trouver une intrigue sera fusillé.*
> *PAR ORDRE DE L'AUTEUR, Per G.G., Responsable de l'artillerie.* »

Suit une EXPLICATION :

> « *Un certain nombre de dialectes sont utilisés dans ce livre, à savoir : le dialecte des nègres du Missouri, la forme la plus extrême du dialecte des forêts sauvages du Sud-Ouest, le dialecte ordinaire de Pike County, et quatre variantes de ce dernier...*
> *Signé : L'AUTEUR.* »

Alors seulement, après avoir préparé le lecteur, Mark Twain commence le récit à la première personne, du point de vue de Huck et avec sa voix.

> *Vous ne me connaissez pas si vous n'avez pas lu un livre intitulé* Les aventures de Tom Sawyer, *mais ce n'est pas*

grave. Ce livre a été fait par M. Mark Twain et il y a raconté la vérité, en grande partie. Il a exagéré certaines choses, mais en général il a dit la vérité.

J'ai décidé de suivre la stratégie de Mark Twain. Mon prélude original – que j'ai supprimé par la suite et que je ne retrouve plus – commence par l'arrivée d'Alice Kinnian au labo, pour demander au Dr Nemur s'il a entendu parler de Charlie. Nemur lui tend le manuscrit, dont les premières pages sont écrites avec un crayon, qui a appuyé si fort qu'elle sent les mots en relief au dos du papier.

La voix de Charlie intervient alors quand j'écris :

Conterandu 1

5 marse. *Le docteur Strauss dit que je devré écrire ce que je panse et tousse qui m'arrive a partir de mintenan. Je sait pas pourquoi mais il dit que c'est inportan pour qu'ils voit si ils peuve mutilisé. J'espère qu'ils mutiliseron. Manoiselle Kinnian dit qu'ils peuve peutètre me rendre intélijan. Mon non sait Charlie Gordon. J'ai 37 ans et il y a 2 semènes c'était mon aniversère. J'ai rien de plusse à écrire mintenan et je vait arété pour ojourdui.*

Quand j'ai vu ces mots sur la page, j'ai su que j'avais trouvé. J'ai écrit toute la nuit, et les nuits suivantes, fiévreusement, durant de longues heures, avec peu de sommeil et beaucoup de café. Et puis, en pleine nuit, au milieu du premier jet, après la scène dans laquelle Charlie fait la course avec la souris blanche, j'ai crié à haute voix : « *La souris ! La souris !* »

Aurea s'est redressée d'un bond, tout alarmée. « Où ça ? Où ? »

Je lui ai expliqué la situation et elle m'a souri d'un air endormi. « Oh, très bien. »

Je suis revenu à ma machine et j'ai tapé une note, pour moi-même :

La souris, qui a reçu le même traitement que Charlie, va anticiper les événements liés à l'expérience. Ce sera un personnage à part entière et un petit copain poilu pour Charlie.

Un nom… Je devais donner un nom à la souris. Mes doigts ont couru sur les touches. Le nom est apparu sur la page. *Algernon.*

Après cela, la nouvelle s'est écrite toute seule, environ trente mille mots – ce serait une longue *novelette*, ou une courte *novella*.

Dans cette première version complète, l'histoire se termine avec Alice Kinnian, en larmes, qui lève les yeux du dossier contenant les pages du compte rendu et qui demande au Dr Nemur de l'aider à retrouver Charlie.

À ce moment-là, Phil Klass (William Tenn) venait d'aménager avec sa femme Fruma dans un appartement de Seagate situé de l'autre côté de la rue. Phil a été la seconde personne à lire la nouvelle, après Aurea. Le lendemain, il m'a dit en me rendant le manuscrit : « Dan, ce sera un classique. »

Je savais qu'il me taquinait, et cela m'a fait rire.

Ma démarche suivante a été de prendre un autre agent littéraire. J'ai téléphoné à Harry Altshuler, je me suis présenté, et je lui ai dit que H.L. Gold m'avait demandé d'écrire une deuxième histoire pour *Galaxy*. Altshuler a voulu lire « Des fleurs pour Algernon » et je lui en ai envoyé une copie. Il m'a répondu que cela lui plaisait et qu'il serait enchanté d'être mon agent. Bien entendu, H.L. Gold devrait avoir la primeur de ce texte.

L'euphorie est un mot bien faible pour décrire ce que je ressentais. Je venais de terminer une nouvelle qui me tarabustait depuis des années et j'étais content du résultat. De plus, j'avais décroché un agent respecté qui aimait mon texte et un éditeur pour la publier. Je pensais que mes ennuis étaient terminés.

Je me trompais.

Chapitre 14

Refus et acceptation

Quelques jours plus tard, Harry Altshuler m'a téléphoné pour me dire qu'il avait contacté H.L. Gold de la part d'un autre de ses auteurs et qu'il avait mentionné ma nouvelle histoire. « Horace veut que vous l'apportiez au bureau de son domicile. Il la lira tout de suite. Vous connaissez l'endroit ?

— C'est là que j'ai appris à jouer au poker, et où j'ai découvert que je n'étais pas doué pour bluffer.

— Alors, très bien. S'il veut l'acheter, ne discutez pas du prix. C'est moi qui m'en chargerai. »

Cela faisait un long trajet entre Coney Island et la Quatorzième Rue, dans l'est de Manhattan. Quand je suis arrivé, j'étais à cran. Cette nouvelle était très importante pour moi, et j'espérais la voir publier dans une des grandes revues de science-fiction, comme *Galaxy*. Mais Horace avait la réputation d'un rédacteur en chef difficile, qui n'hésitait pas à demander des modifications aux auteurs.

Il m'a accueilli à la porte, a pris l'enveloppe et m'a dit : « Détends-toi à côté pendant que je la lis dans mon bureau. Sers-toi un café et des doughnuts. »

Il ne m'était pas venu à l'idée qu'il la lirait pendant que j'attendrais là, ni que j'allais recevoir une réponse immédiate de la part de l'un des plus prestigieux rédacteurs du milieu de la SF.

Pendant l'heure qui a suivi, j'ai bu du café, lu le *New York Times* et regardé dans le vague en me demandant s'il allait aimer mon récit ou le détester, l'acheter ou le refuser. Finalement, il est sorti de son bureau, l'air songeur, pour venir s'asseoir en face de moi.

« Dan, c'est une bonne histoire. Mais je vais te proposer quelques changements qui en feront une histoire excellente. »

Je ne me souviens plus de ce que je lui ai répondu.

« La fin est trop déprimante pour nos lecteurs, m'a-t-il dit. Je voudrais que tu la modifies. Charlie ne régresse pas. Il ne perd pas son intelligence. Au lieu de cela, il reste un super-génie, épouse Alice Kinnian et ils vivent heureux jusqu'à la fin de leurs jours. Cela ferait une histoire fantastique. »

Je l'ai dévisagé. Comment un auteur débutant réagit-il face au rédacteur qui lui a acheté une nouvelle et qui souhaite lui en acheter une deuxième ? Les années de travail sur cette histoire ont défilé dans mon esprit. Et mon Coin de Solitude ? Ma vision tragique de la Montagne de Livres ? Mon défi contre la théorie d'Aristote sur la Chute classique ?

J'ai bredouillé : « Je vais y réfléchir. J'aurai besoin d'un peu de temps.

— J'aimerais l'acheter pour un des prochains numéros, mais j'ai besoin de ces modifications. Cela ne devrait pas te prendre trop longtemps.

— Je vais m'y mettre », ai-je répondu, tout en sachant qu'il n'était pas question de changer la fin.

« Bien. » Il m'a raccompagné jusqu'à la porte. « Sinon, je suis certain que tu écriras d'autres nouvelles pour *Galaxy*. »

J'ai appelé Harry Altshuler d'une cabine téléphonique pour lui dire ce qui s'était passé. Il y a eu un long silence.

« Vous savez, m'a-t-il dit, Horace est un bon rédacteur en chef, qui connaît très bien le marché. Je suis d'accord avec lui. Ces changements ne devraient pas être trop difficiles. »

J'aurais voulu crier : *Cette nouvelle contient un morceau de mon âme !* Mais qui étais-je pour m'opposer à des professionnels ? Le retour en métro jusqu'à Seagate a été long et déprimant.

Quand j'ai raconté à Phil Klass ce qui s'était produit, il a secoué la tête.

« Horace et Harry ont tort. Si jamais tu oses changer la fin, je vais chercher une batte de base-ball et je te brise les deux jambes.

— Merci. »

Il m'a suggéré autre chose. Il travaillait à l'époque pour Bob Mills, le rédacteur en chef de *The Magazine of Fantasy and Science Fiction* (ou plus simplement *F&SF*). « Laisse-moi proposer ta nouvelle à Mills, pour voir s'il veut l'acheter. »

J'étais déchiré. Bien que *Galaxy* soit considérée comme la plus importante revue de science-fiction, *F&SF* était particulièrement renommée pour sa qualité littéraire. J'ai dit à Phil que j'acceptais.

Quelques jours plus tard, j'ai reçu les bonnes et les mauvaises nouvelles en même temps. Bob Mills aimait mon récit et voulait le publier, mais l'éditeur limitait les nouvelles à un maximum de quinze mille mots. Si j'acceptais d'en couper dix mille, il l'achèterait à deux cents le mot.

J'ai simplement dit : « Je vois. »

La décision n'était pas trop difficile à prendre. En me souvenant de l'époque où j'étais moi-même rédacteur, des conseils d'époussetage de Bob Erisman et du commentaire de Meredith, selon lequel Lester del Rey ne réécrivait jamais parce que cela aurait diminué ses revenus de moitié, j'ai secoué chaque feuillet ; j'ai biffé tous les mots et paragraphes qui n'étaient pas absolument nécessaires. Cela n'a pas été aussi douloureux que je le craignais.

Je me suis débarrassé des *adverbiages* et des *pronom-breuseries*, des expressions redondantes et des digressions. Prenons : « *Des phrases comparables à celle-ci, qui s'avançaient trop pesamment avec une flopée de petits mots, ont été corrigées.* » C'est devenu, après révision : « *J'ai corrigé des phrases trop pesantes.* » On est passé ainsi de vingt mots à sept, sans changer le sens. Et en changeant *ont été corrigées* par *J'ai corrigé* – en glissant du passif à l'actif – j'ai abandonné un style pépère pour une prose claire et plus musclée.

J'ai ensuite examiné la dernière scène, dans laquelle Alice repose le manuscrit et demande à Nemur de l'aider à retrouver Charlie. J'ai hésité un moment, puis j'ai tiré une grande ligne en travers de ce passage d'une page et demie, de sorte que la nouvelle se termine par ces mots : « PPS. Silvouplé si vous avé l'ocazion metté des fleures sur la tonbe a Algernon dans le jarredain... »

Bob Mills a acheté la nouvelle.

Cet été-là, on m'a invité à un atelier-escapade à Milford, en Pennsylvanie. Pendant la durée du séjour, les auteurs de la vieille garde du Hydra Club passaient une partie de l'après-midi à faire circuler des pages de leurs derniers récits pour les soumettre à la critique de leurs pairs. J'avais été invité pour proposer une nouvelle à l'atelier, et j'ai décidé de leur montrer « Des fleurs pour Algernon ».

La veille de l'atelier, j'ai parcouru le manuscrit et je me suis aperçu que j'avais fait une erreur. J'avais coupé la fin, dans laquelle Alice termine de lire le journal et part à la recherche de Charlie. L'introduction, où Nemur lui donne le manuscrit, était donc devenue superflue.

Je l'avais écrite parce que j'avais peur de débuter directement l'histoire par la prose lourde et incorrecte de Charlie. J'avais eu peur de plonger brutalement le lecteur dans le monde de Charlie et de lui faire partager son point de vue « spécial » sans aucun avertissement.

Je me suis dit que je devais faire confiance au lecteur.

Cette nuit-là, j'ai supprimé les deux premières pages et laissé l'histoire commencer par les mots et la voix de Charlie :

Conterandu 1

> 5 marse. *Le docteur Strauss dit que je devré écrire ce que je panse et tousse qui m'arrive a partir de mintenan. Je sait pas pourquoi mais il dit que c'est inportan pour qu'ils voit si ils peuve mutilisé. Jespère qu'ils mutiliseron.*

Ensuite, je suis allé affronter mes critiques. Quarante ans après, je me souviens qu'il y avait parmi eux Judy Merrill, Damon Knight, Kate Wilhelm, Jim Blish, Avram Davidson, Ted Cogswell, Gordie Dickson. Je prie ceux que je n'ai pas cités de me pardonner.

Nous avons installé des chaises sur la pelouse, devant la maison, et nous avons fait passer les pages de l'un à l'autre autour du cercle. Tout ce dont je me souviens maintenant, ce sont les louanges chaleureuses, les félicitations, et le sentiment que ces gens que j'admirais m'avaient accepté comme un de leurs confrères écrivain.

« Des fleurs pour Algernon » a été publié dans le numéro d'avril 1959 de *The Magazine of Fantasy and Science Fiction*, dont il a fait la couverture, peinte par Ed Emshwiller. Cinq mois plus tard, il a offert à Aurea la toile originale pour la naissance de notre premier enfant, Hillary Ann. Le tableau est toujours accroché dans notre salon.

Au cours de la dix-huitième Convention internationale de science-fiction, à Pittsburgh, en 1960, lorsque Isaac Asimov m'a tendu le prix Hugo de la meilleure nouvelle publiée en 1959, il a fait de mon récit un généreux éloge.

Asimov a écrit plus tard, dans *The Hugo Winners* :

*« Comment a-t-il fait ? ai-je imploré les Muses. Comment a-
t-il fait… ? »* Et le visage rond et bienveillant de Daniel
Keyes m'a répondu ces paroles immortelles : *« Écoute,
quand tu sauras comment j'ai fait, dis-le-moi, je t'en prie.
J'aimerais le refaire. »*

Je n'étais pas seul pendant cette nuit de fête. Sous
les projecteurs, sans être vu, quelqu'un projetait une
deuxième ombre auprès de la mienne. Une autre main
s'est tendue vers le prix Hugo. À la lisière de mon esprit,
j'ai aperçu le souvenir du garçon qui avait marché
jusqu'à mon bureau pour me dire : « Monsieur Keyes,
je veux être intelligent. »

Et depuis lors, il est resté avec moi, c'était Charlie
Gordon.

Chapitre 15

Métamorphoses : nouvelle, adaptation télévisée, roman

Peu après que « Des fleurs pour Algernon » eut reçu le prix Hugo, CBS en a acheté les droits d'adaptation télévisée pour l'*U.S. Steel Hour*[1] de la Theater Guild. James Yaffee, auteur du roman *Compulsion*, en a écrit le scénario. Cliff Robertson a joué le rôle de Charlie.

Trois semaines après avoir obtenu ma maîtrise d'anglais et de littérature américaine au Brooklyn College, le soir de l'anniversaire de Washington, j'ai vu *The Two Worlds of Charlie Gordon* dans un hôpital, assis au chevet d'Aurea qui était en convalescence.

Des infirmières sont venues voir la dramatique, encombrant la chambre et bloquant la porte. Elles ont d'abord applaudi quand mon nom est apparu au générique, puis à la fin du téléfilm. J'ai sorti une bouteille de champagne que j'avais passée en douce et j'ai rempli de petits gobelets en plastique fournis par les infirmières. Tout le monde s'est mis à porter des toasts.

L'interprétation de Cliff Robertson était remarquable, et je n'ai pas été surpris par les critiques élogieuses qui ont paru le lendemain, ni par sa nomination à l'Emmy Award. Plus tard, *The Two Worlds of Charlie Gordon* a

---

1. Série de dramatiques télévisées.

perdu derrière *Macbeth*, avec Maurice Evans en tête d'affiche.

Quelques jours après la diffusion, Cliff Robertson a commencé à négocier les droits d'adaptation au cinéma. Comme il l'a dit à la presse, il avait « … toujours été la demoiselle d'honneur, mais jamais la mariée », faisant allusion à ses interprétations dans *Le jour du vin et des roses* et dans *L'arnaqueur*. Il disait avoir perdu ces rôles au profit de Jack Lemmon et de Paul Newman.

Six mois plus tard, j'ai conclu un accord avec Robertson. Il allait reprendre son succès télévisuel dans un film rebaptisé *Charly*, dont le graphisme enfantin du titre montrait un R écrit à l'envers.

Au cas où certains lecteurs croiraient à tort que, sur le plan financier, tout cela équivaut à gagner à la loterie, permettez-moi de remettre les choses à leur place et de vous révéler mes droits d'auteur pour l'année 1961, après déduction des dix pour cent de mon agent. Tous ces droits proviennent des « Fleurs pour Algernon » :

10/02 – Réédition dans *Best Articles and Stories* : 4,50 $
24/04 – *The Best from Fantasy and Science Fiction* : 22,50 $
08/09 – *Option d'adaptation de Robertson Associates* : 900 $
02/11 – Réédition dans *Literary Cavalcade* : 22,50 $
Total net : 949,50 $

J'écrivais la nuit, mais je devais quand même continuer à enseigner dans la journée pour nourrir ma femme et mon enfant.

Un après-midi, dans le train qui me ramenait de la Thomas Jefferson High School, un collègue s'est assis à côté de moi.

« Dan, j'ai lu « Des fleurs pour Algernon ». C'est une jolie nouvelle. Je me suis interrogé à propos de certaines scènes et de leur signification. »

Les compliments sont toujours agréables.

Il m'a dit qu'il avait remarqué quelque chose, qu'il était certain que cela avait un contenu symbolique, et qu'il aimerait que je développe l'idée.

Je l'ai fait volontiers. J'ai pontifié sur les différents niveaux de signification, sur les éléments symboliques centraux et annexes.

Quand j'en ai eu terminé, il m'a regardé d'un air interrogatif en levant les sourcils. « Oh…, a-t-il dit. Et c'est tout ? »

Ses paroles sont gravées au fer rouge dans ma psyché d'écrivain. Depuis lors, je n'ai plus jamais expliqué, développé ni interprété mes textes, leur signification, leurs niveaux ou leurs thèmes. Mon collègue m'a donné une leçon. Tant que l'auteur – ou d'ailleurs n'importe quel artiste – garde le silence, il est possible de débattre, de commenter et d'imaginer différentes interprétations ou significations. Mais lorsque l'auteur se lance dans une explication ou une analyse de son travail, il le banalise.

Dans ce livre, je décris mes méthodes d'écriture, mes sources et mon processus créatif, mais je ne donne plus d'explication. C'est l'affaire du lecteur.

À vrai dire, comme certains critiques ont affirmé que les écrivains ne savaient pas réellement ce qu'ils faisaient, et surtout qu'ils étaient incapables de comprendre leurs propres œuvres, autant ne rien révéler de nos intentions.

Ce que j'ai voulu dire ? Peu importe.

Pendant ces événements, j'avais entamé la seconde version d'un roman qui s'appuyait sur mon expérience dans la marine marchande. Quelqu'un avait dit un jour : « La meilleure manière d'apprendre à écrire un roman, c'est d'écrire un roman. » Et je me disais : la meilleure façon d'apprendre à écrire un bon roman, c'est de le recommencer.

Au cours d'une pause, j'ai lu dans *Life* un article relatant un accident dans une usine qui utilisait des isotopes radioactifs. Il y avait des photographies du technicien contaminé, ainsi que de sa maison, où les spécialistes en décontamination avaient découpé des morceaux de tapis et de rideaux, parce qu'il avait involontairement ramené chez lui de la poussière radioactive.

J'ai été peiné en voyant les photos de sa femme, dont la chevelure avait été tondue, et de son fils atteint du « mal des rayons ». Leur expression m'a bouleversé.

Durant l'hiver 1961, j'ai mis de côté mon récit sur la marine marchande et j'ai commencé *A Trace of Dust*, un roman concernant les effets d'une fuite radioactive sur Barney et Karen Stark, un jeune couple qui attend son premier enfant – après bien des déceptions. Comment la communauté réagira-t-elle en cas d'irradiation ? Comment Karen supportera-t-elle sa grossesse tout en se demandant si elle ne donnera pas naissance à un mutant ? À l'époque, il n'était pas encore possible d'examiner un fœtus in utero.

En général, quand je travaillais à une histoire, elle s'accrochait à moi pendant la journée. Je tapais, je corrigeais, je révisais. Mais une fois qu'elle était terminée, je m'attelais à d'autres activités – avec de la chance, à un autre récit. Cependant, j'ai découvert que mon esprit était occupé par autre chose – Charlie Gordon me hantait.

Bien que j'aie mis de côté le roman maritime pour m'occuper de l'histoire sur les radiations, en la rebaptisant *The Contaminated Man*, Charlie n'arrêtait pas de refaire surface. Je me remémorais des scènes de son enfance, des souvenirs de ses parents, de sa sœur normale et d'autres événements de son enfance. Je gribouillais des notes et je les mettais de côté. J'ai continué sur l'histoire des radiations, que j'appelais maintenant *The Midas Touch*. Je m'étais déjà accoutumé à ces petits tours que peut jouer l'esprit d'un auteur. On est là, en train d'écrire, d'avancer tranquillement, et l'on est saisi par une autre idée que l'on trouve meilleure. Elle est si intense qu'elle demande à être écrite sur-le-champ, mais dès qu'on a commencé on est assailli par une autre idée, et puis par une autre, et avant même de s'en rendre compte on se retrouve avec une pile de textes inachevés. Comment je le sais ? Parce que j'en ai des douzaines. Ces récits sont-ils définitivement abandonnés, ou dorment-ils seulement dans ma cave mentale ? Je l'ignore jusqu'au moment où j'essaie de les ranimer.

J'ai tenté de résister à Charlie Gordon, mais il ne voulait pas lâcher prise. Il *exigeait* mon attention. Je me souviens d'un jour d'été ; j'étais assis devant ma machine à écrire et il m'est venu une réflexion inattendue.

En tant que super-génie, Charlie devrait se souvenir dans les moindres détails des scènes et des événements de son enfance. Mais je me demandais comment il percevait le monde de son enfance avant l'expérience. Un monde flou ? Incomplet ? Et ensuite, après sa transformation, est-ce que notre génie pourrait se remémorer ces visions confuses ?

Décrire tout cela serait un vrai défi.

J'avais envie de le raconter, mais je ne voulais pas abandonner le roman sur la contamination radioactive, rebaptisé maintenant *The Touch*.

Je me demandais déjà avec appréhension si l'enfant de Barney et Karen Stark serait un mutant.

Finalement, en désespoir de cause, j'ai écrit un chapitre préliminaire pour *The Touch* et j'ai projeté d'allonger la nouvelle « Des fleurs pour Algernon » afin d'en faire un roman.

Par quoi allais-je commencer ?

Je me suis dit qu'il ne devrait pas être très long de développer « Des fleurs pour Algernon ». J'avais l'idée, la trame, les principaux personnages, le point de vue et la stratégie narrative du journal de Charlie. Comme il suffisait de le laisser gonfler, de rajouter des détails, je devrais commencer par cela. Comme la nouvelle avait reçu le prix Hugo, je pourrais sans doute obtenir une avance d'un éditeur.

J'ai mis *The Touch* de côté. En s'appuyant sur mon projet de développement de la nouvelle, un éditeur m'a proposé un contrat et une avance de 650 dollars. Si le manuscrit n'était pas satisfaisant ou si je ne respectais pas les délais, je devrais restituer la totalité de la somme. Je n'avais encore jamais écrit en fonction d'un délai et je savais qu'il me faudrait du temps libre pour travailler à cette adaptation.

J'avais entendu dire que des auteurs connus, avec une simple maîtrise, pouvaient donner des cours de création littéraire dans certaines facultés. Si je pouvais trouver un emploi dans l'enseignement supérieur, cela m'obligerait à laisser tomber mon poste de titulaire à New York, mais je n'aurais plus que six à neuf heures de cours par semaine.

J'ai envoyé des demandes à une centaine d'universités réparties dans tout le pays pour leur annoncer que je cherchais une place d'enseignant. J'ai reçu une seule réponse positive. La Wayne State University de Detroit m'a proposé un poste de maître de conférences. C'était un contrat de quatre ans – non renouvelable – pour enseigner la littérature et la création littéraire. J'aurais deux classes pendant un trimestre, deux fois trois heures par semaine, plus des conférences.

En réfléchissant à la décision que je devais prendre, je me suis rappelé les paroles de Shakespeare :

Il y a dans les affaires humaines une marée montante,
Si nous la saisissons au bon moment, elle mène à la fortune ;
Si nous la laissons passer, le voyage de la vie tout entier
Reste confiné dans les bas-fonds et les souffrances.

Voici la pleine mer sur laquelle nous flottons ;
Et il nous faut suivre le courant quand il nous sert,
Sous peine de voir sombrer nos projets.
                              Jules César, acte IV, scène 3.

Shakespeare avait raison. Le moment était venu. Je devais prendre le risque. Je me suis persuadé qu'il ne faudrait pas bien longtemps pour étoffer la nouvelle et en faire un véritable roman. Ensuite, je pourrais me remettre à la rédaction de *The Touch*.

J'ai acheté à un collègue professeur une vieille voiture, dans laquelle j'ai entassé la plupart de nos biens. Les encouragements de ma femme et les avances pour les droits du film et du roman nous ont mis sur la route. Ainsi sommes-nous partis : Aurea, la petite Hillary de trois ans et moi.

En passant dans le Lincoln Tunnel, j'ai pensé à M. Ochs, du *New York Times*, et aux conseils qu'il nous avait prodigués, à son fils et à moi. J'ai crié : « Vers l'ouest, Charlie ! *Des fleurs pour Algernon*, sinon rien ! »

Chapitre 16

Nouveau refus

Pendant les deux années suivantes, alors que j'enseignais à Wayne State, « Des fleurs pour Algernon » s'est déployé en roman. Il y avait tant de choses que je désirais explorer dans la vie de Charlie. Malgré tout, j'étais inquiet. Les réactions à l'égard de cette nouvelle avaient été très fortes et je craignais de donner aux gens l'impression de l'avoir simplement bidouillée. Cependant, je n'avais pas le choix. Charlie m'entraînait.

Je faisais maintenant intervenir des personnages que j'avais simplement nommés ou décrits brièvement dans la nouvelle, parce que je n'avais pas eu suffisamment d'espace ou de temps pour les montrer en action.

Je n'étais plus satisfait de la description du travail de Charlie. Je trouvais que la fabrique de boîtes, où j'avais travaillé quand j'étais jeune, n'était pas assez intéressante. Le roman avait besoin d'un endroit où les situations et les odeurs seraient plus marquantes. Ce devait être un endroit que je connaissais bien.

En fouillant parmi de vieux papiers, j'ai retrouvé la description de la boulangerie que j'avais écrite bien longtemps auparavant, et j'ai changé le boulot de Charlie.

Dans la version romancée, j'ai tiré de cette note certaines images de la boulangerie – pas toutes – en laissant de côté la préparation des bagels. À cette époque, au début des années 1960, les bagels n'étaient pas aussi courants que maintenant. De toute façon, un auteur n'utilise jamais toutes ses munitions. Seulement celles qui sont nécessaires à l'histoire.

En plus des images de ma mémoire, des personnages prirent vie, comme le vrai Gimpy, avec son pied bot, et la farine accrochée aux coutures de ses chaussures, à ses mains et à ses cheveux.

Mais donner de vrais souvenirs à des personnages pour les rendre vivants n'est pas sans conséquence. Comme les émotions facilitent le transfert des scènes et des images – ainsi que ses sentiments associés – vers la mémoire à long terme, j'ai découvert qu'en transférant ces instants vers mes personnages fictifs je perdais souvent les émotions qui leur étaient liées. Comme le médaillon en forme de cœur et le véritable événement qui est dissimulé derrière. Quiconque n'a lu que la nouvelle peut demander : « Quel médaillon en forme de cœur ? » Il est dans le roman, mais pas dans la nouvelle.

Dans la version courte, je m'étais surtout préoccupé de la croissance intellectuelle de Charlie. Maintenant, en sondant plus profondément son esprit et son passé, j'avais besoin de comprendre les expériences qui avaient forgé sa croissance émotionnelle.

Dans le roman, Charlie se souvient de ce qui est arrivé à la P.S. 13, et pourquoi ils ont dû l'envoyer dans une autre école. Il a trouvé un médaillon en or dans la rue. Comme il n'y a pas de chaînette, il y a attaché une ficelle et il aime le faire tournoyer. Le jour de la Saint-Valentin, les autres garçons parlent des cartes qu'ils vont acheter pour une fille qui a la cote et qui s'appelle Harriet. Puisque Charlie n'a pas d'argent, il décide de lui offrir le médaillon en forme de cœur.

Il prend du papier de soie et un ruban dans le tiroir à couture de sa mère et demande à son ami Hymie d'écrire sur une carte : « Chère Harriet, je pense que tu es la plus jolie fille du monde. Je t'apprécie beaucoup et je t'aime. J'aimerais que tu sois ma valentine. Ton ami, Charlie Gordon. »

Cependant, sans que Charlie le sache, Hymie écrit autre chose – un message « cochon » – et dit : « Mon gars, ça va l'épater. Attends un peu qu'elle voie ça. »

Charlie suit Harriet de l'école jusque chez elle, et quand elle entre il accroche le médaillon et la note à la poignée extérieure de la porte, puis il appuie sur la sonnette et s'enfuit. Il est heureux car il pense qu'elle portera le médaillon à l'école le lendemain et qu'elle dira à tous les garçons que c'est Charlie qui le lui a offert.

Mais le lendemain elle ne porte pas le médaillon, et ses deux grands frères vont trouver Charlie dans la cour de l'école.

« Tu ne t'approches plus de ma petite sœur, espèce de dégénéré. D'ailleurs, tu n'as rien à faire dans cette école. »

Oscar pousse Charlie vers Gus, qui le saisit à la gorge. Charlie est effrayé et tente de crier. Oscar lui donne un coup de poing sur le nez, puis Gus le fait tomber, lui lance un coup de pied, et les deux frères se mettent à le frapper. Ses vêtements sont déchirés, son nez saigne et une de ses dents est cassée. Après le départ de Gus et d'Oscar, il s'assoit sur le trottoir et se met à pleurer. Il goûte à son propre sang…

Cette scène et l'émotion sous-jacente viennent de ma propre enfance. Un jour, alors que je rentrais à la maison après avoir rendu visite à ma tante, j'ai été entouré par une bande de garçons beaucoup plus âgés et plus grands que moi. Ils voulaient savoir ce que je faisais dans leur quartier. Mais avant même de pouvoir répondre, j'ai été frappé et poussé de l'un à l'autre, avant de recevoir des coups de poing et de pied. J'étais en sang. Au fil des années, ce souvenir remontait souvent, accompagné par des sentiments de peur et de haine.

J'ai associé ce souvenir à un autre et je l'ai donné à Charlie.

Avant cela – je devais avoir huit ou neuf ans – il y avait une fille pour laquelle tous les garçons avaient le béguin. Elle était jolie et nous aguichait tout en jouant la sainte-nitouche.

J'avais trouvé un petit médaillon en forme de cœur, que j'avais laissé sur le bouton de sa porte le jour de la Saint-Valentin. Je n'ai pas été rossé par ses grands frères – elle n'en avait pas – mais le lendemain j'ai été convoqué avec ma mère dans le bureau du directeur, où il m'a réprimandé.

J'ai mêlé les souvenirs de la raclée et du médaillon, ajouté celui d'un garçon qui se tenait devant le magasin de ses parents et s'amusait tout le temps à faire tourner une ficelle garnie de boutons et de perles.

Ces éléments, et probablement quelques autres, comme mon changement d'école, je les ai donnés à Charlie pour le rendre vivant.

Et puis, quelque chose d'étrange s'est produit.

Pendant que j'écrivais cette scène, les émotions liées à mes souvenirs ont commencé à se dissiper. Je ne ressentais plus la peur, ni la douleur, ni la gêne que j'avais éprouvées à l'époque. Depuis qu'ils ont été écrits, ces souvenirs et ces émotions appartiennent à Charlie. Ce ne sont plus les miens.

F. Scott Fitzgerald fait allusion à quelque chose de comparable dans un article où il se dévoile et qui s'intitule, je crois, « Handle With Care ». Il décrit l'auteur tenant un fusil déchargé, suggérant que – en ayant donné des parties de lui-même – il est enfin vide. Il dit avoir épuisé son compte en banque émotionnel. Le coût de la création de personnages vivants, à partir de lui, a fini par l'assécher.

En raison de mes propres expériences, j'ai souvent été perturbé par cette idée. Mais je me rassure en songeant que, tant qu'un écrivain travaille et demeure ouvert à de nouvelles expériences affectives, il recharge son compte de souvenirs.

Par exemple, ma visite à l'endroit que j'ai présenté dans la fiction comme « l'Asile-École Warren ».

À un moment donné, pendant la révision du texte, je me suis rendu compte que le roman avait besoin de quelque chose que je n'avais pas traité dans la version courte : Charlie le génie devrait certainement se préoccuper de son avenir autant que de son passé.

Vers la fin du compte rendu 15, il dit à Nemur :

> « *Autant tout savoir [...] pendant que je suis encore capable de dire mon mot à ce sujet. Qu'avez-vous prévu pour moi ?* »
> [*Nemur*] *haussa les épaules.*
> « *La Fondation a fait le nécessaire pour te renvoyer à l'Asile-École Warren.* » (p. 180)

Charlie est troublé par cette idée et décide de visiter l'endroit. Quand Nemur lui demande pourquoi, Charlie répond : « *Parce que je veux voir. Il faut que je sache ce qui va m'arriver pendant que j'ai encore suffisamment d'influence pour pouvoir faire quelque chose...* »

Je n'avais pas songé à cela avant que Charlie ne prononce ces mots sur le papier. Ce n'était pas dans mon plan de rédaction initial. Mais maintenant que mon personnage voulait savoir ce qu'il allait advenir de lui, je devais le savoir également.

Comme je n'avais jamais vu d'asile pour ce qu'on appelle maintenant des *handicapés mentaux* ou des *personnes ayant un retard mental*, et que je n'y connaissais rien, j'ai écrit à plusieurs institutions pour leur demander la permission de les visiter, en leur précisant ma formation et en expliquant mes intentions.

J'ai été invité. J'y ai passé la journée. Et j'ai écrit la scène.

14 juillet. C'était un mauvais jour pour aller à Warren, gris et bruineux, et cela explique peut-être la dépression qui m'étreint quand j'y pense. (p. 182)

À partir de cette ligne de prélude, l'épisode de sept pages du compte rendu 16, pendant lequel Charlie se trouve à Warren, est un exposé de mes propres émotions au cours de cette visite.

Les gens que Charlie rencontre, ce qu'il voit, c'est ce que j'ai découvert ce jour-là. Il croise Winslow, le jeune psychologue en chef au visage marqué par la fatigue mais qui exprime de la force de caractère au-delà de son expression juvénile ; la sympathique infirmière ayant une tache de naissance lie-de-vin sur le côté gauche du visage ; le professeur de menuiserie bègue devant la classe de sourds-muets qu'il appelle ses « élèves silencieux » ; la principale, une dame maternelle.

Mais j'ai surtout été ému en voyant un des plus grands garçons en bercer un autre dans ses bras, plus vieux et plus handicapé que lui.

En pensant avec l'esprit de Charlie, quand il essaie d'imaginer comment ce sera lorsqu'il marchera dans ces couloirs en tant que patient, je lui ai donné mes propres réponses affectives.

Je me vis au milieu d'une rangée d'hommes et d'adolescents attendant d'entrer dans une salle de classe. Peut-être serais-je l'un de ceux qui poussaient un autre garçon dans un fauteuil roulant, ou qui en guidaient un par la main, ou qui en tenaient un plus petit dans leurs bras. (p. 186)

Winslow, le psychologue en chef, dit qu'il n'a pas engagé un psychiatre parce que :

« ... avec le salaire qu'il aurait fallu lui payer, je peux engager deux psychologues – des gens qui ne craignent

pas de faire don d'une partie d'eux-mêmes à ces pauvres gens.

— Que voulez-vous dire par "une partie d'eux-mêmes" ? »

Il me considéra un instant, puis dans sa lassitude passa de la colère :

« Il y a un tas de gens qui veulent bien donner de l'argent ou des choses, mais très peu qui donneraient du temps ou de l'affection. C'est cela que je veux dire. »

Sa voix devint âpre et il me désigna un biberon vide sur un rayon de la bibliothèque, de l'autre côté de la pièce [...]

« Combien de personnes connaissez-vous qui seraient disposées à prendre un homme adulte dans leurs bras et à lui donner le biberon ? Et à risquer que le pauvre urine ou fasse ses besoins sur elles ? » [...]

Dans l'auto, en quittant l'asile Warren, je ne savais que penser. Une sensation de grisaille glacée m'enserrait... Bientôt, je reviendrais peut-être à Warren, pour y passer le reste de mes jours avec les autres... à attendre. (p. 188-189)

Voilà ce que je veux dire par « recharger le compte de souvenirs » d'un écrivain. J'ai visité l'endroit, rencontré les gens, éprouvé des émotions que j'ai ensuite partagées. Maintenant, c'est la voix de Charlie, ce sont ses pensées. Même si je les ai eues le premier, ce ne sont plus les miennes.

Le développement du roman n'a pas été aussi rapide que je l'espérais. Il m'a fallu un an avant d'être prêt à l'envoyer à l'éditeur. Pourtant, j'ai respecté les délais, et j'étais satisfait de mon travail.

Mais pas l'éditeur.

Je tairai son nom et dirai simplement qu'il n'est plus éditeur. Il est devenu un célèbre agent littéraire.

Il m'a renvoyé le manuscrit en disant qu'il n'était *pas acceptable dans sa forme actuelle.* Il trouvait que le récit souffrait d'avoir été étiré en roman. Selon lui, la nouvelle était remarquable, et le roman conservait une bonne part de la qualité initiale. Cependant, précisait-il, aucun élément nouveau n'avait été ajouté pour lui donner une plus ample dimension.

Il avait d'autres critiques à formuler. Il trouvait que les parties concernant la sœur de Charlie, et certains des autres rêves, étaient « dérangeants et beaucoup trop durs pour ce genre de livres ». Il se plaignait du manque de confrontation entre Charlie et les professeurs. Il insistait sur le fait que le lecteur attendrait un véritable duel entre eux et serait déçu de ne pas le trouver. De plus, ajoutait-il, il faut davantage d'action dramatique dans le présent – une nouvelle trame. Il proposait que Charlie et Burt le testeur soient tous les deux amoureux d'Alice Kinnian.

Tout ce qu'il me demandait, c'était de le réécrire complètement, de le transformer en une classique histoire de triangle amoureux sur fond de duel entre un héros et un méchant.

Et dans sa remarque la plus tranchante (jeu de mots intentionnel), il pensait que le manuscrit devait subir d'importantes coupures. *Déjà vu.*

Heureusement, ma résolution de protéger ma création avait été renforcée par mon expérience avec H.L. Gold et ses suggestions pour faire une *excellente nouvelle*, en laissant Charlie conserver son intelligence, épouser Alice et vivre heureux jusqu'à la fin des temps.

Inutile de tenter de décrire mon désespoir. Durant la semaine j'ai donné mes cours de création littéraire dans une sorte de brouillard. Je voulais que mon roman soit publié, mais je n'avais pas l'intention de procéder à ces changements. J'ai ramassé mes émotions étalées par terre, essuyé le sang de ma psyché, et je me suis remis au travail.

Je ferais des corrections, mais uniquement si je pensais que Charlie et l'histoire elle-même l'exigeaient.

Chapitre 17

De l'amour et de sa conclusion

Dans l'écriture, jusqu'à présent, la forme de l'histoire avait constitué une simple courbe représentant l'intelligence de Charlie, sa croissance jusqu'à un pic et sa chute quand il régresse.

Le roman avait peut-être besoin d'une seconde courbe, une courbe affective. Et, bien entendu, elle serait décalée par rapport à sa courbe d'intelligence, ce qui provoquerait une autre sorte de conflit entre Alice et lui. Mais ce ne serait pas un triangle amoureux !

Cela devait commencer par des aspirations d'adolescent romantique, et je n'avais pas besoin de creuser trop profondément dans mes souvenirs de jeunesse pour donner à Charlie ces moments de gêne et de timidité. Comme leurs racines se trouvaient dans ma mémoire, j'ai pensé qu'ils pourraient trouver un écho chez la plupart des jeunes gens qui découvrent l'amour.

Quand Charlie emmène Alice à un concert, il n'est pas sûr de lui :

> *Je n'avais aucun moyen de savoir ce qu'elle attendait de moi. J'étais loin des méthodes claires de solution d'un problème et de l'acquisition systématique des connaissances. Je me répétais que mes mains moites, mon estomac serré, le désir de la prendre dans mes bras n'étaient que de simples réactions biochimiques... Devais-je la*

prendre dans mes bras ou non ? Attendait-elle que je le
fasse ? Serait-elle fâchée ? Je me rendis compte que je me
comportais comme un adolescent et cela me mit en
colère. (p. 84-85)

Après le moment où Alice refuse les tripotages maladroits
de Charlie, qui veut lui montrer son affection, j'ai créé une
nouvelle scène pour révéler leur relation affective.

« Mais tu changes aussi sur le plan affectif. D'une façon
un peu particulière, je suis la première femme dont tu aies
réellement pris conscience de… de cette manière. Jusqu'à
présent, j'étais ton institutrice, quelqu'un vers qui te tour-
ner pour avoir des conseils ou une aide. Tu étais presque
obligé de te croire amoureux de moi. Vois d'autres
femmes. Donne-toi davantage de temps.
— Vous voulez dire que tous les petits garçons tombent
amoureux de leurs institutrices et que sur le plan affectif,
je suis toujours un petit garçon ?
— Tu déformes ma pensée. Non, je ne pense pas à toi
comme à un petit garçon.
— Retardé sur le plan affectif, alors.
— Non.
— Alors quoi ?
— Charlie, ne me brusque pas. Je ne sais pas. Tu es déjà
au-delà de moi intellectuellement. Dans quelques mois ou
dans quelques semaines, tu seras une autre personne.
Lorsque tu seras mûr intellectuellement, peut-être ne pour-
rons-nous plus communiquer. Il faut que je pense à moi
aussi, Charlie. Attendons de voir. Sois patient. » (p. 79)

Je vois maintenant qu'en me replongeant dans le travail je transformais mon désespoir d'avoir été repoussé
par mon éditeur en un désarroi affectif de Charlie, qu'il
éprouve lorsque Alice rejette ses marques d'affection
juvéniles et maladroites.

Après cela, je me suis senti mieux vis-à-vis du roman.
Au lieu d'y inclure un triangle amoureux préfabriqué,
je le laissai se développer dans le récit.

Pour les émotions, je me suis appuyé sur la période où je faisais la cour à Aurea, et sur notre mariage. En février 1964, pendant que je travaillais à cette nouvelle dimension du roman, Aurea a donné naissance à notre seconde fille, Leslie Joan.

Entre-temps, Cliff Robertson, qui s'efforçait de mettre en route la version cinématographique, a insisté pour voir le manuscrit du roman. Je lui ai répondu que ce n'était pas encore prêt. De temps en temps, quand il se rendait en avion de New York – où il avait un appartement – à Hollywood, il me téléphonait pour me retrouver à l'aéroport de Detroit. Dans ces cas-là, nous déjeunions ou dînions ensemble.

Au cours d'une de ces rencontres, nous avons discuté de son interprétation dans la dramatique, *The Two Worlds of Charlie Gordon*. Je lui ai parlé de la tentative de H.L. Gold pour me faire modifier la conclusion de l'histoire afin de la publier dans *Galaxy*, et je lui ai dit combien j'étais content d'avoir résisté. Puis j'ai ajouté : « Mais j'ai vu beaucoup de dramatiques de l'*U.S. Steel Hour*, et je ne me souviens pas d'avoir jamais vu une fin pessimiste avant celle-ci. Comment avez-vous pu garder dans la version télévisée un dénouement aussi proche de celui de la nouvelle ? »

Voici ce qu'il m'a répondu :

Son scénariste et lui avaient voulu conserver l'esprit de la nouvelle, mais les producteurs de la Theater Guild et les sponsors de l'*U.S. Steel Hour* avaient affirmé qu'un fin triste ne convenait pas au moule de leurs productions d'une heure.

Après bien des querelles, a dit Robertson, ils sont arrivés à un compromis. Quand il s'agenouillait devant la tombe d'Algernon dans le jardin, il devait prendre le livre à la couverture bleue – je me souviens que c'était un exemplaire du *Paradis perdu* de Milton – qu'il n'était plus capable de lire. Il devait le feuilleter, manifester de la surprise, puis de l'excitation, et remuer les lèvres en se remettant à lire en silence. Un retournement de dernière minute pour donner à penser que son intelligence lui revenait.

« Cliff, lui ai-je dit, j'ai regardé la dramatique, mais je n'ai pas vu cette scène.

— L'*U.S. Steel Hour* est de la *télévision en direct*, Dan. Charlie ne pouvait pas me laisser faire ça. »

Il savait qu'on lui avait demandé de modifier la fin, de suggérer une fin optimiste. Néanmoins, selon lui, il était tellement pris par le personnage qu'il est simplement resté assis là, pétrifié, jusqu'au moment où la lampe s'est allumée pour indiquer la fin du tournage. « Ils étaient tous furieux ! m'a-t-il dit. Tu n'imagines pas de quoi ils m'ont traité. Ils hurlaient "Tu es viré !" "Tu ne joueras jamais plus pour la télé !" »

Mais il a ajouté que les critiques élogieuses du lendemain et la nomination à l'Emmy Award avaient tout changé. C'est ce qui l'avait poussé à acheter les droits cinématographiques pour lui-même. Maintenant, il venait d'embaucher un jeune écrivain pour faire le scénario. Il m'a demandé si je désirais le lire.

J'ai répondu que oui, content de son histoire à propos de la fin du téléfilm.

Il s'est alors adossé à son fauteuil, l'air songeur. « Bien entendu, Dan, tu te rends compte qu'on ne peut pas se permettre une fin pessimiste dans un long-métrage. Le public ne pourrait pas le supporter. »

Oh, oh…, ai-je pensé. Nous y revoilà.

Robertson s'est penché au-dessus de la table. « Et si Algernon ne mourait pas ? À la fin du film, il est étendu dans un coin du labyrinthe, nous *croyons* qu'il est mort… »

Je suis resté complètement figé. Il a continué :

« Et puis, quand la caméra se rapproche et se dirige vers Algernon, il soulève son museau, agite ses moustaches et file dans le labyrinthe. Une fin *juste un peu* optimiste…

— Cliff, je préfère ne pas en entendre davantage, ai-je répondu en posant ma serviette de table. Je travaille encore sur le roman. C'est ton film. Je n'ai aucun contrôle sur la fin que tu tourneras, mais laisse-moi en dehors de tout cela. »

Quatre mois plus tard, le 5 juin 1964, l'éditeur m'a écrit qu'il n'était plus intéressé par la publication de la seconde version parce que je n'avais pas résolu les problèmes qu'il avait soulevés. Il me conseillait d'essayer de vendre le roman à un éditeur de livres de poche. Si j'y parvenais, je devrais alors rembourser l'avance. Il ajoutait : « Si cela ne marche pas, nous pourrons proposer à M. Keyes un arrangement relativement bienveillant pour le remboursement des 650 dollars. »

Une fois passé le premier choc, j'ai pensé : voilà, c'est terminé… ! du moins pour cet éditeur et ce directeur de collection. J'étais opposé à l'idée d'une publication directe en livre de poche. J'avais mis trop de ma personne dans ce roman. Je voulais que mon premier roman puisse recevoir le respect et l'attention que les critiques accordent à une édition reliée.

Même si j'étais toujours d'accord pour discuter de certaines idées ou d'éventuels changements avec un éditeur qui apprécierait l'histoire telle qu'elle était, j'ai conclu qu'il valait mieux ne plus y penser pour le moment et me consacrer au prochain livre.

Le même jour, j'ai reçu un télégramme de Cliff Robertson, qui me demandait de lui expédier une copie du roman à Alicante, en Espagne, et d'en envoyer une autre à W. Goldman, à New York.

Je lui ai répondu le 8 juin 1964 :

Cher Cliff,

J'ai bien reçu ton télégramme, mais je suis désolé de te dire que le roman n'est pas encore terminé. Je comprends

ton impatience, mais sachant ce que tu éprouves pour Char-
lie, je suis certain que tu ne voudrais pas me pousser à
t'envoyer un texte inachevé. Le roman a beaucoup changé
depuis la dernière fois où nous nous sommes parlé. Si je
te l'avais donné à ce moment-là, tu verrais qu'il est ridi-
culement différent aujourd'hui... et pas aussi bon.
Je dois te dire que je ne pensais pas avoir autant de mal
à développer ce truc. Je suis content de la tournure que
ça prend, mais je ne pourrai le considérer comme terminé
qu'au moment où l'éditeur qui voudra le publier ne me
demandera plus de modifications, de développement ou
de coupe sombre.
Dès que nous serons d'accord pour dire que le roman est
fini, je t'en enverrai une copie. Je crois que tu seras
content du résultat.

Les gens me demandent souvent si j'ai eu une quelconque influence sur le scénario. Je leur réponds alors :
« Une seule fois. »

Robertson et moi avons continué de nous retrouver
à Detroit jusqu'au moment où il allait commencer le
tournage du film. Au cours de ce dernier voyage, il
m'avait apporté le scénario qu'il voulait me faire lire.
Cela s'intitulait *Ce bon vieux Charley Gordon.*

La page de couverture avait été arrachée, et je ne
pouvais pas savoir qui l'avait écrit.

FONDU : suivi par une caméra mobile qui dévoile une
salle d'opération, où se trouve un chirurgien entouré de
médecins, d'infirmières, etc. Une infirmière tamponne le
front en sueur du chirurgien. Le cliché classique d'une
scène d'opération. Mais quelques secondes avant le géné-
rique, la caméra fait un panoramique.
ET NOUS DÉCOUVRONS : le patient est une souris
blanche.

J'ai pensé « Pas mal », et j'ai tourné la page.

Le scénario paraissait solide, bien écrit, habile. Mais
je me demandais quand même pourquoi le scénariste

avait changé *Alice* Kinnian par *Diane* Kinnian, ou pourquoi *Charlie* était devenu *Charley*, ou encore pourquoi on voyait aussi longtemps M.C. Donnegan, le patron de la fabrique de boîtes, en train de chercher des bonbons au citron. Des détails.

Ce qui m'ennuyait, c'était que l'opération de Charlie n'avait lieu qu'*au milieu* de ce scénario de cent trente-trois pages. *Au milieu du film !* Et le scénariste était resté proche de la nouvelle – trop proche, me suis-je dit. Il n'avait pas trouvé d'équivalents dramatiques aux événements psychiques du récit. Il avait modifié la structure de la courbe – l'ascension et la chute – en faisant régresser Charlie, avant de lui faire subir une seconde opération. Cela faisait naître un second espoir, mais l'opération échouait. En fait, la courbe avait la forme des bosses d'un chameau.

Puis je me suis rappelé ce que Robertson avait dit en m'annonçant qu'il ne souhaitait pas une fin pessimiste dans son long-métrage : « Et si Algernon semblait seulement mort ? Ensuite la caméra s'avance, il lève la tête, agite ses moustaches et se met à courir dans le labyrinthe. »

Quand je suis arrivé aux trois dernières pages, je les ai lues avec une grande appréhension.

Et voilà !

Charlie tient dans sa main Algernon, *qui est bien vivant*, mais « vraiment très vieux et très fatigué ». Charlie lève la main pour porter Algernon jusqu'à sa joue. Un sourire sur le visage de Charlie. Des larmes dans ses yeux. Et la scène disparaît en fondu avec l'*Air de Charlie* en musique de fond…

Un grand bravo pour Hollywood !

J'ai dit à Robertson que le scénario ne me concernait pas. Il n'a pas répondu et l'a repris.

De nombreuses années après cela, au cours d'une période où j'entretenais l'illusion d'écrire des scénarios en même temps que des romans, j'ai acheté un livre qui venait de sortir : *Adventures in the Screen Trade*, par un auteur dont j'admirais l'œuvre depuis longtemps.

William Goldman avait non seulement écrit douze romans, dont *Boys and Girls Together*, *Princess Bride* et *Marathon Man*, il avait également écrit onze scénarios, parmi lesquels *Masquerade*, *Détective privé*, *Butch Cassidy et le Kid*, *Les hommes du président*, *Marathon Man* et *Un pont trop loin*.

Quand j'ai ouvert *Adventures in the Screen Trade* et que j'ai regardé le sommaire, j'ai vu *Charly and Masquerade*.

Que diable… ?

Le chapitre commence par expliquer que Cliff Robertson l'a introduit dans le milieu du cinéma à la fin de 1963.

Goldman précise qu'à l'époque il n'avait écrit que trois romans et qu'il était complètement bloqué dans le quatrième quand il a rencontré Robertson. Il explique comment Robertson lui a parlé d'un récit sur lequel il avait pris une option. Il voulait savoir si Goldman avait lu « Des fleurs pour Algernon ». S'il aimait la nouvelle, accepterait-il de se charger du scénario ?

Goldman avait dit oui, bien qu'il n'ait encore jamais écrit de scénario, et il avait lu la nouvelle dès que Robertson était parti. Il disait que c'était « une œuvre superbe ».

Ainsi, se rendant compte qu'il ne savait même pas à quoi pouvait ressembler un scénario, Goldman s'était précipité dans une des librairies ouvertes la nuit sur Times Square, à deux heures du matin, pour trouver un livre dont le titre comporterait les mots *écriture de scénarios*.

Goldman relate sa rencontre avec Robertson à Alicante, en Espagne, et explique comment il est rentré à New York pour travailler sur son premier scénario. Après l'avoir envoyé à Robertson, il a été aussitôt écarté du projet, repris ensuite par Stirling Silliphant.

Goldman montre à quel point cette décision a été choquante et pénible pour lui. Il n'avait encore jamais été viré ! Robertson ne lui avait même pas dit ce qui n'allait pas dans ce tout premier scénario qu'il venait d'écrire. Cependant, Goldman ajoute : « Si je devais faire une supposition, je dirais que c'est sûrement parce qu'il était épouvantable. »

Je me suis alors souvenu du télégramme que Robertson m'avait envoyé d'Alicante, en me demandant d'envoyer le roman à un certain W. Goldman, à New York. J'ai repensé à la fin du scénario, lorsque Charlie porte Algernon à sa joue et sourit, les larmes aux yeux, avant qu'ils s'éloignent ensemble – cette fin optimiste complètement éculée !

J'ai compris à ce moment-là que c'était, au moins en partie, à cause de moi que William Goldman avait perdu son premier emploi dans le cinéma – William Goldman, un des plus grands scénaristes de Holywood...

Désolé, Bill.

Chapitre 18

Où nous trouvons un foyer

Encore sonné par le deuxième refus de l'éditeur, j'ai laissé de côté le manuscrit de mon roman jusqu'à ce qu'un collègue, auquel je m'étais confié, me demande de le lire. Quelques jours plus tard, il m'a dit que, selon lui, l'éditeur avait tort. « Le livre est fort, a-t-il dit, mais il manque quelque chose. »

J'ai fait la grimace en entendant ce commentaire à double tranchant. Je suis peut-être resté bouche bée. Ou bien ai-je cligné bêtement des yeux. Je ne savais pas quoi répondre. Je me suis levé de mon fauteuil en grommelant quelque chose comme : « Eh bien, je ne vois pas ce qui peut manquer, et c'est trop tard pour l'ajouter maintenant. »

De retour à mon bureau, j'ai ruminé cette réflexion. Mon collègue ne m'avait pas conseillé de faire des modifications pour coller aux besoins du marché, ou à l'idée que les éditeurs se font des lecteurs, ni d'écrire une fin qui plaise à la majorité du public. Cette nuit-là, en allant me coucher, j'ai repensé à ce qu'il avait dit. « Il manque quelque chose. » Il laissait entendre que le roman demandait *davantage que ce qu'il était – quelque chose dont le récit avait besoin. Aurais-je oublié une autre faille ? Mais laquelle ?*

Le lendemain matin, je me suis réveillé avec une expression en tête : *la courbe spirituelle de Charlie…*

Et mon esprit a demandé : *Où est la courbe spirituelle ?*

Soudain, tout était clair. L'histoire originale avait suivi la courbe psychologique – l'intelligence, ou le Q.I. Ensuite avec l'histoire d'amour, j'avais développé sa courbe affective – appelé parfois Q.E., ou Quotient Émotionnel. Ce qui manquait, ce dont Charlie avait encore besoin, c'était la troisième courbe, grimpant vers les hauteurs spirituelles de son esprit. Dans le futur, peut-être l'appellera-t-on le Q.S. – le Quotient Spirituel ?

Il me fallait avancer sur le troisième et mystérieux chemin de l'esprit de Charlie.

C'est ainsi que je me suis remis au travail, tout en me disant que je devais être fou de procéder à autant de révisions et de réécritures. Puis je me suis remémoré un passage des Mémoires de Sherwood Anderson que j'avais souvent cité aux étudiants qui râlaient de devoir retravailler leurs textes : « *Qu'elle soit longue ou courte, j'ai bien rarement achevé une histoire sans avoir à la réécrire plusieurs fois. Certaines de mes nouvelles m'ont pris une dizaine ou une douzaine d'années.* »

Et il en a été de même avec *Des fleurs pour Algernon*. Pendant l'été 1964, alors que mes collègues partaient en Europe, je suis resté à Detroit pour explorer la courbe spirituelle de Charlie. Je sentais qu'elle devait se placer après qu'il a découvert ce qui lui arrive, quand il sait qu'il va tout perdre.

Et j'ai écrit ceci :

4 octobre. *La plus étrange séance de psychothérapie que j'aie jamais eue. Strauss en a été bouleversé. Il ne s'était pas attendu à cela, lui non plus.*

Ce qui est arrivé – je n'ose pas appeler cela un souvenir – fut un phénomène psychique ou une hallucination. Je n'essaierai pas de l'expliquer ni de l'interpréter, mais je décrirai simplement ce qui s'est passé... (p. 227)

Je me suis appuyé sur mes propres séances de psychanalyse pour cette scène ; toutefois, les images et les pensées ne sont pas les miennes. Elles viennent de Charlie, qui s'est animé pour moi. À mon avis, c'est bien lui qui a vécu l'expérience spirituelle de cette scène.

> « Et pourtant je vois une lueur blanc-bleu sortir des murs et du plafond, se rassembler en une boule chatoyante. Maintenant, elle est suspendue dans l'air. Une lumière [...] qui pénètre de force dans mes yeux [...] et dans mon cerveau [...] Tout dans la pièce resplendit [...] J'ai la sensation de flotter [...] ou plutôt de me dilater dans tous les sens [...] et pourtant, sans avoir à regarder, je sais que mon corps est toujours étendu sur le divan. Est-ce là une hallucination ?
> — Charlie, cela va bien ?
> — Ou est-ce ce qu'ont décrit les mystiques ? »
> [...] Il faut que je fasse comme s'il n'y était pas. Rester passif et laisser cela [...] quoi que ce soit [...] m'emplir de lumière et m'absorber en elle. (p. 229)

Charlie sent qu'il se fond dans le cosmos.

> J'explose en me précipitant dans le soleil. Je suis un univers en expansion qui remonte vers la surface d'un océan silencieux [...] Puis alors que je sens que je vais crever la croûte de l'existence comme un poisson volant qui jaillit de la mer, je suis attiré vers le bas.
> [...]
> J'attends, je reste passif, ouvert à tout ce que peut signifier cette expérience. Charlie ne veut pas que je crève le plafond de l'esprit. Charlie ne veut pas connaître ce qu'il y a au-delà. A-t-il peur de trouver Dieu ?
> Ou de ne rien trouver ? (p. 229-230)

Quand il fait marche arrière et redescend, en se recroquevillant sur lui-même, Charlie voit le Mandala –

une fleur aux multiples pétales – un lotus tournoyant qui
flotte près du seuil de l'inconscient.

Après la séance, Strauss déclare :

> *« Je crois que ce sera tout pour aujourd'hui. [...]*
> *— Pas seulement pour aujourd'hui. Je ne crois pas qu'il*
> *me faille d'autres séances. Je ne veux pas en voir davan-*
> *tage. » (p. 231)*

Lorsqu'il s'en va, Charlie pense :

> *Et maintenant les paroles de Platon me narguent dans*
> *les ombres sur la corniche au-delà des flammes :*
> *« ... les hommes de la caverne disaient de lui qu'il est*
> *monté et qu'il est redescendu sans ses yeux... » (p. 231)*

Je n'avais pas prévu cette scène. Je l'ai seulement laissée venir et – en donnant à mon personnage une partie de moi, y compris ma brusque interruption de l'analyse – elle s'est développée bien au-delà d'une courbe spirituelle. Elle est devenue l'expérience cosmique de Charlie.

Deux autres grands éditeurs ont refusé le roman révisé, l'un d'eux le dernier jour de 1964 : « ... une idée de roman stimulante, mais plutôt difficile, que selon moi l'auteur n'a pas complètement réussi à mener à terme. Sa définition est nettement celle d'un tour de force – un personnage principal, un destin inéluctable – et exige en effet une exécution magistrale... Je suis désolé ne pas avoir une opinion plus favorable. »

Et voici une lettre de refus de mars 1965 : « Toutes nos excuses ; la seule raison pour avoir retenu aussi longtemps le roman *Des fleurs pour Algernon* de Daniel Keyes [...] est qu'il m'a également frappé, et j'ai dû y repenser pendant un moment [...] Je dirais que nous avons failli le prendre, et je ne suis pas complètement certain d'avoir raison de le refuser, et je serais très heureux de voir d'autres textes de M. Keyes, s'il n'est pas engagé auprès d'autres éditeurs. »

C'était bon à savoir, mais mon cœur devenait plus lourd à chaque nouveau refus qui effritait mon ego, ma détermination, mon espoir.

Mon contrat de quatre ans comme maître de conférences à la Wayne State University s'achèverait au printemps suivant. Si je n'avais pas publié un livre à ce moment-là, je devrais suivre un programme de doctorat pour pouvoir continuer à professer dans une faculté.

Pour l'enseignement de la création littéraire dans l'éducation supérieure, la publication d'un livre était en général considérée comme l'équivalent d'une thèse de doctorat. En fait, ma devise était devenue *Publier ou périr*.

Face à tous ces refus, je me demandais si je pourrais continuer à écrire. Les trois années passées à développer la nouvelle pour en faire un roman semblaient n'aboutir à rien. Maintenant, je commençais même à douter qu'il soit publié un jour. Même si je n'avais pas écrit « pour le tiroir », comme la poétesse Emily Dickinson, j'avais l'impression que mes « fleurs » s'y faneraient. Plus personne ne lirait jamais ce roman.

« D'accord, me suis-je dit. Allons. C'est fini. »

Et puis, alors que je marchais dans State Street pour regagner mon bureau à la faculté, quelque chose d'inattendu s'est produit. J'avais peu dormi, je me sentais déprimé, et en approchant du bâtiment j'ai soudain senti une sueur glacée et le sang s'est vidé de ma tête. Je me suis appuyé contre un réverbère. Voilà donc à quoi ressemblait une crise cardiaque ou une attaque. C'était la fin. Voilà comment tout s'achevait… Ma fin… La fin de mon livre…

Une dernière pensée m'a traversé l'esprit avant que tout devienne noir. J'ai honte d'admettre que je n'ai pas songé à ma femme, à mes enfants, à la fin de mon univers.

450

J'ai dit à haute voix : « *Dieu merci, j'ai terminé le roman !* »

Je suis revenu à moi dans une cafétéria toute proche. Je m'étais simplement évanoui, et un bon Samaritain m'y avait transporté. Toutefois, en me souvenant de ce que je croyais être mes dernières paroles, j'ai clairement compris quelle était la chose la plus importante de mon existence. Ce n'était pas d'être publié ; pas la gloire, ni la fortune, ni la famille, mais de finir le livre que j'avais commencé.

Même si personne d'autre ne le lit jamais, je l'ai fait.

Et j'ai su alors que, peu importe ce qui pourrait m'arriver, j'écrirais des livres, et je les réécrirais aussi longtemps que je vivrais. Je ne me souviens pas de ce que j'ai enseigné en classe, ce jour-là, mais je sais que j'étais en paix. En croyant être proche de la mort, je m'étais rencontré moi-même et j'avais découvert que je pouvais me considérer comme un romancier.

Un mois plus tard, j'ai reçu un message :

> *Dan Wickenden, des éditions Harcourt, a appelé aujourd'hui en disant qu'ils allaient vous faire une offre pour* Des fleurs pour Algernon.

Je n'y croyais pas. Puis j'ai reçu un mot de lui. « Je peux maintenant vous souhaiter officiellement la bienvenue chez Harcourt, Brace & World, Inc., et vous dire à quel point je suis heureux d'être l'éditeur d'un premier roman aussi original, fascinant et émouvant. »

Ce que doivent endurer la plupart des auteurs qui tirent le diable par la queue. De désespoir en jubilation, des profondeurs aux sommets, des larmes aux rires – cela changeait si vite que j'en avais le tournis, et j'ai craint que cette acceptation ne soit qu'un rêve qui se dissiperait dans la lumière du matin.

Mais ce n'était pas un rêve.

Le contrat spécifiait que j'avais jusqu'au 1er septembre 1965 pour effectuer les dernières modifications du manuscrit.

Des modifications ?

Bien sûr. Cela ne me dérangeait pas de réviser le texte, tant que...

Wickenden m'a demandé d'effectuer quelques coupes. Il a écrit : « Les premiers comptes rendus avant l'opération, et ceux qui la suivent immédiatement, sont un peu gênants, en partie à cause de la grammaire, en partie parce que... quand les résultats de l'opération commencent à se faire sentir nettement, ils sont surtout descriptifs... Si les trente-huit pages pouvaient être réduites à vingt-huit pages, ce serait bien mieux. »

Couper dix pages ? Pas de problème sur ce point.

Il m'a proposé un autre changement. « Que diriez-vous de placer le voyage de Charlie à Warren un peu plus tôt dans le livre, avant qu'il soit certain que c'est là qu'il finira ses jours ? Je crois que l'épisode Warren se placerait bien après la page 236, immédiatement après le moment où Charlie demande s'il peut visiter l'endroit. »

En relisant le manuscrit, j'ai été stupéfait.

L'endroit où Dan Wickenden me proposait de déplacer l'épisode *était justement celui où je l'avais écrit à l'origine*. Je l'avais fait glisser pas la suite pour une raison que j'ai maintenant oubliée. Mais j'ai été époustouflé par la perspicacité de ce directeur de collection. J'ai attribué sa sensibilité au fait qu'il avait été lui-même romancier.

Il a ajouté : « N'oubliez pas que toutes mes propositions ne sont que des suggestions, et si la moindre d'entre elles vous semble malvenue, ignorez-la. C'est votre livre, et nous ne voulons pas vous pousser à faire quoi que ce soit qui aille à l'encontre de vos idées. »

Algernon, Charlie et moi, nous avions enfin trouvé un foyer.

Quatrième partie

Le blues de la post-publication

Chapitre 19

« Ne cachez pas la lumière sous le boisseau »

Je pensais avoir trouvé un foyer gratuit. Je croyais que l'acceptation d'un manuscrit par un éditeur constituait la récompense à la sortie du labyrinthe, et que l'écrivain pouvait se prélasser dans sa gloire. Une fois encore, j'avais tort. Un auteur doit affronter bon nombre de voies sans issue. Quelques instants d'allégresse sont anéantis par des mois de désarroi.

Dans mes fichiers, j'ai un reçu pour le remboursement des 650 dollars et l'annulation du contrat avec le premier éditeur. Mais j'ai aussi appris que l'avance de Harcourt ne me serait pas acquise avant que le manuscrit soit accepté par l'éditeur, et accepté légalement. Cela signifiait qu'il devait être validé par des avocats, devant s'assurer qu'il ne contenait pas de propos diffamatoires, vérifier que les lois sur les droits d'auteur étaient respectées, et examiner d'autres petits problèmes légaux. S'ils considéraient le livre impubliable, je devrais rembourser l'avance.

Il y avait beaucoup d'autres choses à faire. Le service marketing avait besoin d'une notice autobiographique, et de noms d'auteurs célèbres qui me connaissaient, afin de leur envoyer des exemplaires de presse avant la diffusion – ils pourraient ainsi lire le livre avant les autres et écrire quelques mots élogieux qui seraient reproduits sur la jaquette ou sur un bandeau. Cette seule idée me gênait. Et elle me gêne encore.

On m'a également demandé des noms de « meneurs d'opinion » ou de célébrités que je connaissais et qui pourraient répandre le bouche-à-oreille, si important – ou comme un critique l'a dit ironiquement, le museau-à-oreille.

Le seul que je connaissais était un collègue du Journalism Department de la Wayne State University, qui faisait des critiques de livres pour le *Detroit News*. Nous avons discuté et il m'a assuré que si mon éditeur lui envoyait un service de presse, il écrirait un papier sur mon roman.

Au moins, c'était un début.

Que s'est-il passé ensuite ? J'ai reçu les épreuves en placards – ma dernière chance de porter des corrections avant les épreuves définitives. Si j'en faisais trop, je devrais les payer de ma poche. Mais je voulais que mon livre soit présenté au monde avec aussi peu de coquilles que possible.

À ce moment-là, j'ai appris qu'un jeu d'épreuves reliées, avec la remarque « Épreuves non corrigées », avait été envoyé à des critiques très importants, ceux du *Virginia Kirkus Bulletin*, du *Library Journal* et du *Publishers Weekly*, qui en avaient besoin environ trois mois avant la date de parution. Ces critiques pouvaient influencer les bibliothèques, les libraires indépendants et les grandes chaînes de distribution. Ils pouvaient également peser sur les critiques des journaux et des magazines, dont les papiers sortaient généralement *après* la date de parution officielle, quand les livres se trouvaient en vente. Les critiques de prépublication étaient donc les premières que les gens liraient et elles donnaient souvent le ton de celles qui suivraient.

Le premier signe que quelque chose n'allait pas est apparu environ deux mois avant la date de parution. Le professeur de l'institut de journalisme m'a arrêté dans le couloir. « Dan, votre éditeur m'a envoyé un jeu d'épreuves reliées de *Des fleurs pour Algernon*. Je ne l'ai pas encore lu, mais je pense que ça ne serait pas correct que j'en fasse une critique, puisque je suis un de vos collègues. Je l'ai passé à mon ami Phil Thomas, qui est dans l'équipe de l'Associated Press. Il écrit des nouvelles et il a accepté de lire votre roman. »

Je l'ai remercié, mais je suis revenu à mon bureau avec le sombre pressentiment que quelque chose clochait. Qu'est-ce qui avait pu lui faire changer d'avis ? Je suis allé à la bibliothèque, dans la section des périodiques, et j'ai demandé le dernier *Virginia Kirkus Bulletin*. La bibliothécaire m'a tendu le numéro daté du 1er janvier 1966. Et voici ce qui était écrit :

> Des fleurs pour Algernon
> *Pour les amoureux de la science-fiction, cette histoire, dans sa forme originale, constituait un véritable tour de force, un classique que l'on pouvait proposer à ceux que l'on voulait convertir à ce genre littéraire. Maintenant, malheureusement, c'est devenu un roman, qui est lui-même adapté en film. L'idée reste remarquable... Mais maintenant, ô combien de psychoses freudiennes parcourent ces pages... Combien de scènes hollywoodiennes bien calibrées nous sont données à voir. Quel abâtardissement de ce qui était si magnifiquement posé...*

J'ai couru vomir aux toilettes. Ensuite, j'ai passé la journée à errer, accablé par la pire dépression que j'aie jamais connue. Je comprenais maintenant pourquoi mon collègue ne voulait pas en faire la critique. Il avait manifestement lu le *Kirkus*. Et la critique du *Kirkus* – la toute première critique du livre – avait confirmé mes premières craintes. Comment avais-je osé toucher à un texte qui était devenu un *classique* ? Six années de travail pour transformer cette nouvelle en roman, et elles débouchaient sur ce qualificatif : abâtardissement !

Je me souviens de chaque instant de ce désarroi, qui ne touchait pas seulement mon cerveau mais aussi mes tripes. Cela me fait encore mal. Mais cela suffit. Passons.

J'ai dû attendre trois semaines pour lire la seconde critique de prépublication. *Publishers Weekly* a écrit : « Des fleurs pour Algernon *est un premier roman formidablement original... »*

Des louanges également dans le *Library Journal* : « *C'est un premier roman captivant, extrêmement original, qui sera lu pendant très longtemps... Nous vous conseillons de l'acheter en deux exemplaires.* »

Le *New York Times* a publié un long papier dans son supplément « Books of the Times », qui paraissait en milieu de semaine ; il était rédigé par Eliot Fremont-Smith, un critique littéraire réputé. Voici le début et la fin de son article :

> *Le message et la souris*
> *Algernon est une souris et les fleurs sont pour sa tombe, ce qui explique le titre généreux de ce roman mais n'indique pas l'amour de Daniel Keyes pour les problèmes... [C'est] un labyrinthe de technicien, une suite de méchants petits défis pour un auteur de fiction. Que cela fonctionne en tant que roman prouve toute la dextérité de M. Keyes. Et c'est vraiment un exploit... un récit à la fois convaincant, plein de suspense et émouvant – tout cela à un niveau modeste, mais c'est suffisant... Le talent qu'il révèle ici est époustouflant... M. Keyes court dans son labyrinthe au moins aussi bien qu'Algernon et Charlie, ce qui est en soi excitant... Et aussi très touchant... sinon, comment expliquer les larmes qui nous viennent aux yeux à la fin du roman ?*

J'étais pris de vertige. Je l'ai lu et relu. J'avais les larmes aux yeux, moi aussi. Aujourd'hui encore, ma gorge se noue quand j'y repense.

Merci, monsieur Eliot Fremont-Smith, où que vous soyez.

Depuis lors, le roman a reçu des centaines de critiques, toutes positives. Seule la première – celle du *Virginia Kirkus Bulletin* – était négative. Pourquoi me fait-elle encore mal ? Je veux oublier ces premières affres de l'accouchement romanesque.

Mais ce n'est pas un abâtardissement !

Enfin, peut-être qu'en revivant cet instant je pourrai m'en débarrasser, ou au moins en atténuer la douleur.

Bien sûr, j'aurais dû savoir que je ne devais pas m'en soucier. J'ai plus d'expérience, maintenant ; mais le savoir et le ressentir sont deux choses. De temps en temps, j'évoque avec mes étudiants les réflexions de Tourgueniev sur la récompense et l'approbation du public.

> *Poète, ne t'attache pas aux acclamations du public. L'instant de la louange extrême passera, et tu entendras porter sur toi le jugement des idiots et les rires de la multitude insensible. Mais reste ferme, serein, et ne te laisse pas décourager.*
>
> *Tu es un roi ; comme tel, vis dans la solitude. Va librement là où conduit l'esprit de la liberté, en améliorant sans cesse le fruit de tes pensées fécondes et ne cherche aucune récompense pour tes nobles actions.*
>
> *Ton œuvre est sa propre récompense : tu es le juge suprême de ce que tu as accompli. Tu peux déterminer sa valeur avec plus de sévérité que quiconque.*
>
> *Es-tu satisfait ? Si c'est le cas, tu peux te permettre d'ignorer la condamnation de la foule.*

Plus facile à dire qu'à faire. Je peux presque sentir la peine et la déception qui pointent derrière ces mots. J'imagine que Tourgueniev a dû recevoir quelques critiques massacrantes.

Le jour même de la parution de l'article dans le *New York Times*, Cliff Robertson m'a appelé pour me dire qu'il venait de terminer l'enregistrement d'une interview pour le *Merv Griffin Show*, dans laquelle il avait montré le livre et annoncé la version cinématographique.

Le *Merv Griffin Show* n'a été diffusé à Detroit que trois semaines plus tard. Le même jour, par pure coïncidence, le *Detroit News* publiait une critique favorable. Elle était signée par Phil Thomas, l'ami de mon collègue, et commençait ainsi : « *Charlie Gordon vous brisera le cœur.* »

Qu'est-ce qu'un écrivain peut demander de plus ?

Une seule chose.

Fier jeune papa, je me suis rendu dans le rayon « livres » du principal magasin Hudson, dans le centre de Detroit, et j'ai fait mine de flâner nonchalamment parmi les rayonnages en cherchant où se trouvait *Des fleurs pour Algernon*.

Pas un seul exemplaire.

Quand je me suis présenté au responsable du rayon, il a paru surpris que le vendeur n'ait jamais cité mon livre. Il allait commander quelques exemplaires, mais maintenant que la publicité était passée, disait-il, cela ne changerait plus grand-chose.

Lorsque mes amis et collègues m'ont téléphoné pour me dire qu'ils ne trouvaient pas d'exemplaires du livre, j'ai commencé à appeler les librairies. De nouveau ce sentiment de désarroi. À l'exception de la librairie Doubleday de l'immeuble Fisher, qui avait rapidement épuisé son stock de trois exemplaires, personne n'avait rien commandé. Les gérants des librairies disaient tous qu'ils étaient désolés de ne pas avoir été prévenus qu'un auteur « local » venait d'être publié.

Je me suis plaint à mon éditeur. « À quoi servent les critiques et la publicité si on ne trouve pas les livres dans les librairies ? »

Je n'oublierai jamais la réponse de Dan Wickenden, et je la transmets aux autres auteurs en guise d'avertissement.

« Dan, ne me dites pas que vous n'avez pas contacté les librairies de Detroit pour leur annoncer la parution.

— Non. Je suis du genre timide. Et je ne pensais pas que c'était à moi de le faire.

« — Dan, vous ne devez pas cacher votre lumière sous le boisseau. »

Pour ce que cela vaut, permettez-moi de vous dire que depuis – où que j'aille – je discute avec les libraires. S'ils ont des exemplaires de mes livres, je leur demande s'ils désirent que je signe des autographes. En général, ils acceptent et posent ensuite un autocollant sur la couverture avec la mention DÉDICACÉ PAR L'AUTEUR. Cela aide à vendre les livres, et ils les retournent rarement à l'éditeur. L'expérience nous aguerrit.

Chapitre 20

Depuis quand les auteurs sont-ils des saints ?

La publication du roman au printemps 1966 m'a encouragé à chercher un poste avec possibilité de titularisation. J'ai de nouveau expédié des courriers aux universités du pays, mais cette fois j'ai obtenu *trois* demandes d'entretien. L'une d'elles, venant de l'université de l'Ohio à Athens, me semblait prometteuse.

Quand j'ai rencontré le Pr Edgar Whan, président de l'institut d'anglais, il m'a dit : « J'ai lu *Des fleurs pour Algernon*. C'est un bon roman. Nous vous proposons un poste de maître de conférences, comparable aux autres postes de notre programme de création littéraire. Cela permet à l'institut de vous offrir le salaire et le niveau académique d'un professeur, et non pas ceux d'un professeur assistant. Vous recevrez une lettre de confirmation dans quelques jours, mais je voulais déjà vous l'annoncer.

— J'apprécie le geste.

— Vous savez, a-t-il ajouté, j'ai toujours cru que la création littéraire devait être enseignée par des écrivains, des professionnels – pas des esthètes ou des critiques. Mais j'ai remarqué que la plupart des instituts d'anglais considèrent un peu les auteurs comme l'Église considère les saints.

— Que voulez-vous dire ?

— Ils préfèrent ne pas les avoir près d'eux tant qu'ils ne sont pas morts. »

J'ai accepté la proposition.

Nous avons déménagé à Athens, dans l'Ohio, au cours de l'été 1966. Aurea, moi, et nos deux filles, Hillary et Leslie. Je devais commencer d'enseigner à l'automne.

Le lendemain de mon arrivée, j'ai reçu un appel de Walter Tevis, auteur de *L'arnaqueur*, qui désirait me souhaiter la bienvenue à Athens. Il avait été engagé dans le programme de création littéraire l'année précédente.

Nous nous sommes rencontrés dans un restaurant du centre-ville et nous avons échangé des réflexions sur l'écriture et la vie d'écrivain. Tevis a dit que, bien qu'il soit né dans le Kentucky, il avait toujours rêvé d'être un auteur new-yorkais, de se trouver au cœur de la scène littéraire. Il a évoqué ses nouvelles, vendues à des *slicks* – des magazines haut de gamme imprimés sur papier couché, à des lieues au-dessus des grossiers pulps pour lesquels j'avais travaillé. Il a parlé de *L'arnaqueur*, publié par Harper en 1959, et du film à succès avec Paul Newman et Jackie Gleason.

Apparemment, il semblait blessé que Harper ait refusé son second roman, *L'homme tombé du ciel*, qu'il avait dû vendre directement à un éditeur de livres de poche. Il m'a dit que, depuis ce moment-là, il subissait un blocage – il n'avait plus rien écrit – bien que le roman soit devenu par la suite un film de science-fiction réputé, avec David Bowie à l'affiche.

Il m'a parlé des autres écrivains du programme. Ils étaient absents durant l'été, mais je les verrais dans quelques semaines : le poète Hollis Summers, le romancier et nouvelliste Jack Matthews et l'auteur Norman Schmidt, qui n'écrivait pas de fiction.

« Norm n'est pas un débutant, a-t-il dit. Il a publié plusieurs livres sous le pseudonyme de James Norman. Il était reporter pour des journaux américains en Europe dans les années 1930, et présentateur pour le gouvernement républicain espagnol. Il a même connu Hemingway en Espagne pendant la guerre civile. »

J'ai remercié Tevis de son chaleureux accueil. Je n'avais encore jamais pu discuter de l'écriture et du milieu de l'édition avec un autre auteur de littérature générale. Je m'étais souvent imaginé à Paris dans les années 1920, partageant la vie des écrivains expatriés dans les cafés de Montmartre. C'était ici que je m'en approchais le plus – à Athens, dans l'Ohio, en 1966. Mais je savais que cela me plairait de vivre, d'enseigner et d'écrire à côté d'autres auteurs.

Ce soir-là, en jouant avec mes filles dans notre nouveau logement, je me suis surpris à siffloter « When the Saints Go Marching In ».

Chapitre 21

Charlie va à Hollywood

En quelques jours, *Des fleurs pour Algernon* a épuisé son premier tirage de cinq mille exemplaires et Harcourt en a aussitôt fait réimprimer mille, puis a continué avec des tirages de mille. De 1966 jusqu'à aujourd'hui, son édition reliée n'a jamais été épuisée, et le roman est même ressorti dans la collection Harcourt Brace Modern Classics Series.

L'Association des auteurs de science-fiction américains[1] a attribué au roman un prix Nebula, ex æquo dans la catégorie « meilleur roman 1966 », et Bantam Books a acheté les droits pour une édition à grand tirage en livre de poche.

Dans l'intervalle, je me suis adressé à deux communautés d'artistes pour savoir s'il était possible d'obtenir une résidence au cours de l'été prochain. Elles m'ont accepté. J'ai passé les deux premiers mois au Yaddo de Saratoga Springs, dans l'État de New York, et le troisième mois à la MacDowell Colony de Peterborough, dans le New Hampshire.

Le deuxième ou troisième jour à Yaddo, dans la matinée, un jeune écrivain dont le premier roman allait être publié est descendu prendre le petit déjeuner avec la

---

1. Science Fiction Writers of America, ou SFWA.

mine défaite. Je l'ai entendu grommeler deux fois dans sa tasse de café, et je n'ai compris ses paroles qu'à la troisième reprise.

« Virginia Kirkus dit que j'ai écrit "un roman scabreux"… »

En me rappelant ma première réaction à la critique dans le *Kirkus*, j'ai dit quelque chose comme : « N'y prêtez pas attention. Ne vous laissez pas atteindre. »

Mais je pense qu'il ne m'a pas entendu. Il a continué de marmonner sans cesse : « Kirkus dit que j'ai écrit "un roman scabreux". »

Ce jeune écrivain était Robert Stone, et son premier roman *A Hall of Mirrors*, dont a été tiré en 1969 le film *Wusa* en fr., avec Paul Newman et Joanne Woodward. Par la suite, Stone a obtenu le National Book Award pour son roman *Les guerriers de l'enfer*, paru en 1975, et il a figuré parmi les finalistes en 1982 et 1992. En 1998, il était nominé pour *La porte de Damas*. Chaque fois que j'entends des éloges sur son œuvre, je me souviens de ses gémissements à propos de son premier roman, « Kirkus dit que j'ai écrit "un roman scabreux" ».

Au Yaddo, j'ai continué de travailler à mon second roman sur l'histoire du couple irradié. Je l'ai terminé plus tard, cet été-là, à la MacDowell Colony. Harcourt Brace l'a accepté et a programmé sa publication pour l'année suivante sous le titre *The Touch*.

Et le film de Cliff Robertson ? Bien des auteurs célèbres se sont plaints que leur œuvre avait été massacrée à l'écran. À Hollywood, la tradition généralement admise est que l'auteur du livre est la dernière personne que l'on souhaite voir une fois que le contrat est signé. On prétend que, pour un auteur, le seul moyen d'éviter la crise cardiaque est de se dire : « Prends l'oseille et tire-toi ! »

Mais je n'aurais jamais pu me comporter ainsi vis-à-vis d'Algernon et de Charlie. Je me préoccupais vivement de ce qui pourrait leur arriver sur le grand écran, et je m'inquiétais de la fin qu'avait choisie Robertson. Après lui avoir donné une opinion négative sur le scénario de William Goldman, je n'avais plus eu de nouvelles de Robertson pendant un an.

Peu après la publication de *Des fleurs pour Algernon* en livre de poche par Bantam, Cliff Robertson est passé à l'Ohio University, invité dans le cadre du programme d'aéronautique. Il a fait atterrir son petit avion sur l'aéroport d'Athens et les flashes ont jailli quand il a ouvert le cockpit pour descendre de l'appareil. Il a souri en me voyant. « Dan, tu seras fier de moi quand tu verras *Charly*. Nous avons conservé ta fin pessimiste. »

Je me suis souvenu de son projet initial – Algernon qui agite ses moustaches et court dans le labyrinthe pour montrer qu'il est toujours en vie – mais je n'ai rien dit.

Bien entendu, sa visite était une aubaine pour la presse. L'*Athens Messenger* et le journal des étudiants de l'université de l'Ohio, *The Post*, avaient été prévenus qu'ils pourraient prendre des photos et faire des interviews. L'institut de biologie a fourni une souris blanche, et les photographes ont pris des clichés montrant Robertson en train de tenir un sosie d'Algernon tandis que je leur montre un exemplaire de l'édition spéciale en livre de poche – avec lui et Claire Bloom sur la couverture.

Le lendemain matin, Robertson et moi avons pris le petit déjeuner ensemble à son hôtel, et il a parlé du film. En tant que coproducteur, a-t-il dit fièrement, il avait supervisé toute la création artistique. Il avait envoyé le réalisateur Ralph Nelson au Canada pour qu'il apprenne les nouvelles techniques cinématographiques de l'EXPO-67[1], et il avait insisté sur un style moderne, avec un écran divisé et plusieurs images simultanées. La bande sonore avait été composée et

---

1. L'exposition universelle de 1967, qui s'est tenue à Montréal.

jouée au sitar par Ravi Shankar, elle utilisait à la fois des instruments à cordes, conventionnels et exotiques, et des instruments à vent anciens et modernes.

Une seule chose le préoccupait. Comme il me l'avait dit des années plus tôt à l'aéroport de Detroit, il n'avait jamais eu envie qu'Algernon meure à la fin. Mais dans la scène classique, quand Charlie tient la souris dans sa main, Algernon paraît mort. Avant la sortie du film, Robertson avait téléphoné à Ralph Nelson, qui se trouvait alors à Londres, et lui avait demandé de filmer un gros plan d'une main – n'importe laquelle – tenant une souris blanche vivante en train d'agiter ses moustaches, pour qu'il puisse la coller lors du montage final.

« Mais hier, tu m'as dit que vous aviez conservé une fin pessimiste. »

Il a haussé les épaules. « Ralph n'a jamais pu tourner ce gros plan. »

Le Festival international du film de Berlin a désigné *Charly* comme « sélection américaine de 1968 » et la première a eu lieu en automne à New York. Je suis resté en face du Baronet Theater, à regarder la queue de cinéphiles qui tournait au coin de la rue.

Après avoir avalé une grande goulée d'air de Broadway, j'ai traversé la rue pour rejoindre la file d'attente et acheter un billet. Une fois à l'intérieur, quand les lumières se sont éteintes, j'ai entendu le pincement des cordes de Ravi Shankar, vu Charlie jouer comme un enfant sur la balançoire du terrain de jeu, et je me suis laissé emporter par le film tiré de mon « Qu'arriverait-il si… ? ».

J'ai éprouvé une petite déception en voyant qu'ils avaient situé l'action à Boston, au lieu de New York, où étaient nés les souvenirs que j'avais donnés à Charlie.

Le film *Charly* a reçu des critiques élogieuses. Le chroniqueur de *The Long Island Press* a écrit *« un film fort »*, avec *« … un dénouement terrible, qui en dit long »*.

Ainsi, la fin originale et tragique avait été conservée à l'écran, et les gens du monde entier pourraient la voir telle que je l'avais écrite.

Le premier prix qu'a obtenu le film a été celui de *Scholastic Magazine*, qui avait publié la nouvelle « Des fleurs pour Algernon » plusieurs fois, en 1961, 1963, 1964, 1965 et 1967. *Scholastic Magazine* a décerné à *Charly* le Bell Ringer Award en 1968, comme « Meilleur film de l'année ».

Quelqu'un de chez Bantam a dû saisir l'intérêt potentiel qu'il y avait à utiliser le roman dans l'enseignement, car ils ont lancé un projet pilote de promotion intitulé DES FLEURS POUR ALGERNON – CHARLY – BANTAM BOOKS/CINERAMA JOINT PROMOTION. L'idée était de sponsoriser une série de projections en avant-première à des enseignants, dans des villes où le film allait être diffusé.

Lors de la première projection à Chicago, chacun des quatre cent cinquante professeurs a reçu un coffret contenant un exemplaire du roman en livre de poche, un guide éducatif pour l'enseignement du livre et la copie d'une discussion entre Ralph Nelson, le réalisateur/producteur, et Stirling Silliphant, le scénariste, qui parlaient de leur collaboration artistique.

Cliff Robertson est venu en personne et a été accueilli par un public exalté qui lui a fait une ovation. Il a ensuite participé à un débat. Le lendemain, il a fait la même chose à Milwaukee, lors d'une projection spéciale destinée au conseil national des professeurs d'anglais.

À New York et Los Angeles, où *Charly* était déjà dans les salles, les enseignants ont été conviés à voir le film pendant les heures de projection normales. Bien qu'il y eût une grève dans l'enseignement à New York, plus de cinq cents professeurs des établissements privés ou religieux ont assisté aux projections et ont reçu leur kit éducatif.

Bantam et Cinerama ont organisé des avant-premières dans d'autres grandes villes du pays, et plus de vingt-cinq mille professeurs d'anglais, avec leur famille, ont pu voir le film et recevoir des exemplaires gratuits du roman. Le directeur des ventes m'a écrit, pour me tenir au courant : « L'intérêt et les réactions prennent une ampleur énorme. »

À Hollywood, la rumeur laissait entendre que Cliff Robertson serait sélectionné pour un Academy Award du meilleur acteur.

Il a été sélectionné, et il a remporté l'oscar.

On me demande souvent, comme à la plupart des auteurs dont une œuvre a été adaptée au cinéma : « Que pensez-vous du film ? » Il est difficile de répondre à cela sans paraître mesquin ou ingrat. Et puis, un étudiant de troisième cycle d'une autre université, qui faisait sa thèse sur « L'adaptation de la littérature à l'écran », m'a demandé quelle avait été ma réaction devant le film.

Je lui ai répondu que je comprenais que des modifications avaient été nécessaires pour adapter le récit au cinéma. Certaines amélioraient l'histoire, en lui donnant plus de force ou d'intensité. Par exemple : dans le roman, quand Charlie se sent frustré à un certain stade de sa croissance, il va voir des films sur Times Square – comme je le faisais. Dans la version cinéma, qui se situe à Boston, il se rend sur une piste d'autos tamponneuses dans un parc d'attractions. C'est beaucoup plus visuel. L'idée de la frustration est bien rendue et il n'y a donc aucune dégradation par rapport au roman.

Et quand le génie Charlie se voit tel qu'il était auparavant – dans une course cauchemardesque à travers un labyrinthe de couloirs d'hôtel –, c'est plein d'imagination et très bien fait. La scène complète des passages du livre, dans lesquels le génie Charlie découvre que le premier Charlie est toujours en lui.

Mais il y a quelques parties, des éléments techniques et des scènes dont l'ajout ne me paraît pas nécessaire, et qui dévient de l'histoire. Quand Charlie et Alice renforcent leur relation, on les voit s'ébattre au ralenti dans les bois. On dirait une publicité pour un shampoing ou un déodorant.

La scène dans laquelle l'attention de Charlie se concentre sur Alice et où il devient membre d'une bande de motards adeptes de la drogue en veste de cuir noir ne respecte pas son personnage. Un des éléments clés du roman est que sa personnalité fondamentale n'est pas modifiée par l'amélioration de son intelligence. C'est toujours Charlie.

Ces modifications ont évidemment été faites pour des raisons commerciales, comme les techniques cinématographiques à la mode : zooms de caméra, écrans multiples. Un critique a fait remarquer que ces passages auraient peut-être servi à maintenir l'intérêt dans un film dont la trame était moins captivante, mais qu'ils n'étaient pas nécessaires dans *Charly*.

Le critique de *Life Magazine* a écrit : « Les meilleures scènes, comme celle dans laquelle Charlie rivalise avec la souris pour sortir du labyrinthe, sont directement tirées du livre. Les pires, comme le cliché médical où il houspille les docteurs, ont été créées de toutes pièces pour le film. »

Je crois que le film souffre d'éviter le dénouement, et passe rapidement du moment où Charlie découvre ce qui va lui arriver à un personnage figé sur la balançoire de l'école. Robertson m'avait prévenu que, selon lui, le public ne supporterait pas qu'on montre la douloureuse déchéance de Charlie quand son intelligence se détériore. Pour ma part, je pense que c'est le point fort de la structure de la nouvelle et du roman. La chute tragique de Charlie aurait dû être montrée.

Je n'affirme pas que les cinéastes sont obligés de coller complètement à l'histoire originale, mais je pense que les modifications devraient préserver l'intégrité de l'œuvre, plutôt que la transformer pour des raisons purement commerciales.

En ce qui concerne l'interprétation de Charlie par Cliff Robertson, je crois qu'il a mérité son oscar.

Cependant, je dois reconnaître que je suis heureux que le réalisateur Ralph Nelson n'ait pas trouvé à Londres une souris qui puisse agiter ses moustaches.

Chapitre 22

Destination Broadway

Sept ans après la sortie du film, j'ai reçu une lettre de David Rogers, qui avait adapté *Des fleurs pour Algernon* en pièce de théâtre pour la scène amateur, me disant que lui et un compositeur souhaitaient écrire une comédie musicale de premier ordre. L'idée m'a fasciné. La comédie musicale était la seule forme que ma nouvelle n'avait pas encore adoptée.

Roger en avait parlé à Charles Strouse, l'auteur de revues à succès comme *Bye-Bye Birdy*, *Golden Boy* ou encore *Applause*. Les représentations de son dernier spectacle, *Annie*, démarraient bientôt, et Strouse était impatient de composer la musique de *Des fleurs pour Algernon*.

La pièce pour théâtre amateur avait été jouée avec succès durant sept ans dans des lycées et par des troupes non professionnelles à travers tout le pays, si bien que la Dramatic Publishing Company était prête à financer la comédie musicale. Les producteurs avaient prévu de lancer le show fin 1977 ou début 1978.

Je leur ai rappelé que je devrais soumettre leur offre à Cliff Robertson en vertu de son « option de premier refus », mais puisque ce dernier n'avait pas l'intention de monter de comédie musicale, ils étaient certains que ça ne poserait pas de problème.

Ils se trompaient.

Après avoir reçu l'offre de « premier refus », Robertson contesta mon droit à conclure un tel accord. Il fallut trois années supplémentaires pour porter l'affaire devant les tribunaux de Los Angeles.

Pendant ce temps, parmi les centaines de lettres de lecteurs de *Des fleurs pour Algernon*, les mots d'une psychiatre me lancèrent sur une autre piste, que j'ai explorée dans mes deux livres suivants.

Elle m'écrivait qu'elle et une de ses consœurs recherchaient dans la littérature des exemples d'« autoscopie », qu'on appelle maintenant parfois phénomènes de décorporation. Et elles avaient remarqué que cela revenait souvent dans *Des fleurs pour Algernon*.

Je savais à quoi elle se référait, mais pour moi cela n'apparaissait pas si *souvent*. En relisant le roman, je fus surpris.

Une fois Charlie devenu un génie, il lui arrive de *voir* l'autre Charlie. Quand Alice et lui assistent à ce concert à Central Park, et qu'il passe son bras autour de ses épaules, il croit être observé par un enfant.

*

* *

Pendant tout le chemin jusque chez elle, je ne cessai de penser à ce garçon qui avait été aux aguets dans le noir, et aussi que, pendant une seconde, j'avais entrevu ce qu'il voyait – nous deux allongés dans les bras l'un de l'autre. (p. 86)

*

* *

D'une façon ou d'une autre, m'être enivré avait momentanément abattu les barrières conscientes qui enfermaient l'ancien Charlie au plus profond de mon esprit. Comme je l'avais toujours soupçonné, il ne s'était pas vraiment effacé. Rien, dans notre esprit, ne s'efface jamais vrai-

ment. L'opération l'avait recouvert d'un vernis d'éducation et de culture, mais émotionnellement, il était là – à observer et à attendre. (p. 160)

*
* *

« Je ne peux pas m'empêcher de sentir que je ne suis pas moi. J'ai usurpé sa place et je l'ai mis à la porte, comme ils m'ont mis à la porte de la boulangerie. Je veux dire que Charlie Gordon existe dans le passé, et que ce passé est réel. » (p. 165)

*
* *

Un moment, j'eus la sensation glaciale qu'il m'observait. Par-dessus le bras du canapé, j'aperçus son visage qui me regardait dans le noir au-delà de la fenêtre – là où quelques minutes plus tôt, je m'étais tapi. Un changement de vision, et je me retrouvai sur l'escalier de secours, en train de regarder, à l'intérieur de la pièce, un homme et une femme qui faisaient l'amour sur le canapé.
Par un violent effort de volonté, je revins sur le canapé, avec elle, conscient de son corps nu et chaud contre le mien, de ma propre fièvre et de ma virilité exigeante. Je vis de nouveau le visage contre la vitre, observant avidement. Et je me dis en moi-même, vas-y, mon pauvre type, regarde. Cela m'est complètement égal maintenant.
Et les yeux de Charlie s'ouvrirent tout rond quand je la pénétrai. (p. 172)

*
* *

Dans sa lettre, la psychiatre faisait remarquer que les auteurs dont les récits comportaient des autoscopies se classaient, semblait-il, dans deux catégories : chez certains, comme E.T.A. Hoffmann, c'était le signe d'un trouble mental. Chez d'autres, il s'agissait simplement d'un procédé artistique. Elle voulait savoir dans quelle catégorie je me plaçais. Je lui ai répondu par lettre que je n'avais jamais fait l'expérience d'une décorporation, sauf à l'imaginer consciemment. En ce qui me concerne, le fait que Charlie se voie lui-même relève de l'expédient littéraire.

Puis, fasciné de constater que le phénomène apparaissait si souvent dans mon livre, je me suis lancé dans l'étude de la littérature psychiatrique se rapportant à l'autoscopie et à des sujets connexes. De là j'ai dérivé vers les *Doppelgänger*, les alter ego, les doubles et finalement les personnalités multiples, aujourd'hui appelées les troubles dissociatifs de la personnalité.

J'ai lu plusieurs œuvres dans lesquelles le thème apparaît : les nouvelles « William Wilson[1] » de Poe et « L'hôtel secret[2] » de Conrad, ainsi que le roman *Le Double* de Dostoïevski.

Et, bien sûr, les deux célèbres histoires vraies : *The Three Faces of Eve*[3] et *Sybil*[4]. Mais à ma connaissance personne n'avait jamais écrit un roman entier ayant pour sujet les troubles dissociatifs de la personnalité.

Les commentaires de la psychiatre à propos du génie Charlie voyant le premier Charlie ont commencé à germer dans mon troisième roman – *The Fifth Sally* –, l'histoire d'un esprit en conflit avec lui-même. Cette lettre avait été une autre « donnée ».

Peu après, je me suis envolé pour Los Angeles où je devais me confronter à Cliff Robertson durant deux jours de témoignage. Plusieurs semaines plus tard, j'ai reçu la sentence d'arbitrage.

---

1. In *Nouvelles histoires extraordinaires*.

2. In *Entre terre et mer*.

3. De Corbett H. Thigpen et Hervey M. Cleckley. Jamais traduit, mais à l'origine d'un film, *Les trois visages d'Eve*, réalisé par Nunnally Johnson en 1957, avec Joanne Woodward dans le rôle principal.

4. De Flora Rheta Schreiber. Éditions J'ai lu, 1977.

« LE PLAIGNANT, Daniel Keyes, sous réserve que soient respectées les clauses du contrat signé le 18 août 1961, est libre de transférer au destinataire de l'offre les droits d'adaptation en comédie musicale de l'œuvre du PLAIGNANT, *Des fleurs pour Algernon*. »

Autrement dit, alors que je travaillais sur *The Fifth Sally*, mon roman expérimental, un Charlie chantant et une souris blanche dansante répétaient leur prestation musicale.

Laissez-moi vous décrire en quelques mots ce que j'ai entendu sur la première cassette que Rogers et Strouse m'ont envoyée. Le numéro d'ouverture du spectacle est une mélodie enfantine avec ces simples paroles : « Aujourd'hui j'ai un ami, quelqu'un avec qui je joue et ris. J'ai un ami. »

Plus l'intelligence de Charlie s'améliore, plus les chansons deviennent complexes, sophistiquées. Au point culminant, il chante un air – « Charlie ». Puis, lorsque son intelligence se détériore, ses chansons retrouvent leur simplicité, jusqu'au final, un numéro rock plaintif : « J't'aimais vraiment... »

Ils avaient recréé, à travers les paroles et la musique, la structure du récit et des phrases – montrant l'ascension et la chute de Charlie par la façon dont il communique.

C'est un spectacle en un acte. Pas d'entre-acte possible. À la fin, Charlie s'assied tristement au bord de la tombe d'Algernon dans l'arrière-cour.

En raison de l'arbitrage complexe dont cette adaptation avait fait l'objet, la première avait été repoussée. Et comme une autre des comédies musicales de Charles Strouse avait du mal à prendre à Washington, il utilisa une des chansons majeures de Charlie dans ce nouveau spectacle.

« Tomorrow » contribua à faire de *Annie* un succès.

Je n'ai pas pu assister à la première, au Citadel Theatre à Edmonton, au Canada, mais les producteurs m'ont envoyé les élogieuses coupures de presse[1].

Je n'avais pas vu le spectacle avant le jour de son lancement au Queen's Theatre, dans le West End à Londres – l'équivalent anglais de Broadway. Un jeune et populaire acteur britannique dont je n'avais jamais entendu parler interprétait un Charlie chantant et dansant.

J'ai regardé, ravi de le voir parvenir à nous emporter d'une ambiance à l'autre, depuis les tristes souvenirs de la souffrance de ses parents, jusqu'au passage comique où on le voit danser avec la souris blanche tel un duo de vaudeville. À un moment, Algernon cavale sur le col roulé noir de Charlie, et alors, dans un numéro de *ghillies*, sous des projecteurs jumeaux, Charlie danse tandis qu'Algernon court en rond autour de lui. Le clou du spectacle.

La production londonienne a obtenu de bonnes critiques, mais un nuage noir a plané sur elle dès le départ. La semaine où eut lieu la première coïncidait avec l'entrée en vigueur de la TVA – une taxe considérable sur presque tous les biens de consommation. Les Londoniens, qui avaient dépensé tout leur argent en électroménager ou dans une voiture avant que la taxe ne fasse monter les prix, n'avaient plus grand-chose pour le théâtre.

Comme le *Wall Street Journal* l'a écrit : « *Le théâtre londonien [...] se trouve en grand danger financier [...] La récente apparition de la taxe sur la valeur ajoutée, ou TVA, a fait grimper le prix des billets, décourageant les nouveaux clients. Les producteurs du West End et les acteurs ont été choqués par l'interruption de deux spectacles dont le succès était assuré. Des fleurs pour Algernon [...] n'a duré que le temps de vingt-neuf représentations.* »

---

1. Pour être joué dans l'un des quarante fameux théâtres qui ont fait la renommée de Broadway, un spectacle doit d'abord faire ses preuves à l'étranger ou en province, et obtenir un succès critique jugé suffisant.

Je visitais l'Angleterre avec ma famille lorsque la nouvelle nous est parvenue, à Oxford. Nous sommes retournés à Londres juste à temps pour le pot d'adieu alors que l'on démontait le décor – gobelets en carton et tristes au revoir.

Des années plus tard, à New York, alors que je lui rendais visite en coulisse, dans sa loge, le jeune acteur – Michael Crawford – m'a appris qu'après l'avoir vu chanter et danser avec Algernon à Londres, Andrew Lloyd Webber lui avait offert le rôle-titre de son nouveau spectacle.

Annie avait hérité de la chanson de Charlie, « Tomorrow ».

Et notre Charlie chantant et dansant était devenu *Le fantôme de l'Opéra*.

Les producteurs n'avaient pas perdu l'espoir de jouer à Broadway. La nouvelle version américaine de *Des fleurs pour Algernon* fut rebaptisée *Charlie et Algernon*, et sous-titrée *Une comédie musicale très spéciale*. Soutenu par le Kennedy Center, la Fisher Theater Foundation, Isobel Robins Konecky et le Folger Theater Group, le spectacle fut lancé à Washington.

Charlie était interprété par P.J. Benjamin, qui dédia sa prestation à sa sœur et à « toutes les autres personnes spéciales dans ce monde ».

Bien que limitée dans le temps, la tournée à Washington a obtenu de bonnes critiques et, après quelques représentations à guichets fermés dans la salle intime du Terrace Theater, le spectacle a joué les prolongations « à la demande du public » au Eisenhower Theater, et ses quinze cents places.

Mel Gusso critiquait la production du Kennedy Center pour le *New York Times* :

> « *Bien qu'il paraisse improbable d'en faire une comédie musicale [...], cette histoire sert de socle à un spectacle qui ne manque pas de cœur, quoiqu'il nous parle d'esprit [...]*

Dans la chanson d'ouverture, un numéro de vaudeville joyeusement sardonique à propos des désillusions [de Charlie], la souris paraît sous les feux de la rampe et, sur un signal – nos yeux nous jouent-ils des tours ? – se met à danser au rythme de la musique. Cet air entraînant est immédiatement suivi par "The Maze", une rengaine à la Jacques Brel qui tourne comme un carrousel et accompagne la confusion de Charlie [...] Algernon est incomparable. Voilà une souris qui a bien mérité son fromage. »

Après une telle critique, le spectacle fut programmé au Helen Hayes Theater à Broadway, où on lui prédisait un grand succès.

Les premiers signes alarmants ont fait surface quand les producteurs ont appris que la première de la comédie musicale de David Merrick, *42ⁿᵈ Street*, inspirée du célèbre film de 1933, serait donnée le même soir. Nous allions nous mesurer à un spectacle somptueux, ayant fait l'objet d'une campagne de publicité sans précédent.

Mais il restait de l'espoir. Comme l'avait fait remarquer un chroniqueur : « Charlie et Algernon *[...] dont le clou est une "chorégraphie" interprétée par un homme et une souris, peut compter sur le "museau-à-oreille".* »

À la rubrique distribution des rôles, dans le programme, Algernon apparaît comme joué par *lui-même*, et ayant bénéficié d'une *« formation poussée au jazz, aux claquettes et aux labyrinthes »*. Et bien qu'il dise adorer le titre, *« il l'aurait préféré dans l'ordre alphabétique »*.

Ainsi, *Charlie et Algernon* était arrivé à Broadway. J'étais fièrement assis à l'orchestre, entouré de ma famille proche et moins proche, de mes amis, quand les lumières se sont assombries et que le rideau s'est levé sur la mélodie enfantine de Charlie...

La complexité des numéros va croissant. « The Maze » est suivi par « Whatever Time There Is », un duo amoureux plaintif entre Charlie et Alice préfigurant la fin.

Dans un air traduisant le point culminant de son intelligence, Charlie s'élève à des hauteurs que je n'avais jamais imaginées. À son écoute, je me surprends à presque espérer qu'ils aient changé la fin au dernier moment. Comme le reste du public, je ne veux pas qu'il perde tout, et je ne veux pas qu'Algernon meure.

Mais la chanson finale, simple, « I Really Loved You », m'arrache des larmes.

Alors que Charlie reste assis au bord de la tombe d'Algernon, le théâtre est plongé dans un profond silence. Quand le rideau tombe, un tonnerre d'applaudissements éclate. Charlie ramène Algernon sur scène pour saluer. La souris exécute une petite ronde sur un roulement de tambour.

Le public rugit, se lève.

Il n'y a pas de mots pour décrire l'excitation qui règne lors d'une première au théâtre, surtout quand les protagonistes de l'œuvre sont le fruit de votre imagination. Alors que le public gagne les sorties dans un brouhaha de commentaires laudatifs, nous nous mettons en route pour la traditionnelle soirée d'ouverture chez Sardi.

La sauterie compte les producteurs, les sponsors, les acteurs, les amis, les critiques, les célébrités du monde du théâtre – « *glitterati* », comme quelqu'un les avait une fois surnommés. C'est la fête d'avant la tempête, le rituel meublant l'attente de la critique du *New York Times* du lendemain, laquelle va tomber vers onze heures. Aucune inquiétude à ce sujet. Mel Gusso n'a-t-il pas qualifié la représentation de Washington de « spectacle qui ne manque pas de cœur, quoiqu'il nous parle d'esprit » ?

Alors que nous entrons chez Sardi, je me souviens de ma visite aux toilettes, quand j'étais adolescent, après mon échec pour « entre-acter » lors de la première. La situation n'est plus la même, et je suis content d'être de retour à New York. Sardi's représente la réalisation de mon rêve.

Mais après un moment, je sens que quelque chose se passe. L'air s'est refroidi. Les gens dérivent vers la sortie. Que se passe-t-il ? Alors je vois dans le vestibule des gens lisant des journaux. Le *New York Times* est arrivé. Je sens mon cœur se serrer. Quelqu'un me tend un exemplaire, et je lis la critique de Frank Rich.

> *« Bien que cette comédie musicale s'enorgueillisse de héros peu communs et d'assez de truismes philosophiques pour remplir une douzaine de biscuits de la chance, elle reste un divertissement ordinaire et désolant. »*

Le travail de David Rogers écope de sévères reproches :

> *« M. Rogers exploite son personnage attardé pour nous servir une chute du sublime au ridicule vue et revue... La tonalité est moins inspirée que manipulatrice et suffisante... Une mise en scène démodée, et la chorégraphie minimaliste n'est pas exactement celle qu'il faudrait pour transformer tous ces éléments épars en succès. »*

Frank Rich décrit la musique de Charle Strouse comme *« souvent mélodieuse mais rarement entraînante »*. Ignorant du fait que « Tomorrow » avait été écrite au départ pour *Charlie*, Rich écrit : *« Pire, un certain nombre de chansons sont une resucée manifeste de "Tomorrow" de* Annie, *dont l'auteur n'est autre que M. Strouse. »*

Il qualifie le décor de *« tristement utilitaire »*.

Seule la prestation de P.J. Benjamin récolte un compliment : *« Une fois Charlie en pleine possession de ses facultés intellectuelles, le séduisant M. Benjamin nous régale de sa douce voix et de ses entrechats charmeurs, qui constituent le seul attrait de ce spectacle. »* Mais l'actrice qui joue Alice est *« handicapée par une voix trop faible »*.

Rich ajoute : « *Et bien sûr, je n'oublie pas Algernon. En voilà, une bien jolie petite souris... et douée pour les claquettes, avec ça. Pourtant, je dois avouer que même sa mort tragique, juste avant le baisser de rideau, m'a laissé froid.* »

« Charlie et Algernon *ne paie pas bien cher les larmes de son public.* »

Mes invités et moi-même quittons le Sardi's presque en dernier, sans un mot. Un linceul s'est déposé sur la salle de réception tandis que les serveurs débarrassent les tables toujours chargées de victuailles.

Les producteurs laissent le spectacle à l'affiche pendant trente jours. *Charlie et Algernon* est nommé au Tony Award, catégorie meilleur spectacle musical, mais il est trop tard le sauver. Frank Rich l'a déjà assassiné. Et la mort d'Algernon, dit-il, l'a « laissé froid ».

Eh bien, de quoi est-ce que je me plains ? Je me suis battu pour avoir une fin tragique, je l'ai. Un vers de la dernière chanson me reste à l'esprit. « *C'est vraiment fini...* »

Mais bien sûr, ça ne l'est jamais.

Chapitre 23

Et ensuite, que s'est-il passé ?

Tout au long des années 1970, 1980 et 1990, alors que j'écrivais et publiais plusieurs autres livres, des producteurs de télévision m'ont contacté, directement ou par le biais de différents agents, pour acquérir les droits d'adapter *Des fleurs pour Algernon* à la télévision. Toutes ces années, j'avais cru que, depuis 1961, lorsque j'avais signé les contrats d'adaptation cinématographique avec Cliff Robertson, je demeurais dépositaire des droits TV.

J'avais toujours insisté pour que l'expression « droits d'adaptation à la télévision » soit retirée des petits caractères. Robertson avait acquis les droits cinématographiques pour ce que je considérais déjà comme une misère, et même alors que j'étais jeune et inexpérimenté, j'avais trouvé que les agents et les avocats cédaient trop pour pas assez cher.

C'est pourquoi j'avais insisté pour conserver les droits d'adaptation en téléfilm.

Néanmoins, plusieurs éminents avocats spécialistes du droit de la propriété intellectuelle ont soutenu avec Cliff Robertson que je ne disposais pas de ces droits, car – ont-ils dit – lorsque j'avais signé le contrat, les termes s'appliquant aux téléfilms n'existaient pas. Par conséquent, selon l'usage en vigueur, *j'aurais dû expressément mentionner* que je conservais seulement les droits d'adaptation pour une dramatique retransmise en direct.

Or, ont-ils insisté, personne ne faisait de dramatique retransmise en direct.

Quand j'ai reçu une offre pour ces droits d'adaptation en téléfilm de la part de Citadel Entertainment, je l'ai soumise à Cliff Robertson au titre de son « option de premier refus ». Il me fit savoir par son avocat qu'il possédait déjà ces droits, et que je ne pouvais les céder à personne d'autre.

Trois ans plus tard, avec l'aide de Citadel, retour à Beverly Hills – devant la commission d'arbitrage. Finalement, dix ans après le précédent arbitrage concernant les droits d'adaptation en comédie musicale, j'ai reçu la sentence suivante :

« Le PLAIGNANT est autorisé à développer, céder ou exploiter les droits d'adaptation à la télévision de son roman *Des fleurs pour Algernon* en accord avec Citadel Entertainment. »

David Ginsberg, directeur de Citadel, a déclaré au *Hollywood Reporter* : « La partie juridique de mon cerveau savait, sans aucun doute possible, que nous pouvions légalement acquérir ces droits. La partie créative, elle, voulait tellement mener ce projet à bien qu'elle n'aurait jamais reculé devant ces années de bataille juridique, qui se sont finalement conclues en notre faveur. »

Un nouveau téléfilm de deux heures, conservant le titre original, fut programmé sur CBS-TV durant les plus fortes périodes d'audimat de février 2000. J'ai apprécié le scénario, écrit par John Pielmeier, par ailleurs auteur d'*Agnes de Dieu*. Matthew Modine, un acteur que j'admirais depuis sa prestation dans *Birdy*, fut choisi pour interpréter Charlie. Les repérages ont commencé en avril 1999 – exactement quarante ans après la première publication de la nouvelle dans *The Magazine of Fantasy and Science Fiction*.

La version roman n'a jamais figuré dans aucune liste de best-sellers, car ses ventes se sont étalées sur plus de trente-quatre ans. Néanmoins, petit à petit, elle s'est frayé son propre chemin tout autour du monde. Pour remettre les choses en perspective : Bantam Books a vendu près de cinq millions d'exemplaires de l'édition brochée. On l'enseigne à l'école, et à tous les niveaux, partout dans le pays.

Au Japon, les Éditions Hayakawa ont dépassé le million et demi d'exemplaires reliés. Il est utilisé dans les écoles, en version originale et en japonais, pour enseigner l'anglais.

Depuis sa première édition, le roman a été publié dans vingt-sept pays étrangers.

Durant ces quarante dernières années, on m'a souvent posé deux questions : « Pourquoi écrivez-vous ? » et « Pourquoi avez-vous écrit cette histoire ? »

Feu Walter Tevis m'a dit un jour qu'il avait écrit *L'arnaqueur*, *L'homme qui tombait du ciel* et *La couleur de l'argent* « ... pour la gloire, la fortune et l'amour des jolies femmes ». Ce n'était pas mon cas ; je n'ai jamais su clairement pour quelles raisons j'écrivais. Peut-être que ces quelques pages sont une façon de répondre à ces questions.

J'ai reçu récemment un présent inattendu, qui m'a replongé dans le passé et m'a réellement fait comprendre *pourquoi* j'étais devenu écrivain.

Le matin où John Glenn, l'astronaute de soixante-dix-sept ans, et la NASA s'apprêtaient à faire revenir *Challenger* sur Terre, je m'apprêtais, de mon côté, à prononcer le discours d'ouverture de la dix-septième conférence annuelle des écrivains de la *Space Coast Writers Guild*, à Cocoa Beach, en Floride.

J'avais lutté toute la nuit pour trouver une conclusion, et je demeurais frustré et insatisfait. Au petit déjeuner, on m'a remis une épaisse enveloppe kraft. Pas de note d'introduction, seulement un paquet d'environ trente lettres d'étudiants qui me faisaient part de leur réaction à la lecture de « Des fleurs pour Algernon ».

Plus tard, j'ai appris qu'elles avaient été écrites par deux classes d'étudiants surdoués de seconde qui s'était livrés à une compétition. J'en ai été profondément touché. Les auteurs des trois meilleures lettres – élues par leurs camarades – avaient gagné un voyage tous frais payés pour venir assister à ma conférence.

Je n'ai pas prévu ce qui a suivi. Alors que je terminais mon discours, en songeant aux « pourquoi », je me suis souvenu des mots de Walter Tevis et les ai cités. Puis j'ai lu à voix haute des passages des lettres des trois étudiants qu'on m'avait apportées le matin même :

Cher monsieur Keyes,

C'est en suivant l'exemple de Charlie Gordon et de sa soif de connaissance que j'ai moi aussi voulu acquérir tout le savoir possible. Cette nouvelle est très vite devenue ma préférée.
Comme je voulais la partager avec d'autres, je l'ai lue au téléphone à mon ami... Il a écouté intensément, sans jamais dire un mot. Personnellement, j'ai cru qu'il s'était endormi. Après avoir lu les derniers mots... j'ai demandé pourquoi il était si silencieux. Reniflant, d'une voix faible, il a répondu : « C'est l'histoire la plus touchante que j'aie jamais entendue. » Nous avons discuté encore pendant quelques minutes, et il m'a dit qu'il était dyslexique, et qu'il savait à quel point c'était dur de grandir avec un handicap. Il ne l'avait jamais dit à ses amis avant... Merci d'avoir écouté.

Signé : A.F.

Cher monsieur Keyes,

Toute ma vie, j'ai été un enfant brillant – obtenant les meilleures notes et intégrant le programme des surdoués –, mais j'ai toujours considéré ces dons comme allant de soi. Je ne me suis jamais arrêté une seconde pour songer à quel point j'avais de la chance, du moins jusqu'à ce que je lise votre nouvelle « Des fleurs pour Algernon ». Celle-ci a eu un impact énorme sur ma vie, et sur la façon dont je perçois celle des autres. Elle m'a ouvert les yeux sur la cruauté du regard que porte notre société sur les personnes retardées.

Il y a un homme... il vit en bas de la route où habite ma mamie. Cinq jours par semaine, il se rend à vélo à la pépinière de son frère pour y travailler, et s'arrête souvent pour bavarder avec ma mamie quand elle est devant sa maison. Il a la quarantaine mais possède l'esprit d'un enfant. Chaque fois que nous le voyons, il sourit, agite le bras et lance un joyeux : « Saluuuuuut Ruthie ! » à ma mamie.

Un jour, [il] lui a raconté qu'à la pépinière un arbre de plus de deux mètres lui est tombé dessus tandis qu'il le déplaçait. Il a dit que les gens autour de lui se sont contentés de le montrer du doigt en riant, alors même qu'il avait besoin d'aide. Son histoire m'a rappelé celle de Charlie, que ses collègues tournent en dérision.

Je pense que votre nouvelle apporte beaucoup à notre littérature. Elle stimule notre esprit en nous incitant à réfléchir aux opérations comme celle que subit Charlie, et en appelle à nos émotions en nous montrant ses réussites et ses échecs. Je pense que si tout le monde lisait « Des fleurs pour Algernon », nous pourrions bâtir une société mieux adaptée aux retardés mentaux, et plus bienveillante à leur égard.

Merci mille fois d'avoir écrit une si merveilleuse histoire et de l'avoir partagée avec nous. Continuez d'écrire.

Signé : S.B.

Cher Daniel Keyes,

J'ai récemment relu « Des fleurs pour Algernon » et constaté avec surprise que j'avais oublié à quel point votre nouvelle était encourageante, porteuse d'espoir et

pédagogique. Une fois de plus, elle m'a vraiment ins-
piré…

« Des fleurs pour Algernon » est encourageante pour moi
car elle me rappelle qu'il faut être patient avec ceux qui
sont plus lents que moi. Je suis plus désireux d'aider les
autres et de leur apporter mon soutien. La pureté et la
force intérieure de votre personnage révèle le besoin de
gentillesse et de connaissance dans notre monde contem-
porain. Plus important encore, elle m'a appris (et à bien
d'autres, j'en suis sûr) à être reconnaissant pour ce que
la nature m'a offert.

Signé : K.R.

J'ai présenté les lycéens assis au premier rang et j'ai
montré leurs lettres au public. « Quand ce garçon m'a
dit : "Monsieur Keyes, je veux être intelligent", il m'a
donné la voix et la personnalité dont avait besoin Charlie.
Je l'ai lancé comme un galet dans l'océan, créant des
vagues qui atteignent aujourd'hui le cœur des jeunes,
comme ces trois-là, dont je partage avec vous les lettres
– véritable cadeau qu'ils m'ont fait ce matin. »

La conférence s'est terminée sur cette note, mais j'y
ai beaucoup réfléchi depuis. Dans mon enfance, mon
amour des livres m'a conduit à vouloir devenir un écrivain. Dans ma jeune trentaine, quand j'ai cru que j'allais
mourir sans avoir publié le roman, et que je contem-
plais l'abîme de ma propre mortalité, j'ai dit : « Dieu
merci, j'ai terminé ce livre. » J'ai alors su que j'étais
devenu un écrivain.

À présent que je ne suis plus tout jeune, quand je lis
ce genre de lettres de mes lecteurs, je comprends *pourquoi* j'écris, et *pourquoi* je continuerai de le faire aussi
longtemps que je le pourrai. J'écris dans l'espoir que,
longtemps après que je serai parti, mes nouvelles et mes
romans, tels des galets jetés dans l'eau, continueront de
faire des ronds qui toucheront d'autres esprits. Peut-être
d'autres esprits en conflit avec eux-mêmes.

La deuxième question la plus fréquemment posée porte sur la fin. Puisque Algernon meurt, cela veut-il dire que Charlie connaît le même sort ? Ou bien ai-je délibérément laissé la question en suspens pour une possible suite ?

Comme je l'ai dit plus haut, je ne crois pas qu'un écrivain doive interpréter ou expliquer le sens ou l'intention contenus dans ses textes, donc je réponds toujours : « Je ne sais pas. »

Et pourtant, tout au long de ces années, j'ai toujours senti la présence de Charlie. Je peux seulement dire que je le revois encore dans cette salle de classe, cinquante ans plus tôt, s'approchant de mon bureau et s'arrêtant pour me dire : « Monsieur Keyes, je veux être intelligent. »

Où qu'il soit, quoi qu'il fasse, je n'oublierai jamais ces mots qui m'ont donné la clé de la nouvelle et du roman. Ses mots ont touché des dizaines de millions de lecteurs et de téléspectateurs à travers le monde. Et ils ont aussi changé ma vie.

Maintenant, grâce à lui, je suis moi-même beaucoup plus intelligent que je ne l'étais quand nos routes se sont croisées.

Épilogue

Mon « Qu'arriverait-il si… ? » se réalise

J'ai découvert que l'une des méthodes utilisées au lycée ou à l'université pour commenter *Des fleurs pour Algernon* consiste à discuter des questions morales posées par l'amélioration artificielle de l'intelligence humaine ou animale, si la fiction devenait un jour réalité. Le débat a surgi bien plus tôt que je ne l'aurais imaginé.

Au matin du 2 septembre 1999, après avoir achevé ce que je croyais être le dernier chapitre de ce livre, j'ai décidé de fêter l'événement en m'offrant mon petit déjeuner préféré dans un restaurant du coin. Le serveur m'a apporté ma commande, et j'ai pris le *New York Times* pour le lire en mangeant. Quand mon regard est tombé sur les gros titres, j'en ai lâché ma fourchette.

UN SCIENTIFIQUE CRÉE UNE SOURIS INTELLIGENTE
L'ÉTUDE DE LA FORMATION DE LA MÉMOIRE
POURRAIT UN JOUR AVOIR DES RETOMBÉES THÉRAPEUTIQUES

L'idée qui avait éclos dans ma tête quelque cinquante ans plus tôt sur un quai de gare – « Qu'arriverait-il si l'on pouvait améliorer artificiellement l'intelligence humaine ? » – s'était frayé un chemin jusque dans les laboratoires de biologie moléculaire de Princeton, dans ceux du département de neurosciences cognitives de l'Institut de technologie du Massachusetts, et dans ceux d'anesthésiologie et de neurobiologie de l'Université Washington à Saint Louis.

Le *Times* mentionnait un article intitulé « Augmentation génétique de l'apprentissage et de la mémoire chez la souris », publié ce jour dans la revue *Nature*. Le Dr Joe Z. Tsien, neurobiologiste à Princeton, et son équipe de recherche y décrivaient comment ils avaient modifié les gènes d'embryons de souris et découvert un « interrupteur gradué de la formation de la mémoire ».

Le gène *NR2B* est crucial pour l'apprentissage car il contribue à synthétiser la protéine servant de récepteur aux signaux chimiques spécifiques que nous traduisons en souvenirs. Ces récepteurs sont présents en abondance chez la jeune souris, mais leur nombre décroît considérablement après la maturité sexuelle. Si l'on renforce la présence de ce gène chez l'embryon, il devient une souris plus intelligente.

En outre, la progéniture de ces souris génétiquement modifiées, selon le Dr Tsien, « fait preuve d'une capacité d'apprentissage et de mémorisation supérieure dans diverses tâches comportementales ». Les scientifiques croient que les adultes dont les gènes mémoriels et cognitifs ont été dopés de cette façon pourraient être capables de développer les facultés d'apprentissage des plus jeunes.

Les souris *intelligentes* surpassaient les souris *naturelles* dans bien des tests, comme la vitesse de mémorisation de l'emplacement d'une plateforme immergée en eaux troubles. De plus, les souris considèrent généralement les objets familiers et les nouveaux objets avec un égal intérêt. Mais ces tests ont montré que les souris intelligentes s'intéressaient davantage aux nouveaux objets – un signe que leur mémoire améliorée se souvenait des objets familiers.

Dans deux autres expériences, les souris génétiquement modifiées et leur progéniture faisaient également montre d'une mémoire émotionnelle supérieure. Elles répondaient plus vite au danger que les souris naturelles. Après avoir été placées dans une boîte où on leur faisait subir un choc modéré, elles apprenaient plus rapidement à craindre la boîte elle-même, et le manifestaient en tressaillant, en tentant de s'échapper ou en couinant.

Mais quand le choc était discontinu, et non plus associé à la boîte, les super-souris apprenaient plus vite à ne plus avoir peur de la boîte. Le conditionnement et le déconditionnement, deux capacités liées à la survie, révélaient ce que les scientifiques appelaient l'intelligence émotionnelle, et que certains neuropsychiatres nomment aujourd'hui Q.E.

Sans plus de considération pour mon petit déjeuner maintenant froid, j'ai payé l'addition et je suis revenu à mon bureau pour finir de lire l'article. Puis j'ai recherché sur Internet les réactions qu'avaient suscitées ces nouvelles découvertes. Comme je m'y attendais, la polémique n'avait pas tardé à éclater, tant dans la communauté scientifique que dans les médias.

Le Dr Eric R. Kandel, un spécialiste du cerveau à l'université Columbia, qui attestait la qualité et la fiabilité des travaux du Dr Tsien, disait au *New York Times* que les premières applications de ces études devraient être d'ordre thérapeutique – le traitement de l'amnésie. Kandel qualifiait l'idée d'augmentation de l'intelligence *normale* de « *cosmétiques neurobiologiques* », « *une dérive dangereuse d'un point de vue éthique* ». « *C'est une chose de soigner les patients présentant un déficit*, disait-il. *Mais commencer à bidouiller une mémoire saine est délicat. Je ne suis pas sûr qu'il soit bon de retenir l'intelligence comme seul facteur sociétal déterminant… Je ne souhaiterais pas que nous en venions à "prendre la pilule" pour créer une race supérieure.* »

Le Dr Stevens de l'Institut Salk déclarait au *Times* : « *Il se pourrait que trop apprendre soit dommageable… Nous en viendrions à retenir tout et n'importe quoi, au* point de surcharger nos disques durs d'un trop-plein d'informations. »

Dans un article, illustré d'un enfant ayant les traits de la créature de Frankenstein, *Time Magazine* citait le neurobiologiste Alcino Silva : « *Tout a un prix... Très souvent les améliorations sur un gène se traduisent par la détérioration d'un autre gène.* »

Selon Jeremy Rifkin, simplement désigné comme « un critique bien connu en matière de biotechnologies » : « *Comment savoir si nous n'allons pas créer un monstre mental ? Peut-être sommes-nous en train de programmer notre propre extinction.* »

J'ai fini par téléphoner au chef du projet de recherches à Princeton, le Dr Joe Z. Tsien. Je me suis présenté, et je lui ai dit que je souhaitais succinctement mentionner ses travaux à la fin du livre que j'étais en train d'écrire, ce dont il se félicita. Nous avons un peu parlé de ses expériences en général, puis je lui ai demandé : « Que répondez-vous aux critiques qui posent le problème des manipulations génétiques appliquées à l'être humain – et notamment l'amélioration de l'intelligence – en termes éthiques ?

— La définition précise de l'amélioration se fonde sur ce qui est sain ou normal, m'a-t-il répondu. J'ai maintenant trente-six ans, et ma mémoire n'est plus aussi bonne qu'autrefois. S'agit-il du processus normal de vieillissement ou bien est-ce une maladie ? Beaucoup de choses que nous considérions comme des conséquences du vieillissement sont aujourd'hui identifiées comme des maladies. Nous utilisons bien des médicaments contre la perte de mémoire. Je ne suis pas motivé par le besoin de créer une super-souris ou un super-génie, mais nous avons trouvé le bon gène – l'interrupteur magique de la formation de la mémoire. Un individu jouissant d'un Q.I. de 120 peut se sentir handicapé à côté de quelqu'un qui culmine à 160 ou 170.

— Vous pensez donc qu'il est possible d'accroître l'intelligence humaine.

— Certes, mais le fossé qui sépare les souris des hommes est encore large. Nous franchirons ce fossé. *Ça arrivera.* Il est temps pour nous de se poser ces questions. »

Dans le *Times*, le Dr Tsien avait affirmé qu'améliorer l'intelligence des gens, que ce soit par des médicaments ou des altérations génétiques, pouvait avoir de profondes conséquences sur la société. Je lui ai demandé de m'expliquer cela.

« La civilisation repose sur notre extraordinaire intelligence. C'est le premier facteur d'évolution d'une société et d'une civilisation tout entière. S'il existe un moyen d'améliorer l'intelligence [humaine], alors il ne serait pas surprenant que cela ait des conséquences sur l'évolution de la société. »

Nous avons évoqué brièvement *Des fleurs pour Algernon.*

« Bien sûr que je l'ai lu, a-t-il dit. Tout le monde en parle. Quand je l'ai eu terminé, j'ai pensé : "Bon sang ! Ce type a une telle avance sur nous que nous ne le rattraperons jamais !" »

Maintenant qu'ils avaient rattrapé Algernon, je ne pouvais m'empêcher de penser au Charlie réel. « Combien de temps croyez-vous qu'il faudra pour accroître l'intelligence *humaine* ?

— Vous autres écrivains avez en permanence une longueur d'avance. Nous sommes toujours à la traîne.

— Combien de temps ? » ai-je insisté.

Après une longue pause, le Dr Tsien a répondu : « Je m'attends que cela arrive au cours des trente prochaines années. »

Remerciements

La plupart des gens dont l'existence a croisé ma vie d'écrivain sont présents dans ce livre. Je leur renouvelle ici mes remerciements.

Cependant, dans la mesure où les nouvelles, les romans, les dramatiques télévisées, les films, les pièces amateurs, les comédies musicales et les téléfilms ne permettent pas à l'auteur de mentionner tout le monde, ou de s'étendre sur sa dette morale, je voudrais à présent citer les personnes suivantes :

Morton Klass, proche ami décédé, avec qui j'ai eu le plaisir d'échanger des idées autour d'un échiquier sur Hoffman Island, et qui m'a fait découvrir la science-fiction, ses auteurs, ses éditeurs et le Hydra Club.

Grâce à Mort, j'ai rencontré son frère, Philip Klass (écrivant sous le pseudonyme de William Tenn), qui ne fut avare ni de son temps ni de son jugement en lisant mes premières nouvelles. Phil fut ma première rencontre avec un auteur sévère et professionnel, amoureux des mots, des phrases et des paragraphes, et qui savait argumenter ses critiques comme ses compliments. Quand il a lu le premier jet de « Des fleurs pour Algernon », il a déclaré : « Dan, ce sera un classique. » Je lui suis reconnaissant pour ses encouragements.

Quand Robert P. Mills, aujourd'hui décédé, a acheté – sur la recommandation de Phil Klass – la nouvelle originale pour *The Magazine of Fantasy and Science Fiction*, il m'a mis sur le chemin que je n'ai cessé d'arpenter depuis. Merci aussi à Ed Ferman, de Mercury Press, pour son travail d'édition.

Je voudrais exprimer ma gratitude à trois avocats : Don Engel, à Los Angeles, qui, après avoir remporté l'arbitrage sur les droits d'adaptation en comédie musicale en 1977, est devenu le défenseur attitré de mes intérêts professionnels.

Par la suite, Engel m'a fait intégrer l'agence William Morris à Beverly Hills, où j'ai travaillé avec Ron Nolte, qui n'a jamais ménagé sa peine pour m'obtenir les meilleures conditions, prouvant ainsi que l'agence William Morris défend ses auteurs.

Je ne trouve pas de mots assez forts pour louer le travail de Eric Zohn, jeune et brillant avocat des bureaux new-yorkais de l'agence Morris. Eric était toujours là quand j'avais besoin de lui pour dénouer les fils d'écheveaux juridiques complexes. Mille mercis également à mon agent littéraire actuel, Mel Berger, de la même agence, pour ses encouragements permanents.

Au Japon, ma reconnaissance va à M. Hiroshi Hayakawa, des Éditions Hayakawa, pour avoir publié *Des fleurs pour Algernon* dans son pays en 1978. Un million et demi d'exemplaires reliés circulent là-bas.

Tatemi Sakai, membre de l'agence littéraire Orion, qui a négocié au Japon les droits d'adaptation théâtrale ainsi que les droits de publication de *The Fifth Sally*.

Miko Kai, membre de l'agence littéraire Tuttle-Mori, qui représente au Japon l'agence Morris, pour avoir négocié les contrats de la plupart de mes autres œuvres avec Hayakawa Shobo.

Mon nouvel éditeur indépendant, Sol Stein, auparavant chez Stein & Day Publishers, qui m'a encouragé à développer et à réviser cette autobiographie. Je le remercie pour ses conseils avisés.

Merci encore à David Ginsberg, directeur de Citadel Entertainment, à Craig Zadan et à Neil Meron de Storyline Entertainment, pour leur confiance et leurs efforts dans le long et pénible arbitrage juridique qui a confirmé mes droits sur le téléfilm de CBS-TV basé sur *Des fleurs pour Algernon*.

Ma dette à l'égard de mes parents s'étend bien au-delà de la relation décrite dans ces pages. Mon père m'a procuré des montagnes de livres et m'a inculqué le désir ardent de me sortir de la pauvreté grâce à l'éducation. Ma mère m'a appris à rechercher la perfection, tout en me souciant des autres. Tous deux furent très exigeants, mais – et bien qu'il remonte à loin –, leur amour a jeté sur l'ensemble de ma vie et sur ce livre une ombre bienveillante.

Mille mercis aux autres membres de ma famille :

Ma sœur Gail et mon beau-frère Ed Markus pour leur généreuse hospitalité, et pour avoir compris que, bien que nous résidions à deux pas dans le monde réel, mon esprit vit dans un ailleurs inaccessible quand j'écris.

Ma femme Aurea, relectrice et critique acérée toujours à mes côtés ; ma fille et confidente Leslie Joan, pour ne jamais céder à la monotonie, et pour avoir lu et fait d'utiles suggestions sur le manuscrit de ce livre ; et ma fille Hillary Ann, mon assistante personnelle – elle-même une amoureuse des livres –, qui s'est rendue indispensable de l'idée originale jusqu'à la dernière révision, en passant par la conception de la couverture. Je les remercie, mes chères et tendres, qui m'ont supporté, encouragé et qui m'ont procuré le soutien affectif sans lequel le travail de l'écrivain est impossible.

En fin de compte, Charlie Gordon et Algernon n'auraient jamais existé sans le garçon retardé en quête d'intelligence qui est venu me parler à la fin d'un cours et m'a déclaré : « Monsieur Keyes, je veux être intelligent. » Bien qu'il demeure anonyme, et qu'il ne puisse jamais avoir connaissance de la portée de ses mots, mes lecteurs et moi-même lui devons plus que nous ne pouvons l'exprimer.

Daniel KEYES
31 OCTOBRE 1999

« Des fleurs pour Algernon »
La nouvelle originale

Conterandu 1

5 marse. Le docteur Strauss dit que je devré écrire ce que je panse et tousse qui m'arrive a partir de mintenan. Je sait pas pourquoi mais il dit que c'est inportan pour qu'ils voit si ils peuve mutilisé. Jespère qu'ils mutiliseron. Manoiselle Kinnian dit qu'ils peuve peutètre me rendre intélijan. Je veu être intélijan. Mon non sait Charlie Gordon. J'ai 37 ans et il y a 2 semènes c'était mon aniversère. J'ai rien de plusse à écrire mintenan et je vait arété pour ojourdui.

Conte rendu 2

6 marse. J'ai passé un test ojourdui. Je croit que je les raté. Et je panse que mintenan ils vont peutètre pas mutilisé. Le test c'était un genti garson dans la pièce et il avait des cartes blanches avec plein de taches dancre dessu. Il disait Charlie quesseque tu voit sur cète carte. J'avait la frousse même si j'avait ma pate de lapin dans ma poche pasque quan j'était un enfan j'ait toujoure raté les tests a l'école et je renversait de l'ancre aussi. Je lui ait dit que je voyé une tache d'ancre. Il a dit oui et sa ma rassuré. Je pensait que c'était tou mais quan je me sui levé pour partir il ma arété. Il a dit mintenan assitoit Charlie on a pas fini. Aprè je me souvien pas bien mais il voulait que je dise ce qui avait dans l'ancre. Je voyait rien dans l'ancre mais il a dit qui avait des dessins et que dotre gens y voyait des dessins. Je pouvait voire aucun dessin. J'ai vraiman esseyé dans voire. Je tenait la carte dabore tou pré et pui tout loin. Alore j'ai dit si j'avait mes lunètes je verrait mieu pasque dabitude je porte mes lunètes que pour les filmes ou pour la télé mais j'ai dit quelles était dans le placare dans lantré. Apré je les ait mise. Alore j'ai dit fète moi voire encore cé cartes je parit que je vait trouvé mintenan.

J'ai asseyé tré fort mais je pouvait toujoure pas trouvé les dessins je voyait que l'ancre. Je lui ai dit peutètre que j'ai besoin de nouvèle lunètes. Il a écrit quelquechose sur un papié et j'ai eut peur d'avoir raté le teste. Je lui ai dit que c'était une tré joli tache aveque des petis poins tout otour des bores. Il a eut l'ere triste alore sétait pas sa. J'ai dit sivouplé laissé moi esseyé encore. Ji arriverait dans quelque minutes pasque des fois je suit pluto lent. Je suit aussi un lecteur lent dans la classe de Manoiselle Kinnian pour adultes lents mais je fai baucou des forts.

Il ma donné une chance avec une otre carte qui avait deux sortes dancre dessu du rouge et du bleu.

Il était très janti et il parlait lanteman comme Manoiselle Kinnian et il ma espliqué que c'était un test de ror chat. Il a dit que les jans voyait des choses dans lancre. J'ai di montré moi ou sa. Il ma dit de pansé. Je lui ai di que je pansait a une tache dancre mais s'était pas sa non plu. Il a dit sa vous rapèle quoi, il fot imaginé quelque chose. J'ai fermé les yeux lontan et jai fait semblan. Je lui ai di que j'imaginait un stilo avec l'ancre qui coule partou sur la nape. Alore il s'est levé et il est parti.

Je croi pas que j'ai réussi le test de ror chat.

Contrandu 3

7 marse. Le Dr Strauss et le Dr Nemur dise que sait pas grave pour les taches. Je leur ai dit que s'était pas moi qui a renversé l'ancre sur les cartes et que je pouvai rien voir dans l'ancre. Ils on dit que peutètre ils mutiliserait quan mème. J'ai dit Manoiselle Kinnian ma jamai donné des tests comme sa elle me fait seuleman lire et écrire. Ils on dit que Manoiselle Kinnian elle a raconté que j'était son meilleur élève au cour du soir pour adultes pasque je fesait le plusse des forts et je voulait vrèman aprandre. Ils on dit coman sa se fait que tu vient tou seul au cour du soir Charlie. Coman tu la trouvé. J'ai di que j'avait demandé à des jans et quelqun ma dit ou je devrai allé pour aprandre a lire et a écrire comme il faut. Ils ont demendé pourquoi. J'ait dit pasque toute ma vie j'ai voulu être intelijan et pas idio. Mais c'est droleman difficile d'être intelijan. Ils ont dit tu sait que se sera sureman tanporère. J'ai dit oui Manoiselle Kinnian me la dit. Sait pas grave si sa fait mal.

Aprè j'ai encore eu des droles de tests. La jantille dame qui me les a fait passés ma dit le non et j'ai demandé coman sa sépèle pour que je le mète dans mon conte randu. TEST D'APERCEPTION THÉMATIQUE. Je conait pas les 2 derniers mots mais test je sait ce que sa veut dire. Il faut le réussir sinon on a des mauvais points. Se test avait l'air facile pasque je pouvait voir les images. Mais sette fois elle me demandait pas de lui raconter les images. Sa ma tout embrouyé. J'ai dit que le meussieu d'hier voulait que je raconte se que je voyait dans l'ancre mais elle a dit sa fait rien. Elle a dit quil faut inventé des histoires sur les jans dans les images.

Je lui ai dit comant on peut inventé des histoires sur des jans quon conait pas. J'ai dit pourquoi je devrait dire des mansonjes. Je dit jamè plu de mansonjes pasque je me fait toujour atrapé.

Elle ma dit que se test et l'autre test de ror chat s'était pour avoir la personnalité. J'ai bien rigolé. J'ai dit coman vous pouvé l'avoir avec des taches d'ancre et des fotos. Elle sait faché et elle a oté les images. Sa m'est égal. S'était idio. Je croit que j'ai raté ce test aussi.

Après des homes en blouse blanche m'ont enmené dans une autre partie de l'hopital et ils m'ont doné un jeu. S'était come une course avec une souri blanche. Ils appelait la souri Algernon. Algernon était dans une boite avec un ta de tournans et de virajes qui faisait comme des murs et ils m'ont doné un crayon et du papié avec des lignes et des tas de cazes. D'un coté il y avait écrit DÉPART et de l'autre ARRIVÉE. Ils ont dit que s'était un labirinte et que Algernon et moi on avait le même labirinte a faire. Je voyait pas coman on pouvait avoir le même labirinte pasque Algernon il avait une boite et moi j'avait un papié mais j'ai rien dit. De toute fasson j'avait pas le tant pasque la course comansait.

Un des homes avait une montre et il essayait de la cacher pour que je la voit pas alore j'ai essayé de ne pas regardé et sa m'a randu nerveu. En touca ce test s'était pire que les autres pasque ils l'ont fait 10 fois et avec des labirintes diférans et Algernon a gagné a chaque foi. Je savait pas que les souris blanches était si intélijantes. S'est peutètre pasque Algernon est une souri blanche. Peutètre que les souris blanches sont plus intélijantes que les autres.

Conte randu 4

8 mars. Ils vont mutilisé ! Je suis si eccité que j'ai du mal a écrire. Le Dr Nemur et le Dr Strauss se sont dabor faché. Le Dr Nemur était dans son buro quand le Dr Straus ma amené. Le Dr Nemur ne voulait pas trop mutilisé mais le Dr Strauss lui a dit que Manoiselle Kinnian m'avait recomandé parseque j'étais le meilleur de tout ses élèves. J'aime bien Manoiselle Kinnian parsequ'elle est trè inteligante. Et elle ma dit Charlie tu va avoir une deuzième chance. Si tu et volontaire pour sète espériense tu poura devenir intelijan. Ils ne save pas si se sera père manan mais s'est possible. S'est pour sa que j'ai dit dacor mème si j'avait peur parsequ'elle a dit qui avait une opérasion. Elle a dit né pas peur Charlie tu a fait telemant avec si peu que je croit que tu le mérite plus que ninporteki.

Aprè j'ai eu peur quan le Dr Nemur et le Dr Strauss en ont parlé. Le Dr Strauss a dit que j'avait quelquechose de trè bien. Il a dit que j'avait une bone motivasion. Je savait même pas que j'avait sa. J'ai été fier quan il a dit que tou les jans avec un kui de 68 n'avait pas sa. Je sait pas se que c'est ni ou je l'ai eut mais il a dit que Algernon lavait aussi. La motivasion d'Algernon s'est le fromaje qu'ils mète dans la boite. Mais s'est sureman pas sa pasque j'ai pas manjé du tou de fromaje sète semène.

Après il a dit au Dr Nemur quelqechose que j'ai pas compri alor pandan qu'ils parlait j'ai noté certin des mots.

Il a dit Dr Nemur je sait que Charlie nait pasque vous atandié come premier éléman de votre nouvel rasse de super intélek (j'ai pas compri le mot). Mais la plupare des jans ayan un ** mantal aussi ba sont osti** et peu copé** ils sont dordinère apat** et dinabore difisil. Il a bon caraktère il montre delintérait et il ait dézireu de bien faire.

Le Dr Nemur a dit noublié pas que se sera le premié rumin don l'intelijanse sera triplé par la chirurgie.

Le Dr Strauss a dit justeman. Regardé come il a bien apri a lire et écrire malgré son aje mental c'est un exploi aussi remar** que si nous aprenions tout les deux la téori de la **vité denechtène sans aucune aide. Sa montre son intanse motivasion. En conp** sait un exploi fénom** je propoze qu'on nutilise Charlie.

J'ai pas saizi tout les mots et ils parlait trop vite mais on aurait dit que le Dr Strauss été de mon coté et pas l'autre.

Après le Dr Nemur a dit dacore vous avez peutètre raison. Nous zutiliseron Charlie. Quant il a dit sa j'ai été si eccité que j'ai sauté pour lui séré la main pour le remersié. Je lui ait dit merci docteur vous regréteré pas de m'avoir doné une deuxième chance. Et quan je lui ai dit sa je le pansait vraimant. Après l'opérasion je vait essayé d'être intelijan. Je vait vraimant essayé.

Comte randu 5

10 marse. J'ai très peur. Des tas de jans qui travaille ici sont venu maporté des bonbons et me souété bone chance. Les infirmières et les jans qui m'ont fait passé les tests. Jespère que j'aurait de la chance. J'ai prit ma pate de lapin et mon sou porteboneur et mon fer a cheval. Seuleman y a un chat noir qui a traversé devan moi pendan que je venait a l'hopital. Le Dr Strauss a dit faut pas être super sticieu Charlie s'est de la siense. En touca je garde ma pate de lapin avec moi.

J'ai demandé au Dr Strauss si je batrai Algernon a la course apré l'opérasion et il a dit peutètre. Si l'opérasion réussi je montreré a cette souri que je peu être aussi intélijan qu'elle. Peutètre même plusse. Apré je pourai lire mieu et écrire les mots comme y fot et savoir des tas de choses et être comme les autres jans. Je veut être intélijant comme les autres. Si sa reste père manan on poura rendre toulmonde intélijan.

On ma rien doné a manjé ce matin. Je voi pas pourquoi mangé sa anpécherai de devenir intélijan. J'ai très fin et le Dr Nemur ma prit ma boite de bonbons. Ce Dr Nemur il arète pas de raler. Le Dr Strauss dit quon me la rendra après l'opérasion. On doit pas manjé avant une opérasion.

Compte rendu 6

15 mars. L'operasion ma pas fait mal. Il la faite pandant que je dormai. On ma anlevé les bandages sur les zyeux et sur la tète pour que je puisse écrire un COMPTE RENDU. Le Dr Nemur a regardé les otres que j'ai fait et il dit que j'ai mal écrit COMPTE et il ma dit aussi comant sa sépèle RENDU. Je dois essayé de m'en rapelé.

J'ai une très mauvaise mémoire pour l'ortografhe. Le Dr Strauss dit que c'est bien d'écrire tout se qui marive mais que je devrai plusse raconté ce que je ressan et ce que je panse. Quant j'ai dis que je savai pas comant faire pour pansé il ma dit dessayé. Pandant que j'avai les bandajes sur les zyeux, j'ai essayé de pansé. Y sait rien passé. Je sait pas a quoi pansé. Peutetre que si je lui demande il me dira comant je peu pansé mintenant que je doit devenir intélijant. À quoi panse les jans intélijants. À des choses intéresantes je supoze. Je voudrait déjà conaitre plin de choses intéresantes.

Compte rendu 7

19 mars. Il se passe rien. J'ai fait plin de tests et toute sortes de courses avec Algernon. Je détest cète souri. Elle me bat toujours. Le Dr Strauss dit que je doit quand même joué. Il dit qu'un jour je devrai refère ces tests. Ces taches d'ancre sont idiotes. Et les images aussi. J'aime bien dessiner une image avec un homme et une fame mais je veus pas dire de mensonges sur les gens.

J'ai eu mal a la tète a forse de panser autant. Je croyais que le Dr Strauss était mon ami mais il m'aide pas. Il me dit pas a quoi panser ou quand je deviendrai intélijant. Manoiselle Kinnian est pas venu me voir. Je crois aussi que c'est idiot d'écrire ces comptes rendus.

Compte rendu 8

23 mars. Je retourne travailler a l'usine. Ils ont dit que sa serait mieu si je retourne au travail mais que je dois dire a personne pourquoi j'ai été opéré et que je dois aller a l'hopital une heure tous les soirs après le travail. Ils vont me payer tout les mois pour aprendre a ètre inteligent. Je suis contant de retourner au travail parce que mon boulo me manque et aussi tous mes copins parce qu'on s'amuse bien labat.

Le Dr Strauss dit que je devrait continuer a écrire des trucs mais c'est pas obligé tous les jours seulement quand je pense a quelquechose ou quand il se passe quelquechose de spécial. Il dit que je dois pas me décourager parcequ'il faut dutant et que c'est lont. Il dit qu'il a falu lontant avec Algeron avant qu'il deviene 3 fois plus intéligent qu'avant. C'est pour sa qu'Algernon me bat a chaque fois parce qu'il a eu la même opération. Sa me console. Je pourai surement faire l'abirinte plus vite qu'une souri normale. Peutètre qu'un jour je batrai Algernon. Sa serait super. Pour linstant on dirait qu'Algernon pourait rester inteligent permanant.

25 mars. (J'ai plus besoin d'écrire COMPTE RENDU au début mais seulement quand je le done a lire au Dr Nemur une fois par semaine. J'ai juste a mettre la date. Sa gagne du tant.)

On s'est bien amusé a l'usine aujourdui. Joe Carp a dit regarde ou Charlie a été opéré quesqu'ils ont fait Charlie ils ont mi un peu de cervèle dans ton crane. J'alais lui dire mais je me suis rapelé que le Dr Strauss avait dit non. Alors Frank Reilly a dit quesque ta fait Charlie ta oublié la clé et ta ouvert la porte avec la tète. Sa ma fait rigoler. C'est vraimant des copins et ils m'aime bien.

Des fois quelqun dit é regardé Joe ou Frank ou George il a vraiment fait son Charlie Gordon. Je sais pas pourquoi ils dise sa mais ils rigole toujours. Ce matin Amos Borg qui est le contremètre chez Donnegan a crié sur Ernie le garson de courses et la apelé par mon non. Ernie avait perdu un paqué. Il a dit Ernie bonsant tu essaye de faire ton Charlie Gordon ou quoi. Je conprans pas pourquoi il a dit sa. Moi j'ai jamais perdu de paqué.

28 mars. Le Dr Strauss est venu dans ma chambre cette nuit pour voir pourquoi j'étais pas venu comme je devais le faire. Je lui ai dit que j'avais plus envit de faire la course avec Algernon. Il a dit que j'étais plus obligé pour linstant mais que je devais venir quand même. Il avait un cadau pour moi mais c'était seulement pour me le prêter. J'ai cru que c'était une petite télévision mais c'était pas sa. Il a dit que je devais la lumer avant d'aller me coucher. J'ai dit vous rigolé pourquoi que je devrais la lumer quand je vais dormir. On a jamais vu sa. Mais il a dit que je devais faire ce qu'il dit si je voulais devenir inteligent. J'ai dit que je pensais pas devenir intéligent mais il a posé sa main sur mon épaule et a dit Charlie tu le remarque pas encore mais tu devient de plus en plus intéligent. Tu le remarquera pas avant un moment. Je crois qu'il essayait juste d'être gentit pour que je sois contant parceque j'ai pas l'air plus inteligent.

Ah oui j'ai faillit oublier. Je lui ai demandé quand je pourai retourner dans la classe de Manoiselle Kinnian. Il a dit que j'irai plus labas. Il a dit que bientau c'est Manoiselle Kinnian qui viendrait a l'hopital pour me donner des cours particuliés. J'étais faché contre elle parce qu'elle était pas venu me voir après l'opération mais je l'aime bien alors peut ètre qu'on sera encore des amis.

29 mars. Cette foutu télé m'a enpéché de dormir toute la nuit. Comment je peus dormir avec ce machin qui me braille toute la nuit des bètises dans les oreilles.

Et puis ces images idiotes ! Olala. Je sais déjà pas ce que sa raconte quand je suis réveillé alors comment je pourrais le savoir quand je dors.

Le Dr Strauss dit que sa va. Il dit que mon cerveau apprend pendant que je dors et que sa m'aidera quand Mlle Kinnian me donnera des lessons à l'hopital (seulement j'ai apprit que c'est pas un hopital mais un laboratoire). Je crois que tout sa c'est idiot. Si on peu devenir inteligent quand on dort, alore pourquoi les gens vont à l'école. Je croi pas que se truc marchera. Dabitude je regarde tout le tenps le programme de la nuit et le dernier programme à la télé et sa ma jamais rendu plus inteligent. Peutètre qu'il faut dormir quand on le regarde.

Compte rendu 9

3 avril. Le Dr Strauss m'a montré comment mettre moins fort et maintenant je peus dormir. J'entends rien du tout. Et je comprends toujours pas ce que sa raconte. Des fois je la fais marcher le matin pour voir ce que j'ai appris sans y penser pendant que je dormais. Mlle Kinnian dit que c'est peut être une autre langue ou quelque chose comme sa. Mais en général sa ressemble a de l'américain. Sa parle très vite encore plus vite que Mlle Gold qui était mon professeur en sizième je me rapèle qu'elle parlait telement vite que je pouvais pas la comprendre.

J'ai demandé au Dr Strauss a quoi sa sert de devenir inteligent quand je dors. Je veux être inteligent quand je suis réveillé. Il dit que c'est la même chose et que j'ai deux esprits. Il y a le *subconscient* et le *conscient* (c'est comme sa que sa s'écrit). Et aucun dit a l'autre ce qu'il fait. Ils se parlent même pas entre eux. C'est pour sa que je rêve. Et bonsant qu'est ce que j'ai pu faire comme rêves bizares. Olala. Depuis que j'ai cette télé de nuit. Le tout dernier dernier dernier dernier programme.

J'ai oublié de lui demander si c'était seulement moi ou si tout le monde avait deux esprits.

(Je viens de chercher le mot dans le dictionnaire que le Dr Strauss m'a donné. Le mot est *subconscient, adj. Se rapporte aux opérations psychiques qui échappent à la conscience ; par exemple : un conflit subconscient de désirs.*) Il y a d'autres explications mais je comprens pas ce que sa veut dire. C'est pas un très bon dictionnaire pour des gens stupides comme moi. De toute manière j'ai mal à la tête depuis notre sortie. Mes copins de l'usine Joe Carp et Frank Reilly m'ont invité a aller boire un coup avec eux au Muggsy Saloon. J'aime pas boire mais ils ont dit qu'on rigolerait bien. Je me suis bien amusé.

Joe Carp a dit que je devrai montrer aux filles comment je netoie les toilettes à l'usine et il m'a passé un balai. Je leur ai montré et tout le monde a rigolé quand j'ai raconté que M. Donnegan dit que je suis le meilleur gardien qu'il a jamais eu parce que j'aime mon boulot et que je le fais bien et que je suis jamais en retard ou absent sauf le jour de mon opération.

J'ai raconté que Mlle Kinnian dit toujours Charlie soit fier de ton travail parce que tu le fais bien.

Tout le monde a rigolé et on s'est bien amusé et ils m'ont servi beaucou a boire et Joe a dit Charlie est tordant quand il est pompète. Je sais pas ce que sa veut dire mais tout le monde m'aime bien et on s'amuse beaucou. Je suis impatient d'être inteligent comme mes meilleurs amis Joe Carp et Frank Reilly.

Je me rapèle pas comment la fête a fini mais je crois que j'ai été acheté un journal et du café pour Joe et Frank et que quand je suis revenu il y avait plus personne. Je les ai tous cherché pendant long temp. Apres je me rapèle pas trop mais je crois que je me suis endormi ou alors j'ai été malade. Un flic sympa m'a ramené à la maison. Enfin c'est ce que ma dit ma propriétaire Mme Flynn.

Mais j'ai mal au crane et aussi une grosse bosse a la tête avec du noir et du bleu tout au tour. Je pense que j'ai du me casser la figure mais Joe Carp dit que c'était le flic parceque des fois ils battent les ivrognes. Moi je crois pas. Mlle Kinnian dit que les flics sont la pour aider les gens. En tout cas j'ai très mal à la tête et je me sens pas bien et j'ai mal partout. Je crois que je boirai plus.

6 avril. J'ai battu Algernon ! Je savais même pas que je l'avais battu avant que Burt le testeur me le dise. La deusième fois j'ai perdu parce que j'étais si eccité que je suis tombé de la chaise avant d'avoir fini. Mais après je l'ai battu encore 8 fois. Je dois surement devenir intelligent pour pouvoir battre une souris aussi intelligente qu'Algernon. Pourtant je me sens pas plus intelligent.

Je voulais encore faire la course avec Algernon mais Burt a dit que c'était suffisant pour une seule journé. Ils m'ont laissé prendre Algernon pendant une minute. Il est pas si méchant. Il est doux comme une boule de coton. Il cligne les yeux et après quand il les ouvre ils sont noirs et roses sur les bords.

J'ai demandé si je pouvais lui donner à manger parce que j'étais géné de l'avoir battu et je voulais être sympa et qu'on devienne des amis. Burt a dit non Algernon est une souris très spécial qui a eu une opération comme la tiene et il a été le premier de tous les animaus a rester intelligent aussi longtemps. Il m'a dit Algernon est si intelligent que chaque jour il doit réussir un test pour avoir à manger. C'est un machin comme une serure sur une porte et sa change chaque fois qu'Algernon entre pour manger et comme sa il doit apprendre toujours quelque chose de nouveau pour avoir sa nourriture. Sa ma fait de la peine parce que si il arrive pas a apprendre il aura fin.

Je trouves pas sa juste de vous faire passé un test pour manger. Et le Dr Nemur sa lui plairait de devoir passé un test chaque fois qu'il veut manger. Je crois que je vais être copin avec Algernon.

9 avril. Ce soir après le travail Mlle Kinnian est venue au laboratoire. Elle avait l'air contente de me voir mais aussi d'avoir peur. Je lui ai dit vous en fête pas Mlle Kinnian je ne suis pas encore intelligent et elle a rigolé. Elle a dit j'ai confiance en toi Charlie après tous tes eforts pour lire et écrire mieux que tous les autres. Au pire sa durera un petit moment et tu fera quelque chose pour la sience.

Nous lisons un livre très difficile. J'ai encore jamais lu un livre aussi difficile. Sa s'appelle *Robinson Crusoé* et sa parle d'un homme qui est abandoné sur une ile deserte. Il est intelligent et il récupère plein de choses pour avoir une maison et à manger et il nage drolement bien. Seulement c'est triste parce qu'il est tout seul et qu'il n'a pas d'amis. Mais je crois qu'il doit y avoir quelq'un d'autre sur l'ile parce qu'il y a un dessin ou il est avec son drôle de paraplui en train de regarder des enprintes de pied. J'espère qu'il trouvera un ami et qu'il sera plus touseul.

10 avril. Mlle Kinnian m'apprend à écrire mieux. Elle dit regarde un mot et ferme les yeux et répète le tout le tant jusquasque tu t'en souviène. J'ai beaucoup de mal avec *chapeau* parce qu'il faut mettre un x quand il y en a plusieurs et aussi avec photo et alphabet par ce qu'on dit pas poto et alpabet. On dit foto et alfabet. C'est comme sa que je l'écrivai avant de devenir intelligent. Je trouve que c'est pas clair mais Mlle Kinnian dit qui a pas de logique dans l'ortographe.

Compte rendu 10

14 avril. J'ai fini *Robinson Crusoé.* J'aimerai en savoir plus sur ce qui lui est arrivé après mais Mlle Kinnian dit qui a rien d'autre. *Pourquoi.*

15 avril. Mlle Kinnian dit que j'aprends vite. Elle a lu quelques uns des Comptes Rendus et elle m'a regardé d'un drole d'air. Elle dit que je suis quelqu'un de bien et que je vais étoner tout le monde. Je lui ai demandé pourquoi. Elle a dit de ne pas m'en faire mais que je ne devrai pas être triste si je découvre que tout le monde n'est pas aussi gentit que je le crois. Elle dit que pour quelqu'un a qui dieu a si peu donné je me débrouille mieux que des tas de gens qui ont un cerveau et qui l'utilisent jamais. J'ai dit que tous mes amis étaient a lafois intelligents et gentits. Ils m'aiment bien et ils ne m'ont jamais fait de méchanceté. Alors elle a eu quelque chose dans l'euil et elle a du courir au toilette.

16 avril. Aujourd'hui, j'ai apprit, la *virgule*, sa c'est une virgule (,) come un point, avec une queu, Mlle Kinnian, dit que c'est important, parce que, sa fait mieux, quand on écrit, elle dit, que quelqu'un, peut perdre, des tas d'argent, si une virgule, n'est pas, à la, bonne place, moi je n'ai, pas d'argent, et je ne vois pas, comment une virgule, peut vous empêcher, de le perdre.

Mais elle dit, que tout le monde, utilise des virgules, alors moi aussi, je vais en utiliser.

17 avril. J'ai mal utilisé les virgules. C'est la ponctuation. Mlle Kinnian m'a dit de chercher des mots longs dans le dictionnaire pour apprendre comment les écrire. J'ai dit qu'est ce que sa peut faire si on peut quand même les lire. Elle a dit sa fait partie notre éducation alors maintenant je vais chercher tous les mots que je ne suis pas sur de bien écrire. Sa prend lontant d'écrire comme sa mais je crois que comme sa je m'en souviens. J'ai juste a regarder une fois et après j'écris le mot sans faute. En tout cas c'est comme sa que j'ai pu écrire le mot *ponctuation* comme il faut. (C'est comme sa dans le dictionnaire.) Mlle Kinnian dit que le point c'est aussi un signe de ponctuation, et qu'il y a des tas d'autres signes à apprendre. Je lui ai dit que je croyais que tous les points devaient avoir une queu mais elle a dit que non.

Il faut les mélanger, elle m'a ? montré « comment les ! mélanger (tous, et maintenant ; je peux ! mélanger toutes » sortes de ponctuation, dans ! ce que J'écris ? Il, y a des tas ! de règles ? à apprendre ; mais je me les enfonce dans le crane.

Il y a une chose ? que j'aime bien chez, Chère Mlle Kinnian : (c'est comme ça qu'on écrit dans une lettre commerciale si jamais je fais du commerce) c'est qu'elle, me donne toujours une' raison « quand – je lui pose une question. Elle est géniale ! J'aimerais bien ! devenir aus'si intelligent » qu'elle ;

(La ponctuation, c'est ; marrant !)

18 avril. Quel idiot je suis ! Je n'avais même pas compris de quoi elle parlait. J'ai lu le livre de grammaire hier soir et tout est expliqué. Et puis j'ai vu que c'était comme ce que Mlle Kinnian essayait de me dire, mais je n'avais pas bien compris. Je me suis levé au milieu de la nuit et tout s'est mis en place dans mon esprit.

Mlle Kinnian dit que j'ai été bien aidé par la télé qui marche pendant que je dors. Elle dit que j'ai atteint un plateau. C'est comme le sommet plat d'une colline.

Après avoir compris comment on place la ponctuation, j'ai relu tous mes anciens Comptes Rendus depuis le début. Mince ! Quelle orthographe et quelle ponctuation épouvantables ! J'ai dit à Mlle Kinnian que je devrais tout revoir et corriger toutes les fautes, mais elle a dit : « Non, Charlie, le Dr Nemur les veut exactement comme ils sont. C'est pour ça qu'il t'a permis de les garder après les avoir fait photocopier, pour que tu constates tes propres progrès. Tu t'améliores très vite, Charlie. »

Ça m'a rassuré. Après la leçon je suis descendu jouer avec Algernon. On ne fait plus la course.

20 avril. Je ne me sens pas bien à l'intérieur. Pas malade comme pour aller chez le docteur, mais dans ma poitrine ça sonne creux à la fois comme si on m'avait frappé et que j'avais des brûlures d'estomac.

Je ne voulais pas parler de ça, mais je crois qu'il le faut, parce que c'est important. Aujourd'hui c'est la toute première fois que je n'ai pas été travailler.

Hier soir Joe Carp et Frank Reilly m'ont invité à une fête. Il y avait des tas de filles et quelques gars de l'usine. Je me souvenais comme j'avais été malade la dernière fois que j'avais trop bu, alors j'ai dit à Joe que je ne voulais rien boire. Il m'a donné un simple coca-cola. Ça avait un drôle de goût, mais j'ai pensé que c'était parce que j'avais déjà un mauvais goût dans la bouche.

On s'est bien amusé pendant un moment. Joe a dit que je devrais danser avec Ellen pour qu'elle m'apprenne les pas. Je suis tombé plusieurs fois et je ne comprenais pas pourquoi parce que personne ne dansait à part Ellen et moi. Et à chaque fois je trébuchais parce quelqu'un avançait le pied.

Et puis quand je me suis relevé, j'ai vu la tête de Joe et ça m'a fait une drôle de sensation au creux de l'estomac. Une des filles a dit : « Il est vraiment tordant ». Tout le monde rigolait.

Frank a dit : « J'ai jamais autant ri depuis le soir où on l'a envoyé chercher le journal et où on l'a largué chez Muggsy.

— Regardez-le. Il est tout rouge.

— Il rougit. Charlie rougit.

518

— Dis donc, Ellen, qu'est-ce que t'as fait à Charlie ? Je l'ai encore jamais vu comme ça. »

Je ne savais pas quoi faire ni où me tourner. Tout le monde me regardait en riant et j'avais l'impression d'être tout nu. J'aurais voulu me cacher. Je suis sorti en courant et j'ai vomi dans la rue. Puis je suis rentré à pied chez moi. C'est bizarre que je ne me sois jamais aperçu que Joe et Frank et les autres voulaient seulement m'emmener avec eux pour se moquer de moi.

Maintenant je sais ce que ça signifie quand ils parlent de « faire son Charlie Gordon ».

J'ai honte.

Compte rendu 11

21 avril. Je ne suis pas retourné à l'usine. J'ai dit à ma propriétaire, Mme Flynn, d'appeler M. Donnegan pour lui dire que j'étais malade. Mme Flynn me regarde très curieusement depuis quelque temps, comme si elle avait peur de moi.

Je crois que c'est une bonne chose de m'être aperçu que tout le monde se moquait de moi. J'y ai beaucoup réfléchi. C'est parce que je suis tellement bête que je ne m'aperçois même pas quand je fais une bêtise. Les gens trouvent ça drôle quand une personne idiote n'arrive pas à faire les choses comme eux.

En tout cas, je sais maintenant que je deviens chaque jour plus intelligent. Je connais la ponctuation et je peux écrire sans trop de fautes. J'aime chercher tous les mots difficiles dans le dictionnaire et les apprendre. Je lis beaucoup maintenant et Mlle Kinnian dit que je lis très vite. Des fois, je comprends même ce que je lis et ça reste gravé dans mon esprit. Il y a des fois où je peux fermer les yeux et penser à une page et je la revois comme une photographie.

En plus de l'histoire, de la géographie et de l'arith-métique, Mlle Kinnian dit que je devrais me mettre à apprendre quelques langues étrangères. Le Dr Strauss m'a donné plusieurs autres bandes magnétiques à faire passer pendant que je dors. Je ne comprends toujours pas comment fonctionne cet esprit conscient et inconscient, mais le Dr Strauss dit que je n'ai pas à m'inquiéter. Il m'a fait promettre de ne pas lire de livres de psychologie quand je commencerai à étudier les cours universitaires, la semaine prochaine – en tout cas pas avant qu'il m'en donne l'autorisation.

Je me sens beaucoup mieux aujourd'hui, mais je crois que je suis encore un peu fâché de savoir que les gens se moquaient tout le temps de moi et me faisaient des farces parce que j'étais bête. Quand je serai aussi intelligent que le dit le Dr Strauss, avec trois fois mon Q.I. de 68, alors peut-être que je serai comme tout le monde et que les gens m'aimeront bien et seront amicaux.

Je ne suis pas sûr de savoir ce que c'est qu'un Q.I. Le Dr Nemur a dit que c'était quelque chose qui mesure votre intelligence – comme une balance au drugstore. Mais le Dr Strauss a eu une grande discussion avec lui et il a dit que le Q.I. ne pesait pas du tout l'intelligence. Il a dit qu'un Q.I. indiquait jusqu'à quel point on pouvait devenir intelligent comme les nombres sur un verre gradué. Il faut quand même remplir le verre avec quelque chose.

Ensuite, quand j'ai demandé à Burt, celui qui me fait passer mes tests d'intelligence et qui s'occupe d'Algernon, il a dit qu'ils avaient tort tous les deux (mais j'ai dû lui promettre de ne pas leur répéter qu'il avait dit ça). Burt affirme que le Q.I. mesure un tas de choses différentes, y compris certaines choses qu'on a déjà apprises, et qu'en fait ça ne sert vraiment à rien.

Bref, je ne sais toujours pas ce que c'est que le Q.I., sauf que le mien va bientôt dépasser 200. Je n'ai rien voulu dire, mais je ne vois pas comment, s'ils ne savent pas ce que c'est ni où cela se trouve... je ne vois pas comment ils peuvent savoir combien on en a.

Le Dr Nemur a dit que je devais passer un test de Rorschach demain. Je me demande bien ce que c'est.

22 avril. J'ai trouvé ce que c'est qu'un *rorschach*. C'est le test que j'avais passé avant l'opération – celui avec les taches d'encre sur les cartons. C'est le même homme qui me l'a fait passer.

J'avais affreusement peur de ces taches. Je savais qu'il allait me demander de trouver les images et que je n'en serais pas capable. Je me disais : si seulement il y avait un moyen de savoir quelles sortes d'images sont cachées là-dedans. Peut-être qu'il n'y en a pas du tout. Ce n'est peut-être qu'un truc pour voir si je suis assez bête pour chercher quelque chose qui n'existe pas. Rien que d'y penser, ça me mettait en colère contre lui.

« Très bien, Charlie, a-t-il dit, tu as déjà vu ces cartes, tu t'en souviens ?

— Bien sûr oui. »

De la façon dont je l'ai dit, il a vu que j'étais en colère et il a eu l'air surpris.

« Oui. Bien sûr. Maintenant, j'aimerais que tu regardes celle-ci. Qu'est-ce que ça pourrait être ? Que vois-tu sur cette carte ? Les gens voient toutes sortes de choses dans ces taches d'encre. Dis-moi ce que ça pourrait représenter pour toi – à quoi ça te fait penser. »

J'étais stupéfait. Je ne m'attendais pas du tout à ce qu'il dise ça.

« Vous voulez dire qu'il n'y a pas d'images cachées dans ces taches ? »

Il a froncé les sourcils et enlevé ses lunettes.

« Quoi ?

— Des images. Cachées dans les taches d'encre. La dernière fois, vous m'avez dit que tout le monde pouvait les voir et vous avez voulu que je les trouve aussi. »

Il m'a expliqué que la dernière fois il avait utilisé à peu près les mêmes mots. Je n'y croyais pas et je le soupçonne encore de m'avoir induit en erreur rien que pour s'amuser. À moins que... je ne sais plus... Est-ce que j'aurais pu être aussi faible d'esprit que ça ?

Nous avons regardé lentement les cartes. Sur l'une d'elles, on aurait dit deux chauves-souris en train de tirer sur quelque chose. Sur une autre, ça ressemblait à deux hommes qui se battaient avec des épées. J'ai imaginé toutes sortes de choses. Je crois que je me suis laissé emporter par mon imagination. Mais je n'avais plus confiance en lui et tournais les cartes dans tous les sens et même au dos pour voir s'il n'y avait pas quelque chose que j'étais censé découvrir. Pendant qu'il prenait des notes, j'ai regardé son papier du coin de l'œil pour le lire. Mais tout était en code et ça ressemblait à peu près à ça :

WF+A Ddf-AD orig. WF-ASF+obj

Ce test me semble toujours n'avoir aucun sens. À mon avis, n'importe qui pourrait inventer des mensonges sur des choses qu'il ne voit pas vraiment. Comment pourrait-il savoir que je ne me moque pas de lui en mentionnant des choses que je n'ai pas réellement imaginées ? Je comprendrai peut-être quand le Dr Strauss me laissera lire des livres de psychologie.

25 avril. J'ai imaginé une nouvelle façon de disposer les machines à l'usine, et M. Donnegan dit qu'il va gagner dix mille dollars par an avec l'économie de main-d'œuvre et l'augmentation de la production. Il m'a offert une prime de vingt-cinq dollars.

Pour célébrer ça, je voulais payer un déjeuner à Joe Carp et à Frank Reilly, mais Joe a dit qu'il devait faire des achats pour sa femme et Frank a dit qu'il déjeunait avec un cousin. Je crois qu'il leur faudra un peu de temps pour s'habituer aux changements qui se produisent en moi. Tout le monde a l'air d'avoir peur de moi. Quand je me suis approché d'Amos Borg et que je lui ai tapé sur l'épaule, il a sursauté.

Les gens ne me parlent plus beaucoup et ne me font plus de blagues comme avant. Du coup, je me sens un peu seul au travail.

27 avril. Aujourd'hui, j'ai eu assez de cran pour inviter Mlle Kinnian à dîner avec moi demain soir, pour fêter ma prime.

Au début, elle s'est demandé si c'était convenable, mais j'ai interrogé le Dr Strauss et il a répondu qu'il était d'accord. Le Dr Strauss et le Dr Nemur ne semblent pas s'entendre très bien. Ils n'arrêtent pas de se disputer. Ce soir, quand je suis entré pour demander au Dr Strauss si je pouvais inviter Mlle Kinnian à dîner, je les ai entendus crier. Le Dr Nemur a dit que c'était son expérience et ses recherches, et le Dr Strauss lui a hurlé qu'il avait contribué autant que lui à l'expérience, parce que c'était lui qui m'avait découvert grâce à Mlle Kinnian et parce qu'il m'avait opéré. Le Dr Strauss disait qu'un jour des milliers de neurochirurgiens pourraient utiliser sa technique dans le monde entier.

Le Dr Nemur voulait publier les résultats de l'expérience à la fin du mois. Le Dr Strauss voulait attendre encore un peu plus pour être sûr. Le Dr Strauss disait que le Dr Nemur s'intéressait davantage à la chaire de psychologie de Princeton qu'à l'expérience. Le Dr Nemur a déclaré que le Dr Strauss n'était qu'un opportuniste cherchant à obtenir la gloire à ses dépens.

Quand je suis parti, j'étais tout tremblant. Je ne sais pas au juste pourquoi, mais c'était comme si je venais de les voir tous les deux clairement pour la première fois. Je me souviens d'avoir entendu Burt déclarer que le Dr Nemur était marié à une mégère, qui n'arrêtait pas de le harceler pour qu'il publie ses articles et devienne célèbre. Selon Burt, le rêve de cette femme était que son mari soit un grand ponte.

Le Dr Strauss essayait-il réellement d'obtenir la gloire à ses dépens ?

28 avril. Je ne comprends pas pourquoi je n'avais encore jamais remarqué combien Mlle Kinnian est belle. Elle a des yeux marron et des cheveux bruns et soyeux qui lui tombent sur la nuque. Elle n'a que trente-quatre ans ! Depuis le début, j'avais l'impression qu'elle était un génie inaccessible... et très, très vieille. Maintenant, à chaque fois que je la vois, elle semble plus jeune et plus ravissante.

Nous avons dîné ensemble et nous avons discuté un long moment. J'ai ri quand elle a affirmé que je faisais des progrès si rapides que je la dépasserais bientôt.

« C'est la vérité, Charlie. Tu es déjà un meilleur lecteur que moi. Tu peux saisir une page entière d'un seul coup d'œil alors que je ne peux lire que quelques lignes à la fois. Et tu te souviens en détail de tout ce que tu as lu. Moi j'ai de la chance quand je peux me rappeler les idées principales et le sens général.

— Pourtant, je ne me sens pas particulièrement intelligent. Il y a tellement de choses que je ne comprends pas. »

Elle a pris une cigarette et je la lui ai allumée.

« Il te faut *un petit peu* de patience. Tu as accompli en quelques jours et quelques semaines ce qui prend d'ordinaire la moitié d'une vie à des gens normaux. C'est ce qui rend cela si extraordinaire. Maintenant, tu es comme une éponge géante qui s'imbibe de choses. Des faits, des chiffres, des connaissances générales. Et bientôt tu vas commencer à faire le lien entre toutes ces choses. Tu découvriras les relations entre les différentes branches du savoir. Il y a de nombreux échelons, Charlie, comme les barreaux d'une échelle gigantesque qui t'amène de plus en plus haut pour voir de plus en plus loin dans le monde qui t'entoure. Je ne peux en voir qu'une petite partie, Charlie, et je ne monterai pas beaucoup plus haut, mais toi tu continueras de grimper, de découvrir des territoires nouveaux dont tu ne soupçonnais même pas l'existence. » Elle a froncé les sourcils. « J'espère… Franchement, j'espère seulement que…

— Quoi ?

— Ne fais pas attention, Charlie. Je souhaite surtout ne pas avoir eu tort de te conseiller cette voie. »

Je me suis mis à rire. « Comment serait-ce possible ? Ça a marché, non ? Même Algernon est encore intelligent. »

Pendant un moment, nous sommes restés assis en silence, et je savais à quoi elle pensait en me regardant jouer avec la chaîne de ma patte de lapin et mes clés. Je ne voulais pas davantage penser à cette éventualité que les gens âgés ne veulent penser à la mort. Je *savais* que ce n'était que le commencement. Je savais ce qu'elle voulait dire à propos des échelons, parce que j'en avais déjà monté quelques-uns. L'idée de la laisser derrière moi m'attristait.

Je suis amoureux de Mlle Kinnian.

Compte rendu 12

30 avril. J'ai quitté mon boulot à la Compagnie de boîtes en plastique Donnegan. M. Donnegan m'a bien fait comprendre qu'il valait mieux pour tout le monde que je m'en aille. Qu'ai-je fait pour qu'ils me détestent autant ?

Je m'en suis aperçu pour la première fois quand M. Donnegan m'a montré la pétition. Huit cent quarante noms, tous ceux qui avaient un lien avec l'usine, à l'exception de Fanny Girden. En parcourant rapidement la liste, j'ai vu tout de suite que son nom était le seul qui manquait. Tous les autres réclamaient mon renvoi.

Joe Carp et Frank Reilly n'ont pas voulu m'en parler. Personne d'autre non plus, à part Fanny. C'était l'une des rares personnes que je connaissais qui soient capables de se forger une idée et de s'y accrocher fermement, sans tenir compte de ce que le reste du monde pouvait faire, dire ou prouver – et Fanny ne croyait pas que je devais être licencié. Elle s'était opposée à la pétition par principe, et elle avait tenu bon en dépit de la pression et des menaces.

« Ça ne veut pas dire que je ne pense pas qu'il y ait chez toi quelque chose de véritablement étrange, Charlie, a-t-elle précisé. Ces changements... Je ne sais pas. Tu étais un gentil gars, ordinaire, digne de confiance... peut-être pas très futé, mais honnête. Qui sait comment tu t'y es pris pour devenir aussi malin d'un seul coup ? Comme tout le monde le dit par ici, Charlie, ce n'est pas normal.

— Mais comment pouvez-vous dire cela, Fanny ? En quoi un homme aurait-il tort de devenir intelligent, de vouloir acquérir des connaissances et de comprendre le monde qui l'entoure ? »

Elle a baissé les yeux sur son travail et je me suis retourné pour m'en aller. Sans me regarder, elle a dit : « C'était mal quand Ève a écouté le serpent et a mangé le fruit de l'arbre de la connaissance. C'était mal quand elle a vu qu'elle était nue. Sans cela, aucun de nous n'aurait jamais à subir la vieillesse, la maladie ni la mort. »

Une fois encore, je me sens maintenant consumé par un sentiment de honte. Cette intelligence a creusé un fossé entre moi et tous les gens que je connaissais et que j'aimais autrefois. Avant, ils se moquaient de moi et me méprisaient à cause de mon ignorance et de ma stupidité ; maintenant, ils me détestent à cause de mes connaissances et de ma compréhension des choses. Pour l'amour de Dieu, qu'est-ce qu'ils attendent de moi ?

On m'a chassé de l'usine. Maintenant, je suis encore plus seul que jamais...

15 mai. Le Dr Strauss est très en colère contre moi parce que je n'ai écrit aucun compte rendu depuis deux semaines. C'est justifié, car le labo me paie maintenant un salaire régulier. Je lui ai dit que j'étais trop occupé à réfléchir et à lire. Quand je lui ai fait remarquer que la rédaction manuelle était un processus trop lent et que cela m'énervait parce que j'avais une vilaine écriture, il m'a conseillé d'apprendre à taper à la machine. C'est beaucoup plus facile d'écrire, maintenant que j'arrive à taper près de soixante-quinze mots à la minute. Le Dr Strauss ne cesse pas de me rappeler que je dois parler et écrire simplement pour que les gens puissent me comprendre.

Je vais essayer de passer en revue tous les événements des dernières semaines. Algernon et moi avons été présentés devant l'Association des psychologues américains, qui participait mardi dernier à un congrès de l'Association mondiale de psychologie. Je dois dire que nous avons fait sensation. Le Dr Nemur et le Dr Strauss étaient fiers de nous.

Je soupçonne le Dr Nemur, qui a soixante ans – dix ans de plus que le Dr Strauss –, de tenir absolument à voir les résultats tangibles de ses travaux. De toute évidence, il y est incité par la pression de Mme Nemur.

Contrairement à la première impression que je m'étais faite de lui, je me rends compte que le Dr Nemur n'a rien d'un génie. Il a un esprit certes développé, mais il est continuellement en proie au doute. Il veut que les gens le prennent pour un génie. Il est donc important pour lui d'avoir le sentiment que son œuvre est acceptée par le monde entier. Selon moi, le Dr Nemur craignait un retard supplémentaire parce qu'il était inquiet à l'idée qu'un autre puisse faire une découverte comparable dans ce domaine et lui en arrache tout le bénéfice.

Par contre, le Dr Strauss pourrait être qualifié de génie, même si j'ai le sentiment que ses domaines de connaissance sont trop limités. Il a été élevé dans la tradition d'une étroite spécialisation ; même pour un neurochirurgien, il a beaucoup trop négligé les aspects plus larges d'une bonne culture générale.

J'ai été vivement surpris d'apprendre que les seules langues anciennes qu'il puisse lire étaient le latin, le grec et l'hébreu, et qu'il ne connaît presque rien des mathématiques au-delà des niveaux élémentaires du calcul des variations. Quand il me l'a avoué, j'en ai été presque gêné. C'était comme s'il m'avait caché cette partie de lui-même afin de me tromper, en prétendant être ce qu'il n'était pas – ce que font bien des gens, comme j'ai pu le découvrir. Je n'ai jamais connu personne qui soit vraiment ce qu'il veut laisser paraître.

Le Dr Nemur semble mal à l'aise en ma présence. Parfois, quand je tente de lui parler, il me regarde d'un air bizarre et se détourne. Au début, cela m'a fâché quand le Dr Strauss m'a dit que je donnais au Dr Nemur un complexe d'infériorité. J'ai cru qu'il se moquait de moi et je suis particulièrement sensible à la moquerie.

Comment pouvais-je savoir qu'un psycho-expérimentaliste aussi réputé que Nemur n'avait aucune connaissance de l'hindoustani et du chinois ? C'est absurde, quand on pense à tous les travaux qui sont justement réalisés actuellement en Inde et en Chine dans sa spécialité.

J'ai demandé au Dr Strauss comment Nemur pouvait réfuter les attaques de Rahajamati contre sa méthode et ses résultats, alors qu'il n'était même pas capable de les lire. L'étrange expression du Dr Strauss ne peut signifier que deux choses. Soit il ne veut pas révéler à Nemur ce qu'on pense de ses travaux en Inde, soit – et cela m'inquiète – le Dr Strauss n'en sait rien non plus. Je dois prendre soin de parler et d'écrire clairement et simplement pour que les gens ne se moquent pas.

18 mai. Je suis très troublé. Hier soir, j'ai vu Mlle Kinnian pour la première fois depuis plus d'une semaine. Je me suis efforcé d'éviter toute discussion à propos de concepts intellectuels et de maintenir la conversation sur des banalités de tous les jours, mais elle s'est contentée de me dévisager et m'a demandé ce que

j'entendais par l'équivalent d'une variance mathématique dans le *Cinquième Concerto* de Dorbermann.

Quand j'ai tenté de le lui expliquer, elle m'a arrêté
en riant. Je crois m'être mis en colère, mais j'imagine
que je ne l'aborde pas de la manière adéquate. Quel
que soit le sujet dont j'essaie de discuter avec elle, je
ne parviens pas à communiquer. Je dois réviser les
équations de Vrostadt sur les Échelons de la progression
sémantique. Je m'aperçois que je n'arrive plus très bien
à communiquer avec les gens. Heureusement que j'ai
les livres, la musique et des sujets de méditation. La
plupart du temps, je reste tout seul dans mon appartement de la pension de Mme Flynn, et je parle rarement
à qui que ce soit.

20 mai. Sans l'incident de la vaisselle cassée, je
n'aurais pas remarqué le nouveau plongeur du restaurant du coin où je vais dîner – un garçon d'environ
seize ans. Les assiettes se sont fracassées sur le plancher
en projetant des morceaux de faïence blanche sous les
tables. Le garçon est resté là, ahuri et effaré, tenant toujours le plateau vide dans ses mains. Il semblait complètement déconcerté par les sifflets et les quolibets des
clients (les cris comme « Eh, adieu les pourboires ! »,
« *Mazel tov !* » et « Celui-là, il a pas fait long feu ici... »
qui semblent suivre invariablement le bris de verres ou
de vaisselle dans un restaurant).

Quand le propriétaire est venu voir la cause de l'agitation, le garçon a baissé la tête comme s'il s'attendait
à être frappé, levant déjà les bras pour parer le coup.

« Ça va ! Ça va ! Andouille, a crié le propriétaire, ne
reste pas planté là ! Va chercher un balai pour nettoyer
tout ce gâchis. Un balai... un balai, idiot ! Il est dans
la cuisine. Ramasse tous les morceaux. »

Le garçon a compris qu'il ne serait pas puni. Son
expression d'effroi s'était évanouie quand il est revenu
avec le balai ; il souriait en fredonnant. Quelques-uns

des clients les plus bruyants ont continué de lui lancer des remarques pour s'amuser à ses dépens.

« Dis donc, fiston, tu oublies un gros morceau là-bas derrière toi...

— Allez, refais-nous le spectacle...

— Il n'est pas si bête, ce petit gars. C'est plus facile de les casser que de les laver... »

Comme son regard vide d'expression errait sur la foule des spectateurs hilares, il se mit à leur rendre peu à peu leurs sourires et sa bouche dessina finalement une grimace mal assurée, pour répondre à des plaisanteries qu'il ne comprenait visiblement pas.

Mon cœur s'est serré quand j'ai regardé son large sourire hébété et ses yeux écarquillés et brillants d'enfant inquiet, mais désireux de plaire aux autres. On se moquait de lui parce qu'il était mentalement retardé.

Et moi aussi, je m'étais moqué de lui.

Brusquement, je me suis senti furieux contre moi-même et contre tous ceux qui le regardaient d'un air narquois. Je me suis levé en criant : « Taisez-vous ! Fichez-lui la paix ! Ce n'est pas sa faute s'il ne peut pas comprendre ! S'il est comme ça, il n'y peut rien ! Mais, bon Dieu... c'est quand même un être humain ! »

Le silence est retombé dans la salle. Je m'en suis aussitôt voulu d'avoir perdu mon sang-froid et fait de l'esclandre. J'ai tenté de ne pas regarder le garçon en réglant l'addition et en sortant sans avoir touché à mon repas. Je me sentais honteux à la fois pour lui et pour moi.

Comme il est étrange que des gens sincères et sensibles, qui n'envisageraient même pas de se moquer d'un homme privé à la naissance de ses bras, de ses jambes ou de ses yeux, n'hésitent pas à se montrer cruels envers un faible d'esprit ! J'étais furieux à l'idée que, peu de temps auparavant, j'avais joué le rôle du bouffon à l'instar de ce garçon.

Et je l'avais presque oublié.

Je m'étais caché à moi-même l'image de l'ancien Charlie Gordon parce que, maintenant que j'étais intelligent, c'était un souvenir que je désirais chasser de mon esprit. Mais aujourd'hui, en regardant ce garçon, j'ai vu pour la première fois ce que j'avais été. *Et j'avais été exactement comme lui !*

Je n'ai compris que depuis peu que les gens se moquaient de moi. Je constate maintenant que, sans en avoir conscience, je m'étais joint aux autres pour rire de moi-même. C'est cela qui est le plus douloureux.

J'ai relu plus d'une fois mes comptes rendus. J'ai vu l'ignorance, la naïveté puérile et la faiblesse d'esprit de cet être misérable, enfermé dans le noir, qui regarde par le trou de la serrure pour capter un peu de l'éblouissante lumière du monde extérieur. Je vois que, même dans ma stupidité, je me rendais compte que j'étais inférieur et que les autres possédaient quelque chose dont j'étais dépourvu, quelque chose qui m'était refusé. Dans ma cécité mentale, je pensais qu'il s'agissait d'une chose ayant un rapport avec l'aptitude à lire et écrire et j'étais certain que, si je pouvais acquérir ces capacités, j'obtiendrais automatiquement l'intelligence. Même un faible d'esprit aspire à être semblable aux autres. Un enfant peut ne pas savoir comment se nourrir, ni ce qu'il faut manger, et pourtant il connaît la faim.

J'avais donc été ainsi, sans jamais m'en douter. Même avec l'acuité intellectuelle que j'avais reçue, je ne m'en étais jamais vraiment rendu compte.

Cette journée a été salutaire pour moi. Ayant vu plus clairement le passé, j'ai décidé d'employer mes connaissances et mes facultés pour participer à l'élévation de l'intelligence humaine.

Qui serait mieux préparé que moi pour cette tâche ? Qui d'autre a vécu dans ces deux mondes ? Ce sont mes semblables. Je dois utiliser mes talents pour leur venir en aide.

Demain, je discuterai avec le Dr Strauss de la façon dont je peux travailler dans ce domaine. Je pourrai peut-être l'aider à résoudre les problèmes que pose l'application généralisée de la technique expérimentée sur moi. J'ai plusieurs bonnes idées personnelles.

On pourrait faire tant de choses avec cette technique. Si on a pu faire de moi un génie, que ne pourrait-on faire avec des milliers d'autres, qui me ressemblent ? Quels niveaux fantastiques serait-on capable d'atteindre en appliquant cette technique à des gens normaux ? Et à des génies ?

Il y a tant de portes à ouvrir. Je suis impatient de commencer.

Compte rendu 13

23 mai. Ça s'est passé aujourd'hui. Algernon m'a mordu. Je passais le voir au labo, comme je le fais de temps à autre, et il m'a mordu la main au moment où je le sortais de sa cage. Je l'ai remis en place et je l'ai observé un moment. Il avait l'air particulièrement perturbé et agressif.

24 mai. Burt, qui a la charge des animaux d'expérimentation, me dit qu'Algernon est en train de changer. Il est moins disposé à coopérer ; il refuse de parcourir le labyrinthe ; sa motivation générale a diminué. Et il ne mange plus. Tout le monde s'interroge avec inquiétude sur ce que cela peut signifier.

25 mai. On a nourri Algernon, qui refuse maintenant de résoudre le problème de la serrure. Toute l'équipe m'identifie à Algernon. Dans un certain sens, nous sommes les premiers du genre. Chacun d'eux prétend que le comportement d'Algernon n'est pas nécessairement significatif pour moi. Néanmoins, il est difficile de dissimuler le fait que certains des autres animaux utilisés dans cette expérience se comportent également d'une manière étrange.

Le Dr Strauss et le Dr Nemur m'ont demandé de ne plus venir au labo. Je sais ce qu'ils pensent, mais je ne peux l'accepter. Je poursuis mes projets afin de pousser plus avant leurs recherches. Malgré tout le respect que je dois à ces deux excellents scientifiques, je me rends parfaitement compte de leurs limites. S'il existe une solution, c'est à moi de la trouver. Le temps est soudainement devenu très important pour moi.

29 mai. On m'a attribué un laboratoire personnel et on m'a autorisé à poursuivre mes recherches. Je tiens une piste. Je travaille jour et nuit. J'ai fait installer un lit de camp dans le labo. En général, j'écris surtout des notes que je conserve dans une chemise séparée, mais de temps en temps j'éprouve le besoin de relater mes états d'âme et mes pensées, simplement par habitude.

Je trouve que le *calcul de l'intelligence* est un sujet d'étude fascinant. C'est là que je pourrai appliquer toutes les connaissances que j'ai acquises. D'une certaine manière, c'est le problème auquel j'ai été confronté toute ma vie.

31 mai. Le Dr Strauss trouve que je travaille trop. Le Dr Nemur prétend que j'essaie de faire tenir en quelques semaines une vie entière de recherches et de réflexions. Je sais bien que je devrais me reposer, mais il y a en moi quelque chose qui m'entraîne et qui ne veut pas me laisser arrêter. Il faut que je trouve la raison de la régression subite d'Algernon. Il faut que je sache si cela m'arrivera aussi, et quand.

4 juin. LETTRE AU Dr STRAUSS (copie)

Cher docteur Strauss,

Je vous envoie sous pli séparé un exemplaire de mon rapport intitulé : « L'effet Algernon-Gordon : une étude de la structure et des fonctions de l'intelligence accrue. » Vous me feriez plaisir en le lisant et en le faisant publier.

Comme vous pouvez le constater, mes expériences sont terminées. J'ai fait figurer dans mon rapport toutes mes formules ainsi qu'une analyse mathématique en annexe. Bien entendu, celles-ci devront être soumises à examen.

Étant donné son importance pour vous et pour le Dr Nemur (et pour moi, est-il besoin de le préciser ?), j'ai vérifié et revérifié mes résultats une douzaine de fois dans l'espoir de découvrir une erreur. Je regrette de dire que les résultats sont valables. Néanmoins, dans l'intérêt de la science, c'est avec gratitude que j'apporte ma petite contribution aux connaissances sur les fonctions de l'esprit humain et sur les lois qui régissent l'augmentation artificielle de l'intelligence.

Je me rappelle vous avoir entendu dire un jour que l'échec d'une expérience ou la preuve de l'inexactitude d'une théorie étaient aussi importants qu'un succès pour faire progresser la connaissance. Je sais maintenant que c'est vrai. Je regrette malgré tout que ma propre contribution à ce domaine doive s'appuyer sur les cendres des travaux de deux hommes que je tiens en si haute estime.

Salutations distinguées,

Charles Gordon.

Pièce jointe : rapport.

5 juin. Il ne faut pas que je me laisse émouvoir. Les faits et les résultats de mes expériences sont clairs et les aspects les plus sensationnels de ma rapide ascension ne peuvent dissimuler le fait que le triplement de l'intelligence grâce à la technique chirurgicale mise au point par les Drs Strauss et Nemur doit être considéré comme n'ayant peu ou pas d'application pratique (à l'heure actuelle) pour l'augmentation de l'intelligence humaine.

En examinant les données et les enregistrements recueillis sur Algernon, je vois que, bien qu'il soit encore physiquement dans son enfance, il a mentalement régressé. Son activité motrice est dégradée ; on relève une réduction générale de son activité glandulaire et une perte accélérée de sa coordination.

On remarque également de fortes indications d'amnésie progressive.

Comme on le verra à la lecture de mon rapport, ces effets et d'autres syndromes de détérioration physique et mentale peuvent être prédits avec des résultats statistiquement significatifs par l'application de ma formule.

Le stimulus chirurgical auquel nous avons tous deux été soumis a entraîné une intensification et une accélération de tous les processus mentaux. Son évolution inattendue, que j'ai pris la liberté de nommer l'*effet Algernon-Gordon*, est l'extension logique de toute l'accélération de l'intelligence. L'hypothèse prouvée ici peut être exprimée simplement dans les termes suivants : l'intelligence artificiellement augmentée se dégrade selon un taux directement proportionnel à la valeur de l'augmentation.

J'ai l'impression que ceci est, en soi, une importante découverte.

Tant que je pourrai écrire, je continuerai de consigner mes pensées dans ces comptes rendus. C'est l'un de mes rares plaisirs. Cependant, d'après toutes les indications, ma propre dégradation mentale sera très rapide.

J'ai déjà commencé à constater des signes notables d'instabilité émotionnelle et de perte de mémoire, premiers symptômes de la régression.

10 juin. La dégradation continue. Je suis devenu distrait. Algernon est mort il y a deux jours. La dissection a démontré la justesse de mes prévisions. Le poids de son cerveau avait diminué.

J'imagine que la même chose est en train de m'arriver ou m'arrivera prochainement. Maintenant que c'est un fait acquis, je ne veux pas que cela arrive. J'ai placé le corps d'Algernon dans une boîte à fromage et je l'ai enterré dans le jardin. J'ai pleuré.

15 juin. Le Dr Strauss est revenu me voir. Je n'ai pas voulu lui ouvrir et je lui ai dit de s'en aller. Je veux qu'on me laisse tranquille. Je suis devenu susceptible et irritable. Je sens que l'obscurité se referme sur moi. Il m'est difficile de repousser des idées de suicide. Je n'arrête pas de me dire combien ce journal introspectif sera important.

C'est une étrange sensation de prendre un livre qu'on a lu et apprécié à peine quelques mois plus tôt et de découvrir qu'on ne s'en souvient pas. Je me rappelle en quelle estime je tenais John Milton, mais quand j'ai pris *Le Paradis perdu*, je n'ai plus rien compris. Cela m'a mis dans une telle colère que j'ai jeté le livre à travers la pièce.

Je dois absolument essayer de résister. De m'accrocher à certaines choses que j'ai apprises. Oh, mon Dieu, ne me reprenez pas tout !

19 juin. Parfois, la nuit, je me lève pour aller me promener. La nuit dernière, je ne parvenais plus à me rappeler où j'habitais. Un policier m'a ramené chez moi. J'ai l'étrange sensation que tout cela m'est déjà arrivé avant – il y a très longtemps. Je ne cesse pas de me dire que je suis la seule personne au monde qui puisse décrire ce qui m'arrive.

21 juin. Pourquoi je ne peux pas me souvenir ? Il faut que je lutte. Je reste au lit pendant des jours et je ne sais pas qui je suis ni où je suis. Ensuite, tout me revient dans un éclair. Des accès d'amnésie. Des symptômes de sénilité – la seconde enfance. Je les vois arriver. C'est d'une logique si cruelle. J'ai appris tant de choses, et si vite ! Maintenant mon esprit se détériore rapidement. Mais je ne permettrai pas que cela m'arrive. Je vais lutter. Je ne peux pas m'empêcher de repenser au garçon du restaurant, à son expression vide, à son sourire stupide, aux gens qui se moquaient de lui. Non – par pitié – que cela ne revienne pas...

22 juin. J'oublie des choses que j'ai apprises récemment. On dirait que ça suit le processus habituel – les dernières choses apprises sont les premières oubliées. Est-ce bien le processus ?

Je ferais mieux de vérifier encore...

J'ai relu mon exposé sur l'*effet Algernon-Gordon* et j'ai l'étrange impression qu'il a été écrit par quelqu'un d'autre. Il y a des passages que je ne comprends même pas.

L'activité motrice est atteinte. Je n'arrête pas de trébucher sur des choses et j'ai de plus en plus de mal à taper à la machine.

23 juin. J'ai complètement abandonné la machine à écrire. Ma coordination est mauvaise. Je sens que mes mouvements deviennent de plus en plus lents. J'ai eu un choc terrible aujourd'hui. J'ai pris la copie d'un article que j'ai utilisé dans mes recherches, *Über psychische Ganzheit* de Krüeger, pour voir si cela m'aiderait à comprendre ce que j'avais fait. J'ai d'abord pensé que j'avais quelque chose aux yeux. Ensuite, j'ai compris que je ne pouvais plus lire l'allemand. J'ai fait des essais avec d'autres langues. Toutes oubliées !

30 juin. Une semaine est passée depuis que j'ai osé me remettre à écrire. Le temps s'écoule comme du sable entre mes doigts. La plupart de mes livres sont trop difficiles pour moi maintenant. Ils me mettent en colère parce que je sais que je pouvais encore les lire et les comprendre il y a quelques semaines.

Je me répète sans arrêt que je dois continuer à écrire ces comptes rendus pour que quelqu'un sache ce qui m'arrive. Mais c'est de plus en plus difficile de former les mots et de me rappeler leur orthographe. Je suis même obligé de chercher les mots simples dans le dictionnaire et ça m'énerve beaucoup.

Le Dr Strauss vient presque tous les jours, mais je lui ai dit que je ne voulais voir ni parler à personne. Il se sent coupable. En fait, ils se sentent tous coupables. Mais je ne reproche rien à personne. Je savais ce qui risquait d'arriver. Mais comme cela fait mal !

7 juillet. Je ne sais pas où est passée la semaine. Aujourd'hui c'est dimanche je le sais parce que je peux voir par ma fenêtre les gens qui vont à l'église. Je crois que je suis resté au lit toute la semaine mais je me rappelle que Mme Flynn m'a apporté à manger plusieurs fois. Je me répète tout le temps qu'il faut que je fasse quelque chose mais après j'oublie ou alors c'est peut-être plus facile de ne pas faire ce que je dis que je vais faire.

Je pense beaucoup à ma mère et à mon père ces jours-ci. J'ai trouvé une photo où je suis avec eux sur une plage. Mon père a un gros ballon sous le bras et ma mère me tient par la main. Je ne me souviens pas d'eux comme ils sont sur la photo. Tout ce que je me rappelle c'est que mon père est saoul la plupart du temps et qu'il se dispute avec maman au sujet de l'argent.

Il ne se rasait jamais complètement et ça me grattait quand il m'embrassait. Ma mère disait qu'il était mort mais mon cousin Miltie disait qu'il avait entendu sa mère et son père dire que mon père était parti avec une autre femme. Quand j'ai questionné ma mère elle m'a donné une gifle et a dit que mon père était mort. Je ne crois pas que j'aie jamais su la vérité mais ça m'est égal. (Une fois il a dit qu'il allait m'emmener voir des vaches dans une ferme mais il ne l'a jamais fait. Il ne tenait jamais ses promesses...)

10 juillet. Ma propriétaire Mme Flynn se fait bien du souci pour moi. Elle dit que la façon dont je reste là toute la journée comme ça sans rien faire ça lui rappelle son fils avant qu'elle le mette à la porte de chez elle. Elle a dit qu'elle n'aime pas les fainéants. Si je suis malade c'est une chose mais si je suis un fainéant c'est autre chose et elle ne veut pas de ça. Je lui ai dit je crois que je suis malade.

J'essaie de lire un peu tous les jours, surtout des histoires, mais des fois je suis obligé de relire plusieurs fois la même chose parce que je ne comprends pas ce que ça veut dire. Et c'est difficile d'écrire. Je sais que je devrais vérifier tous les mots dans le dictionnaire mais c'est dur et je suis si fatigué tout le temps.

J'ai eu l'idée d'employer seulement les mots faciles au lieu de ceux qui sont longs et difficiles. Ça fait gagner du temps. Je mets des fleurs sur la tombe d'Algernon environ une fois par semaine. Mme Flynn pense que je suis fou de mettre des fleurs sur la tombe d'une souris mais je lui ai dit qu'Algernon était spécial.

14 juillet. C'est encore dimanche. Je n'ai plus rien pour m'occuper maintenant parce que ma télévision est cassée et je n'ai pas d'argent pour la faire réparer. (Je crois que j'ai perdu mon chèque du labo pour ce mois-ci. Je me rappelle plus.)

J'ai des maux de tête affreux et l'aspirine ne me soulage pas beaucoup. Mme Flynn sait que je suis vraiment malade et elle est très embêtée pour moi. C'est une femme merveilleuse quand quelqu'un est malade.

22 juillet. Mme Flynn a fait venir un docteur bizarre pour m'examiner. Elle avait peur que je meure. J'ai dit au docteur que je n'étais pas trop malade mais seulement que j'oublie parfois les choses. Il m'a demandé si j'avais des amis ou des parents et j'ai dit non je n'en ai pas. Je lui ai dit que j'avais eu un ami qui s'appelait Algernon, mais c'était une souris et on faisait la course tous les deux. Il m'a regardé avec un drôle d'air comme s'il pensait que j'étais fou.

Il a souri quand je lui ai dit que j'avais été un génie. Il me parlait comme si j'étais un bébé et il a fait un clin d'œil à Mme Flynn. Je me suis mis en colère et je l'ai mis dehors parce qu'il se moquait de moi comme ils le faisaient tous avant.

24 juillet. Je n'ai plus d'argent et Mme Flynn dit qu'il faut que j'aille travailler quelque part pour payer le loyer parce que je ne l'ai pas payé depuis plus de deux mois. Je ne connais pas d'autre travail à part celui que je faisais à la Compagnie de boîtes en plastique Donnegan je ne veux pas y retourner parce qu'ils me connaissaient tous quand j'étais intelligent et peut-être qu'ils se moqueront de moi. Mais je ne sais pas quoi faire d'autre pour gagner de l'argent.

25 juillet. Je regardais quelques-uns de mes vieux comptes rendus et c'est très marrant mais je ne peux pas lire ce que j'ai écrit. Je peux reconnaître certains mots mais ils ne veulent plus rien dire.

Mlle Kinnian est venue à la porte mais j'ai dit allez-vous-en, je ne veux pas vous voir. Elle a pleuré et j'ai pleuré aussi mais j'ai pas voulu la laisser entrer parce que je ne voulais pas qu'elle se moque de moi. Je lui ai dit que je ne l'aimais plus. Je lui ai dit que je ne voulais plus être intelligent. Ce n'est pas vrai. Je l'aime toujours et je veux toujours être intelligent mais j'ai dû dire ça pour qu'elle s'en aille. Elle a donné de l'argent à Mme Flynn pour payer le loyer. Je ne veux pas de ça. Il faut que je trouve un travail.

Par pitié… par pitié, faites que je n'oublie pas comment lire et écrire…

27 juillet. M. Donnegan a été très gentil quand je suis revenu lui demander de me rendre mon travail de gardien. D'abord il a été très soupçonneux mais je lui ai dit ce qui m'arrivait et alors il a eu l'air tout triste et m'a mis sa main sur l'épaule et il a dit Charlie Gordon tu as du cran.

Tout le monde m'a regardé quand je suis descendu et que j'ai commencé à travailler aux toilettes en les nettoyant comme j'avais l'habitude. Je me suis dit Charlie s'ils se moquent de toi faut pas te mettre en colère parce qu'ils sont pas si intéligents que tu le croyais avant. Et puis c'était tes amis et s'ils se moquent de toi ça veut rien dire parce qu'ils t'aimait bien aussi.

Un des nouveaux qui sont venus travailler après mon départ a fait une vilaine farce il a dit Charlie parait que t'es un vrai champion comme on en voit à la télé. Dis-moi quelque chose d'intéligent. Ça m'a embêté mais Joe Carp s'est approché et il l'a attrappé par la chemise et lui a dit fiche lui la paix espèce de pauvre minable ou je te casse la figure. Je pensais pas que Joe prendrai ma défense alors je crois qu'il est vraiment mon copain.

Après Frank Reilly est venu et m'a dit Charlie si y en a un qui t'embête ou qui essaye de profiter de toi t'as qu'à nous appeler moi ou Joe et on s'en chargera. J'ai dit merci Frank et j'avais la gorge qui me faisait mal alors j'ai du faire demi-tour et aller dans la réserve pour qu'il me voit pas pleurer. C'est bon d'avoir des amis.

28 juillet. J'ai fait une chose idiote aujourdhui j'ai oublié que j'étais plus dans la classe de Mlle Kinnian au centre pour adultes comme dans le tant. Je suis entré et j'ai été m'assoir a mon ancienne place au fond de la classe et elle m'a regardé drolement et elle a dit Charles. Je me rapèle pas l'avoir entendu m'apeler comme sa avant seulement Charlie alors j'ai dit bonjour manoiselle Kinnian je suis prèt pour ma lesson aujourdhui mai j'ai perdu le livre de lecture que j'avais. Elle s'est mis a pleuré et elle est sortie de la classe en courant et tout le monde ma regardé et j'ai vu que c'était pas les mêmes élèves qu'avant.

Alors tout d'un cou je me suis souvenu de quelque-chose sur l'opération et comant j'étais devenu intélijan et j'ai dit bon san de bois j'ai vraimant fait mon Charlie Gordon cette fois. Je suis parti avant qu'elle reviène dans la classe.

C'est pour sa que je pars de New York pour de bon. Je veus plus jamais refaire quelquechose comme sa. Je veus pas que Manoiselle Kinnian ait pitié de moi. Tout le monde me plain a l'usine et je veus pas de sa non plus alore je vais dans un androit ou personne sait que Charlie Gordon a été un géni et que maintenan il sait même plus lire un livre ou écrire comme il faut.

J'emporte deus livres avec moi et même si je peus pas les lire j'essayerai très fort et peutètre que j'oublirai pas tout ce que jaurai appri. Si j'essaye vraimant fort peutètre que je serai un peu plus intélijan qu'avant l'opérasion. J'ai ma pate de lapin et ma pièce porteboneur et peutètre que sa maidera.

Si jamai vous lisé ces lignes un jour Manoisel Kinnian me plaigné pas je sui contant d'avoir eu une deuzième chance d'être intélijan pasque j'ai appris plein de chose que je savai mème pas qu'elles existait avant et je suis heureu d'avoir vu tout sa un petit moment. Je sais pas pourqoi je suis bète comme avant ou ce que j'ai fait de mal peutètre que c'est parsque j'ai pas fait assé des forts. Mais si j'essaye et si je m'exerce baucoup peutètre que je deviendrai un peu plusse intélijan et que je saurai ce que sa veut dire tout ces mots. Je me rapèle un peu comme j'étais contant quant je lisais le livre bleu avec la couverture déchiré. C'est pour sa que je vais continuer a esseyé de devenir intélijan pour avoir encore cette impresion. C'est une impresion super de savoir des choses et d'être intélijan. Je voudrai l'avoir mintenan comme sa je m'assoirai et je lirai tout le tant. En toucas je parit que je sui la première personne bète au monde qui a trouvé quelque chose d'important pour la sience. Je me rapèle que j'ai fait quelque chose mais je sais plus quoi. Alore je crois que c'est comme si je l'avais fait pour tout les jens bètes comme moi.

Adieu Manoiselle Kinnian et Dr Strauss et toulmonde.

Et PS. silvouplé dite au Dr Nemur de pas ralé autant quand les jans se moque de lui, et comme sa il aura plusse d'amis. C'est facile davoir des amis si on laisse les jens rire de vous. Je vais avoir des tas d'amis la ou je vais allé.

PPS. Silvouplé si vous avé l'ocazion metté des fleures sur la tonbe da Algernon dans le jarredain...

10047

Composition
NORD COMPO

Achevé d'imprimer en Slovaquie
par NOVOPRINT SLK
le 4 août 2020

1er dépôt légal dans la collection : juillet 2012
EAN 9782290032725
OTP L21EPGN000330A014

éditions J'ai lu
87, quai Panhard-et-Levassor, 75013 Paris
Diffusion France et étranger : Flammarion